ANDREAS SCHMIDT

DeichSühne

ANDREAS SCHMIDT

DeichSühne

KRIMINALROMAN

GMEINER

Im Ehnried 5, 88605 Meßkirch
Telefon 07575/2095-0
info@gmeiner-verlag.de

1. Auflage 2024

Lektorat: Claudia Senghaas, Kirchardt
Herstellung: Mirjam Hecht
Umschlaggestaltung: U.O.R.G. Lutz Eberle, Stuttgart
unter Verwendung eines Fotos von: © Jens / stock.adobe.com
Druck: CPI books GmbH, Leck
Printed in Germany
ISBN 978-3-8392-0570-9

Für Susi und Agent A.
Zwei starke Frauen, die immer an mich geglaubt haben
und denen ich danken möchte.

PROLOG

Die Mauern der Justizvollzugsanstalt Lauerhof ragten drohend wie eine uneinnehmbare Festung in den grauen Novemberhimmel. Fröstelnd stieg sie aus, nachdem sie den Wagen auf dem Besucherparkplatz abgestellt hatte, nahm mit den behandschuhten Händen den Koffer von der Rückbank, drückte den Knopf der Zentralverriegelung und marschierte auf die Pforte der JVA zu. Dunkle gespiegelte Scheiben verhinderten, dass allzu neugierige Blicke in das Innere des Dienstzimmers dringen konnten.

Tief sog sie auf dem Weg die eisige Herbstluft in die Lungen ein. Schnee, dachte sie, es riecht nach Schnee. Sicher ließ der erste Wintereinbruch in diesem Jahr nicht mehr lange auf sich warten.

Als sie die Pforte erreichte, verlangsamte sie ihre Schritte. Der Blick zu den Ecken der Mauern verriet ihr, dass man ihre Ankunft längst bemerkt hatte. Sie war in das Visier der unzähligen Überwachungskameras geraten. Vor dem Eingang blieb sie stehen und betätigte den Klingelknopf. Das markerschütternde Brummen des Türöffners malträtierte ihren Schädel. Ausgerechnet jetzt, dachte sie und ärgerte sich, heute Morgen keine Tablette gegen diese verdammte Migräne genommen zu haben. Als der Eingang frei war, trat sie in das Innere der Gefängnispforte. Graue Betonwände und stählerne Türen suggerierten dem Besucher, dass es von hier aus kein Entkommen mehr gab. Sie hasste diese Atmosphäre, würde sich wohl niemals daran gewöhnen. Hinter der gläsernen Scheibe verrichteten drei uniformierte Justizbeamten ihren Dienst, zwei junge Männer und eine Frau. Es gab Wände mit unzähligen Überwachungsmonitoren, Schreibtische und Stahlfächer. Alle drei Bediensteten hätten dem Alter nach ihre Kinder sein können. Jetzt bestimmten sie über ihre Freiheit, auch wenn sie nach dem Termin wieder gehen konnte, blieb das beklemmende Gefühl wie bei jedem Besuch in einer Justizvollzugsanstalt.

Der Mann betätigte einen für sie unsichtbaren Knopf. Das Knacken im Lautsprecher über der Scheibe verriet ihr, dass das versteckte Mikrofon nun aktiviert war. Sie nannte den Grund ihres Besuches und ihren Namen, hielt dabei den Ausweis hoch, sodass er einen Blick darauf werfen konnte.

Den Koffer stellte sie auf dem Boden ab, dann griff sie in die Tasche, um ihr Handy und den Personalausweis in die Stahlschublade zu legen, die sich unterhalb des Tresens öffnete. Der junge Beamte zog die Schublade zu sich herein, nahm beides an sich, legte ihr Smartphone in eine hölzerne Kiste, betrachtete den Ausweis mit einem prüfenden Blick, wobei er das Konterfei des Dokuments mit ihrem Gesicht verglich, bevor er den Ausweis dazulegte und zu einem Telefonhörer griff. Sie hörte ihn über die Lautsprecher der Anlage reden, ohne aber seine Worte verstehen zu können. Nachdem er aufgelegt hatte, kehrte er zurück an die Scheibe. Wieder knackte die Gegensprechanlage.

»Bitte nehmen Sie einen Moment Platz, Sie werden gleich abgeholt.« Jetzt funktionierte die Anlage.

»Danke.« Sie ergriff den kleinen Lederkoffer und leistete der Anweisung Folge. Dabei wechselte ihr Blick zwischen den drei Justizbeamten und der großen Uhr an der gegenüberliegenden Wand des Wartebereichs. Zäh rannen die Sekunden dahin. Sie versuchte, gegen die aufkommende Müdigkeit anzukämpfen, und spürte wieder diesen Schmerz in der Stirn. Warum habe ich keine Tablette genommen?, ärgerte sie sich und zuckte zusammen, als sich eine elektrisch betätigte Tür am gegenüberliegenden Ende des Wartebereichs öffnete.

Ein junger Mann in Uniform trat ein und lächelte freundlich. »Frau Michels?«

»Ja, die bin ich.« Sie erhob sich und nahm den Koffer.

»Bitte folgen Sie mir.«

»Gern.« Das war gelogen, denn sie war alles andere als gern hier. Sie hasste diese Knasttermine, empfand die Umgebung als bedrückend und deprimierend. Der junge Mann, sie hatte eben ein »Hansen« auf dem Namensschild an der Brust entziffert, führte sie in den Schleusenraum. Er deutete auf ein rechteckiges Gerät mit einem Rollband. »Den Koffer bitte einmal hier drauf«, sagte er freundlich wie ein Flugbegleiter. Dann nahm er eine kleine Plastikkiste und schob sie ebenfalls auf das Rollband. »Alles, was Sie in den Taschen haben, bitte in das Kästchen.«

Schweigend kam sie der Aufforderung nach und ließ sich von Hansen zu dem Röntgentunnel führen. Ein wenig wie am Flughafen, durchzuckte es sie in einem Anflug von Humor. Nachdem Hansen zufrieden war, machte er eine einladende Geste. »Dann mal los«, lächelte er und zeigte ihr zwei Reihen strahlend weißer Zähne. Ohne ihre Antwort abzuwarten, ging er voran, nahm ein dickes Schlüsselbund aus der Tasche und öffnete die erste von gefühlten 150 Türen auf ihrem Weg.

Sie war gut genug erzogen, um sich jedes Mal zu bedanken, wenn er ihr eine Tür aufschloss und sie hereinbat, und war einmal mehr beeindruckt von den schier endlosen Gängen und Korridoren, durch die er sie führte. Draußen war gerade Hofgang. Die Inhaftierten standen in Grüppchen beisammen, einige rauchten und betrachteten die Besucherin interessiert. Einige grölten frauenfeindliche Parolen, doch sie war souverän genug, die Anmachsprüche zu ignorieren.

Nach einem langen Fußmarsch hatten sie das Ziel erreicht. Sie befanden sich in dem Trakt, der die Sozialtherapie der JVA Lübeck beherbergte. Hier waren rückfallgefährdete Sexualstraftäter inhaftiert, doch sie verdrängte das mulmige Gefühl, das sie kurz beschlich, als sie Hansens Stimme aus den Gedanken riss.

»Hier entlang bitte.« Hansen hielt ihr schon wieder eine Tür auf, während er mit dem Schlüsselbund in der Hand herumklimperte. Sie sah am Ende des Gangs ein vergittertes Fenster. Rechts eine Tür, vor der zwei Beamte mit teilnahmslosen Blicken Wache schoben. Als Hansen mit seiner Begleiterin auftauchte, erwachten sie aus der Lethargie.

»Ist alles vorbereitet?«, fragte Hansen.

»Sicher doch.« Der rechte Beamte, ein Kleiderschrank, dessen Oberkörper fast das dunkelblaue Diensthemd sprengte, nickte mit regungsloser Miene. »Es kann losgehen.« Er öffnete die Stahltür mit seinem Schlüssel und machte Anstalten einzutreten.

Abwehrend hob sie eine Hand. »Ich würde gern mit ihm alleine sein.«

Der Kleiderschrank tauschte einen verunsicherten Blick mit seinen Kollegen, doch niemand wagte es, der Besucherin zu widersprechen. »In Ordnung«, sagte Hansen. »Wenn etwas ist, rufen Sie einfach.«

»Geht klar.« Sie schob sich an dem Hünen vorbei und verzog angewidert das Gesicht, als sie den beißenden Schweißgeruch wahrnahm, der von ihm ausging.

Hinter ihr schloss sich die Tür. Wieder wurde abgeschlossen. Sie hatte es so gewollt. Der Raum wies zwei vergitterte Fenster mit Blick zum Hof auf, einen einfachen Tisch, davor zwei Stühle. Er besetzte einen der beiden Stühle und sah gelangweilt auf, als sie sich dem Tisch näherte.

»Moin«, sagte sie und stellte sich vor.

Mit einem stummen Nicken deutete er auf den freien Stuhl. Während sie den Koffer auf dem Boden abstellte und sich setzte, betrachtete sie ihn unauffällig. Der Mann hatte kaum Ähnlichkeit mit den Bildern, die man ihr zur Verfügung gestellt hatte. Seine Haut war aschgrau, die dunklen Haare kurz geschoren, der Dreitagebart und sein verschlagener Blick verliehen ihm ein verwegenes Aussehen, von dem sie sich aber nicht einschüchtern ließ. Sie beugte sich zu dem Koffer herab, öffnete ihn und nahm die kleine *GoPro* und das Stativ heraus, dazu ein kleines analoges Aufnahmegerät mit einem integrierten Mikrofon, das sie so auf dem Tisch positionierte, dass es ihre beiden Stimmen aufzeichnen würde. Dann zückte sie ihre Kladde, schlug sie auf und legte den Stift in einer geraden Flucht daneben. »Darf ich?« Sie hielt die kleine kastenförmige Kamera hoch und wartete sein zustimmendes Nicken ab. Nachdem sie die Kamera aufgestellt, aktiviert und auf ihn gerichtet hatte, lehnte sie sich im Stuhl zurück.

»Mein Name ist Barbara Michels«, stellte sie sich vor. Wieder schwieg er, als ginge ihn das alles nichts an. Auch er lehnte sich zurück und verschränkte demonstrativ die Arme vor der Brust, ohne sie aus den Augen zu lassen.

Ablehnung, registrierte sie seine Haltung. Er zeigt mir seine Ablehnung. Doch auch davon ließ sie sich nicht verunsichern. »Sie wissen, warum ich hier bin?«

»Nee.« Seine Stimme klang rau.

»Ich möchte ein psychologisches Gutachten erstellen, um festzustellen, ob Sie überhaupt schuldfähig sind.« Sie nahm den Stift, schrieb seinen Namen und das heutige Datum an den oberen Rand der leeren Seite.

»Schön.« Er nickte. »Denn mal los.«

Barbara Michels spielte mit dem Stift in der Hand und betrachtete ihn nachdenklich. So sieht also ein mehrfacher Mörder aus. Und ich habe die Aufgabe, ihn hier rauszuholen, sollte er tatsächlich schuldunfähig sein. »Können Sie sich an die Taten, die man Ihnen vorwirft, erinnern?«

»'türlich.« Er lachte amüsiert auf, als hätte sie ihm einen guten Witz erzählt. Nachdem er sich beruhigt hatte, tippte er sich an die Schläfe. »Ich bin ja nicht bescheuert, auch wenn du das gern hättest.«

»Was ich gerne hätte, soll uns nicht interessieren.« Sie ignorierte, dass er sie unaufgefordert duzte. »Lassen Sie uns lieber über Sie sprechen.«

»Schieß los.« Er beugte sich vor und legte die Unterarme auf den Tisch. »Was willst du hören?«

»Alles«, sagte sie seelenruhig, ohne ihn aus den Augen zu lassen. »Ich will die ganze Geschichte hören.«

KAPITEL 1

Einige Monate zuvor:

Ihre Augen brannten von der langen Fahrt. Längst hatte sich die Dunkelheit wie ein Leichentuch über die Landschaft gesenkt. Weitläufige Felder und kleinere Wäldchen wechselten sich seit geraumer Zeit ab, während die Landstraße schnurgerade nach Osten verlief. Nur ab und zu führte die Fahrt durch kleinere Ortschaften und vorbei an Bauernhöfen und verwaist wirkenden Scheunen. Die Lichtlanzen der Scheinwerfer durchschnitten die Dunkelheit und wirbelten die Nebelschwaden, die über den feucht schimmernden Asphalt krochen, auf. Die Nacht war ungewöhnlich kühl.

Die neue Heimat empfängt mich mit ihrer unwirtlichen Seite, dachte Kristin fröstelnd. Sie griff nach dem Thermobecher, der im Cupholder am Armaturenbrett klemmte. Der Früchtetee, den sie sich aus dem fernen Leer in Ostfriesland mitgebracht hatte, war längst kalt. Dennoch nippte Kristin in kleinen Schlucken. Ruhig lag ihre freie Hand auf dem Lenkradkranz. Hatte sie sich anfangs mit den ungewohnten Abmessungen des geliehenen Transporters schwergetan, empfand sie die erhöhte Sitzposition inzwischen als angenehm. Der Diesel unter der kleinen Haube brummelte sonor gegen die Musik aus dem Radio an. Schon seit Stunden war sie mit dem vollgepackten Auto in ihr neues Leben unterwegs. Hinter der Trennwand des Kastenwagens stapelten sich Kartons und kleinere Möbel, alles, was sie nicht mit dem Umzugsunternehmen hatte transportieren wollen.

Rund 400 Kilometer Fahrt lagen hinter ihr und seit geraumer Zeit führte die Bundesstraße 201 schnurgerade nach Osten. Kristin hatte einen kleinen Umweg über Husum gemacht, um eine alte Jugendfreundin zu besuchen, die seit ihrer Hochzeit hier oben lebte. Das Treffen war angenehm verlaufen und es war ihnen gewesen, als hätten sie sich erst gestern zum letzten Mal gesehen. So hatten sie über alte Zeiten geplaudert und viel gelacht, bevor Kristin die Weiterfahrt angetreten hatte. Flensburg war ihr Ziel, denn hier lebte sie ab morgen. Ein wenig betrübt stellte Kristin fest, dass sie außer Heike und ihrem Mann niemanden hier oben kannte. Sie war gespannt auf ihre neuen Kollegen und fragte sich, wie lange es dauern würde, bis sie sich einen Freundeskreis in der neuen Heimat aufgebaut hatte.

Sie warf einen Blick auf das gelbe Schild am Straßenrand. So langsam rückte ihr Ziel in greifbare Nähe. Bei Schuby würde sie das letzte Stück bis nach Flensburg über die Autobahn fahren. Sie warf einen Blick auf die Uhr im Armaturenbrett und stellte fest, dass es kurz vor Mitternacht war. Höchste Zeit, ein paar Stunden Schlaf zu bekommen. Der morgige Tag würde aufregend und anstrengend werden.

Kristin erschrak, als der Kastenwagen von einer seitlichen Windbö erfasst wurde, nachdem sie ein kleines Waldstück passiert hatte. Der schwer beladene Wagen geriet ins Schlingern. Mit klopfendem Herzen lenkte Kristin gegen, um in der Spur zu bleiben. Dabei schwappten ein paar Tropfen Tee über die Hand, mit der sie den Becher umklammerte. Auf der Stelle war Kristin wieder hellwach. Sie hatte nicht vor, so kurz vor dem Ziel noch im Graben zu landen. Hinten auf der Ladefläche schepperte etwas, dann hatte sie den Wagen wieder unter Kontrolle. Langsam nur beruhigte sich ihr Puls. Ihr war, als würde sie durch einen tiefen, nicht enden wollenden Tunnel fahren. Mit jedem Kilometer, mit dem sie sich der

Küste näherte, wurde der Nebel dichter. Sie war froh, wenn sie Flensburg endlich erreicht hatte. Kristin öffnete das Seitenfenster und sog die frische Luft, die in die Fahrerkabine drang, tief in ihre Lungen ein.

Sie erschrak erneut, als sich das rote Glühen der Rücklichter eines Fahrzeuges vor ihr aus dem dichten Dunst schälte. Kristin bremste den Lieferwagen ab und erkannte im nächsten Moment die Konturen eines stehenden Fahrzeuges, das schräg am Beginn des Verzögerungsstreifens einer Ausfahrt stand. Das Heck des kleinen Autos ragte gefährlich auf die Fahrbahn. Jemand hat eine Panne, durchzuckte es Kristin. Seltsamerweise war die Warnblinkanlage des fremden Autos nicht eingeschaltet. Auch ein Warndreieck hatte sie nicht gesehen. Kristin schaltete die Warnblinkanlage des Transporters ein und tippte die Bremse an. Ein eigenartiges Gefühl beschlich sie beim Anblick des fremden Autos, einem dunkelblauen Peugeot 108 mit Schleswiger Kennzeichen. Gut zehn Meter hinter dem Fahrzeug kam sie zum Stehen. Nachdem sie die Handbremse angezogen hatte, schaltete sie die Innenbeleuchtung ein und sah sich suchend in der Kabine um. Kristin hatte keine Ahnung, wo sich in diesem Auto die Warnweste befand, und gab die Suche auf. Nachdem sie den Sicherheitsgurt gelöst hatte, drückte sie die große Fahrertür auf und rutschte vom Fahrersitz. Zögernd näherte sie sich dem fremden Wagen.

Verwundert stellte Kristin fest, dass der Motor des kleinen Peugeot noch lief. Die Rauchwolken aus dem Auspuff vermischten sich mit den Nebelschwaden, die wie Geister aus einer anderen Welt über den Asphalt krochen. Kristin fröstelte. Womöglich hatte der Fahrer einen Herzanfall erlitten.

Jemand benötigt Hilfe. Kristin überlegte, ob der Fahrer wohl versucht hatte, mit letzter Kraft die Ausfahrt zu erreichen, um sich und den Peugeot in Sicherheit zu bringen.

Kristins Gefühl, dass hier etwas nicht stimmte, verstärkte sich. Automatisch glitt ihre Hand an die Stelle, wo sie normalerweise das Holster unter der Jacke trug. Jetzt vermisste sie die Dienstwaffe, die ihr sonst das Gefühl von Sicherheit gab. »Hallo?« Kristin näherte sich dem Wagen, um einen Blick ins Innere zu werfen. Die Fahrertür stand weit offen, im Innenraum brannte Licht, sogar das Radio dudelte laut vor sich hin. Doch das Auto war verlassen. Vom Fahrer weit und breit keine Spur. Kristins Kopfhaut zog sich zusammen. Sie blickte sich um und suchte die Gegend neben der Fahrbahn ab, doch der Nebel war zu dicht, um etwas erkennen zu können. »Hallo?«, rief sie ins Nichts und erschrak über den Klang ihrer eigenen Stimme. »Wo sind Sie, geht es Ihnen gut?«

Lauschend legte sie den Kopf schräg, doch niemand antwortete ihr. Kristin beugte sich in den Wagen, um den Motor abzuschalten. Dabei fiel ihr Blick auf die Handtasche, die vor dem Beifahrersitz im Fußraum lag. Hastig zog sie die bereits ausgestreckte Hand zurück und betrachtete die Tasche, eine einfache, blau-weiße Stofftasche. Der Inhalt war über den Beifahrersitz und im Fußraum verstreut worden. Kristin erkannte eine Haarbürste, einen Lippenstift, eine Slipeinlage, ein paar Haargummis und Kondome. Doch persönliche Gegenstände wie eine Geldbörse oder ein Smartphone suchte sie vergeblich. Kristin drängte sich der Verdacht auf, dass hier ein Gewaltverbrechen stattgefunden hatte. Sie war auf der Stelle in Alarmbereitschaft. Als sie einatmete, nahm sie einen chemischen, süßen Duft wahr, der sie an irgendetwas erinnerte, das sie im Moment aber nicht zuordnen konnte. Als sie sich flach atmend zurückzog, bemerkte sie den tiefroten Fleck auf dem Fahrersitz. Sie war lange genug Polizistin, um sofort zu wissen, dass es sich bei der inzwischen getrockneten Flüssigkeit um Blut handelte. Erschrocken wich Kristin zurück und fummelte mit zitternden Fingern das Smartphone aus der Jeanstasche. Sie aktivierte die kleine Taschenlampe und leuchtete die Umgebung neben dem Auto ab. Auch auf der Türsäule und der Seitenscheibe entdeckte sie Blutspuren. Blutige Fingerkuppen hatten Schleifspuren auf Glas und Lack des Wagens hinterlassen, ein untrügliches Zeichen dafür, dass es hier eine gewalttätige Auseinandersetzung gegeben hatte. Der Handtasche nach zu urteilen, handelte es sich bei der verschwundenen Person um eine Frau, die sich offensichtlich gegen einen gewaltsamen Übergriff gewehrt hatte. Kristin fragte sich, wo die Frau sich jetzt befand.

Als Kristin den Lichtkegel der Lampe zum Boden richtete, stellte sie erschrocken fest, dass sie mit beiden Füßen inmitten einer Blutlache stand.

KAPITEL 2

Glücksburg, Ostsee, 00.07 Uhr:

Jens Beck realisierte nur zögernd, dass der melodische Klingelton nicht zu seinem Traum gehörte. Doch noch weigerte er sich, in die Realität der Nacht zurückzukehren, und zog sich die Bettdecke über das Kinn.

Nach einem äußerst üppigen Abendessen in der *Taverna Sorbas* in Sandwig war er, kaum dass er im heimischen Bett lag, in einen tiefen Schlaf gefallen. Heute hatte ihn Hannah, seine Frau, spontan zum Essen eingeladen, und da er die griechische Küche über alles liebte, konnte er einfach nicht nein sagen. Nur auf das eisgekühlte *Flens* vom Fass und den obligatorischen Ouzo hatte er schweren Herzens verzichtet. Unter der Woche trank er so gut wie nie. Als Erster Kriminalhauptkommissar der Kripo Flensburg und Abteilungsleiter des Kriminalkommissariates 1 musste er immer für sein Team ansprechbar sein. Ausnahmen gab es nur selten.

Immer tiefer bohrte sich der Klingelton des Handys in sein Bewusstsein. Beck stöhnte und zog sich mit einem unwilligen Brummen die Decke über den Kopf.

»Jens«, hörte er die sanfte Stimme von Hannah hinter sich. Sanft rüttelte sie an seiner Schulter. »Dein Telefon klingelt.« Da seine Frau einen leichten Schlaf hatte, war sie zuerst vom Klingelton des Diensttelefons aufgewacht.

»Du träumst«, behauptete Beck schlaftrunken und schüttelte unwillig den Kopf. Doch weder das Smartphone auf dem Nachttisch noch seine Frau gaben nach.

»Nein, leider nicht«, sagte Hannah nun etwas lauter. Jetzt

rüttelte sie energisch an ihm herum. »Komm schon, die Arbeit ruft.«

»Mann, Mann, Mann.« Jens fluchte ungestüm, dann angelte er nach dem Handy, das sich unter dem Vibrieren des Akkus gefährlich der Tischkante näherte. Gerade in dem Moment, als es vom Nachttisch zu rutschen drohte, fing Beck es auf.

»Augen auf bei der Berufswahl«, feixte Hannah in seinem Rücken.

Beck brummte etwas Unverständliches und warf einen Blick auf das Display. Als er den Namen der Anruferin erkannte, runzelte er die Stirn. »Was will *die* denn um diese Zeit?«

»Wer ist es?«

»Die Neue.« Er hatte Hannah von der neuen Kommissarin aus Ostfriesland berichtet, die sich aus privaten Gründen nach Schleswig-Holstein hatte versetzen lassen.

»Wann beginnt sie ihren Dienst bei euch?«

Beck warf einen Blick auf die beleuchteten Ziffern der Uhr. Es war kurz nach Mitternacht. »Vor sieben Minuten«, brummte er, bevor sein Daumen über das grüne Feld wischte, um das Gespräch anzunehmen.

KAPITEL 3

Es war gut gelaufen, fast schon zu gut. Er erwischte sich dabei, blöde vor sich hinzugrinsen, während er den Wagen trotz des auffrischenden Windes, der von der Küste ins Landesinnere wehte, in der Spur hielt. Immer wieder rauschte er durch dichte Nebelbänke, die ihn trotz eingeschalteter Heizung frösteln ließen. Gut gelaunt lauschte er der Musik, die aus den Lautsprechern des Autoradios drang, und summte leise mit. Ein Blick auf die Uhr im Armaturenbrett verriet ihm, dass er jetzt schon seit einer knappen Stunde im Kreis fuhr. Weiter als drei Kilometer hatte er sich nicht von ihrem Wagen entfernt. Bisher war die Karre niemandem aufgefallen. Lange konnte es nicht mehr dauern.

Als er wieder in die Nähe von Schuby kam, erhöhte sich sein Puls. Ruhig lagen seine Hände auf dem oberen Drittel des Lenkradkranzes. Er atmete zweimal tief durch, dann hatte er die Ausfahrt erreicht. Voller Erwartung drosselte er das Tempo, dann sah er das gleichmäßige Flackern der Warnblinkanlage eines Fahrzeuges am Straßenrand. Die eckigen Konturen eines weißen Lieferwagens schälten sich aus dem dichter werdenden Nebel.

»Na bitte«, kam es zufrieden über seine Lippen, während er das Tempo drosselte. »Geht doch.« Der erste Teil seines Plans war geglückt. Fiebrige Erregung ergriff von ihm Besitz, als er eine Gestalt neben dem Peugeot erblickte. Der Statur nach zu urteilen handelte es sich um eine Frau. Sie hatte ihm den Rücken zugewandt und telefonierte. Erst als sie bemerkte, dass er sich näherte, wandte sie sich zu ihm um. Schnell setzte er den Blinker und brachte seinen Wagen neben dem Peugeot zum Stehen. Das rechte Seitenfenster glitt surrend nach unten. Mit gespielter Neugier beugte er sich über den Beifahrersitz. Die Frau, er schätzte sie auf Ende 30, wandte sich zu ihm um.

»Ist etwas passiert?«, fragte er freundlich.

»Jemand hat eine Panne.« Die Frau rauchte. Täuschte er sich, oder zitterte ihre Hand?

»Brauchen Sie Hilfe?«

»Nein, danke.« Sie ließ das Handy sinken, nahm einen Zug von der Zigarette und schüttelte den Kopf. »Der Pannendienst ist bereits unterwegs.«

So leicht wollte er sich nicht abwimmeln lassen. »Soll ich nicht doch ...«

»Ich sagte nein, danke.« Als sie den Kopf schüttelte, klang ihre Stimme energisch und duldete keinen Widerspruch.

»Schon gut, schon gut – ich wollte ja nur helfen.« Er zuckte die Schultern. »Dann eben nicht.«

»Danke.« Sie rang sich ein Lächeln ab und hatte ihn im nächsten Augenblick schon wieder vergessen. Demonstrativ wandte sie ihm den Rücken zu und widmete dem Gesprächspartner am Telefon wieder ihre volle Aufmerksamkeit. Es grenzte schon an eine Frechheit, wie sie ihn ignorierte, und kurz musste er gegen die aufsteigende Wut ankämpfen.

»Wie du willst.« Er löste die Bremse, ließ die Kupplung kommen und steuerte den Wagen auf die Ausfahrt zu. Mit einem gleichgültigen Gesicht betätigte er den Fensterheber und ließ die Seitenscheibe hochfahren. »Mehr kann ich nicht tun«, murmelte er zu sich selbst und warf einen letzten Blick auf den verunglückten Wagen am Straßenrand.

»Jemand hat eine Panne«, hatte die Frau gesagt. Er lachte, als er den Wagen durch die enge Ausfahrt zirkelte. »Panne ist gut«, rief er amüsiert. »Du blöde Fotze, du hast doch überhaupt keine Ahnung!« Am Ende der Ausfahrt setzte er den Blinker und bog nach links ab. Höchste Zeit weiterzumachen. An Feierabend war noch lange nicht zu denken, erst musste er die Tote in seinem Kofferraum loswerden.

KAPITEL 4

Bundesstraße 201 bei Schuby, 00.50 Uhr:

Es dauerte nicht lange, bis der erste Einsatztrupp vor Ort war, um den Bereich rund um den Peugeot abzusichern. Kristin ärgerte sich ein wenig darüber, dass sie noch keinen neuen Dienstausweis der schleswig-holsteinischen Behörde in der Tasche hatte. Doch ihr Selbstbewusstsein war groß genug, um die Kollegen des Streifendienstes einzuweisen. Drei Streifenwagen hatte Beck ihr für den ersten Angriff zum Einsatzort geschickt. Das Team der KTU und er selbst würden auch gleich hier eintreffen, hatte er ihr am Telefon versichert.

Zwei Streifenbeamten waren damit beschäftigt, Absperrband in einem großen Umkreis um den verlassenen Wagen zu spannen, vier andere richteten gerade eine Straßensperre ein. Da um diese Zeit kaum Verkehr herrschte, hielt sich die Menge der Autofahrer, die um die Einsatzstelle herumgeleitet werden mussten, in einem erträglichen Rahmen.

Kristin hasste es zu warten. Ungeduld war ihre große Schwäche, und hier war offensichtlich ein Verbrechen geschehen. Kaum dass sie ihren neuen Wirkungsort erreicht hatte, war sie über das verlassene Auto gestolpert. Natürlich hatte sie Jens Beck, ihrem neuen Vorgesetzten, das Kennzeichen des Peugeot genannt. Beck hatte ihr versprochen, eine Halteranfrage zu veranlassen. Vorher, so fürchtete Kristin, war sie machtlos. So lehnte sie an der Leitplanke der Bundesstraße und zündete sich bereits die dritte Zigarette an.

Ich rauche zu viel, dachte sie selbstkritisch, während sie den ersten Zug nahm und den Rauch gedankenverloren in die nebelige Nachtluft aufsteigen ließ. Der Versuch, sich das Rauchen vor dem Start in ihr neues Leben ganz abzugewöhnen, war damit wohl kläglich gescheitert. Überhaupt war der Start nicht so abgelaufen, wie sie es sich vorgestellt hatte. Wann sie ihre neue Wohnung in Flensburg zu Gesicht bekam, um ein paar Stunden nach der langen Fahrt schlafen zu können, war mehr als fraglich. Den Dienstbeginn bei der Kriminalpolizei in Flensburg hatte sie sich anders vorgestellt. »Das Leben ist kein Ponyhof«, sagte ihre Mutter immer. Also kam sie zu dem Schluss, dass es wenig Sinn hatte, sich über den seltsamen Einstieg bei der neuen Dienststelle zu ärgern.

Viel Zeit fand sie nicht zum Nachdenken, denn ein grauer Sprinter stoppte hinter Kristins Lieferwagen. Gerade als sie den Fahrer zum Weiterfahren bewegen wollte, erkannte sie das SH, die Landeskennung für schleswig-holsteinische Behördenfahrzeuge, auf dem Kennzeichen. Die schwarzen Buchstaben KTU auf der Seite des Kastenwagens verrieten ihr, dass die Spurensicherung im Anmarsch war. Endlich kam Bewegung in die Sache. Eine Frau und ein Mann stiegen aus. Kristin stieß sich von der Leitplanke ab und ging den Kollegen entgegen. Unterwegs nahm sie einen letzten Zug von ihrer Zigarette, bevor sie den Glimmstängel mit der Sohle ihres Sneakers austrat und in den Grünstreifen kickte. »Moin«, grüßte sie freundlich und betrachtete den schlaksigen Endvierziger, der sich mit einem breiten Grinsen als Benno Thierse vorstellte. Der Kriminaltechniker hatte strahlend blaue Augen und einen säuberlich gestutzten Bart, dazu einen blassen, nordischen Teint. An seiner Seite befand sich eine große, schlanke Frau von Anfang 50 mit blonden Haaren, die sie zu einem sportlichen Zopf zusammengebunden hatte. Ihre Kleidung war salopp, offenbar gehörte sie zur Jeans-und-Blazer-Fraktion. Fehlt nur noch das Batik-Halstuch, dachte Kristin, dann sieht sie aus wie eine Grundschullehrerin. »Moin«, erwiderte sie freundlich. Ihre Stimme klang warm und weich. Kristin fand die Kollegin sympathisch, nur passte sie rein optisch irgendwie nicht zum sechsten Kriminalkommissariat. Während sie sich in Gedanken fragte, wie eigentlich eine typische Kriminaltechnikerin aussehen könnte, stellte sich die Frau mit einem knappen »Birthe Jensen, schön, dich kennenzulernen«, vor.

Kristin wunderte sich ein wenig darüber, dass die Kollegen sie bereits kannten.

»Jens hat uns erzählt, dass du die Neue bist«, erklärte Benno Thierse, als er Kristins erstaunten Blick sah.

»Ach so«, erwiderte sie. »Also – schön, euch kennenzulernen, ich bin also Kristin Voss, die Neue im K1.«

Benno Thierse sah an Kristin vorbei und versuchte, einen Blick auf den blauen Peugeot 108 zu erhaschen. »Was haben wir?«

»Ein verlassenes Auto, offensichtlich hat ein Raubüberfall oder eine Entführung stattgefunden.« Kristin schilderte den Kollegen, wie sie den Peugeot vorgefunden hatte. »Überall ist Blut, und der Inhalt der Handtasche wurde im Innenraum verteilt. Wir können also von einem Verbrechen ausgehen.«

»Halteranfrage?« Eine steile Falte legte sich auf Thierses Nasenwurzel.

»Läuft, Jens wollte sich kümmern.«

»Gut.« Thierse nickte Birthe Jensen zu. »Dann wollen wir mal.«

Birthe folgte ihm zur seitlichen Schiebetür des Sprinters. Von Weitem sah Kristin ihnen zu, wie sie in die faserfreien Einmalanzüge stiegen und sich das für die Spurensicherung nötige Equipment zusammenstellten, bevor sie mit Alukoffern zur Einsatzstelle zurückkehrten.

Wieder warten, dachte Kristin frustriert. Sie widerstand dem Verlangen nach einer neuen Zigarette und versenkte die Hände in den Taschen ihrer Jeans. Vielleicht gelang es ihr ja in Flensburg, sich das Rauchen abzugewöhnen. Die Hoffnung starb bekanntlich zuletzt. Gerade als sie das Smartphone aus der Tasche ziehen wollte, erregte ein mit dröhnendem Motor herannahender Ford Focus Kombi ihre Aufmerksamkeit. Kurz dachte Kristin, dass es sich um einen Fahrer handelte, der rücksichtslos auf die Einsatzstelle zuraste, doch dann sah sie das durch die Nacht zuckende Blaulicht auf dem Dach des Autos. Mit quietschenden Reifen kam der dunkelgraue Focus hinter ihrem Lieferwagen zum Stehen. Zwei Männer sprangen heraus. Mit grimmigen Mienen näherten sie sich dem Absperrband, das die Streifenpolizisten vorhin gespannt hatten.

Einen der beiden erkannte sie, bei ihm handelte es sich um Jens Beck, ihren neuen Vorgesetzten. Sie hatten sich vor Kristins Versetzung ein paarmal per Videokonferenz gesehen. Beck war schlank und groß, seine strohblonden Haare waren millimeterkurz. Er trug eine anthrazitfarbene Stoffhose zu einem blassblauen Hemd, darüber einen leichten Mantel in nichtssagendem Grau. Der Bartschatten ließ sein Gesicht älter wirken, als es wirklich war.

Der Fahrer war ein paar Köpfe kleiner als Beck. Er war kahlköpfig und stämmig, trug ein knallgelbes T-Shirt mit dem Aufdruck eines Modelabels unter der offenstehenden Jacke. Die strahlend weißen Turnschuhe schienen im Schein der Autoscheinwerfer zu leuchten. »Ist das deine Art, hier den Einstand zu feiern?«, rief der Kollege ihr schon von Weitem zu. »So eine Scheiße mitten in der Nacht.«

»Moin.« Kristin ging nicht auf die eigenartige Weise des Kollegen ein, sie im Team willkommen zu heißen. »Ich bin übrigens Kristin.« Sie grinste. »Die Neue.«

»Paulsen, Max Paulsen.« Er drückte ihre Hand ein wenig zu fest und zeigte ihr strahlend weiße Zähne. Täuschte sich Kristin, oder starrte er ihr auf die Oberweite?

»Was haben wir?« Beck versenkte die Hände in den Hosentaschen und sah an Kristin vorbei zu dem Kleinwagen am Straßenrand. Die Kurzform kannte er bereits vom Telefonat, jetzt interessierte er sich für Einzelheiten. Kristin brachte ihren Chef auf Stand.

Beck hörte ihr aufmerksam zu, ohne sie ein einziges Mal zu unterbrechen. »Schön, Sie persönlich kennenzulernen«, sagte er anschließend. »Auch, wenn ich mir die Umstände ein wenig anders gewünscht hätte.«

»Manchmal ist das Leben kein Wunschkonzert«, erwiderte Kristin lächelnd und dachte wieder an eine andere Weisheit ihrer Mutter.

Beck nickte und sah die Straße herunter. »Ein anderes Fahrzeug ist Ihnen nicht entgegengekommen?«

Kristin schüttelte den Kopf. »Sicher irgendwann mal, aber nichts Verdächtiges, wenn Sie das meinen.« Sie deutete mit dem Kinn zur Ausfahrt. »Da geht es von der Bundesstraße runter. Wenn ich derjenige wäre, der unsere Unbekannte aus dem Auto gezerrt hat, würde ich sehen, dass ich von der Hauptstraße runterkomme und meinen Weg über die Dörfer fortsetze.«

Paulsen grinste. »Macht Sinn, weil hier nach 18 Uhr abends die Bürgersteige hochgeklappt werden.«

»Für mich sieht das nach einem Raubüberfall aus«, fuhr Kristin fort. »Jemand hat die Frau überholt, sie abgedrängt und unter Androhung von Gewalt aus dem Fahrzeug gezogen.«

»Dabei ist eine ziemliche Sauerei entstanden«, fand Paulsen und kratzte sich am Nacken.

»Die Frau wird sich gewehrt haben«, vermutete Kristin.

»Also eine Entführung?« Paulsen runzelte die Stirn und warf Beck einen fragenden Blick zu.

»Ohne despektierlich zu klingen«, murmelte der Kripochef nachdenklich, »aber wer nachts mit einem alten Kleinwagen unterwegs ist, wird nicht zu den Reichen gehören.«

»Was willst du denn damit sagen?« Paulsen stemmte die Hände in die Hüften.

»Dass hier nicht viel Lösegeld zu holen sein wird.«

»Eine Entführung könnte auch ein anderes Motiv haben«, gab Kristin zu bedenken. »Private Gründe wie etwa eine Beziehungstat. Oder sexualisierte Gewalt.«

»Hört, hört«, staunte Max Paulsen, »unsere neue Kollegin denkt schon weiter.«

»Da, wo ich herkomme, ist das üblich bei der Polizei«, erwiderte Kristin unbeeindruckt. Paulsens selbstverliebte Art ging ihr gegen den Strich. »Wir Frauen sind dafür bekannt, immer einen Schritt weiterzudenken«, schob sie mit einem süffisanten Lächeln auf den Lippen nach.

Beck hob, bevor die Situation eskalieren konnte, beschwichtigend die Hände. »Jetzt geht es erst einmal darum, die Geschehnisse zu rekonstruieren, die der Auffindesituation hier vorangegangen sind.«

»Was wissen wir über den Halter des Fahrzeuges?«, erkundigte sich Kristin.

Umständlich zog Jens Beck einen kleinen Zettel aus der Tasche. »Der Wagen gehört einer Maike Adamo, wohnhaft in Schuby.« Er las die Anschrift von seinem Zettel ab. »Die Dame ist bisher nicht aktenkundig, alles andere ist noch unbekannt.«

»Gut.« Kristin schob ihr Smartphone zurück in die Hosentasche. »Worauf warten wir?«

Beck sah sie überrascht an. »Wie belieben?«

»Worauf wir warten?« Kristin ging auf ihren Lieferwagen zu. »Wir fahren zur Adresse der Halterin und sehen, ob es einen Mann oder einen Lebensgefährten gibt, der uns die Tür öffnet.«

»Damit?« Ein wenig amüsiert nahm sie kurz zur Kenntnis, dass Beck zögerte, in den Transporter einzusteigen. Sie hielt ihm die Beifahrertür auf und sah ihm dabei zu, wie er seinen langen Körper in die enge Kabine faltete.

»Etwas anderes kann ich Ihnen gerade nicht anbieten«, lachte sie. Die Müdigkeit, die sie auf der Fahrt befallen hatte, war wie weggeblasen.

Max Paulsen war ihnen zum Auto gefolgt. »Bei der Sauerei, die sie hier gemacht hat, wird die Frau wohl kaum zu Hause sein«, behauptete er sarkastisch. Kristin ging nicht auf seine Bemerkung ein.

Beck wandte sich an Kristin. »Sie müssen von der Fahrt hundemüde sein und sind noch nicht einmal in Flensburg angekommen«, stellte er fest. »Vielleicht sollten Sie besser Ihre Weiterfahrt antreten und sich ein paar Stunden hinlegen. Morgen ist Ihr erster Arbeitstag in der neuen Dienststelle – und Ihren ersten Fall haben Sie ja quasi mitgebracht.« Er zeigte auf den Peugeot, an dem sich Thierse und Birthe Jensen zu schaffen machten, um Spuren zu sichern.

»Eben«, nickte Kristin. »Es ist mein erster Fall, und da werde ich ganz bestimmt nicht nach Hause fahren und mich ausschlafen.« Auffordernd klatschte sie in die Hände. »Hopp, hopp, es gibt Arbeit, meine Herren.« Sie griente Paulsen und Beck an und hatte einen diebischen Spaß an den überraschten Gesichtern der Männer.

KAPITEL 5

So war es gut. Jetzt lag sie genau richtig. Auf dem Rücken, mit leicht angewinkelten Beinen auf dem harten Boden. Eigentlich hatte er sie eingraben wollen, doch der Lehmboden war unerwartet hart gewesen. So hatte er es dabei belassen, eine flache Kuhle mit dem Klappspaten auszukratzen, in die er sie nun gebettet hatte. In der reetgedeckten Hütte roch es nach feuchtem Lehm. Dabei hatte er sie nur halb vergraben, denn es war nicht seine Absicht, sie verschwinden zu lassen. Im Gegenteil: Sie sollte hier gefunden werden. Mit zufriedenem Blick erhob er sich und klopfte sich den Dreck von der Kleidung. Ohne Hast klappte er den Spaten zusammen, um ihn im Rucksack verschwinden zu lassen. Nachdem er den Rucksack geschultert hatte, betrachtete er sie mit verzücktem Gesicht. Wie schön sie doch sogar im Tod noch war. Ihre langen blonden Haare hatte er mit einer mitgebrachten Bürste so drapiert, dass sie ihren Kopf umgaben wie eine Gloriole. Die Arme hatte sie ausgestreckt, so als wolle sie etwas oder jemanden mit offenen Armen in Empfang nehmen. Auch die Beine ragten leicht angewinkelt aus der Lehmkuhle, fast so, als wolle sie mit ihrem Schoß einen Liebhaber empfangen.

Wunderschön.

Wäre da nicht das hässliche blutverschmierte Loch an ihrer Schläfe, könnte man denken, dass sie schliefe. Wenngleich die Position auch ungewöhnlich war, wie er sich eingestehen musste. Er sah sich um. Ob und wann sie hier gefunden wurde, konnte er nur erahnen. Ihm war es egal. Der Wind trug das Rauschen der Blätter am Danewerk an seine Ohren.

Nur selten vernahm er Geräusche von Automotoren auf der Bundesstraße. Irgendwo gluckste es im Unterholz, er glaubte, das leise Schnattern einer Entenfamilie hören zu können.

Zufrieden betrachtete er sein Werk. Den Stein hatte er einen guten halben Meter neben ihr in den Lehm gelegt. Sie würden ihn finden und wissen, was er mit ihr getan hatte. Er genoss den Zustand der aufsteigenden Erregung, der ihn bei ihrem Anblick ergriff, spürte den trockenen Mund, das leichte Zittern in den Händen, das Glühen in seinem Schritt.

Sie hat es verdient.

Hastig strich er mit den Füßen seine Spuren im Lehm so glatt, wie es ging. Er trat einen Schritt zurück, um sein Werk ein letztes Mal in Ruhe zu betrachten. Kurz war er versucht, mit dem Handy ein Foto zu machen, doch er verkniff sich die Aufnahme und versuchte, sich das Bild einzuprägen. Sie musste einfach sterben.

Schuld war sie selber, diese Schlampe.

Der Gedanke an das, was sie getan hatte, versetzte ihn in einen Wahn. Als hinter ihm ein Ast knackte, fuhr er herum. Von der Wut gepackt, suchte er nach dem Verursacher des Geräusches, konnte aber niemanden finden und richtete den Blick wieder auf die Frau am Boden. Sie wirkte so friedlich, wie sie da lag, mit offenen Armen und Beinen. Nie wieder würde sie jemandem Unrecht tun können.

Er gab seinem Bedürfnis nach, öffnete den Reißverschluss seiner Hose, stellte sich breitbeinig über die Tote und erleichterte sich über sie. Für ihn war es das schönste Gefühl der Welt. Als er fertig war, schloss er seine Hose wieder, trat zurück, schenkte ihr zum Abschied einen letzten Blick, warf sich den schweren Rucksack über die Schultern und machte, dass er die Hütte verließ.

*

Schuby, 1.20 Uhr:

»Hier ist es.« Beck deutete durch die Windschutzscheibe des Kastenwagens nach vorn auf eines der einfachen Backsteinhäuser. Er schloss die Navigationsapp seines Smartphones und schob das Handy zurück in die Jackentasche. Langsam ließ Kristin den Transporter durch die verlassene Straße am Rand von Schuby rollen. Das gesuchte Haus war eher unscheinbar und gehörte zu einer Reihe von Einfamilienhäusern, die sich fast wie ein Ei dem anderen ähnelten. Rechts gab es eine Zufahrt und einen Carport, links einen kleinen Vorgarten mit Plattenweg, der zum Hauseingang führte. Aus dem Schornstein kräuselte sich feiner Rauch in den inzwischen sternenklaren Nachthimmel, in den Fenstern brannte um diese Uhrzeit erwartungsgemäß kein Licht.

Unter dem hölzernen Carport stand ein rostiger Berlingo in Blassblau, an einer Bank lehnte ein schwarzes Herrenrad. Eine Tür führte offenbar in den Garten hinter dem Haus. Die Blumen in dem Waschbetonkübel neben dem Eingang waren verrottet. Moos hatte sich auf der Blumenerde gebildet. Alles machte einen heruntergekommenen Eindruck auf Kristin. Sie stoppte den Lieferwagen am Straßenrand und saß weit vorgebeugt hinter dem Lenkrad, um die Umgebung in Augenschein zu nehmen. Der Diesel erstarb mit einem letzten Grummeln, dann kehrte Ruhe im kleinen Fahrerhaus ein.

»Mit so einer Kiste bin ich auch noch nie zum Einsatz gefahren.« Beck grinste neben ihr schief, als er den Sicherheitsgurt des Beifahrersitzes löste und die schwere Tür aufstieß.

»Irgendwann ist immer das erste Mal.« Kristin stand bereits neben dem Leihtransporter. Den Focus hatten sie Paulsen gelassen, damit der Hauptkommissar an der Einsatzstelle mobil blieb.

Als sie den Weg zum Haus betraten, flammte ein an der Dachrinne befestigter Scheinwerfer auf und blendete Kristin und Beck. Schweigend durchschritten sie den kleinen Vorgarten und standen schließlich unter dem verwitterten Vordach aus Glasfaserkunststoff. Am Klingelbrett gab es nur einen einzigen Namen.

»Wir sind richtig.« Zufrieden nickend legte Beck den Daumen auf den Klingelknopf. Das Rattern der altmodischen Hausglocke erschien ihr in der nächtlichen Stille der Siedlung überlaut. Kristin rechnete damit, dass in den Nachbarhäusern die Lichter angingen.

Kristin drehte der Haustür den Rücken zu, um die Umgebung auf sich wirken zu lassen.

Im Haus näherten sich Schritte. »Wo hast du schon wieder gesteckt?«, polterte eine raue Stimme, während im Schloss ein Schlüssel gedreht wurde. »Hast du mal auf die Uhr geguckt? Es ist jetzt …« Der Mann, der mit grimmiger Miene die Haustür öffnete, brach erschrocken ab, als er die Polizisten sah. Kristin betrachtete ihn. Sie schätzte ihn auf Anfang 40, er war von untersetzter Statur, hatte lichtes Haar und einen Bart. Er trug ein fleckiges T-Shirt und eine ausgebeulte graue Jogginghose zu Tennissocken, die in blau-weiß gestreiften Badelatschen steckten. Kristin wehte eine Alkoholfahne entgegen. Sie atmete flach.

»Wer sind Sie und was zum Teufel …«

»Mein Name ist Jens Beck, das ist meine Kollegin Kristin Voss.« Im Gegensatz zu Kristin war Beck im Besitz seines Dienstausweises, den er dem Mann jetzt entgegenhielt.

»Kripo?«

»Herr Adamo?«, antwortete Beck mit einer Gegenfrage.

Der ungepflegt wirkende Mann nickte. »Worum geht es?« Er seufzte. »Ist was mit Maike?«

»Vielleicht können wir das im Haus besprechen?«, fragte Beck und deutete an Adamo vorbei in den Flur.

»Also ist etwas mit Maike«, brummte Adamo und gab widerwillig den Eingang frei.

*

Ihn zog nichts nach Hause. Er wusste, dass ihm dort die Decke auf den Kopf fallen würde. Jetzt einfach so heimzufahren, wäre ein sehr unwürdiger Abschluss nach einem sehr erfolgreichen Tag, der eigentlich gefeiert werden musste. Doch die Uhrzeit passte nicht zum Feiern, also fuhr er ziellos mit dem Auto durch die Gegend. Je weiter er nach Westen kam, umso sternklarer wurde die Nacht. Die kühle Luft drang durch das geöffnete Fenster ins Wageninnere. Es tat gut, die Weite des Landes zu spüren.

Gelöst von dem, was hinter ihm lag, trommelte er den Takt der Musik aus dem Radio auf dem Lenkradkranz mit. Es tat gut zu fühlen, wie die Anspannung der letzten Tage langsam von ihm abfiel. Alles war gut gelaufen, eigentlich sogar besser, als er es sich erträumt hatte. Er war der Bundesstraße nach Westen gefolgt und hatte irgendwann Dagebüll erreicht. Die Fahrt führte vorbei an schmucken Holzhäusern, die kleinere Geschäfte und Ferienwohnungen beherbergten. Dann lag *Dagebüll Mole* vor ihm. Viel zu lange schon war er nicht mehr hier gewesen. Vom Fährhafen aus legten tagsüber die Schiffe nach Föhr und Amrum ab. Doch um diese Zeit herrschte eine geisterhafte Leere am Anleger. So fuhr er bis zum Aussichtspunkt auf der Landzunge, die ein paar Meter weit in die Nordsee ragte. Es herrschte Flut, und der Wind peitschte das Wasser bis an die Kaimauer des Hafens. Nachdem er den Motor abgeschaltet hatte, genoss er sekundenlang die Stille hier draußen, bevor der den Sicherheitsgurt löste und ausstieg. Ohne den Blick von der See zu nehmen, umrundete er den Wagen und lehnte sich rücklings an die noch warme Motorhaube. Nachdem er den Reißverschluss seiner Jacke bis zum Kragen hochgezogen und die Hände in den Jeanstaschen versenkt hatte, stand er einfach da, reckte die Nase in den würzigen Wind und genoss die Weite, die sich ihm bot.

Zu seiner Linken lagen die drei Fähranleger verlassen da.

In ein paar Stunden würden sich die ersten Schiffe mit Touristen und Pendlern füllen, um zu den Inseln aufzubrechen, doch noch hatte er die Mole für sich. Das Klimpern der Karabiner im Wind am Fahnenmast klang wie eine Melodie in seinen Ohren und mischte sich stakkatoartig unter das Geschrei der Möwen, die im Wind taumelten. Wieder richtete er den Blick auf das Meer. Er spürte die unendliche Tiefe und Weite der Nordsee und fühlte sich zum ersten Mal seit langer Zeit frei. Wasser übte eine magische Anziehungskraft auf ihn aus.

Während er auf die See hinausblickte, ordnete er seine Gedanken. Bisher war alles gut gelaufen, und er war zufrieden mit sich und dem Ergebnis. Nun war es wichtig, nicht leichtsinnig zu werden. Er sog die Luft tief durch die Nase ein und überlegte sich die nächsten Schritte. Das, was er heute getan hatte, war erst der Anfang.

Ein teuflisches Grinsen legte sich auf seine Mundwinkel, als ihm eine Idee kam. Scheinbar gedankenverloren stand er noch ein paar Minuten da und blickte auf die Wellen hinaus. Wer ihn sah, der ahnte nicht, dass in ihm ein Plan reifte. Nach einer gefühlten Ewigkeit stieß er sich von der Motorhaube ab und stieg in den Wagen. Die Rückfahrt würde er nutzen, um seinen Plan reifen zu lassen. Als er Dagebüll in Richtung Osten hinter sich ließ, graute bereits der Morgen. Jetzt war es an der Zeit, nach Hause zu kommen.

*

Schuby, 1.25 Uhr:

»Sicher sind Sie nicht nur gekommen, um mir mitzuteilen, dass Maike verschleppt wurde, oder?« Nachdenklich drehte Hein Adamo den schweren Kaffeepott in den Händen. Kristin und Beck saßen mit ihm am Küchentisch des Hauses in Schuby.

Sie hatten ihm erklärt, was vorgefallen war. Kristin hatte einen Kaffee dankend abgelehnt, während sich Beck offensichtlich über das nachtschwarze Gebräu in seiner Tasse freute.

»Gegenfrage«, sagte Kristin nun. »Haben Sie einen Verdacht, wer Ihre Frau überfallen und entführt haben könnte?«

»Nee«, sagte Hein Adamo für Kristins Geschmack etwas zu schnell. »Feinde hatte sie jedenfalls nicht. Wahrscheinlich war es ein Unbekannter, der sie geschnappt hat.«

Kristin wunderte sich über seine Wortwahl, sagte aber nichts dazu. »Also gehen Sie von einer Entführung aus.«

»Was weiß ich?« Hein Adamo schnaubte und zuckte mit den Schultern. »Bin ich der Bulle oder Sie?«

»Haben Sie keine Angst um Ihre Frau?«

»Natürlich hab ich Schiss, dass ihr was passiert ist.«

»Wir gehen davon aus, dass ihr etwas zugestoßen ist«, erklärte ihm Kristin in ruhigem Ton.

»Logisch, wenn Sie mir vom Blut am Auto erzählen.« Hein Adamo lachte humorlos auf. »Sie wird sich ja wohl kaum selbst eins übergebraten haben.« Er trommelte auf dem Tisch herum. »War es ein Raubüberfall?«

»Schwer zu sagen«, räumte Kristin ein. »Wertgegenstände wie eine Geldbörse oder ihr Handy haben wir nicht gefunden.«

»Klar – weil die Schweine nicht wollten, dass ihr rausfindet, wer sie ist.« Wieder schob er das trockene Lachen hinterher.

»Mich würde interessieren, wohin Ihre Frau unterwegs war«, mischte sich Beck ein, der sich Notizen machte und bisher Kristin das Reden überlassen hatte.

»Hierher, was sonst?« Adamo stellte die Tasse auf das geblümte Platzdeckchen und machte eine ausladende Geste. »Sie hat gearbeitet und war wohl auf dem Heimweg.«

»Wo arbeitet Ihre Frau?« Beck drehte den Stift zwischen den Fingern.

»Sie ist Saftschubse im *Walhalla.*«

»Bitte wo?« Kristin runzelte die Stirn, der die abwertende Wortwahl von Adamo gegen den Strich ging.

»Das ist eine urige Wikingerkneipe in Busdorf, die nach einem Götterpalast der nordischen Mythologie benannt ist«, erklärte Beck ihr.

»Eine miese Kneipe für notgeile Säcke ist das«, behauptete Hein Adamo und schnaubte wütend. »Und Maike lässt es zu, dass sich die Kerle an ihr aufgeilen.«

Längst war Kristin zu dem Schluss gekommen, dass es um die Ehe der Adamos nicht gut bestellt war. Er war eifersüchtig, und sie fragte sich, ob es dafür einen Grund gab.

»Die Zeiten sind schwer und die Kohle knapp«, schob Adamo nach, als er Kristins Blick bemerkte. Tatsächlich waren ihr nicht nur der heruntergekommene Eindruck des Hauses, sondern auch das alte und abgewohnte Mobiliar aufgefallen. Die Küchenmöbel bestanden aus einfachen Schränken mit tiefblauen Fronten, die Elektrogeräte wirkten alt, auch die Eckbank am Fenster, auf der sie saßen, knarrte bei jeder Bewegung. Von Wohlstand war hier nichts zu sehen. »Ich arbeite im Schichtdienst, Maike drei Mal in der Woche als Kellnerin in dieser Spelunke. Ich habe ihr schon oft gesagt, sie soll das Kellnern da aufgeben.«

»Warum?« Beck musterte ihn mit unverwandter Miene.

»Sie sind doch ein Mann.« Jetzt grinste Adamo anzüglich.

»Und?«

»Haben Sie noch nie einer Kellnerin auf die Titten oder auf den Hintern geschaut?«

»Ich bin glücklich verheiratet.«

»Auch gut. Aber es ist, wie ich sagte: Die besoffenen Kerle machen sie ständig an, geben ihr anzügliche Sprüche und tatschen ihr am Arsch herum.«

»Und deshalb sollte sie den Job an den Nagel hängen?«

»Logisch. Keine schöne Vorstellung für einen Mann, dass sich fremde Kerle an seiner Frau aufgeilen. Von mir aus soll sie sich beim *Netto* an die Kasse setzen und den Omas ihr *Kukident* verkaufen. Das ist allemal besser, als den notgeilen Kerlen das Bier und ihren Klaren zu bringen.« Hein Adamos Gesichtsfarbe hatte einen tiefroten Ton angenommen. Er umklammerte den Kaffeepott jetzt so fest, dass die Knöchel seiner Hände weiß unter der Haut hervortraten. Kristin sah ihm an, dass es in ihm brodelte. Als sie einen Blick auf Becks Notizen warf, las sie dort das Wort »Eifersucht« mit einem Fragezeichen versehen.

»Wie steht es um Ihre Ehe?«, fragte Kristin in das entstandene Schweigen hinein.

»Was wollen Sie hören?« Adamo bedachte sie mit einem feindseligen Blick. »Wollen Sie wissen, wie oft wir ficken?«

Kristin schüttelte stumm den Kopf.

Adamo senkte die Stimme und war um Fassung bemüht. »Wir leben unter einem Dach, dies hier ist das Haus ihrer verstorbenen Eltern, Kinder gibt es nicht, wir streiten und wir lieben uns.«

»Ist Ihnen denn nicht aufgefallen, dass Ihre Frau spät dran war?«, versuchte es Kristin.

»Klar doch.«

»Und – haben Sie nicht versucht, sie telefonisch zu erreichen?«

»Doch, sogar mehrmals.«

»Und?«

»Mailbox.« Hein Adamo hielt Kristins Blick stand. »Eigentlich untypisch, dass sie ihr Handy aus hat.« Umständlich zog er sein Smartphone aus der Tasche der ausgebeulten Jogginghose. Er entsperrte es und rief die Kontakte auf. »Hier«, sagte er schließlich, »zuletzt habe ich sie um kurz vor Mitternacht angerufen, um zu wissen, wo sie bleibt. Sonst ist sie gegen 23 Uhr zu Hause.«

Kristin warf einen Blick auf das Display. Viermal hatte er seine Frau vergeblich angerufen. Sie beschloss, eine Handyortung zu veranlassen, musste das aber erst mit Beck abstimmen. »Sicher sind Sie uns bei der Suche nach Ihrer Frau behilflich.«

»Natürlich.« Adamo nickte. »Was muss ich tun? Soll ich eine Vermisstenanzeige aufgeben?« Plötzlich wirkte er hilflos.

Kristin tauschte einen Blick mit Beck, der unmerklich den Kopf schüttelte. »Nein«, sagte sie, »dass Ihre Frau vermisst wird, ist mit der rätselhaften Auffindesituation ihres Autos und unserem Einsatz schon aktenkundig. Wir benötigen eine Liste der Kontakte Ihrer Frau. Gemeinsame Freunde, Familie, Nachbarn ...«

»Wollen Sie die Leute mit Ihren Fragen belästigen?«

»Herr Adamo, es geht um das Leben Ihrer Frau«, erklärte Kristin geduldig. »Wir gehen, wie bereits erwähnt, davon aus, dass sie einem Gewaltverbrechen zum Opfer fiel. Und die Menschen, zu denen sie Kontakt hatte, werden uns sicherlich gern bei der Suche nach Ihrer Frau unterstützen.«

Beck blätterte in seinem Notizheft eine neue Seite auf, schob es Adamo hin und legte seinen Stift daneben. »Hier«, sagte er und zeigte auf das Smartphone auf dem Tisch, »schreiben Sie uns die Kontakte tabellarisch auf. Name, Art der Beziehung zu Ihrer Frau und die Telefonnummer, im Idealfall mit Anschrift.«

»Das kann dauern.«

»Wir haben Zeit.« Beck schenkte ihm ein Lächeln.

»Was kann ich sonst tun?«

»Zum DNA-Abgleich benötigen wir eine Haar- oder Zahnbürste sowie ein möglichst aktuelles Foto Ihrer Frau«, antwortete Kristin.

»Bedienen Sie sich.« Adamo deutete über die Schulter in den Flur des kleinen Hauses. »Das Bad ist auf der rechten Seite.«

»Danke.« Kristin erhob sich. Als der Stuhl über den Terrakottaboden schabte, rieselte ihr ein Schauer über den Rücken. Sie ließ sich von Beck Asservatenbeutel und Handschuhe geben, dann ließ sie die Männer alleine in der Küche zurück. Im Flur roch es muffig, das war ihr schon beim ersten Betreten des Hauses aufgefallen. Entweder gab es im Haus ein Problem mit Schimmelbefall, oder die Adamos lüfteten einfach zu selten. Das Badezimmer war klein und mit veralteten moosgrünen Kacheln gefliest. Waschbecken, Kloschüssel und die Duschtasse waren ebenfalls im düsteren Grün der 1980er-Jahre gehalten. Das Glas des Spiegelschranks war angelaufen, eine Birne brannte nicht. Es gab ein kleines Fenster mit Scheibengardine und Milchglas, unter der Holzdecke brannte eine runde einfache Lampe. Kristin zog die Einmalhandschuhe über und sah sich genauer um. Während sie die Einrichtung in Augenschein nahm, hörte sie die Männer in der Küche reden. Deodorant und Zahncreme stammten aus dem Discounter, auch bei den wenigen Parfümfläschchen handelte es sich nicht um hochwertige Marken. Über Reichtum schien das Ehepaar tatsächlich nicht zu verfügen. Es gab zwei Zahnputzbecher auf der Ablage unter dem Spiegel, ein Glas mit Haargummis und ein Körbchen mit Bürsten von unterschiedlicher Form und Größe. Kristin entnahm dem Becher die pinkfarbene Zahnbürste und bugsierte sie in einen Beutel, dann nahm sie eine Haarbürste, in der sie einige lange blonde Haare entdeckte, die ganz sicher nicht von Hein Adamo stammten. In den dritten Beutel schob sie zwei zerfledderte Haargummis. Dann zog sie einen weiteren Beutel heraus und bediente sich an der dunkelblauen Zahnbürste von Hein Adamo. Kristin hoffte, dass die Farbklischees bei den Zahnbürsten der Adamos galten, und war nicht sehr optimistisch, dass der Hausherr im Besitz einer Ersatzbürste war. Nachdem sie die transparenten Beutel verschlossen hatte, begab sie sich zurück in die Küche. Gerade schob Hein Adamo Beck das Notizheft wieder hin. Die Kontakte und Namen hatte er von seinem Smartphone abgelesen. Als Kristin die Küche betrat und sich zu ihnen setzte, wirkte Becks Miene zufrieden. »Wir haben alles.«

Kristin wandte sich an Hein Adamo. »Sicher haben Sie ein Foto für uns?« Kristin seufzte.

»Klar, auf dem Handy.« Er legte sein Smartphone wieder auf den Tisch, entsicherte es und rief die Fotomediathek auf. Kurz schien er seine Besucher vergessen zu haben, während er sich durch die Bilder scrollte, und grinste anzüglich. »Aber die Nacktfotos zeige ich nicht.«

»Eigentlich wäre uns ein richtiges Bild lieber«, antwortete Kristin. Als sie sein fragendes Gesicht sah, fügte sie hinzu: »Ein analoges Bild auf Papier.« Sie schaute sich um, doch bis auf einen vergilbten Küchenkalender neben der Tür gab es keine Bilder an den Wänden.

»Ach so.« Hein Adamo erhob sich und ließ die Polizisten kurz alleine. Kristin tauschte einen Blick mit ihrem Vorgesetzten. Sie hörten, wie sich Adamo in die Stube begab und kurz darauf mit einem Fotoalbum zurückkehrte. »Hier«, sagte er, »aus dem letzten Urlaub. Wir waren in den Bergen.« Er schlug es auf und versank mit entspannten Gesichtszügen in den Erinnerungen, dann fingerte er ein Bild aus den Fotoecken heraus und legte es zwischen ihnen auf die Tischdecke. »Das ist sie.«

Kristin beugte sich vor und betrachtete die verschwundene Maike Adamo. Sie sah eine schlanke Frau in Wanderkleidung mit Rucksack. Die schulterlangen blonden Haare hatte sie zu einem kurzen Zopf zusammengebunden, das breite Lachen erreichte ihre strahlend blauen Augen. Maike Adamo schien eine lebensbejahende Frau zu sein.

»Hübsch, nicht?« Hein Adamo warf Beck einen Blick zu, der sich eine Antwort auf die Frage ersparte. »Dürfen wir das Foto mitnehmen?«, fragte er stattdessen.

»Sicher.«

»Herr Adamo, sicher können Sie uns sagen, wo Sie die letzten Stunden verbracht haben.« Kristin hielt hier nichts mehr. So langsam spürte sie die bleierne Müdigkeit, die ihr das Denken erschwerte.

Hein Adamos Gesicht verzerrte sich zu einer Grimasse. Als er zu seinem Kaffeepott griff, um einen Schluck zu trinken, bemerkte Kristin, wie seine Hand zitterte. »Hier«, grollte er, »und nein – kein Arsch kann das bezeugen.« Wieder trank er einen Schluck, bevor die große Tasse unsanft auf dem Tisch aufkam. Der Kaffee schwappte über und bildete einen unansehnlichen Kranz auf der Tischdecke. »Sie glauben nicht ernsthaft, dass ich was mit dem Verschwinden meiner Frau zu tun habe, oder?«

Weder Beck noch Kristin beantworteten die provokante Frage.

»Die Rufnummer und den Telefonanbieter Ihrer Frau benötigen wir ebenfalls.« Kristin betrachtete Adamo, der Beck geduldig Nummer und Provider diktierte. »War es das dann?«

»Fürs Erste ja, aber bitte halten Sie sich bereit.« Kristin nickte ihrem Vorgesetzten zu, er schien keine Einwände zu haben, die Fragerunde hiermit zu beenden.

Beck trank seinen Kaffee aus, klappte sein Notizbuch zu und verstaute es gemeinsam mit dem Stift in der Manteltasche, bevor er Kristin ein Zeichen gab. Sie nahm das Bild von Maike Adamo an sich, dann erhoben sie und Beck sich zeitgleich. Adamo machte Anstalten, sie zur Tür zu bringen, doch Beck winkte ab. »Danke«, sagte er, »wir finden alleine nach draußen.«

KAPITEL 6

»So ein unsympathischer Typ«, machte Kristin ihrem Ärger Luft, als sie wieder auf der menschenleeren Straße standen. Wütend zog sie den Reißverschluss ihrer gesteppten Jacke zu. Es war feuchtkalt geworden, ihr Atem bildete kleine Wölkchen vor dem Gesicht. Sie spürte den Blick von Hein Adamo in ihrem Rücken. Als Kristin einen flüchtigen Blick zurück zum Haus warf, bewegte sich eine der Gardinen. Er sah ihnen nach. Kristin ignorierte Adamo und wandte sich an ihren Chef. »Oder halten Sie ihn für unschuldig?«

»Es ist zu früh, um ihn zu verdächtigen.« Beck wiegte unschlüssig den Kopf. Neben dem Wagen blieb er stehen und hielt ihr mit einem Lächeln die Hand hin. »Jens«, sagte er, als er Kristins überraschtes Gesicht sah. »Wir duzen uns hier alle.«

»Kristin.« Sie nahm seine Hand.

»Kristin Viola Voss«, grinste er, »so stand es in deinen Bewerbungsunterlagen.«

Kristin zuckte unmerklich zusammen. Ihren zweiten Vornamen mochte sie nicht, warum, konnte sie sich selber nicht erklären. So verschwieg sie den Zweitnamen nach Möglichkeit. »Kristin reicht völlig aus«, sagte sie und drückte den Knopf der Zentralverriegelung. »Und?«, fragte sie, als sie im Fahrerhaus saßen und sie den Diesel startete. »Was denkst du über Adamo?«

»Irgendetwas an seiner Geschichte gefällt mir nicht, aber ich kann noch nicht sagen, was.« Er massierte sich die Schläfen.

»Du meinst, er lügt?« Langsam steuerte sie den Wagen durch die menschenleeren Straßen von Schuby.

»Ob er lügt, weiß ich nicht.« Beck seufzte und schien sich darüber zu ärgern, dass er sein Gefühl nicht erklären konnte.

»Du hast so ein Bauchgefühl«, half Kristin ihm.

Er nickte. »Adamo ist alles andere als nett«, überlegte Beck, während Kristin den Wagen durch die verlassenen Straßen von Schuby zur Bundesstraße steuerte. »Aber ob er etwas mit der Tat zu tun hat, wage ich zu bezweifeln.«

*

Bundesstraße 201 bei Schuby, 2.05 Uhr:

»Treffen wir uns gleich noch in der Direktion?« Kristin warf Beck einen fragenden Blick zu, während sie den Transporter über die leere Landstraße lenkte. So langsam machte ihr die Müdigkeit zu schaffen.

»Nee, lass mal.« Beck schüttelte den Kopf. »Bring mich zur Einsatzstelle und sieh du zu, dass du ein paar Stunden Schlaf bekommst. Streng genommen beginnt dein erster Arbeitstag bei uns ja erst morgen früh um 8 Uhr.« Er lächelte ihr väterlich zu.

Kristin wollte protestieren. Es war nicht ihre Art, einen neuen Fall für eine Pause zu verlassen. Die ersten Stunden nach einem Gewaltverbrechen waren die wichtigsten bei der Suche nach dem Täter. Doch die lange Fahrt und die ersten Ermittlungen forderten jetzt ihren Tribut. Tatsächlich freute sich Kristin auf eine Dusche und auf ein Bett. »Einverstanden«, stimmte sie eher halbherzig zu. »Auch wenn wir …«

»Wir kommen zurecht, Kristin.«

»Danke.« Die Einsatzstelle bei der Ausfahrt der Bundesstraße kam in Sicht. Inzwischen hatte man leistungsstarke Scheinwerfer aufgestellt, die auch den letzten Schatten aus der Nacht prügelten. Um den Wagen von Maike Adamo herrschte emsiges Treiben. Kollegen in weißen faserfreien Anzügen sicherten Spuren, was das Zeug hielt, während die uniformierten Beamten dafür sorgten, dass sich kein Unbefugter der Einsatzstelle nähern konnte. Auch der weiße Kastenwagen wurde angehalten.

Kristin fuhr das Fenster herunter.

»Hier können Sie nicht durch«, wurde sie von dem Streifenpolizisten aufgeklärt. »Es gibt eine Umleitung, Sie müssen ...«

»Das ist in Ordnung«, mischte sich Jens Beck ein. Freundlich lächelnd beugte er sich über den Sitz nach links.

»Ach, Sie sind das.« Die Gesichtszüge des Streifenpolizisten, ein junger Bursche, der wohl gerade erst die Polizeischule in Eutin absolviert hatte, entspannten sich. »Dann immer zu, Chef.« Er gab seiner Kollegin an der Absperrlinie ein Zeichen, und sie konnten passieren.

KAPITEL 7

Es fühlte sich eigenartig an, als Kristin gegen 2.30 Uhr morgens zum ersten Mal die Tür zu ihrem neuen Zuhause aufschloss. Die Wohnung lag im dritten Stockwerk eines Wohn- und Geschäftshauses in der Angelburger Straße 41 und nur einen Steinwurf von ihrer neuen Dienststelle an der Norderhofenden entfernt. Kristin hatte sich vorgenommen, künftig mehr Wege zu Fuß oder mit dem Rad zurückzulegen. Da war ihr das Angebot des Maklers sehr gelegen gekommen, der ihr die Altbauwohnung in Zentrumsnähe am Telefon schmackhaft gemacht hatte. Von außen machte das Haus einen etwas heruntergekommenen Eindruck, was sicher auch an den farbenfrohen Graffitis an der heruntergelassenen Jalousie vor dem Schaufenster eines Ladenlokals im Erdgeschoss lag. Das Treppenhaus war jedoch sauber und modern gehalten. So erklomm sie zum ersten Mal die Stufen bis unter das Dach des Mietshauses. Sie war gespannt auf ihre Wohnung, die man komplett saniert und modernisiert hatte. Als sie ein wenig atemlos oben angekommen war und die Wohnungstür aufschloss, drang der Duft nach frischer Farbe in ihre Nase. Ihre Hand wischte über die Wand neben der Türzarge, sie suchte und fand den Lichtschalter und war im nächsten Augenblick vom grellen Licht einer nackten Glühbirne an der Decke geblendet. Der Vermieter hatte Wort gehalten: Die Wohnung war frisch gestrichen, die Bohlen sauber abgeschliffen und neu versiegelt. Rechts lag die Küche. Man hatte ihr eine moderne Einbauküche mit anthrazitfarbener Arbeitsplatte, hellen Fronten und zeitgemäßen Elektrogeräten spendiert. Dahinter lag das Badezimmer. Die Wanne lag unter der

Dachschräge und verlieh dem Raum ein gemütliches Flair. Am Ende des schmalen Flurs lag die Stube, auch hier bestimmten schräge Decken und Fenstergauben das Bild. Kartons und zerlegte Möbel stapelten sich fast bis zur Decke und kündeten davon, dass Kristin in den kommenden Wochen keine Langeweile haben würde. Auf Freunde, die ihr beim Aufbau der Möbel und beim Einräumen der Schränke halfen, würde sie vorerst verzichten müssen. Alle, die geholfen hätten, lebten im knapp 400 Kilometer entfernten Ostfriesland.

Außer Heike, ihrer Schulfreundin, die der Liebe wegen vor ein paar Jahren nach Husum an die Westküste gezogen war. In der Kürze der Zeit konnten sie bei Kristins Besuch am Nachmittag natürlich nicht all das nachzuholen, was es zu erzählen gab, und so hatte Heike ihr versichert, sie bald schon in Flensburg zu besuchen. »Ist ja jetzt nicht mehr weit«, hatte sie Kristin mit auf den Weg gegeben.

Mit gemischten Gefühlen durchschritt Kristin jetzt ihre Wohnung. Von der Stube aus führte eine Treppe ins Loft unter dem Dach. Hier sollte das Schlafzimmer entstehen. Wie besprochen, hatten ihr die Männer der Umzugsfirma eine Matratze auf den dunkelbraunen Parkettboden gelegt. Das war also ihre Schlafstatt für heute Nacht. Kristin lächelte, als sie ihre blau-weiß-rot gestreifte Bettwäsche erkannte. Erst jetzt fiel ihr auf, dass es die Farben von Schleswig-Holstein, ihrer neuen Heimat, waren. Kristin fühlte, wie sie von Einsamkeit umfangen wurde. Die Stille der noch leeren Wohnung drückte auf ihr Gemüt, was sicher auch daran lag, dass sie todmüde war und dringend schlafen musste, um den ersten offiziellen Arbeitstag in der neuen Dienststelle gut zu überstehen.

Jetzt gab es also kein Zurück mehr. Dies war jetzt ihr neues Zuhause. Den Start ins neue Leben hatte sich Kristin anders vorgestellt, doch manchmal konnte man es sich einfach nicht aussuchen. Sie war es gewohnt, Dinge zu akzeptieren, die sie nicht verändern konnte. Immerhin hatte sie so einige ihrer neuen Kollegen der Flensburger Dienststelle bereits kennengelernt. Während sie Duschgel, eine Haarbürste, Zahnbürste und Zahncreme aus dem Rucksack zog und das Bad aufsuchte, kreisten ihre Gedanken um den seltsamen Fall.

Kristin stieg in die Badewanne und legte den Wasserhahn um. Es dauerte einen Moment, bis die Gastherme warmes Wasser durch den Brausekopf spülte. Danach seifte sie sich ein und dachte an ihren ersten Einsatz. Hein Adamo war alles andere als ein Sympathieträger, doch Kristin vermochte noch nicht zu sagen, ob er etwas mit dem gewaltsamen Verschwinden seiner Frau zu tun hatte. Als Kristin kurz die Augen schloss und die angenehm auf ihren müden Körper prasselnden Wasserstrahlen genoss, tauchte das Bild von Maike Adamo vor ihrem geistigen Auge auf. Im Gegensatz zu ihrem Mann schien es sich bei ihr um eine lebensfrohe, gepflegte und hübsche Frau zu handeln, die mit beiden Beinen fest im Leben stand.

Er hat in der Vergangenheitsform von ihr gesprochen, durchzuckte es Kristin plötzlich. Schlagartig schlug sie die Augen auf und wusch sich den Schaum aus den Haaren und vom Gesicht. Sie wusste, dass ihr die Wortwahl des Mannes schon bei ihrem Besuch in Schuby nicht gefallen hatte, war aber nicht darauf gekommen, woran es gelegen hatte, dass etwas mit ihm nicht zu stimmen schien.

Was weiß er wirklich über den Verbleib seiner Frau?, hämmerte es in Kristins Schädel. Hatte sie es hier mit einer Beziehungstat zu tun?

Es fiel ihr schwer, sich Hein und Maike Adamo als glückliches Ehepaar vorzustellen. Die beiden waren unterschiedlicher, wie Mann und Frau kaum sein konnten. Zwar behauptete der Volksmund immer, dass sich Gegensätze anziehen, doch die beiden waren zu gegensätzlich, um glücklich miteinander zu sein. Mit einem stechenden Gefühl im Herzen dachte sie an ihre gescheiterte Beziehung mit Felix. Auch sie waren unterschiedlich gewesen. Während sie quirlig und aktiv war, liebte er die Ruhe, mied Freunde und gesellschaftliche Verpflichtungen oder Familienfeiern. Sie sagte, was sie dachte – was nicht immer gut war, aber immerhin ehrlich –, er schwieg lieber, als sich in einen Konflikt zu begeben. Kristin sagte man nach, rastlos zu sein, während Felix immer einen etwas lethargischen Eindruck hinterließ. Anfangs war es seine stoische ostfriesische Ruhe gewesen, die sie fasziniert hatte, doch irgendwann war sie an dem Punkt angekommen, wo sie begriffen hatte, dass sie für Felix mitdenken und mithandeln musste. Egal, ob es ein Abendessen bei ihrem Lieblingsgriechen gewesen war, die gemeinsame Freizeitgestaltung oder die alltäglichen Dinge des Lebens, zu allem hatte sie ihn anhalten müssen. Diesen Umstand hatte sie zunehmend als lästig empfunden. Irgendwann war sich Kristin darüber klar geworden, dass sie an seiner Seite nicht mehr glücklich war. Obwohl sie oft stundenlange Gespräche darüber geführt hatten, war Felix nicht aus seiner Haut herausgekommen. Er konnte sich nicht verändern – und zunehmend hatte Kristin den Eindruck gewonnen, dass er sich auch gar nicht ändern wollte. Nun war es, wie es war. Sie hatten sich im Guten voneinander getrennt. Dennoch klaffte nach der Trennung eine Lücke in Kristins Herzen. So recht hatte sie sich nicht daran gewöhnen können, die Vorteile, die ein Singleleben mit sich brachte, zu genießen. Mehr als fünf Jahre lang waren sie ein Paar gewesen, und plötzlich alleine durchs Leben zu gehen, fühlte sich ungewohnt und bei den zahlreichen Nachfragen der Mitmenschen in ihrem gemeinsamen Leben sogar erdrückend an. Alles in Leer hatte sie zunehmend an ihre Zeit mit Felix erinnert. Irgendwann hatte Kristin den Entschluss gefasst, ein neues Leben zu beginnen. Außerhalb von Ostfriesland, weit weg von allen Menschen, die sie jahrelang begleitet und immer noch nicht verstanden hatten, weshalb sie einen Schlussstrich unter ihre Beziehung gezogen hatte. Doch ein Leben ohne das Meer in der Nähe war für sie absolut undenkbar. Nicht nur, weil sie leidenschaftlich gern tauchte, auch so war sie ein Küstenkind. Ihr war die Ausschreibung der Stelle beim K1 in Flensburg gerade recht gekommen, um sich für den Start in ein neues Leben an der schleswig-holsteinischen Ostküste zu bewerben.

Jetzt war sie also in ihrem neuen Leben angekommen, dachte sie, während sie fröstelnd das Wasser abdrehte, nach einem bereitliegenden Badehandtuch mit maritimem Muster tastete und sich eilig abfrottierte.

Waren die Adamos auch zu unterschiedlich, um gemeinsam glücklich sein zu können? Hastig putzte sie sich die Zähne, betrachtete sich im Spiegel über dem Waschbecken und erschrak über die dunklen Ringe, die sich unter ihren strahlend blauen Augen gebildet hatten. Es war höchste Zeit, in ihr provisorisches Bett zu kommen. Kurze Zeit später lag sie in ihrem noch kahlen Loft auf der Matratze und kuschelte sich in die nach frischem Weichspüler duftende Bettwäsche, die sie an zu Hause erinnerte. Nein, dachte sie ein wenig wehmütig, während sie in den Schlaf hinüberdämmerte, Leer ist nicht mehr mein Zuhause. Jetzt bin ich in Flensburg angekommen. Und schon auf der Anreise habe bin ich über meinen ersten Fall gestolpert. Wäre sie nicht so müde gewesen, hätte sie wohl über die Ironie des Schicksals lachen können. Doch so beobachtete sie die Lichter, die durch die Fenster unter der Schräge ins Loft drangen und Schatten und Lichtbahnen an die schrägen Wände warfen, bevor sie endgültig einschlief.

*

Bundesstraße 201, bei Schuby, 3.10 Uhr:

Sein Pulsschlag erhöhte sich, als er sich der Ausfahrt näherte. Die Müdigkeit, die ihn auf der nächtlichen Heimfahrt befallen hatte, war wie weggeblasen. Der gleichmäßig zuckende, grelle Widerschein der Blaulichter an der Einsatzstelle war schon von Weitem zu sehen. Gut, dachte er, sie haben noch zu tun. Das Gefühl von Macht ergriff Besitz von ihm. Er hatte es ihnen nicht allzu leicht gemacht, und sie waren immer noch mit der Spurensicherung beschäftigt. Sie haben keinen Schimmer, was passiert ist, und hängen in der Luft. Er lachte triumphierend, als er das Tempo drosselte, während er sich der Einsatzstelle näherte. Das Gefühl, die Beamten bei der Arbeit beobachten zu können, war unbeschreiblich. Fiebrige Erregung packte ihn, als er sich langsam der Einsatzstelle näherte. Man hatte leistungsstarke Scheinwerfer um den kleinen Peugeot herum aufgestellt. Rund um die Absperrung erkannte er Fahrzeuge des Technischen Hilfswerkes und der Freiwilligen Feuerwehr. Alle waren hier, um sich an seinem Suchspiel zu beteiligen. Herrlich, dachte er überheblich. Alle halten zusammen, doch niemand der Anwesenden ahnt auch nur ansatzweise, wo die Fahrerin des kleinen Autos abgeblieben ist. Das wusste nur er. Und er würde sich lieber die Zunge abschneiden, als es ihnen zu verraten. Im Schritttempo näherte er sich der Einsatzstelle. Großes Kino, durchzuckte es ihn, als sich ihm ein uniformierter Polizist näherte und warnend die leuchtende Kelle in die Höhe hielt.

»Schon gut, schon gut«, zischte er, »ich tu alles, was du willst, solang du denkst, die Fäden in der Hand zu halten.« Er griff zum Autoradio und drehte ein wenig widerwillig die Lautstärke herunter. Gerade dröhnte »Könnt ihr mich hören« von *Santiano* aus den Lautsprechern. Leutselig ließ er die Seitenscheibe heruntergleiten und beugte sich nach draußen.

»Moin«, sagte er freundlich zu dem Polizisten, der sich jetzt neben dem Wagen aufbaute. »Ist was passiert?«

»Sie können hier nicht durch«, wurde er mit wichtiger Miene belehrt.

Er machte eine betroffene Miene. »Und nu?«

»Umdrehen und bis zur nächsten Ausfahrt zurück.«

»Ach was.« Er zuckte die Schultern und versuchte, einen Blick auf das Geschehen vor der Ausfahrt zu erhaschen. »Das ist ja blöd.«

»Anders geht es nicht.«

»Na dann.« Achselzuckend fügte er sich seinem Schicksal und wendete den Wagen. Betont langsam fuhr er die Strecke, die er eben gekommen war, zurück. Dabei hing sein Blick am Rückspiegel. Zu schade, dachte er, als die Einsatzstelle immer kleiner wurde. Kaum, dass er die nächste Ausfahrt erreicht hatte, vernahm er das dumpfe Knattern von Rotorblättern. Gleichzeitig erkannte er den Hubschrauber neben der Straße, der in niedriger Höhe ein Waldstück überflog. Suchscheinwerfer waren auf das grüne Dach der weit ausladenden Äste gerichtet.

»Kalt«, lachte er kopfschüttelnd, während er den Blinker setzte, um die Bundesstraße zu verlassen. »Ganz kalt. Hier werdet ihr sie nicht finden.« Die Ausfahrt beschrieb einen engen Bogen. Er schaltete einen Gang herunter und drehte die Lautstärke wieder auf.

KAPITEL 8

Voller Ungeduld wartete er auf den Augenblick, in dem sie endlich ins Bad verschwand, so wie sie es jeden Abend tat. Während andere Menschen morgens duschten, legte sie größten Wert darauf, sauber ins Bett zu gehen. Ihre Abendtoilette glich einem ausgedehnten Wellnessritual, was ihm gerade sehr recht war. Im Fernsehen liefen die *Tagesthemen*, als sie sich vom Sofa der unbeleuchteten Stube erhob und bezeichnend gähnte. »So spät schon?«, fragte sie in einem Ton, als wolle sie ihn dafür verantwortlich machen, dass sie noch nicht im Bett lag. »Jetzt aber schnell.«

Lächelnd nickte er ihr zu, so wie er es an jedem Abend tat. »Dann mach ich hier schnell klar Schiff.« Er erhob sich ebenfalls, schaltete den großen Flatscreen aus und räumte die beiden geleerten Weingläser vom Tisch in die Spülmaschine. Sie entkleidete sich bereits in der Stube und schenkte ihm einen lasziven Augenaufschlag. »Wenn du mit mir duschen möchtest …?«

Mit diesem Angebot hatte er nicht gerechnet. Entsprechend verdutzt war er und wusste im ersten Moment nicht, was er antworten sollte. »Ich werde … ich muss noch …«, stotterte er herum und grinste unbeholfen wie ein Junge, den man auf frischer Tat ertappt hatte.

»Schon gut«, sagte sie ein wenig schnippisch. »Du musst ja nicht, wenn du nicht willst.« Ohne seine Antwort abzuwarten, verschwand sie im Bad. Er machte sich eilig daran, ihre Kleidungsstücke, deren sie sich vor seinen Augen entledigt hatte, aufzusammeln, um sie vor die Tür des Hauswirtschaftsraumes zu werfen, der an die Küche grenzte. Warum braucht sie eigentlich für alles einen Dienstboten?, fragte er sich wütend. Als er hörte, wie im Bad das Wasser rauschte, huschte er schnell zurück in die Stube. Ihr Handy lag auf dem Tisch. Er nahm es an sich, lauschte mit schräg gelegtem Kopf Richtung Bad und stellte zufrieden fest, dass sie bereits duschte. Jetzt hatte er wenige Minuten Zeit, um seinen Plan in die Tat umzusetzen.

Hastig begab er sich in sein Arbeitszimmer. Der Computer befand sich im Standby. Eine kleine Mausbewegung genügte, dann meldete sich das System zurück. Schnell loggte er sich ein, dann entsperrte er ihr Smartphone mit dem Pin, den sie ihm noch nicht verraten hatte. Es war kinderleicht, sich auf ihrem Handy anzumelden. Ihr Geburtsdatum, wie einfallsreich, dachte er hämisch. Es war ein Kinderspiel, die beiden Geräte über ihre *Bluetooth*-Schnittstellen zu verbinden. Am Nachmittag, als sie noch in Flensburg gewesen war, hatte er hier schon alles vorbereitet. Seine Finger flogen über die Tastatur des Rechners. Er rief ein Programm auf, dass er selber programmiert hatte. Ein Kinderspiel für einen Profi wie ihn. Jetzt rannte die Zeit, so dauerte es gefühlt Stunden, bis sich das Programm öffnete und ihm die Einstellungen preisgab. Nachdem er den Systemordner des Smartphones auf dem Bildschirm des Computers geöffnet hatte, kopierte er die App auf ihr Handy. Die Sekunden der Installation verrannen zäh wie Sirup. Während er die Statusanzeige beobachtete, legte er lauschend den Kopf schräg, um ins Bad zu lauschen. Als er ihr leises Singen unter der Dusche vernahm, wusste er, dass ihm nicht mehr allzu viel Zeit blieb.

Nachdem ein leiser Signalton im Handy verkündete, dass die Spionageapp einsatzbereit war, griff er zum Smartphone, um dafür zu sorgen, dass sie das kleine Programm nicht zufällig finden konnte. Er hinterlegte es in den Systemeinstellungen, einem Bereich, in dem sie sich nicht auskannte. Bei technischen Problemen bat sie ihn immer um Hilfe. Das war gut so, denn so konnte er sicher sein, dass sein Angriff auf ihr Smartphone ihr nicht auffiel. Technisch war es ein Kinderspiel, die neue App unsichtbar zu machen, um sie in der Systemdatei zu hinterlegen.

Ein teuflisches Grinsen legte sich auf seine Mundwinkel. Er schloss alle Einstellungen und beendete das Installationsprogramm auch am Computer. Von nun an würde er immer wissen, wo sie sich gerade aufhielt. Er konnte nicht nur ihren Standort ermitteln, sondern auch die Anruflisten einsehen und ihre Textnachrichten mitlesen. Ein schlechtes Gewissen hatte er nicht – ganz im Gegenteil: In der letzten Zeit war sie öfters alleine unterwegs gewesen. Immer mit wechselnden Ausreden. Mal hütete sie das kleine Kind einer Freundin, mal unternahm sie mit »ihren Mädels«, wie sie die alte Clique nannte, etwas, ein anders Mal traf sie sich mit ihrer Schwester Caroline, um mit ihr essen zu gehen. Dabei waren die Frauen alle selber verheiratet und in den meisten Fällen Mütter. Da blieb nicht viel Zeit, um alte Mädchenfreundschaften zu pflegen. Er war sicher, dass sie ihn betrog. Auch wenn sie behauptete, ihre Mutter zu besuchen, ging er davon aus, dass sie sich mit einem Liebhaber traf. Seine Schwiegermutter hielt nicht besonders viel von ihm und würde ihre Tochter decken, ohne mit der Wimper zu zucken.

Er hingegen konnte eine Hand dafür ins Feuer legen, dass sie ihn betrog. Doch anstatt sie plump mit seinem Verdacht zu konfrontieren, hatte er sich vorgenommen, Beweise zu sammeln. Fakten, die er ihr bei geeigneter Gelegenheit präsentieren würde. Schon in den letzten Tagen hatte er immer wieder eindeutige Textnachrichten von unbekannten Nummern auf ihrem Handy gefunden. Es war höchste Zeit, etwas gegen die Verehrer zu tun. Er war nicht bereit, seine Frau zu teilen.

Als das Wasserrauschen der Dusche verstummte, sprang er von seinem Bürostuhl auf. Es wäre fatal, wenn sie plötzlich hinter ihm stünde, während ihr Handy auf seinem Schreibtisch lag. Das Gerät musste zurück in die Stube.

Kaum dass er sich mit klopfendem Herzen erhoben hatte, hörte er, dass sie im Bad seinen Namen rief. »Kannst du mir die Bodylotion holen, die ich heute gekauft habe? Sie liegt noch unten in der Küche, im Einkaufskorb.«

»Selbstverständlich«, rief er durch die geschlossene Tür, ließ ihr Handy in der Hosentasche verschwinden und durchquerte den dunklen Flur. Ihr Haus besaß eine offene Küche, sodass er mit dem nächsten Schritt in der dunklen Stube stand. Mit einer ruckartigen Bewegung legte er ihr Smartphone auf den Tisch, dann begab er sich eilig in die Küche, um ihr die Creme zu holen. Gut gegangen, dachte er zufrieden, während er nach der weißen Kunststoffflasche griff, um sie ihr ins Bad zu bringen. Im Bad herrschte drückende Luft wie in einer Sauna. Spiegel und die große Milchglasscheibe waren beschlagen, es duftete wie in einem Spa. An ihrem zufriedenen Gesichtsausdruck erkannte er, dass sie nichts von seiner Aktion mitbekommen hatte. Sie ahnte nicht, dass er sie ab jetzt auf Schritt und Tritt verfolgen würde.

KAPITEL 9

Als Kristin gegen 7.30 Uhr am Morgen vor das Haus trat, genoss sie den frischen Ostwind, der über die Stadt strich. Auch die Sonne meinte es gut mit ihr an diesem Morgen. Genießerisch streckte Kristin die Nase in den Wind und spürte, wie ihre Lebensgeister langsam zurückkehrten. Die Nacht war viel zu kurz gewesen, ihr Rücken schmerzte von der Matratze auf dem Boden. Langsam wurde sie zu alt für solche Experimente, doch die Wohnung würde warten müssen, der Fall der vermissten Frau hatte Vorrang.

Kristin schulterte den Rucksack und warf im Vorbeigehen einen prüfenden Blick auf den Transporter, der beladen vor dem Haus parkte. Später würde sie ihn ausladen, und schon jetzt graulte es ihr vor den vielen Stufen in den dritten Stock. Doch erst einmal galt es, sich mental auf ihren ersten offiziellen Arbeitstag in der Polizeidirektion Flensburg vorzubereiten. Ein wenig aufgeregt war sie jetzt doch, ein Gefühl, das sie nicht sonderlich mochte. Kristin war es gewohnt, ihre Gefühle kontrollieren zu können. Doch in Situationen wie dieser gelang ihr das nur schwer. Kurz spielte sie mit dem Gedanken, sich auf dem Weg eine Zigarette anzuzünden, doch sie kämpfte gegen das Bedürfnis an und rauchte nicht. Am Ende der Angelburger Straße bog sie nach rechts in die Straße Süderhofenden ab. Auf der Hauptstraße herrschte viel Betrieb, Autos drängelten sich zwischen den Bussen hindurch, die Leuchtreklamen der Kaufhäuser auf der gegenüberliegenden Straßenseite verliehen Flensburg einen Hauch von Metropole. Das war nicht zu vergleichen mit Leer. Ein Stückchen weiter ließ der morgendliche Trubel ein wenig nach, auch der Straßenlärm wurde weniger.

Das violette Leuchten über der Förde ließ die Fassaden der umliegenden Häuser pittoresk erscheinen. Kristin blieb stehen und atmete tief durch. Sie bildete sich ein, die würzige Luft der Ostsee wahrzunehmen, den Duft von Weite und Freiheit. Ein wenig fühlte sie sich schon jetzt zu Hause. Sie war gespannt, wie schnell sie sich an der Flensburger Förde einleben würde, einem Land ganz ohne Deiche und einem Meer ohne spürbare Ebbe und Flut.

Während sie ihren Weg fortsetzte, spürte sie, wie ihre Nervosität mit jedem Schritt wuchs. Eigentlich war sie weder schüchtern noch ängstlich, doch die Situation war ungewohnt. Ein wenig ärgerte sich Kristin über die Unsicherheit, die zunehmend von ihr Besitz ergriff.

Kurze Zeit später erreichte sie die Dienststelle. Streifenwagen parkten vor dem Eingang, uniformierte Kollegen machten sich für die Schicht fertig und betrachteten Kristin mit neugierigen Blicken.

»Moin«, grüßte Kristin freundlich. Sie konnte eine gewisse Nervosität nicht verleugnen, als sie die Polizeidirektion betrat, um ihren ersten offiziellen Arbeitstag zu beginnen. Norderhofenden 1, so lautete die Anschrift ihrer neuen Dienststelle. Sie hoffte, dass es an ihrem neuen Arbeitsplatz einen vernünftigen Automaten gab, der sie mit einem starken Kaffee durch den Tag rettete.

Der uniformierte Kollege an der Pforte hatte ihr den Weg zu den Räumen des Ersten Kriminalkommissariats erklärt, und so fand Kristin den Weg zu den Büros des K1 ohne Probleme. Das Schild mit den Schiebebuchstaben an der Tür ließ keinen Zweifel, dass sich hinter der Tür das Büro ihres Vorgesetzten befand. Dennoch war ihr Klopfen eher zögerlich. Erst als ihr Becks fröhliches »Herein« entgegenschallte, drückte sie die Türklinke entschlossen nach unten.

»Moin«, sagte sie und versuchte, wacher zu klingen, als sie sich in Wahrheit fühlte.

»Moin, Kristin Viola.« Jens Beck lehnte sich grinsend in seinem knarrenden Stuhl zurück und deutete auf die beiden Besucherstühle. »Nimm Platz.«

Sie trat näher und registrierte den angenehmen Duft seines Aftershaves. *Hugo Boss*, tippte sie. »Kristin reicht.« Nachdem sie den Rucksack abgesetzt und neben den Stuhl gestellt hatte, setzte sie sich. So unauffällig wie möglich ließ sie den Blick durch das Büro ihres Vorgesetzten schweifen. Es gab einen verkümmerten Gummibaum in der Ecke neben dem Fenster, eine großformatige Landkarte von Schleswig-Holstein, in der das Einsatzgebiet der Direktion mit einem roten Filzstift eingezeichnet war, maritime Landschaftsfotografien in halterlosen Glasrahmen und das Modell eines Polizeiautos auf einem Aktenregal neben dem Schreibtisch. Der Bilderrahmen auf seinem Schreibtisch war so ausgerichtet, dass nur Beck einen Blick darauf werfen konnte. Kristin vermutete, dass sich in dem kleinen Rahmen ein Foto seiner Frau befand, und nahm sich vor, einen Blick darauf zu werfen, sobald sich Gelegenheit dazu bot, und schob das Bedürfnis auf ihre berufsbedingte Neugier.

Der schwarze Kaffee in seinem Pott dampfte noch, ihre Hoffnung auf einen rettenden Kaffee erwachte von Neuem. Kristin erwischte sich dabei, den würzigen Geruch der frisch gerösteten Bohnen zu inhalieren.

»Und?«, riss sie Becks Stimme aus den Gedanken. »Zufrieden?«

»Womit?«

»Mit meinem Büro?« Er lachte gewinnend. »Ist es so, wie du es dir vorgestellt hast?« Offensichtlich war ihm nicht entgangen, dass sie seinen Arbeitsplatz in Augenschein genommen hatte.

»Sicher«, antwortete sie schnell und peinlich berührt. Was sollte sie auch sonst auf seine Frage antworten? Kristin fühlte sich ertappt und legte die Hände in den Schoß. »Schön hast du es.«

»Du kannst lügen, ohne rot zu werden«, stellte Beck grinsend fest. »Aber das meine ich nicht. Wie war die erste Nacht im neuen Heim?«

»Zu kurz – frag lieber nicht.«

»Geht mir auch so.« Er nickte. »Ich war noch gar nicht zu Hause und habe alles für die Morgenrunde vorbereitet.«

»Schön.«

»Nein, schön ist anders.« Er lachte wieder. »Also«, sagte er und verschränkte die Arme hinter dem Kopf, ohne sie aus den Augen zu lassen.

Die Vorstellung von einer intensiven Einarbeitungsphase hatte Kristin schon in der Nacht über Bord geworfen. Die Ereignisse bei Schuby duldeten keinen Aufschub.

»Arbeit gibt es genug.« Beck nickte und warf einen Blick auf seine Armbanduhr. »In einer Viertelstunde ist Morgenrunde.«

»Ich freue mich«, behauptete Kristin.

»Du sollst doch die Wahrheit sagen«, rügte er sie mit einem schiefen Grinsen.

»Okay.« Kristin spürte, wie ihr das Blut in den Kopf schoss. »Ich hab Schiss.«

»Versteh ich, musst du aber nicht haben.« Beck erhob sich, streckte den Rücken durch und krempelte die Ärmel seines hellblauen Hemdes herunter. »Übrigens haben wir Maike Adamo noch in der Nacht in die Datenbank *Vermi/Utot* aufgenommen und sie zur Fahndung ausgeschrieben.« Er seufzte. »Bisher leider vergeblich.«

Kristin nickte. Es war üblich, dass die Behörden vermisste Personen in die Datenbank aufnahmen, sobald der Verdacht auf ein Verbrechen bestand. Und die Blutspuren am Fahrzeug von Maike Adamo ließen keinen Zweifel, dass hier ein Verbrechen geschehen war. Sie nahm den Rucksack und schob den Stuhl zurecht, nachdem sie aufgestanden war. Es ärgerte sie, dass ihre Hand leicht zitterte vor Aufregung. »Können wir?«

»Klar.« Beck schnappte sich seine Unterlagen und erhob sich ebenfalls. »Du wirst sehen«, sagte er, »die Kollegen sind ganz nett.«

»Ganz nett ist …«

»Der kleine Bruder von scheiße, ich weiß.« Beck lachte gewinnend. »Im Ernst: Wir sind ein gutes Team. Jeder hat so seine Macken, aber unterm Strich funktionieren wir.«

*

»Hast du mein Handy gesehen?«, fragte sie, während sie sich einen Kaffee an dem sündhaft teuren Kaffee-Vollautomaten zubereitete. In der Küche breitete sich herrlich würziger Kaffeeduft aus.

Er brummte etwas Unverständliches, ohne von seinem Tablet aufzusehen, an dem er gerade die Schlagzeilen des neuen Tages überflog. Wie immer ignorierte er sie auch an diesem Morgen. Es interessierte ihn nicht, dass die Knöpfe der hellen Bluse offenstanden und sie ihm ihr atemberaubendes Dekolleté zeigte, genauso wenig wie der figurbetonte Rock, der zwei Handbreit über den Knien endete und ihre schönen Beine betonte. Sie fühlte sich, als wäre sie Luft für ihn. Er ist selber schuld, dachte sie verbittert. Ich hole mir nur das, was mir hier fehlt. »Wie bitte?«, rief sie gegen das überlaute Rattern des Mahlwerkes an.

Jetzt legte er das Tablet aus der Hand. Er betrachtete sie mit einem eigenartigen Blick, den sie nicht deuten konnte.

»Gestern lag es doch auf dem Tisch in der Stube«, bemerkte er schließlich.

Nachdem der Kaffee fertig war, nahm sie die Tasse, um sie an ihren Platz auf dem Küchentisch zu stellen. »Danke«, flötete sie überfreundlich, beugte sich so tief zu ihm herab, dass er den Ansatz ihrer üppigen Brüste sehen konnte, hauchte ihm einen Kuss auf die Lippen und ging in die angrenzende Stube. Tatsächlich lag ihr Handy auf dem flachen Glastisch vor dem Sofa. Sie musste es vergessen haben, als sie zu Bett gegangen war. Gerade als sie das Smartphone an sich nehmen wollte, verharrte sie in der Bewegung. Etwas stimmt nicht, rief eine innere Stimme. Sie ahnte nicht, was nicht stimmte und dachte kurz nach. *Das Handy*, durchzuckte es sie, *es liegt anders als gestern Abend*. Sie hatte ein fotografisches Gedächtnis, die Bilder ihrer Erinnerung brannten sich in ihr Gehirn ein. Oft schon hatte sie ihn überführen können, einen Mittagsschlaf zu machen, wenn sie nicht zu Hause war. Dann lagen die Kissen auf dem Sofa anders, als es der Fall gewesen war, wenn sie morgens das Haus verlassen hatte. Er stritt immer ab, sich hingelegt zu haben, darüber gerieten sie oft in Streit, denn er fühlte sich von ihr kontrolliert und warf ihr vor, ihm zu misstrauen.

»Warst du an meinem Handy?«, rief sie in die Küche, ohne sich zu ihm umzudrehen.

»Quatsch«, behauptete er ungehalten. »Warum sollte ich?«

»Was weiß ich«, erwiderte sie bissig und wurde dieses dumpfe Gefühl nicht los, dass er sie kontrollierte. Las er heimlich ihre Nachrichten? Sie beschloss, den Code ihres Handys zu ändern. Jetzt griff sie nach dem Handy und entsperrte es. Aufgeregt warf sie einen Blick auf das Display, konnte aber keine Veränderungen feststellen. Dennoch war sie sicher, dass das Telefon gestern in einer anderen Position auf dem Tisch gelegen hatte, als sie ins Bad gegangen war.

KAPITEL 10

Er hatte kaum Schlaf gefunden in der Nacht. Im Radio hatten sie über ihren Wagen berichtet, der gegen Mitternacht an der Ausfahrt der Bundesstraße bei Schuby gefunden worden war. Von ihr fehlte nach wie vor jede Spur. Während er sich gähnend ins Bad schleppte, fragte er sich, ob es vielleicht sogar gut war, dass sie Maike noch nicht gefunden hatten. Prüfend betrachtete er sich im Spiegel. Die Furchen in seinem Gesicht wirkten tiefer als sonst, und die dunklen Ringe unter seinen Augen trugen auch nicht gerade dazu bei, ihn frisch aussehen zu lassen. Als er sich mit der rechten Hand über das Kinn strich, knisterten die Bartstoppeln leise. Er hatte keine Lust, sich zu rasieren, und beließ es dabei, sich eine Handvoll Wasser ins Gesicht zu schütten. Am liebsten wäre er zurück ins Bett gekrochen, um sich die Decke bis über den Kopf zu ziehen. Nicht ans Telefon gehen, die Tür nicht öffnen, wenn es klingelte, nichts. Ein schwerer Seufzer kam über seine spröden Lippen.

Doch das Leben ging weiter, musste irgendwie weitergehen. Er war schlau genug, um zu wissen, dass er sich jetzt nicht verdächtig machen sollte, um keine schlafenden Hunde zu wecken. Also würde er sich jetzt frisch machen, seinen Kreislauf mit ein paar Tassen starkem Kaffee auf die Sprünge bringen und dann zur Arbeit gehen. Tun, als wäre in der letzten Nacht nichts geschehen. Ärger und unbequeme Fragen konnte er jetzt nicht gebrauchen. Also galt es jetzt, den Schein zu wahren. Unter wildem Fluchen trat er unter die eiskalten Wasserstrahlen der Dusche, die wie winzige Nadeln auf seine Haut einstachen. Doch die kalte Brause tat ihm gut, um die Müdigkeit aus seinem Körper zu vertreiben. Schnell drehte er den Wasserhahn ab und frottierte sich ab, bevor er wieder ans Waschbecken trat, sich die Zähne putzte und zum Rasierer griff. Während er sich fertig machte, sendete *Radio Schleswig-Holstein* die Nachricht über eine verschwundene Frau gleich zweimal. Die Polizei bat um Mithilfe, was die Sache auch nicht einfacher für ihn machte.

*

Flensburg, Polizeidirektion, 8.10 Uhr:

Sechs Augenpaare waren auf sie gerichtet, als sie den Besprechungsraum betraten. Kristin stellte ein wenig erleichtert fest, dass auch ihre neuen Kollegen alles andere als fit waren – alle am Tisch wirkten müde und übernächtigt, während sie die neue Kollegin aus Ostfriesland voller Neugier betrachteten. Es duftete nach fruchtigem Tee und würzigem Kaffee. In einer Schale stand Gebäck bereit.

Nur der Leiter des K1 schien frisch und munter zu sein. »Moin«, rief Jens Beck, rieb sich unternehmungslustig die Hände und blieb am Kopfende des langen Tisches stehen. Erwartungsfroh sah er in die Runde. Nachdem man den Gruß erwiderte, stellte Beck die neue Mitarbeiterin des K1 vor.

Kristin begegnete, während Beck sprach, den Blicken des Teams und hoffte, dass niemand sah, wie ihr das Blut ins Gesicht schoss.

Beck räusperte sich. »Das ist Kristin Vio…«, als er das Blitzen in ihren Augen sah, brach er ab und räusperte sich, bevor er neu begann. »Das ist Kristin Voss, die uns ab heute im K1 unterstützen wird. Einige von euch haben sie heute Nacht bereits am Einsatzort in Schuby kennengelernt.«

Für einen Augenblick herrschte quälende Stille, dann trommelten die Kollegen zustimmend auf den Tisch, einige nickten Kristin grüßend zu.

Da war wieder Max Paulsen, der kahlköpfige Hüne, dessen Oberkörper sie an einen Bodybuilder erinnerte. Die muskulösen Oberarme schienen den Stoff des Langarmshirts sprengen zu wollen. Seine Pranken lagen wie zum Gebet gefaltet auf der Tischplatte. Immerhin hatte er sich die Zeit genommen, ein frisches mintfarbenes Shirt anzuziehen. »Now we have the salad«, stand in knallgelben Lettern auf seiner Brust.

Nicht mein Humor, dachte Kristin. Ihr entging nicht, dass Paulsen sie mit einem eigenartigen Blick, den sie nicht gleich einordnen konnte, scannte. Neben ihm saß Gunnar Feistel, Hauptkommissar, offenbar Paulsens Partner. Kristin schätzte ihn auf Ende 40, vielleicht auf Anfang 50. Seine Haut wirkte wie gegerbtes Leder, die tiefen Furchen in seinem Gesicht verliehen ihm ein verwegenes Aussehen, das von den strahlend blauen Augen untermalt wurde. Feistel war stämmig und trug einen marineblauen Troyer, der zu seinem maritimen Äußeren passte. Feistels Haaransatz lugte lockig und grau unter dem Rand des schwarzen Dockercaps auf seinem Kopf hervor. Der ebenfalls in Ehren ergraute, etwas ungepflegt wirkende Vollbart vollendete das verwegene Bild vom Seemann. Gunnar Feistel war offenbar ein ruhiger Zeitgenosse, der nur sprach, wenn man ihn fragte. Er strahlte eine fast stoische nordische Gelassenheit aus und war Kristin vom ersten Moment an sympathisch. Seine Art erinnerte Kristin an den Schauspieler Hans Albers. Ach je, durchzuckte es sie, ich werde alt – wer weiß heute schon noch, wer Hans Albers war?

Ihm gegenüber saß Birthe Jensen, die sie ebenfalls schon kurz in der Nacht kennengelernt hatte. Mit ihrem Partner vom K6 hatte sie Spuren gesichert. Kristin empfand eine vornehme, fast kühle Aura, von der die große Kollegin umgeben war. Doch in ihren grünen Augen lag etwas Warmes und Angenehmes, als sie Kristin nun aufmunternd zulächelte. Der Schwung ihrer Augenbrauen verlieh ihr ein elegantes Aussehen. Sie hätte gut auch als Schwedin oder Norwegerin durchgehen können, dachte Kristin. So stellte sie sich eine typische Skandinavierin vor.

Auch Birthes Partner, Benno Thierse, war anwesend, um die Morgenrunde zu unterstützen. Kristin erhoffte sich von seiner akribischen Spurensuche in der Nacht erste Erkenntnisse.

Wie durch Watte drang Becks Stimme an Kristins Ohren und riss sie aus den Beobachtungen. »Da du gestern zuerst vor Ort warst, würde ich dich gern mit der Leitung unserer Ermittlungen betrauen.«

»Hört, hört«, grunzte Max Paulsen mit nach oben gezogenen Mundwinkeln. Spott lag in seiner Stimme. »Eine kleine Bewährungsprobe für die Neue?«

»Die Neue hat einen Namen«, konterte Kristin, die zu ihrer eigenen Überraschung schnell zur gewohnten Schlagfertigkeit zurückgefunden hatte. »Kristin«, wiederholte sie sicherheitshalber. »Und du warst … Paul, richtig?«

»Paulsen ist der Nachname«, belehrte er sie. »Max.« Paulsen grinste sie schief an. »Na dann mal los … *Chefin*.«

Beck gab Kristin mit einem Blick zu verstehen, dass sie sich von Paulsen nicht einschüchtern lassen sollte.

»Jetzt is' man gut, Max«, stöhnte Gunnar Feistel und rollte mit den Augen. »Musst nicht gleich den Klabautermann machen.«

Paulsen lachte meckernd. Der Vergleich mit dem Klabautermann schien ihm zu gefallen.

»Können wir dann an die Arbeit gehen?«, fragte Beck mit erhobener Stimme, während er Paulsen mit einem mahnenden Blick streifte.

»Immer zu.« Paulsen nickte mit einem bedeutungsvollen Seufzer und senkte den Blick.

»Also«, sagte Beck und wandte sich an Kristin. »Dein Fall.«

Kristin drückte den Rücken durch und sah in die Runde. Es störte sie nicht, dass Paulsen sie mit Missachtung strafte. »Was haben wir?« Sie trat an das Flipchart in der Ecke und schrieb mit dem bereitliegenden Stift »Maike Adamo« in die Mitte unter dem oberen Rand. Darunter schrieb sie den Namen ihres Mannes und setzte in Klammern das Wort »Eifersucht« mit einem Fragezeichen hinzu. »Was wissen wir über Hein Adamo?«

Paulsen erweckte sein Tablet zum Leben und strich mit dem rechten Zeigefinger über das Display. Kristin sah, dass er sich eine barbusige Blondine, die sich wie eine Galionsfigur auf einem Segelschiff räkelte, als Hintergrundbild angelegt hatte. »Ich habe ihn mal durch die Datenbanken gejagt«, verkündete Paulsen mit wichtiger Miene. »Eine reine Weste sieht anders aus.«

»Inwiefern?«, fragte Kristin. Paulsens Wichtigtuerei ging ihr gegen den Strich, doch sie beherrschte sich und blieb freundlich.

»Hein Adamo, 43 Jahre alt, wie wir wissen, mit Maike Adamo verheiratet, und das seit 19 Jahren«, setzte er an. »Er arbeitet als Lagerist bei der *Spedition Carsten Carstensen* in Schleswig.« Wieder räusperte sich Paulsen, diesmal sollte es wichtig klingen. Er schien die Aufmerksamkeit seiner Kollegen zu genießen und holte tief Luft, bevor er fortfuhr: »Es liegen verschiedene Anzeigen gegen ihn vor, offensichtlich hat er mit Waren gehehlt, die vom LKW ›gefallen‹ sind, die Staatsanwaltschaft wirft ihm Betrug in mehreren Fällen vor – und jetzt …«, er machte eine Pause und schien auf den Trommelwirbel zu warten, »kommt der Knaller: Adamo ist immer wieder auffällig geworden, weil sich die Nachbarn über ihn beschwert haben. Er soll seiner Frau gegenüber handgreiflich geworden sein.«

»Wurde das zur Anzeige gebracht?«, wollte Beck wissen.

»Eben nicht, weil Maike die Fragen unserer Kollegen im Streifendienst nach häuslicher Gewalt immer verneint hat.«

»Und deshalb wurde keine Anzeige erstattet, nehme ich an?«, fragte Kristin.

»Richtig, *Chefin*.«

Sie überhörte seine Ironie. »Aber es gibt Unterlagen, die alle Einsätze der Polizei in seinem Haus bestätigen?«

»Logisch.« Max Paulsen nickte. »Die lautstarken Übergriffe fanden in den letzten Monaten verstärkt statt, aber immer hat Maike Adamo bestritten, von ihrem Mann geschlagen, gewürgt oder sonst wie misshandelt worden zu sein.« Paulsen versetzte das Tablet in den Ruhestand. Er lehnte sich zurück, verschränkte die Arme hinter dem Kopf und sah beifallheischend in die Runde.

»Danke.« Kristin schrieb die Worte »häusliche Gewalt« mit einem Fragezeichen versehen zwischen die Namen des Ehepaares.

»Er hat kein Alibi für die Tatzeit«, erinnerte Beck sie.

»Du hattest doch so ein komisches Gefühl, als wir von ihm kamen«, erinnerte Kristin ihn.

»Richtig.« Beck nickte. »Und ich weiß jetzt auch, was nicht passt: Seine Frau arbeitet im *Walhalla*. Das liegt in Busdorf. Die Eheleute leben, wie wir wissen, in Schuby. Den Wagen von Maike Adamo hast du an der Ausfahrt der Bundesstraße 201 gefunden.«

»Und?« Kristin verstand nicht, worauf ihr Vorgesetzter hinauswollte.

»Das passt nicht«, half Paulsen ihr auf die Sprünge. »Wenn ich von Busdorf aus nach Schuby fahre, dann führt mein Weg entweder über die A7 in Richtung Flensburg nach Schuby oder über die Dörfer an Husby vorbei.« Zur Verdeutlichung hatte er, während er redete, sein Tablet entsperrt und eine Landkarte der Umgebung aufgerufen. Kristin war hinter ihn getreten und sah ihm über die Schulter. Der Duft seines Aftershaves drang in ihre Nase. Mit einem Blick auf die digitale Landkarte wusste sie, wovon er sprach. »An dieser Stelle«, sie zeigte auf die Ausfahrt der B 201, »bin ich auf den Wagen aufmerksam geworden.«

»Maike Adamo war entweder nicht arbeiten oder sie ist nach Feierabend einen riesigen Umweg gefahren«, kommentierte Beck. »Das meinte ich – etwas passt nicht.«

»Wir müssen herausfinden, warum sie auf der B 201 in östlicher Richtung unterwegs war«, nickte Kristin.

»So ist es.« Beck nickte. »Wir werden ihren Mann fragen.«

»Was passiert gerade am Einsatzort?«, fragte Kristin Benno Thierse und Birthe Jensen.

»Wir haben noch ein Team draußen«, antwortete Thierse. »Außerdem haben wir noch in der Nacht einen Hubschrauber mit Wärmebildkamera angefordert, um die direkte Umgebung des Fundortes abzuscannen. Bisher leider vergeblich.«

Beck räusperte sich. »Seit etwa zwei Stunden sind Personenspürhunde in dem Gebiet rund um den Auffindeort des Wagens unterwegs. Sobald man etwas findet, melden sich die Mantrailer.«

»So ein Bullshit«, rief Paulsen in die Runde. »Wenn ich Maike Adamo verschleppen will, dann bleibe ich nicht um Umkreis ihres Autos, richtig?«

»Das ist korrekt«, nickte sein Partner. Gunnar Feistel räusperte sich. »Wenn der Täter aber nicht viel Zeit hat, verschleppt er sein Opfer möglicherweise ins Gebüsch oder das Waldstückchen in unmittelbarer Nähe ihres Wagens, aus dem er sie gezerrt hat.«

»Der Typ müsste ziemlich dumm sein«, behauptete Paulsen.

»Wir haben es bei Gewaltverbrechen mit Tätern aller Gesellschafts- und Bildungsschichten zu tun«, stimmte Benno Thierse zu. »Insofern ist der Einsatz der Suchhunde nicht abwegig, wie ich finde.«

Birthe Jensen nickte zustimmend. »Wir sollten in alle Richtungen ermitteln«, fand sie.

»Eine Hundertschaft der Bereitschaftspolizei und das Technische Hilfswerk sind im Einsatz, um nach der Vermissten zu suchen«, ergänzte Beck.

»Was haben wir sonst noch unternommen?«, fragte Kristin.

Gunnar Feistel fühlte sich berufen, etwas zu sagen. Wie ein Schüler hob er den Zeigefinger der rechten Hand und wartete brav darauf, dass Kristin ihm das Wort erteilte. »Ich habe das Bild von Maike Adamo an die Medien weitergeleitet und einen Zeugenaufruf gestartet, der parallel auf den Kanälen unserer sozialen Netzwerke läuft.«

Kristin wandte sich an Benno Thierse und Birthe Jensen. »Was hat der DNA-Abgleich mit den mitgebrachten Dingen aus dem Haushalt der Vermissten ergeben?«

»Treffer«, nickte Thierse. Er blätterte in seinen Aufzeichnungen, die er sich in einem altmodischen Spiralordner zusammengeschrieben hatte. »Bei dem Blut, das wir im und am Auto gefunden haben, handelt es sich zweifelsfrei um das der Vermissten.«

»Zwischenzeitlich habe ich den Abtransport des Fahrzeuges in die KTU Kiel veranlasst«, ergänzte Birthe Jensen. »Wir dürfen gespannt sein, was bei der kriminaltechnischen Untersuchung herauskommt.« Sie tauschte einen Blick mit ihrem Partner. Thierse nickte. »Die Blutspuren deuten darauf hin, dass es zu einer kurzen, aber gewaltsamen Auseinandersetzung zwischen Täter und Opfer kam. Auch Haare wurden sichergestellt, lange blonde Haare, die ebenfalls von unserem Opfer stammen. Auch das hat der DNA-Abgleich ergeben.«

»Ich sehe es vor mir«, erhob Paulsen das Wort und schloss theatralisch die Augen. »Eine Frau, in ihrem Auto auf einer nächtlichen Landstraße unterwegs. Ein Wagen, der ihr folgt, kurz vor der Ausfahrt zum Überholen ansetzt, um sie abzudrängen.«

»Es gibt nach ersten Erkenntnissen keinerlei Spuren, die auf einen absichtlich herbeigeführten Unfall hinweisen«, gab Thierse zu bedenken. »Also ist alles nur eine Vermutung, auch wenn du mit deiner Vermutung recht haben könntest.«

Max Paulsen winkte ab. »Vielleicht hat der Versuch, sie zu rammen, der Frau schon gereicht. Sie hat voller Panik angehalten und wurde von dem Fahrer des anderen Fahrzeuges genötigt auszusteigen. Danach hat er ihr eins übergebraten und sie entführt. Möglicherweise vergewaltigt und/oder getötet.«

»Das hast du schön zusammengefasst.« Beck konnte sich ein Grinsen nicht verkneifen. Schnell wurde er wieder ernst. »Aber so oder so ähnlich könnte es gewesen sein – von dem von dir geschilderten erschreckenden Ausgang hoffentlich abgesehen.« Er wandte sich an Birthe Jensen und Thierse. »Habt ihr Spuren gefunden, die auf einen anderen Wagen hinweisen? Reifenspuren, Lack- oder Glassplitter?«

»Nichts.« Birthe Jensen schüttelte das Haupt. »Nicht einmal eine Tatwaffe, die der oder die Täter zurückgelassen haben.«

»Wir haben es mit viel Blut zu tun gehabt«, gab Kristin zu bedenken. Als sie sich daran erinnerte, wie sie mit beiden Füßen in der Blutlache neben dem Wagen gestanden hatte, rieselte ihr ein Schauer den Rücken herunter.

»Möglicherweise hat der Täter sie mit einem stumpfen Gegenstand attackiert und damit schachmatt gesetzt«, überlegte Gunnar Feistel. »Oder er hat ein Messer eingesetzt, um sie wehrlos zu machen.«

»Ich habe Unterstützung aus Kiel angefordert, um die Verkehrskontrollen im Umkreis zu intensivieren«, warf Beck ein.

»Was soll das bringen?« Paulsen tippte sich mit dem Zeigefinger an die Schläfe, fast so, als halte er seinen Vorgesetzten für unterbelichtet.

Doch Jens Beck hatte nicht vor, sich von Paulsen die Butter vom Brot nehmen zu lassen. »Wer auch immer Maike Adamo entführt hat – er wird ihr Blut im Auto haben. Auf den Sitzen, im Kofferraum, möglicherweise auf den Fußmatten. Viel Blut hinterlässt hässliche Flecken, die bei einer groß angelegten Kontrolle auffallen werden.«

Kristin erinnerte sich daran, dass der Inhalt von Maike Adamos Handtasche auf dem Beifahrersitz und im Fußraum verstreut worden war. »Ich gehe davon aus, dass ihr kein Smartphone im Auto gefunden habt?«, wandte sie sich an Birthe.

Die Kollegin schüttelte den Kopf. »Leider nicht, sonst wären wir vermutlich schon viel weiter.«

»Dann müssen wir vom Mann der Vermissten die Handynummer und ihren Provider erfragen, damit wir irgendwo ansetzen können.« Paulsen rollte mit den Augen. Die Morgenrunde schien ihn zu langweilen.

»Sicher hast du noch eine weitere gute Idee, die zur Lösung des rätselhaften Falls beitragen kann?« Kristin sah ihn mit regungsloser Miene an. Der Typ begann sie zu nerven, doch sie kannte ihn noch nicht gut genug, um ihn einschätzen zu können.

Max Paulsen stierte auf das Display seines Tablets und schüttelte den Kopf. »Um sie orten zu können, müssen wir die Daten haben.«

»Danke für den wertvollen Beitrag«, erwiderte Kristin. »Ich gehe davon aus, dass der oder die Täter das Handy von Maike Adamo verschwinden lassen haben. Insofern dürfte sich ihre Spur im Sande verlaufen. Trotzdem liegen uns die Kontakte und der Anbieter vor, sodass wir gleich loslegen können.«

Paulsen hob den Daumen und pfiff anerkennend.

»Da wir bei der Vermissten davon ausgehen können, dass Gefahr für Leib oder Leben besteht, werde ich die Ortung gleich veranlassen«, versprach Beck.

»Danach wissen wir vielleicht mehr«, hoffte Kristin, während sie mitschrieb. »Parallel arbeiten wir die Liste der Sozialkontakte ab.«

»Gut. Wo können wir noch ansetzen?« Beck trommelte mit den Fingerspitzen auf der Tischplatte herum. Kristin sah ihm an, dass seine Ungeduld wuchs.

»Social Background Check«, schlug Paulsen vor. »Freunde, Familie, Arbeitskollegen, Nachbarn, der ganze Rotz.«

»Ich kann mich gerne noch einmal um ihren Mann kümmern und das Umfeld am Arbeitsplatz von Maike Adamo abfragen«, schlug Kristin mit einem Blick in Becks Richtung vor. Der Chef des K1 schien keine Bedenken zu haben. »Dann übernimm du das.« Er nickte zustimmend und sah dann zu Feistel hinüber. »Du machst die sozialen Netzwerke?«

Der Angesprochene nickte. »Aye, Käpt'n.« Er kritzelte etwas auf den Spiralblock und versank wieder in seinen Gedanken.

»Gunnar ist unser Mann für die neuen Medien«, erklärte Beck an Kristin gewandt. »Keiner hier ist so fit in der Onlinerecherche wie er.«

Danach sieht er gar nicht aus, dachte Kristin, nickte aber. »Ich werde versuchen, eine Vertragskopie ihres Anbieters mitzubringen, damit du dich austoben kannst.«

Feistel grinste und hob den Daumen. »So kann man arbeiten.«

Beck wandte sich an Birthe Jensen. »Und du telefonierst mit der KTU in Kiel, um herauszufinden, ob wir brauchbare Spuren am Auto finden?«

»Kann ich machen.« Die skandinavische Schönheit, wie Kristin sie in Gedanken nannte, nickte zustimmend.

»Und ich würde mich mit der Auswertung der aufgenommenen Spuren rund um das Fahrzeug beschäftigen«, schlug Thierse vor.

»Geht in Ordnung.« Beck wandte sich Kristin zu. »Oder hast du andere Pläne?«

Kristin fühlte sich mit der Frage etwas überrumpelt. Sie wunderte sich, dass der Abteilungsleiter sie fragte. »Nein«, sagte sie, »so machen wir es.«

»Schön.« Beck klatschte in die Hände. »Dann hebe ich die Versammlung auf.«

Die Kollegen am Tisch nahmen ihre Tassen und Unterlagen, um sich zu erheben und ihre Büros aufzusuchen. Max Paulsen zog sein Smartphone aus der Hosentasche und las erst einmal seine privaten Nachrichten.

Beck zuckte die Schultern, als er Kristins Blick sah. »Und was dich betrifft, so musst du erst einmal bei uns ankommen. Du benötigst deinen Dienstausweis, Visitenkarten und natürlich deine Dienstwaffe.«

»Das ist gut.« Kristin nickte. »Ich fühle mich schon ganz nackt hier.«

»Schön wär's«, grinste Paulsen anzüglich, ohne von seinem Smartphone aufzublicken, und fing sich gleich einen strafenden Blick von Kristin ein. Solche Typen waren ihr zuwider.

KAPITEL 11

Schuby, 8.15 Uhr:

In der letzten Viertelstunde hatte sich die Sonne einen Weg durch die tief hängenden Wolken gebahnt. Der Wind frischte auf, doch das half ihm nicht gegen die Müdigkeit. Jetzt galt es, den normalen Alltag aufrechtzuerhalten, nicht aufzufallen und unter dem Radar zu fliegen. Die Sonne blendete ihn, als der Wagen durch die kleinen Straßen rollte. Blinzelnd klappte er die staubige Sonnenblende herunter und erschrak über das Quietschen der Scharniere. Er fluchte leise und schaltete das Radio ein. Doch die Musik nervte ihn, und so schaltete er das Radio wieder ab und lauschte dem wummernden Geräusch des defekten Radlagers hinten links.

Bevor er zur Arbeit fuhr, machte er einen kleinen Umweg, um den Wagen einmal durch die Waschstraße zu fahren. Der alte Fiete von der Tankstelle hatte ihn gefragt, warum er schon morgens Zeit für eine ausgedehnte Autowäsche hatte, doch die Antwort ging den Besitzer der Dorftankstelle nichts an. Der Alte war zu schwatzhaft, um von ihm eingeweiht zu werden. Wer früher an Informationen kommen wollte, ging zum Friseur. Heute fuhr man zu Fiete. Der Alte war ein Plappermaul, doch er ließ sich nicht auf ein Gespräch mit dem Pächter der Tankstelle ein und kümmerte sich um seinen Wagen. Auch die Fußmatten und den Kofferraum nahm er sich vor. Jetzt glänzte die alte Kiste wieder. Sie würden ihm nichts anhaben können, dachte er triumphierend, während er den Pappbecher mit *Coffee to Go*, den er sich an der Tankstelle besorgt hatte, in den dafür vorgesehenen Cupholder am Armaturenbrett stellte. Für ihn galt es jetzt, in der nächsten Zeit unter dem Radar zu segeln, um die Bullen nicht doch noch auf dumme Gedanken zu bringen.

»Haste schon gehört von der Frau, die verschwunden ist?«, fragte Fiete, der ihm unaufgefordert zum Auto gefolgt war und nun die ölverschmierten Hände in den Latz seiner Arbeitshose schob.

»Jo, in den Nachrichten, schrecklich«, erwiderte er kurz angebunden und startete den Motor. »Muss dann auch los jetzt, bin spät dran.«

»Denk ich mir.« Fiete schob sich die speckige Mütze in den Nacken und grinste schief. »Na denn«, sagte er und trat einen halben Schritt zurück. »Schönen Tag und grüß mir die Maike!«

»Mach ich«, kam es gequält über seine Lippen, bevor er die Fahrertür zuzog und den Gang einlegte. Nachdem er sich auf der Straße in den Verkehr eingeordnet hatte, warf er einen Blick in den Rückspiegel. Fiete stand in der Einfahrt seiner Tankstelle und sah ihm mit regungsloser Miene hinterher. Unwillkürlich fragte er sich, ob der Alte etwas ahnte.

*

»Kannst du mir mal sagen, was dieser Scheiß soll?« Ohne anzuklopfen, war Max Paulsen in das Büro seines Vorgesetzten gestürmt. Sein sonnenbankgebräunter Teint war einem tiefen Rot gewichen. Wütend schlug er die Tür hinter sich zu.

Überrascht sah Beck zu ihm auf. Er hatte gerade ein Telefonat mit der Staatsanwaltschaft geführt, als Paulsen in sein Büro gestürmt kam. »Wie bitte?« Jetzt wartete Kristin auf ihn, damit er ihr die Dienstwaffe und ihren Ausweis überreichen konnte. Die Visitenkarten mit dem Landeswappen waren noch in der Druckerei.

»Die Neue.« Paulsen zog sich einen der Stühle vor Becks Schreibtisch heran und setzte sich verkehrt herum darauf. »Du präsentierst uns dieses Deichmädchen nicht nur als neue Kollegin – sie ist kaum hier angekommen und leitet schon die Ermittlungen in einem Fall?« Er legte beide Unterarme auf die Lehne und stützte das Kinn in die Hände. »Was soll das?«

»Max, du nervst.« Beck wurde es langsam zu bunt. »Red Klartext oder lass mich in Ruhe.« Er hatte keine Zeit für Paulsens Animositäten und warf einen Blick auf seine Armbanduhr.

»Du willst Klartext? Du kriegst Klartext«, verkündete Paulsen angriffslustig. »Warum leitet die Neue die Ermittlungen?«

Beck rollte mit den Augen. Es war ihm lästig, seine Entscheidungen rechtfertigen zu müssen. Er war der Abteilungsleiter und teilte die Einsätze seines Teams ein.

»Soll ich es dir verraten?«, fragte Paulsen, als Beck nicht gleich antwortete. »Weil sie große Titten und einen süßen Arsch hat.« Er formte beide Hände zu Halbschalen und hielt sie sich vor die gestählte Brust. »Deshalb.« Jetzt grinste er. »Das hätte ich echt nicht von dir gedacht, Jens.«

»Max, es reicht.« Kristin Voss wartete auf ihn, und Beck hatte und weder Lust noch Zeit, mit Paulsen diese unsinnige Diskussion zu führen.

»Es reicht?« Max Paulsen nickte und verengte die Augen zu Schlitzen. »Das sagst du so. Mann, Alter, du bist verheiratet und gibst einer Frau den Vorrang vor deinem eingespielten Team, das überwiegend aus gestandenen Kerlen besteht.«

»Was hat das eine mit dem anderen zu tun?« Beck verstand nicht, worauf Paulsen hinauswollte.

»Ist die Neue die Quotenfrau?«

Beck stöhnte gequält auf, während er in sein Sakko schlüpfte, das er vorhin über die Stuhllehne geworfen hatte. »Sie ist gekommen, weil Matthiesen pensioniert wurde. Kristin besetzt eine Planstelle, nicht mehr und nicht weniger.«

»Soso.« Paulsen nickte verstehend. »Und sie hat uns Anweisungen zu erteilen, obwohl sie uns gar nicht kennt?«

»Sie ist gut in dem, was sie tut«, versicherte Beck ihm unbeeindruckt. Er nahm seine Tasche und gab Paulsen ein Zeichen. »Das hier ist, um es mit deinen Worten zu sagen, Kinderkacke.«

»Kinderkacke?« Paulsen schien ernsthaft beleidigt zu sein. »Na gut.« Jetzt klang er bockig wie ein kleiner Junge. Er wandte sich um und trat an die Tür. Als er die Hand bereits auf der Klinke liegen hatte, wandte er sich noch einmal zu seinem Vorgesetzten um. »Dann geh ich jetzt mal wieder spielen, Papa.« Ohne Becks Antwort abzuwarten, stürmte er aus dem Büro und schlug die Tür mit einem lauten Knall hinter sich zu.

KAPITEL 12

Schleswig, Wikingermuseum Haithabu, Uhrzeit 8.20 Uhr:

Schafe weideten auf den saftigen Wiesen am Ufer des Haddebyer Noors. Gelegentlich trug der Wind das Blöken der Tiere an Melanie Hansens Ohren, immer untermalt vom Rauschen des Schilfes am Wasser. Es war ein milder Morgen, die Sonne brach immer öfters durch die Wolken, die über das Land zogen.

Die junge Frau lächelte, als sie über den schmalen Bohlenweg zu den sieben Wikingerhütten gelangte, die zum Freilichtmuseum Haithabu gehörten. In 20 Minuten öffnete das Museum seine Pforten, um die Gäste auf eine Reise in die Welt der Wikinger zu entführen. An einigen Tagen erfüllten Schauspieler in authentischen Gewändern das Wikingerdorf mit Leben.

Die studentische Hilfskraft arbeitete gerne hier, denn die Atmosphäre des Wikingerdorfes faszinierte sie. Melanie Hansen liebte die Kultur der Wikinger, da sie das Leben im Norden schon vor 1.000 Jahren geprägt hatten. Bevor Melli, wie man sie nannte, das Kassenhäuschen am Eingang besetzte, stand ihr allmorgendlicher Rundgang auf dem Plan. Bisher war noch nie etwas geschehen, doch sie kontrollierte, ob sich nachts irgendwelche zwielichtigen Gestalten in den rund um die Uhr geöffneten Hütten herumgetrieben und Schäden angerichtet hatten.

In einem Holzstall gackerten die Hühner, die gleich noch gefüttert werden mussten. »Ich komme schon!«, rief Melli amüsiert, als das fordernde Krähen des Hahns an ihre Ohren drang. Kurz hielt sie inne, um die Szenerie auf sich wirken zu lassen. Das, was für sie, als eine Mitarbeiterin des Museums, längst zum Alltag geworden war, bedeutete für die Touristen eine abenteuerliche Reise in die Vergangenheit. Hier, wo es vor gut 1.000 Jahren darum gegangen war, Jütland vor Feinden zu schützen, war ein Museum entstanden, das den Alltag der Wikinger nicht nur erlebbar, sondern auch greifbar machte. Zu allen vier Jahreszeiten strömten Besucher nach Haithabu, um das Leben der verwegenen Kämpfer und Händler hautnah zu erleben. Dabei wurde den Gästen vermittelt, wie rau das Wikingerleben war – sie mussten mit Pfeil und Bogen um ihre Nahrung kämpfen, die Kleidung in mühsamer Handarbeit herstellen und mithilfe von einfachsten Werkzeugen Holzschiffe bauen.

Heute war ein besonderer Tag, denn die nordische Band *Santiano* hatte sich für den Abend angekündigt, um hier ein kleines Konzert, einen sogenannten *Secret Gig* für einen erlesenen Kreis von Fans zu geben. Nach Einbruch der Dunkelheit würde Haithabu heute zum Leben erwachen.

Bei dem Gedanken daran, Björn Both, dem Frontmann, und den anderen Bandmitgliedern zu begegnen, klopfte Mellis Herz vor Aufregung ein paar Takte schneller. Noch nie war sie den Mitgliedern der Band so nahe gewesen.

Bei aller Vorfreude war es ihr in den letzten Tagen schwergefallen, niemandem davon zu erzählen. Selbst der Kreis der Mitarbeiter im Museum, der von dem Besuch der berühmten Band wusste, war begrenzt.

Inzwischen hatte sie das kleine Dorf erreicht. Sie warf einen Blick in die reetgedeckten Holzhütten, um nach dem Rechten zu sehen. Im *Haus der Handwerker*, einer der kleineren Hütten, erregte etwas ihre Aufmerksamkeit. Am hinteren Ende der Hütte befand sich ein einfaches Bett. Schon vom Eingang aus sah Melli die Gestalt, die vor dem Fußende der einfachen Schlafstätte lag und offensichtlich in einen tiefen Schlaf gesunken war.

Jemand hat hier übernachtet, durchzuckte es Melli. Die junge Frau spürte, wie sich ihr Herzschlag beschleunigte. »Hallo?«, rief sie ins Halbdunkel und stellte fest, dass ihre Stimme zitterte. »Hallo?« Sie hielt den Atem an und lauschte. Stille umgab sie, abgesehen vom gleichmäßigen Rauschen des Schilfs hinter der Hütte, durch das der Wind strich.

Offenbar hatte sich jemand Zutritt ins Museum verschafft, um hier seinen Rausch auszuschlafen. Das war kein Kunststück, denn Haithabu war nachts nicht abgeschlossen. Bisher hatte es aber wohl keine Zwischenfälle deswegen gegeben. Melli betrat die Hütte und sah sich um. Nichts deutete darauf hin, dass der ungebetene Gast im hinteren Teil der Kate etwas zerstört hatte. Sie durchmaß den Raum mit weit ausladenden Schritten. Angst hatte sie keine, immerhin betrieb sie seit vielen Jahren fernöstlichen Kampfsport und war in Selbstverteidigung trainiert. Von der Person, die vor der Schlafstätte der Wikinger lag, ging offensichtlich keine Gefahr aus.

Dennoch spürte Melli, dass hier etwas nicht stimmte. Es war eine Frau, die dort in eigenartiger Haltung lag, denn Arme und Beine waren angewinkelt, das lange blonde Haar bildete eine Gloriole um ihren Kopf. Mellis Puls raste, als sie die weit aufgerissenen Augen der Frau sah. Es bestand kein Zweifel, dass die Fremde tot war. Melli zitterte am ganzen Körper. Bei näherem Betrachten fiel Melli auf, dass die Frau in einer Art Kuhle im Lehmboden lag.

Der süße Geruch von Blut stieg in Mellis Nase.

Gehetzt sah sie sich um, doch wer auch immer die Frau getötet hatte, war verschwunden. Melli war allein mit der Unbekannten in der Hütte. Als sie den Blick wieder auf die Frau richtete, fiel ihr die große klaffende Wunde an der linken Schläfe auf. Das Blut war verkrustet und klebte im Haaransatz. Der Mund der Frau stand einen Spalt offen. Als ein Insekt zwischen ihren Lippen hervorkrabbelte, überkam Melli Übelkeit. Sie konnte sich nicht zurückhalten und erbrach sich neben der leblosen Gestalt.

Die Übelkeit löste Krämpfe aus. Melli schmeckte Galle und hätte sich fast ein zweites Mal übergeben. Es dauerte einen Moment, bis sie sich beruhigt hatte. Als sie eine Hand der Frau ergriff, spürte sie die Kälte, die von dem leblosen Körper ausging. Erst jetzt bemerkte sie im Dämmerlicht der Hütte die wächserne Gesichtsfarbe und die blau angelaufenen Lippen. Langsam realisierte Melli, dass die Frau tot war. Ein Schrei löste sich aus Mellis Kehle, dann zog sie mit zitternden Händen ihr Smartphone aus der Tasche und wählte den Notruf.

*

Allein der Klang ihrer Stimme war unerträglich für ihn. Sie war oben im Schlafzimmer und rief ihn beim Namen. »Wo bist du?«

»Unten«, rief er, ohne sich umzudrehen, während er vergeblich versuchte, die Designer-Kaffeemaschine in Gang zu bringen.

»Wasserbehälter auffüllen«, stand auf dem kleinen Display. Herrgott, fluchte er, warum kann dieses verdammte Ding nicht einfach das tun, wofür man es gebaut hat: Kaffee kochen? Er hieb mit der flachen Hand auf die Arbeitsplatte, entnahm der Maschine den Wassertank, der sich seitlich am Gehäuse befand, und befüllte ihn mit Leitungswasser, »Wassertank einsetzen«.

Als er, während das Wasser in den Tank lief, aus dem Fenster blickte, sah er die weitläufigen Weiden, aus denen sich der Dunst des Morgens erhob. Die Sonne schaffte es heute mal wieder durch die Wolken der letzten Tage. Von dem idyllischen Anblick besänftigt, drehte er die Armatur zu und setzte den Tank ein. Gerade, als er seine Lieblingstasse unter den Ausguss schieben wollte, setzte die Maschine eine neue Fehlermeldung ab.

»Tropfschale leeren«.

Er spürte, wie die Wut in ihm aufstieg. *Ruhig*, mahnte er sich, du musst lernen, deine Beherrschung wiederzufinden. Mit zitternden Händen nahm er die Tasse zurück und tat, was der Vollautomat von ihm verlangte. Den Kaffeesatz kippte er in den Mülleimer, die Schale leerte er in der Spüle.

»Tropfschale einsetzen«.

»Was machst du?«, krächzte Beate von oben.

»Kaffee«, rief er zurück und versuchte, unbekümmert zu klingen. »Willst du auch einen?«

»Einen Latte hätte ich gern.«

Er zuckte bei ihren Worten unmerklich zusammen. Obwohl er sich durchaus darüber im Klaren war, dass sie einen Latte macchiato meinte, kam ihm das schreckliche Ereignis in den Sinn, das ihre Beziehung nachhaltig zerstört hatte. Doch so schwer es ihm auch fiel, verdrängte er den Gedanken an das Erlebnis vor einigen Monaten. »Wird gemacht.«

Während das einsetzende Mahlwerk seine Ohren malträtierte, sehnte er sich fast ein wenig zurück nach seiner ersten Kaffeepadmaschine, damals in der bescheidenen Junggesellenbude. Das Ding hatte getan, wofür man es gebaut hatte: Tassen auf Knopfdruck mit dampfendem Kaffee zu füllen. Ohne Schnickschnack und ohne blöde Fragen im Display. Manchmal, dachte er wehmütig, sehne ich mich nach dieser Einfachheit zurück.

KAPITEL 13

Beck hatte ihr Birthe Jensen als Partnerin zugeteilt, nachdem er Kristin ihren neuen Arbeitsplatz, ein noch spärlich eingerichtetes Büro, gezeigt und sie mit Dienstwaffe, Weste und Dienstmarke ausgestattet hatte. Jetzt war er auf dem Weg zu einem Termin bei der Staatsanwaltschaft, deshalb hatte er Birthe gebeten, mit Kristin ein Team zu bilden. »Es ist nur vorübergehend«, hatte er beteuert, und es hatte wie eine kleinlaute Entschuldigung geklungen. »Und du hast gute Ortskenntnisse.«

Erst schien Birthe seine Entscheidung nicht gepasst zu haben, denn sie war beim K6 und eigentlich nicht für die Ermittlungen des K1 zuständig.

Kristin hatte Birthe gebeten zu fahren, weil sie sich besser in der Gegend auskannte. Sie nahm sich vor, aufmerksam zu sein, um sich die Strecken zu merken. Auch wenn sie oft mit Navi fuhr, so ging doch nichts über gute Ortskenntnisse.

Birthe war eine sehr besonnene Autofahrerin, ihre Hände ruhten fahrschulmäßig in der »Viertelvordreistellung« auf dem Lenkrad, die Sitzlehne hatte sie steil aufgestellt. Sie fuhren stadtauswärts, denn sie waren unterwegs nach Schuby, um Hein Adamo noch einmal zu befragen. Kristin erhoffte sich eine Erklärung von ihm, warum seine Frau den nächtlichen Umweg genommen hatte. Anschließend hatten sie einen Besuch im *Walhalla* in Busdorf geplant, wo Maike Adamo arbeitete. Mit etwas Glück bekamen sie von ihrem Arbeitgeber oder den Kollegen einen brauchbaren Hinweis zum Verbleib der Frau.

Später würden sie dann die Spedition, in der Hein Adamo arbeitete, aufsuchen.

Kristin saß in entspannter Haltung auf dem Beifahrersitz und überflog die Notizen, die sie sich in der Morgenrunde gemacht hatte.

Während Birthe den Wagen in gemächlichem Tempo durch die Straßen der Fördestadt rollen ließ, lächelte sie, ohne den Blick von der Fahrbahn zu nehmen. »Willkommen erst mal«, sagte sie, »es geht heute ein wenig drunter und drüber.«

Es klang wie eine Entschuldigung in Kristins Ohren. »Kein Ding«, sagte sie, »die Arbeit am neuen Fall habe ich mir ja selber zu verdanken.«

»Ich hätte sicher auch angehalten, wenn ich den Wagen am Straßenrand gesehen hätte«, erwiderte Birthe Jensen. »Das ist wohl berufsbedingt, dass man immer irgendwie helfen möchte.« Als Kristin nichts erwiderte, fuhr Birthe fort: »Du kommst nicht von hier, richtig?«

»Sieht man mir das an?«

Birthe wiegte den Kopf. »Man merkt es«, antwortete sie diplomatisch mit einem warmen Lächeln. »Du bist neu in Flensburg?«

»Man sieht, dass du bei der Polizei arbeitest«, lachte Kristin und meinte damit die Beobachtungsgabe ihrer Partnerin. »Ich komme aus Leer.«

»Ist das nicht in Ostfriesland?«

»Ja, richtig.« Kristin fürchtete, dass sie nun der noch unbekannten Kollegin ihr ganzes Privatleben offenbaren musste. Doch Birthe bohrte nicht nach und stellte keine lästigen Fragen. »Das ist weit weg«, stellte sie nur fest.

»Ja«, nickte Kristin, »das ist es. Aber Flensburg gefällt mir.« Sie lehnte sich im Beifahrersitz zurück und genoss die Fahrt durch die Fördestadt. Kristin atmete tief durch und konnte sich gut vorstellen, dass sie sich in Flensburg wohlfühlen würde.

»Normalerweise bin ich Kriminaltechnikerin«, erklärte Birthe ihr, ohne den Blick von der Straße zu nehmen. »Aber

Jens hat mich an deine Seite gestellt. Sicher auch wegen deiner noch fehlenden Ortskenntnisse.«

»Und sobald ich mich auskenne, wechselst du wieder zum K6?«

»Ich weiß es offen gestanden nicht«, erwiderte Birthe. Das Thema schien ihr unangenehm zu sein. Dann lächelte sie. »Was hältst du denn von unserem Team?«

»Alle haben mich gut aufgenommen, glaube ich – wobei ich meinen Einstand noch geben muss. Nur Paulsen ist … seltsam.«

»Max hat so seine Probleme mit Frauen«, erklärte Birthe mit einem feinen Lächeln auf den Lippen. »Er meint das nicht persönlich.« Aus Birthes Mund klangen die Worte fast wie eine Entschuldigung.

»Das ist nicht zu übersehen«, erwiderte Kristin. »Allerdings glaube ich, dass er mich nicht mag.«

Birthe musste lachen. »Er mag gar keine Frauen, schon gar nicht, wenn sie bestimmen, wo es lang geht, so wie in unserem Fall jetzt. Er ist gerne das Alphamännchen. Seitdem seine Frau ihn verlassen hat, geht er steil, sobald er spürt, dass eine Frau ihm etwas zu sagen hat.«

Kristin nickte. »Gekränkte Eitelkeit als Grund für sein Arschlochverhalten also?«

»Könnte man so sagen, ja.« Birthe nickte, ohne den Blick von der Straße zu nehmen.

Das sanfte Vibrieren in Kristins Hosentasche unterbrach die Unterhaltung. »Telefon«, murmelte sie und hob den Hintern, um an das Smartphone zu kommen. Mit spitzen Fingern zog sie es hervor. »Beck«, sagte sie mit einem Blick auf das Display. Sie nahm den Anruf an und schaltete den Lautsprecher ein, sodass Birthe mithören konnte.

»Eine tote, nicht identifizierte Frau wurde heute Morgen im Museumsdorf Haithabu gefunden«, kam ihr Vorgesetzter ohne Umschweife auf den Punkt. »Wenn ihr auf dem Weg nach Schuby seid, fahrt bitte zuerst dort vorbei.«

»Meinst du, das ist Maike Adamo?« Kristin warf Birthe einen vielsagenden Blick zu.

»Die Beschreibung der Mitarbeiterin, die sie gefunden hat, spricht dafür«, erwiderte Beck.

»Shit«, kam es über Kristins Lippen, dann hatte sie ihre Fassung wiedergefunden. »Wir sind schon unterwegs«, sagte sie und gab Birthe ein Zeichen, die ausnahmsweise für einen winzigen Augenblick zu ihr herübergesehen hatte und ein betroffenes Gesicht machte.

»Danke. Spusi und der KDD sind auch schon unterwegs.« Beck legte auf, ohne Kristins Antwort abzuwarten. Für ihn war alles gesagt.

KAPITEL 14

Wikingermuseum Haithabu, 9.05 Uhr:

Birthe parkte den Wagen oberhalb des Eingangs zum Wikingermuseum. Sie hatten den Weg genommen, der von der anderen Seite des Danewerks zum Eingang führte und normalerweise Angestellten und Lieferanten vorbehalten war. Der eigentliche Besucherparkplatz des Museums lag etwas abseits und verlangte Besuchern des Museums einen kleinen Fußmarsch ab. Der Einsatzwagen des Notarztes stand quer vor der geschlossenen Schranke des Freilichtmuseums.

Zwischen den Funkstreifenwagen erkannte Kristin auch den grauen Sprinter der Kriminaltechnik. Offenbar war Benno mit seinem Team kurz vor ihnen eingetroffen. Zahlreiche Schaulustige und einige Vertreter der örtlichen Presse lungerten vor der Absperrlinie herum und hofften auf Neuigkeiten. Zwei Kollegen vom Streifendienst trugen Sorge dafür, dass niemand hinter das blau-weiß schraffierte Flatterband trat.

Auf der Fahrt hatte Birthe Kristin erzählt, dass es sich bei Haithabu um die Rekonstruktion einer frühstädtischen Siedlung der Wikinger handelte. Einst hatten hier bis zu 2.000 Menschen in den 250 Häusern gelebt. Einige Häuser hatte man originalgetreu nachgebaut, um den Besuchern einen Einblick in das Leben der Nordmänner zu ermöglichen. Das Museumsgelände erstreckte sich von einem Grüngürtel, der an den dänischen Grenzwall Danewerk mündete, bis ans seichte Ufer des Haddebyer Noors, einem Binnensee, der durch zwei Verbindungsarme mit der Schlei und damit mit der Ostsee verbunden war.

»Können wir?«, fragte Birthe, nachdem sie die Fahrertür geöffnet hatte.

»Sicher.« Nickend löste Kristin den Sicherheitsgurt und stieg ebenfalls aus. Die Fragen der Reporter ignorierten die Frauen ebenso wie die der Schaulustigen, denen der Zutritt zum Museum verwehrt war. Einige filmten und fotografierten mit ihren Smartphones. An der Absperrung wiesen Birthe und Kristin sich bei den Kollegen vom Streifendienst aus. Sie fragten sich zum Museumsdirektor durch, der sie bereits erwartete. Neben dem Kassenhäuschen befand sich die grau gestrichene Schranke, hinter der sie von Matthias Toplak in Empfang genommen wurden.

»Kristin Voss, Kripo Flensburg«, sagte Kristin und wunderte sich insgeheim darüber, wie flüssig ihr der Name ihrer neuen Dienststelle schon über die Lippen kam. Sie deutete auf Birthe. »Meine Kollegin, Kommissarin Jensen.« Birthe hielt ihren Dienstausweis in die Höhe, Toplak warf einen flüchtigen Blick darauf und nickte zustimmend. Der Museumsleiter war Ende 30, höchstens Anfang 40 und von schlanker Statur. Der buschige Vollbart war sorgsam gestutzt, die langen Haare hatte er zu einem Zopf gebunden. Zu festem Schuhwerk und Jeans trug er einen gestreiften Norwegerpullover. Toplak war sichtlich betroffen von dem Zwischenfall. Er bat die Kommissarinnen in das verwaiste Kassenhäuschen. »Hier können wir ungestört reden«, bemerkte er. Durch die geschlossenen Jalousien drang das Sonnenlicht in Streifen in den Raum, ansonsten herrschte Zwielicht. Toplak schaltete das Licht ein und deutete auf zwei einfache Stühle. Birthe und Kristin nahmen Platz, während Toplak sich einen Hocker heranzog.

Kristin zückte ihr neues Notizbuch und einen Stift. »Was genau ist geschehen?«

Toplak schlug die Beine übereinander. »Bevor wir öffnen, sieht eine Mitarbeiterin im Dorf nach dem Rechten. So auch heute.« Er seufzte. »Melli, also Melanie Hansen, ist studentische Hilfskraft. Das hier«, er deutete mit ausgebreiteten Armen in die Runde, »ist ihr Arbeitsplatz. Doch zuvor findet der Kontrollgang statt. Und dabei hat sie heute diesen Fund gemacht.«

Kristin notierte den Namen der Mitarbeiterin. Später würde sie die Angestellte noch befragen. »Wer alles weiß etwas von dem Leichenfund?«

Toplak musste nicht lange nachdenken. »Ich, Melli, und Bernd, er ist bei uns der Schuhmacher und sitzt heute in der Hütte, um den Besuchern sein Handwerk zu zeigen.«

»Bernd … weiter?«

»Zumwinkel, er ist Historiker – und Museumsangestellter.«

»Danke.« Kristin nicke. »Haben sich in der Vergangenheit schon mal Unbefugte Zutritt zum Museum verschafft?«, wollte sie wissen.

»Nein, zumindest nicht, dass ich wüsste«, erwiderte Toplak.

»Mir ist am Eingang eine Kamera aufgefallen«, bemerkte Birthe. »Sicher gibt es Aufzeichnungen, auf denen wir sehen können, wie die Frau auf das Museumsgelände gelangt ist.«

Toplak lachte humorlos auf. »Vergessen Sie es.« Als er die fragenden Blicke der Polizistinnen sah, fuhr er fort: »Die Kamera ist defekt seit ein paar Tagen, und der Techniker schafft es nicht, sie instand zu setzen. Bisher ist nichts passiert, deshalb hat die Anlage wohl eher eine abschreckende Wirkung.«

»Das hat ja dann wohl nicht funktioniert«, stellte Kristin trocken fest.

»Leider nicht.« Toplak nickte mit zerknirschter Miene. »Aber ich werde noch heute dafür Sorge tragen, dass die Anlage instand gesetzt wird.«

»Wann hat Ihre Angestellte die Tote gefunden?«, hakte Birthe nach.

»Vor einer Stunde«, erwiderte der Museumsleiter nach einem Blick auf die große Wanduhr. »Sie ist ziemlich durch den Wind, wie Sie sich denken können.«

»Selbstverständlich.« Birthe lächelte nachsichtig. »Wir fürchten, dass Ihr Museum bis auf Weiteres geschlossen bleiben muss, Herr Toplak.«

Die Nachricht gefiel ihm nicht. »Können Sie schon sagen, wie lange?«

»Ich denke, dass Sie öffnen können, sobald die Kriminaltechniker ihre Arbeit abgeschlossen haben und der Leichnam der Frau abtransportiert wurde.«

»Bei der Vielzahl der Spuren, die es hier zu sichern gibt, könnte das ein paar Tage dauern«, befürchtete Kristin. Da das Museum täglich von ganzen Besucherscharen gestürmt wurde, die Spuren hinterließen, hatten die Kriminaltechniker von Benno Thierse sicher alle Hände voll zu tun.

»Ich habe es befürchtet«, räumte Toplak ein, »aber selbstverständlich hat Ihre Arbeit Vorrang.« Er rang sich ein Lächeln ab.

»Wo finden wir Ihre Mitarbeiterin?«, fragte Kristin.

»Ich kann Sie herrufen, dann können Sie Melli sprechen.«

»Gerne.«

Toplak zog ein Smartphone aus der Jeanstasche und rief eine abgespeicherte Nummer an. »Die Kripo ist jetzt hier und hat ein paar Fragen. Es wäre gut, wenn du zur Kasse kommen könntest.« Er lauschte kurz in den Hörer, brummte zustimmend und beendete das Telefonat, nachdem er sich höflich bedankt hatte. »Ist unterwegs«, sagte er an die Polizistinnen gewandt.

»Ich würde mir in der Zwischenzeit gern ein Bild vom Auffindeort der Leiche machen«, sagte Kristin, ließ das Notizbuch und den Stift verschwinden und erhob sich. Geduld war nicht ihre Stärke.

»Dann spreche ich mit Frau Hansen«, schlug Birthe vor.

»In Ordnung.« Kristin nickte und ließ sich von Matthias Toplak den Weg zu der Hütte erklären, in der man die Tote gefunden hatte. Draußen dauerte es einen Augenblick, bis sich Kristins Augen an das Tageslicht gewöhnt hatten. Als sie den Blick nach links wandte, sah sie die Kollegen vom Streifendienst, die alle Hände damit zu tun hatten, die Unbefugten vom Gelände fernzuhalten. Rechts führte ein schmaler Weg sanft abwärts hinunter zum Wikingerdorf. Kristin nahm einen Flyer aus der Plexiglasbox neben dem Eingang und verschaffte sich auf dem Plan einen Überblick über die Anlage. Dort waren sieben Gebäude eingezeichnet, die, der Bezeichnung nach zu urteilen, damaligen Zünften zugeordnet waren. So gab es unter anderem das *Haus des Schuhmachers*, das *Haus des Kammmachers*, ein *Haus der Händler* und ein *Haus des Tuchmachers*. Sicherlich ein reizvoller Ort, besonders im Sommer, wenn hier Normalität herrscht, dachte Kristin, als sie den Plan sinken ließ und sich umblickte.

»Moin!« Die Stimme einer jungen Frau riss Kristin aus den Beobachtungen. Sie wandte sich um und sah in das etwas blasse Gesicht einer zierlichen Frau von Anfang 20. Sie trug ausgewaschene Jeans zu Turnschuhen, darüber ein Kapuzenshirt in einem blassen Grau. Ihre langen Haare hatte sie zu zwei Zöpfen geflochten, die ihr mädchenhaftes Aussehen unterstrichen. Die Augen der jungen Frau waren wässrig blau, und Kristin vermochte nicht zu sagen, ob es daran gelegen hatte, dass sie geweint hatte. Jedenfalls schien sie noch immer durcheinander zu sein, denn ihre Bewegungen wirkten fahrig.

»Moin«, erwiderte Kristin mit einem sanften Lächeln.

»Sind Sie von der Polizei?«

»Ja, Kristin Voss. Und Sie sind Melanie Hansen, nehme ich an?«

»Jo.« Sie nickte. »Wollen wir hier reden?«

Kristin schüttelte den Kopf. »Meine Kollegin, Frau Jansen erwartet Sie bereits da drinnen.« Sie deutete mit dem Daumen über die Schulter auf das geschlossene Kassenhäuschen und machte Anstalten, sich in Bewegung zu setzen.

Der Weg zum Wikingermuseum führte über einen schmalen Bohlenweg und verlief parallel zu einem kleinen Bachlauf, an dem sich eine Entenfamilie vergnügte. Ein seichter Wind strich über den Haddebyer Noor ins Landesinnere.

»Hierher!« Die tiefe Stimme von Benno Thierse riss Kristin aus den Beobachtungen. Winkend stand er an einer Hütte auf der linken Seite. Er trug wieder einen faserfreien Overall. Nachdem Kristin ihn erreicht hatte, griff er in eine Kunststoffkiste am Wegesrand und reichte ihr ebenfalls Overall, Handschuhe sowie Überzieher für die Schuhe. »Dann mach dich mal hübsch«, grinste er und beobachtete Kristin, wie sie in die faserfreie Bekleidung schlüpfte.

»Aber schön auf dem Trampelpfad bleiben!« Wie ein Lehrer erhob er mahnend den Zeigefinger der rechten Hand. Kristin setzte sich grinsend in Bewegung. »Das war in Ostfriesland auch nicht anders, Papa«, lachte sie.

Benno grinste schief.

»Und?«, fragte Kristin. »Wie weit seid ihr?«

Er winkte schnaufend ab. »Ein ganzer Mors voller Spuren, aber kein Wunder, wir befinden uns hier in einem Museum, durch das an einem normalen Tage zig Besucher trampeln, ihre Spuren hinterlassen und uns die Arbeit erschweren.« Benno rollte die grauen Augen und schüttelte den Kopf. »Ich werde gleich Verstärkung aus Kiel anfordern, sonst hängen wir hier Wochen an der Spurensicherung.«

»Toplak wird uns umbringen«, befürchtete Kristin. »Kann ich einen Blick auf die Tote werfen?«

Benno nickte. »Klar, immer zu. Aber schön auf dem Trampelpfad bleiben«, wiederholte er seine Warnung.

»Für wie blöd hältst du mich?«, grinste Kristin und folgte ihm zu der Hütte, in der Melli Hansen ihren schrecklichen Fund gemacht hatte. Beim *Haus der Handwerker* handelte es sich um eine der kleineren Wikingerhütten. Wie alle anderen Bauwerke, so bestand auch dieses aus Holz. Das Dach war mit Reet gedeckt, vor dem Eingang gab es eine Art Plattform aus festem Lehm. Kristin zog den Kopf ein, um sich nicht an der oberen Kante des Eingangs zu stoßen, dann stand sie im Inneren. Es dauerte einen Moment, bis sich ihre Augen an das Zwielicht gewöhnt hatten.

»Peer ist schon los und holt Scheinwerfer«, kommentierte Benno, der bemerkte, dass Kristin die Augen zusammenkniff.

»Wer ist Peer?«

»Ein junger Kollege, ihn kennst du noch nicht.«

Kristin nickte und sah sich in der Hütte um. An den Wänden befanden sich allerhand Werkzeuge, deren Funktionen sich ihr nicht auf Anhieb erschlossen, doch sie erkannte Beile, Sägen, hölzerne Wagenräder und einen Eimer, ebenfalls grob aus Holz gearbeitet. Es gab Holzböcke, über die man Tierfelle gelegt hatte. Auf einem Zwischenboden wurde Holz gelagert. Und es gab am hinteren Ende des Hauses eine Art Raumteiler, der die Werkstatt notdürftig vom bescheidenen Wohnbereich abtrennte. Schon von hier aus konnte Kristin am Fußende der Schlafstätte Beine sehen. Es roch eigenartig unter dem freien Dach, Kristin atmete flach und stülpte sich die Einmalhandschuhe über, während sie einen ersten Blick auf die Frauenleiche werfen konnte. Schon beim ersten Hinsehen stand für Kristin fest, dass es sich bei der Toten um Maike Adamo handelte. Sie beugte sich über die Frauenleiche. Kristin nahm einen süßlich-fauligen Geruch wahr, der in ihre Nase stieg. Sie nannte es den »Duft des Todes«. Doch da war noch ein Geruch, den sie nicht gleich zuordnen konnte – der beißende Geruch von Ammoniak hing in der Luft. Die

Augen der Frau waren weit aufgerissen. Leblose Pupillen starrten zur Decke der Hütte empor, die Lippen waren blass, der Mund stand einen Spalt breit offen.

»Und?«, fragte Benno, der hinter sie getreten war.

»Sie ist es«, erwiderte Kristin, ohne sich zu ihm umzudrehen. »Das ist eindeutig Maike Adamo.«

Benno trat hinter sie. »Wie es aussieht, wurde sie mit einem stumpfen Gegenstand erschlagen.«

Die Frau war halb in den Lehmboden eingegraben worden, Arme, Beine und Kopf ragten aus dem unbefestigten Boden. Die langen blonden Haare hatte man ihr wie eine Gloriole halbkreisförmig um den Kopf herum ausgebreitet.

»Ein Ritual«, murmelte Kristin, während sie neben der Toten in die Hocke ging. »Es gleicht einem Ritual.«

»Hast du den Zauberwürfel da gesehen?« Benno zeigte mit den behandschuhten Fingern auf einen etwa faustgroßen Stein, der fast würfelförmige Formen aufwies und an einen Pflasterstein erinnerte. Kristin folgte dem Blick des Kriminaltechnikers und wusste, was Thierse meinte.

»Die Tatwaffe«, mutmaßte sie und nahm die klaffende Wunde an der Schläfe des Opfers in Augenschein.

»Es befindet sich Blut an dem Stein«, bemerkte Benno Thierse. »Wir machen einen DNA-Abgleich, aber ich geh mal davon aus, dass es sich dabei um das Blut des Opfers handelt.«

»Wäre naheliegend.« Kristin erinnerte sich an die Blutspuren im Fahrzeug der Toten und an den großen Fleck neben der offenen Fahrertür. »Ich vermute mal, dass sie nicht hier erschlagen worden ist, sonst hätte es hier ein Blutbad gegeben. Es gibt Schleifspuren im Boden, die darauf schließen lassen, dass der Mörder sein Opfer in die Hütte zog. Deshalb haben wir auch keine Spuren gefunden, die auf einen Kampf schließen lassen, der hier stattgefunden hat. Entweder war sie bewusstlos, als er sie herbrachte, oder schon tot.«

Kristin sah sich um. »Wir haben es also hier mit dem Ablageort, wohl nicht mit dem Tatort zu tun.«

Benno nickte zustimmend. »Ich denke, die Obduktion wird uns recht geben.«

Kristin dachte angestrengt nach. »Wenn er sie hier nicht getötet hat – warum liegt dann der Stein am Fundort?«

»Ein Zeichen.« Thierse musste nicht lange nachdenken. »Er will ein Zeichen setzen. Vielleicht haben wir es mit einem Ritualmord zu tun.« Nun huschte der Ansatz eines Lächelns über seine Lippen. »Aber damit könnt ihr euch auseinandersetzen, ich trage nur die Fakten zusammen.«

Während Kristins Blick zwischen der Toten und dem würfelförmigen Stein wechselte, lief ein Film vor ihrem geistigen Auge ab. »Man hat sie verschleppt«, ließ sie Benno an ihren Überlegungen teilhaben. »Auch, ob sie zu dem Zeitpunkt noch lebte, muss die Obduktion zeigen. Sie landete im Kofferraum eines Fahrzeugs und wurde hierher gebracht.«

»Hier kommt man nicht mit dem Auto hin«, gab Benno zu bedenken. »Hast du die Schranke neben dem Eingang gesehen?«

Kristin gab ihm recht. »Aber bis zum Personalparkplatz, dann hat der Täter sie auf einem anderen Weg hergebracht.« Sie dachte kurz nach. »Möglicherweise mit einer Schubkarre.« Kristin riss sich vom Anblick der Toten los, erhob sich und suchte den Boden nach Reifenspuren ab, die von einer Karre stammen könnten. Doch der Lehmboden war zu hart, um verräterische Spuren mit dem bloßen Auge erkennen zu lassen.

»Ich werde das prüfen«, versprach Benno Thierse.

Kristin dachte daran, dass sie gleich an ihrem ersten Arbeitstag in Flensburg einem Angehörigen die Nachricht vom gewaltsamen Tod seiner Frau überbringen musste. Wohl war ihr nicht bei der Vorstellung, zumal sie sich nicht vorstellen konnte, wie Hein Adamo auf die Nachricht reagieren würde. Wieder überlegte sie, ob er etwas mit dem Mord zu tun haben könnte.

»Ab jetzt ermitteln wir in einem Tötungsdelikt«, sagte sie mehr zu sich selbst als zu Thierse. »Und es wird spannend, wie es um die Ehe der Adamos wirklich stand.«

»Das herauszufinden, ist dein Job, ich kümmere mich hier mit Lars um die Hinterlassenschaften des Täters.« Er stöhnte. »Und um die der Besucher.«

Kristin verabschiedete sich von dem Kriminaltechniker und traf vor dem historischen Gebäude auf den Arzt, der sich ihr mit regungsloser Miene als Doktor Wagner vorstellte und schon vor ihrem Eintreffen die erste Leichenschau vorgenommen hatte.

»Die Leichenstarre hat bereits eingesetzt, anhand der Leichenflecken ist davon auszugehen, dass die Frau seit fünf bis sechs Stunden hier liegt. Der oder die Täter haben sie kurz nach dem Eintritt des Todes hergebracht und sie derart drapiert, bevor die Rigor Mortis – die Leichenstarre – eingesetzt hat.«

Kristin rechnete im Kopf mit. Um kurz nach Mitternacht hatte sie den verlassenen Wagen der Toten am Straßenrand entdeckt. Jetzt war es 9.30 Uhr. Sie ließ den Arzt an ihren Überlegungen teilhaben.

»Wenn wir davon ausgehen, dass die Leichenstarre bei diesen Temperaturen zwei, vielleicht drei Stunden nach Eintritt des Todes einsetzt, sie hier sechs Stunden liegt, dann passt es, dass sie schon beim Überfall oder unmittelbar danach ermordet wurde«, bestätigte Wagner.

»Ich bin bei neun Stunden«, rechnete Kristin mit.

»Könnte hinkommen«, stimmte Doktor Wagner ihr zu. »Den Stein neben der Toten haben Sie gesehen, nehme ich an?«

»Ja.«

»Womöglich wurde sie damit erschlagen«, führte Wagner aus. »Näheres kann Ihnen aber sicher die Rechtsmedizin nach Abschluss der Sektion und eines DNA-Abgleiches sagen.«

Kristin nickte und machte Anstalten, sich zurückzuziehen, um den Kollegen der Spurensicherung den Weg freizumachen, als Doktor Wagner ihr eine Hand auf den Unterarm legte.

»Da ist noch etwas«, sagte er.

»Was denn?« Birthe legte fragend den Kopf schräg.

»Derjenige, von dem das Opfer hier abgelegt wurde, hat, wohl nach seiner Tat, über die Tote uriniert.«

»Das ist widerlich«, kam es über Kristins Lippen. Das erklärte auch den strengen Geruch, der ihr eben in die Nase gestiegen war und der sich nicht der Leiche zuordnen ließ. »Können wir die DNA sichern?«

Der Notarzt zuckte die Schultern. »Das müssen Sie Ihre Kollegen fragen, aber ich denke, das ist machbar.«

»Danke.« Kristin ließ den Arzt stehen und wandte sich noch einmal an Benno Thierse, der schon wieder neben der Toten kniete und versuchte, Fußprints zu sichern. Mit wenigen Sätzen unterrichtete sie ihn von der Erkenntnis des Notarztes.

Thierse verzog angewidert sein Gesicht. »Auf sein Opfer zu pinkeln, ist krank.«

»Du sagst es.« Kristin fragte sich, welche Missachtung der Täter für sein Opfer empfunden haben musste, um sie noch nach dem Tod derart zu erniedrigen.

*

Flensburg, 9.55 Uhr:

Immer, wenn Paulsen Hunger hatte, bekam er schlechte Laune. Und das Frühstück war längst überfällig. Nachdem er sich bei Feistel abgemeldet hatte, zog es Paulsen in die Fußgängerzone, die nur einen Steinwurf von der Polizeidirektion entfernt lag. Der Hunger trieb ihn zu *Migges Danish Bakery* in der Norderstraße. In den letzten Jahren hatte sich in der historischen Durchgangsstraße ein multikulturelles Szeneviertel entwickelt, es gab Kneipen und Bars, Unverpacktläden und Galerien. Die über die Fahrdrähte der stillgelegten Straßenbahn hängenden Schuhpaare waren bei Touristen ein beliebtes Fotomotiv. Doch für all das hatte Paulsen kein Auge, als er über die Schwelle der Bäckerei trat und genießerisch die Luft durch die Nase einsog. Es roch verführerisch nach dänischem Gebäck. Mit knurrendem Magen trat er an die Theke und betrachtete die Auslagen. Bei der Vielzahl konnte er sich nicht entscheiden, ob er dänische Bollern, Zimtschnecken oder eine Himbeerschnitte kaufen sollte. Ihm blieb noch ein wenig Zeit, denn der Laden war voll um diese Uhrzeit. Paulsen erschrak, als ihm jemand von hinten auf die Schulter klopfte.

»Max«, hörte er eine Frauenstimme. »Bist du es?«

Er wirbelte herum und sah in zwei strahlend blaue Augen. Schulterlange blonde Haare umrahmten ein hübsches Gesicht. Die obersten Knöpfe der cremefarbenen Bluse standen offen und erlaubten ihm den Blick auf ein atemberaubendes Dekolleté. Sie trug einen eng anliegenden, kurzen Rock und hochhackige Stiefel. Der feine Duft von *Angel* wehte ihm entgegen, während er fieberhaft überlegte, wie sie hieß. Marion? Mariella? Michaela? Ihr Name wollte ihm ums Verrecken nicht einfallen.

»Moin«, sagte er mehr, um Zeit zu gewinnen, und rang sich ein Grinsen ab.

»Wie schön, dich zu sehen!«, ereiferte sich die Frau. Dabei schien es sie nicht zu stören, dass sie die Aufmerksamkeit der anderen Kunden auf sich lenkte.

Mona, durchzuckte es Paulsen, *sie heißt Mona.* Er erinnerte sich daran, sie früher immer als »die laute Mona« bezeichnet zu haben. Im Bett war sie eine Granate gewesen. Sie hatten sich im Fitnesscenter kennengelernt. Gerade, als Paulsen seinen muskulösen Oberkörper auf der Rudermaschine im Fitnessstudio mit Blick auf die Förde gestählt hatte, war sie an der Seite eines milchgesichtigen Angestellten in die Muckibude spaziert gekommen, um sich einige Übungen zeigen zu lassen. Ihre Oberweite und der knackige Hintern hatten Paulsen vom ersten Moment an in den Bann gezogen. Dabei war er es gewesen, der ihr später am Abend die *richtigen* Übungen beigebracht hatte.

Denn irgendwie waren sie später bei einem Smoothie an der Bar ins Gespräch gekommen, um nur eine Stunde später in ihrer Wohnung übereinander herzufallen wie ausgehungerte Tiere. Erst in den frühen Morgenstunden hatte er sie total ausgepowert zurückgelassen.

Das hatte bei seiner Heimkehr zu Hause Fragen aufgeworfen. Seine Frau wollte natürlich wissen, wo er die Nacht verbracht hatte – und mit wem. Die Ausrede, dass er sich in einem Einsatz befunden hatte, war nicht gut angekommen. Jetzt überlegte Paulsen fieberhaft, ob er seine Frau für Mona verlassen hatte – oder ob sie ihn wegen der Affäre rausgeworfen hatte. Es war lange her.

»Was machst du so?«, riss Mona ihn aus den Erinnerungen und schenkte ihm einen koketten Augenaufschlag, der genügte, um sein Blut in Wallung zu bringen.

»Ich … ich kaufe Gebäck«, stammelte er unkonzentriert und erntete ihr Gelächter. Klar, dachte er, ich bin nicht hier, um mich neu einzukleiden. Paulsen grinste und schalt sich in Gedanken einen Idioten.

»Das sehe ich«, lachte Mona.

Ich habe sie wegen ihrer peinlichen Lache in den Wind geschossen, erinnerte sich Paulsen. Aber der Sex mit ihr ist genial gewesen. Kurz war er versucht, sie zu einem Kaffee einzuladen, als er den glänzenden Ring an ihrer Hand erblickte. »Bist du verheiratet?«

Sie nickte. »Schon seit … damals, Max.« Kurz senkte Mona den Blick. »Kurz nachdem wir uns … getrennt haben, lernte ich jemanden kennen.« Sie biss sich auf die Lippe. »Aber wir führen eine offene Ehe.«

Sie lügt, durchzuckte es Paulsen. Miststück! Doch war es nicht gerade das Verdorbene und Verruchte gewesen, das ihn so an ihr fasziniert hatte?

»Bitteschön?« Die Verkäuferin jenseits des Tresens räusperte sich vernehmlich. »Die anderen Kunden warten«, mahnte die hochgewachsene Endvierzigerin mit einem strengen Blick.

Eilig entschied sich Paulsen für zwei Zimtschnecken und zwei Rosinenbrötchen, bezahlte mit dem Smartphone, nickte Mona zu und sah zu, dass er aus dem Laden kam. Auf Ärger mit einem gehörnten Ehemann hatte er keine Lust. Dass er draußen mit einem unauffällig gekleideten Mann im grauen Hoodie und schwarzen Jeans zusammenprallte, konnte Paulsen nicht davon abhalten, so schnell wie möglich von hier zu verschwinden. Paulsen murmelte eine Entschuldigung und machte, dass er zurück zur Polizeidirektion kam.

*

Wikingermuseum Haithabu, 10.15 Uhr:

Neben dem Kassenhäuschen wartete Birthe bereits auf Kristin, die noch überlegte, ob sie zurück in die Hütte gehen sollte, um ein Foto der skurrilen Auffindesituation der Toten zu machen. Doch sie war sicher, dass Thierse Aufnahmen gemacht hatte.

»Und?«, fragte Birthe sie.

»Kein Zweifel, bei der Toten handelt es sich um Maike Adamo.« Kristin war überzeugt, dass sie die Vermisste gefunden hatten. Sie wirkte sachlich und abgeklärt und machte einen professionellen Eindruck auf Birthe. »Gut.« Sie nickte schweigend. Beide Frauen verabschiedeten sich von Mattias Toplak, der eben aus dem Häuschen kam und ihnen zunickte. In seinem Schlepptau befand sich Melli Hansen. Sie wich den Blicken der Beamtinnen aus.

»Unser Opfer wurde mit einem etwa faustgroßen Stein erschlagen, zwar nicht hier, aber der Täter hat sich die Mühe gemacht, das Tatwerkzeug mitzunehmen, um es hier neben die Tote zu legen«, berichtete Kristin, als sie ungestört waren.

»Wie bitte?«

»Aber das ist nicht alles, der Täter hat über Maike Adamo uriniert.« Sie gingen zurück zum Auto. Kurz vor der heruntergelassenen Schranke blieb Kristin stehen und warf einen letzten Blick auf die reetgedeckten Häuser. Als sie sich ein wenig zu schnell wieder umwandte, um Birthe zu folgen, die bereits weitergegangen war, stieß sie unsanft mit einem hochgewachsenen Mann im teuren Anzug zusammen.

»Was soll denn das?«, rief er ungehalten und wich einen Schritt zurück. Die modische Brille war ihm verrutscht. Er erweckte einen verwirrten und gleichermaßen zornigen Eindruck, während er die Brille zurechtrückte.

»Passen Sie doch auf!«, rief Kristin, die den unsanften Zusammenstoß eigentlich verschuldet hatte, eher aus Schreck. Sie betrachtete ihr Gegenüber. Der Mann war groß und schlank, das dichte dunkle Haar von einzelnen silbernen Strähnen durchzogen. Ein feiner Duft von teurem Aftershave unterstrich die gründliche Rasur, so wie Kristin vermutete, nutzte er einen Nassrasierer. In seinen blauen Augen lag eine ganz besondere Wachsamkeit, mit der er sie nun wortlos musterte.

Sein taubengrauer Sommeranzug saß wie angegossen, das blütenweiße Hemd und die dunkelblaue Krawatte korrespondierten mit dem Anzug. Als Kristin den Blick senkte, fiel ihr auf, dass seine teuren Lederschuhe vom Staub des Schotterweges unansehnlich geworden waren.

»Haben Sie nicht den Anstand, sich zu entschuldigen?«, fragte der Mann jetzt. Eine steile Falte stand auf seiner Stirn.

»Und Sie sind ...?«, blaffte Kristin, anstatt sich zu entschuldigen.

Langsam gewann ihr Gegenüber die Souveränität zurück, die sein Outfit dem Betrachter suggerierte. »Sievert, Sven Sievert«, antwortete er in einem sehr distanzierten Ton, während er nun Kristin aufmerksam musterte. »Staatsanwaltschaft Flensburg.«

Oh Mist, durchzuckte es Kristin, die am liebsten im Erdboden versunken wäre. »Angenehm«, log sie mit rotem Kopf. »Kristin Voss, Kriminalhauptkommissarin beim K1.«

»Dann müssen Sie die Neue sein.« Sievert lächelte, und zum ersten Mal ging etwas Menschliches von ihm aus.

»Mein Ruf scheint mir ja weit vorauszueilen«, bemerkte Kristin etwas kleinlaut.

»Flensburg ist ein Dorf«, lächelte der attraktive Staatsanwalt nun. Er reichte Kristin die gepflegte Hand. Sein Händedruck war fest, als er ihr in die Augen blickte. »Na dann«, sagte er, »auf eine gute Zusammenarbeit.«

»Ja«, nickte Kristin, »auf eine gute Zusammenarbeit.« Sie machte, dass sie weiterkam.

»Wir sehen uns in der Abendrunde«, rief er ihr hinterher, dann setzte auch er seinen Weg fort.

KAPITEL 15

Er traute seinen Augen nicht. Fassungslos beobachtete er durch das Schaufenster von *Migges Danish Bakery*, wie sie sich angeregt mit einem fremden Typen unterhielt. Dabei hatte sie die Bäckerei erst vor einer Minute betreten. Konnte er sie denn niemals aus den Augen lassen? Er ballte die Hände zu Fäusten und war außer sich, denn dass sie ungeniert mit diesem Kerl flirtete, war nicht zu übersehen.

Der Mann, den sie angesprochen hatte, war stämmig, seine kräftigen Arme sprengten fast die Ärmel seines muskelbetonten T-Shirts, den kahlen Schädel hatte er sich offenbar eingeölt. Breitbeinig und mit halb angewinkelten Armen, so als trüge er Rasierklingen unter den Armen, stand er da und schien ihre Anmache zu genießen. Der Typ erinnerte ihn an eine Miniaturausgabe dieser Gorillas, die nachts vor den Klubs standen und Einlasskontrollen durchführten.

Du blöde Schlampe, was soll das?, fluchte er in Gedanken, während er dem eigenartigen Treiben im Inneren der Bäckerei zusah. Du gehörst mir. Warum provozierst du mich? Bebend vor Wut beobachtete er, was sich im Laden abspielte. Eindeutig hatte sie diesen muskelbepackten Möchtegern-Athleten angesprochen, und er schien nicht abgeneigt zu sein. Es erweckte den Eindruck, als würden sie sich kennen. Sie redete ohne Unterlass auf ihn ein, doch was sie diesem Kampfzwerg sagte, konnte er hier draußen nicht hören. Am liebsten wäre er in die Bäckerei gestürmt, um sie an den Haaren herauszuzerren – oder um dem Typen eine aufs Maul zu hauen. Oder beides. Doch er hatte sich unter Kontrolle, denn ihr jetzt eine Szene zu machen oder eine Prügelei vom Zaun zu brechen, das wäre unklug. Aufsehen konnte er nicht gebrauchen. So war er dazu verdammt, auf der Straße zu stehen und zuzusehen, was sich drinnen abspielte. Ein wenig kam er sich vor wie ein Hund, den man vor der Ladentür angeleint hatte.

»Wir müssen leider draußen bleiben«, las man öfters auf Schildern vor den Ladentüren. Daneben waren oft niedliche, traurig dreinblickende Hunde abgebildet. Er fühlte sich erniedrigt, klein und ohnmächtig. Bebend vor Wut beobachtete er sie. Immer wieder lachte sie diesen Möchtegern-Bodybuilder an, sie berührte ihn wie zufällig, strich sich kokett eine blonde Haarsträhne aus dem Gesicht und kicherte wie ein Schulmädchen. Sie wechselten ein paar Worte, dabei fuhr sie immer wieder mit der Zunge über ihre Lippen. Ihre Anmache schien ihm zu gefallen, denn er erwiderte ihr Lachen. Auch als sie die Hand hob und ihm den Ehering zeigte, lachte sie frech. Plötzlich schien der Kampfzwerg es eilig zu haben. Er bezahlte seinen Einkauf – ganz cool mit dem Smartphone –, nahm seine Tüte mit dem Gebäck und ließ sie einfach stehen. Von dem coolen Typen, den er ihr eben noch vorgespielt hatte, war nichts mehr zu sehen. Sichtlich aufgewühlt stürmte er zum Ausgang der Bäckerei, der gleich neben dem Schaufenster lag, und prallte mit ihm zusammen.

»Pass doch auf, du Arsch!«, rief der Kampfzwerg wütend. Als er zu seinem Gegenüber aufsah, lag etwas schwer Beschreibbares in seinem Blick.

Bevor er sich den Heini schnappen konnte, rannte er die Straße hinunter, ohne sich ein letztes Mal zu ihm umzusehen.

Sekundenlang stand er da und überlegte, wie er weitermachen sollte. Dann heftete er sich an die Fersen des Kampfzwerges. Dabei achtete er immer darauf, nicht von ihm bemerkt zu werden. Doch der kleine Muskelberg war offenbar nach der Begegnung mit Mona zu aufgebracht, um einen klaren Gedanken fassen zu können.

Er fragte sich, was sie ihm gesagt hatte, nutzte jede Hofeinfahrt als Deckung, folgte dem Fremden aus sicherer Entfernung. Nach wenigen Metern waren sie auf der Norderhofenden angelangt.

Nicht dein Ernst, dröhnte es in seinem Schädel. *Der Typ ist ein Bulle!* Tatsächlich sah er aus sicherer Entfernung, wie der Glatzkopf die Polizeidirektion durch den Haupteingang betrat, dann war er seinem Sichtfeld entschwunden. Rückzug!, schrie alles in ihm. Mit einem Bullen wollte er sich nicht anlegen, denn der Zeitpunkt für Ärger mit der Polizei war ungünstig, solange er seine Mission nicht erfüllt hatte. So wandte er sich frustriert ab und sah zu, dass er zu seinem Wagen kam. Es gab viel zu tun, und diese Begegnung durfte ihn nicht von seinem Vorhaben abhalten. So leicht ließ er sich nicht aus dem Konzept bringen.

*

»Den Staatsanwalt hast du ja bereits kennengelernt.« Birthe konnte sich ein schiefes Grinsen nicht verkneifen, als Kristin zu ihr ins Auto stieg und sich anschnallte.

»Ich möchte nicht darüber reden«, stellte Kristin, immer noch peinlich berührt, klar.

Im Schritttempo steuerte Birthe den Dienstwagen über den schmalen Weg. Dabei musste sie achtgeben, dass sie keine Fußgänger anfuhr, die ihr nur zögerlich auswichen.

Mit jedem Meter, den sie zurücklegten, beruhigte sich Kristin. »Wie ist er so?«

»Sievert?« Birthe lächelte ihr mit roten Wangen zu.

»Ja, was ist er für ein Typ?« Kristin wollte der Kollegin

nicht gleich auf die Nase binden, dass sie den Staatsanwalt äußerst attraktiv fand.

»Ein heißer Typ, würde ich sagen.« Birthe hatte den Blick nach vorn gerichtet, während sie sprach.

Kristin war überrascht von der Wortwahl ihrer biederen Kollegin. »Heiß?«, fragte Kristin mit großen Augen. Ein wenig fühlte sie sich ertappt, denn sie fand den Staatsanwalt tatsächlich durchaus attraktiv und hätte sich ein Kennenlernen unter anderen Umständen gewünscht.

Birthe nickte bekräftigend. »Ja, er sieht doch gut aus, das muss man ja wohl sagen.«

»Stimmt.« Kristin nickte. Sie betrachtete ihre Kollegin von der Seite. »Und du?«, fragte sie. »Gibt es einen Mann in deinem Leben?«

Grinsend hielt Birthe ihre Hand so, dass Kristin den dicken Ring an ihrer Hand sehen konnte. »Sicher, ich bin verheiratet.«

»Glücklich?«

»Meistens schon.« Sie seufzte. »Aber du tätest gut daran, dir den Staatsanwalt abzuschminken.«

»Warum?«

»Er ist ein Schönling, nichts für uns. Außerdem verkehrt Sievers in seiner Freizeit in anderen Kreisen als wir. Er spielt Golf, und er …«

»Gut, schon verstanden«, unterbrach Kristin sie. »Wie arbeitet Sievers?«

»Er ist ein scharfer Hund und mischt sich rege in unsere Arbeit ein.«

»Na super«, attestierte Kristin ihr, »genau diese Sorte Staatsanwalt kann ich nicht leiden.«

»Er ist gut in dem, was er tut«, versicherte Birthe ihr. »Dabei lässt er uns gewähren, aber er unterstützt uns bei der Arbeit, krempelt die Arme hoch und ist sich nicht zu schade, mit anzupacken.«

»Warum Haithabu?«, fragte Kristin, mehr, um das Thema zu wechseln.

»Was meinst du?«

»Warum legt uns der Mörder sein Opfer in eine zugige Wikingerhütte?«

»Eine interessante Frage«, fand Birthe. »Ob sie mal hier gearbeitet hat? Oder zu diesen Mittelalterleuten gehört hat? Immer zu Ostern findet hier ein Mittelaltermarkt statt.«

Kristin fürchtete, es könnte eine Suche nach der Stecknadel im Heuhaufen werden, wenn sie einen plausiblen Grund für das Verhalten des Täters in Erfahrung bringen wollten.

»Die Art wie sie dalag – drapiert, mit angewinkelten Armen und Beinen«, rief sich Kristin das Bild vor Augen.

»Womöglich hat man sie aufgebahrt, vielleicht ist man einem alten Ritual gefolgt, ich kenne mich in der Kultur der Wikinger nicht aus«, gestand Birthe. »Vielleicht sollten wir Matthias Toplak danach fragen. Er ist Historiker und weiß über das Leben der Wikinger bestens Bescheid.«

»Womöglich ist es …«, setzte Kristin gerade an, als sich Birthes Telefon meldete. Im großen Display am Armaturenbrett sahen sie, dass es sich bei dem Anrufer um Beck handelte.

»Benno hat Verstärkung angefordert, weil es unzählige Spuren gibt, die ausgewertet werden müssen.«

»Wohl wahr«, seufzte Kristin. Sie berichtete ihm, was sie in Haithabu gesehen und erfahren hatten. Insgeheim war Kristin froh, dass Beck offenbar noch keinen Anruf vom Staatsanwalt bekommen hatte, um sich über die Neue im Kommissariat zu beschweren.

»Dann fahrt ihr jetzt zu Hein Adamo?«, fragte er.

»So war der Plan«, bestätigte Kristin.

»Gut. Meldet euch, wenn es Neuigkeiten gibt.«

»Wird erledigt. Sollen wir uns um die Angestellte des

Museums kümmern?«, fragte Birthe. »Was, wenn sie etwas mit der Toten zu tun hatte?«

»Hatte sie das denn?«, fragte Beck.

»Sie hat behauptet, Maike Adamo zum ersten Mal gesehen zu haben.«

»Glaubwürdig?«

»Ich würde schon sagen, ja.«

»Dann konzentriert euch erst einmal auf die Protagonisten in unserem Fall, später kann ich euch Gunnar und Max zur Verstärkung schicken.«

»Geht in Ordnung.«

»Danke.« Beck war ein Mann der knappen Worte, oder etwas beschäftigte ihn. Kristin kannte ihn noch nicht gut genug, um das einschätzen zu können.

Birthe verabschiedete sich und unterbrach die Verbindung. Auf der Landstraße angekommen, beschleunigte sie den Wagen. Sie warf Kristin einen flüchtigen Seitenblick zu. »Sollen wir knobeln?«

»Warum?« Kristin legte die Stirn in Falten.

»Wer sagt es ihm?«

»Kann ich übernehmen«, bot Kristin an.

»Danke, ich hasse so etwas.« Birthe wirkte tatsächlich erleichtert. »Mit dem Tod habe ich so meine Probleme.«

Jetzt musste Kristin lachen. »Augen auf bei der Berufswahl«, empfahl sie.

»Eigentlich arbeite ich ja im K6«, erinnerte Birthe sie. »In der Kriminaltechnik müssen wir Angehörigen nicht so oft Todesnachrichten überbringen.«

Kristin nickte. »Ich verstehe, du bist aus der Übung.« Sie lächelte Birthe zu. »Kein Problem, ich übernehme das.«

*

Flensburg, Polizeidirektion, 10.20 Uhr:

Die »laute Mona« ging Paulsen nicht mehr aus dem Kopf. Gedankenverloren lümmelte er mit auf den Schreibtisch gelegten Beinen in seinem knarrenden Bürostuhl und tickerte mit einem Kugelschreiber. Das Grinsen auf seinem Gesicht bemerkte er selber nicht, als er an die Zeit mit Mona dachte. Eine derart leidenschaftliche Frau war ihm nach Mona nicht mehr ins Bett gekommen. Paulsen war ein freier Mann, also sprach nichts dagegen, die alte Bekanntschaft wieder aufleben zu lassen. Sein Blick glitt aus dem Fenster. Mehr als das gegenüberliegende Parkhaus und einen Streifen des fast wolkenlosen Himmels war nicht zu sehen. Der Versuch, sich abzulenken, misslang Paulsen. Die Papiertüte mit dem Logo der Altstadtbäckerei lag neben der Tastatur. Mona, dachte er mit einem verzückten Lächeln auf den Lippen, die laute Mona. Alles hat sie zusammengeschrien, wenn wir es miteinander getrieben haben.

Immer wieder schielte Paulsen auf sein Handy, das auf der tiefgrünen Schreibunterlage lag. Er spielte mit dem Gedanken, Mona anzurufen. Streng genommen wusste er nicht einmal, ob er ihre Nummer noch hatte. Viel Zeit war seitdem ins Land gezogen, und vermutlich hatte sie längst eine andere Rufnummer. Trotzdem wurde die Verlockung immer größer, es zu versuchen. Kurz schloss Paulsen die Augen und dachte an ihre kurze, aber heißblütige Affäre. Soll ich es versuchen?, fragte er sich in einer nicht enden wollenden Gedankenschleife, anstatt sich auf die Arbeit zu konzentrieren. Sie ist verheiratet. Ich nicht. Nicht mehr. Wenn etwas geschieht, muss sie es verantworten können. Außerdem ist sie es gewesen, die mich in dieser Bäckerei angequatscht hat. Kurz dachte er an den eigenartigen Penner, der vor dem Laden herumgelungert hatte. Fast war es Paulsen vorgekommen, als hätte er sich ihm in den Weg stellen wollen. Er prügelte sich nicht gern vor dem Frühstück. Dabei war es ganz schnell gegangen, und er hatte den Typen vor dem Laden stehen lassen.

Seine Gedanken schweiften wieder ab zu Mona. Er seufzte unschlüssig. Jetzt bereute er es, dass er sich nicht zu einem Date mit Mona überreden lassen hatte. Was nicht ist, kann ja noch werden, dachte Paulsen und beschloss, das nachzuholen, was ihm eben entgangen war. Hastig nahm er die Beine von der Schreibtischkante und beugte sich vor. Seine Kehle war trocken, seine Finger zitterten, als er das Smartphone in die Hand nahm – genau in dem Augenblick, als die Bürotür mit einem Schwung aufgestoßen wurde und an die dahinter liegende Wand knallte. Vor Schreck ließ Paulsen sein Handy fallen.

*

Schuby, 10.30 Uhr:

»Sind Sie gekommen, um mir zu sagen, dass Maike tot ist?« Kalte Augen blickten den Frauen entgegen, nachdem Hein Adamo ihnen geöffnet hatte. Er trug wieder eine ausgebeulte Jogginghose, darüber ein blassgrünes T-Shirt mit ausgefranstem Bündchen am Hals. Die Füße steckten wie schon letzte Nacht in weißen Socken, darüber trug er die obligatorischen Badelatschen. Tiefe Schatten lagen unter seinen Augen, er war unrasiert und wirkte übernächtigt.

Kristin hatte den Eindruck, als hätte er ihren Besuch erwartet. »Müssen Sie nicht arbeiten?«, fragte sie, anstatt auf seine provokante Frage zu antworten.

Schulterzuckend gab er den Eingang frei und bedeutete ihnen, ihm ins Haus zu folgen. Wieder fiel Kristin der muffige Geruch im Flur auf. Adamo schien nicht gerne durchzulüften.

»War ich schon, hat nichts gebracht.«

Sie waren in der Küche angekommen, die Kristin schon kannte. In der Spüle befanden sich drei benutzte Tassen, ein Löffel und ein Küchenmesser. Auf der Arbeitsplatte sammelte Hein Adamo leere Bierflaschen, die er vermutlich noch gestern Nacht getrunken hatte. Das erklärte seinen Mundgeruch. Die Gardinen der kleinen Fenster waren noch zugezogen, und so herrschte in der Küche ein bedrückendes Dämmerlicht. Als Adamo Kristins Blick bemerkte, wischte seine Hand über den vergilbten Lichtschalter neben der Tür. Das Licht einer altmodischen Küchenlampe vermochte es kaum, dem Raum mehr Gemütlichkeit zu verleihen. Auf dem Tisch dampfte Tee in einer großen Tasse. Stumm deutete Adamo auf die freien Plätze am Tisch, bevor er sich wieder auf seinen angestammten Stuhl setzte.

Kristin blieb nicht verborgen, dass Birthe sich aufmerksam umsah, bevor sie an dem großen Tisch Platz nahm.

Kristin setzte sich ebenfalls. »Was heißt das?«, nahm Kristin den Faden auf, nachdem auch sie sich gesetzt hatte. Sie zog ihr neues Notizbuch und einen Stift heraus.

Adamo lachte trocken auf. »Könnten Sie sich auf den Job konzentrieren, wenn Ihre Frau in der Nacht zuvor nicht nach Hause gekommen ist?«

»Wahrscheinlich nicht.« Er betrachtete seine Besucherinnen. »Und?«, fragte er, »wissen Sie mehr?«

»Ich fürchte, ja.« Kristin nickte. Sie tauschte einen raschen Blick mit Birthe, bevor sich ihre Aufmerksamkeit wieder auf den Hausherrn konzentrierte. »Herr Adamo, wir müssen Ihnen mitteilen, dass Ihre Frau tot ist.« Sie sprach langsam und achtete auf jede Regung im Gesicht ihres Gegenübers. Hein Adamos Miene wirkte versteinert. »So«, machte er nur, dann barg er das Gesicht in den Händen. »Ich wusste es irgendwie.«

»Was heißt das?«, mischte sich Birthe, die bis eben geschwiegen hatte, in die Unterhaltung ein. »Sie wussten es?«

»Wer sind Sie überhaupt?« Unverwandt starrte Adamo Kristins Partnerin an. »Arbeiten Sie auch bei den Bullen? Oder sind Sie von der Seelsorge? So was brauche ich nämlich nicht!«

»Das ist meine Kollegin, Hauptkommissarin Birthe Jensen vom K1«, erklärte Kristin schnell, bevor sie auf den Anlass ihres Besuches zurückkam. »Haben Sie verstanden, was ich Ihnen gerade gesagt habe?«

»Klar, ich bin ja nicht taub.« Er nickte und hielt Kristins bohrendem Blick stand. Etwas Lauerndes lag in seinen Augen, als er fortfuhr: »Haben Sie erwartet, dass ich jetzt heulend zusammenbreche?«

»Trauernde Angehörige reagieren auf die unterschiedlichsten Arten, wenn wir ihnen die Todesnachricht überbringen«, antwortete Kristin emotionslos.

»Ach so.« Er nickte, als hätte Kristin ihm gerade offenbart, dass sie die Steuerfahndung mitgebracht hätte. »Was erwarten Sie?«, wiederholte er seine Frage.

»Trauer? Wut? Verzweiflung? Lachen, Weinen, alles ist erlaubt.« Kristin seufzte. »Wenn Angehörige die Nachricht vom Tod eines lieben Mitmenschen bekommen, stehen sie unter Schock.«

»Aber ich habe mir so was gedacht«, behauptete Adamo. Kristin bemerkte, dass er die Hände rang. »Ich bin ja nicht blöd. Sie erzählen mir von dem Auto meiner Frau, berichten davon, dass sie offenbar einem Gewaltverbrechen zum Opfer fiel. Und jetzt stehen Sie auf der Matte. Bestimmt nicht, um mich zu fragen, ob Maike inzwischen wieder aufgetaucht ist. Habe ich recht?«

»Ja, ich fürchte, Sie haben recht.« Kristin wunderte sich darüber, wie abgeklärt er war. Gedankenverloren drehte er jetzt den Ehering an seiner Hand. Als er den Kopf hob, schimmerten seine Augen feucht. »Dieses Arschloch«, zischte er, »er hat mir meine Frau genommen.«

Birthe warf Kristin einen Blick zu und zückte das Notizbuch. »Welches – Arschloch?«, fragte sie ohne aufzusehen, und Kristin stellte fest, dass es ihrer Kollegin offenbar schwerfiel, seine Worte zu wiederholen.

»Sie hatte so einen Stecher«, eröffnete Adamo ihnen jetzt. »Leo heißt der, glaube ich.«

»Weiter?«, fragte Birthe.

»Was weiß ich«, brummte Adamo. »Ich kenne ihn nur vom Hörensagen aus der Nachbarschaft.«

»Hatte Ihre Frau denn ein Verhältnis mit diesem ... Leo?«, wollte Birthe wissen.

»Ich denke schon.«

»Aber Sie wissen es nicht.«

»Nein.«

»Weil Sie ihn eben als ... ›Stecher‹ bezeichnet haben.« Birthe schien Probleme damit zu haben, seinen Jargon nachzuahmen.

»Da lief etwas, ich könnte meinen Arsch darauf verwetten.«

»Woran machen Sie das fest?«, übernahm Kristin das Frage-Antwort-Spiel.

Adamos Kopf ruckte zu ihr herum. »Weil ich kein Idiot bin, ich merke so was. Meine Frau war in der letzten Zeit ... anders.«

»Können Sie uns diese Veränderungen beschreiben?« Kristin schrieb mit.

»Sie war abweisend, warf mir vor, zu viel zu trinken, nichts am Haus zu tun, und suchte ständig Streit.«

Kein Wunder, dass seine Frau sich von ihm abgewendet hat, dachte Kristin. »Und Sie?«, hakte sie nach, »was haben Sie ihr vorzuwerfen?«

Er seufzte schwer, als sei die Liste der negativen Eigenschaften seiner Frau unendlich lang. »Sie … sie hatte keine Lust mehr, mit mir …« Seine Worte gerieten ins Stocken.

»Zu schlafen?«, half Kristin ihm auf die Sprünge, bevor ihm eine weitere verbale Entgleisung über die Lippen kam.

»Ja.« Er nickte und lächelte einen winzigen Augenblick dankbar. »Sie war abweisend, immer, wenn ich mich ihr nähern wollte, ständig gab es andere Gründe, keinen Sex zu haben. Müde, krank, keine Lust, in der letzten Zeit immer auch mal Streit.« Er kicherte, und es klang in Anbetracht der Situation unangebracht. »Irgendwas ist eben immer.«

Typisch Mann, dachte Kristin, verkniff sich aber einen Kommentar. »Und das ließ Sie zu dem Schluss kommen, dass Ihre Frau ein Verhältnis mit diesem Leo hatte?«

»Natürlich. Sie wird ja auch ihre Bedürfnisse gehabt haben. Und weil sie ihre Lust nicht mit mir gestillt hat, wird sie sich diese Befriedigung woanders gesucht haben.«

»Aber sicher sind Sie nicht?«, übernahm Birthe wieder.

»Ich würde die Hand dafür nicht ins Feuer legen«, brummte er und klang plötzlich ein wenig hilflos. »Man sagt ja immer, dass, wenn eine Ehe nicht rund läuft, beide irgendwie schuld daran sind.« Adamo senkte den Blick und zupfte die karierte Tischdecke gerade.

Birthe legte den Stift zur Seite und legte die manikürten Hände auf den Tisch. Dabei fielen Kristin die knallrot lackierten Fingernägel ihrer Kollegin auf. »Haben Sie diesen Leo mal kennengelernt?« Birthes Stimme klang einfühlsam.

Adamo schüttelte den Kopf. »Nee«, sagte er, »er hätte mir auch nicht unter die Augen treten dürfen, sonst …« Er ballte die Hände zu Fäusten und hielt Birthes fragendem Blick stand.

»Sonst was?«

»Ich hätte ihm eins aufs Maul gehauen.«

Das glaubte Kristin ihm sofort, denn die Wut, die Adamo mit sich herumtrug, kochte in ihm. Sein Gesicht hatte eine tiefrote Färbung angenommen. Kristin stellte fest, dass die Wut auf diesen vermeintlichen Liebhaber gegenüber der Trauer um seine Frau überwog. Schon auf der Polizeischule hatte sie gelernt, dass Eifersucht als Mordmotiv Nummer eins galt.

Ein Alibi für die Tatzeit hatte er ihnen schon bei ihrem ersten Besuch in der Nacht nicht bieten können, und Kristin fragte sich, ob er für den Mord an seiner Frau infrage kam. In Gedanken ging sie sein Vorstrafenregister durch. Die Liste der aktenkundigen Anzeigen sprach nicht gerade für Hein Adamos Unschuld. Er war wegen anderer Delikte vorbestraft. Kristin betrachtete ihr Gegenüber nachdenklich. Gerade schien er zwischen Wut und Trauer zu schwanken, und sie vermochte nicht einzuschätzen, welches Gefühl gerade überwog.

Adamo stierte sie an und schien Kristins Gedanken zu erraten. »Sie glauben nicht ernsthaft, dass ich …« Er brachte den Satz nicht zu Ende.

»Herr Adamo, in letzter Zeit gab es immer wieder Beschwerden aus der Nachbarschaft gegen Sie«, sagte Birthe. »Man behauptet, Sie wären mehrfach handgreiflich gegen Ihre Frau geworden.«

Adamo zuckte unmerklich zusammen. »Was soll das?«, fragte er heiser. Birthe hielt seinem drohenden Blick stand. »Sie sind aktenkundig, auch wegen der zahlreichen Verstöße in der Vergangenheit, in denen man Sie belangt hat.«

»Liegt eine Anzeige wegen häuslicher Gewalt gegen mich vor?«, fragte er, während er seine groben Händen rang.

»Nein«, antwortete Birthe wahrheitsgemäß.

»Weil nichts war – ich habe Maike nicht angefasst oder misshandelt. Wir haben lediglich laut gestritten, aber das habe ich Ihnen«, er bedachte Kristin mit einem flüchtigen Blick, »heute Nacht schon erzählt.«

Kristin nickte, schwieg aber und überließ ihrer Kollegin das Reden.

»Es kam zu keiner Anzeige, weil Ihre Frau behauptet hat, dass Sie nicht gewalttätig gegen sie geworden sind. Angeblich hat sie auch …«

Bevor Birthe den Satz beenden konnte, holte Adamo aus und ließ die flache Hand auf die Tischplatte niedersausen, dass es krachte. Birthe und Kristin zuckten zusammen. Der laute Knall versetzte Kristin sofort in Alarmbereitschaft, ihre Hand glitt an das Holster, wo sie diesmal die Sicherheit ihrer Dienstwaffe spürte.

»*Angeblich* … wollen Sie mir was anlasten?«, grollte Adamo.

Birthe hatte sich nach dem Schreck schnell wieder unter Kontrolle. »Es besteht die Möglichkeit, dass Sie Ihre Frau unter Druck gesetzt haben, um sie zu einer Falschaussage zu bewegen.«

»So ein Blödsinn.« Adamo schüttelte den Kopf. Sekundenlang stierte er schweigend auf die Tischplatte. Sein Oberkörper hob und senkte sich mit jedem Atemzug, den er tat. Adamo war die innere Anspannung anzusehen. Sein Gesicht hatte eine tiefrote Färbung angenommen, als er Birthe ansah. »Hüten Sie sich, mir so einen Mist anzuhängen«, warnte er sie leise.

»Sonst?«, entgegnete Birthe unerschrocken und begegnete seinem Blick mit regungsloser Miene. Kristin wunderte sich über die toughe Haltung der sonst so biederen Kollegin.

»Sonst machen Sie alles nur noch schlimmer«, fuhr Birthe unbeirrt fort.

»Ich habe Maike nicht geschlagen.« Jetzt klang Adamos Stimme flehentlich. Mit einer fahrigen Bewegung wischte er sich über das Gesicht.

»Gut«, nickte Kristin, »also sind Sie der Meinung, dass dieser Leo hinter dem Mord an Ihrer Frau stecken könnte?«

Sein Kopf ruckte zu ihr herum. Adamo dachte kurz nach und nickte. »Ich darf das nicht behaupten«, sagte er, »sonst würden Sie mich wohl wegen Verleumdung drankriegen.« Er grinste. »Aber so dumm bin ich nicht.«

»Wir werden Sie nicht ans Messer liefern«, versprach Kristin ihm. »Also – haben Sie den Verdacht, dass der mutmaßliche Liebhaber Ihrer Frau hinter dem Mord stecken könnte?«

Langsam entspannten sich Adamos Gesichtszüge. Er deutete ein Nicken an. »Was ist, wenn er sich unsterblich in meine Maike verliebt hat, sie aber nur eine unverbindliche Affäre mit ihm wollte?«

»Sagen Sie es uns«, bat Kristin ihn.

»Er könnte sich vielleicht nicht damit abgefunden haben, dass sie nicht vorhatte, mich zu verlassen. Vielleicht wollte er sie ganz für sich alleine haben, sie zu einer Scheidung drängen, was weiß ich.« Adamo atmete ein paar Mal tief durch. Seine Hände zitterten. Er bebte vor Wut und stand kurz vor dem Platzen, als er weitersprach. »Damit kam der Typ nicht klar. Er hat sie verfolgt, als sie auf dem Weg nach Hause – auf dem Weg zu ihrem Mann also – war, hat sie abgedrängt, um sie zur Rede zu stellen. Sie hat sich geweigert, ihm sind die Nerven durchgegangen, und er hat sie erschlagen.«

Kristin schrieb mit, dann lächelte sie.

»Was halten Sie von meiner Theorie?«, wollte Adamo wissen.

»Sie könnten unseren Beruf machen«, antwortete Kristin ihm. Sie klappte das Notizbuch zu und erhob sich, als sie bemerkte, dass auch Birthe keine Fragen mehr zu haben schien. »Wir melden uns«, versprach sie Hein Adamo, dann ließen sie den Witwer mit seiner Wut und seiner Trauer zurück. Kristin hatte den Verdacht, dass sie ihn schneller wieder besuchen würden, als ihm lieb sein konnte.

*

Flensburg, Polizeidirektion, 10.25 Uhr:

Beck musste sich ein Lachen verkneifen, als er in Paulsens bedröppeltes Gesicht sah. »Hast du ein schlechtes Gewissen?« Er war energisch in Paulsens Büro gestürmt, um sich einen Überblick über die ersten Ermittlungserkenntnisse zu verschaffen. Jetzt drückte er die Tür leise ins Schloss und trat näher. Beck beobachtete, wie Paulsen sich nach dem Smartphone bückte. Das Ding war in hohem Bogen auf den Fußboden geflogen. Noch immer war Paulsen kreidebleich. Seine rechte Hand zitterte ein wenig, als er das Handy aufhob, um es in Augenschein zu nehmen.

»Das ist im Arsch.« Kopfschüttelnd betrachtete Paulsen das gesprungene Display. »*Spider*-App«, brummte er und hielt es Beck hin. »Guck dir die Scheiße an.«

Jens Beck war die Sache nun doch unangenehm. »Ich rede gleich mit der IT, dann bekommst du ein neues Handy«, versprach er, doch als er den Aufdruck »Now we have the salad« auf Paulsens T-Shirt sah, musste er sich ein Grinsen verkneifen. Auch wenn er dieses alberne Denglisch nicht sonderlich mochte – der Spruch passte zur aktuellen Situation.

»Warum stürmst du hier so rein wie ein Geisteskranker?« Paulsen holte tief Luft, dann gab er sich Mühe, entspannt zu wirken. Achtlos warf er das Handy auf den Schreibtisch.

»Weil wir auf der Suche nach einem Mörder sind, der noch frei herumläuft«, konterte Beck und zeigte auf Paulsens Computermonitor, der einen altmodischen Bildschirmschoner zeigte. »Hast du schon etwas herausgefunden?«

»Gut Ding will Weile haben«, stöhnte Paulsen genervt. »Die Meinungen über ihn und das, was ich in den Datenbanken gefunden habe, sprechen nicht gerade für Adamo.«

»Er ist kein Sympathieträger, davon konnte ich mich letzte Nacht schon selbst überzeugen.« Jens Beck winkte ab. »Aber haben wir etwas, mit dem wir ihn festnageln können?«

Paulsen grinste übers ganze Gesicht und deutete auf den freien Stuhl neben dem Schreibtisch. »Nimm Platz, es könnte einen Moment dauern.«

*

Er hatte damit gerechnet, dass sie ihm Ärger machen würden. Es war schlimm genug, dass Maike nicht mehr lebte. Mit dem Auffinden ihrer Leiche begann für ihn erst die Arbeit. Er spürte, dass die nächsten Tage aufreibend werden würden. Adamo stand mit in den Hosentaschen versenkten Händen hinter der Gardine der kleinen Stube und beobachtete die beiden Frauen, die gerade zu ihrem unauffällig lackierten Dienstwagen gingen, der ein paar Meter entfernt parkte. Dabei waren sie in ein intensives Gespräch versunken.

»Ihr solltet mir besser keinen Ärger machen, ihr blöden Weiber«, zischte er hasserfüllt. »Es rächt sich alles im Leben.« Er stutzte, als er bemerkte, dass sich die Frauen offenbar für seinen Wagen interessierten. Als sie unter das hölzerne Dach des Carports traten, waren sie seinem Blickfeld entschwunden. Unruhe stieg in ihm auf. »Was schnüffelt ihr da rum?«, zischte er und riss sich vom Fenster los.

*

»Sieh mal«, sagte Birthe, als sie auf dem Weg zum Wagen an dem Carport vorbeikamen, der an Adamos Haus grenzte.

»Die Karre kündet nicht gerade von Reichtum«, kommentierte Kristin, als sie den rostigen Berlingo erblickte, der ihr schon in der Nacht aufgefallen war.

»Das meine ich nicht«, entgegnete Birthe hastig. »Der

Wagen wird trotz seines schlechten Allgemeinzustandes und trotz des Alters gepflegt.« Sie deutete auf den Saugnapf, der über den Heckwischer geklemmt worden war. »Offensichtlich war er gerade in der Wagenwäsche«, mutmaßte Birthe.

»Und?«, fragte Kristin, deren Gedanken wieder um die Tote von Haithabu kreisten.

»Wenn meine Frau Opfer eines Gewaltverbrechens geworden wäre, hätte ich andere Dinge zu tun, als mein Auto zu waschen«, behauptete Birthe.

»Vielleicht hat er Ablenkung gesucht«, überlegte Kristin, dann ahnte sie, worauf ihre Kollegin hinauswollte. »Moment«, rief sie, »du meinst, er hat das gemacht, um Spuren zu verwischen?«

»Könnte doch sein.« Birthe nickte. »Wenn er hinter dem Mord an seiner Frau steckt, dann müsste die nächtliche Aktion ihre Spuren am Wagen hinterlassen haben.«

»Blut wäscht man nicht so eben weg«, gab Kristin zu bedenken. »Der Kofferraum dürfte verschmutzt sein, wenn wir davon ausgehen, dass er seine Frau nach Haithabu gebracht hat.«

»Sehen wir ihn uns an«, schlug Birthe vor.

»Was tun Sie da?«, riss sie Adamos Stimme aus den Überlegungen. Beide Frauen fuhren herum. Unbemerkt hatte er sich ihnen von hinten genähert. Kristin sah etwas Irres in seinen Augen aufblitzen. Schnell glitt ihre Hand ans Holster. Sie öffnete den Druckknopf des Riemens und war bereit, die Waffe zu ziehen, sollte es nötig werden.

»Wir sehen uns Ihren Wagen an«, antwortete Birthe ihm.

»Was gibt es da zu sehen?« Seine Stimme klang schrill.

»Würden Sie uns den Wagen kurz aufschließen?«, bat Birthe ihn anstelle einer Antwort.

»Warum sollte ich?« Jetzt lachte Adamo sarkastisch. »Wollen Sie die Karre kaufen?«

»Worauf warten Sie?«, fragte Kristin, der Adamos Art gegen die Hutschnur ging. »Bitte holen Sie den Schlüssel.«

»Brauch ich nicht.« Seine Hand glitt in die Tasche der verbeulten Jogginghose. Er klimperte mit dem Schlüssel und näherte sich den Frauen. Ohne ihnen in die Augen zu sehen, schob er sich an ihnen vorbei und fummelte mit zitternden Händen den Schlüssel ins Schloss. »Die Fernbedienung ist im Arsch«, kommentierte er, dann klickte die Zentralverriegelung.

»Dürfen wir?«, fragte Birthe und machte sich, ohne seine Antwort abzuwarten, am Kofferraum zu schaffen. Die große Heckklappe schwang nach oben. Die Ablage war beschädigt und klemmte, als Birthe sie vorschieben wollte, um den Teppich des Ladebodens in Augenschein zu nehmen. Er war überraschend sauber, ob er aber frisch gesaugt war, ließ sich nicht feststellen.

»Was soll das?«

»Warum haben Sie den Wagen waschen lassen?«, fragte Birthe.

»Weil er es nötig hatte.«

»Heute Morgen schon? Ich hätte anderes zu tun, wenn meine Frau verschwunden ist und sich möglicherweise in den Händen eines gewaltbereiten Entführers befindet«, erklärte Kristin. »Ich hätte keine ruhige Minute, bis …«

»Ich … ich musste mich ablenken, auf andere Gedanken kommen«, fuhr Adamo ihr in die Parade. Er wich den fragenden Blicken der beiden Frauen aus.

»Ach so.« Kristin trat neben Birthe, die bereits mit der Begutachtung des Innenraumes begonnen hatte. »Und?«

»Sauber«, antwortete Birthe. Sie machte einen Schritt zur Seite, um Kristin in den Wagen schauen zu lassen. »Werkzeug, ein Reservekanister, ein Eiskratzer vom letzten Winter, mehr nicht.«

»Hm.« Zufrieden war Kristin mit dem Ergebnis nicht. Sie überlegte, ob es ratsam war, den Wagen zu beschlagnahmen und ihn in der KTU auf Mikrospuren zu untersuchen. »Wo waren Sie gestern Abend?«

»Haben Sie Alzheimer?« Adamo kicherte überheblich. »Das habe ich Ihnen alles schon erzählt.«

»Also gibt es keinen Zeugen?«

»Nee.«

»Dann haben Sie kein Alibi.«

»Sie wollen mir echt was anhängen.«

»Wir suchen den Mörder Ihrer Frau.«

»Und meinen, ich könnte damit was zu tun haben?«

Kristin hielt schweigend seinem Blick stand.

»Hier«, sagte Adamo und streckte ihr seine Hände hin. »Legen Sie mir Handschellen an und verhaften Sie mich.«

»Wir kommen bei Gelegenheit auf Ihr Angebot zurück«, versicherte Kristin ihm und gab Birthe ein Zeichen zum Aufbruch.

*

»Warum haben wir den Wagen nicht gleich beschlagnahmt?«, fragte Birthe, nachdem sie eingestiegen waren. Sie hatte Kristin den Schlüssel in die Hand gedrückt und machte es sich auf dem Beifahrersitz bequem.

»Ich bin neu hier«, sagte Kristin. »Ich kenne weder den Richter noch den …«

»Staatsanwalt Sievers hast du schon kennengelernt«, erinnerte Birthe sie mit einem Lächeln.

»Den Weg, wollte ich sagen«, antwortete Kristin, während sie Fahrersitz und Spiegel einstellte.

»Den erkläre ich dir.« Birthe lächelte. »Außerdem muss ich dir doch nicht erklären, dass Fahrzeuge, die als Beweismittel in einem Strafverfahren von Bedeutung sein könnten, sichergestellt werden können.« Sie holte tief Luft. »Das ist in Schleswig-Holstein sicher nicht anders als bei euch in Niedersachsen.«

Kristin nickte. Insgeheim ärgerte sie sich, dass sie den Wagen von Adamo nicht gleich sichergestellt hatte. Jetzt hatte er die Gelegenheit, auch die letzten Spuren zu verwischen. Die Zeit drängte also. Dennoch zögerte Kristin.

»Du möchtest Sievers nicht anrufen«, stellte Birthe fest.

»Wie kommst du denn darauf?«

»Weil euer erstes Zusammentreffen, kleines Wortspiel, in Haithabu peinlich verlaufen ist.« Birthes Lächeln wurde zu einem Grinsen.

»Kannst du ihn anrufen und um die richterliche Verfügung bitten?« Kristin fühlte sich ertappt. Sie seufzte. »Nee lass«, sagte sie, als ihre Kollegin nicht gleich antwortete, »ich mach das schon.« Sie überprüfte, ob sich ihr Handy mit der Freisprecheinrichtung des Dienstwagens verbunden hatte, und ließ sich von Birthe die Nummer diktieren.

Sievers meldete sich schon nach dem ersten Freizeichen. Kristins Gesichtszüge entspannten sich, als sie Sievers' angenehme Stimme aus den Lautsprechern des Autos hörte. Er schien nicht nachtragend zu sein. »Gibt es Neuigkeiten?«

»Vielleicht.« Kristin berichtete ihm von ihrem Verdacht und äußerte den Wunsch, das Auto von Hein Adamo sicherstellen zu dürfen.

»Wie konkret ist denn der Verdacht gegen ihn?«, hakte Sievers nach.

»Wer, bitteschön, fährt am Morgen, nachdem seine Frau einem Gewaltverbrecher zum Opfer fiel, los, um seinen Wagen zu waschen?«, antwortete Kristin mit einer Gegenfrage. »Außerdem hat er für die Tatzeit kein Alibi.«

»Ich werde gleich den diensthabenden Richter anrufen und alles Nötige veranlassen«, versprach Sievers und unterbrach die Verbindung.

»Geht doch«, freute sich Birthe.

»Und jetzt?«

Birthe angelte nach dem Laptop und klappte ihn auf. »Eifersucht ist in Deutschland Mordmotiv Nummer eins, wenn es um männliche Täter und um weibliche Opfer geht«, bemerkte sie, ohne vom Display aufzuschauen. »Zwar wissen wir noch nicht, ob unser Täter ein Mann ist, aber wenn Maike Adamo mit einem Stein erschlagen wurde, erfordert das Kraft. Auch sie in Haithabu zu drapieren, würde meiner Meinung nach eher für einen männlichen Täter sprechen.«

»Und Adamo kocht vor Eifersucht, zumal es in seiner Ehe nicht rund lief«, gab Kristin ihr recht.

Birthe loggte sie sich ins System ein.

Eines ging Kristin seit ihrem Besuch bei Adamo nicht aus dem Kopf. »Ist dir aufgefallen, dass es ihn nicht interessiert hat, wo wir seine Frau gefunden haben, wie sie gestorben ist und ob er sie noch ein letztes Mal sehen darf?«

Birthe gab ihr recht. »Ich war noch nicht oft dabei, wenn Angehörigen die Nachricht vom Tod eines Familienmitglieds überbracht wurde«, schränkte sie ein, »aber sind diese Fragen üblich?«

Kristin nickte. »Fast alle wollen die näheren Umstände des Todes erfahren, auch wenn der Gedanke daran höllische Schmerzen bereitet. Nichts ist schlimmer als die Ungewissheit. Wer einen geliebten Menschen verliert, der hat Fragen.«

»Also haben sie sich nicht geliebt?«

»Das werden wir abschließend wohl nicht mehr in Erfahrung bringen«, befürchtete Kristin. Sie hatten eine Hauptstraße erreicht, und Kristin wurde bewusst, dass sie sich in dieser Gegend so gut wie gar nicht auskannte. »Und jetzt?«, fragte sie ihre Kollegin, die während der Fahrt verschiedene Dateien am mobilen Rechner öffnete. »Wo fahren wir hin?«

»Ins *Walhalla*, würde ich vorschlagen. Und danach zu Adamos Arbeitgeber.«

»Was machen wir mit den Nachbarn?«

Birthe sah vom Bildschirm auf. »Wir sollten Max und Gunnar bitten, das zu übernehmen. Mit etwas Glück liegt die richterliche Anordnung für die Sicherstellung von Adamos Fahrzeug schon vor, und Max kann sie ihm gleich vorbeibringen.«

»Da ist Paulsen der Richtige«, fand Kristin. »Er ist nicht auf den Mund gefallen und wird ihm schon klarmachen, wer das Sagen hat.«

Birthe nickte. »Das wird ein Spaß, wenn die beiden aneinandergeraten.« Sie rief Becks Nummer im Display auf. Nach nur einem einzigen Freizeichen meldete er sich.

»Birthe«, sagte er knapp wie gewohnt.

Birthe berichtete ihm, was sie vorhatten. »Staatsanwalt Sievers kümmert sich um den richterlichen Bescheid zur Sicherstellung des Fahrzeuges. In der KTU finden wir eventuell Mikrospuren im Laderaum – oder auch nicht.« Sie ließ ihn an ihrer Überlegung, Paulsen und Feistel auf die Nachbarn der Adamos anzusetzen, teilhaben. »Ich schicke Max und Gunnar gleich die Liste der Nachbarn, die bei uns aktenkundig wurden, weil sie sich über die lautstarken Streitereien bei den Adamos beschwert haben«, versprach sie.

»Ich habe eben mit Max gesprochen, er hat sich eingelesen und kann die Nachbarn anhören. Bei der Gelegenheit kann er Adamo über die bevorstehende Abholung seines Autos in Kenntnis setzen.«

»Perfekt«, freute sich Birthe.

»Was macht ihr jetzt?«

»Wir kümmern uns jetzt um Maikes und dann um Hein Adamos Arbeitgeber.«

Jens Beck versprach, noch einmal Rücksprache mit dem Staatsanwalt zu halten, um Paulsen und Feistel gleich den

Bescheid in die Hand drücken zu können und sie nach Schuby zu schicken. »Wenn das zu lange dauert, erledigen das später Kollegen vom Streifendienst«, versprach er. »Ich schicke die Jungs jetzt los.«

Kristin war zufrieden. Bis jetzt schien sich die Zusammenarbeit mit ihrem neuen Vorgesetzten und dem Staatsanwalt gut zu gestalten.

»Und jetzt bin ich gespannt, was an Hein Adamos Verdacht dran ist«, bemerkte Birthe. »Ob seine Frau wirklich ein Verhältnis gehabt hat und ob Eifersucht als Tatmotiv infrage kommt.«

*

Er wusste nicht, wie lange er schon in dem fensterlosen Raum gesessen hatte, um an seinen Plänen zu arbeiten. Das bläuliche Leuchten des Laptops auf seinem Schoß war die einzige Lichtquelle hier unten. Seit geraumer Zeit hockte er auf dem Sofa, weit zurückgelehnt und klickte sich immer wieder durch ihre Fotoalben. Die Wärme des Akkus durchlief seinen Unterleib und sorgte für ein wohliges Gefühl in seinem Schoß. Mit einem verzückten Lächeln auf den Lippen betrachtete er ihre Bilder. Immer und immer wieder klickte er sich durch die Galerie und vergrößerte die digitalen Fotos. Du bist die Nächste, hämmerte es in seinem Kopf. Beim Betrachten ihrer Bilder wurde seine Kehle trocken, seine Hände zitterten. Ich werde dich kriegen und für Gerechtigkeit sorgen. Er versank tiefer und tiefer in seinen Gedanken und überlegte, was noch zu tun war bis zum Treffen am späten Abend. Zur Tankstelle musste er auf jeden Fall noch, sonst würde sein Plan nicht gelingen. Mit jedem Gedanken an sein Vorhaben steigerte sich das Gefühl der Macht. Er würde über ihr Leben entscheiden, und er würde den Moment wählen, wann ihr armseliges Leben endete. Ein äußerst vielversprechender Gedanke, der ihm ein teuflisches Grinsen auf die Lippen zauberte. Du gehörst mir, dachte er in einem Zustand fiebriger Erregung. Noch ahnst du nichts davon, doch das wird sich schon in wenigen Stunden ändern. Wie ein unsichtbarer Schatten werde ich in dein Leben treten. Und ich werde den Moment deines Todes bestimmen.

Gerade, als sich ein unbändiges Gefühl von Macht in ihm ausbreitete, tat sich oben etwas. Das Schrillen der Türglocke versetzte ihn in Alarmzustand. Jemand machte sich an der Tür zu schaffen. Mit zitternden Händen klappte er den Laptop zu und schob ihn unter eines der großen Sofakissen, bevor er mit weichen Knien aufsprang, um den Keller zu verlassen.

*

Busdorf, 11.35 Uhr:

»Was für ein Schuppen«, kam es entsetzt über Kristins Lippen, als sie den Wagen auf den Schotterparkplatz lenkte. Der letzte Regenschauer hatte große Pfützen hinterlassen. Immer wieder rumpelte der Wagen durch tiefe Schlaglöcher.

»Ich finde es – urig«, entgegnete Birthe, während sie den Laptop zuklappte und auf die Rücksitzbank schob. »Es ist halt irgendwie authentisch und im Stil der alten Nordmänner gehalten.«

Sie stiegen aus und marschierten auf das Lokal zu, das um diese Uhrzeit in einem Dämmerschlaf zu liegen schien. Kristin betrachtete das *Walhalla* mit skeptischem Blick. Sie konnte sich nicht vorstellen, dass hier seriöse Gäste ein- und ausgingen. »Ein wenig kann ich Adamo verstehen, dass es ihm nicht gefällt, seine Frau hier zu wissen.«

In der Ecke des Parkplatzes gammelte ein alter Bieranhänger vor sich hin. Die Luft war den porösen Reifen entwichen,

Moos überzog die Reklame und verunzierte die überdimensionale Flasche mit dem Bügelverschluss. Ein verwittertes Plakat, das mit Reißzwecken am Stamm einer alten Kastanie befestigt worden war, bewarb ein Event, in dem es darum ging, die aktuelle *Miss Schlei* zu küren. »Wie billig«, kam es über Kristins Lippen, als ihr Blick auf die spärlich bekleidete Blondine mit dem weißen T-Shirt fiel, dessen Oberweite fast den Stoff des Shirts zu sprengen schien. »Ein typischer Männerschuppen.«

»Definiere Männerschuppen«, grinste Birthe.

»Verschwitzte, widerliche Typen, literweise Bier und zu vorgerückter Stunde eine Tittenschau«, erwiderte Kristin. Als sie Birthes erstaunten Blick sah, musste sie lachen. »Entschuldige meine Ausdrucksweise«, fügte sie schnell hinzu.

»Sex sells«, erinnerte Birthe sie. »Und das läuft schon seit Jahrhunderten so und nicht anders.«

»Ja«, nickte Kristin. »Billig eben.« Die lebensgroße Figur eines Wikingers neben der Pforte begrüßte die Frauen mit grimmigem Blick und ließ keinen Zweifel daran aufkommen, wer und was hier das bestimmende Thema war. Kristin zuckte die Schulter und rüttelte an der Türklinke aus Gusseisen. Erwartungsgemäß war die Tür verschlossen. »Zu«, kommentierte sie.

»Ich denke, sie machen ihr Hauptgeschäft abends«, vermutete Birthe. »Klopf doch mal.«

Kristin ließ sich nicht zweimal bitten. Sie ballte beide Hände zu Fäusten und trommelte gegen das schwere Holz. »Aufmachen«, rief sie, »Polizei!«

»So vergraulst du sie ja gleich«, flüsterte Birthe ihr mit einem schiefen Lächeln auf den Lippen zu.

»Stimmt aber doch«, verteidigte sich Kristin und trommelte gleich noch einmal gegen die Tür.

»Wir ergeben uns ja schon«, polterte eine tiefe Stimme im Inneren des Lokals. Ein Schlüssel wurde im Schloss gedreht, die Tür geöffnet und ein etwa 50-jähriger Mann mit einem üppigen Bauch, den die weiße Kochschürze darüber nur notdürftig bedeckte, blickte sie mit einer Mischung aus Neugier und Scheu an. Seine braunen Augen lagen unter buschigen Brauen, der Bart gereichte jedem Wikinger zur Ehre. Als er die beiden Frauen erblickte, hellte sich seine Miene auf. »Ihr habt mir ja einen ganz schönen Schrecken eingejagt«, sagte er und gab den Eingang frei. »Aber Scherz beiseite: Wir öffnen erst am Abend.«

»Ich fürchte, solang können wir nicht warten«, erwiderte Kristin, und wie auf ein stummes Kommando hielt Birthe ihm den Dienstausweis unter die Nase.

»Oha.« Eine steile Falte bildete sich auf der Stirn des Hünen. »Ihr seid wirklich von den Bullen?«

»Oha ist der norddeutsche Ausdruck für eine mittelschwere Panikattacke«, übersetzte Birthe für ihre neue Kollegin.

»Das kenne ich aus Ostfriesland auch.« Kristin nickte und wandte sich wieder an den Mann im Eingang. »Hauptkommissarin Voss, und das«, sie deutete auf Birthe, »ist meine Kollegin, Hauptkommissarin Jansen.« Als der Hüne schwieg, setzte sie nach: »Und Sie sind?«

»Koch«, sagte der Hüne schnell und deutete mit dem Daumen auf seine Kochschürze, »Rolf Koch, der Name ist Programm.« Jetzt rang er sich ein schiefes Grinsen ab und gab die Tür frei. »Drinnen können wir schnacken. Kommt rein.«

Die Frauen wechselten einen Blick und folgten ihm ins Halbdunkel des *Walhalla*.

»Und das mit den Bullen«, brummte er kleinlaut, »habe ich nie gesagt.«

»Ich hab nichts gehört«, grinste Kristin, während sie interessiert das Inventar des Lokals betrachtete. Die Wände waren mit Holzbohlen vertäfelt, auch Tische und Bänke bestanden aus Baumstämmen. Die Sitzflächen waren mit Tierfellen bespannt, auf den langen Tischen gab es gusseiserne Kerzenhalter, darüber verbreiteten Hängelampen im grauen Industriallook ein diffuses Licht. Unter der Decke spannten sich Fischernetze, als Blickfang diente das detailgetreue Modell eines Wikingerschiffes mit gelb-rotem Segel aus Stoff. Der Geruch von kaltem Rauch und Holz stieg in Kristins Nase. Er rührte von der kalten Feuerstelle in der Mitte des Raumes. Wahrscheinlich loderte hier in den Abendstunden ein munteres Feuer und sorgte für wohlige Wärme. Jetzt wirkte das Lokal trotz seiner urigen Einrichtung wie die leblose Kulisse eines Abenteuerfilms.

Auch der Tresen bestand aus halben Baumstämmen, davor stand eine Reihe einfacher Holzhocker, die ebenfalls mit Tierfellen bespannt waren.

»Gefällt es euch?« Rolf Koch schien Kristins Blicke bemerkt zu haben. Er war sichtlich stolz auf sein Restaurant. »Mehr Wikingerstyle geht nicht«, fügte er hinzu.

»Es ist sehr urig«, fand Birthe, die den Laden offenbar auch zum ersten Mal von innen sah.

Koch verschanzte sich hinter dem Tresen und zog sich einen Hocker heran, der unter seinem Gewicht ächzte. »So«, sagte er gedehnt. »Denn man los: Was treibt euch zu mir? Etwa die Tote aus Haithabu?«

Kristin stutzte. Sie wechselte einen schnellen Blick mit Birthe, die unmerklich die Schultern zuckte. »Woher wissen Sie davon?«

Koch winkte ab. »Der Buschfunk funktioniert«, lachte er. »Außerdem ist der Leichenfund Thema Nummer eins in den sozialen Netzwerken.« Er zog sein Smartphone heraus und hielt es in die Höhe.

Kristin erinnerte sich an die zahlreichen Schaulustigen am Eingang des Museumsdorfes, die mit ihren Smartphones gefilmt und fotografiert hatten. »Das war zu befürchten«, sagte sie an Birthe gewandt. Die Kollegin zuckte die Schultern und wandte sich an den Hünen hinter der Theke. »Wir sind hier, um mit Ihnen über Maike Adamo zu sprechen.«

»Moment«, entfuhr es Rolf Koch. Mit zittrigen Händen schob er sein Handy zurück in die Jeanstasche. »Ist Maike etwa …« Er wurde kreidebleich und betrachtete die Frauen abwechselnd. Seine großen Hände zitterten, während sie auf dem schweren Holz des Tresens lagen.

»Sie ist die Tote von Haithabu«, nickte Kristin. »Und wir wissen, dass Frau Adamo als Servicekraft bei Ihnen angestellt war.«

»Das stimmt«, nickte Koch. Nervös spielte er mit seinem dicken goldenen Ehering. »Maike war eines meiner besten Mädels im Service.« Er seufzte schwer und schüttelte den Kopf, als könne er es nicht glauben, was die Polizistinnen ihm eröffnet hatten. »Noch gestern Abend war sie eine der Letzten, die den Laden verlassen haben.« Wieder seufzte er schwer, während sein Blick ins Leere glitt. »Ich hab doch noch gesehen, wie sie in ihr kleines Auto eingestiegen ist, um …«

»Sie ist nie bei ihrem Mann in Schuby angekommen«, erklärte Kristin, als sie bemerkte, dass Birthe sich schwertat. »Maike Adamo fiel einem Gewaltverbrechen zum Opfer.«

»Also wurde sie ermordet?« Rolf Koch betrachtete die Frauen mit fassungsloser Miene.

Kristin nickte. Sie überlegte, ihm zu berichten, dass sie den Wagen an der Ausfahrt von Schuby gefunden hatte, entschied sich jedoch dagegen. Mitunter war es nicht gut, zu viele Informationen preiszugeben. »Haben Sie eine Ahnung, warum man sie im Wikingerdorf gefunden hat?«

»Nee.« Rolf Koch schüttelte den Kopf. »Keine Ahnung.« Er dachte angestrengt nach. »Wer macht denn so was?«

»Das würden wir gern von Ihnen wissen.« Kristin versuchte, ihn aus der Reserve zu locken.

Kochs Kopf ruckte hoch. Eine steile Sorgenfalte stand ihm auf der Stirn, genau zwischen den buschigen Augenbrauen. Mit finsterem Blick betrachtete er Kristin. »Willst du mir was anhängen?«

Kristin bemerkte, dass er zum vertraulichen Du gewechselt war, sagte aber nichts dazu. »Wir suchen einen Mörder«, antwortete sie sachlich. »Vielleicht auch mehrere.«

Birthe klappte ihr Notizbuch auf und legte einen Stift daneben auf die Holzplatte des Tresens. »Haben Sie eine Idee, wer Maike Adamo getötet haben könnte?«

»Ihr Mann?«, fragte Koch und rieb sich den Nasenrücken. »Die Luft bei den beiden war schon lange raus, und er war eifersüchtig ohne Ende.«

»Gab es denn einen Anlass dazu?«, hakte Kristin nach.

»Keine Ahnung«, antwortete Koch. »Wir haben nicht oft über private Dinge geredet, und wenn doch, dann höchstens oberflächlich. Ich kann mich aber daran erinnern, dass ihr Mann mal hier aufgeschlagen ist. Das war vor einigen Wochen, es war längst nach Mitternacht. Er hat ihr eine böse Szene gemacht und sie gefragt, wann sie gedenkt, nach Hause zu kommen.« Rolf Koch seufzte. »Keine schöne Sache für Maike. Und ich«, jetzt grinste er wieder, »war froh, dass keine Gäste mehr da waren, die von dem Streit etwas mitbekommen haben.«

»Also gab es niemanden, der hier«, Kristin deutete in den leeren Gastraum, »eine Affäre mit Maike Adamo gehabt hat?«

»Das weiß ich wirklich nicht.«

Kristin nickte. »Ihr Mann sprach von einem gewissen Leo, der wohl ein Auge auf seine Frau geworfen haben soll.«

»Leo?« Koch hielt Kristins Blick stand. »Der doch nicht.«

»Warum nicht?«

»Ehrlich gesagt, weiß ich es nicht, aber Leo ist nicht der Typ, der verheirateten Frauen nachstellt.«

»Bei ihm handelt es sich um einen Stammgast, nehme ich an?«, fragte Birthe und drehte den Stift zwischen den Fingern.

»Jo.« Rolf Koch nickte. »Wenn einer auf die Bräuche der alten Nordmänner steht, dann er.« Jetzt grinste er. »Er kann futtern wie ein Bär, trinkt literweise Met aus dem Horn und läuft am liebsten im Wams herum.«

»Und wie war sein Verhältnis zu Maike Adamo?«, fragte Birthe.

»Er hat schon gern mit der Maike geflirtet, aber da war nie etwas. Maike wusste immer, wo sie hingehört.«

»Ist das so?«, wollte Kristin wissen. »Eben sagten Sie, dass Sie nicht über Privates gesprochen haben.«

Koch starrte sie verunsichert an. »Maike ist ... war eine treue Seele. Ja, sie hat sich oft über ihren herrschsüchtigen Mann beschwert, dass er cholerisch sei und zu viel trinkt, aber irgendwie hat sie es nie übers Herz gebracht, ihn zu verlassen.«

»Kam es zu Fällen von häuslicher Gewalt?«, wollte Birthe wissen. Sie hob eine Augenbraue.

Koch musste nicht lange überlegen, bevor er Kristins Kollegin antwortete. »Nicht, dass ich wüsste. Ich glaube aber, dass sie dann weg von ihm wäre.«

Kristin fand, dass seine Antwort ein wenig zu schnell kam. Die Hinweise der Nachbarschaft von Hein und Maike Adamo auf Fälle von häuslicher Gewalt gingen ihr durch den Kopf. Sie war gespannt auf das Ergebnis der Befragungen von Paulsen und Feistel.

»Also war sie eine treue Seele?«, setzte Kristin das Frage-Antwort-Spiel fort.

Rolf Koch zuckte die Schultern. »Schwer zu sagen, aber ich denke schon. Sonst hätte Hein sie längst vor die Tür gesetzt.«

»Also scheidet Leo aus?«, hakte Kristin nach.

»Ich denke schon.« Er seufzte erneut. »Andererseits war es schon auffällig, dass er immer dann hier aufgekreuzt ist, wenn Maike Dienst hatte.

»Woher wusste er denn, wann Maike Adamo arbeitete?«, wollte Kristin wissen.

»Von ihr, denke ich. Ich hab sie beobachtet, sie haben sich oft unterhalten, wenn nicht viel Betrieb war.«

»Also doch eine Affäre?«, hakte Kristin nach.

»Echt schwer zu sagen«, murmelte Koch.

Kristin registrierte, dass sie hier nicht weiterkamen. »Hat dieser Leo auch einen Nachnamen?«

»Sicher hat er den.« Koch dachte nach. »Ich kenne ihn allerdings nur beim Vornamen.«

»Aber Sie kannten sich schon länger?«

Der Inhaber des *Walhalla* nickte. »Na, ich lasse mir doch nicht von jedem Gast den Perso zeigen. Irgendwann kam er hier rein, stellte sich mit *ich bin der Leo* vor und hockte sich an die Bar. Viel mehr weiß ich auch nicht von ihm.«

»Wo finden wir Leo?«

»Beim besten Willen, so genau kenne ich meine Gäste nicht. Ich weiß nur, dass er eine Zeit lang im Museum gearbeitet hat, nichts Qualifiziertes, eher so als Mädchen für alles. Davon hat er abends immer geschnackt.«

In Kristin schrillten sämtliche Alarmglocken. »In Haithabu?«

Koch nickte. »Ich sagte doch, dass Leo ein Faible für die alten Nordmänner hat. Und da kam ihm der Job wohl ganz gelegen.«

»Danke.« Kristin klappte das Notizbuch zu und gab Birthe ein Zeichen. Birthe legte eine Visitenkarte auf den rustikalen Tresen. »Wenn Ihnen noch etwas einfällt, rufen Sie uns an.«

»Sicher.« Koch nahm das Kärtchen und drehte es zwischen den Fingern, wie ein Spieler eine Karte wendet. »Wartet«, rief er den Frauen hinterher, als sie bereits an der Tür angelangt waren.

Kristin und Birthe wandten sich zu ihm um.

»Findet das Schwein, Maike hat das nicht verdient.«

Kristin glaubte, trotz des Dämmerlichts im Raum zu sehen, dass seine Augen feucht schimmerten. »Versprochen«, sagte sie und schenkte ihm ein Lächeln. Dieser Verschnitt eines modernen Wikingers war ihr sympathisch, und trotzdem stimmte etwas mit ihm nicht. Dumm nur, dass sie nicht wusste, was sie bei aller Sympathie an ihm störte.

*

»Er lügt«, behauptete Kristin, als sie in den Wagen eingestiegen waren. Sie schnallte sich an und startete den Motor. So gut es ging, bugsierte sie den Dienstwagen um die Schlaglöcher auf dem leeren Parkplatz des *Walhalla* herum.

»Wie kommst du darauf?« Birthe runzelte die Stirn.

»Rolf Koch hat behauptet, nicht zu wissen, ob Maike Adamo mit diesem Leo eine Affäre gehabt hat.«

»Das musst du mir erklären«, erwiderte Birthe. Als Kriminaltechnikerin hatte sie Schwierigkeiten, verräterische Anzeichen von Befragten richtig einzuordnen.

»Ich habe ihn beobachtet, die Augen, seine Blicke, die Hände, daran erkennt man einen Lügner. Außerdem kam die Antwort viel zu schnell, vor allem, wenn man bedenkt, dass er noch unter dem Schock unserer Todesbotschaft stand.« Kristin erinnerte sich an ein Seminar, das sie vor einigen Jahren besucht hatte. Darin war es auch um die Auswertung von Befragungen gegangen und wie sich Personen verhielten, wenn sie nicht die Wahrheit sagten.

»Und jetzt?«, fragte Birthe. »Warum hast du ihn nicht mit deinem Verdacht konfrontiert?«

»Vielleicht möchte ich, dass er sich noch in Sicherheit wiegt«, erwiderte Kristin, während sie fieberhaft überlegte, was Koch ihnen verschwiegen haben könnte.

*

Schuby, 12.25 Uhr:

Paulsen war noch immer auf 180. Die Sache mit dem Smartphone und der verpassten Chance auf ein Date mit der lauten Mona ging ihm gegen die Hutschnur. Das gesplitterte Display machte es ihm unmöglich, ihr eine Textnachricht zu schreiben. Derzeit konnte er nur angerufen werden. Mit ein wenig Glück würde das Ersatzgerät heute Abend bereit sein. Paulsen hoffte, dass es den Nerds aus der IT gelang, sämtliche gespeicherten Kontakte auf das neue Smartphone aufzuspielen – auch den von Mona. Und dann würde er sie anrufen, sobald er Zeit dazu fand. Es sprach nichts dagegen, ein wenig Spaß mit der heißen Braut zu haben. Die Kleine war unersättlich im Bett. Und sie hatte bei ihrem zufälligen Treffen ganz klar ihr Interesse an einer Fortsetzung ihrer Affäre bekundet. Jedenfalls hatte Paulsen das so aufgefasst. Deshalb hoffte er für die Kollegen der IT, dass am neuen Smartphone alle Kontakte noch vorhanden waren.

Jetzt stand Paulsen vor dem Haus der Adamos, einer heruntergekommenen Bude mit Moos im Plattenweg und Grünspan an der Backsteinfassade. Er rümpfte die Nase und fasste den Entschluss, sich auf keine Diskussionen mit Hein Adamo einzulassen. Sein Blick erfasste den frisch gewaschenen, aber rostigen Berlingo unter dem angrenzenden Carport. Feistel war nicht einverstanden gewesen, als sein Partner alleine losziehen wollte, doch Paulsen hatte ihm mit einem knappen »ich regle das schon mit Adamo« zu verstehen gegeben, dass er keinen Widerspruch dulden würde.

Sein Partner kannte ihn lange genug und wusste sehr gut, dass Paulsen öfters zu Alleingängen neigte. Deshalb hatte er keine Bedenken geäußert. Paulsen war es recht so. Jetzt legte er energisch den Daumen auf den Klingelknopf. Drinnen schrillte eine Glocke, die ihm einen Schauer über den Rücken jagte. Nur der Bohrer seines Zahnarztes klang schlimmer.

Als sich im Haus nichts tat, klingelte Paulsen erneut. Er hasste es wie die Pest, warten zu müssen. »Herr Adamo, aufmachen!«, rief Paulsen und trommelte gegen die Tür, als wäre Gefahr in Verzug.

Erst nach einer gefühlten Ewigkeit näherten sich drinnen Schritte. »Jo«, rief eine entnervt klingelnde Stimme, »ich komm schon.«

»Zügig!«, forderte Paulsen und hämmerte erneut gegen das Holz. »Ich hab nicht den ganzen Tag Zeit!« Solche Typen hatte er gefressen wie zwei Pfund Schmierseife.

Die Tür wurde geöffnet, und Paulsen blickte in das unrasierte und übernächtigt wirkende Gesicht eines Mannes in seinem Alter. Gut, dass ich nicht saufe, dachte er beim Anblick des Hausherrn. Eine Alkoholfahne wehte Paulsen entgegen. Angewidert wich er einen halben Schritt zurück.

»Was ist?«, bellte der Mann ihn an.

»Herr Adamo?«, fragte Paulsen. »Hein Adamo?«

»Wer will das wissen?«

»Ich.« Paulsen hielt ihm die Dienstmarke unter den Rüssel.

»Schon wieder die Bullen.«

Paulsen runzelte die Stirn. »Plural?«, fragte er und sah demonstrativ hinter sich. »Ich sehe niemanden, also bin ich alleine.«

Adamo zeigte sich nicht sonderlich beeindruckt von Paulsens Einwurf. Stattdessen betrachtete er mit einem spöttischen Grinsen Paulsens T-Shirt. »Now we have the salad«, las er vor. »Ist das die neue Dienstkleidung in eurem Trachtenverein?«

Paulsen überlegte, ihm für seine Übergriffigkeit eine reinzuhauen, entschied sich aber dagegen.

»Was willst du?«, fragte Adamo in das peinliche Schweigen hinein.

Paulsen hatte keine Lust auf Palaver. »Ihre Karre.«

»Bist du besoffen?«

»Das Gleiche könnte ich Sie fragen.« Paulsen sog demonstrativ die Luft durch die Nase und wedelte sich angewidert mit der Hand vor dem Gesicht herum. »Haben Sie getrunken?«

»Und wenn schon.« Adamo zuckte die Schultern. »Fahren kann ich heute nicht mehr.« Er kicherte.

»Na, dann passt es ja prima, dass ich Ihren Wagen sicherstelle.« Paulsen zog mit siegessicherer Miene den richterlichen Bescheid aus der Tasche, den ihm Staatsanwalt Sievers in buchstäblich letzter Minute vor ihrer Abfahrt aus Flensburg überreicht hatte. »Dann kommen Sie auch nicht in Versuchung.«

»Was ist das?« Adamo würdigte dem Beschluss keines Blickes. Nur das Amtssiegel schien ihn stutzig zu machen.

»Hiermit beschlagnahme ich Ihr Fahrzeug«, verkündete Paulsen in offiziellem Ton und kam dabei nicht um einen feierlichen Unterton in der Stimme herum. »Der Haken ist schon unterwegs«, fügte er dann hinzu und hatte Freude am dummen Gesicht seines Gegenübers.

»Der … *Haken*?«

»Der Abschleppwagen, der den Wagen zur Kriminaltechnik nach Kiel überführt«, versuchte es Paulsen auf Hochdeutsch. Sehr zu seiner Verwunderung wehrte sich Hein Adamo nicht. Nachdem er ein paar schwere Atemzüge getan hatte, gab er den Eingang frei. »Komm.«

Paulsen folgte ihm ins Halbdunkel des Flurs und hatte schon die Hand am Holster, um für den Fall der Fälle vorbereitet zu sein. Doch Adamo hatte keine Absichten, Gegenwehr zu leisten.

Die Bude ist ganz schön runtergerockt, fand Paulsen, während er die altmodische Einrichtung in Augenschein nahm und sich ein abfälliges Naserümpfen verkneifen musste.

Unterdessen trat Hein Adamo an eine desolat wirkende Kommode und nahm einen abgegriffenen Citroënschlüssel aus einer Schale, um ihn Paulsen auszuhändigen. »Hier«, sagte er, »auch wenn ich den Sinn hinter der Aktion nicht kapier.«

»Müssen Sie auch nicht«, behauptete Paulsen und ließ den Schlüssel in seiner Hosentasche verschwinden. Er legte den richterlichen Beschluss auf die Kommode und trat wieder an die frische Luft. Erst vor dem Haus wagte er, tief durchzuatmen. »Wir sind bemüht, den Mörder Ihrer Frau zu finden.«

»Na dann – viel Erfolg.« Hein Adamo schlug die Tür hinter dem Polizisten ins Schloss.

*

Schleswig, Industriegebiet Margarethenwall, 12.35 Uhr:

Auf dem Hof der *Spedition Carsten Carstensen* herrschte geschäftiges Treiben. Strahlend weiße Sattelzüge mit dem himmelblauen Firmenlogo auf der Plane standen an den Ladetoren einer großen Halle, gasbetriebene Gabelstapler rumpelten, mit Paletten und Gitterboxen beladen, über den Firmenhof, und ein Mann, offensichtlich ein Lagerarbeiter, mit gelber Warnweste löste sich aus dem Schatten eines kleinen Lkws, nachdem Kristin den Wagen neben den Rampen geparkt hatte. Er hatte geraucht. Jetzt schnippte er die Kippe weg und blickte den Frauen mit düsterem Blick entgegen. Lässig lehnte er sich an eine Säule der Lagerhalle.

»Hier können Sie nicht parken«, wurden sie belehrt.

»Ist schon in Ordnung«, erwiderte Kristin, die im Augenwinkel sah, dass Birthe schon den Dienstausweis mit dem Polizeiwappen zückte.

Die Augen des Arbeiters wurden groß. »Polizei?«

»Ist das ein Problem?«, konterte Kristin schlagfertig und erwischte sich dabei, wie sie prüfend einatmete, doch der Mann roch nicht nach Alkohol.

»Nein, natürlich nicht.« Der Arbeiter schüttelte den Kopf, doch sein Lächeln wirkte aufgesetzt. »Warum sollte das ein Problem sein?« Bevor Birthe antworten konnte, fuhr er fort: »Wie kann ich Ihnen helfen?«

»Wir würden gern Herrn Carstensen sprechen«, erklärte Birthe mit einem freundlichen Lächeln.

»Das ist schlecht«, behauptete der Mann, »der Seniorchef sitzt in der Firmenzentrale in Tøndern.«

»Und der Juniorchef?«, fragte Kristin.

»Keine Ahnung, ob der da ist.«

»Sie sind …?«, fragte Kristin ein wenig ungeduldig.

»Lars Petersen, ich bin der Lagerleiter.«

»Sicher können Sie uns zu jemandem aus der Personalabteilung bringen, Herr Petersen«, versuchte es Birthe auf die diplomatische Art.

»Kommen Sie mit.« Er stieß sich von der Mauer, an der er gelehnt hatte, ab und ging voran zum Bürotrakt der Spedition, der seitlich an die Lagerhalle grenzte. Drinnen herrschte schummriges Licht, die Deckenplatten waren vergilbt, einige Scheiben der gläsernen Büros waren blind und ließen nur vage erahnen, was jenseits der Glasflächen lag. »Hier entlang.« Er deutete auf eine Treppe, die ins obere Stockwerk der Verwaltung führte. Oben angekommen, dämpfte ein grauer abgewetzter Läufer ihre Schritte. Hier gab es keine gläsernen Büros. Türen zweigten rechts und links von dem engen Korridor ab, an den Wänden gab es kleine Namensschilder. Lars Petersen führte sie zu einer Tür auf der rechten Seite, hielt kurz inne, klopfte und trat, ohne das »herein« abzuwarten, ein. Kristin und Birthe folgten ihm in das Großraumbüro. Nur ein einziger Schreibtisch war besetzt. Ein vollleibiger Mittvierziger hockte weit zurückgelehnt an seinem Arbeitsplatz und telefonierte. Offenbar sprach er dänisch. Kristin verstand kein Wort. Vielleicht würde sie sich die Sprache noch aneignen, dachte sie. So nutzte sie die Zeit, um den Mann zu betrachten. Die Jeans spannten sich über den Unterbauch, das hellblaue Hemd stand weit offen, die übrigen Knöpfe spannten den Stoff, unter den Armen sah sie in einem Anflug von Ekel Schweißflecken. Der Mann trug einen Schnurrbart, die strohblonden Haare waren kurz geschoren. An den Wänden gab es eine Europakarte und eine weitere Karte, die Skandinavien zeigte. In einer Ecke gammelte ein Ficus vor sich hin, an den Wänden hingen vergilbte Fotos mit den Lastwagen der Spedition aus vergangenen Jahren in schmucklosen Glasrahmen. Es gab schönere Arbeitsplätze, fand Kristin.

»Das ist Claas Carstensen, der Juniorchef«, flüsterte Petersen inzwischen.

Nachdem der Sohn des Spediteurs das Telefonat beendet hatte, grinste er seinen Besuchern freundlich entgegen. »Lars«, sagte er gedehnt und betrachtete die Frauen. »Wen bringst du uns denn da?«

»Die beiden sind von der Polizei«, eröffnete der Lagerarbeiter ihm.

»Worum geht es?« Carstensen nahm Haltung an und legte die Ellenbogen auf dem Schreibtisch ab.

»Wir haben ein paar Fragen zu einem Ihrer Mitarbeiter«, eröffnete Birthe ihm, nachdem sie sich und Kristin vorgestellt hatte. »Es geht um Hein Adamo.«

Die Miene des Mannes am Schreibtisch verfinsterte sich. Er wandte sich an Petersen. »Lars«, sagte er leise, »lass uns einen Moment alleine.«

»Allens kloar.« Der Lagerarbeiter nickte den Frauen zu und zog sich zurück.

»Setzen Sie sich doch«, sagte Carstensen freundlich und deutete auf zwei freie Stühle, nachdem Kristin und Birthe ihm ihre Ausweise gezeigt hatten.

Die Polizistinnen setzten sich, Birthe klappte ihr Notizbuch auf. »Die Frau von Hein Adamo wurde Opfer eines Gewaltverbrechens«, eröffnete sie dem strohblonden Hünen.

»Das tut mir leid.« Carstensen schien tatsächlich betroffen zu sein. Er lehnte sich wieder weit nach hinten und verschränkte die Hände vor dem Bauch. »Weiß man schon …«

»Wir würden uns gern mit Ihnen über Ihren Mitarbeiter unterhalten«, lenkte Kristin die Sprache auf Adamo. »Wie wir wissen, wurde er bei Ihnen auffällig.«

»Auffällig ist gut.« Carstensen winkte ab. »Er hat immer wieder geklaut, aber dabei war er gut, und ich konnte ihm nie etwas beweisen.«

»Wie können wir das verstehen?«, hakte Birthe nach.

»Sicher kennen Sie den Ausspruch ›vom Lkw gefallen‹?«

»Selbstverständlich. Es geht dabei um Ware, die von der Ladefläche eines Lastwagens gestohlen und auf dem Schwarzmarkt verkauft wurde«, nickte Birthe.

»Exakt, Frau Kommissarin.«

»Was hat er Ihrer Meinung nach entwendet?«

»Alles, was sich gut verscherbeln lässt. Fernseher, Laptops, manchmal auch einen Karton mit Handys.«

»Ist das denn so einfach?«, wollte Kristin wissen.

»Wenn Sie an der Quelle sitzen und wissen, wie es geht, schon.«

»Und Sie konnten ihn deswegen nie belangen?«

»Bedauerlicherweise nein.« Carstensen schüttelte den Kopf. »Aber es hat Abmahnungen gehagelt, und beim nächsten Verdacht schmeiße ich ihn raus.«

Kristin nickte. »Also sind Sie wachsam.«

»Worauf Sie sich verlassen können.«

»Heute ist er nicht zum Dienst erschienen, nehme ich an?«

»Nein. Er hat sich krank gemeldet, das muss so gegen 8 Uhr gewesen sein. Eine Magen-Darm-Geschichte, das hat er jedenfalls behauptet.«

Kristin konnte nachvollziehen, dass Carstensen seinem Mitarbeiter nicht traute. »Von dem Verbrechen an seiner Frau hat er dabei nicht gesprochen?«

»Nein, mit keiner Silbe. Ich habe aber davon im Radio gehört – ist Adamos Frau etwa die Tote von Haithabu?«

»So ist es«, bestätigte Birthe. »Was wissen Sie über sein Privatleben?«

»So gut wie gar nichts. Das müssen Sie die Jungs im Lager fragen, die kotzen sich schon mal gegenseitig über private Sorgen aus.« Carstensen grinste jovial. »Verzeihen Sie meine Ausdrucksweise, aber da unten weht ein rauer Wind.«

»Schon gut«, nickte Kristin. Sie überlegte, was sie noch von Carstensen wissen wollte. »Wie lange arbeitet Hein Adamo für Sie?«

»Wenn Sie es genau wissen wollen, müsste ich nachschauen. Aber sieben, acht Jahre sind es bestimmt.«

»Danke.« Kristin nickte Birthe zu. Da sie offensichtlich keine weiteren Fragen hatte, klappte sie das Notizbuch zu und erhob sich.

»Wenn ich noch etwas für Sie tun kann, lassen Sie es mich wissen«, bat Claas Carstensen die beiden, während er Birthe seine Visitenkarte überreichte, dann waren die Frauen draußen. Kristin machte kein Hehl daraus, dass sie sich von dem Gespräch mehr erhofft hatte. So setzte sie alle Hoffnungen auf die Männer im Lager.

*

Gedankenverloren hockte Hein Adamo auf der Gartenbank auf der Terrasse und stierte ins Leere. Der Rasen hätte mal wieder einen Schnitt verdient, auch die Beete am Rand der Wiese machten einen vernachlässigten Eindruck auf den Betrachter. Eine dicke Hummel taumelte träge um die Blüten in einem der Beete und ließ sich von der Katze des Nachbarn, die durch die Büsche strich, nicht stören. Die Idylle bot einen harten Kontrast zu den aktuellen Geschehnissen.

Die Flasche *Flens* in seiner Hand zitterte leicht. Er nahm einen tiefen Schluck und schüttelte den Kopf, fast so, als könne er die Ereignisse der letzten Stunden selber nicht begreifen.

Adamo war sich durchaus darüber im Klaren, dass die Polizisten ihn verdächtigten, Maike umgebracht zu haben. Und Eifersucht als Tatmotiv wäre denkbar, daraus hatte er in der Befragung schon kein Hehl gemacht. Doch so einfach wollte er es ihnen nicht machen. Sie müssen sich schon etwas mehr anstrengen, wenn sie mir etwas anhängen wollen, dachte er mit einem verbitterten Grinsen auf den Lippen.

Maike war nach der Nachtschicht in dem Laden, den er hasste, nicht nach Hause gekommen. Man hatte sie überfallen, verschleppt und an einem anderen Ort tot aufgefunden. Blöd nur, dass er für den infrage kommenden Zeitraum kein Alibi hatte, von brauchbaren Zeugen ganz zu schweigen. Jetzt hatten sie ihm auch noch den Wagen beschlagnahmt, um ihn in der Kieler KTU untersuchen zu lassen. Die Nachbarschaft der kleinen Siedlung hatte in den letzten Monaten oft genug mitbekommen, dass ihre Ehe alles andere als gut verlief. Lautstarke Streitereien hatte es gegeben, hier und da war auch mal etwas zu Bruch gegangen. Kein Wunder, dass die besorgten Nachbarn mehrmals die Polizei gerufen hatten. Heute hatte er sich krank gemeldet. Er fühlte sich nicht in der Lage, die Schicht im Logistikzentrum der Spedition anzutreten. Hastig leerte er die Bierflasche, um sich schwerfällig wie ein alter

Mann zu erheben. Es war höchste Zeit, den Kopf aus der Schlinge zu ziehen. Leider wusste er nicht, wie er das schaffen konnte, denn die Zeit rannte ihm davon. Das Klingeln an der Haustür riss ihn aus den Überlegungen. Stöhnend betrat er die Stube durch die Verandatür. Er ließ sich Zeit, schlurfte durch den Korridor, zögerte, als er die Hand auf die Klinke gelegt hatte, und öffnete mit einem schweren Seufzer auf den Lippen. »Sie schon wieder?« Diesmal kamen sie zu zweit. Das hatte nichts Gutes zu bedeuten. »Was wollen Sie?«, fragte er, dann überschlugen sich die Ereignisse.

*

»Und jetzt?«, fragte Kristin, als sie wieder im Wagen saßen.

»Du hast es gehört«, erwiderte Birthe, während sie sich anschnallte. »Adamo ist nicht sehr beliebt bei seinen Kollegen.«

»Aber das reicht nicht für eine Festnahme«, entgegnete Kristin. Ihr ging es nicht schnell genug, und langsam wurde sie ungeduldig.

Birthe zuckte die Schultern. »Bitte denk daran, was die Männer uns erzählt haben: Adamo hat sich damit gebrüstet, seine Frau totzuschlagen, wenn sie ihm fremdgeht.«

»Aber das hat Maike Adamo nicht davon abgehalten.« Kristin lenkte den Wagen im Schritttempo vom Firmengelände der Spedition. »Und jetzt ist sie tot.«

»Ob ihr Mann dahintersteckt, wissen wir nicht«, gab Kristin zu bedenken. An der Landstraße angekommen, warf sie Birthe einen Hilfe suchenden Blick zu. »Wohin?«

»Nach rechts.«

Nickend setzte Kristin den Blinker. »Wir fahren zu Adamo und konfrontieren ihn mit den Vorsätzen, die er bei jeder sich bietenden Gelegenheit geäußert hat. Und wenn er keine guten Antworten liefern kann, nehmen wir ihn mit.«

»Dabei dürfen wir Leo Nowak nicht aus den Augen verlieren«, gab Birthe zu bedenken. »Wer ist er und wo finden wir ihn?«

»Das werden wir in Haithabu erfahren.«

Birthe nickte zustimmend. »Dann planen wir einen kleinen Umweg ein.«

*

Wikingermuseum Haithabu, 13.20 Uhr:

Toplak betrachtete die Polizisten mit überraschter Miene. »Haben Sie etwas vergessen?«

Diesmal trafen sie den Leiter des Wikingermuseums in seinem Büro an. Er sah erstaunt von seiner Arbeit auf, als die Frauen den Raum betraten. »Wir suchen einen gewissen Leo«, antwortete Kristin, »der Nachname ist uns leider nicht bekannt.«

»Er soll hier gearbeitet haben«, ergänzte Birthe.

»Dann kann es sich nur um Leo Nowak handeln«, antwortete Matthias Toplak. »Er hat hier auf Minijob-Basis gearbeitet, war aber ein wenig unzuverlässig.«

»Das bedeutet also, dass sich Ihre Wege wieder trennten«, schlussfolgerte Birthe.

»Richtig.« Toplak nickte.

»Was macht Nowak jetzt?«

»Das entzieht sich meiner Kenntnis«, antwortete der Museumsleiter. »Man munkelt, dass er sich mit Gelegenheitsjobs durchschlägt. Aber ich pflege nicht, die beruflichen Laufbahnen ehemaliger Mitarbeiter weiter zu verfolgen.«

»Selbstverständlich.« Birthe nickte.

»Ihr Mitarbeiter kannte sich auf dem Gelände aus, nehme ich an?«, fragte Kristin.

»Natürlich, er hat sich um die anfallenden Arbeiten gekümmert und die Hütten in Schuss gehalten.«

»Er weiß also auch, wie man nachts ungesehen auf das Gelände kommt?« Birthe atmete tief ein.

»Davon gehe ich aus, sehr umständlich ist es ja nicht«, erwiderte Toplak mit einem schiefen Grinsen. Dann wurde er ernst. »Moment«, sagte er, »glauben Sie, dass Nowak die Frau getötet hat?«

»Das wissen wir nicht«, antwortete Birthe wahrheitsgemäß. »Aber wir wollen nichts außer Acht lassen.«

»Wo finden wir ihn jetzt?«, fragte Kristin.

Toplak zuckte die Schultern. »Ich kann Ihnen seine Adresse geben, mehr weiß ich auch nicht über ihn.« Der Museumsleiter bearbeitete seine Computertastatur und schrieb eine Adresse vom Monitor ab. Er riss den Zettel vom Block und reichte ihn Kristin. »Versuchen Sie es dort.«

»Danke.« Kristin lächelte. »Wir drücken Ihnen die Daumen, dass die Arbeit der Kriminaltechnik bald abgeschlossen ist und Haithabu seine Tore wieder öffnen kann.«

Toplak nickte. »Wenn es Tore gäbe, hätte mir niemand eine Leiche in die Hütte legen können.«

KAPITEL 16

Schuby, 13.25 Uhr:

»Heißt das, dass ich verhaftet bin?« Hein Adamo betrachtete die beiden Polizisten mit misstrauischem Blick. Er hatte es im Urin gehabt, dass Ärger auf ihn zukam, als es an der Tür geklingelt hatte. Als er geöffnet hatte, standen ihm zwei Polizisten mit finsteren Mienen gegenüber, die ihn ohne Umschweife aufforderten mitzukommen.

Den einen, Paulsen, kannte er bereits, und jetzt hatte er Verstärkung mitgebracht. Adamo betrachtete den Neuen. Der Mann, der sich ihm als Kriminalhauptkommissar Gunnar Feistel vorgestellt hatte, erinnerte ihn an eine jüngere Ausgabe von Käpt'n Iglo aus der Werbung. Der Typ war untersetzt, trug ein Dockercap und einen dunkelblauen Troyer. Sein bereits ergrauter Bart war sorgfältig gestutzt. Obwohl er, im Gegensatz zu diesem Hitzkopf Paulsen, eine stoische Ruhe ausstrahlte, war Adamos Puls am Anschlag.

»Das heißt lediglich, dass wir die Befragung gern in der Polizeidirektion fortsetzen würden«, antwortete Gunnar Feistel, der um einen neutralen Ton bemüht war.

»Holen Sie sich eine Jacke, ziehen Sie Schuhe an, und dann ab dafür«, übersetzte Paulsen grimmig. Er machte kein Hehl daraus, dass er ihn für den Mörder seiner Frau hielt. »Wir haben genügend Informationen, die wir …«

»Die Sie uns ergänzen können«, fuhr ihm Feistel ins Wort.

»Ich will mit meinem Anwalt sprechen.«

»Das sagen sie alle«, ächzte Paulsen. »Aber es ist nur eine Befragung, keine Anhörung oder so was.«

Adamo gab sich geschlagen. »Also gibt es auch keinen Haftbefehl?« Hoffnung keimte in ihm auf. Dennoch zitterte er am ganzen Körper.

Paulsen schüttelte den Kopf. »Noch nicht. Kommen Sie jetzt mit, oder müssen wir Sie vorladen?«

»Ich komme schon.« Hein Adamo fügte sich seinem Schicksal. Manche Dinge waren eben unausweichlich.

*

Maasholm, 13.50 Uhr:

»Schön habt ihr es hier, das muss man euch lassen.« Kristin sah sich interessiert um, während der Dienstwagen durch die kleinen Straßen des Fischerdorfes an der Schleimündung rollte, vorbei an kleinen reetgedeckten Häusern mit schmucken Vorgärten. Sie hatte Birthe bei ihrer Abfahrt in Haithabu das Lenkrad überlassen, um sich die Notizen der letzten Gespräche noch einmal durchlesen zu können.

Die nordische Schönheit, wie Kristin sie in Gedanken nannte, nickte. »Ich denke, du wirst dich hier wohlfühlen«, behauptete sie.

»Das kann ich mir jetzt schon vorstellen.« Kristin nickte. Obwohl es seit ihrer Ankunft noch keine Gelegenheit gegeben hatte, ihre neue Heimat zu erkunden, fühlte sie sich bereits ein wenig heimisch. Die Adresse, die sie von Matthias Toplak bekommen hatten, lag am Ende der Sackgasse eines ruhigen Wohngebietes in Maasholm-Bad mit Blick auf ein strahlend gelbes Rapsfeld, das an einen Wald grenzte.

»Offensichtlich.« Birthe wiegte den Kopf. »Hier ist es.« Sie stoppte den Wagen vor einem großen Einfamilienhaus mit großen Fenstern. Das Grundstück war von einer hüfthohen Natursteinmauer umgeben, große Steinplatten führten zum Eingang, der seitlich und somit abseits der Straße lag.

Auch die umliegenden Einfamilienhäuser waren von gehobenem Standard. »Und hier wohnt jemand, der sich mit Gelegenheitsjobs durchs Leben schlägt?« Kristin sah sich zweifelnd um.

»Vielleicht hat er das Haus seiner Eltern geerbt«, vermutete Birthe. »Aber du hast recht – alles macht einen sehr ansprechenden Eindruck.« Ihr Blick strich durch den gepflegten Vorgarten. »Dann lass uns mal nach dem Rechten sehen, vielleicht haben wir Glück und treffen ihn an.«

Sie stiegen aus und begaben sich zum Eingang. Der Name am Klingelschild stimmte. Kristin legte den Daumen auf den vermessingten Knopf, ein dezenter Gong schlug an.

Drinnen tat sich nichts. Nachdem sie einen Augenblick gewartet haben, klingelte Kristin erneut.

»Ob er unterwegs ist?« Birthe betrachtete Kristin mit fragendem Blick.

»Möglich, ein Wagen stand nicht vor dem Haus.« Kristin zuckte die Schultern, dann betrat sie den Garten, der das Backsteingebäude umgab. Durch die großen bodentiefen Fenster konnte sie in das Innere des Hauses blicken. Auch das Mobiliar machte einen hochwertigen Eindruck. Sie fragte sich, wie Nowak sich dieses Haus leisten konnte, denn nach den Angaben des Museumsleiters verfügte er über keine großen Einkünfte.

»Was machen Sie denn da?«, riss sie eine krächzende Frauenstimme aus den Gedanken. Kristin fuhr herum und blickte in das von Falten durchzogene Gesicht einer Frau mit modisch kurzen silbergrauen Haaren von Mitte 60. Sie trug eine abenteuerlich gemusterte Bluse, verwaschene weite Jeans und an den Füßen Crocs. Den schmutzigen Händen nach zu urteilen, hatten Kristin und Birthe sie gerade bei der Gartenarbeit gestört. Voller Misstrauen musterte sie Kristin.

»Wir wollen zu Herrn Nowak.«

»Wer sind *wir*?« Die Alte zog die Augenbrauen zusammen.

»Meine Kollegin und ich«, half ihr Birthe, die Kristin ums Haus herum gefolgt war. Sie zeigte der Frau ihren Ausweis. Die Frau musterte das blaue Plastikkärtchen mit dem schleswig-holsteinischen Landeswappen mit gerunzelter Stirn.

»Polizei?«, fragte sie, »hat er wieder was ausgefressen, der Leo?«

»Wieder?«, hakte Kristin nach. »Hat er denn schon mal was ausgefressen?«

»Das müssen Sie doch am besten wissen.«

Kristin wechselte einen Blick mit Birthe, die das Gespräch fortsetzte. »Und Sie sind die Nachbarin?«

»Ja.« Ihr rundliches Gesicht hellte sich ein wenig auf. »Jensen, Thea Jensen.«

Birthe lächelte sanft. »Ein schöner Name.«

»Nicht wahr?« Thea Jensen nickte.

Kristins Ungeduld wuchs. »Sicher wissen Sie, wo wir Herrn Nowak finden?«

»Versuchen Sie es am Hafen. Seitdem er nicht mehr in Haithabu arbeitet, verdient er sich bei den Jachtbesitzern und den Fischern mit kleineren Arbeiten etwas Geld.«

»Mit dem er sich dann so etwas«, Kristin deutete auf das Haus, »leisten kann?«

»Das Haus hat er von seiner verstorbenen Frau geerbt«, erwiderte die schwatzhafte Nachbarin, »alleine könnte er sich das nicht leisten.«

»Er war verheiratet?«

»Bis die Anja in der Ostsee ertrunken ist«, nickte die alte Frau mit grimmiger Miene. »Sie waren zu einem Segeltörn aufgebrochen, die See war stürmisch, alle haben ihm abgeraten hinauszufahren, aber Leo lässt sich nichts sagen. Es kam, wie es kommen musste – am Abend kehrte er alleine zurück. Ihre Leiche wurde bis zum heutigen Tag nicht gefunden.« Thea Jensen schüttelte sich. »Gruselig, sag ich Ihnen.«

Kristin ärgerte sich darüber, dass sie von dieser Geschichte nichts wussten. Weder der Museumsleiter, noch der Inhaber des *Walhalla* hatte darüber ein Sterbenswörtchen verloren.

»Waren sie denn glücklich miteinander?«, fragte Birthe.

»Was man so mitbekommen hat, schon.« Thea Jensen zuckte die Schultern. »Was sich aber im Haus abgespielt hat, weiß ich nicht. Nach außen hin war aber wohl immer alles in Butter.« Die schwatzhafte Nachbarin betrachtete die Polizistinnen mit unverhohlener Neugier. »Was wollen Sie denn von dem?

»Mit ihm reden«, antwortete Birthe ausweichend.

»Das dachte ich mir schon. Ich hab ihn schon tagelang nicht mehr gesehen.« Thea Jensen schüttelte den Kopf. Birthe und Kristin gingen zurück zum Hauseingang, die Nachbarin blieb ihnen dicht auf den Fersen.

Kristin warf einen Blick in den eisernen Briefkasten neben dem Eingang. Tatsächlich quoll der über. Prospekte und ein Anzeigenblättchen ragten durch den Schlitz, der Regen der letzten Tage hatte das Papier aufgeweicht und die Farben verwaschen. »Ist er verreist?«, fragte sie die alte Frau, ohne sich zu ihr umzudrehen.

»Er meldet sich nicht bei mir ab, aber für eine weite Reise dürfte ihm das nötige Kleingeld fehlen.« Wieder kicherte sie, diesmal klang es abfällig, fand Kristin.

»Das hat sicher mit seinen Weibergeschichten zu tun.«

»Weibergeschichten?« Kristin runzelte die Stirn.

»Ja, er jagt doch jedem Rock hinterher.«

»Aber eine feste Freundin hat er nicht?«

»Nicht mehr.« Die alte Frau schüttelte den Kopf.

»Was bedeutet das?«, fragte Birthe.

»Nach Anjas dubiosem Tod hatte er eine neue Freundin, so eine Blonde. Aber irgendwie ist das wohl in die Brüche gegangen, kein Wunder, so wie der Kerl säuft. Und seit ein paar Tagen ist er immer alleine um die Häuser gezogen.«

Kristin trat näher und zeigte der alten Frau das Bild von Maike Adamo. »War es diese Frau?«

Thea Jensen kniff die Augen zusammen und stierte auf das Display des Smartphones, dann zuckte sie die Schultern. »Könnte sein«, sagte sie ein wenig kleinlaut. »Aber sicher bin ich mir nicht.« Sie blickte auf und sah Kristin tief in die Augen. »Suchen Sie die?«

»Wir interessieren uns für sie«, entgegnete Kristin. »Was wissen Sie von ihr?«

»So gut wie nichts. Tagsüber war sie nie hier, nur abends manchmal.«

»Wo verbringt er seine Freizeit?«, wagte Birthe einen weiteren Versuch, etwas von der schwatzhaften alten Dame zu erfahren.

»Er treibt sich immer in dieser Wikingerkneipe in Busdorf rum, fragen Sie da mal nach.«

»Danke für den Tipp«, nickte Kristin.

Birthe zog eine Visitenkarte aus der Tasche, strich sorgsam die Ecken glatt und reichte sie der Nachbarin. »Sollte Herr Nowak nach Hause kommen, würden Sie uns anrufen?«

»Also hat er doch was verbrochen.« Thea Jensens Stimme klang triumphierend.

Kristin unterdrückte ein Stöhnen. Sie gab Birthe das Zeichen zum Rückzug. Hier war nichts zu holen. Sie würden Leo Nowak durch die Datenbanken jagen müssen, um mehr über ihn und den rätselhaften Tod seiner Frau auf hoher See zu erfahren.

*

Polizeidirektion Flensburg, 13.55 Uhr:

Erschrocken fuhren Paulsen und Feistel von der Arbeit am Computer hoch, als Jens Beck wie eine Furie in ihr Büro stürmte. »Was zum Teufel soll das?«, rief er, bevor er die Tür hinter sich geschlossen hatte.

Paulsen warf Feistel einen vielsagenden Blick zu. »Red' Klartext, Jens«, forderte er den Abteilungsleiter des K1 auf. »Was meinst du?«

Mit hochrotem Kopf zog Beck sich einen der wackligen Stühle heran. »Ich habe keine Lust auf Ärger mit Sievers, und ihr macht hier Alleingänge.«

»Ach so.« Paulsen winkte gelangweilt ab. »Das meinst du.«

»Ja – das meine ich.« Beck nickte. »Warum ist Hein Adamo hergeschafft worden?«

»Ich will die Taktzahl erhöhen, weil wir auf der Stelle treten«, erklärte Paulsen geduldig.

»Wir haben nichts gegen ihn in der Hand.« Beck ließ den Einwand nicht gelten. »Du kannst ihn nicht einfach so in Gewahrsam nehmen.« Er stierte Paulsen wütend an.

»Es gibt Hinweise, die den Verdacht zulassen, dass Hein Adamo für den Tod seiner Frau verantwortlich sein könnte«, mischte sich jetzt Gunnar Feistel ein. Er lehnte sich in seinem Bürostuhl zurück und verschränkte die Hände hinter dem Kopf.

»Hinweise reichen nicht«, polterte Beck. »Ihr lasst hier einen Mann antanzen, der gerade seine Frau verloren hat, und stellt ihn unter Generalverdacht.«

»Jens, nun bleib mal cool«, versuchte es Paulsen auf die joviale Art. »Der Typ hat Dreck am Stecken, darauf verwette ich meinen Arsch. Und wir werden gleich aus ihm herauskitzeln, wie dick der Dreck ist.«

»Und das alles ohne meine Anweisung«, stellte Beck fest.

»Wenn das nach draußen dringt, sind wir geliefert, Männer.« Er betrachtete erst Feistel, dann Paulsen.

»Adamo hat kein Alibi für die infrage kommende Tatzeit, und es stehen Vorwürfe im Raum, dass es wiederholt zu häuslicher Gewalt unter den Eheleuten gekommen sein soll«, erklärte Feistel ruhig, während er dem Blick des Abteilungsleiters standhielt. »Und deshalb schadet es sicher nicht, wenn wir uns mal Adamos Sichtweise anhören.«

»Gunnar hat recht«, bestärkte Paulsen seinen Partner. »Adamo hat kein Alibi für die Tatzeit, die beiden Hühner haben sein Auto sicherstellen lassen, weil es heute Morgen frisch gewaschen war, obwohl ein trauernder Witwer andere Dinge im Kopf haben müsste als ein sauberes Auto, Jens.«

»Was war das eben mit häuslicher Gewalt?« Beck sog die Luft geräuschvoll durch die Nasenflügel ein.

»Er ist mehrfach in der Nachbarschaft aufgefallen, weil er sich mit seiner Frau gestritten haben soll, die Kollegen vom Streifendienst waren öfters da und mussten unverrichteter Dinge wieder abziehen. Und in der Firma soll er mit Diebesgut gehandelt haben. Nee, Jens«, Paulsen winkte kopfschüttelnd ab. »Der Vogel ist nicht sauber.«

Beck holte tief Luft. Er stierte auf seine Schuhe und schien nachzudenken. Dann betrachtete er Paulsen. »Übertreib es nicht, Max.«

»Ich bin ja dabei«, grinste Feistel. »Was soll passieren?«

»Chill mal«, setzte Paulsen nach. »Kennst du doch: good Cop, bad Cop, und Gunnar und ich sind ein eingespieltes Team.«

Beck schien das anders zu sehen. Er schüttelte den Kopf. »Egal, was Adamo euch gleich erzählen wird – es wird nicht für die Untersuchungshaft reichen.«

»Dann mach der Hühnerstreife mal Dampf, wir haben keine Zeit zu verlieren«, forderte Paulsen, der zufrieden feststellte, wieder Oberhand zu gewinnen. Nun waren Birthe und diese Neue an der Reihe, zu liefern. Und wenn sie das nicht auf die Reihe bekamen, umso besser für ihn. Dann würde er ihnen ihre Unfähigkeit aufs Butterbrot schmieren können.

Beck erhob sich und betrachtete Feistel mit einem eindringlichen Blick. »Ich übertrage dir die Verantwortung.«

»Na schönen Dank auch.«

»Danke, Papa«, konnte sich Paulsen nicht verkneifen zu sagen. Für die Bemerkung fing er sich einen vernichtenden Blick seines Vorgesetzten ein.

»Ach, du hast Glück«, sagte Beck und griff in die Jackentasche. »Fast hätte ich es vergessen.« Er zog ein Smartphone heraus, um es neben das ruinierte Gerät auf Paulsens Schreibtisch zu legen. Wäre da nicht das zerstörte Display, würden sich die beiden Smartphones gleichen wie ein Ei dem anderen.

»Respekt, das ging schnell«, staunte Paulsen.

Jetzt rang Beck sich ein schiefes Grinsen ab. »Ich habe Druck in der IT gemacht. Sie haben dir alle Daten aus der Cloud gesichert.«

»Na hoffentlich.« Paulsen nahm das neue Handy an sich. Entzückt stellte er fest, dass sogar sein Desktophintergrund identisch mit dem Vorgängergerät war.

»Wir müssen dann jetzt auch mal los, um uns um Adamo zu kümmern«, bemerkte Feistel und machte sich daran, sämtliche für die Befragung notwendigen Unterlagen zusammenzupacken. Er erhob sich zeitgleich mit Beck. »Kommst du?«

»Geh schon mal vor«, sagte Paulsen. »Ich muss noch schnell etwas erledigen, dann leiste ich dir Gesellschaft. In der Befragung habe ich ja wohl eher nichts zu sagen, nicht wahr, Chef?«

Beck, der schon wieder an der Bürotür stand, wandte sich zu ihm um. »Nicht witzig«, brummte er, dann war er draußen.

»Wir hätten ihn fragen müssen, bevor wir Adamo mitnehmen«, fand Feistel. »Jens muss wissen, was hier vorgeht, und wir können Adamo nicht einfach mitnehmen, um ihn hier unter Druck zu setzen.«

»Bleib locker, Gunnar.« Paulsen winkte ab.

»Deine Ruhe möchte ich manchmal haben«, stöhnte Feistel, der normalerweise selbst immer die Ruhe in Person war. Schon im Auto hatte er kein Hehl daraus gemacht, mit Paulsens Idee nicht einverstanden gewesen zu sein. »Ich nehm das auf meine Kappe«, hatte Paulsen erwidert und seinen Partner vor vollendete Tatsachen gestellt.

»Du bist ein Döspaddel«, fluchte Feistel, schnappte sich seine Unterlagen und erhob sich. »Was ist denn nun mit dir?«

»Ich komm gleich. Muss noch einen Anruf tätigen.« Paulsen strich beinahe liebevoll über sein neues Handy und betrachtete es mit einem verzückten Lächeln. Gleich werde ich sehen, was in dir steckt, dachte er.

»Mach hinne«, forderte Feistel, dann ließ er Paulsen zurück. Als er alleine war, rief Paulsen die im Telefonbuch hinterlegten Kontakte auf und scrollte sich durch das Verzeichnis. Ein Grinsen huschte über sein Gesicht, als er ihren Namen fand. Da ist sie, dachte er und stellte fest, dass sein Herz ein paar Takte schneller schlug. Die Nerds aus der IT haben es echt drauf. Er zögerte nur kurz, dann tippte er auf die grüne Fläche, um die Verbindung herzustellen. Während er sich die Worte zurechtlegte und dem Freizeichen lauschte, lehnte er sich auf dem knarrenden Bürostuhl weit zurück und stellte die Füße auf die Schreibtischkante. Enttäuscht stellte er fest, dass sich schon nach dem ersten Freizeichen die Mailbox meldete. Paulsen nahm die Beine von der Tischkante und hinterließ ihr eine Nachricht. Er war sicher, dass sie sich noch heute bei ihm melden würde.

*

Maasholm, 14.00 Uhr:

Nachdem sie die Parkgebühr entrichtet hatten, durften sie die Schranke zum kleinen Jachthafen passieren. Birthe parkte den Wagen am Sportboothafen. Zahlreiche weiße Jachten lagen an den Stegen und wiegten sich sanft auf dem Wasser der Schlei. Rechter Hand ging es zum Fischereihafen. Im Wind klimperten die Karabiner gegen die Masten und erzeugten so, untermalt vom Gesang der Möwen, eine ständige Geräuschkulisse. Dicke Regenwolken waren aufgezogen und schickten einen fiesen Nieselregen zur Erde, der Kristins Kleidung schnell durchnässt hatte. Birthe hatte es besser – sie hatte eine dick gefütterte Jacke mit und trug jetzt eine Pudelmütze auf dem Kopf.

»Wie gehen wir vor?«, fragte Birthe, nachdem sie sich in den Wind gestellt hatte. Auf der See brandeten die Wellen auf. In der Ferne erkannte Kristin einige Kitesurfer, die durch das Wasser pflügten. Als sie sich umwandte, sah sie das Backsteingebäude gleich am Hafen. Am Giebel prangte ein großes Holzschild mit der Aufschrift »Hafenmeister«.

»Vielleicht sollten wir es dort versuchen«, schlug Kristin vor. »Wenn Nowak sich hier tagein, tagaus mit Gelegenheitsjobs über Wasser hält, müsste er hier bekannt sein wie ein bunter Hund.«

Birthe hatte keine Einwände. Sie schlug den Kragen ihrer Jacke hoch und schob sich die Hände in die Jackentaschen. Fröstelnd stapfte sie neben Kristin her, die ihre Nase im kalten Wind krauszog. Ihr Weg führte vorbei an einem gläsernen Schaukasten und einer steinernen Skulptur, die Kristin an eine überdimensionale Gurke erinnerte, die sich dem wolkenverhangenen Himmel entgegenreckte. »Ein Mahnmal an die Sturmflut von 1872«, erklärte Birthe, als sie Kristins fragenden Blick sah. Dann standen sie vor dem geklinkerten Bau des Hafenmeisters. Eine Fensterreihe war so angeordnet, dass sie Blick aufs Wasser bot. Kristin trat an eines der Fenster, um einen Blick ins Innere zu werfen. Ein Mann hockte an einem Schreibtisch und las in der Zeitung, in seinem Rücken gab es ein Regal, in dem sich Akten stapelten. Als Kristin ans Fenster klopfte, sah er erschrocken auf. Kristin bedeutete ihm mit Gesten, dass er herauskommen sollte. Hastig faltete der Mann seine Zeitung zusammen. Eine Tür an der Seite des Hauses öffnete sich, dann stand er vor ihnen. Ein bärtiger Hüne im knallgelben Ostfriesennerz und einer blauen Latzhose, deren Beine in schwarzen Gummistiefeln steckten. Der Mann betrachtete die Frauen mit grimmiger Miene.

»Moin«, sagte Kristin. »Wir suchen Leo Nowak.«

»Und?«

»Er soll hier arbeiten.« Kristin hatte nicht vor, sich von dem Mann verunsichern zu lassen.

»Kann sein.«

Wortlos hielt Birthe ihren Dienstausweis hoch. »Kripo Flensburg«, schob sie nach, »es ist wichtig.«

Die buschigen Augenbrauen des Mannes zogen sich zu einer durchgehenden Linie zusammen. »Polizei.« Er nickte. »Hat Leo wieder was ausgefressen?«

»Wieder?«, hakte Kristin ein. »Wieso wieder?«

»Na ja«, brummte der Mann, »die alte Geschichte lässt euch wohl keine Ruhe.«

»Die vom rätselhaften Verschwinden seiner Frau meinen Sie?« Kristin musterte den Hafenmeister aufmerksam.

»Was sonst?«

»Deshalb sind wir aber nicht hier«, bemerkte Birthe. »Also, wo finden wir Herrn Nowak?«

»Woher soll ich das wissen?« Der bärtige Hüne zuckte die Schultern. »Ich habe ihn schon ein paar Tage nicht gesehen, obwohl er sich normalerweise ständig hier rumtreibt.«

»Wer könnte uns denn weiterhelfen?« Birthe wollte sich so schnell nicht geschlagen geben.

»Fragen Sie hinten bei Feddersen. Oft hilft er da in der Aalräucherei aus.« Der Hafenmeister hob den rechten Arm und deutete nach links. Als Kristin seinem Blick folgte, erkannte sie ein wenig abseits den Fischereihafen. Dort lagen die Kutter am Kai, es gab einige kleinere Gebäude und Lagerhallen, vor denen sich Kisten, Paletten und ausrangierte Maschinen stapelten.

»Danke«, hörte sie Birthe sagen, dann verschwand der Hafenmeister in seinem Gebäude. Mit einem lauten Knall schlug die Tür ins Schloss, und Kristin wusste nicht, ob es am Wind lag oder daran, dass der Hüne sie ins Schloss geworfen hatte.

»Dann mal los«, sagte Birthe und gab ihr ein Zeichen. Seite an Seite stapften sie am Kai entlang zum Fischereihafen. Der Weg wurde von einer Bude mit Souvenirs und einem kleinen Eisladen gesäumt, an dem bei diesem Wetter erwartungsgemäß nichts los war. Eine junge Frau saß hinter der hölzernen Theke und daddelte auf ihrem Handy herum. Als sie die Frauen bemerkte, ließ das Mädchen sein Smartphone sinken und lächelte freundlich.

»Was ist das?«, fragte Kristin neugierig, als sie vor einer Bronzeskulptur standen, die einen Pfeife rauchenden Mann zeigte, der gerade im Begriff stand, einen Aal zu köpfen. Dabei wurde er von zwei neugierigen Bronzemöwen beobachtet, die auf Kisten hockten.

Kunst liegt im Auge des Betrachters, dachte Kristin, die mit Kunstwerken nicht viel anzufangen wusste. Hier zeigt man sich wohl der Tradition der Aalfischerei verbunden.

»Das ist Peter Aal«, erklärte Birthe. »Die Skulptur zeigt das, was dort hinten passiert.« Die skandinavische Schönheit deutete auf eines der Gebäude am Fischereihafen. Ein großes Schild behauptete, dass es in der »Aalräucherei Feddersen« den besten Aal der Schlei gab. »Fragen wir Feddersen.«

Kristin hatte keine Einwände und folgte ihrer Partnerin zu dem großen Schuppen, dessen Tor weit offen stand. Neben dem Gebäude parkte ein schwarzer GMC-Pick-up mit Schleswiger Kennzeichen, der, den Initialen nach zu urteilen, dem Inhaber der Räucherei gehörte.

Seite an Seite betraten Kristin und Birthe das Halbdunkel des Schuppens. Es dauerte einen Moment, bis sich ihre Augen an das hier herrschende Zwielicht gewöhnt hatten. Fischgeruch drang in ihre Nasen. Auf der Stelle knurrte Kristins Magen, doch jetzt war keine Zeit, um ans Essen zu denken. »Moin!«, rief sie laut. »Ist hier jemand?«

»Moment, ich komm gleich«, antwortete eine tiefe Stimme aus dem hinteren Bereich der Fabrik. Im nächsten Augenblick erschien ein hagerer Mann im dunkelblauen Overall Ende 30 auf der Bildfläche. Wie der Hafenmeister trug auch er schwere Gummistiefel. »Was gibt's?«

»Kripo Flensburg, Kristin Voss – meine Kollegin Birthe Jensen.« Kristin zeigte auf ihre Partnerin.

Verwunderung lag in seinem Blick. »Ich bin Kai Feddersen. Was will denn die Polizei von mir?«

»Von Ihnen nichts«, erwiderte Kristin. »Wir suchen Leo Nowak.«

»Oha.« Feddersens Miene verfinsterte sich schlagartig.

»Oha?«, wiederholt Kristin. »Warum?«

»Weil ich den auch suche.« Jetzt lachte der Mann. »Nee, im Ernst: Ich hab hier Arbeit ohne Ende, und der Leo ist nicht da, obwohl ich ihm gesagt habe, dass ich ihn brauche.«

»Sicher haben Sie versucht, ihn telefonisch zu erreichen«, vermutete Birthe.

Er nickte mit grimmiger Miene. »Logisch. Mailbox.«

»Würden Sie uns seine Nummer geben?«, fragte Kristin.

»Klar.« Umständlich zog er sein Handy aus der Tasche und diktierte Kristin die Nummer. »Versuchen Sie Ihr Glück.«

»Das werden wir tun«, nickte Kristin. »Erzählen Sie uns über Leo Nowak.«

»Was wollt ihr denn hören?«

»Am liebsten alles, dabei würden wir ihn gern selbst fragen, wenn wir wüssten, wo wir ihn antreffen.«

Feddersen seufzte. »Kommt mit in mein Büro – aber viel Zeit habe ich nicht.« Ohne die Antwort der Polizistinnen abzuwarten, ging er voran. Das, was er als sein Büro bezeichnete, war nicht mehr als ein Bretterverschlag innerhalb der Lagerhalle. Die Einrichtung war spartanisch. In der Ecke ein Gasofen aus dem Campingmarkt, das Poster einer barbusigen Blondine, die sich lasziv auf dem Bug eines prächtigen Dreimasters räkelte, ein staubiger Schreibtisch, der unter der Last der unzähligen Akten zu ächzen schien, ein einfacher Bürostuhl, ein altmodischer Röhrenmonitor in Rauchgrau, dazu passend eine vergilbte Tastatur und eine klobige Maus. Vor dem Schreibtisch befanden sich zwei altmodische Küchenstühle mit rostigem Chromgestell.

»Setzt euch«, sagte Kai Feddersen und deutete einladend auf die beiden Stühle. Er selber ließ sich auf den wackligen Drehstuhl sinken. »Kaffee? Tee?«

Die alten Küchenstühle knarzten bedenklich, als sich die Frauen setzten. »Nein danke«, sagte Kristin, auch Birthe lehnte dankend ab.

Feddersens Hände ruhten auf dem Schreibtisch. Die Ärmel seines Overalls rutschten hoch und zeigten Birthe und Kristin zwei muskulöse, tätowierte Arme.

Kristin betrachtete Feddersen aufmerksam. »Was können Sie uns über Nowak erzählen?«

»Also … der Leo.« Feddersen lachte amüsiert auf, »ein seltsamer Vogel ist das. In Haithabu haben sie ihn rausgeschmissen, wohl weil er während der Arbeitszeit gesoffen haben soll. Aber wenn er arbeitet, ist er fleißig, jedenfalls bei mir. In seiner Freizeit rennt er am liebsten in Mittelalterklamotten rum, das geht aber hier beim Räuchern nicht. Und das Geld, was er bei mir verdient, haut er im *Walhalla* auf den Kopf.«

»Uns ist aufgefallen, dass sein Haus in Maasholm-Bad ein höheres Einkommen vermuten lässt«, bemerkte Birthe. »Da wohnt niemand, der sich als Tagelöhner durchs Leben kämpfen muss.«

»Kein Wunder«, lachte Feddersen, »das Haus gehörte Anja. Sie selber war in erster Ehe mit einem Fabrikanten verheiratet, der aber vor vielen Jahren gestorben ist. Krebs.«

»Und danach hat sich Leo Nowak ins gemachte Nest gesetzt«, sprach Kristin ihre Gedanken aus und fing sich einen rügenden Blick von ihrer Kollegin ein.

Feddersen nickte. »Das haben Sie gesagt.« Sein Blick glitt ins Leere, als er weitersprach. »Aber so wird es wohl gewesen sein. Die Anja war eine gute Partie – hat vom Erbe ihres ersten Mannes gelebt, Autos, die Segeljacht, das Haus. Leo hingegen hat die Arbeit nicht erfunden. Wein, Weib und Gesang waren ihm wohl immer schon wichtiger als eine regelmäßige Arbeit.«

»Und jetzt ist er weg«, bemerkte Birthe lakonisch.

»Jo«, nickte Feddersen, »jetzt ist er weg, und ich kann gucken, wie ich die Arbeit trotzdem schaffe. Manchmal ist es zum Kotzen – verzeihen Sie meine Ausdrucksweise.«

»Haben Sie eine Ahnung, wohin er verschwunden sein könnte?«, fragte Kristin. »Gibt es ein Ferienhaus, einen Zweitwohnsitz, einen Wohnwagen oder etwas Ähnliches?«

Feddersen dachte kurz nach und schüttelte den Kopf. »Nicht, dass ich wüsste. Und Freunde, also richtige Freunde, hat er wohl auch nicht.« Er seufzte. »Haben Sie mal im *Walhalla* nachgefragt?«

»Haben wir.« Kristin nickte. »Gibt es Angehörige, bei denen er untergekommen sein könnte?«

»Von Familie hat er nie was erzählt, nee.«

»Was ist mit einer Freundin – hat er eine?«, fragte Kristin und achtete auf jede Regung in Feddersens Gesicht.

»Es gab mal eine, aber von der hat er sich wohl getrennt, wie er mir erzählt hat. ›Alle Weiber sind scheiße‹, sagte er immer in letzter Zeit. Keine Ahnung, was da los war, drüber reden wollte er jedenfalls nicht.«

»Haben Sie diese Frau gesehen?«, hakte Birthe nach.

»Nee, nicht ein einziges Mal, keine Ahnung, wer sie ist und wie sie aussieht. Jedenfalls war er danach ziemlich fertig und komisch drauf.«

»Definieren Sie ›komisch drauf‹«, bat Kristin ihn.

»Er war in den letzten Tagen wortkarg und gereizt.«

»Wo könnte er sich verstecken?«, fragte Kristin ihn.

»Muss er das denn?« Feddersen hielt ihrem bohrenden Blick stand. »Sich verstecken?«

»Das wüssten wir auch gern.« Kristin spürte, dass sie hier nicht weiterkamen. Sie erhob sich, Birthe tat es ihr nach. »Wenn er aufkreuzt oder Ihnen noch etwas einfällt, rufen Sie uns an?«

Birthe legte ihm eine Visitenkarte auf den Schreibtisch, die er in die großen Hände nahm und mit einem nachdenklichen Gesicht betrachtete. »Versprochen.« Er machte Anstalten aufzustehen, doch Birthe winkte dankend ab. »Wir finden alleine nach draußen, danke, dass Sie sich kurz Zeit für uns genommen haben.«

*

»Heute wird es nicht klappen«, schrieb sie mit zitternden Fingern. Sie dachte gern an die Zeit mit Max zurück, hatte er sich doch als ein zärtlicher und zugleich leidenschaftlicher Liebhaber erwiesen. Nie zuvor hatte es ein Mann geschafft, sie so zu befriedigen, wie es Max getan hatte. Zwar war es nur eine kurze, aber sehr heftige Affäre gewesen, die sie verbunden hatte. Irgendwann war er von heute auf morgen aus ihrem Leben verschwunden. Nach dem zufälligen Treffen in der Bäckerei am Morgen dachte sie ständig an ihn und das, was sie eine Zeit lang verbunden hatte: heißer, hemmungsloser Sex. Das, was sie von ihrem Mann nicht erwarten konnte. Ihm waren ihre Bedürfnisse und Wünsche gleichgültig. Sie waren verheiratet, sie besaßen zwei Autos und ein Haus, doch jeder lebte in seiner eigenen Welt, es gab nicht viel, was sie verband. Seine Gleichgültigkeit machte ihr schon seit geraumer Zeit zu schaffen, doch vor Kurzem hatte sie einen Ausweg aus seiner schmerzhaften Ignoranz gefunden.

»Heute wird es nicht klappen« … sie überlegte, was sie ihm schreiben konnte. »Aber ich freue mich schon jetzt auf ein Wiedersehen und auf das, was wir dann tun werden.« Sie zog die Hand weg, als hätte sie sich verbrannt. Unsinn!, schrie alles in ihr. Das kann ich so nicht schreiben. Sie löschte die Zeichen, die Worte, die Sätze und starrte auf den blinkenden Cursor. »Ich melde mich in Kürze«, tippte sie, schüttelte den Kopf und löschte auch diese Nachricht. Eilig steckte sie das Handy fort. Sie würde ihm später antworten, wenn sie die richtigen Worte gefunden hatte. Jetzt musste sie erst einmal dafür Sorge tragen, dass das angenehme Ziehen im Unterleib nachließ, sobald sie an ihn dachte. Dabei ahnte sie nicht, dass es jemanden gab, der ihre Nachrichtenversuche am Computer mitlas und bereits an einem Plan schmiedete. Für ihn stand fest, dass Max Paulsen bald mächtige Schwierigkeiten bekommen würde. Er würde es nicht tolerieren, dass der Bulle ihm ins Handwerk pfuschte.

*

»Ich habe Hunger«, gestand Kristin ihrer Partnerin, als sie wieder im Auto saßen.

Birthe nickte verständnisvoll. »Na endlich«, sagte sie. »Mir knurrt der Magen schon seit einer Ewigkeit.«

»Warum sagst du es nicht?«

»Weil du die Chefin bist«, feixte Birthe.

»So ein Quatsch!« Kristin winkte lachend ab. »Aber gut – wenn du Wert darauf legst, dann ordne ich jetzt ganz offiziell an, dass wir eine Pause einlegen, um unsere Arbeitskraft zu erhalten, bevor wir in die Direktion zurückfahren.«

»Geht doch«, lachte Birthe. »Ich kenne da ein nettes kleines Lokal in Habernis mit Blick aufs Meer.«

»Klingt traumhaft.«

Langsam ließ der Nieselregen nach, und Birthe schaltete die Heizung ab. Noch immer kämpfte die Klimaanlage gegen die beschlagenen Scheiben des Dienstwagens an, doch kaum hatten sie Maasholm in nördlicher Richtung hinter sich gelassen, drang die Sonne zaghaft durch die grauen Wolken und ließ die Landschaft in einem pastellfarbenen Licht erstrahlen.

»Was hältst du von ihm?«, fragte Kristin.

»Von Feddersen?«

Kristin nickte. »Deckt er Nowak?«

»Möglich, aber ich glaube es nicht, zumindest fällt mir kein Grund ein, warum er das tun sollte.«

»Ich bin gespannt, was die Kollegen herausgefunden haben.«

»In der Abendrunde werden wir es erfahren«, versicherte Birthe ihr. »Staatsanwalt Sievers wird nicht begeistert sein, wenn das ganze K1 mit leeren Händen dasteht.«

Kristin nickte. Als sie an ihre erste Begegnung mit dem attraktiven Staatsanwalt dachte, war ihr ein wenig mulmig zumute. Sie war gespannt, wie er sich ihr gegenüber bei ihrem zweiten Aufeinandertreffen verhalten würde.

Bei Steinberg hielten sie sich rechts. Inzwischen hatte sich die Sonne weiter durch die grauen Regenwolken geschoben und tauchte die sanfte Hügellandschaft in ein immer wärmer werdendes Licht. Kristin blinzelte in die Sonne. »Mit diesem Leo Nowak stimmt etwas nicht«, überlegte sie und betrachtete die blühenden endlosen Rapsfelder jenseits der Straße mit verzücktem Blick. Langsam begann sie, sich in der Förde heimisch zu fühlen. Kleine, teils malerische Häuser mit Reetdächern säumten ihren Weg.

»Egal was man uns auch erzählt hat, es wird nicht für eine Fahndung reichen«, befürchtete Birthe, ohne den Blick von der Straße zu nehmen.

»Es kann doch nicht sein, dass Nowak wie vom Erdboden verschwunden ist«, murmelte Kristin. »Ausgerechnet jetzt, wo die Frau, mit der er ein Verhältnis hatte, ermordet aufgefunden wird.«

Birthe winkte ab. »Schlag es dir aus dem Kopf, Kristin. Weder Jens noch Sievers werden einer Fahndung aufgrund eines vagen Verdachts zustimmen.«

»Und wenn es mehr ist als ein vager Verdacht?« Kristin richtete sich im Beifahrersitz auf. »Er verschwindet, nachdem ihn seine heimliche Geliebte in den Wind schießt, womöglich weil sie Angst vor ihrem gewaltbereiten Ehemann hat. Und ihre Leiche wird im Wikingermuseum gefunden, an dem Ort, wo Nowak gearbeitet hat und sich auskennt?« Kristin versuchte, sich in Leo Nowak hineinzudenken. »Was, wenn er sie erschlagen hat, weil er mit der Niederlage nicht leben konnte?«

»Oder wenn er sie so vor den Wutausbrüchen ihres vor Eifersucht tobenden Mannes schützen will?«, wagte Birthe eine kühne These.

Kristin wiegte den Kopf. »Auch das wäre denkbar, wenn wir davon ausgehen, dass er verzweifelt und gekränkt war, nachdem Maike Adamo ihm den Laufpass gegeben hat.«

»Wir werden es versuchen«, versprach Birthe ihr, »wobei die Aussichten auf Erfolg recht gering sein dürften.«

Insgeheim gab Kristin ihrer Partnerin recht. Doch so sehr sie sich auch das Hirn zermarterte, ihr wollte nichts Greifbares einfallen, was eine Fahndung nach Nowak rechtfertigte. »Was ist mit seiner unter seltsamen Umständen verschwundenen Frau Anja?«

Birthe zuckte die Schultern. »Die Umstände wurden nie aufgeklärt – ein Cold Case also. Und um den neu aufzurollen, fehlt das Personal.«

»Das kenne ich aus Ostfriesland.« Kristin seufzte. Warum sollte es auch hier im hohen Norden anders sein als in Niedersachsen, wo die Polizei ebenfalls unter chronischem Personalmangel litt?

»Es gibt eine Cold Case Unit beim LKA in Kiel«, überlegte Birthe, »vielleicht haben die Kapazitäten, um sich des Falls anzunehmen.«

»Das klingt nach einer langen Ermittlungsarbeit«, fürchtete Kristin.

»Ich kenne einen Fallanalytiker bei der Einheit«, erwiderte Birthe mit einer spitzbübisch erhobenen Augenbraue, »er schuldet mir noch einen Gefallen.«

»Perfekt«, freute sich Kristin. »Dann solltest du keine Zeit verlieren und ihn anrufen.«

»Mache ich gleich«, versprach Birthe, »gleich nach dem Essen. Wir sind nämlich jetzt da.« Sie drosselte das Tempo des unauffällig lackierten Dienstwagens. Die Landstraße war an dieser Stelle eng und führte, so machte es auf Kristin den Eindruck, geradewegs auf das Meer zu. Doch kurz vor der sanft abfallenden Küste beschrieb die schmale Straße eine scharfe Linkskurve. In dieser Kurve lag auf der linken Seite ein Lokal, das Kristin an dieser verschwiegenen Stelle nicht vermutet hätte. Mit dem Sandstrand und den Palmen im Außenbereich erinnerte es sie eher an eine exotische Beachbar in der Karibik. Doch sie befanden sich eindeutig an der Ostsee.

»Et voilà«, machte Birthe und schnalzte mit der Zunge. »Da wären wir: Das ist die *Habernis Strand Lounge.*« Sie steuerte den Wagen auf einen kleinen Parkplatz auf der rechten Seite. Nachdem sie ausgestiegen waren, wehte ihnen der scharfe Wind der nahen Küste in die Gesichter. Das Tosen der Wellen drang an ihre Ohren, und ein wenig fühlte sich Kristin wie zu Hause an der Nordsee. Ein Windsurfer zog wagemutig seine Bahnen auf den Wellen. Immer wieder vollführte er wilde Sprünge, um anschließend in die entgegengesetzte Richtung durch das Wasser zu pflügen.

Die Nordsee ist nicht mehr mein Zuhause, dachte Kristin in einem kurzen Anflug von Wehmut, doch als sie den kleinen Strand erblickte, rückte Ostfriesland in weite Ferne. Was sie sah, erschien ihr wie ein Traum. Der Strand, anfangs von Gras bewachsen, führte sanft zu einem Sandstreifen am Wasser hinab. Wellen brachen sich vor der Küste, kleine Boote lagen draußen vor Anker und wiegten sich im Takt der Wogen. Der Surfer war zwischenzeitlich an Land gegangen. Sekundenlang stand Kristin mit in den Taschen versenkten Händen da und genoss den malerischen Ausblick auf die Bucht und das Meer.

»Kommst du?« Amüsiert stellte Birthe fest, dass Kristin die Welt für einen Augenblick lang vergessen hatte.

»Klar.« Kristin nickte und folgte der Kollegin. »Was gibt es denn hier Gutes?«

»Fleisch, Fisch, Vegetarisches, Kuchen, alles, was das Herz begehrt.«

»Du klingst wie ein Werbeprospekt«, lästerte Kristin. Im Lokal herrschte um diese Zeit nicht allzu viel Betrieb. Dennoch wurden die beiden Frauen von den anderen Gästen neugierig gemustert. Da es die Sonne gut mit ihnen meinte, suchten sie sich einen freien Tisch im offenen Wintergarten der *Strand Lounge*, wo sie freundlich von einer jungen dunkelhaarigen Servicekraft begrüßt wurden. Die Speisekarte brachte sie gleich mit, und so konnten die Polizistinnen, nachdem die Getränke bestellt waren, auswählen. Kristin spürte, wie ihr bei der Auflistung der Speisen das Wasser im Mund zusammenlief. Jetzt war es höchste Zeit, etwas zu essen. Sie entschied sich, nachdem sie das Essen an einem der Nachbartische erspäht hatte, für einen Burger mit Potato Dippers, Birthe bestellte Bandnudeln mit Garnelen und Pesto.

»Was ist mit ihm?«, fragte Kristin schließlich, als sie nicht länger warten wollte. Prompt erntete sie einen verwunderten Blick von Birthe.

»Mit wem?«

»Mit diesem Freund, der dir einen Gefallen schuldet.« Sie grinste frech. »Läuft da was zwischen euch?«

»Wo denkst du hin – ich bin verheiratet.« Mit gespielter Empörung hielt Birthe ihre Hand hoch, um ihr den goldenen, für Kristin etwas zu klobigen Ehering zu zeigen.

»Nichts für ungut«, sagte Kristin. »Was macht dein Mann? Ist er auch Polizist?«

»Eher Schäfer.« Birthe lächelte sie verschmitzt an und trank von ihrer Apfelschorle.

»Dein Mann ist Landwirt?«

»Das nun nicht.«

»Du machst es spannend.«

»Er arbeitet als Pfarrer in Flensburg.«

Jetzt verstand Kristin die Anspielung ihrer Kollegin. »Ach so – er hütet seine Schäfchen in der Kirche.«

»Exakt.« Birthe grinste. »Und – bevor du fragst, ich habe auch mal Theologie studiert und singe heute im Kirchenchor – da habe ich Thomas wenigstens immer im Blick.«

»Okay«, nickte Kristin, die ein wenig überrascht vom Beruf des Mannes ihrer Partnerin war. Es fiel ihr schwer, sich Birthe singend unter älteren grauhaarigen Damen in der Kirche beim

Chorgesang vorzustellen. »Was ist nun mit dem alten Freund beim LKA? Kann er uns helfen?«

»Uwe kenne ich seit Ewigkeiten, er war früher bei uns in Flensburg, bis in Kiel die Sondereinheit eingerichtet wurde. Ein Meister der Recherche und Analyse.«

»Na los«, forderte Kristin sie auf, »worauf wartest du?«

»Auf das Essen«, antwortete Birthe trocken, just in dem Augenblick, als die junge Kellnerin die Teller brachte.

*

Polizeidirektion Flensburg, 14.15 Uhr:

Unruhig schielte Max Paulsen immer wieder auf sein Smartphone. Seine Nachricht an Mona war zugestellt worden, doch sie hatte sich noch nicht bei ihm gemeldet.

»Was sagen Sie zu den Vorwürfen Ihrer Nachbarn, die aussagen, dass es zu körperlicher Gewalt gegen Ihre Frau gekommen sei?«, riss ihn die sonore Stimme seines Partners aus den Gedanken. Gunnar Feistel hatte wohl festgestellt, dass Paulsen nicht bei der Sache war, und hatte die Befragung von Hein Adamo übernommen.

Adamo, der ihnen am Tisch des fensterlosen Verhörraumes gegenübersaß, betrachtete sie feindselig. »Blödsinn ist das«, behauptete er und rang die Hände. »Wir hatten Streit, aber ich habe Maike niemals geschlagen.«

»Die Kollegen vom Streifendienst sind aber mehrfach alarmiert worden, weil es bei Ihnen im Haus zu lautstarken Streitereien gekommen sein soll, bei denen auch mal Geschirr zu Bruch ging«, erinnerte Feistel ihn.

»Hören Sie, ich bin vielleicht jähzornig«, räumte Adamo ein, »und ich neige auch mal dazu, meine Wut an Gegenständen auszulassen, niemals aber an meiner Frau.« Seine Stimme klang gepresst. »Sie glauben nicht ernsthaft, dass ich meine Frau umgebracht habe, oder?«

»Das werden unsere Ermittlungen früher oder später ergeben«, versicherte Feistel ihm. »Aber es ginge schneller, wenn Sie mit uns kooperieren würden.«

Adamo schlug mit der flachen Hand auf die Tischplatte. Das Wasser in ihren Gläsern schwappte über, das kleine Mikrofon auf dem Tisch vollführte einen Hüpfer.

»Hast du den Arsch auf?«, fragte Paulsen gefährlich leise, nachdem er den ersten Schrecken überwunden hatte. »Noch so eine Nummer, und ich lass dich auf der Stelle einbuchten.«

»Was haben Sie gegen mich in der Hand?« Adamo grinste frech.

Er will uns provozieren, durchzuckte es Paulsen. Aber nicht mit mir. »Du hast kein Alibi für die Tatzeit, es gab immer mal wieder Stress zwischen euch, und sie hatte einen Stecher und ist dir fremdgegangen.«

»Na und?«

»Eifersucht ist das häufigste Motiv für Gewalt und Mord«, erklärte Feistel seelenruhig. Jetzt grinste er Adamo an. »Es ist, wenn man so will, das gefährlichste Gefühl der Welt, besonders für jemanden, der zu Jähzorn neigt, so wie Sie es uns eben geschildert haben.«

Paulsens Handy vibrierte auf dem Tisch. Er nahm es an sich und warf einen Blick darauf. Eine Textnachricht, stellte er mit roten Ohren fest. Er nickte Feistel zu. »Kommst du alleine klar? Ich muss kurz weg.«

»Mitten in der Befragung?« Feistel schien nicht einverstanden zu sein.

»Es ist wichtig«, entschuldigte sich Paulsen und sprang von dem einfachen Stuhl auf. »Bin gleich wieder da.« Bevor sein Partner sein Dementi einlegen konnte, verschwand er durch die Tür und befand sich im nächsten Augenblick in dem Zimmer jenseits des venezianischen Spiegels. Hier hielt sich niemand auf, und so hockte er sich auf den Tisch, der unter seinem Gewicht leise ächzte. Mit zitternden Fingern öffnete Paulsen den Inhalt der Textnachricht. Sie stammte von Mona.

»Hi Max, ich habe mich sehr über unser Treffen gefreut und würde dich gern wiedersehen. Wann passt es dir?«

Paulsen musste nicht lange überlegen, außerdem wollte er Feistel nicht allzu lange mit Adamo alleine lassen.

»Gern heute Abend«, schrieb er. »Ich würde dich gern zu einem romantischen Abendessen einladen. Magst du es noch griechisch?«

Es dauerte nur einen kurzen Moment, dann sah er, dass sie wieder online war.

»Ja«, antwortete sie ihm mit einem Herz-Emoji. »Ich stehe auf Griechisch.« Sie schickte ein heißes Kuss-Emoji hinterher, das bei Paulsen wildeste Gedanken auslöste. In seiner Fantasie saßen sie bereits im Restaurant, sie warf ihm verheißungsvolle Blicke zu und spielte mit ihrem Haar, während er es kaum erwarten konnte, mit ihr im Bett zu landen.

»Nur heute Abend passt es nicht«, schickte sie hinterher. »Ich melde mich.« Wieder ein leidenschaftliches Kuss-Emoji.

Ein Jammer, dachte Paulsen enttäuscht, während er das Smartphone in die Hosentasche schob. Er atmete tief durch. Wann auch immer, der Fisch hatte angebissen, und Vorfreude war bekanntlich die schönste Freude. Aber bald werden wir uns sehen, und dann werde ich es dir endlich wieder so richtig besorgen. Paulsen räusperte sich, bevor er sich wieder zu Feistel und Adamo gesellte, dem Gespräch aber kaum noch folgen konnte, weil ihm Mona nicht mehr aus dem Kopf ging.

*

Habernis, 14.30 Uhr:

Die Ostsee war anders. Sie war weniger rau als die Nordsee, und sie hatte ihren ganz eigenen Charme. Es gab unzählige kleine Buchten, in denen das Wasser anfangs flacher war, und an vielen Stellen der Förde hatte man freien Blick auf die dänische Küste. Dass es fast keine Gezeiten gab, empfand Kristin als angenehm, denn so war das Meer immer dann da, wenn sie es brauchte, um ihre Gedanken zu ordnen. So wie jetzt. Natürlich war ihr nicht entgangen, dass Birthe ungestört mit dem Kollegen beim LKA telefonieren wollte, auch wenn sie es nicht ausgesprochen hatte. Kristin hatte die Zeit genutzt, um mit dem Blick auf die Ostsee ihre Eindrücke zu verarbeiten, so wie sie es schon früher in Ostfriesland geliebt hatte. Sie genoss die Weite und das Tosen der Wellen, sie liebte den Wind, der in ihrem Haar spielte, um ihren Gedanken freien Lauf zu lassen.

Nachdem Kristin die kleine Straße überquert hatte, ließ sie sich auf einer alten Holzbank nieder, um den Blick zu genießen. Sie war alleine in der kleinen Bucht. Noch immer lagen draußen die drei kleinen Boote vor Anker. Von den Besitzern war nichts zu sehen.

Kristin sog die salzige Luft tief in ihre Lungen ein, schloss die Augen und reckte das Kinn vor, so als könne sie dem Wasser auf diese Weise noch ein wenig näher sein.

Minutenlang hing sie ihren Gedanken nach. Nach dem ersten ereignisreichen Arbeitstag in der Flensburger Polizeidienststelle freute sie sich jetzt schon auf ihre kleine Wohnung, obwohl es noch viel Arbeit gab, bevor sie zu ihrem Nest, ihrem Refugium und ihrem Rückzugsort wurde.

Auch die neuen Kollegen vom K1 schienen in Ordnung zu sein, wenngleich sie sich noch an die seltsame Art von Max Paulsen gewöhnen musste. Selten hatte sie einen derartigen Macho im Dienst erlebt. Sie fragte sich, wie es Beck und die anderen mit ihm in der Mannschaft aushielten. Vielleicht fehlte ihr einfach noch der Draht zu diesem selbsternannten Alphamännchen. Sobald Ruhe einkehrte, würde sie sich überlegen, wie sie mit ihm klarkommen konnte.

Was den Fall selber betraf, so deutete vieles darauf hin, dass Leo Nowak als Mörder von Maike Adamo in Betracht kam.

Das sanfte Vibrieren in ihrer Hosentasche riss Kristin aus den Überlegungen. Umständlich zog die das Smartphone heraus und warf einen Blick auf das Display. Eine Festnetznummer, die sie nicht kannte.

Nur die Ortskennung Busdorf unter der Nummer ließ vermuten, wer sie anrief. Kristin wunderte sich, wie der Betreiber des *Walhalla* an ihre Nummer kam, und meldete sich förmlich mit Vor- und Nachnamen.

»Frau Voss, entschuldigen Sie – ich habe die Nummer von Ihrer Kollegin bekommen. Hoffentlich war das in Ordnung?« Rolf Kochs Stimme klang schuldbewusst.

»Natürlich«, versicherte Kristin ihm, während ihr Blick über die Förde streifte. Die Sonne wärmte ihr Gesicht. »Was kann ich für Sie tun?«

»Ich habe Ihnen nicht die Wahrheit gesagt – also, nicht die ganze Wahrheit, meine ich natürlich.« Er räusperte sich verlegen.

»Ist Ihnen nach unserem Gespräch noch etwas eingefallen?«

»So ist es.« Er klang ein wenig erleichtert. »Also Leo und Maike hatten schon ein Verhältnis, eine Affäre, von der ihr Mann natürlich nichts wissen durfte.«

»Und?«

»Maike war immer eine treue Seele.«

»Das sagten Sie bereits.«

»Aus diesem Grunde wurde sie wohl irgendwann von ihrem schlechten Gewissen dazu bewegt, die Affäre zu beenden.«

Kristins Neugier war erwacht. »Und?«, fragte sie, »wie hat Leo darauf reagiert?«

»Er war außer sich«, antwortete Koch. »Ich erinnere mich noch ganz genau an den Abend – so lange ist das ja noch nicht her. Ich habe die beiden von der Küche aus beobachten können. Sie standen an ihrem Auto und waren in ein hitziges Gespräch verwickelt. Er schrie sie an, was er sagte, konnte ich aber nicht verstehen. Schließlich packte er sie an den Schultern und rüttelte sie, als wollte er sie von ihrem Entschluss abbringen, doch sie wehrte sich.«

»Was haben Sie gemacht?« Kristin beobachtete eine Möwe, die im Segelflug ihre Bahnen über dem flachen Wasser drehte.

»Ich bin durch den Hintereingang raus und habe die beiden auseinandergebracht. Leo war angetrunken und verzweifelt, eine böse Mischung.«

»Wohl wahr.«

»Jedenfalls war er danach ziemlich kleinlaut und hat Maike ziehen lassen. Ich habe noch gesehen, wie sie weinend in ihrem Auto gesessen hat, bevor sie nach Hause zu ihrem Mann gefahren ist.«

»Haben Sie das zu einem späteren Zeitpunkt noch einmal angesprochen?«

»Ich habe Maike gefragt, wie es ihr geht.« Koch seufzte am anderen Ende der Leitung. »Maike hat erzählt, dass er sich mit der Trennung nicht abfinden wollte. Er hat sie verfolgt, gestalkt, sie angerufen, ihr aufgelauert. Ich habe ihr immer gesagt, dass sie zur Polizei gehen soll.«

»Das hat sie aber nicht getan.«

»Nein.« Wieder seufzte Koch am anderen Ende der Leitung. »Das Ergebnis kennen wir jetzt.«

»Also kommt für Sie Leo Nowak als Täter infrage?«

»Das habe ich nicht gesagt.« Er klang empört. »Maikes Mörder zu finden, ist Ihr Job, nicht meiner.«

Kristin spürte, dass sie so nicht weiterkam. »Was passierte dann?«

»Leo soll ihr eine Szene gemacht haben.«

»Inwiefern?« Kristin erhob sich von der Bank und begann einen kleinen Spaziergang mit Blick auf die See.

»Er soll rumgepoltert haben und wollte sie unter Druck setzen, was ihr natürlich Angst machte.«

»Wie haben Sie sich verhalten?«

»Ich habe mit Leo unter vier Augen gesprochen und hatte gehofft, dass meine Worte eindringlich genug waren, um ihn davon abzuhalten, Maike zu bedrohen.«

»Er hat sie bedroht?«

»Indirekt schon.« Koch seufzte am anderen Ende der Leitung. »Er sagte, er wolle sich umbringen, wenn sie ihn abserviert.«

»Danke.« Kristins Gedanken rasten ihr durch den Kopf. Jetzt hat er den Spieß umgedreht und sie umgebracht. »Und Sie wissen nicht, wo wir Leo finden?«

»Echt nicht, tut mir leid.«

»Schon gut, schon gut.« Kristin holte tief Luft. »Danke für Ihren Anruf. Wenn Sie etwas von Leo hören sollten …«

»Dann ruf ich euch an, kein Ding.«

»Danke.« Kristin verabschiedete sich und beendete die Verbindung. Nachdem sie einen letzten Blick auf das seichte Ufer geworfen hatte, wandte sie sich um und kehrte zur *Strand Lounge* zurück. Birthe wartete sicher schon längst auf sie.

*

LKA Kiel, 14.35 Uhr:

Uwe Sattler war hocherfreut, die Stimme seiner Kollegin Birthe Jensen zu hören. Mit ihr hatte er an diesem Tag am wenigsten gerechnet. Die Cold Case Einheit sollte verkleinert werden, seine Stelle wurde wohl bald ersatzlos gestrichen. Was dann aus ihm wurde, wusste er noch nicht.

Während Birthe ihn begrüßte, rechnete er schnell nach, wie viel Zeit seit ihrem letzten Treffen vergangen waren. Waren es drei oder sogar schon vier Jahre, die seither ins Land gezogen waren? Unmerklich seufzte er und versuchte, seiner Stimme einen unbekümmerten Klang zu verleihen.

»Birthe«, sagte Sattler, »lange nichts von dir gehört seit … damals.« Er räusperte sich und senkte die Stimme. »Geht es dir gut?« Gut, dass er sich gerade alleine in seinem Kieler Büro aufhielt und es keine ungebetenen Zuhörer gab.

»Aber sicher doch.«

Täuschte er sich, oder sprach sie mit belegter Stimme? Im Hintergrund waren andere Stimmen zu hören, Geschirr klapperte und er glaubte, die Brandung des Meeres vernehmen zu können. »Es scheint dir wirklich gut zu gehen«, lachte Sattler, da er sie in einem Restaurant mit Meerblick vermutete.

Sie ging nicht darauf ein. »Hör zu, ich brauche deine Hilfe.«

»Dann bin ich ganz Ohr.« Er hatte kapiert, dass Birthe gerade nicht danach war, mit ihm über alte Zeiten zu plaudern.

»Es geht um einen Fall, der niemals richtig aufgeklärt wurde«, eröffnete sie ihm. »Sagt dir der Name Anja Nowak etwas?«

Sattler musste nicht lange nachdenken, bevor er antwortete. »Sicher«, rief er, »ich war damals im Team und weiß noch, dass ihr Mann unter dem Verdacht stand, etwas mit ihrem Verschwinden zu tun gehabt zu haben.« Er stutzte. »Frag doch Jens, der war damals stellvertretender Leiter des K1.«

»Dich frage ich aber lieber«, antwortete Birthe kokett.

Er lächelte, was sie am anderen Ende der Leitung nicht sehen konnte. »Einverstanden, was kann ich für dich tun?«

Mit wenigen Sätzen schilderte sie ihm, was passiert war. »Und bei unseren Ermittlungen ist Nowak wieder auf unserem Radar aufgetaucht. Er hätte ein Motiv – gekränkte Eitelkeit – und ist seit dem Mord an Maike Adamo spurlos verschwunden.«

»Fahndung«, schlug Sattler vor.

»Wir sind dran. Aber meinst du, dass du dir die alten Akten noch einmal ansehen kannst?«

»Ich könnte nach Anhaltspunkten suchen, die damals im Rahmen der Ermittlungen nicht aufgefallen sind.« Er konnte Birthe keine Bitte abschlagen. Da es keine offizielle Anweisung gab, den alten Fall noch einmal aufzurollen, musste er diskret arbeiten. »Eigentlich müsste Beck das veranlassen – oder die Staatsanwaltschaft«, gab er zu bedenken.

»Ich weiß, Uwe.« Sie seufzte. »Der Vorgang ist sicher bei euch gelandet.«

»Und wir hatten noch keine Zeit, uns darum zu kümmern«, nickte Sattler und dachte mit einem eigenartigen Gefühl in der Magengegend an die vom Land geplante Auflösung der Cold Case Unit.

»Dann wird es höchste Zeit«, lachte Birthe erleichtert über die Tatsache, dass Sattler seine Hilfe signalisiert hatte. »Rein vom Bauchgefühl her, du hast doch damals mit Leo Nowak gesprochen: Kommt er für solche Taten infrage?«

»Schwer zu sagen«, erwiderte Sattler. Er versuchte, an die Befragungen von damals zurückzudenken, und hatte Nowak als einen windigen Hund in Erinnerung. »Fakt ist: Für einen Mord ohne Leiche gibt es keinen besseren Ort als ein Schiff oder Boot auf hoher See«, sagte er schließlich.

»Eben.«

»Aber diese Maike Adamo hat er schon sehr öffentlichkeitswirksam in der Wikingerhütte drapiert, hast du erzählt«, erinnerte er sie. »Der Leichnam ist vorhanden und an einem außergewöhnlichen Ort aufgefunden worden, während seine Frau bis zum heutigen Tage spurlos verschwunden ist.«

»Wie war das damals, ich meine, was hat der Richter gesagt?«

Ungern erinnerte sich Sattler an die damaligen Gerichtsverhandlungen. »Wir haben Nowak damals aus Mangel an Beweisen laufen lassen müssen.«

»Wie so oft.«

»Ja.« Sattler stutzte.

»Kannst du mir ein Bild von Nowak aus der alten Akte schicken? Ich denke, wir werden nach ihm fahnden müssen.«

»Geht in Ordnung, ich mail dir das gleich zu.« Er sog die Luft hörbar ein. »Warum willst du das alles wissen, Birthe? Du bist doch bei der Spurensicherung.«

»Momentan bin ich in Becks Team beim K1.«

»Personalmangel?«

»Sozusagen.« Sie lachte kurz. »Rufst du mich an, wenn du was rausgefunden hast?«

»Aber selbstverständlich.«

»Danke, du bist ein Schatz!« Sie klang erleichtert.

Uwe Sattler spürte, wie sein Herz schneller schlug. »Ich würde mich freuen, wenn wir das bei einem Kaffee besprechen könnten.« Doch Birthe hatte bereits aufgelegt. Sekundenlang hielt er den Hörer in der Hand und lauschte dem Tuten, bevor er auflegte.

*

Habernis, Strand Lounge, 14.40 Uhr:

»Und?«, fragte Kristin, als sie sich wieder zu Birthe an den Tisch setzte. Als die Kollegin sie ansah, glühten ihre Wangen, ein Lächeln lag auf ihrem Gesicht.

»Uwe hilft uns.«

»Wie schön.« Kristin trank einen Schluck Tee, der inzwischen kalt geworden war. »Ich habe auch Neuigkeiten.«

»Von Koch, nehme ich an?« Birthe nickte. »Er rief mich an, bevor ich mit Uwe telefonieren konnte, deshalb habe ich mir erlaubt, ihm deine Nummer zu geben – ich hoffe, das war in Ordnung?«

»Aber sicher.«

»Was gibt es Neues?«

Kristin schilderte der Kollegin, was sie vom Betreiber des *Walhalla* erfahren hatte, Birthe unterbrach sie kein einziges Mal.

Erst als Kristin geendet hatte, räusperte sich die nordische Schönheit. »Ich denke, wir müssen Jens ins Boot holen.«

»Wegen einer Fahndung?«

»Ja.« Birthe nickte. »Jetzt haben wir genug an Verdachtsmomenten zusammen. Jens soll Nowak zur Fahndung ausschreiben. Was mich stört, ist der Umstand, dass er, wenn wir davon ausgehen, dass er mit Maike Adamos Tod etwas zu tun hat, völlig anders vorgegangen ist als bei seiner damaligen Frau.«

»Es könnte an den anderen Umständen liegen«, überlegte Kristin. »Seine Frau wollte er womöglich verschwinden lassen, um an das Erbe zu kommen, während er bei Maike Adamo ein Zeichen setzen wollte.«

»Eine kühne Theorie«, gab Birthe zu bedenken, »aber möglich wäre es.«

»Wann können wir damit rechnen, dass dein LKA-Freund uns etwas liefert?«

»Er ist nicht mein Freund«, stellte Birthe mit gespielter Entrüstung klar und grinste. »Aber ich denke, dass wir ihm ein paar Tage Zeit lassen müssen.«

»Das habe ich mir gedacht«, erwiderte Kristin. »Aber ich habe die Befürchtung, dass uns diese Zeit fehlen wird.« Als die Kellnerin abräumte, bat Kristin um die Rechnung. Sie war satt und voller Tatendrang, jetzt konnte es weitergehen.

*

Flensburg, Polizeidirektion, 16.05 Uhr:

Als Kristin und Birthe Seite an Seite den Besprechungsraum betraten, war Beck gerade in ein Gespräch mit Staatsanwalt Sievers verwickelt. Als Sievers aufblickte, sprang Beck von seinem Stuhl auf und bat Kristin zu warten. Sie ahnte, was geschehen würde, und spürte, wie ihr das Blut in den Kopf schoss.

»Sven«, sagte Beck an den Staatsanwalt gewandt, während er Kristin ansah, »darf ich dir meine neue Mitarbeiterin vorstellen? Das ist Kriminalhauptkommissarin Kristin Voss.«

Sievers, der bereits stand, betrachtete Kristin mit einem amüsierten Lächeln. »Ich weiß, Jens«, sagte er, ohne den Blick von Kristin abzuwenden. Ihr war, als könne er bis in die Tiefen ihrer Seele schauen. »Wir hatten bereits das … Vergnügen.« Verschwörerisch zwinkerte der Staatsanwalt ihr zu. »Du konntest eine gute Ermittlerin gewinnen, Jens, Glückwunsch!«

»Mal sehen, was wir zusammengetragen haben«, erwiderte Beck und gab den Anwesenden ein Zeichen. Es kehrte Ruhe am langen Tisch ein, und Beck fasste zusammen, was sich seit der Morgenrunde ereignet hatte. Nachdem er die Kollegen der Kieler Kriminaltechnik begrüßt hatte, richtete er das Wort an Benno Thierse.

»Die Auswertung der im Wikingermuseum aufgefundenen Spuren dauert an«, eröffnete Thierse die Runde. »Unzählige Fußprints, die größtenteils von den Besuchern stammen, müssen durch die Datenbanken gejagt werden, dasselbe gilt für Fingerabdrücke, die wir rund um den Fundort der Toten gesichert haben.« Thierse nickte den Kollegen der KTU dankbar zu. »Ohne eure Hilfe wäre ich wohl bis zum Ende des Jahres beschäftigt.«

»Hast du Reifenspuren sichern können?«, wollte Kristin wissen.

»Mehrere sogar.« Thierse nickte. »Wir haben uns auf die Prints konzentriert, die vor der Schranke des Museumseingangs enden.«

»Bingo«, rief Paulsen dazwischen und fing sich prompt einen vernichtenden Blick von Sievert ein. »Und jetzt sag noch, dass eines der Profile von einem alten Berlingo stammt.«

»Negativ«, antwortete Thierse mit einem Kopfschütteln. »Auffallend waren Reifenspuren von einem größeren Fahrzeug, einem Lieferwagen oder einem SUV möglicherweise.«

»So eine Karre ist natürlich unauffälliger und besser zum Leichentransport geeignet als ein Berlingo«, grinste Paulsen. Birthe rollte mit den Augen.

»Derzeit läuft auch hier ein Abgleich mit den Datenbanken«, fuhr Thierse unbeirrt fort.

»Was ist mit Hein Adamo?«, wollte Beck von Paulsen und Feistel wissen.

»Ich habe ihn vor unserem Meeting noch zur erkennungsdienstlichen Behandlung gebracht«, antwortete Gunnar Feistel. »So haben wir noch ein wenig Zeit gewonnen, sollten unsere Erkenntnisse nicht für eine Untersuchungshaft ausreichen.« Beim letzten Satz bedachte er den Staatsanwalt mit einem Blick.

»War Herr Adamo kooperativ?« Sievert schrieb mit.

»Er hat sich nicht geweigert, ich habe zudem noch eine Speichelprobe angeordnet.«

»Die Ortung seines Handys sagt übrigens aus, dass Adamo sich zur Tatzeit im Haus der Eheleute in Schuby befunden hat«, warf Birthe ein.

»Was hat das schon zu bedeuten?«, fragte Paulsen mit angriffslustigem Unterton. »Er kann sein Smartphone doch bewusst zu Hause gelassen haben, bevor er seine Frau entführt, getötet und in Haithabu zur Schau gestellt hat, um uns auf die falsche Fährte zu locken.«

»Das ist nicht auszuschließen«, gab Beck ihm recht. Er wandte sich an Birthe. »Hast du auch die Handydaten von Maike Adamo auswerten können?«

»Die Liste des Anbieters liegt vor.« Birthe nickte. »Auffällig ist der Ort, an dem das Smartphone zuletzt eingeloggt war.« Alle Blicke am Tisch lagen auf ihr. »Zuletzt wurde ihr Smartphone in einer Zelle der Ortschaft Viöl geortet.«

»Das liegt westlich«, murmelte Sievert und tauschte einen Blick mit Jens Beck. Eine Falte lag auf seiner Stirn. »Entweder hat das zu bedeuten, dass der Täter uns in die Irre führen will, oder dass er aus dem Westen des Landes kommt.«

»Oder den Verdacht von sich ablenken will«, brummte Paulsen. »Adamo hat seine tote Frau im Auto, er fährt erst einmal nach Westen, um den Verdacht von sich abzulenken, nimmt ihr das Smartphone ab und schaltet es aus.«

»Es wäre zumindest eine Überlegung wert«, gab Beck ihm recht. Er wandte sich an die Kollegen der Kieler KTU. »Was könnt ihr uns zu Adamos Fahrzeug sagen?«

Einer der vier Kollegen, die Kristin nicht kannte, räusperte sich. »Tatsächlich haben wir Haare und Mikrospuren von Blut im Kofferraum des Berlingo feststellen können, die zweifelsohne der Toten zugeordnet werden können.«

»Bingo«, rief Paulsen wieder dazwischen. Die missbilligenden Blicke seiner Kollegen ignorierte er. Max Paulsen betrachtete Thierse mit einer erhobenen Augenbraue. »Also muss eines der Reifenprofile am Schlagbaum von Haithabu doch zu einem Berlingo gehören.«

»Nicht so voreilig«, warnte der Kriminaltechniker ihn mit erhobener Hand. »Dass man in einem gemeinsam genutzten Fahrzeug eines Ehepaares Haare findet, ist nichts Außergewöhnliches und deutet auch nicht auf ein Verbrechen hin – oder auf den Transport eines Mordopfers.

»Und die Blutspuren?«, fragte Paulsen, der sich nicht

geschlagen geben wollte. »Ihr habt doch gesagt, dass es im Kofferraum Blutspuren gibt.«

»Sie sind älter und wurden mit Teppich- und Polsterschaum oberflächlich entfernt.«

»Na bitte!« Paulsen ließ die flache Hand auf die Tischplatte sausen. Die Anwesenden zuckten zusammen. »Ich wusste es gleich, dass Adamo Dreck am Stecken hat!«

»Auch das lässt sich so nicht sagen«, warnte der Kollege aus Kiel, der sich zwischenzeitlich mit seinen Begleitern austauschte. Er stierte auf das Display seines Tablets, bevor er fortfuhr: »Wie gesagt – die Blutspuren sind bereits älter, ebenso die Reste des Teppichreinigers. Die Anordnung der Spuren lässt vermuten, dass sich Frau Adamo verletzt hat. Sie führen zu dem Fach im Kofferraum, in dem sich der Erste-Hilfe-Kasten befindet. Auch dort haben wir übrigens Blutspuren gesichert, die wir der Toten zuordnen können. Offenbar hat sie sich verletzt und mit einem Pflaster aus dem Erste-Hilfe-Kasten selbst versorgt.«

»Ihr habt eine blühende Fantasie, Kollegen«, stellte Paulsen mit einem süffisanten Grinsen fest. Er wandte sich an den Abteilungsleiter. »Jens, sag du doch auch mal was.«

Beck stöhnte. »Ich denke, wir können uns auf die Expertise der Kollegen aus Kiel verlassen.«

»Im Erste-Hilfe-Kasten fehlt ein Pflaster«, fügte der Kriminaltechniker hinzu.

»Na wenn schon …« Paulsen schüttelte den Kopf, lehnte sich zurück und verschränkte demonstrativ die Arme vor der Brust.

Kristin schüttelte den Kopf. Sie sah den Moment gekommen, sich in die Runde einzubringen. »Unser Verdacht richtet sich indessen um den zurückgewiesenen Liebhaber des Opfers«, eröffnete sie den Anwesenden. Sie berichtete, was Birthe und sie über Leo Nowak herausgefunden hatten. »Und die Tatsache, dass er seit dem Mord an Maike Adamo spurlos verschwunden ist, spricht nicht gerade für seine Unschuld.«

»Ich habe die Rufnummer und könnte eine Ortung seines Telefons veranlassen«, fügte Birthe hinzu.

Sievert und Beck nickten sich zu. »Einverstanden«, sagte der Staatsanwalt. »Können Sie sich noch um einen Social-Media-Check kümmern?«

»Natürlich.« Birthe blätterte in ihren Unterlagen. »Leider steht der Obduktionsbericht des Opfers noch aus. Allerdings habe ich eben noch mit der Rechtsmedizin telefoniert und konnte in Erfahrung bringen, dass Maike Adamo, wie vermutet, durch Einwirkung eines stumpfen Gegenstandes an der rechten Schläfe getötet wurde.«

»Den im Museum gefundenen Stein habe ich zum DNA-Abgleich nach Kiel bringen lassen«, ergänzte Thierse.

»Mich interessiert die Vergangenheit von Leo Nowak«, bemerkte Sievert und tickerte mit seinem silbernen Kugelschreiber. Er wandte sich an Kristin. »Wie Sie uns eben mitteilten, ist Nowaks Ehefrau unter rätselhaften Umständen verschwunden, von ihrer Leiche fehlt jede Spur, ein Fremdverschulden oder gar die Schuld ihres Mannes konnte also nie nachgewiesen werden?«

»Das ist korrekt«, nickte Kristin. Als sie ihre Partnerin mit einem Seitenblick betrachtete, sah sie, dass Birthe errötet war. Wahrscheinlich ahnte sie, was als Nächstes kommen würde.

Sievert wandte sich an Jens Beck. »Ich würde das gern durch die Cold Case Unit des LKA überprüfen lassen.«

»Wir waren bereits so frei und haben mit den Kollegen telefoniert«, eröffnete Kristin ihm. Prompt erntete sie einen überraschten Blick vom Staatsanwalt. »Man beschäftigt sich schon mit den alten Akten.« Am Besprechungstisch kehrte Stille ein.

»Das ist gut«, sagte Beck in das Schweigen hinein. Er schenkte Kristin und Birthe ein feines Lächeln. »Dann besteht sicher die Möglichkeit, an alte Fotos zu kommen, denn Nowak müsste ja damals bereits erkennungsdienstlich behandelt worden sein.« Er seufzte zufrieden. »Dann haben wir ein Bild für die Fahndung.«

»Davon ist auszugehen«, nickte Birthe mit glühenden Wangen. Sie schien zu hoffen, nicht auf Uwe Sattler angesprochen zu werden. Kristin ahnte, dass die beiden ein Geheimnis teilten.

Sven Sievert warf den filigranen Kugelschreiber auf den Tisch. »Na dann«, rief er an Beck gewandt. »Worauf warten wir? Leite eine Ringfahndung ein, und sobald wir ihn haben, können wir ihn mit unseren Fragen konfrontieren.«

*

Langsam breitete sich die Dunkelheit über dem Land zwischen den Meeren aus. Die Schatten, die über den Boden krochen, wurden länger. Seine Zeit brach endlich an. Immer wieder hatte er in der letzten Stunde zur Uhr geschaut. Er konnte es kaum erwarten, die Mission fortzusetzen. Inzwischen machte seine anfängliche Aufregung einer fiebrigen Vorfreude Platz. Er zog sein Handy aus der Jeanstasche und entsperrte es. Mit wenigen Wischbewegungen rief er sich ihre Fotos auf. Frech, fast schon provokant lächelte sie in die Kamera. Für seinen Geschmack war sie ein wenig zu selbstsicher, doch das würde er ändern. Nein, er würde es beenden.

Du gehörst mir, sprach er in Gedanken, während er sich durch ihre Galerie scrollte. Und wenn ich dich schon nicht haben kann, dann soll dich auch kein anderer besitzen.

Nachdem er einen letzten Blick auf die Uhr geworfen hatte, versetzte er das Smartphone in den Ruhezustand und schob es zurück in die Hosentasche. Lauschend legte er den Kopf schräg. Das leere Haus gab eigenartige Geräusche von sich, es knackte hier und da, während der Wind pfeifend um die Mauern wehte. Er hoffte, dass es nicht regnen würde, denn sonst war seine Mission in Gefahr. Obwohl er gut in der Zeit war, hielt er es hier nicht länger aus. Von seiner inneren Unruhe getrieben, erhob er sich. Er verließ den fensterlosen Raum, ging auf Socken die schmale Treppe hinauf und nahm die Jacke vom Haken. Nachdem er in die Schuhe geschlüpft war, hielt er noch einmal lauschend den Kopf schräg, um ins Haus zu horchen. Stille. Gut so.

Als er glaubte, den Geruch von Benzin zu riechen, schnüffelte er an seinem Jackenärmel. Es wäre fatal, wenn der Geruch ihn verraten würde. Doch sein Verdacht bestätigte sich nicht. Er griff mit zitternden Fingern nach dem Schlüssel und verließ das Haus. Auf der Straße begegnete er keinem Menschen. Niemand schien ihn zu beobachten. Gut so.

Bevor er ins Auto einstieg, warf er einen letzten prüfenden Blick über die Schulter. Er war alleine. Zufrieden sank er auf den Fahrersitz und schnallte sich an. In Gedanken ging er seine geplante Choreografie des Grauens noch einmal durch. Alles würde funktionieren.

Er startete den Motor und lenkte den schweren Wagen langsam durch die verlassenen Straßen.

Erst als er das Ortsausgangsschild erreicht hatte und Gas geben konnte, fühlte es sich an, als würde der schwere Bleigürtel, der sich um seine Brust spannte, an Gewicht verlieren. Mit jedem Kilometer, den er zurücklegte, fühlte er sich ein wenig besser. Auf der Landstraße nach Süden ließ er das Seitenfenster heruntergleiten und zog die frische Abendluft tief in seine Lungen ein. Langsam spürte er, wie das Gefühl von Freiheit zurückkehrte und er befreit durchatmen konnte.

KAPITEL 17

Westerholz, 20.30 Uhr

»Wohin?« Unbemerkt war er hinter ihr in den Flur getreten. Mit verschränkten Armen lehnte er im Türrahmen und betrachtete sie mit prüfendem Blick.

»Zu Maike, Mädelsabend«, antwortete sie mit zitternder Stimme. Sein plötzliches Auftauchen hatte sie erschreckt. Obwohl sie sich ertappt fühlte, rang sie sich ein Lächeln ab. »Schon vergessen?«

»Kann sein.«

»Hab ich dir aber erzählt.« Vergeblich versuchte sie, ihre Unsicherheit mit einem vorwurfsvollen Unterton zu überspielen.

»Soso.« Er nickte. »Mädelsabend mitten in der Woche.«

Am Klang seiner Stimme und an seinem Blick bemerkte sie, dass er ihr kein Wort glaubte. Sie hätte sich selber nicht geglaubt, denn für ein Treffen mit ihrer besten Freundin hatte sie sich ziemlich aufgedonnert. Sie trug den schwarz-weiß karierten Rock, der zwei Handbreit über den Knien endete, mit der Knopfleiste vorne, dazu dunkle halterlose Nylons und ihre schwarzen, fast kniehohen Stiefel. Auch das würde sich im Laufe des Abends ändern, doch noch war es nicht so weit. Die verräterische Parfümwolke, die sie umgab und die nun schwer in der kleinen Diele hing, deutete eher auf ein Date hin als auf einen Mädelsabend beim Italiener. Doch ihr war es egal, ob Ole ihr glaubte.

»Na denn.« Nickend stieß er sich vom Türrahmen ab und bedachte sie mit einem letzten prüfenden Blick. »Ziemlich scharf siehst du aus für einen Weiberabend.«

Er glaubt mir nicht, dröhnte es in ihrem Schädel, als sie den Autoschlüssel vom Brett neben der Tür nahm. Egal. Ihm scheint es egal zu sein. Ich bin ihm gleichgültig. Und genau das ist das verdammte Problem.

Jetzt grinste er sie süffisant an. »Viel Spaß und sei leise, wenn du später kommst.« Ohne ein Wort des Abschieds wandte er sich um und verschwand in der Stube, wo der Fernseher lief. Durch den Türspalt drang das kaltblaue, zuckende Licht in den Flur hinaus. Sekundenlang stand sie unschlüssig im Flur und blickte auf die Tür. Erst als sie hörte, wie er lautstark den Bügelverschluss einer weiteren Bierflasche aufschnappen ließ, seufzte sie. Deshalb, dachte sie, deshalb bin ich dir egal. In einem Anflug von Enttäuschung sah sie zu, dass sie aus der Wohnung kam. Er ist selber schuld.

Draußen auf der dunklen Straße atmete sie ein paar Mal tief durch. Hinter den Fenstern der benachbarten Häuser brannte Licht. Man hatte es sich zu Hause gemütlich gemacht, obwohl es ein recht milder Abend war. Tagsüber hatte sich die Sonne den Weg durch die Wolken gebahnt, und auch jetzt war der Himmel klar. Als sie die Luft durch die Nase einzog, bemerkte sie den Kamingeruch. Obwohl der Frühling unaufhaltsam nahte, heizten die Leute in den noch kühlen Nächten ihre Häuser. Langsam machte die Enttäuschung der Vorfreude auf das, was vor ihr lag, Platz. Sie nahm sich vor, den Rest des Abends in vollen Zügen zu genießen.

Die Absätze ihrer Stiefel klackerten auf dem Pflaster, als sie sich ihrem Auto näherte. Mit einem Schnappen sprang die Zentralverriegelung auf, sie blickte sich ein letztes Mal um, bevor sie einstieg. Erst, als sie im Auto saß und den Schlüssel mit zitternden Fingern ins Zündschloss fummelte, fiel die Anspannung von ihr ab.

Sie genoss die Fahrt in die hereinbrechende Nacht und war froh, dass auf der Landstraße so gut wie kein Verkehr mehr herrschte. Tagsüber wurde man in diesem Landstrich oft von schwer zu überholenden Traktoren oder schweren Lastwagen ausgebremst, doch jetzt hatte sie freie Fahrt. Als sie Kappeln erreichte, stoppte sie den Wagen am Straßenrand. Um ein Haar hätte sie vergessen, ihr Handy auszuschalten. Er sollte sie weder anrufen noch Textnachrichten an sie senden können. In letzter Zeit war er misstrauisch geworden, weil sie öfters in den Abendstunden das Haus ohne ihn verließ.

Sicherlich schnüffelte er auch in ihrem Handy herum. Sie erinnerte sich daran, dass ihr Smartphone neulich anders auf dem Tisch in der Stube gelegen hatte, als sie es hingelegt hatte. Er stalkte sie, doch da musste er früher aufstehen, denn sie war nicht so dumm, wie er dachte.

Meistens nutzte sie Treffen mit ihrer Schwester, die er nicht leiden konnte, oder Freundinnen als Vorwand. Er musste nicht wissen, wo sie ihre Nächte verbrachte. Auch nicht, mit wem. Es ging ihren Mann nichts an, wo sie sich das holte, was er ihr seit geraumer Zeit versagte. Vermutlich hatte er selber eine Geliebte. Ihr war es gleichgültig.

Er musste nicht alles wissen. Schon lange nicht mehr. Das, was sie anfangs verbunden hatte, existierte nicht mehr. Heute bereute sie, seinem Heiratsantrag damals voreilig zugestimmt zu haben. Schon nach wenigen Wochen hatte Ole sie gefragt, ob sie seine Frau werden wollte. Doch ihre intensive Liebe war schon kurz nach der Hochzeit verblichen. Heute lebten sie in einer Art Zweckgemeinschaft nebeneinander her.

Sie drückte die rote Taste im Display und sah zu, wie das System herunterfuhr. Dann war das Smartphone ausgeschaltet und sie fühlte sich frei. Sie hatte den Verdacht, dass er an ihrem Handy irgendetwas manipuliert hatte, mit dem er sie ausspionieren konnte. Eine unsichtbare App, einen Tracker oder sonst irgendetwas, von dem sie keine Ahnung hatte. Jetzt, wo das Handy vom Netz war, deponierte sie es im

Handschuhfach. Das Gefühl der Freiheit breitete sich in ihr aus. Zufrieden startete sie den Motor, um die Fahrt fortzusetzen. Dabei versuchte sie, die düsteren Gedanken so gut es ging zu verdrängen. Stattdessen freute sie sich auf das Treffen mit dem geheimnisvollen Mann, der ihr eine unvergessliche Nacht versprochen hatte. Gleich würde es so weit sein. Sie würden sich zum ersten Mal leibhaftig begegnen.

*

Flensburg, 21.50 Uhr:

Kristin war nassgeschwitzt, nachdem sie fünf schwere Umzugskartons aus dem Lieferwagen hoch in ihre Wohnung geschleppt hatte. Es war an der Zeit, den Leihwagen zurückzugeben, denn jeden Tag, an dem er ungenutzt vor der Tür parkte, kostete er Geld. Doch ihr erster Arbeitstag war lang und anstrengend gewesen. Nun hockte sie in der Stube zwischen den Kartons und stöberte in ihren Sachen. Als sie den Bluetooth-Lautsprecher fand, schaltete sie ihn ein und verband ihn mit ihrem Smartphone. Sie suchte einen Radiosender und blieb auf der Seite von *RSH* hängen. Die Musik, die dort gespielt wurde, gefiel ihr. Während sie den Inhalt der beschrifteten Kartons sichtete, dachte sie an den Fall. Spät am Abend hatten Feistel und Paulsen Hein Adamo auf freien Fuß lassen müssen. Das, was sie gegen ihn in der Hand hatten, rechtfertigte keine Untersuchungshaft. Die Suche konzentrierte sich jetzt auf Leo Nowak, der ein Motiv für den Mord an Maike Adamo hatte und entsprechende Gedanken beim Inhaber des *Walhalla* geäußert hatte. Noch am Abend waren Kollegen nach Busdorf gefahren, um die Aussage von Koch als wichtigem Zeugen aufzunehmen.

Jetzt konzentrierte sich die Suche auf Leo Nowak. Doch aktuell standen sie mit leeren Händen da. Beck hatte Kristin mit den Worten »Hier können wir gerade nichts tun« nach Hause geschickt. Als sie widersprechen wollte, hatte er den Kopf geschüttelt. »Du musst hundemüde sein. Außerdem wartet deine neue Wohnung darauf, eingerichtet zu werden.«

Recht hatte er, und insgeheim war Kristin ihm auch dankbar dafür, dass er sie in den wohlverdienten Feierabend geschickt hatte. Nun stand sie in ihrer Wohnung, die einer Baustelle glich, und wusste nicht, wo sie anfangen sollte. Kristin begab sich ins Schlafzimmer unter der Schräge. Die Arbeiter des Möbelspediteurs hatten die Einzelteile ihres Bettes ordentlich in eine Ecke gelegt, daneben ein Kästchen mit den dazugehörigen Schrauben. Irgendwo musste sie ja anfangen, dachte sich Kristin und machte sich auf die Suche nach dem Akkuschrauber, denn eine weitere Nacht auf dem Fußboden würde sie nicht verkraften.

*

Eckernförde, 22.10 Uhr:

Im letzten Dämmerlicht des schwindenden Tages hatte er alles für ihre Ankunft vorbereitet. Bis es so weit war, hatte er es sich in einem der hölzernen Liegestühle am Strand gemütlich gemacht. Hier wartete er, bis auch die letzten Strandspaziergänger verschwunden waren. An der griechischen Taverne nebenan herrschte noch Betrieb. Die letzten Gäste saßen bei Kerzenschein beisammen und genossen das Essen bei einem Glas Wein mit Blick auf die malerische Eckernförder Bucht.

Seine innere Unruhe wuchs, und mit steigender Nervosität sah er in immer kürzer werdenden Abständen auf seine Armbanduhr. Noch 20 Minuten … Die Zeit kroch förmlich.

Trotz der Dunkelheit, die sich über die Bucht senkte, trug er eine verspiegelte Sonnenbrille, dazu eine schwarze Pudelmütze unter der Kapuze seines schwarzen Hoodies. Den Kragen seiner Windbreakerjacke hatte er hochgestellt, damit ihn niemand erkennen konnte. Wie ein düsterer Schatten war er hier aufgetaucht, unbemerkt von den Urlaubern, die bei seiner Ankunft einen Abendspaziergang unternommen hatten. Niemand hatte Notiz von ihm genommen, später würde niemand in der Lage sein, ihn zu beschreiben – falls man sich überhaupt an ihn erinnern konnte.

Eben verließen die letzten Gäste des Restaurants die Strandpromenade in Richtung Hafen, Innenstadt oder Parkplatz. Ruhe kehrte ein, in der Taverne war das Personal damit beschäftigt, den Laden für den nächsten Tag vorzubereiten, bevor sie das Licht löschten und den Heimweg antraten. Gleich würde er alleine sein. Voller Ungeduld seufzte er. Die Zeit schien nicht zu vergehen. Mit verschränkten Armen lehnte er sich zurück und blickte hinauf in den sternenklaren Himmel. In der Dunkelheit und beim gleichmäßigen Wellenrauschen wurde er schläfrig, doch er durfte sich keine Schwäche leisten.

Sehnsüchtig erwartete er ihre Ankunft. Wieder ein Blick auf die Armbanduhr. Noch zehn Minuten. Er fragte sich, ob sie pünktlich sein würde. Den Gedanken, ob sie überhaupt kam oder ob sie ihr Mut in letzter Sekunde verließ, verdrängte er erfolgreich. Dabei hatte sie ihm immer wieder klargemacht, dass sie viel riskierte, dass viel für sie auf dem Spiel stand.

Als drüben an der Taverne endlich die Lichter erloschen, richtete er sich auf, um den Blick über den Strand schweifen zu lassen. Keine Menschenseele hielt sich jetzt noch hier draußen auf. Auch die Promenade war menschenleer. Zufrieden stellte er fest, dass er die perfekte Kulisse für ihr Treffen geschaffen hatte. Niemand würde sie beobachten. Wie ein Phantom war er kurz nach Einbruch der Dunkelheit aufgetaucht, um alles vorzubereiten. Er war ein Perfektionist, alles war für ihre Ankunft vorbereitet. Sobald sie kam, würde er sein tödliches Werk verrichten, um unmittelbar danach wie der Schatten des Leibhaftigen im Schutz der Nacht unterzutauchen. Der Gedanke daran, dass er über Leben und Tod entschied, gefiel ihm.

*

Flensburg, 22.35 Uhr:

Das Bett stand fertig montiert an seinem Platz, die Lattenroste hatte sie eingesetzt, die Matratzen eingelegt und die Bettwäsche darauf drapiert. Sogar die keinen Lämpchen auf den Nachkonsolen brannten und verbreiteten einen heimeligen Lichtschein unter der Schräge. Zufrieden betrachtete Kristin ihr Werk. Mit einer Flasche Bier in der Hand lehnte sie lässig im Türrahmen und musste sich eingestehen, dass sie sich bisher nicht ihres handwerklichen Geschicks bewusst gewesen war. Heute würde sie nicht auf dem Boden schlafen müssen. Zwei flauschige Läufer rechts und links des Bettes sorgten für Gemütlichkeit und lenkten ein wenig ab von den Brettern an der Wand, aus denen ihr Kleiderschrank bestand. Die Kartons hatte Kristin zu einem Turm hinter der Tür gestapelt. Kurz überlegte sie, ob sie sich auch an den Schrank traute, verwarf den Gedanken daran aber schnell wieder. Es war schon spät, und der Akkuschrauber hing nach getaner Arbeit am Ladegerät in der Küche. Morgen musste sie fit und ausgeschlafen zum Dienst erscheinen, also machte sich Kristin langsam bettfertig.

*

Ein Signalton des Computers erweckte seine Neugier. So unterbrach er das Programm, in dem er gerade gearbeitet hatte, und rief ein Menü auf. »No Signal«, stand dort, als er das kleine Dialogfenster des Spionageprogramms öffnete.

Wie konnte das möglich sein? Er spürte, wie sich sein Herzschlag beschleunigte. Mit zitternden Fingern klickte er sich durch die Einstellungen der App, die er ohne ihr Wissen auf dem Handy installiert hatte. Eine Landkarte öffnete sich. Es gab einen roten blinkenden Punkt. Er zoomte sich in die Ansicht der Karte und stellte fest, dass sie sich unweit der Schleimündung in Kappeln befunden hatte, als das Signal abriss. Fluchend beendete er das Programm, um es neu zu starten. Ungeduldig trommelte er mit den Fingern auf dem Schreibtisch herum, dann konnte er sich erneut anmelden. Doch noch immer meldete die App keinen Kontakt zu ihrem Telefon.

»Was zum Geier …«, zischte er und war versucht, sie anzurufen. Es war ihm klar, dass sie zu einem Date unterwegs war. Einmal mehr wollte sie ihn mit einem anderen Kerl betrügen. Doch die Tatsache, dass der Kontakt plötzlich abgebrochen war, bereitete ihm Sorge. War ihr etwas zugestoßen?

Er griff zu seinem Telefon und wählte ihre Nummer. Schon nach dem ersten Freizeichen sprang ihre Mailbox an. Mehrmals versuchte er es, immer ohne Erfolg. Wütend warf er das Handy neben die Tastatur und überlegte, was zu tun war. Seine Hand griff zur Computermaus, um ein neues Fenster zu öffnen. Das Feld, in dem sonst ihre Textnachrichten erschienen, war leer.

»Was zur Hölle …« Seine Faust fuhr auf die Tischplatte, Tastatur und Maus vollführten einen wilden Hüpfer. Auch die Anrufliste war leer. Wie war das möglich?

Die Gedanken rasten durch seinen Kopf. Einen Augenblick lang war er versucht, sich ins Auto zu setzen, um sie zu suchen. Doch die Idee verwarf er so schnell wieder, wie sie ihm in den Kopf gekommen war. Nein, er würde sie nicht verfolgen. Wahrscheinlich war die App auf ihrem Handy abgeschmiert, und er konnte sie vom Computer aus nicht neu starten. Also blieb ihm nichts, als abzuwarten.

Was treibt sie in Kappeln?, hämmerte es in seinem Kopf. Niemand aus ihrem Freundeskreis lebte in Kappeln. Also traf sie sich dort mit einem anderen Typen. So sehr ihn die Vorstellung an das, was sie wahrscheinlich gerade tat, schmerzte, fügte er sich seinem Schicksal, machtlos zu sein. Sie würde schon sehen, was sie davon hatte. Bald kam der Tag der Abrechnung.

*

Eckernförde, 22.50 Uhr:

Fast genau eine Stunde später, nachdem sie das Haus verlassen hatte, stellte sie den Wagen auf dem Parkplatz neben dem Meerwasser-Wellenbad Eckernförde im Schatten einer ausladenden Kastanie ab. An diesem Platz war ihr Auto von der Straße aus nicht zu sehen. Ein letztes Mal überprüfte sie ihr Make-up im Spiegel. Heute hatte sie ein wenig mehr aufgetragen als üblich. Dem Anlass entsprechend, dachte sie mit einem Grinsen auf den vollen Lippen. *Ich möchte ihm gefallen*. Die eigentliche Überraschung verbarg sich aber unter dem Mantel, denn sie hatte auf dem Weg hierher kurz in einem Waldweg angehalten, um sich Rock und Bluse zu entledigen. Nun trug sie lediglich ihre teuersten Dessous unter dem Mantel. Herrlich verrucht, *dachte sie*. Ihre Wangen glühten vor Aufregung, sie mahnte sich zur Ruhe, als sie die Fahrertür aufstieß und ausstieg. Der Wind von der nahen See frischte gerade auf und fuhr unter den Mantel, dessen Gürtel sie enger zusammenzog. Er ahnte ja nicht, dass sie nur einen Slip und einen mit Spitze besetzten BH darunter trug. Sie lächelte, als sie an die Überraschung dachte, mit der sie ihn begrüßen würde. So etwas hatte sie noch nie gemacht. Irgendwann ist immer das erste Mal, dachte sie. Und wenn Ole sich nicht mehr für mich interessiert, ist er selber schuld an dem, was ich hier mache. Wahrscheinlich hockte er wieder mit einem Bier vor dem Fernseher, wenn er nicht schon längst auf dem Sofa eingeschlafen war. Sie verdrängte die Gedanken an ihren Mann und freute sich auf die vor ihr liegende Nacht. Es fühlt sich herrlich sündhaft an, dachte sie in einem Zustand fiebriger Erregung, bevor sie ihre Schritte durch den kleinen Park lenkte. Die Gedenkstätten, die ihren Weg säumten, interessierten sie nicht.

Sanft strich der Wind vom nahen Meer durch die alten Bäume. Nach wenigen Metern hatte sie die gepflasterte Strandpromenade erreicht. Ein alter Mann, der seinen Hund zu später Stunde ausführte, betrachtete sie neugierig. Wenn er wüsste, dass ich unter dem Mantel fast nackt bin, dachte sie mit einem Grinsen, dann zog der Mann weiter und schien sie im nächsten Moment schon vergessen zu haben. Die Lichter im griechischen Restaurant zu ihrer Linken waren längst erloschen, auch auf der Promenade war sie jetzt alleine. Rechts lag das Schwimmbad. Sie schlug den Weg zum Strand ein. An der hüfthohen Hecke verharrte sie kurz, blickte auf die See und atmete tief durch. Der Wind fuhr unter den Mantel an ihren Schenkeln hoch und steigerte ihr Verlangen nach dem fremden Mann. Als sie den Blick auf die kleine Seebrücke richtete, erblickte sie eine hochgewachsene Gestalt am Ende des hölzernen Steges, die breitbeinig dort stand und auf das dunkle Meer hinausblickte.

Er muss es sein, dachte sie und spürte, wie sich ihr Herzschlag beim Anblick seiner breiten Schultern beschleunigte. Er hatte sie noch nicht bemerkt und bot ihr so die Gelegenheit, ihn zu betrachten. Der Wind blähte seine Jacke auf und ließ seinen Oberkörper breiter wirken, als er vermutlich in Wirklichkeit war. Mit jedem Schritt, mit dem sie sich ihm näherte, verstärkte sich das angenehme Ziehen in ihrem Unterleib. Inzwischen hatte sie die Seebrücke erreicht. Jetzt erzeugten die Absätze ihrer Stiefel bei jedem Schritt ein Klackern. Endlich bemerkte er, dass er nicht mehr alleine war. Langsam wandte er sich zu ihr um. Ein Lächeln lag auf seinem Gesicht. Er zog die Hände aus den Hosentaschen und breitete einladend die Arme aus.

Sie beschleunigte ihre Schritte. Jetzt gibt es kein Zurück mehr, durchzuckte es sie, während das unmoralische Treffen seinen Lauf nahm. Es ist ein Spiel mit dem Feuer, dachte sie, während eine Hand an den Gürtel ihres Mantels glitt. Gleich würde sie den Mantel öffnen und sich ihm präsentieren. Er betrachtete sie, als sie vor ihm stand. »Hallo«, sagte er nur, und das Wort genügte schon, um ihr einen angenehmen Schauer über den Rücken zu jagen. Seine Stimme klang ein wenig rau und sehr markant. Sie spürte, wie sich die Härchen auf ihren Armen aufrichteten.

»Hallo.« Mit einem koketten Augenaufschlag erwiderte sie seinen Gruß. Im Mondlicht vermochte sie seine Augenfarbe nicht zu bestimmen. »Wir sind verabredet?«

Nun lachte er leise. »Die Nelke im Knopfloch habe ich zwar vergessen, aber wenn du Mo…«

»Psst«, machte sie und legte einen Finger auf ihre Lippen. »Namen sind Schall und Rauch.«

»Du hast recht«, stimmte er ihr mit schuldbewusstem Blick zu.

Jetzt, schrie alles in ihr. *Zeig es ihm*. Mit zitternden Händen löste die den Knoten des Gürtels und ließ den Mantel auseinanderklaffen. Jetzt konnte er sehen, dass sie nichts außer der Wäsche unter dem Mantel trug.

»Hey«, sagte er erstaunt, während er sie betrachtete.

»Gefällt es dir?« Ihre Stimme klang rau.

»Sehr sogar.« Er machte einen Schritt auf sie zu und legte seine Arme um ihren Körper. »Du hast die Rundungen an den Stellen, an denen ich sie mag.«

Bei seinen Worten bekam sie eine Gänsehaut. Viel zu lange hatte Ole ihr keine Komplimente mehr gemacht. Er fand sie fett und machte auch kein Hehl daraus. Selbst schuld, dachte sie noch, als sie sich an den Fremden schmiegte, als wäre es eine Selbstverständlichkeit. Er duftete nach einem teuren, betörenden Aftershave. Sie genoss die Nähe und seine Umarmung. Auf eine eigenartige Weise fühlte es sich vertraut an, als er sie fest an sich zog. Kurz ließ er von ihr ab und blickte zum Wasser. »Sieh nur«, sagte er und deutete auf die See. »Ist es nicht ein wunderschöner Ort?«

»Ja«, nickte sie, »wunderschön.«

»Und wie geschaffen für ein Treffen.«

»Ja.« Sie sah ihn an, versuchte, in seinem Gesicht zu forschen. *Ob ich ihm gefalle?*

Er schien ihre Gedanken erraten zu können. »Du bist wunderschön«, sagte er, dann beugte er sich wieder zu ihr herab. Geschickt wanderten seine starken Hände unter den Mantel und strichen über ihre nackte Haut. Sie erschauderte, was nicht an dem gerade in diesem Augenblick auffrischenden Wind lag. Wie selbstverständlich senkte er seine Lippen auf ihren Mund, sie ließ es zu, dass er sie küsste. Ich bin wahnsinnig, war das Letzte, an das sie mit zitternden Knien dachte. Seine Hände spielten in ihrem Haar, öffneten den Knoten und strichen über ihren Nacken. Sie spürte die Hitze in ihrem Schoß. Ein lüsternes Stöhnen entrang sich ihren Lippen, während sie die Augen schloss, um seine Liebkosungen zu genießen. Am liebsten wäre sie hier auf der Stelle über ihn hergefallen, so ausgehungert fühlte sie sich gerade.

Der Ruck, den sie plötzlich verspürte, riss sie jäh aus den Wogen der aufbrandenden Leidenschaft. Er hatte sie an den Haaren gepackt und den Kopf brutal nach hinten gezogen. Ein Schmerzensschrei kam über ihre Lippen. »Was soll …«, rief sie erschrocken, riss die Augen auf und erschrak über seinen Gesichtsausdruck. Das Lächeln war verschwunden, sein Gesicht glich der Fratze eines Monsters aus einem schlechten Horrorfilm.

»Du gehörst mir«, zischte er siegessicher und zog ihren Kopf an den Haaren weiter in den Nacken. »Es gibt kein Zurück mehr.«

»Lass mich los«, kreischte sie in Todesangst. Worauf hatte sie sich nur eingelassen? *Ich bin einem kranken Triebtäter auf den Leim gegangen!* Ihr Herz raste, ihre Knie wurden weich, und sie spürte eine nahende Ohnmacht.

Er grinste, doch es war ein teuflisches Grinsen. »Jetzt bekommst du, was du verdienst, du kleine Schlampe!« Als sie den Blick senkte, sah sie den dunklen Gegenstand in seiner freien Hand. Ohne zu wissen, worum es sich dabei handelte, spürte sie die Gefahr, die davon ausging. Sie war nicht in der Lage, rationell zu denken, und sah tatenlos zu, wie er ausholte, um den offenbar massiven Gegenstand in seiner Hand auf sie niedersausen zu lassen. Sie legte den Kopf zu Seite und hoffte, der Wucht zu entkommen, als sie schon den dumpfen Schlag an der Schläfe spürte, der ihr den Kopf von den Schultern zu reißen drohte. Ein heiserer Schmerzensschrei entrang sich ihrer Kehle. Blitze tanzten vor ihren Augen, ihr war, als explodiere ihr Schädel von innen heraus. Schwindel mischte sich unter die Übelkeit, Hitze wurde abgelöst von eisiger Kälte. Bevor sie sich versah, tauchte sein wutverzerrtes Gesicht vor ihren Augen auf. Gerade holte er erneut aus, um ein weiteres Mal mit dem Stein in seiner Hand – es musste der Wucht nach zu urteilen ein Stein sein – auf sie herabsausen zu lassen. Beim zweiten Schlag blieb ihr die Luft weg, sie sackte in sich zusammen und spürte, wie das Leben aus ihr wich. Jetzt brannte ihr ganzer Körper von innen heraus. Immer und immer wieder schlug er wie im Rausch auf sie ein. Dabei hielt er sie mit einer Hand fest, drückte ihr brutal die Arme auf den Rücken, um ihre Gegenwehr schon im Ansatz zu verhindern. Dabei war sie längst schon nicht mehr in der Lage, sich zu wehren und seinen Schlägen zu entkommen. Als er den Griff lockerte, sackte sie auf den Holzboden der Seebrücke. Über ihr schien sich der Sternenhimmel zu drehen, das Meeresrauschen mischte sich unter das Rauschen des Blutes in ihren Ohren. Inzwischen hatte sie nur einen einzigen Wunsch: Sie wünschte sich, schnell sterben zu dürfen.

Doch er machte es ihr nicht so leicht. Breitbeinig stellte er sich über sie. Bei ihrem Anblick entspannten sich seine Gesichtszüge. Ein Grinsen huschte um seine schmalen Lippen. »Jetzt«, zischte er, »jetzt bist du schön.«

Sie wollte etwas erwidern, war jedoch nicht dazu in der Lage. Unter einem kraftlosen Keuchen hob sie den Arm, um mit der Hand die Stelle zu spüren, von der der Schmerz ausging. Als sie ihre Schläfe abtastete, fühlte sie eine warme klebrige Flüssigkeit. Blut klebte zwischen ihren Fingern. Es fühlte sich an, als hätte er ihren Schädel zertrümmert. Jeder Herzschlag verursachte ein schmerzendes Pochen, das ihren Körper lähmte. Sie versuchte, den Körper zur drehen, war jedoch zu kraftlos, um sich aus dem Gefahrenbereich zu retten. Starr vor Schreck wartete sie auf seinen nächsten Angriff. Doch anstatt sie mit den Stiefeln zu treten, öffnete er seine Hose. Im nächsten Moment spürte sie eine warme

Flüssigkeit, die sich über ihren geschundenen Körper ergoss. Er prügelt mich fast tot, um mich anzupinkeln?, formte ihr Gehirn letzte Gedanken, bevor sie spürte, dass sie in ein tiefes Nichts versank. Dankbar stellte sie sich dem nahenden Tod und war plötzlich leicht und frei von Schmerz. Danach umhüllte sie eine alles verschlingende Dunkelheit. Sie hatte es geschafft.

KAPITEL 18

Zufrieden betrachtete er sein Werk. Er hatte zugesehen, wie das Leben aus ihrem Körper entwichen war. Nun lag sie zusammengekrümmt auf den hölzernen Bohlen der Seebrücke, den Blick der gebrochenen Augen zum sternenklaren Himmel über dem Meer gerichtet. Wären da nicht die klaffende Wunde an ihrer Schläfe und das Blut, das in ihrem Haar klebte, könnte man denken, sie würde träumen. Noch immer hielt er den blutverschmierten Stein mit den Fingern umklammert. Den Stein, der ihrem kläglichen Leben ein Ende bereitet hatte. Es fiel ihm schwer, den Moment zu beenden und in die Wirklichkeit zurückzukehren. Mit einem schweren Seufzer auf den Lippen richtete er sich auf, zog den Reißverschluss seiner Hose hoch und blickte sich suchend um. Der Strand und die Promenade lagen menschenleer da. Es hatte keine Zeugen gegeben, alles war gut verlaufen. Nun musste er sich beeilen. Er machte einen Schritt auf das Ende der Seebrücke zu und griff nach dem Kanister. Hastig öffnete er den Verschluss und schüttete den Inhalt über die tote Schönheit. Glucksend sickerte das Benzin über ihren Körper. Die Haut glänzte, die Kleidung verfärbte sich dunkel, Haare hingen ihr strähnig ins Gesicht. Er liebte den Geruch von Benzin. Er erinnerte ihn an seine Kindheit, damals, als er mit seinem Vater tanken gefahren war, hatte er immer neben der Zapfsäule gestanden und tief eingeatmet. Damals war niemand darauf gekommen, dass das Einatmen von Benzindämpfen krebserregend war.

Nachdem er den Inhalt des Kanisters über die leblose Frau verteilt hatte, betrachtete er sein Werk. Kurz überlegte er, ob er sie anders hinlegen sollte. Doch wenn die Flammen erst einmal loderten und ihr vernichtendes Werk begannen, würde man sie nicht wiedererkennen. Da war es gleichgültig, in welcher Position man sie auffand. Er nahm das Feuerzeug aus der Jackentasche. Es fühlte sich warm und glatt in seiner Handinnenfläche an. Es verlieh ihm ein Gefühl der Macht. Er würde entscheiden, wann er sie anzündete. *Jetzt*, schrie alles in ihm. *Tu es jetzt und verlier keine Zeit!* Er ließ das Feuerzeug aufklappen und musste den Kanister abstellen, um die kleine Flamme mit der freien Hand vor dem Wind des Meeres zu schützen. Behutsam ging er in die Hocke, blickte sich ein letztes Mal um, um sich zu vergewissern, dass es keine Zeugen gab, dann hielt er das Feuerzeug dich an ihren vom Benzin getränkten Mantel. Gierig leckte die Flamme an dem Stoff, dann loderte das Feuer auf. Kurz war er vom Feuerschein geblendet, sah sie ein letztes Mal an, dann sprang er in die Höhe, ließ das *Zippo* in seiner Tasche verschwinden, nahm sich den Stein und den Kanister und rannte die Brücke zurück, als wäre der Leibhaftige hinter ihm her. Eines musste er noch erledigen, dann würde er in der Nacht verschwunden sein. Doch das war eine seiner leichtesten Übungen.

*

»Ulf, was ist das für ein Lichtschein?« Das Ehepaar Krieger aus Köln verbrachte ein paar Tage in einem Hotel in der Eckernförder Bucht. Eine Woche lang konnten die Rentner von ihrem Zimmer aus auf die Bucht und auf die Ostsee blicken.

Wegen seiner nicht besser werdenden Rückenschmerzen war Ulf Krüger gleich nach dem üppigen Abendessen im Hotelrestaurant zu Bett gegangen. Emmi, seine in Ehren ergraute Ehefrau, lag mit einem großen Kissen im Rücken neben ihm und hatte bis eben gelesen. Jetzt lag das Buch auf ihrem Schoß. Energisch rüttelte sie ihren Mann wach, dessen gleichmäßiges Schnarchen sie bis eben genervt hatte.

»Werd' mal wach, Ulf, da stimmt was nicht.«

»Lass mich«, brummte er unwillig und machte keine Anstalten, ihrer Aufforderung nachzukommen.

»Da leuchtet es ganz hell«, erklärte sie. »Du musst nach dem Rechten sehen, Ulf.« Erneut schüttelte sie seine Schulter. »Komm schon!«

Mit einem schweren Seufzer drehte er sich auf den Rücken. »Hab ich dir schon gesagt, dass du ganz schön nerven kannst?«, krächzte er. »Es ist mitten in der Nacht, und wir …«

»Sabbel nicht, sieh lieber nach dem Rechten, Mann!«

Offenbar hatte Ulf keine Lust auf Ärger, denn er schlug die Bettdecke zur Seite und richtete sich halb auf. Als er den Blick zum Fenster des Hotelzimmers richtete, schien er zu ahnen, wovon seine Frau sprach. Da war ein zuckender Lichtschein, der bis an die Zimmerdecke schien. Er zerdrückte einen Fluch auf den Lippen, als er sich unter Schmerzen stöhnend erhob und sich im Schlafanzug zum Fenster begab, um die Gardine zur Seite zu ziehen. »Verdammt«, rief er heiser. »Da brennt es!«

»Was? Wo denn?« Emmi stand nun ebenfalls auf.

»Die Seebrücke brennt lichterloh!«

»Du spinnst«, attestierte Emmi ihrem Mann. Vielleicht, so dachte sie, hätte er den letzten Schnaps nicht trinken sollen. Sie nahm sich vor, künftig besser auf ihn achtzugeben.

»Sieh es dir doch selber an«, forderte er sie auf, ohne den Blick vom Fenster abzuwenden. »Da rennt einer weg.«

Emmi trat neben ihren Mann und kniff die Augen zusammen. Tatsächlich brannte der hölzerne Steg, der vom Strand aus aufs Wasser führte. Im letzten Augenblick konnte sie eine dunkel gekleidete Gestalt im Widerschein des Feuers ausmachen, die sich schnell in Richtung Strandpromenade entfernte. Dabei hielt sie etwas in der Hand, das sie aus der Entfernung nicht erkennen konnte. Die Eckernförder Bucht erstrahlte im grellen Feuerschein, die Seebrücke erinnerte Emmi an eine riesengroße Fackel. Kurz dachte sie darüber nach, dass die Jugendlichen, die sich vorhin bei ihrem Spaziergang auf dem Steg aufgehalten hatten, das Feuer gelegt haben könnten. Ulf riss sich als Erster von dem bizarren Anblick, der sich ihm bot, los und trat an den Nachtschrank. Hier gab es ein altmodisches Festnetztelefon. Mit zitternden Händen wählte er die Nummer des Notrufes. Emmi hörte ihn telefonieren und konnte nicht fassen, was sie sah. Kaum, dass er die Verbindung unterbrochen hatte, hallte das erste Martinshorn unheilvoll durch die Nacht.

*

Es war gut für ihn gelaufen. *Ihr Idioten*, lachte er, während er den Wagen durch die Dunkelheit nach Westen steuerte, *ihr müsst euch schon etwas anderes einfallen lassen, wenn ihr mich kriegen wollt*. Er war viel zu aufgekratzt, um trotz der späten Stunde müde zu sein. Bisher war er gut davongekommen, und langsam gewann er Spaß daran, alle an der Nase herumzuführen. Er ließ die Seitenscheibe herunter und sog die kühle Nachtluft tief in seine Lungen ein. Sicher würde es ihm schwerfallen, mit dem Betreten des Hauses zur Tagesordnung zurückzukehren – so zu tun, als wäre nichts geschehen. Vielleicht würde er sich heute zur Feier des Tages mal ein Glas von dem guten Rotwein gönnen, den sie ihm neulich mitgebracht hatte. Ein sündhaft teures Zeug, mit dem er unter normalen Umständen nicht viel anfangen konnte, war er doch eher der klassische Biertrinker. Doch womöglich würde ihn der edle Rebensaft zur Ruhe kommen lassen. Die nächtliche Umgebung schien an ihm vorbeizufliegen, immer wieder sah er ihr Gesicht vor seinem geistigen Auge auftauchen, er sah sie vor sich, hörte ihre Stimme, glaubte sogar, ihren Geruch schmecken zu können, und atmete tief durch. Während er durch die kleinen Ortschaften rollte, freute er sich auf sein künftiges Leben, auf eine Zeit, die ihm Erleichterung bescheren würde. Ganz sicher sogar. Doch noch war es nicht so weit, und jetzt musste er sich in Geduld üben, wenn er nicht vorzeitig auffliegen wollte.

KAPITEL 19

Der nächste Morgen begann für Kristin unverhältnismäßig kühl. Fröstelnd zog sie sich die Decke bis zum Kinn, als der Radiowecker auf dem Nachtschränkchen sie mit den sanften Klängen von *Pinks* »Cover Me in Sunshine« aufweckte. Trotz der Kälte unter der Dachschräge passte der Song. Die Sonne stand schon hoch und warf ihre Lichtbahnen in den Raum. Verschlafen blinzelte Kristin in das warme Sonnenlicht. Sie räkelte sich und gähnte herzhaft. Nach dem langen Tag hatte sie tief und fest geschlafen, konnte sich jetzt nicht einmal daran erinnern, was sie geträumt hatte. Wäre da nicht diese eisige Kälte, hätte es ein schöner Morgen werden können.

Fröstelnd machte sie sich leise fluchend auf den Weg ins Bad. Auch hier waren die Heizkörper eiskalt, obwohl sie das Ventil noch am Abend geöffnet hatte, um am Morgen von einer wohligen Wärme empfangen zu werden. Auch das Wasser blieb kalt, und so blieb ihr nichts übrig, als die Morgentoilette mit eisigem Wasser zu verrichten. Obwohl es sie Überwindung kostete, sich das Gesicht mit kaltem Wasser zu waschen, war sie innerhalb weniger Sekunden hellwach. Hastig band sie sich die Haare zu einem Zopf und stand kurz darauf in der Küche, um sich einen Kaffee zuzubereiten.

Kristin nahm ihren Rucksack und betrat den Laden im Erdgeschoss, in dem sich ein kleiner Friseursalon befand. Das Klingeln des Glöckchens über der Tür ging im Gedudel des Radios in einer Ecke fast unter. Kurz blieb Kristin stehen, um die etwas altmodische Einrichtung des Salons zu betrachten. Zwei Frauen waren gerade damit beschäftigt, alles für den kommenden Arbeitstag vorzubereiten. »Wir haben noch geschlossen«, wurde Kristin von der jüngeren belehrt.

»Moin«, sagte Kristin freundlich, »ich bin die Neue und wohne unterm Dach.«

Die ältere der beiden, Kristin schätzte sie auf Ende 30, Anfang 40, sah von dem Terminkalender auf, in dem sie eben mit gerunzelter Stirn geblättert hatte. Sie trug die brünetten Haare offen und mit einem fast nostalgisch anmutenden Pony. »Moin, wie schön, dich kennenzulernen!« Sie umrundete den kleinen Tresen und reichte Kristin die Hand. »Ich bin die Lena, mit gehört der Laden.«

»Dann mal auf eine gute Nachbarschaft.« Kristin lächelte freundlich. »Ist bei euch auch die Heizung ausgefallen?«, fragte sie, denn auch im Salon war es kühl.

Lene nickte. »Klar, das passiert öfters mal, aber der alte Harmsen weigert sich, die anfällige Heizanlage zu erneuern. Von Wärmepumpe und so was will er nichts wissen.« Sie zuckte gleichgültig die Schultern. »Ich hab ihn schon aus dem Bett geklingelt, damit er sich kümmert. Ich kann meinen Kundinnen ja nicht mit eiskaltem Wasser die Haare waschen.«

»Dann kommt so was öfters vor?« Kristin ahnte nichts Gutes.

»Ab und an schon, ja.«

»Na Mahlzeit.«

Lena machte eine wegwischende Handbewegung, während sie ihre Angestellte bat, die Kaffeemaschine in Gang zu setzen. Ihre Mitarbeiterin verschwand hinter einem Vorhang.

»Stimmt es, dass du Polizistin bist?«, fragte Lena mit gesenkter Stimme. »Harmsen hat so was angedeutet.«

»Das stimmt.« Kristin nickte und setzte eine strenge Miene auf. »Hast du denn was zu verbergen?«

»Nee.« Lena lachte. Sie wirkte auf eine erfrischende Art unbeschwert. »Aber wenn ich mal Personenschutz brauche, komm ich auf dich zu.«

Kristin lachte. »Einverstanden.« Sie warf einen Blick auf die Wanduhr über dem Tresen. »Also kümmert Harmsen sich um die Heizung?«

»Bestimmt, sonst mach ich ihm Dampf.« Lena lachte.

»Gut, danke.« Kristin wandte sich zum Gehen. Sie war spät dran und wollte nicht schon an ihrem zweiten Arbeitstag unpünktlich sein. »Ich muss dann auch mal los.«

»Tschüs!« Lena brachte Kristin zur Tür. Das Glöckchen ertönte, dann stand Kristin an der frischen Flensburger Morgenluft. Wolken hatten sich vor die Sonne geschoben, doch noch regnete es nicht. Nachdem sie die rostige Eisenbrücke der alten Flensburger Hafenbahn durchschritten hatte, stand sie auf der viel befahrenen Straße Süderhofenden und fühlte sich wie in einer Metropole. Das hatte nichts mit der verschlafenen Rathausstraße im fernen Leer zu tun. Während Kristin ihren Weg fortsetzte, dachte sie über den Fall nach. Sie war gespannt, ob Leo Nowak den Kollegen gestern noch ins Netz gegangen war oder ob die Suche nach ihm weiterging. Am Flensburger ZOB herrschte das übliche Getümmel, und Kristin war froh, als sie die Dienststelle wenige Minuten später erreichte.

Nachdem sie sich in der Teeküche auf dem Korridor des K1 mit einem schwarzen Kaffee versorgt hatte, steckte sie den Kopf nach kurzem Anklopfen in Becks Büro. »Moin«, sagte sie und trat auf Becks Zeichen hin ein. »Und? Haben wir Nowak?«

»Moin.« Jan Beck, heute in einem tiefblauen Hemd, nickte zufrieden. »Jo«, machte er. »Max und Gunnar haben ihn noch in der Nacht befragt. Ihre Ergebnisse werden wir gleich in der Morgenrunde präsentiert bekommen.«

»Ist doch prima!« Kristin pustete in den Kaffeepott und nippte in kleinen Schlucken. Sie spürte, dass Beck etwas zu beschäftigen schien. »Ist was?«

»In der Nacht hat es einen Zwischenfall in Eckernförde gegeben.«

Kristin überlegte, was sie über Eckernförde wusste. Viel war es noch nicht, abgesehen davon, dass alljährlich Touristen in die Bucht strömten und dass sich dort ein Marinestützpunkt befand. »Und?«

»Augenscheinlich ein Tötungsdelikt am Strand. Gegen Mitternacht alarmierten Anwohner und Touristen die Rettungskräfte, weil die hölzerne Seebrücke lichterloh gebrannt hat. Bei näherem Hinsehen war es nicht die Konstruktion selber, sondern eine Frau auf der Brücke, die wohl bei lebendigem Leibe verbrannt wurde.«

Kristin spürte, wie sich ihre Kopfhaut zusammenzog. »Nowak?«

»Wohl nicht.« Jan Beck schüttelte den Kopf. »Zum Zeitpunkt des Anschlages in Eckernförde saß er schon in unserem Befragungszimmer.« Er seufzte. »Außerdem haben wir es in Eckernförde mit einem anderen Modus Operandi zu tun.«

»Sicher sind unsere Leute schon vor Ort?«

»Nein.« Beck schüttelte den Kopf. »Für Eckernförde sind wir nicht zuständig, Kristin.« Er erhob sich von seinem Schreibtisch und trat an die Landkarte, auf der das Einsatzgebiet der Polizeidirektion Flensburg/Schleswig mit einem roten Filzschreiber markiert war. Kristin folgte ihm und stellte schnell fest, dass sich Eckernförde südlich der Linie befand.

»Das ist Sache der Kripo in Eckernförde, da sind wir raus.« Der Abteilungsleiter zuckte die Schultern. »Somit können wir uns auf den Fall Maike Adamo konzentrieren.« Damit war der Fall für ihn erledigt.

»Weiß man, bei wem es sich um die Frau handelt?«

Schulterzucken. »Möglich. Wie gesagt, der Vorgang liegt bei den Kollegen in Eckernförde.«

Kristin wollte sich nicht so einfach abservieren lassen. »Wie oft werden in diesem Landstrich Morde verübt?«

»Was meinst du?« Beck umrundete seinen Schreibtisch, setzte sich und trank von seinem Früchtetee.

»Gibt es eine Statistik?«, formulierte Kristin ihre Frage neu.

»Sicher.« Beck nickte. »Im letzten Jahr waren es zwölf Straftaten gegen das Leben im Kreis Schleswig-Flensburg.« Er hob bezeichnend die Handflächen nach oben. »Übrigens liegt die Aufklärungsquote in Flensburg bei 100 Prozent.«

»Bei nur zwölf Tötungsdelikten im Jahr wäre alles andere Stümperei«, behauptete sie mit einem schiefen Grinsen. Sie setzte sich auf einen der beiden Besucherstühle. »Aber mal Butter bei die Fische: Ist es nicht auffällig, dass sich innerhalb von 24 Stunden zwei Tötungsdelikte in einem recht überschaubaren Umkreis ereignen? Zwei von etwa zwölf, die sich hier über das ganze Jahr verteilt ereignen?« Sie sah ihre Vorgesetzten nachdenklich an. »Wenn das so weitergeht, werden die Zahlen drastisch steigen, Jens, denn das Jahr ist noch jung, und wenn wir nichts unternehmen, wird die nächste Kriminalstatistik der Polizeidirektion Flensburg nicht so gut aussehen.«

Beck setzte die schwere Teetasse auf die Schreibtischunterlage, stützte das Kinn in die Hände und betrachtete seine neue Mitarbeiterin nachdenklich. Kristin hielt seinem Blick stand, hätte jedoch viel dafür gegeben, jetzt seine Gedanken lesen zu können. Sie sah ihm an, dass er tief in seinem Inneren ähnlich dachte.

Nach Sekunden der Stille brach er mit einem süffisanten Grinsen auf den Lippen das Schweigen. »Wenn du Serienmörder jagen willst, bist du hier in Flensburg falsch, Kristin.«

»Von Wollen kann keine Rede sein«, entgegnete sie. »Aber weißt du, was mir auffällt?«

»Du wirst es mir gleich erzählen.«

Kristin nickte. »In beiden Fällen haben wir es mit brutalen Gewaltverbrechen an Frauen zu tun«, setzte sie an. »Was zugegebenermaßen nicht zwangsläufig auf einen Zusammenhang beider Taten schließen lässt.« Gerade, als Beck erleichtert aufatmen wollte, fuhr sie fort: »Allerdings ist es doch auffällig, dass beide Opfer an recht markanten Orten aufgefunden worden sind.«

Kristin sah ihm an, dass sie seine geheimsten Befürchtungen ausgesprochen hatte. »Wir müssen dranbleiben, Jan.«

»Ein Serienmörder in Schleswig-Holstein?« Er hob skeptisch eine Augenbraue, als könne er seinen eigenen Worten keinen Glauben schenken.

»Was, wenn Nowak entgegen unserer Annahmen doch unschuldig ist?«, hakte Kristin ein. »Was, wenn sich ein unbekannter Täter daran ergötzt, seine Opfer öffentlichkeitswirksam zu drapieren? Im Wikingermuseum, auf der Seebrücke? Beides Orte, an denen sich tagsüber unzählige Menschen aufhalten?«

»Weil er Angst und Schrecken verbreiten will?« Beck seufzte. Kristin kannte ihren Vorgesetzten noch nicht gut genug, um einschätzen zu können, wie der Seufzer gemeint war. Möglicherweise war der Erste Kriminalhauptkommissar bereits am zweiten Arbeitstag genervt von seiner neuen Mitarbeiterin, oder er nahm ihre Gedankengänge ernst und musste sich zum Umdenken im Fall aufraffen. Sie konnte gut damit leben, ihm in diesem Augenblick unbequem zu sein, und beobachtete ihren Vorgesetzten aufmerksam.

»Also gut«, sagte Beck nach einem weiteren Schluck von seinem Tee. »Nehmen wir an, ein verrückter Serienmörder treibt an der Ostküste des schönsten Bundeslandes der Welt sein Unwesen. Er tötet Frauen auf brutalste Weise, um sie an tagsüber stark frequentierten Orten zur Schau zu stellen.« Er nickte. »Was bezweckt er mit seiner Botschaft?«

Lange musste Kristin nicht nachdenken. »Er will auf sich aufmerksam machen.«

»Ein Hilferuf? Eine Warnung? Eine perfide Machtdemonstration?«

»Du bist länger Polizist als ich, Jens.« Kristin betrachtete ihn nachdenklich. »Alles ist sicher möglich.«

»Alles?«

»Alles.« Kristin nickte. »Auch, dass es sich bei den beiden Frauen nicht um die letzten Opfer handeln könnte.« Mit diesem Gedanken ließ sie den Leiter des K1 in seinem Büro allein.

*

Nach der aufregenden Nacht hatte er länger geschlafen als gewohnt. Erst irgendwann in den frühen Morgenstunden war er in einen tiefen, traumlosen Schlaf gefallen, aus dem ihn erst der Wecker seines Smartphones auf dem Nachtisch geweckt hatte.

An diesem grauen Morgen fühlte er sich wie gerädert. Vielleicht überforderte ihn die ganze Situation, und er hatte sich zu viel vorgenommen, um Ruhe in sein Leben zu bekommen. Doch er konnte jetzt nicht einfach zur Tagesordnung zurückkehren und tun, als wenn nichts geschehen wäre.

Seine Bartstoppeln raschelten vernehmlich, als er sich mit der flachen Hand durch das Gesicht fuhr. Die kurzen Nächte forderten ihren Tribut.

Später würde er sich eine Rasur gönnen, doch eines nach dem anderen. Jetzt war es erst einmal an der Zeit für einen schwarzen Kaffee, der seine Lebensgeister wecken sollte.

Mit dem Kaffeepott in der Hand trat er ans Küchenfenster

und warf einen Blick hinaus auf die menschenleere Straße. In den Häusern auf der gegenüberliegenden Seite brannte kein Licht. Wahrscheinlich waren alle Nachbarn unterwegs, um ihren Jobs im Büro oder der Fabrik nachzugehen. Langweiliges, eintöniges Spießerleben, dachte er verächtlich, pustete in den Kaffee und trank in kleinen Schlucken, während er in die Stille des Hauses hineinlauschte. Er überlegte, was als Nächstes zu tun war, und nahm sich vor, das Alleinsein für sich und sein Vorhaben zu nutzen. Bald schon würde sich sein Leben um 180 Grad drehen, und er war sicher, dass er in Kürze zur Ruhe kommen würde. Doch noch war es nicht so weit. Es gab viel zu tun, um seinem Ziel ein Stückchen näherzukommen. So blieb ihm erst einmal nichts, als von seiner Zukunft zu träumen. Als er sich vom Blick aus dem Fenster losriss, um die Kaffeetasse in die Spüle zu stellen, war er hochmotiviert. Das Leben konnte so schön sein, dachte er, während er sich daran machte, alles Weitere in Angriff zu nehmen. Jetzt unnötig Zeit zu verlieren, wäre alles andere als klug. Er war noch einmal mit einem blauen Auge davongekommen, jetzt galt es, die nächsten Schritte zu machen, um sein Vorhaben dem Ziel näherzubringen.

*

Flensburg, Polizeidirektion, 8.05 Uhr:

Kristin konnte am zweiten Tag in Flensburg gut damit leben, dass sie den Besprechungsraum als Letzte betrat. Selbstsicher schloss sie die Tür und nickte mit einem freundlichen »Moin« in die Runde, bevor sie sich an den langen Tisch setzte und Beck und Sievert zunickte, die am Kopfende Platz genommen hatten. Täuschte sie sich, oder ruhte der Blick des Staatsanwalts länger auf ihr?

Im Besprechungsraum duftete es nach fruchtigem Tee und starkem Kaffee, einige der Anwesenden knabberten das dänische Gebäck, das in den kleinen Schalen bereit lag. Mit einem Blick in die Runde stellte Kristin fest, dass Beck offenbar Verstärkung angefordert hatte, denn es saßen ein paar neue Gesichter am langen Tisch, die sie neugierig musterten.

Birthe saß heute wieder an der Seite ihres eigentlichen Partners Thierse vom K6, neben ihm saßen zwei weitere Männer in Kristins Alter, wovon einer der beiden nervös mit den Fingern auf der Tischplatte herumtrommelte, während sein Partner sich gedankenverloren über den fein gestutzten Kinnbart strich und ins Nichts stierte.

Kristin nahm neben Beck Platz und nahm erst jetzt wahr, dass Feistel und Paulsen ihr gegenübersaßen. Gunnar Feistel schob sich das dunkelblaue Dockercap nach hinten und tickerte mit einem Kugelschreiber. Paulsen trug heute ein knallgelbes T-Shirt, das seinen muskulösen Oberkörper eng wie eine zweite Haut umspannte. Erst als er sich mit einem gefälligen Grinsen nach hinten lehnte, konnte Kristin einen Blick auf den tiefroten Schriftzug auf seiner Brust werfen. Dabei musste sie zweimal hinsehen, da sie zunächst glaubte, sich verlesen zu haben. »Das Böse hat Titten«, stand dort in tiefroten Buchstaben. Als Paulsen ihren Blick sah, grinste er anzüglich.

Das Böse hat Titten, hallte es in Kristins Gedächtnis nach. Wie recht du hast, mein Freund, fügte sie in Gedanken hinzu. Paulsens Machogehabe ging ihr ziemlich gegen den Strich, und sie würde ihm bei Gelegenheit ein paar Takte dazu sagen, doch dabei würde sie sich nicht auf das Niveau des Kollegen herabbegeben. Mehr Zeit, sich darüber Gedanken zu machen, fand sie nicht, denn Beck und Sievert eröffneten das Meeting.

»Wie ihr sicher schon mitbekommen hat, konnten wir Leo Nowak gestern im Rahmen einer eingeleiteten Ringfahndung stellen und der Befragung zuführen«, leitete Jens Beck ein, bevor er Paulsen und Feistel zunickte. »Ihr habt ihn befragt«, moderierte Beck weiter. »Was könnt ihr zu Nowak sagen?«

Feistel und Paulsen tauschten einen Blick, dann ergriff Paulsen das Wort. »Wir haben ihn heute Nacht in die Mangel genommen, und wenn er nichts mit dem Mord an Maike Adamo zu tun hat, will ich einen Besen fressen.«

Sven Sievert räusperte sich. Kristin sah ihm an, dass dem Staatsanwalt das Vokabular des Kommissars nicht gefiel. »Könnten Sie das präzisieren?«, bat Sievert und war um einen neutralen Tonfall bemüht.

»Aber klar doch.« Paulsen nickte. »Er behauptet natürlich, nichts mit dem Mord an unserem Opfer zu tun zu haben. Und er behauptet ebenso, dass er nicht untergetaucht sei, wie wir ihm vorgeworfen haben.« Paulsen warf einen Beifall heischenden Blick in die Runde, bevor er fortfuhr. »Stattdessen gibt er an, dass er nicht damit klargekommen ist, als Maike Adamo die geheime Affäre mit ihm beendet hat.«

»Er gab zu Protokoll, eine Auszeit genommen zu haben, um seine Gedanken zu ordnen«, ergänzte Feistel mit seiner sonoren Stimme. »Er sei demnach ziellos durch die Gegend gefahren.«

»Und für den betreffenden Zeitraum gibt es keine Zeugen, nehme ich an?«, wollte der Leiter des K1 wissen. Beck verschränkte die Arme vor der Brust und lehnte sich zurück.

»Natürlich nicht, was denkst du?« Paulsen schüttelte den Kopf und fuhr sich über die blank polierte Glatze. »Er mauert, wo er nur kann.« Als er seinem Partner einen Blick zuwarf, fühlte sich Feistel berufen fortzufahren.

»Ich fasse zusammen: Er hat kein Alibi für die Tatzeit, gleichwohl ist er mit den örtlichen Gegebenheiten im Wikingermuseum vertraut und weiß, wie er ungesehen auf das

Gelände kommt. Nachdem der Leichnam unseres Opfers in Haithabu aufgefunden wurde, ist er untergetaucht, aus welchem Grund auch immer.« Feistel sah einen nach dem anderen am Tisch an.

»Es liegt auf der Hand, dass Nowak Dreck am Stecken hat«, behauptete Paulsen. Er musterte Sievert. »Das reicht doch für eine Festnahme!«

Der Staatsanwalt, der sich Notizen gemacht hatte, sah auf. »Die Beweislage ist ziemlich dünn«, stellte er fest. »Bisher haben wir nichts als einen Verdacht gegen Leo Nowak.«

So leicht wollte sich Paulsen nicht geschlagen geben. »Aber für die U-Haft reicht es doch wohl!«

Sievert seufzte. »Die Untersuchungshaft würde ich unterschreiben, aber da wir keinerlei Beweise gegen ihn haben, ist die Aussicht auf eine Verurteilung in einem Gerichtsverfahren gegen ihn sehr schlecht.«

»Vielleicht kann ich etwas dazu beitragen«, meldete sich Thierse zu Wort. Alle Augen am Tisch richteten sich auf ihn. »Wir konnten die ersten Spuren im Wikingermuseum auswerten. Demnach gab es eine Schubkarre, deren Spuren vom Schlagbaum des Museums bis zur betreffenden Hütte führen. Demnach können wir davon ausgehen, dass der Täter sein totes Opfer in einer Schubkarre zum Auffindeort transportiert hat.«

»Und das Museum hat keine Schubkarren?«, fragte Paulsen ein wenig spöttisch. »Da ist doch sicher immer was zu tun.«

»Das habe ich überprüft, Max.« Thierse schüttelte den Kopf. »Die Schubkarren, die sich im Besitz des Museums befinden, weisen andere Profile auf. Auch externe Handwerker waren nach Aussage der Museumsleitung in den letzten Tagen nicht mit einer Transportkarre auf dem Gelände.«

»Bingo!« Paulsens flache Hand sauste auf die Tischplatte herunter. Der Knall schreckte die Kollegen auf. Paulsen erntete Kopfschütteln und einen missbilligenden Blick des Staatsanwaltes.

»Jetzt müssen wir die Schubkarre nur noch in Nowaks Schuppen finden, im Idealfall mit Bodenresten aus Haithabu.« Er grinste Sievert an. »Wenn sich der Verdacht des Kollegen Thierse bestätigt, dann hätten wir doch einen Beweis.«

Sievert nickte zustimmend. Er sprach Thierse an. »Wie sieht es mit Reifenspuren aus?«

»Auch hier konnte ich etwas herausfinden.« Thierse wischte sich durch das Menü seines *iPads*, bevor er fortfuhr: »Wir konnten Reifenprints oberhalb des Schlagbaumes sichern, die von einem SUV stammen, der Größe nach von einem VW Touareg oder einem Volvo V70.«

»Und ein Volvo V70 ist auf den Namen von Nowaks verschwundener Frau zugelassen«, ergänzte Birthe. »Das hat eine Anfrage bei der Zulassungsstelle ergeben.«

»Auf den Namen seiner Frau?« Sievert runzelte die Stirn und tauschte einen Blick mit Beck. »Wie ist so etwas möglich?«

»Da Anja Nowak offiziell nicht für tot erklärt wurde, lief das Fahrzeug stillschweigend weiter auf ihren Namen«, vermutete Beck. »So etwas ist nicht verboten, kommt aber selten vor.«

»Dann hat Nowak seine ehemalige Geliebte im Auto seiner Frau zum Fundort gebracht«, fasste Paulsen zusammen. »Ich wusste es, der Typ ist mir vom ersten Moment an suspekt gewesen.«

»Ob es sich um den Reifentyp handelt, der am Fahrzeug unseres Tatverdächtigen montiert ist, müssen wir noch abgleichen«, warnte Thierse, »also sollten wir keine voreiligen Schlüsse ziehen.«

»Nowak fährt eine Prollkarre, die er von seiner Frau übernommen hat, nachdem diese unter rätselhaften Umständen auf hoher See verschwand, er lebt in ihrem tollen Haus und er schlägt sich mit Gelegenheitsjobs durchs Leben.« Paulsen tippte sich bezeichnend gegen die Schläfe und blickte in die Runde. »Merkt ihr was? Das stinkt doch alles zum Himmel!«

Kristin musste Max Paulsen zustimmen. Die Bausteine, die sie zusammengetragen hatten, passten nicht recht ins Bild.

»In der Tat hängt das nicht aufgeklärte Verschwinden seiner Frau noch immer wie ein Damoklesschwert über ihm«, bemerkte Birthe vorsichtig. Sie zwinkerte Kristin zu.

»Stimmt, ich erinnere mich an den alten Fall«, räumte Jan Beck ein. »Die Sache liegt schon ein paar Jahre zurück.«

»Der Fall liegt inzwischen bei der Cold Case Unit des LKA in Kiel«, erklärte Birthe. Ihre Wangen begannen zu glühen. »Ich habe gestern mit Uwe Sattler telefoniert, er wollte sich den alten Fall noch einmal zu Gemüte führen.«

»Stimmt«, nickte Paulsen mit einem süffisanten Grinsen, »der gute Sattler sitzt ja in der Cold Case Unit, seitdem er damals ...«

»Das gehört nicht hierher«, rief Beck dazwischen.

Kristin wunderte sich über die aufgeheizte Stimmung im Raum. Sie nahm sich vor, Birthe bei der nächsten Gelegenheit darauf anzusprechen, was mit Uwe Sattler damals gewesen war.

»Schon gut, chill mal«, raunte Paulsen und winkte ab. »Also, ich fasse zusammen: Wir haben einen Tatverdächtigen, der vor einigen Jahren schon einmal auf unserem Radar war, weil seine Frau unter rätselhaften Umständen verschwand. Und wir haben einen Mann, der von unserem aktuellen Opfer in die Wüste geschickt wurde und der sich offenbar in einer Krise befindet. Die Beweise gegen ihn zu sammeln, dürfte eine reine Fleißaufgabe sein.«

»Dann weißt du, was zu tun ist«, erwiderte Beck.

»Ja, Sir.«

»Wann ist uns Leo Nowak ins Netz gegangen?«, wollte Kristin wissen.

Gunnar Feistel blätterte durch seine Unterlagen. »Er ist der Besatzung eines Funkstreifenwagens gegen 23 Uhr aufgefallen.«

»Danke.« Kristin wusste nicht, woran sie ihr Gefühl festmachen sollte, doch etwas in ihrem Inneren sagte ihr, dass Nowak nicht der gesuchte Mörder war. Deshalb teilte sie die Freude der Kollegen im Konferenzraum nur bedingt. Alle, so hatte es den Anschein, hatten sich darauf eingeschossen, dass Nowak der gesuchte Mörder von Maike Adamo war. »Wie ihr sicherlich mitbekommen habt, gab es gestern Abend einen Zwischenfall in Eckernförde«, eröffnete sie den Anwesenden, während sie forschend in die Mienen der Kollegen sah. »Ein bisher unbekannter Täter hat eine Frau auf der Seebrücke überfallen und getötet. Die Frau starb qualvoll.«

»Der Fall wurde heute Morgen schon in den Nachrichten breitgetreten«, nickte Feistel mit bedauernder Miene. »Ich bin sicher, dass sich alle in den sozialen Netzwerken darüber die Mäuler zerreißen.«

»Seht ihr einen Zusammenhang?«, fragte Kristin in die Runde.

»Nachtigall, ick hör dir trapsen«, lachte Paulsen. »Unsere Superermittlerin denkt, dass Nowak die Frau auch auf dem Gewissen hat.«

»Ich denke nicht, ich ziehe Verbindungen«, stellte Kristin ruhig klar, bevor sie die gleichen Argumente anführte, die sie vorhin bei Beck vorgetragen hatte. »Bei beiden Opfern handelt es sich um Frauen, beide wurden brutal ermordet und beide Leichen wurden an Plätzen gefunden, die tagsüber von unzähligen Menschen besucht werden.«

»Und ich dachte, Serienmörder gibt es nur in Ostfriesland«,

behauptete Paulsen mit Spott in der Stimme. »Deichmädchen, ich glaube, deine Fantasie geht mit dir durch.«

»Ich möchte doch um einen respektvollen Umgang bitten«, rief Sievert nun sichtlich aufgebracht.

»Schon gut, danke«, sagte Kristin und rang sich ein Lächeln ab. »Allerdings sollten wir im Rahmen unserer Ermittlungen nichts außer Acht lassen. Und wir können uns nicht aus der Verantwortung schleichen, weil Eckernförde nicht zu unserem Zuständigkeitsbereich zählt.« Beim letzten Satz bedachte sie Beck mit einem eindringlichen Blick.

»Du kannst es drehen und wenden, wie du willst«, entgegnete Paulsen. Jetzt klang er genervt. »Wir haben Nowak schon eine Stunde vor dem Brandanschlag von Eckernförde befragt und anschließend in Gewahrsam genommen.«

»Also weißt du, dass die Frau um Mitternacht verbrannt wurde?«

»Natürlich.« Er nickte selbstgefällig. »Ich höre Nachrichten, Deichmädchen.«

»Ich halte es mit Frau Voss«, stimmte Sievert Kristin zu. »Wir sollten uns nicht auf Nowak versteifen, auch wenn vieles gegen ihn spricht.«

»Also glauben Sie auch an einen Serienmörder?«, zweifelte Paulsen und rollte theatralisch mit den Augen.

»Ich glaube gar nichts«, stellte Sievert mit schneidender Stimme klar. »Allerdings sollten wir die Hände jetzt nicht in den Schoß legen, denn sollte sich der Verdacht der Kollegin Voss bestätigen, müssen wir jederzeit mit einem weiteren Mord rechnen.«

Plötzlich herrschte im Besprechungsraum eine drückende Stille, die Euphorie über den vermeintlichen Ermittlungserfolg schien verflogen zu sein. Kristin sah es an der Zeit, sich wieder zu Wort zu melden. Zunächst wandte sie sich an Feistel und Paulsen. »Kümmert ihr euch um die Beweise?«

Sie warf Birthe einen Blick zu. »Und könntet ihr versuchen, Spuren abzugleichen, mit denen wir, sollte er es tatsächlich gewesen sein, Nowak belasten können?«

»Sicher.« Birthe nickte. »Ich werde Uwe um einen Sachstandsbericht zum alten Fall bitten. Womöglich haben wir damals etwas übersehen.«

»Gern.« Beck hatte keine Einwände. Er sah den Zeitpunkt für gekommen, die Sitzung aufzuheben. Als Kristin sich erhob, gab Sievert ihr ein Zeichen. Sie blieb stehen und wartete, bis alle anderen den Konferenzraum verlassen hatten.

»Ihre Theorie von einem Serientäter klingt zugegebenermaßen kühn«, eröffnete Sievert ihr. »Dennoch unterstütze ich Sie, wo ich kann. Sollte es einen Serienmörder geben, dürfen wir nichts unversucht lassen, um ihn zu fassen.«

*

Als sie zu sich kam, spürte sie jeden einzelnen Knochen. Es dauerte einen Moment, bis sie realisierte, dass er sie in ein dunkles Verlies gesperrt haben musste, denn es war so dunkel, dass sie die Hand vor Augen nicht sehen konnte.

War es Tag oder stockfinstere Nacht?

Sie musste sich eingestehen, ihr Zeitgefühl verloren zu haben, denn sie wusste nicht, wie lange sie sich schon an diesem Ort befand. Ihre Mundhöhle war wie ausgedörrt, ein fauliger Geschmack bereitete ihr Übelkeit. Dazu kam die stickige und dennoch feuchte Luft in diesem Loch. Es roch nach Fäulnis und Verwesung. Angeekelt versuchte sie, flacher zu atmen.

Es bereitete ihr Angst, dass sie sich an nichts erinnern konnte. Filmriss, fast so, als wäre sie betrunken gewesen. Doch irgendetwas sagte ihr, dass das nicht der Fall war. Sie war ihm ausgeliefert gewesen. Hatte er sie an diesen geheimnisvollen Ort gebracht, um sich an ihr zu vergehen? Er – wer war dieser *Er* überhaupt? Je länger sie nachdachte, je länger sie krampfhaft versuchte, sich an das Geschehene zu erinnern, umso stärker wurden diese schrecklichen Kopfschmerzen. Langsam lichtete sich der Nebel, und bruchstückhaft tauchte die Erinnerung vor ihrem geistigen Auge auf. Sie hörte seine Stimme wie durch Watte, sah sein Lächeln, das nicht echt schien, da nur sein Mund lächelte, während seine Augen sie eiskalt taxierten.

Minutenlang lag sie in der Schwärze und dachte angestrengt nach. Dabei registrierte sie erst jetzt, dass sie mit dem Rücken auf einer Art Pritsche lag. Immer wenn sie sich bewegte, knarrte der metallene Lattenrost unter der dünnen Matratze. Die völlige Dunkelheit machte ihr zu schaffen. Sie wusste nicht einmal, ob sie sich gerade alleine in dem Raum aufhielt und wandte den Kopf zur Seite, versuchte, mit weit aufgerissenen Augen das alles verschlingende Schwarz zu durchdringen.

Sie hielt die Luft an und lauschte. War da ein Atmen? Bewegte sich etwas, gleich neben ihr? Nein, sie bildete sich seine Nähe wohl nur ein. Oder irrte sie, und er beobachtete sie längst? Was, wenn er in dem Versteck Nachtsichtkameras montiert hatte, mit denen er sie beobachten konnte?

Sie fühlte sich ihm ausgeliefert und versuchte, sich weiter an das Geschehene zu erinnern.

Offensichtlich war er nicht eben zimperlich mit ihr umgegangen, doch so sehr sie sich auch anstrengte, sie konnte sich an nichts erinnern. Nur daran, dass sie sich zufällig begegnet waren. Er hatte sie in eine Bar eingeladen, sie hatten sich prächtig unterhalten, und irgendwann war sie müde geworden, fast so schnell, als hätte man bei ihr einen Schalter umgelegt. Zäh wie Sirup flossen die Gedanken durch ihr Gehirn. Ob er ihr K.o.--Tropfen ins Glas geschüttet hatte? Anders konnte sie sich ihren Blackout nicht erklären, denn ein einziges Mal war sie auf die Toilette im Keller der Bar verschwunden. Wahrscheinlich hatte er die Gelegenheit genutzt, um ihr etwas in den Cocktail zu mischen. Als sie sich wieder zu ihm an den Tisch gesetzt hatte, war es schnell gegangen. Ihre Augen waren schwer geworden, die Knochen hatten sich angefühlt wie Blei. Irgendwie hatte er sie zu seinem Wagen bugsiert, um sie nach Hause zu bringen.

Doch dort war sie nie angekommen.

Sicher vermisste man sie längst. Obwohl sie jedes Raum- und Zeitgefühl verloren hatte, war sie sicher, seit Stunden, vielleicht sogar seit Tagen in Gefangenschaft zu sein. Der Gedanke daran, weder Zeit noch Ort benennen zu können, drohte, sie in den Wahnsinn zu treiben.

Panisch drehte sie sich zur Seite. Das Gestell unter ihr knarrte ohrenbetäubend. »Hallo?«, rief sie ins Nichts. Sie erschrak über den hohlen Klang ihrer Stimme. Offensichtlich befand sie sich in einem Raum mit gewölbter Decke. »Hallo«, wagte sie einen zweiten Versuch. »Ist hier jemand?« Ihre Zunge brannte, der Durst lähmte ihr Denken. »Hilfe!«, krächzte sie voller Verzweiflung. Niemand schien sie zu hören. Wo immer er sie auch hingebracht hatte, er musste sich von Anfang an sicher gewesen sein, dass es weder ungebetene Zeugen noch zufällige Zuhörer gab. Ob sie sich in einem schalldichten Raum befand?

So sehr sie sich auch das Hirn zermarterte, sie fand keine Erklärungen für das, was ihr widerfahren war. Im Dunkeln ertastete sie ihren eigenen Körper. Sie war bekleidet, ein Umstand, der sie einigermaßen beruhigte. Zwar war ihre Kleidung verschwitzt und sicherlich ramponiert, doch immerhin hatte er sie nicht ausgezogen. Auch ihr Unterleib fühlte sich normal an. Demnach war sie einer Vergewaltigung entgangen. Doch, um alles in der Welt – warum hatte er sie dann in dieses Loch verschleppt? Sie versuchte erneut, das Dunkel mit ihren Blicken zu durchdringen, erneut vergeblich. Kein Licht drang in ihr Versteck. Als ihr bewusst wurde, dass sie in einer unergründlichen Parallelwelt gefangen war, entluden sich ihre Angst und die Verzweiflung in einem gellenden Schrei, der ihre Kehle schmerzen ließ. Der Gedanke daran, hilflos zu sein, trieb sie an den Rand des Wahnsinns.

KAPITEL 20

Die Sonne des Vormittags hatte auch die letzten grauen Wolken am Himmel vertrieben und tauchte die Landschaft in ein warmes, frühlingshaftes Licht. Die kurvenreiche Straße führte Kristin vorbei an kleinen Waldgebieten und sanften Hügeln, auf denen der Raps in voller Blüte stand. Als sie das Seitenfenster einen Spalt öffnete, glaubte sie schon, die salzige Meeresluft riechen zu können.

Kristin genoss die Fahrt nach Eckernförde, auch wenn der Anlass äußerst unerfreulich war. Während sie sich vom Navi des Dienstwagens führen ließ, dachte sie über den Mord an Maike Adamo und mögliche Parallelen zum Mord in Eckernförde nach. Der Staatsanwalt hatte ihr Kommen beim Leiter des K1 in Eckernförde angekündigt, nun erwartete man sie bereits.

Zunächst ließ sie den Wagen durch die kleinen malerischen Gassen in der Nähe des Hafens rollen. Einige Straßenzüge erinnerten Kristin an ihre alte Heimat in Leer. Gemütliche Cafés und Kneipen reihten sich Seite an Seite mit kleinen Geschäften aneinander und luden zu einem Spaziergang ein. Doch dafür hatte Kristin keine Zeit. So navigierte sie das System zum Parkplatz an der Preußerstraße. Hier hatte man auch das verlassene Fahrzeug der toten Frau gefunden. Schon als Kristin den Wagen auf den Parkplatz lenkte, fielen ihr die Streifenwagen und das blau-weiße Absperrband auf. »Hier können Sie nicht durch«, wurde sie von einem Streifenpolizisten belehrt. Als sie ihm den Dienstausweis zeigte, ließ er sie passieren. Kristin parkte auf einem freien Platz und stieg aus. Der Wind spielte mit ihren Haaren. Hastig fingerte sie ein Haargummi aus der Jeanstasche, raffte die Haare zu einem provisorischen Pferdeschwanz zusammen und schob sie durch den Gummiring. Das Tosen der Wellen drang an ihre Ohren, obwohl sie das Meer noch nicht sehen konnte. Kristin stemmte sich gegen den auffrischenden Wind und marschierte durch einen kleinen Park, der an die Strandpromenade grenzte und den Blick auf die Ostsee freigab.

Die Tatortarbeit der Kollegen war noch in vollem Gange. Der Strandbereich rund um die Holzbrücke, die aufs Wasser hinausführte, war weiträumig mit Absperrband vor unbefugtem Betreten gesichert, weiter unten am Wasser gab es Sichtschutzwände, die im auffrischenden Wind drohten umzustürzen. Kriminaltechniker in weißen Overalls sicherten die wohl unzähligen Spuren zwischen der Promenade und der Seebrücke, die größtenteils von Sichtschutzwänden vor neugierigen Blicken abgeschirmt war. Die Besatzungen der Funkstreifenwagen hatten größte Mühe, die Gaffer auf Distanz zu halten.

Mit jedem Schritt, mit dem sie sich dem Ort des Geschehens näherte, glaubte Kristin, einen beißenden Brandgeruch zu schmecken. Ihre Kopfhaut zog sich zusammen, als sie an das dachte, was sich hier in der letzten Nacht ereignet hatte.

Kristin blickte sich aufmerksam um, doch weder am Restaurant noch beim Schwimmbad schien es eine Überwachungskamera zu geben, die das grausame Verbrechen aufgezeichnet haben könnte. Sicherlich hatten die Kollegen aus Eckernförde das schon auf dem Schirm gehabt. Brauchbare Hinweise gab es wohl keine. Kristin prägte sich ihre Umgebung genau ein und schloss die Augen. In ihrer Fantasie lief ein Film ab. Sie sah eine junge Frau, die sich von der Stelle, an der sich Kristin gerade befand, auf die Seebrücke zubewegte. Dort wurde sie von ihrem Mörder in Empfang genommen. Erwartete er sie bereits oder war es ein zufälliges Treffen gewesen? Kannten sich die beiden? War es ein heimliches

Rendezvous gewesen, das die beiden Menschen an diesem Ort zusammengeführt hatte? Wenn dem so war, warum hatte er sie dann getötet? Oder hatte es sich um ein zufälliges Treffen gehandelt und sie war ihm in die Hände gefallen, ohne zu ahnen, was mit ihr geschah?

Kristin glaubte, die Schreie der Frau hören zu können, spürte den eiskalten Schauer, der ihren Rücken herunterrann, und fühlte die Beklemmung, als sie die Flammen meterhoch in den Nachthimmel lodern sah. Sie hörte das Prasseln der Flammen, das sich unter das Wellenrauschen mischte, als die Schreie der Frau verstummten.

»Sie dürfen hier nicht durch«, riss sie eine raue Stimme aus den Gedanken, bevor sie ihre Vision zu Ende gedacht hatte. Erschrocken riss Kristin die Augen auf und sah in das markante Gesicht eines Mannes mit strahlend blauen Augen und einem modisch kurzen Haarschnitt. Der sorgsam gestutzte Dreitagebart unterstrich sein männliches Auftreten auf äußerst angenehme Weise. Über dem weißen T-Shirt trug er einen modischen Windbreaker zu Bluejeans und Sneakers.

»Lars Reimers, Kripo Eckernförde«, stellte er sich vor. »Ich glaube, wir haben ein Date.«

»Nicht, dass ich wüsste.« Trotzig stemmte Kristin die Hände in die Hüften und betrachtete ihn neugierig. Der Staatsanwalt hatte nach der Morgenrunde den Kontakt zu den Kollegen in Eckernförde hergestellt und Kristins Kommen angekündigt.

»Sie müssen diese übergriffige Kollegin aus Ostfriesland sein, von der alle reden«, grinste Lars Reimers und zeigte seine strahlend weißen Zähne. Sein Lächeln gefiel Kristin.

»Übergriffig?«, fragte sie in gespielter Empörung. »Das müssen Sie mir erklären.«

»Ihr Ruf eilt Ihnen voraus«, behauptete Reimers. »Willkommen im echten Norden.« Lächelnd reichte er ihr die Hand. Seine Hände waren gepflegt, das gefiel Kristin. Sie ergriff die Hand und registrierte seinen festen Händedruck. Dieser Mann schien zu wissen, was er wollte.

»Mein Ruf eilt mir voraus?«, fragte Kristin. »Was soll das denn heißen?«

»Das erkläre ich Ihnen vielleicht, wenn Zeit dazu ist«, erwiderte Reimers und wurde ernst. Mit dem Kinn deutete er zur gesperrten Seebrücke. »Aber jetzt sollten wir über die Arbeit reden.« Er schien einen Moment zu zögern, bevor er fortfuhr: »Übrigens, ich bin Lars.«

»Kristin.« Sie hielt seinem forschenden Blick stand.

»Also«, sagte er nach einer gefühlten Ewigkeit, »warum mischt sich die Polizeidirektion Flensburg in die Arbeit der Polizeizentralstation Eckernförde ein?«

»Ich würde das als Neugier bezeichnen«, antwortete Kristin ehrlich.

Er hob eine Augenbraue und wirkte skeptisch. »Du bist neugierig? Ob wir etwas von unserem Handwerk verstehen? Ich will ehrlich sein: Im Moment laufen alle Telefone heiß, die Medien rennen uns die Bude ein, und das LKA steht kurz davor, sich in unsere Arbeit einzumischen.«

»Oha«, machte Kristin und folgte ihm hinter das Absperrband.

»Norddeutsche Panikattacke«, konstatierte Reimers mit einem schiefen Grinsen. »Aber mal im Ernst: Warum interessierst du dich für den Fall?« Reimers führte sie zu zwei Holzliegestühlen am Strand, in denen die Touristen den Meerblick genießen konnten. Sie nahmen Platz.

»Weil ich an einem ähnlich gelagerten Fall arbeite.«

»Die Tote von Haithabu?« Reimers betrachtete sie nachdenklich. Offenbar hatte er von dem Leichenfund im Wikingermuseum gehört.

»Ja.« Kristin berichtete ihm von dem Mord an Maike Adamo, er hörte aufmerksam zu, ohne sie ein einziges Mal zu unterbrechen. Erst als sie geendet hatte, räusperte er sich. »Wenn ich dich richtig verstanden hatte, wurde euer Opfer mit einem stumpfen Gegenstand erschlagen.«

»Das steht so im Obduktionsbericht«, nickte Kristin.

Reimers ließ den Blick zur Seebrücke schweifen. Er griff in die Jackentasche, nahm Feuerzeug und Zigarettenpackung heraus und zündete sich eine Zigarette an. »Rauchst du?«

Kristin schüttelte den Kopf und bedankte sich. Um ein Haar hätte sie die Frage des attraktiven Kollegen bejaht und beherzt zugegriffen. So blieb ihr nichts, als ihm beim Rauchen zuzusehen.

Während Reimers genüsslich den Rauch in die Seeluft blies, erwischte sich Kristin dabei, die tabakhaltige Luft genießerisch einzusaugen. Wie gerne hätte sie jetzt auch eine Zigarette geraucht. So gut es ging, konzentrierte sie sich auf den Stand der Ermittlungen.

»Wir haben es mit einer Brandleiche zu tun.« Reimers verschränkte die Arme vor der Brust. »Allerdings gibt es eine Wunde an der Schläfe des Opfers, die uns noch Rätsel aufgibt.«

»Kann ich sie sehen?« Kristins Blick zur Seebrücke war von Sichtschutzwänden beeinträchtigt.

»Wenn es dir hilft?« Reimers erhob sich, nahm einen letzten Zug an der Zigarette und schnippte die Kippe in den Sand.

»Eventuell.«

Reimers führte sie zu einem Kastenwagen und nahm aus dem Alukoffer, der in der offenen Schiebetür lag, zwei Schutzausrüstungen. Schweigend schlüpften Kristin und Reimers in die weißen Overalls, die Überzieher und streiften die Handschuhe über.

»Dann mal los.« Reimers lächelte ihr zu.

Seite an Seite marschierten sie durch den Sand auf die kleine Seebrücke zu. An den Sichtschutzwänden hatte Reimers Kollegen vom Streifendienst platziert. Die jungen Kollegen nickten ihnen zu und gaben den Weg frei. Intensiver Brandgeruch kroch in Kristins Nase, als sie die Holzbrücke betraten. Am Ende des Stegs waren Kriminaltechniker damit beschäftigt, Spuren zu sichern. Auf einer Seebrücke, die täglich von unzähligen erholungssuchenden Menschen betreten wurde, sicher eine Sisyphusarbeit. Die letzten Meter legten Kristin und Reimers im Gänsemarsch zurück. Schon von Weitem sah Kristin, dass man die Leiche mit einem Tuch abgedeckt hatte. Die Tote befand sich am Ende des Holzsteges, drei Personen in weißen Faseranzügen sicherten Spuren, einer fotografierte die Szenerie mit einer digitalen Kamera. Einige Holzbalken der Konstruktion waren verkohlt und durch die große Hitze des Feuers in Mitleidenschaft gezogen worden. Der bis auf die Knochen verbrannte Rest eines Fußes und ein angewinkelter Arm ragten unter dem Tuch hervor, das man mit kleinen Steinen vor dem Wegwehen durch den ständigen Wind gesichert hatte.

»Moin«, begrüßte sie die Kollegen von der Spusi. Reimers stellte Kristin den Kollegen vor und berichtete, warum sich eine Kollegin aus Flensburg für den Fall interessierte.

»Genaues wissen wir noch nicht«, beschied ihr ein untersetzter Kriminaltechniker. »Aber es gibt ein paar Details, die interessant für dich sein dürften.«

Kristin sah sich um. Von hier aus hatte man nicht nur einen atemberaubenden Blick auf die Ostsee. Auch die Häuser der Eckernförder Bucht tauchten in der Ferne auf. »Und es gibt keine Zeugen?«

»Nicht direkt.« Reimers schüttelte den Kopf. »Jedenfalls scheint niemand die Tat beobachtet zu haben. Allerdings gingen fast zeitgleich unzählige Anrufe bei der Feuerwehr ein, als es hier brannte.« Er zeigte auf die Brandspuren am Geländer und den Bohlen der Seebrücke. »Der Feuerschein hat die Leute auf den Plan gerufen, doch da kam für das Opfer schon jede Hilfe zu spät.«

Kristin bemerkte einen großen Benzinkanister am Ende der Brücke. »Also kam Brandbeschleuniger zum Einsatz?«

»Ja.«

Sie wandte sich an den untersetzten KTU-Mann. »Was könnt ihr mir sagen?«, fragte sie. »Du hast eben von interessanten Details gesprochen.«

Er nickte. »Viel ist von dem Leichnam nicht übrig, aber wir konnten Textilspuren sichern, die darauf schließen lassen, dass sie Stiefel, einen Mantel und sonst nichts trug.«

»Ich verstehe nicht?« Kristin zog die Augenbrauen hoch.

»Offensichtlich war sie unterwegs zu einem … erotischen Date«, half ihr Reimers auf die Sprünge. »Es hat den Anschein, als habe sie unter dem Mantel nichts getragen.«

»Dann war sie hier mit ihrem Mörder verabredet«, schlussfolgerte Kristin.

»Ob der Mann, den sie hier treffen wollte, auch ihr Mörder ist, wissen wir noch nicht.« Reimers schüttelte den Kopf. »Aber es wäre denkbar, dass er sie unter Vortäuschung eines Dates hergelockt hat.«

»Wie kam sie hierher?« Kristin sah sich suchend um.

»Auf dem Parkplatz steht ihr Wagen. Es gab in der Nacht die Vermisstenanzeige ihres Mannes; eine Halteranfrage anhand des Kennzeichens gibt uns Gewissheit, dass es sich bei der Toten um Mona Borders handelt. 37 Jahre, wohnhaft in Westerholz, Bankkauffrau in Flensburg.«

»Dann ist sie ihm fremdgegangen?«

»Es hat den Anschein.« Reimers nickte. Seine Kollegen hatten dem Mann einen Besuch abgestattet, um ihn über den Tod seiner Frau zu unterrichten. Kristin erkannte erschreckende Parallelen zum Mord an Maike Adamo. Der Wind spielte in ihrem Haar, als sie sich an Reimers wandte. »Wie stand es um die Ehe der beiden?«

»Nicht sonderlich gut, daraus hat der Ehemann beim

Besuch der Kollegen kein Hehl gemacht.« Reimers zuckte die Schultern. »Sie waren erst ein halbes Jahr verheiratet. Der Mann hat den Verdacht geäußert, dass sie ihm fremdgegangen ist.«

»Hat er dafür Anhaltspunkte?«

»Nichts Greifbares.« Reimers zuckte die Schultern. »Sie sei in letzter Zeit oft alleine unterwegs gewesen, um sich abends und am Wochenende mit Freundinnen zu treffen.«

»Mädelsabend«, kommentierte Kristin.

»So nennt ihr das also«, erwiderte Reimers mit einem angedeuteten Grinsen. »Aber im Ernst: Frank Borders machte sich ernsthafte Sorgen um die Treue seiner Frau.«

»Entweder ist er krankhaft eifersüchtig …«, setzte Kristin an.

»Offenbar ist sein Verdacht berechtigt.« Reimers Blick glitt zur See. Draußen zog eine schneeweiße Jacht ihre Bahn. »Es gibt eine Querverbindung zu einem Callboy, mit dem sie sich angeblich getroffen haben soll«, fuhr Reimers fort, ohne sich vom Anblick des stolzen Bootes loszureißen.

»Querverbindung?«

»Ja, die Kollegen haben ihr Smartphone auf den Kopf gestellt. Zwar ist die Untersuchung noch nicht abgeschlossen, aber die Hotline eines Liebesdieners war wohl auffällig.«

»Das klingt wirklich nicht nach einer harmonischen Ehe«, gab Kristin dem Kollegen recht. Ihr Blick schweifte hinüber zur Brücke, wo man die sterblichen Überreste des Mordopfers mit einer Decke verhüllt hatte. »Also kann davon ausgegangen werden, dass es sich bei ihrem Peiniger um einen ihrer Liebhaber handelt.«

»Oder um besagten Callboy«, erwiderte Reimers und blätterte in seinen Aufzeichnungen. »Noah Holm, so der Name, hatte in der Vergangenheit Probleme mit dem Gesetz.«

»Inwiefern?« Kristin strich sich eine Haarsträhne aus dem Gesicht.

»Er hat einige seiner Kundinnen erpresst und ihnen gedroht, dass er die Seitensprünge der Damen bei ihren Freunden und Ehemännern auffliegen lassen würde. Bei seinen Treffen hat er die Hotelzimmer mit winzigen Kameras präpariert, die verwerfliches Ton- und Filmmaterial liefern sollten.«

»Nicht gerade sehr kundenfreundlich, würde ich sagen.«

»Bei ihm stand wohl die Hoffnung auf schnell verdientes Geld im Vordergrund«, mutmaßte Reimers. Kristin überlegte, ob sich auch Maike Adamo mit einem Callboy getroffen haben könnte. Sehr wahrscheinlich war es nicht, denn die Adamos hatten finanzielle Probleme. Und auch wenn Maike Adamo die Dienste eines Liebesdieners noch nie in Anspruch genommen hatte, war Kristin sicher, dass für eine Liebesnacht schnell eine größere Summe fällig wurde. Dennoch beschloss sie, Hein Adamo auf die Möglichkeit anzusprechen. Sie wandte sich an den Kriminaltechniker. »Ich wäre dann so weit.«

»Gut.« Er ging neben ihnen in die Hocke, schob die Steine zur Seite und zog das Tuch zurück.

Ein mulmiges Gefühl beschlich Kristin, als sie einen ersten Blick auf den verkohlten Leichnam werfen konnte. Sie erkannte die Reste eines Mantels, der mit Haut und Organen der Toten zu einer schwarzen Masse verschmolzen war. Als Kristin den beißenden Brandgeruch wahrnahm, atmete sie flacher. Die verbrannten Reste der Beine steckten in Fetzen von Stiefeln, Hautreste spannten sich pergamentartig über den Schädel. Kristin erkannte Wangenknochen und die Augenhöhlen, einen Mund, der wie zu einem stillen Schrei geöffnet war. Von Gesicht und Haaren war nicht mehr viel zu erkennen. Lediglich an der rechten Schläfe klaffte ein tiefes Lock im Schädel. »Das ist die Wunde, die du eben erwähnt hast?«, fragte sie Reimers, ohne sich zu ihm umzusehen.

»Richtig.«

Kristin kam zu dem Schluss, dass der Täter im Wikingermuseum ähnlich vorgegangen war. Auch bei Maike Adamo hatten sie eine Wunde an der Schläfe festgestellt, die von einem stumpfen Gegenstand herrührte.

»Der DNA-Abgleich läuft bereits«, erklärte Reimers, der Kristins Gedanken zu erraten schien. »Wir sind aber schon zum jetzigen Zeitpunkt sehr sicher, dass die Identität feststeht. Der abgestellte Wagen, die Vermisstenmeldung, die Beschreibung der Kleidung durch den Ehemann ...«

»Er wusste, dass sie nichts unter dem Mantel trug?« Kristin stutzte.

»Nicht ganz.« Reimers schüttelte den Kopf. »Er hat uns beschrieben, dass sie einen Rock und eine Bluse trug, dazu Stiefel und den Mantel, als sie das Haus verließ. Die restlichen Kleidungsstücke haben wir im Fußraum ihres Autos gefunden. Wir gehen davon aus, dass sie sich auf dem Weg zu diesem Treffen entkleidet hat und nur noch Wäsche, Mantel und Stiefel trug, als sie auf ihren Mörder traf.«

Kristin löste sich vom Anblick der Toten und erhob sich. Sie bedankte sich bei dem Kriminaltechniker und wandte sich an Lars Reimers. »Wie gehen wir weiter vor?«

»Wir?« Er lachte auf. »Das ist der Fall der Kripo Eckernförde«, erinnerte er sie.

»Geschenkt.« Kristin winkte ab und machte kehrt, um die Seebrücke zu verlassen. Sie musste sich nicht umdrehen, um zu bemerken, dass Lars Reimers ihr folgte. »Es gibt Parallelen zu unserem Mord«, bemerkte sie, als sie wieder sandigen Boden unter den Füßen hatten. Kristin streifte die Schutzbekleidung ab, Reimers tat es ihr nach.

»Wenn die Morde tatsächlich in einem Zusammenhang stehen, sollten wir zusammenarbeiten«, fand Kristin. »Außerdem liegt Westerholz, soviel ich weiß, in unserem Zuständigkeitsbezirk.« Jetzt grinste sie ihn an.

»Ich gebe mich geschlagen.« Reimers knüllte die Einmalkleidung zusammen und beförderte sie in eine Plastikkiste der Spurensicherung. »Komm«, sagte er, »wir müssen das weitere Vorgehen besprechen.«

Zufrieden folgte Kristin ihm über den Strand. Immerhin hatte er jetzt auch »wir« gesagt. »Wie verhält es sich mit dem Callboy, dessen Dienste sie in Anspruch genommen haben soll?«

»Wir sollten Noah Holm mal auf den Zahn fühlen.«

Kristin nickte. »Ich würde diesem Liebesdiener gern einen Besuch abstatten.« Kaum, dass sie diesen Satz ausgesprochen hatte, wurde sie sich der Wirkung ihrer Worte bewusst.

»Das hätte ich nicht von dir erwartet.« Reimers grinste breit. »Ich weiß nicht, ob er zu Hause Besucherinnen empfängt.«

»Die Adresse ist bekannt?«, fragte Kristin, ohne auf seine Anspielung zu reagieren.

»Selbstredend.« Er nickte. »Und du willst wirklich …«

»Sicher.« Kristin gab ihm ein Zeichen. »Worauf warten wir?«

»Auf zum Callboy«, antwortete Reimers. Diesmal grinste er nicht.

*

Als sie das kleine Küstendorf erreichten, hatte sich der Himmel über Kronsgaard zugezogen, Nieselregen setzte ein und überzog das Land mit einem feuchten Schleier. Eine schmale Straße führte zum Haus von Noah Holm. Kristin lenkte den Wagen an den unbefestigten Straßenrand und blickte unschlüssig auf die Kate, in der Holm lebte. Dunkelroter Backstein, ein in die Jahre gekommenes Reetdach mit Moos, staubblinde Fenster mit Holzrahmen, in deren Fugen sich Moos gebildet hatte. Der verwilderte Vorgarten war von einem ehemals weißen Bretterzaun eingefasst, der schon bessere Zeiten gesehen hatte. Jetzt blätterte die Farbe vom Holz. Eine Katze strich durch die Hagebuttenbüsche und beäugte die Neuankömmlinge voller Argwohn, bevor sie um eine Hausecke verschwand. Alles in allem machte das Anwesen einen eher lieblosen und ungepflegten Eindruck.

»Da wären wir.« Reimers, der es sich auf dem Beifahrersitz gemütlich gemacht hatte, löste den Sicherheitsgurt.

»Standesgemäß scheint er nicht gerade zu wohnen«, fand Kristin und brachte ihren Kollegen zum Schmunzeln.

»Wie lebt denn deiner Meinung nach ein Callboy standesgemäß?«

»Was weiß ich.« Kristin zuckte die Schultern. »Pompöser, hatte ich gedacht.« Sie stieg aus, zog den Kopf tief zwischen die Schultern und versenkte die Hände in den Taschen ihrer Jeans. »Immerhin fährt er ein standesgemäßes Auto«, fügte sie mit einem schiefen Grinsen hinzu und deutete auf einen schwarzen AMG-Mercedes mit breiten Reifen und abgedunkelten Scheiben im Fond, der in der Einfahrt neben dem Haus parkte. Den Initialen auf dem Kennzeichen nach zu urteilen, handelte es sich um den Wagen von Noah Holm.

»Wer hat, der hat«, kommentierte Reimers, den tiefer gelegte Sportwagen offenbar nicht beeindruckten. Der Nieselregen hatte winzige Perlen auf dem polierten Lack der Luxuskarosse gebildet. Kristin war über den von Moos bewachsenen Waschbetonplattenweg vorangegangen. Sie fragte sich, ob die Nachbarn von Holm wussten, womit er sein Geld verdiente.

Reimers war im Vorgarten stehen geblieben. »Soll ich lieber hier warten?«

»Warum?«

Er grinste. »Weil wir hier in deinem Zuständigkeitsbereich sind.« Dabei ließ er offen, ob er Kronsgaard meinte oder die bevorstehende Befragung eines Callboys.

»Komm schon«, forderte Kristin ihn ungeduldig auf. Sie legte, als er bei ihr ankam, bereits zum zweiten Mal den Daumen auf den Klingelknopf neben der dunkelblauen Holztür. Drinnen schrillte eine Glocke. »Herr Holm?«, rief Kristin und klopfte energisch an die Tür. »Sind Sie zu Hause?«

»Sag doch, dass wir von der Polizei sind«, raunte Reimers ihr grinsend zu. »Das wirkt manchmal.«

»Alles zu seiner Zeit«, erwiderte Kristin, ohne sich zu ihm umzudrehen. Im Haus tat sich etwas. Schritte näherten sich, dann öffnete sich die Haustür. Den Angeln entwich ein ohrenbetäubendes Quietschen.

»Moin«, sagte Kristin freundlich.

Der Mann, der ihnen die Tür öffnete, hätte gut und gern auch ein Schauspieler sein können – er war ausnehmend attraktiv, fand Kristin. Die dunkelblonden Haare waren kurz geschnitten, sein Gesicht wirkte maskulin, was nicht zuletzt an dem Dreitagebart und seinen tiefblauen Augen lag. Sein gebräunter Teint schien eher von einer Sonnenbank als von der Ostseesonne zu stammen und verlieh ihm ein gesundes Aussehen. Der Mann, Kristin schätzte ihn auf Anfang 30, war groß und schlank, sein Oberkörper muskulös. Er trug ein blassblaues T-Shirt zu verwaschenen Bluejeans und stand barfuß auf dem Terrakottaboden der Diele. Als er die Besucher erblickte, verfinsterte sich die Miene des Mannes. »Wenn Sie zu den Zeugen Jehova gehören, sind Sie bei mir falsch.«

»Keine Angst, wir …«

»Und die Typen von den mobilen Tiefkühlkost-Lieferanten können mir auch gestohlen bleiben, und an der Haustür mache ich grundsätzlich keine Geschäfte, weil ich nicht …«

»Polizei«, rief Reimers dazwischen. Er zeigte ihm den Dienstausweis.

Der schöne Mann verstummte und betrachtete das Paar

mit zweifelndem Blick. Seine Miene wirkte versteinert, die Kiefer mahlten angespannt.

»Herr Holm?«, fragte Kristin, »Noah Holm?«

Ihr Gegenüber nickte und zeigte auf das vermessingte Klingelschild. »Steht doch da.«

»Haben Sie einen Moment Zeit für uns?«

»Wenn ich nicht mitspiele, werde ich vorgeladen, richtig?«

»Richtig.« Kristin nickte.

»Kommen Sie schon.« Noah Holm gab den Eingang frei und ging voran in den hinteren Teil der Kate. Hier gab es eine offene Küche und ein Esszimmer, gleich nebenan die Stube. Das Innere des Hauses hatte wenig mit dem äußeren Eindruck, den Kristin gewonnen hatte, gemeinsam. Hier herrschte moderner Landhausstil, das Mobiliar wirkte wertig und war geschmackvoll zusammengestellt. Im Fenster zum Obstgarten hinter dem Haus das obligatorische Holzsegelschiff, davor eine Essgruppe mit Durchgang zur ebenfalls modernen Küche. Das Balkenwerk unter der Decke war hell gestrichen und nahm dem Raum das Bedrückende, das von einigen alten Landhäusern ausging. An der Wand ein großformatiges Bild in Acryl, das einen rot-weißen Leuchtturm zeigte. »Falshöft«, las Kristin darunter.

»Nehmen Sie Platz«, riss sie Holms Stimme aus den Beobachtungen. Nachdem Kristin sich an den großen Tisch gesetzt hatte, zog er selber sich einen Stuhl heran. Reimers zog es vor stehen zu bleiben.

»Was habe ich verbrochen?«, fragte Holm mit einem herablassenden Grinsen, während seine gepflegten Hände auf dem Tisch ruhten.

Kristin brachte er mit dieser Frage nicht aus der Ruhe. »Sagt Ihnen der Name Mona Borders etwas?«, fragte sie.

Holm musste nicht lange nachdenken. »Natürlich. Sie gehörte eine Zeit lang zu meinen besten Klientinnen.«

Klientinnen heißt es in seiner Branche, wunderte sich Kristin heimlich. *Das muss ich mir merken.* »Wann haben Sie zuletzt mit ihr ... wann gab es zuletzt ein Treffen?« Es fiel Kristin ein wenig schwer, die passenden Worte zu finden.

Holm dachte kurz nach. »Das muss vor etwa vier Wochen gewesen sein.«

»Warum können Sie sich an Frau Borders so genau erinnern?«, fragte Reimers, ohne sich zu ihm umzudrehen. Er schien den Blick aus dem kleinen Küchenfenster in den gepflegten Bauerngarten zu genießen. Ein Schmetterling taumelte in einem Rhododendronbusch umher.

»Weil sie mich regelmäßig buchte.«

»Bedeutet was?«, Kristin schrieb mit.

»Sie hat mich sonst zwei Mal im Monat gebucht. Keine Ahnung, wie sie das finanziert hat, ist mir aber auch egal.«

»Und?« Jetzt wandte sich Lars Reimers doch zu ihm um.

»Was – und?« Holm sah mit lauerndem Blick zu ihm auf.

»Hatten Sie Sex mit Frau Borders?« Kristin konzentrierte sich auf ihre Aufzeichnungen. Als sie aufblickte, grinste Noah Holm. Er fuhr sich mit gespreizten Fingern durch das kurze Haar. »Sie wissen schon, was ich beruflich mache, oder?«

»Bitte beantworten Sie die Fragen meiner Kollegin«, ermahnte Reimers ihn mit strengem Blick.

»Mein Portfolio beinhaltet Wellness für Frauen«, erklärte er lächelnd. »Ich erfülle den Damen ihre geheimsten Wünsche und Fantasien.«

Wellness für Frauen, hallte es in Kristins Kopf nach. Bildhaft stellte sie sich vor, was er damit meinte, und besann sich auf den Anlass ihres Besuches. »Herr Reimers, es stehen Vorwürfe gegen Sie im Raum, dass Sie einen Teil Ihrer ... Klientinnen erpresst haben sollen.«

»Ach, die alte Geschichte.« Er winkte ab, sprang aufgebracht von seinem Platz auf und wanderte wie ein ruheloser

Tiger durch den Raum. »Ich habe es nicht nötig, mir diese Vorwürfe immer und immer wieder anzuhören. Das sind schlechte Scherze!«

»Ich bin sicher, dass den betroffenen Frauen nicht zum Scherzen zumute ist«, behauptete Reimers mit verschlossener Miene. »Warum haben Sie die Tête-à-Têtes ohne das Wissen Ihrer Kundinnen aufgezeichnet?«

Holm kehrte zum Tisch zurück und setzte sich wieder. »Das war dumm, zugegeben.« Er wirkte zerknirscht. »Ich hatte eine schlechte Zeit, das war damals während der Pandemie, als sämtliche Sozialkontakte im Lockdown verboten waren. Man hat mir Berufsverbot erteilt, und irgendwie musste ich an Geld kommen.«

»Und die wenigen Damen, die Ihnen verbotswidrig die Treue hielten, haben Sie zum Dank erpresst.« Reimers schüttelte den Kopf. »Nicht die feine englische Art, würde ich sagen.«

»Haben Sie niemals Fehler gemacht?«

»Doch, aber in Maßen.« Reimers machte ein Pokerface. »Aber wir sind ja auch nicht hier, um über mich zu sprechen.«

»Herr Holm, wo waren Sie gestern Abend in der Zeit von 22 bis 1 Uhr?«, fragte Kristin. Sie legte den Stift zur Seite und betrachtete den Callboy aufmerksam. Überhaupt hatte sie sich Liebesdiener ganz anders vorgestellt. Holm war eher der Typ des netten Nachbarn, äußerst attraktiv und redegewandt, auch sein Geschmack ließ nicht zu wünschen übrig, aber von ihm ging nichts Verruchtes aus. Kristin erwischte sich dabei, die unsichtbare Wolke von Aftershave, die Holm umgab, zu inhalieren.

Holm musste nicht lange nachdenken, bevor er antwortete. »Bei einer Klientin. Beziehungsweise in dem Hotel, in dem wir verabredet waren.«

»Name?«

»Hotel *Meerblick*.«

»Der Name der Dame«, setzte Reimers nach.

»Ach so, entschuldigen Sie. Ich wurde gestern von Veronika Ipsen gebucht, einer Unternehmersgattin aus Kiel.«

»Wir benötigen die Kontaktdaten von Frau Ipsen«, sagte Kristin, während sie mitschrieb. »Und die genauen Termine, an denen Sie sich mit Frau Borders verabredet hatten.«

»Ich lebe von Diskretion«, begehrte Holm auf.

»Klar«, grinste Reimers. »Deshalb haben Sie Ihre Kundinnen beim Sex gefilmt, nehme ich an?«

Noah Holm stöhnte auf. »Also gut.« Er wandte sich an Kristin, zückte sein Smartphone und rief die Kalenderfunktion auf, um ihr die Termine zu diktieren, an denen Mona Borders ihn gebucht hatte. Anschließend nannte er ihr die Kontaktdaten von Veronika Ipsen in Kiel.

»Also waren Sie gestern nicht mit Mona Borders verabredet?«, vergewisserte sich Kristin abschließend.

»Nein, ich sagte doch, dass ich …« Er brach mitten im Satz ab und wurde kreidebleich. Jetzt schien er zu ahnen, weshalb ihn die Polizei besuchte. »Nee, oder?«

Kristin und Reimers schwiegen.

»Die Tote auf der Seebrücke, das war Mona?«

Wieder schwiegen Kristin und Reimers, sodass sich Holm selber die Frage beantworten konnte. »Das ist krank«, sagte er mit belegter Stimme. »Wer tut so etwas?«

»Um das herauszufinden, sind wir hier«, antwortete Kristin distanziert.

»Aber ich habe nichts damit zu tun«, beteuerte Noah Holm. Kristin hatte keinen Anlass, ihm nicht zu glauben. »Wie gut kannten Sie Mona Borders?«

»Was wollen Sie hören?«

»Haben Sie über Privates gesprochen?«

»Nein, wo denken Sie hin?«

»Also haben Sie auch keinen Verdacht, wer hinter dem Mord Ihrer Klientin stecken könnte?«, hakte Kristin nach.

»Absolut nicht, nein.« Holm schüttelte den Kopf. »Fragen Sie doch ihren Mann. Vielleicht ist er dahintergekommen, dass seine Frau sich ab und zu von mir verwöhnen ließ, und hat überreagiert.«

»Eifersucht als Mordmotiv?« Reimers setzte sich nun auch an den Tisch.

»Ich bin zwar kein Kriminologe, aber das hört man doch immer wieder«, bekräftigte der Callboy seinen Verdacht.

»Aber einen konkreten Hinweis auf Ihre Theorie haben Sie nicht?« Kristin machte sich Notizen. »Hat sich Mona Borders mal über ihren Mann beschwert? Dass es Streit gab, dass er als besonders eifersüchtig aufgetreten ist oder andere Anhaltspunkte?«

»Ich pflege nicht über die Partner meiner Klientinnen zu sprechen«, erwiderte Holm ausweichend. »Meistens kommen die Damen zu mir, um ihren Alltag zu vergessen, und nicht, um sich auszuweinen.«

»Verstehe«, behauptete Reimers. »Wie war das mit Mona Borders? Haben Sie sie auch erpresst?« Sekundenlang maßen sich die Männer mit Blicken. Holm wurde tiefrot und ballte die Hände zu Fäusten. »Mona wusste nichts davon, dass ich ihrem Mann einen Besuch abgestattet habe«, eröffnete Holm ihnen schließlich.

*

Flensburg, Polizeidirektion, 14.10 Uhr:

Immer wieder schielte Paulsen auf das Display seines Smartphones. Sie hatte ihm bisher nicht geantwortet. Seit ihrem zufälligen Treffen in der Bäckerei war ihm Mona nicht mehr aus dem Kopf gegangen. Er fragte sich, warum sie ihn ignorierte, wo sie es doch gewesen war, die ihn angesprochen hatte.

Die laute Mona, dachte Paulsen mit einem sehnsüchtigen Grinsen. Er freute sich auf ein Wiedersehen mit dieser leidenschaftlichen Frau. Den Gedanken, dass sie seit einiger Zeit verheiratet war, verdrängte Paulsen erfolgreich. Schnell tippte er eine weitere Nachricht, in der er ihr gestand, dass sie ihm seit dem Treffen am Vortag nicht aus dem Kopf gegangen war und dass er sich auf ein Date freue. Schnell schickte er noch ein Kuss-Emoji hinterher.

»Was macht du denn da?«, riss ihn die sonore Stimme seines Partners aus den Gedanken. Als Paulsen aufblickte, bemerkte er, dass Gunnar Feistel neben ihm stand und versuchte, einen Blick auf Paulsens Handy zu werfen.

»Schon wieder eine Neue am Start?«, grinste Feistel, als sein Blick auf das Kuss-Emoji fiel. »Konzentrier dich, Mann.«

»Na logisch.« Paulsen seufzte und schob das Smartphone in die Innentasche seiner leichten Jacke. »Na dann los.« Er gab seinem Partner ein Zeichen und hoffte, dass Feistel sich keine dummen Bemerkungen mehr erlauben würde.

*

Kronsgaard, 20 Minuten später:

»Jetzt wissen Sie alles.« Noah Holms Gesicht hatte eine tiefrote Färbung angenommen. Stockend hatte er seinen Besuchern berichtet, dass er Mona Borders ebenfalls erpressen wollte. Er war mit dem Beweismaterial, das er auf einen USB-Stick gespeichert hatte, zu Borders gefahren, um ihm ein Geschäft vorzuschlagen. Der Stick lag jetzt vor ihnen auf dem Tisch des Esszimmers. Holm hatte ihn bereitwillig herausgegeben, ohne dass Kristin oder Reimers ihn darum bitten mussten.

»Wie hat Herr Borders auf Ihren Vorschlag reagiert?«, wollte Kristin wissen.

Holm deutete ein Lächeln an. »Er hat mir Prügel angedroht und mich zum Teufel gejagt.«

»Wie kam er zu dieser Reaktion?«, wollte Reimers wissen.

»Er hat mir nicht geglaubt, dass seine Frau sich einen Callboy gönnt«, grinste Holm. »Dabei hat sie sich bei mir immer beklagt, dass sie bei ihrem Mann nicht auf ihre Kosten kommt – wenn Sie verstehen …?«

»Bitte ersparen Sie uns Details.« Kristin winkte ab.

»Wir werden Ihr Alibi für gestern Abend überprüfen müssen«, bemerkte Reimers.

»Wenn es sein muss.« Holm machte ein zerknirschtes Gesicht. »Auch wenn das sicher nicht meiner Vorstellung von Diskretion entspricht.«

Kristin zeigte auf den USB-Stick, der zwischen ihnen auf dem Tisch lag und nach Angaben von Noah Holm anzügliches Bild- und Filmmaterial enthielt. »Aber das da«, sagte sie, »entspricht Ihrer Vorstellung von Diskretion?«

Holm schwieg. »Ich kann es nicht rückgängig machen«, sagte er nach einer gefühlten Ewigkeit.

»Dann wäre eine Entschuldigung bei den Betroffenen sicher das Mindeste«, fand Kristin und gab Reimers das Zeichen zum Aufbruch. Sie legte ihm eine ihrer druckfrischen Visitenkarten auf den Tisch, die sie erst heute Morgen von Beck bekommen hatte. »Und wenn Ihnen noch etwas einfällt, rufen Sie mich jederzeit an.«

»Wird gemacht.« Holm war kleinlaut, als er die Polizisten zur Tür brachte, doch Kristin bezweifelte, dass er aus seinen Fehlern lernen würde.

KAPITEL 21

Die Zufahrt zum Landeskriminalamt führte eigenartigerweise durch die enge Straße eines Wohngebietes am Rand von Kiel. Ihr Weg führte Birthe vorbei an schmucken Backsteinhäusern. Wer nicht wusste, dass sich hier die schleswig-holsteinische Polizeizentrale befand, würde sicher glauben, sich verfahren zu haben. Seit ihrem letzten Besuch waren Jahre vergangen, und irgendwie fühlte Birthe sich wie auf einer Reise in die Vergangenheit. Unzählige Male hatte sie sich unterwegs gefragt, ob es eine gute Entscheidung gewesen war, hierher zu kommen, um sich mit Uwe Sattler zu treffen. Doch ihr Termin war rein dienstlicher Natur und könnte möglicherweise dazu beitragen, den Mörder von Maike Adamo zu überführen.

Inzwischen hatte sie die Schranke passiert, an der sie sich vor der Einfahrt ausweisen musste. Auf dem weitläufigen Gelände des LKA gab es zahlreiche Flachdachgebäude und ein riesiges Parkhaus, in dem Einsatzwagen der schleswig-holsteinischen Polizeibehörden auf ihren nächsten Einsatz warteten.

Birthe parkte den unauffälligen Golf und fragte sich zur Cold Case Unit durch. Die Räume unterschieden sich kaum von denen der anderen Einheiten, die hier untergebracht waren. Lange, nichtssagende Korridore mit grauen Läufern und Türen, die in regelmäßigen Abständen links und rechts in Büros abzweigten. Wer hinter den Türen seinen Dienst verrichtete, wurde Birthe auf den Namensschildern mit den altmodischen Steckbuchstaben verraten. Als sie seinen Namen las, schlug ihr Herz ein paar Takte schneller. Sie überlegte, wie lange es her war, seitdem sie … plötzlich wagte sie kaum, ihren Gedanken zu Ende zu denken. Birthe holte tief Luft, fast so, als müsse sie all ihren Mut zusammennehmen, um Uwe zu begegnen, dann hob sie die Hand und klopfte an die Tür.

»Herein.« Seine Stimme klang teilnahmslos.

Zaghaft öffnete Birthe die Tür und steckte den Kopf durch den Türspalt. Uwe saß an einem großen Schreibtisch und arbeitete am Computer. Als er sie sah, ließ er Maus und Tastatur los und machte eine einladende Geste. Seine Miene erhellte sich. »Birthe«, sagte er. »Wie schön.«

»Ja.« Sie nickte und ärgerte sich ein wenig darüber, dass sie errötete wie ein Schulmädchen, als sie sein Büro betrat. Im Augenblick war sie froh, dass er sich den Raum nicht mit einem weiteren Kollegen teilte und dass sie alleine waren. Vorsichtig drückte sie die Tür hinter sich ins Schloss.

»Schön, dass du dir Zeit nehmen konntest, Uwe.«

Zwischenzeitlich hatte er sich erhoben. »Schön, dass du hier bist.« Uwe umarmte sie, und irgendwie fühlte es sich für Birthe vertraut an. Fünf, nein, sechs Jahre ist es jetzt her, überschlug sie im Kopf. Danach hatte er sich versetzen lassen. Weg aus Flensburg, der Stadt, in der sie als Team gearbeitet hatten. Nun brütete er tagein, tagaus über den Akten längst vergessener, aber nicht gelöster Kriminalfälle im LKA Kiel. Sie wagte zu bezweifeln, dass er in seiner neuen Funktion aufging. Zwar war er ein brillanter Analytiker, doch er liebte den Umgang mit Menschen, war gerne unterwegs, um das Verbrechen zu bekämpfen. Früher war er nie der Typ für eine reine Schreibtischarbeit gewesen.

Birthe betrachtete ihn mit vor Aufregung geröteten Wangen. Seit damals hatte er sich kaum verändert, abgesehen davon, dass seine Haare von silbernen Strähnen durchzogen waren und dass seine markanten Gesichtsfalten sich in der Zwischenzeit vertieft hatten. Doch da war noch das unternehmungslustige Funkeln in seinen graublauen Augen und die Grübchen, wenn er lächelte. »Gut siehst du aus.«

Er schmunzelte und schien nicht so recht zu wissen, wie er mit dem Kompliment umgehen musste. »Danke«, sagte er leise, »du aber auch.« Uwe nahm einen Stuhl und schob ihn neben seinen Schreibtisch. »Nimm doch Platz.«

»Danke.« Lächelnd setzte sie sich und schlug die langen Beine übereinander. »Wie geht es dir?«

»Danke, ich kann nicht klagen.« Mit seinem jungenhaften Grinsen zeigte er auf einen Aktenstapel am Boden. »Alles alte Fälle, die noch gelöst werden müssen. Über mangelnde Arbeit kann ich nun wirklich nicht klagen.«

»Umso schöner, dass du Zeit für mich gefunden hast.« Erleichtert stellte sie fest, dass sich ihr Herzschlag langsam normalisierte. Nun schaffte sie es auch, ihm in die Augen zu schauen.

»Du bist doch kein alter Fall für mich«, grinste Uwe und zeigte ihr seine Grübchen, die sie so an ihm geliebt hatte. »Aber im Ernst. Ich hatte zwischenzeitlich Gelegenheit, mir die Akte von Anja Nowak und ihrem damaligen Ehemann Leonhard zu Gemüte zu führen – allerdings nur auf die Schnelle.«

»Immerhin«, lachte sie, dann wurde sie ernst. »Wie geht es dir, Uwe?«

»Mir?« Er sah sie verwundert an. »Blendend. Na ja, fast. Aber reden wir nicht von mir – was ist mit dir?«

»Martin ist irgendwie dahintergekommen«, eröffnete sie ihm, während sie die Händen rang. »Eines Tages stand er hinter mir, ich saß abends im Sessel, um noch zu lesen.«

»Und?«

»Er fragte mich, ob es vorbei ist mit uns.«

»Und?«, wiederholte Uwe gespannt. »Ist es das?«

»Nein.« Birthe senkte kopfschüttelnd den Blick. »Eigentlich war es nie vorbei, Uwe.«

»Geht mir auch so.« Er seufzte. »Aber es kann nicht sein, was nicht sein darf.«

»Ich weiß, Uwe.« Sie blickte auf und hielt seinem Blick stand. »Lass uns lieber von der Arbeit sprechen.«

»Deshalb bist du hier«, nickte er und machte sich an seinem Computer zu schaffen. Sie sah ihm an, dass er Mühe hatte, sich auf den eigentlichen Anlass ihres Besuches zu konzentrieren. »Vor sechseinhalb Jahren unternahm Leo Nowak einen Segeltörn mit seiner Frau Anja. Angeblich gerieten sie in ein Unwetter auf hoher See, bei dem sie über Bord ging und nie wieder gesehen wurde. Er kehrte wenige Tage später alleine zurück in den Hafen von Maasholm.«

»Und wir haben seinerzeit die Ermittlungen eingestellt«, nickte Birthe und nagte an der Unterlippe. »Was ist, wenn er auf das Erbe seiner wohlhabenden Frau aus war und sie über Bord gestoßen hat?«

»Der Verdacht lag seinerzeit schon nahe«, stimmte Uwe ihr zu. »Ich habe mich mit Nowaks Biografie auseinandergesetzt.« Er öffnete eine neue Maske am Rechner und las vor: »Leonhard Nowak ist 43 Jahre und seit dem Zwischenfall Witwer. Ob es eine neue Frau in seinem Leben gibt, ist hier nicht bekannt. Er wuchs als Einzelkind in Büdelsdorf im Kreis Rendsburg auf, seine Eltern betrieben einen der letzten Tante-Emma-Läden und waren irgendwann pleite. Beide sind inzwischen verstorben. Leonhard absolvierte bei einem Garten- und Landschaftsbaubetrieb eine Lehre zum Gärtner. Schon damals entwendete er nach Angaben seines Ausbilders Werkzeuge aus dem Betrieb, hier mal eine Schaufel, da mal eine Schubkarre und so weiter. Da Leo Nowak die Gesellenprüfung auch beim zweiten Anlauf nicht schaffte, setzte ihn sein Chef an die frische Luft. Seitdem schlug er sich mit den bekannten Gelegenheitsjobs durch. Es gab mal Vorwürfe wegen Schwarzarbeit gegen ihn, die über die übliche Nachbarschaftshilfe weit hinausging. Auf diesem Wege lernte er auch seine künftige Frau Anja kennen, die wohlhabende Witwe eines Unternehmers. Sie engagierte ihn als Gärtner, dabei müssen sich die beiden nähergekommen sein.«

»Warum sollte sich eine wohlhabende Witwe um einen mittellosen Gärtner kümmern?«, fragte Birthe.

»Womöglich litt sie an einem ausgeprägten Beschützersyndrom. Oder er besaß andere Qualitäten, die ihn als Partner attraktiv erscheinen ließen.«

»Möglich ist es.«

»Nach der Hochzeit konnte sich Nowak ins gemachte Nest setzen – Anja lebte zu diesem Zeitpunkt in dem großen Haus in Maasholm, sie fuhr mehrere Luxuskarossen und besaß die Jacht, die ihr auf einem Segeltörn zum Verhängnis werden sollte. Da er als Alleinerbe eingetragen war, konnte er sich über den plötzlichen Reichtum freuen – das gab uns damals Anlass, den rätselhaften Tod seiner Frau auf hoher See zu untersuchen.«

»Ohne Ergebnis, wie wir wissen.«

»Nicht ganz.« Uwe hob eine Hand, klickte sich weiter durch das Menü auf dem Bildschirm, bevor er fortfuhr: »Bei der kriminaltechnischen Untersuchung der Segeljacht wurden Blutspuren und Haare gefunden, die wir seiner Frau zuordnen konnten. Wir gingen von einem Handgemenge oder einem Streit aus, der dem Verschwinden vorausgegangen war. Unsere Vermutung war daher, dass sie im Verlauf des offenbar gewaltsamen Streits über Bord ging, möglicherweise wurde Anja Nowak von ihm ins Wasser gestoßen.«

»Das ließ sich aber niemals nachweisen.«

»Bedauerlicherweise nicht, aber dass er sie aus Habgier ermordet hat, könnte ein Motiv gewesen sein.« Sattler seufzte. »Leider konnten wir ihm das bis zum heutigen Tage nicht nachweisen. Und der Umstand, dass er sie zuvor wegen ihres Wohlstandes geheiratet hat, ist kein Straftatbestand.«

Sekundenlang dachte Birthe nach. Viel Neues hatte sie von Uwe auch nicht erfahren. Dann fuhr sie auf. »Moment«, rief sie, »sagtest du, dass Vorwürfe wegen Diebstahls gegen ihn im Raum standen?«

Uwe nickte. »Sein Chef bezichtigte ihn seinerzeit, dass er hier und da mal was mitgehen ließ.«

»Also auch eine Schubkarre, oder war das nur deine Vermutung?«

»Ich glaube, davon in den alten Dokumentationen gelesen zu haben, ja.«

»Sehr schön.« Birthe berichtete ihm von den Schubkarrenspuren, die Thierse im Wikingermuseum gesichert hatte.

»Dann solltet ihr die Profile abgleichen, vielleicht finden sich auch noch Erdreste an einer Schaufel, die ihr dem Boden des Museumsareals zuordnen könnt.«

»Dazu müssen wir die Karre erst einmal finden«, erwiderte Birthe. »Max und Gunnar sind bereits unterwegs nach Maasholm«, fügte sie hinzu.

»Na prima.« Uwe lächelte ihr zu. »Dann ist der Rest doch Routine.«

»Nicht ganz, fürchte ich.« Birthe schüttelte den Kopf. »So leicht ist das wohl nicht, denn in der letzten Nacht kam es zu einem gewalttätigen Angriff auf eine weitere Frau.«

»Eckernförde meinst du?« Offenbar wusste Uwe bereits von dem Mord auf der Seebrücke.

»Ja«, nickte Birthe. »Meine Partnerin ist bereits vor Ort, um sich umzuhören. Allerdings soll sich Nowak zum Tatzeitpunkt bereits im Verhörzimmer der Flensburger Dienststelle befunden haben.«

Uwe lächelte sie versonnen an. »Du hast jetzt eine Kollegin?«

»Ja, sie ist neu zu uns gekommen.« Birthe ahnte, worauf er hinauswollte. »Nachdem du dich versetzen lassen hast, bin ich zum K6 gewechselt und hatte dort einen männlichen Partner.«

»Ach so.« Er nickte, dann schienen seine Gedanken wieder um den Fall zu kreisen. »Meinst du, es gibt einen Trittbrettfahrer?«

Birthe schürzte die Lippen. »Auszuschließen ist es nicht, denn die Tote von Haithabu ging gestern durch alle Medien und durch die sozialen Netzwerke.«

»Na, siehst du.« Uwe richtete sich auf. »Ich fürchte, vor euch liegt noch eine Menge Arbeit, Birthe.«

Sie nickte und fühlte sich niedergeschlagen.

»Aber ich werde den Fall Leo Nowak noch einmal durchleuchten«, versprach er ihr. »Und sobald ich etwas herausfinde, was euch helfen kann, melde ich mich.« Er lächelte ihr aufmunternd zu und zeigte ihr wieder seine lustigen Grübchen, die sie vor langer Zeit so geliebt hatte.

»Danke, Uwe, du bist ein Schatz.« Birthe erhob sich von ihrem Stuhl. Sekundenlang standen sie sich schweigend gegenüber und blickten sich in die Augen, dann umarmten sie sich. Seine Berührungen fühlten sich trotz der langen Zeit, in der sie sich nicht gesehen hatten, immer noch vertraut an. Der Kuss, den er auf die Wange hauchte, schmeckte nach mehr, und es fiel Birte schwer, sich zu beherrschen und nicht schwach zu werden. »Ich muss dann mal los«, sagte sie leise und verließ das Büro mit gesenktem Blick. Er sollte sie nicht weinen sehen.

*

Er überlegte, ob es falsch gewesen war, den Polizisten nichts von der Spionageapp erzählt zu haben, die er Monas Handy aufgespielt hatte. Früher oder später würden sie es sowieso herausfinden und ihn zur Rede stellen. Dann zu sagen, dass er den dringenden Verdacht hatte, dass Mona ihn betrog, würde wenig glaubhaft sein. Auch den Umstand, dass dieser Callboy vor einiger Zeit aufgetaucht war, um ihn zu erpressen, hatte er unter den Tisch fallen lassen. Aus Scham, aus gekränkter Eitelkeit, warum auch immer. Den Grund konnte er sich jetzt nicht erklären, doch je länger er darüber nachdachte, umso sicherer wurde er sich, dass ihm die Polizisten noch Ärger machen würden, sobald er sie mit ihrem Wissen konfrontierte. Innerhalb von Ehen und Lebensgemeinschaften wurde oft aus Eifersucht getötet. Warum sollte er da eine Ausnahme machen?

Wenn die Polizisten schlau waren, dann führte die Spur sie zu diesem Callboy nach Kronsgaard. Und Holm würde ihn belasten, ohne mit der Wimper zu zucken, da war er sicher.

So war er nicht nur der trauernde Witwer, sondern für die Behörden der Tatverdächtige Nummer eins. Im Knast würde er elendig vor die Hunde gehen. So weit durfte es nicht kommen. Irgendwie musste er den Kopf aus der Schlinge ziehen, bevor sie sich immer weiter zuzog. Schweißperlen standen auf seiner Stirn, als er sich über den Teufelskreis bewusst wurde, in dem er sich befand. Ruhelos wanderte er durch das leere Haus, das er von nun an alleine bewohnen würde.

Es gab so viel zu erledigen, aber auch so viel zu beachten, wollte er sich nicht zum Verdächtigen machen. Von nun an wollte jeder Schritt gut durchdacht sein. Vielleicht war es angebracht, diesem Callboy einen Besuch abzustatten. Ziel des Besuches war es, Holm zum Schweigen zu bringen. Doch was, wenn er aufflog? Sicher war es nicht angebracht, wenn er sich nach dem Mord an seiner Frau auch noch wegen des Mordes an Noah Holm verantworten musste. Nein, das war keine Option. Aber bekanntermaßen heiligte der Zweck die Mittel. Borders musste unter dem Radar fliegen, wenn er nicht im Knast landen wollte. Fieberhaft dachte er über die nächsten Schritte nach, um den Kopf aus der Schlinge zu ziehen. Sollte es ihm nicht gelingen, würde Frank Borders schon bald lebenslang hinter Gittern sitzen, so viel stand für ihn fest. Ein

Gedanke, der ihm nicht gefiel. Und tatenlos herumzusitzen, war noch nie sein Ding gewesen. Als er eine Viertelstunde später das Haus verließ, versicherte er sich, dass ihn niemand beobachtete. Sein Smartphone lag auf dem Schreibtisch im Arbeitszimmer. Und er hatte es nicht vergessen.

*

Kiel, 14.40 Uhr:

Nach dem Besuch im Landeskriminalamt fühlte sich Birthe seltsam. Das Treffen mit Uwe ging ihr immer wieder durch den Kopf. Sie fragte sich, ob es richtig gewesen war, herzukommen. Ihm wieder persönlich zu begegnen, hatte sich eigenartig angefühlt. Nach all den Jahren des Schweigens zwischen ihnen. Und sie fragte sich, warum sie den Kontakt zu ihm gesucht hatte. Je länger Birthe darüber nachdachte, umso sicherer war sie, dass der aktuelle Fall nur ein Vorwand für sie gewesen war, nach Kiel zu kommen. Sie fühlte sich nicht gut bei dem Gedanken, Thomas hintergangen zu haben.

Das Klingeln des Telefons riss sie aus der Melancholie, die sie auf den letzten Kilometern befallen hatte. Das Display verriet ihr, dass es sich bei der Anruferin um Kristin handelte.

»Bist du noch in Kiel?«, fragte sie.

»Ich habe das LKA eben verlassen«, antwortete Birthe und berichtete der neuen Kollegin von ihrem Besuch bei Uwe. »Ich finde die Möglichkeit, dass wir es beim Mörder von Mona Borders mit einem Trittbrettfahrer zu tun haben, gar nicht so abwegig«, schloss sie ihre Überlegungen.

Kristin schien kurz nachzudenken, bevor sie antwortete: »Du solltest Jens informieren, vielleicht hat er eine Idee, wie wir weitermachen.« Sie legte eine kurze Pause ein, dann schien sie sich auf den Grund ihres Anrufes zu besinnen. Sie berichtete Birthe von ihrem Besuch mit dem Eckernförder Kollegen bei Noah Holm und bat sie, das Alibi des Callboys zu überprüfen.

»Das heißt, ich soll Veronika Ipsen besuchen und mir von ihr bestätigen lassen, dass sie die letzte Nacht in den Armen eines Callboys verbracht hat?«

»Wenn sie es bestätigt, ist Holm raus und steht nicht länger unter Verdacht.«

»Gut. Ich sehe, was ich tun kann«, versprach Birthe und unterbrach die Verbindung.

Während die Gegend, durch die sie fuhr, zunehmend ländlicher wurde, versuchte sich Birthe auf den Fall zu konzentrieren. Womöglich hatte Uwe recht, und bei dem Mörder der Toten von Eckernförde handelte es sich um einen Trittbrettfahrer. Nun lag es an ihnen, Nowak, den sie nach wie vor für den Mord an Maike Adamo verantwortlich machten, zu überführen. Es galt, Spuren zu nehmen und sie im Labor abzugleichen. Thierse war vorgefahren, um sich das Haus von Nowak näher anzusehen, sie wollte nach dem Besuch im LKA zu ihm stoßen. Staatsanwalt Sievert hatte den Durchsuchungsbeschluss schnell ausgestellt, denn er wollte keine Zeit verlieren.

Als Birthe hinter Gettorf nach Eckernförde abbog, war sie froh, dass sie die melancholischen Gedanken nach dem Treffen mit Uwe erfolgreich verdrängt hatte. Sie trat das Gaspedal tiefer durch und rief in der Dienststelle an, um Jens Beck an ihren Überlegungen teilhaben zu lassen.

*

Das Haus lag am Rand der Ortschaft Westerholz, einer kleinen Ortschaft an der Flensburger Förde. Es handelte sich um ein eher unauffälliges Gebäude mit taubengrauem Putz und weißen Fensterrahmen. Der Vorgarten machte einen gepflegten Eindruck, auch das Carport neben dem Wohnhaus war, dem Zustand des Balkenwerks nach zu urteilen, recht neu. Unter der Konstruktion parkte ein schwarzer Mitsubishi, der gerade an einer Wallbox geladen wurde.

»Sieht nach einer spießigen Idylle aus«, fand Reimers, nachdem er ausgestiegen war, um das Haus der Borders zu betrachten.

»Hast du was gegen Spießertum?«, fragte Kristin.

»Nein.« Schnell schüttelte er den Kopf und versenkte die Hände in den Jeanstaschen. »Ich liebe es, wenn das Leben in geordneten Bahnen verläuft.«

»Na also.« Kristin rangierte den Wagen dicht neben dem Friesenwall, der das Grundstück der Borders umgab. »Sieh mal«, sagte sie, als ein Mann vor das Haus trat. »Der Vogel verlässt das Nest.«

»Wir werden ihn am Ausfliegen hindern«, grinste Reimers und sah zu, dass er sich zwischen Beifahrertür und Friesenwall hindurchquetschte. Kristin murmelte eine Entschuldigung und folgte ihm.

Der untersetzte Mann blickte ihnen misstrauisch entgegen. Eine steile Sorgenfalte stand zwischen seinen buschigen Augenbrauen.

»Herr Borders?«, fragte Reimers aus einiger Entfernung, während er sich ihm mit großen Schritten näherte. »Frank Borders?«

»Wer will das wissen?« Der Mann schob betont lässig eine Hand in die Hosentasche. Er trug ein weißes Hemd unter dem Windbreaker zu modischen Jeans. Auch die Schuhe schienen nicht günstig gewesen zu sein.

»Die Polizei«, antwortete Kristin und zeigte ihm den Dienstausweis. Er warf einen flüchtigen Blick auf das Kärtchen und zuckte die Schultern.

»Sie wollten eben los?«, erkundigte sich Reimers.

»Was dagegen?«

»Wohin, wenn ich fragen darf?«, antwortete Kristin mit einer Gegenfrage. Borders zeigte sich nicht sonderlich kooperativ.

»Meine Frau ist ermordet worden«, zischte er mit regungsloser Miene. »Da gibt es viel zu erledigen.«

»Können wir einen Moment ins Haus gehen?« Kristin zeigte auf den Eingang. Sie bemerkte die Kamera einer Videoüberwachungsanlage. Offenbar legte man trotz der Abgeschiedenheit hier draußen größten Wert auf Sicherheit.

»Wenn es nicht zu lange dauert?« Seufzend öffnete er die Tür. Kristin beobachtete ihn dabei, wie er einen Zahlencode auf ein Panel tippte, bevor er seine Handfläche auf eine metallische Fläche neben der Tür legte. Borders schien technische Spielereien zu lieben. Ein leises Summen ertönte, dann schwang die schwere Haustür auf. »Ich habe Ihren Kollegen schon alles erzählt«, behauptete er und ging voran. Drinnen setzte sich die Kühle, die Kristin draußen empfunden hatte, fort. Das Mobiliar war neuwertig und machte einen teuren Eindruck, die Einrichtung war offensichtlich am Computer eines Designers entstanden. Dennoch fühlte sich Kristin beim Betrachten der Einrichtung nicht wohl. Alles hier wirkte teuer, aber steril. Ihr fiel auf, dass es keine Bilder an den Wänden gab. Alles war schlicht und schnörkellos.

Borders führte sie in die Küche des Hauses. Sie nahmen am Tisch unter dem Fenster Platz, Kristin ließ wieder ihren Blick schweifen. Auch die Fronten der Einbauküche waren taubengrau, die Geräte wirkten neu, ebenso das Mobiliar war modern, fast schon steril. Hochwertige Küchengeräte und ein Flatscreen rundeten das Bild von wohlhabenden Bewohnern ab. Den skandinavischen Landhausstil suchte man hier vergeblich, und *Hygge* ging anders, fand Kristin, nachdem sie ihre Beobachtungen abgeschlossen hatte.

»Haben Sie eine Ahnung, wie es sich anfühlt, wenn man die Nachricht erhält, dass seine Frau von einem Irren umgebracht wurde?« Borders musterte Reimers mit versteinertem Blick. »Auf so eine barbarische Art und Weise?«

»Nein«, antwortete Lars Reimers ehrlich.

»Dann haben Sie auch keine Ahnung, wie es sich anfühlt, wenn die Polizei ständig klingelt, weil ihr noch eine Frage eingefallen ist«, sprach Borders leise weiter. Er stützte das Kinn in seine Hände und schüttelte den Kopf, so als könne er das Geschehene selber noch nicht fassen. Seine graublauen Augen schimmerten feucht. »Ich habe Mona geliebt.«

Kristin wusste nicht, was sie darauf sagen sollte, und ging daher nicht weiter darauf ein. »Sie haben den Kollegen anvertraut, dass Sie den Verdacht hatten, Ihre Frau sei Ihnen fremdgegangen.«

Borders richtete seinen Blick auf Kristin und nickte. »Ich konnte ihr das allerdings nie beweisen.«

»Das klingt, als hätten Sie gegen Ihre Frau ermittelt«, stellte Kristin fest.

»Ich konnte meinen Verdacht nie irgendwo festmachen«, entgegnete Borders, und Kristin fand, dass es wie eine Entschuldigung klang. »Sie war in der letzten Zeit anders, abweisend und distanziert, sie ging mir aus dem Weg und war oft alleine unterwegs.«

»Dabei waren Sie noch nicht lange verheiratet«, bemerkte Reimers, der die Aufzeichnungen der Kollegen, die Borders vor ihnen besucht hatten, am Tablet überflog.

»Nach der Hochzeit ging es steil bergab«, nickte Borders traurig. »Der Alltag hat sich viel zu schnell in unsere Beziehung eingeschlichen. Ich habe mich wohl auch etwas gehen lassen, habe oft getrunken, bin beim Fernsehen auf dem Sofa eingeschlafen, anstatt mich um meine Frau zu kümmern. An den Wochenenden war ich oft auf dem Fußballplatz, anstatt mit Mona etwas zu unternehmen.« Seine Stimme hatte einen reumütigen Unterton angenommen. »Und dann begann sie, ihr eigenes Leben zu leben.« Borders seufzte. »Rückblickend würde ich sagen, ich war ein Idiot.«

»Wir suchen den Mann, der Ihrer Frau das angetan hat«, sagte Kristin vorsichtig. »Haben Sie einen Verdacht?«

»Wenn Sie mir wirklich fremdgegangen ist, suchen Sie den Mann, mit dem sie sich vielleicht getroffen hat.«

»Wer ist dieser Mann?« Kristins Neugier war erwacht. Doch ihre aufkeimende Hoffnung wurde im Keim erstickt.

»Woher soll ich das wissen? Wenn meine Frau wirklich einen Liebhaber hatte, dann hat er sich nie bei mir vorgestellt.«

»Aber Noah Holm hat sich bei Ihnen vorgestellt«, behauptete Reimers.

Borders Hände sanken auf die Tischplatte. Mit geröteten Augen starrte er Reimers an. »Sie meinen diesen Strichjungen?«

»Herr Holm ist ein Callboy, er wird von Frauen gebucht, die seine Liebesdienste in Anspruch nehmen möchten«, erklärte Kristin.

»Und er stand hier auf der Matte und hat behauptet, dass meine Frau zu seinen Kundinnen gehört«, zischte Borders. »Er wollte mir ein Video von einem Schäferstündchen zeigen.«

»Haben Sie es sich angesehen?«, wollte Reimers wissen.

»Nein – er hat Geld für die Herausgabe des Datenträgers verlangt.«

»Wie haben Sie auf Noah Holms Behauptung reagiert?«

»Wie reagiert man schon als Mann?« Borders stieß einen langen Atemzug aus. »Ich habe ihn ausgelacht und ihm Prügel angedroht, mit einer Anzeige gedroht – er ist dann abgezogen.«

»Aber sein Besuch hat Sie schon stutzig gemacht, oder?«, fragte Kristin.

»Selbstverständlich«, nickte Borders. »Das, was er behauptet hat, passte ja zu meinen schlimmsten Vermutungen.«

Kristin machte sich Notizen. »Haben Sie Ihre Frau darauf angesprochen?«

»Natürlich.« Er nickte. »Sie hat es abgestritten. Angeblich läge es ihr fern, mich zu betrügen. Auch würde sie für Sex niemals Geld bezahlen.«

»Hat sie denn jemals einen größeren Geldbetrag für sich alleine beansprucht, den Sie sich nicht erklären konnten?«, fragte Kristin.

Borders schüttelte den Kopf. »Nicht, dass ich wüsste.«

»Eine Nacht mit einem Callboy kostet schnell mal 100 Euro, das Hotel muss auch bezahlt werden, und …«

»Ich sagte doch bereits, dass mir so etwas nicht aufgefallen ist, zumal wir auch nach der Hochzeit getrennte Konten führten. Ob sie an ihr Erspartes gegangen ist, um sich mit diesem Mietrammler zu vergnügen, kann ich nicht sagen.«

»Aber Holms Besuch hat Sie nicht losgelassen, oder?« Kristin betrachtete Borders nachdenklich.

»Nein, natürlich nicht. Welcher Mann bekommt schon Besuch von einem wildfremden Kerl, der Geld von ihm verlangt, wenn er ihm einen Film zeigt, in dem er mit seiner Frau schläft?«

»Wurde denn Anzeige gegen Holm erstattet?«, fragte Reimers.

»Nein. Ich hatte keine Lust auf Ärger, habe ihm aber klar zu verstehen gegeben, dass er aus unserem Leben zu verschwinden hat, sonst gibt es was hinter die Löffel.«

»Gibt es digitale Endgeräte im Haushalt?« Kristin sah sich demonstrativ um.

»Aber sicher.« Frank Borders nickte. »Ich arbeite in der IT-Branche, da kommt man um Digitalisierung auch im privaten Bereich nicht herum, zumal ich technikbegeistert bin.

Das Haus ist ein Smarthome, unser Auto fährt elektrisch, wir tun alles, um unseren ökologischen Fußabdruck so klein wie möglich zu gestalten – dabei ist uns die Technik sehr hilfreich.«

»Tablet, Laptop, Computer?«, hakte Kristin nach, die keine Lust auf einen Vortrag zum Thema Klimaschutz hatte.

»Mona nutzte ein Notebook und ihr Handy natürlich.«

»Das Smartphone befindet sich bereits zur Auswertung in der KTU«, beschied Reimers ihm. »Und streng genommen bräuchten wir einen entsprechenden Beschluss, um den Laptop Ihrer Frau sicherzustellen.«

Kopfschüttelnd erhob Borders sich. »Brauchen Sie nicht«, sagte er und schickte sich an, die Küche zu verlassen. »Ich gebe Ihnen das Ding freiwillig mit, wenn es Ihnen dabei hilft, den Mörder meiner Frau zu finden.«

Kristin war nicht entgangen, dass Borders kreidebleich geworden war. Ein Bauchgefühl sagte ihr, dass der Witwer etwas vor ihnen geheim hielt. Die Zeit genügte nicht, um Reimers an ihren Gedanken teilhaben zu lassen, denn der Hausherr erschien mit einem Tablet im Raum. »Hier«, sagte er und legte das Gerät auf den Tisch. »Das nutzte meine Frau immer.«

»Auch für Mails?« Reimers blickte zu Frank Borders auf.

»Davon gehe ich aus.« Der Hausherr zog sich einen Stuhl heran und setzte sich zu den Beamten. »Sie hatte mit Technik nicht so viel am Hut und nutzte nur das Nötigste. Alles, was damit zu tun hat, musste ich ihr einrichten.« Er kaute an der Unterlippe und wich Kristins fragenden Blicken aus. Mit einer fahrigen Bewegung strich er über die Tischplatte. »So gesehen war ich in diesem Haus der IT-Administrator.« Er lachte, doch sein Lachen klang gekünstelt, und Kristin war jetzt sicher, dass Borders ihnen etwas verschwieg.

»War's das dann?«

Kristin überlegte, tauschte einen Blick mit Reimers, der unauffällig nickte, und erhob sich. »Ja«, sagte sie, »das war's fürs Erste.« Sie legte ihm eine der frisch gedruckten Visitenkarten auf den Tisch. »Wenn Ihnen noch etwas einfällt, scheuen Sie sich nicht, mich anzurufen.«

»Selbstverständlich.« Borders sah mit einem eigenartigen Blick zu, wie Reimers das Tablet seiner Frau an sich nahm und sie das Haus verließen.

*

Kaum draußen angekommen, meldete sich Kristins Smartphone. Auf dem Weg zum Auto nahm sie das Gespräch an. Am anderen Ende der Leitung meldete sich Birthe. »Veronika Ipsen war nicht erfreut von meinem Besuch«, eröffnete sie das Gespräch. »Kein Wunder – sie arbeitet im Vorstand einer großen Bank, da kommt der Besuch der Polizei nicht so gut an.«

»Was hat sie gesagt?«, fragte Kristin. Reimers war schon eingestiegen.

»Veronika Ipsens Ehe läuft schlecht, der Mann hat wohl seit Jahren eine Geliebte und vernachlässigt sie sträflich, wie sie findet. Um das Defizit an körperlicher Nähe auszugleichen, gönnt sie sich in regelmäßigen Abständen gekaufte Liebe – und um deine Frage zu beantworten, auch am gestrigen Abend. Die ganze Nacht seien sie demnach zusammen gewesen, sie hat das Hotel gebucht und Noah Holms Honorar in Höhe von 800 Euro bar auf den Tisch gelegt.«

»Gut, damit ist Holm raus«, seufzte Kristin. Sie bedankte sich bei Birthe und erinnerte sie daran, mit Beck über Birthes Theorie, dass sie es mit einem Trittbrettfahrer zu tun haben könnten, zu sprechen, bevor sie einstieg.

»Neuigkeiten?«, fragte Reimers, der es sich auf dem Beifahrersitz des Golf Variant gemütlich gemacht hatte und seine Nachrichten auf dem Smartphone checkte.

»Holm ist raus«, antwortete Kristin, während sie den Motor startete und den Wagen durch die kleinen Straßen lenkte. Dabei führte sie ihr Weg vorbei an einer malerisch wirkenden Windmühle. Auf einem Schild wurde das historische Bauwerk als »Mühle Steinadler« bezeichnet, das eine Galerie und ein kleines Restaurant beherbergte. Prompt verspürte Kristin Hunger, doch ihnen blieb keine Zeit für eine Pause.

»Du kennst dich gut aus mit den Konditionen der käuflichen Liebe«, stellte Kristin feixend fest.

»Wie belieben?« Reimers tat unschuldig.

»Du weißt, dass eine Nacht schnell mehrere 100 Euro verschlingt.«

»Ach das.« Er winkte ab und sah aus dem Seitenfenster. »Hab ich mal gehört. Und bevor du einen falschen Eindruck von mir gewinnst: Ich habe niemals die Dienste einer Prostituierten in Anspruch genommen.«

»Na dann«, machte Kristin und konnte sich ein Grinsen nicht verkneifen. Sie war versucht, den attraktiven Kollegen zu fragen, ob zu Hause jemand auf ihn wartete, verwarf die Idee aber schnell wieder, bevor von ihr ein falscher Eindruck entstand.

*

Flensburg, Polizeidirektion, 15.20 Uhr:

Jens Beck war gerade damit beschäftigt, die Ergebnisse des Tages zu dokumentieren, als das altmodische Telefon auf seinem Schreibtisch klingelte. Bei der Anruferin handelte es sich um Birthe Jensen, die in Kiel unterwegs war, um mit Uwe Sattler den alten Fall aufzurollen. Er fand keine Gelegenheit, sie zu fragen, warum sie ihn nicht mobil anrief, denn Birthe fiel mit der Tür ins Haus, eine für sie seltene Art.

»Was hältst du von der Idee, dass wir es mit einem Trittbrettfahrer zu tun haben könnten?«, fragte sie ihn. »Der brutale Mord an Maike Adamo ging in den letzten Stunden viral, und ich kann nicht ausschließen, dass Ermittlungsdetails an die Öffentlichkeit gekommen sind, die sich ein anderer Täter zunutze gemacht haben könnte.«

»Ich werde wahnsinnig«, stöhnte Beck und rollte mit den Augen, was Birthe am anderen Ende der Leitung natürlich nicht sehen konnte. »Jetzt fängst du auch noch an.«

»Ist das denn so abwegig?«

Beck seufzte. »Der Fall liegt bei den Kollegen der Kripo in Eckernförde.«

»Bist du wirklich so ein alter Betonkopf?« Spott lag in Birthes Stimme. Sie kannten sich lange genug, dass sie sich diese Bemerkung erlauben konnte. »Denk doch mal über die Grenzen deines Zuständigkeitsbereiches hinaus, Jens.«

Er grunzte etwas Unverständliches, bevor er antwortete. »Vielleicht hast du ja recht«, räumte Beck schließlich ein. »Aber wo sollen wir denn ansetzen? Was, wenn Kristins Ahnung stimmt und wir es mit einem Serientäter zu tun haben? Was, wenn sich jemand von den Berichten im Internet und den Medien berufen fühlt, sein Opfer auf ähnliche Weise zu töten?«

»Wie auch immer«, erwiderte Birthe. »Wir sollten wachsam sein und zusehen, dass keine Ermittlungsdetails nach außen gelangen.«

»Beide Opfer wurden mit einem stumpfen Gegenstand erschlagen«, murmelte Beck. Ihm war klar, dass diese Meldung durch die Medien des Landes gegangen war. »Aber der Modus Operandi in Eckernförde unterscheidet sich dennoch von dem in Haithabu«, überlegte der Leiter des K1 weiter.

»Auch das deutet auf einen Trittbrettfahrer hin«, fand Birthe. »Jemand will uns auf die falsche Fährte locken, ahnt aber nicht, dass Nowak zum Zeitpunkt des Mordes an Mona

Border schon bei uns saß, um die Fragen der Kollegen zu beantworten.«

»Je länger ich darüber nachdenke, umso schlüssiger wird deine Idee«, räumte Beck seufzend ein. Sollte Birthe mit ihrer Befürchtung recht haben, wusste er, dass sie jetzt nach der Stecknadel im Heuhaufen suchen mussten. Der Staatsanwalt hatte trotz seiner Zweifel beim Haftrichter erfolgreich die Untersuchungshaft für Leo Nowak beantragt. Im gleichen Atemzug hatte Sievert Druck gemacht, denn ohne stichhaltige Beweise würden sie Nowak in wenigen Stunden schon wieder auf freien Fuß lassen müssen. Es glich einem Wettlauf gegen die Zeit.

»Wie gehen wir weiter vor?«, riss ihn Birthes Stimme am anderen Ende der Leitung aus den trüben Gedanken.

»Ich muss mir einen neuen Schlachtplan einfallen lassen«, erwiderte Beck betrübt. Er ahnte, dass Sievert den Druck erhöhen würde, sobald er den Staatsanwalt an seinen Überlegungen teilhaben ließ. »Ich melde mich«, versprach Beck und unterbrach die Verbindung. »Warum mache ich nicht einfach einen Bootsverleih auf der Schlei auf, anstatt mich hier beim Schattenboxen beweisen zu müssen?«, murmelte er seufzend und barg das Gesicht in den Händen.

*

Eckernförde, 15.50 Uhr:

In einem Tabakgeschäft in der Innenstadt von Eckernförde hatte sie sich eine E-Zigarette besorgt, um gegen die lästigen Entzugserscheinungen anzukämpfen. Ob das kleine Ding, das die Form eines USB-Sticks hatte, ihr dabei helfen würde, sich das Rauchen abzugewöhnen, wusste sie nicht, doch einen Versuch war es wert.

Kristin hatte Reimers bei der Polizeistation an der Gerichtsstraße rausgeworfen. Er hatte einige Dinge am Schreibtisch zu erledigen, bevor sie am frühen Nachmittag wieder zusammen loszogen. Kristin war es recht, denn so nutzte sie die Gelegenheit, um eine kleine Runde durch Eckernfördes Innenstadt zu drehen. Sie suchte sich ein Restaurant in Hafennähe und ging den Stand der Ermittlungen in beiden Fällen durch, bevor eine Kellnerin ihr die Speisekarte reichte.

Borders gefiel ihr nicht. Kristin konnte das Gefühl nicht festmachen, ahnte aber, dass er ein falsches Spiel mit ihnen trieb. Sie war gespannt, was die Auswertung von Mona Borders' Tablet ergeben würde.

KAPITEL 22

Flensburg, Polizeidirektion, 17.00 Uhr:

Einige der Kollegen am langen Tisch im Besprechungszimmer wirkten müde. Die letzten Tage intensiver Ermittlungen zollten ihren Tribut.

Neugierige Blicke wurden Kristin zuteil, als sie den Raum in Begleitung von Lars Reimers betrat. Beck musterte sie mit fragender Miene, sagte aber nichts. Er schien seiner neuen Mitarbeiterin zu vertrauen und ließ die Dinge auf sich zukommen. Auch Sven Sievert war anwesend, wahrscheinlich erhoffte er sich erste Ergebnisse von der Abendrunde. Ein Lächeln umspielte die Mundwinkel des attraktiven Staatsanwaltes, als er Kristin begrüßte.

»So«, sagte Beck, als alle anwesend waren, »dann wollen wir mal.« Unternehmungslustig rieb er sich die Hände, dann erteilte er Kristin das Wort. Sie erhob sich. »Ich möchte euch Kriminalhauptkommissar Lars Reimers aus Eckernförde vorstellen.«

Ein unmerkliches Raunen ging durch den Raum. Vermutlich ahnten die Kollegen, weshalb Reimers Kristin begleitet hatte. Trotzdem sprach sie ein paar einleitende Sätze. »Sicher habt ihr von dem Mord an einer Frau auf der Seebrücke in Eckernförde gehört. Lars leitet die Ermittlungen, und wir stehen seit dem Morgen in Kontakt, um uns auszutauschen.«

»Ich weiß nicht, ob es sich schon bis zu dir rumgesprochen hat«, pöbelte Paulsen dazwischen. »Aber Eckernförde gehört nicht in unseren Bezirk.«

»Deshalb bin ich ja hier«, ging Reimers dazwischen. Offenbar hatte er Kristins Blick bemerkt, mit dem sie den kahlköpfigen Kampfzwerg betrachtet hatte. »Wir konnten den genauen Tathergang auf der Seebrücke noch nicht gänzlich rekonstruieren, aber es steht fest, dass der unbekannte Täter die Frau mit einem stumpfen Gegenstand angegriffen hat. Ob das oder der anschließende Brandanschlag auf das Opfer todesursächlich war, wird die Obduktion ergeben, zu der ich gleich fahren muss.«

»Also ist Nowak raus?«, konterte Paulsen.

»Natürlich nicht«, entgegnete Kristin, die um ihre Beherrschung kämpfte. »Wir werden alle Spuren weiter verfolgen – auch die, dass es sich bei dem Mörder möglicherweise um einen Serientäter handelt.« Sekundenlang herrschte Schweigen im Konferenzraum. Die Hoffnung auf einen pünktlichen Feierabend schien zu schwinden. Wieder war es Paulsen, der die Stille durchbrach. »Also, bei aller Liebe für deine Theorie: Wir haben eine Tote, die mit einem Stein erschlagen wurde – leider ist das viral gegangen. Möglicherweise haben wir so einen Trittbrettfahrer auf den Plan gerufen, der uns in die Irre führen will.«

»Dann haben wir es mit zwei unabhängig tätigen Verdächtigen zu tun«, bestätigte der Staatsanwalt nickend. »Auch das ist eine Möglichkeit, die wir nicht außer Acht lassen dürfen.«

»Oder wir sind völlig auf dem Holzweg, und Leo Nowak ist auch nicht für die Tote von Haithabu verantwortlich.« Jens Beck trommelte unruhig mit den Fingern auf der Tischplatte herum.

»Das werden wir herausfinden, Jens«, versprach Gunnar Feistel. »Ich werde ihn mir gleich noch einmal vorknöpfen.«

Beck hatte keine Einwände. Er wandte sich an Thierse und Birthe. »Was hat die Auswertung der Spuren in Nowaks Haus ergeben?«

Birthe wechselte einen Blick mit ihrem Partner. Thierse nickte zustimmend und ließ seine Kollegin sprechen. »Wir waren im Schuppen von Leo Nowak, nachdem der Staatsanwalt so freundlich war, uns einen Durchsuchungsbeschluss für das Haus mit auf den Weg zu geben. Tatsächlich haben wir in einem Schuppen Gartenwerkzeug gefunden, darunter eine Schubkarre und ein Spaten.«

Im Raum herrschte gespanntes Schweigen. »Wir haben das Reifenprofil der Karre und die Erdreste am Spaten gesichert«, fuhr Birthe fort.

»Und?«, fragte Paulsen, während er ungeduldig mit den Fingern auf den Tisch trommelte.

»Heute Morgen haben wir in Haithabu Erdproben genommen und sie zur Analyse ins Labor gegeben«, leitete Thierse nun ein. »So wie es den Anschein hat, wurde die Kuhle, in der wir Maike Adamo fanden, mit einem Spaten ausgehoben, nachdem man sie mit einer Schubkarre zum Auffindeort transportiert hat.« Er nickte Birthe zu, die weitermachte. »Im Schuppen von Leo Nowaks Haus fanden wir Gummistiefel und Gartenwerkzeug, an dem sich Erdreste befanden. Sowohl am Blatt des Spatens als auch an der Auftrittkante konnten wir entsprechende Proben sichern, die wir zum Abgleich ins Labor brachten – leider mit einem negativen Ergebnis.«

»Es gibt keine Übereinstimmung«, fasste Thierse zusammen. »Weder die Erdproben noch die Fußabdrücke stimmen mit denen vom Auffindeort der Leiche überein. Auch im Sohlenprofil der Gummistiefel haben wir Erdmaterial gesichert, das aber in seiner Beschaffenheit auch keine Gemeinsamkeiten mit den Proben aus Haithabu aufweist.« Er seufzte. »Damit wissen wir, dass die Werkzeuge von Leo Nowak nicht im Wikingermuseum zum Einsatz gekommen sind.«

»Wer sagt, dass er sein eigenes Werkzeug eingesetzt hat?«, fragte Paulsen.

»Wir werden das überprüfen«, versprach Birthe und war nun auch sichtlich genervt.

»Was ist mit den Reifenspuren der Fahrzeuge vor dem Schlagbaum des Museums?«, wollte Kristin wissen.

»Noch kann ich nichts mit Sicherheit sagen«, bedauerte Thierse. »Die Reifenmarke, der Typ und die Reifengröße werden auf unzähligen Fahrzeugen verbaut. Wie heute Morgen bereits erwähnt, kommen SUVs und Lieferwagen in Betracht. Um das zu eruieren, benötige ich Zeit, fürchte ich.«

»Ich fasse zusammen«, meldete sich Sievert zu Wort, der schweigend mitgeschrieben hatte. »Wir haben einen Tatverdächtigen für den Mord an Maike Adamo, der sich zum jetzigen Zeitpunkt lediglich aufgrund der Tatsache, kein Alibi für die Tatzeit zu haben, in Gewahrsam befindet. Leo Nowak kommt aber für die zweite Tat in Eckernförde nicht in Betracht, da er sich zum Tatzeitpunkt Ihren Fragen stellen musste, richtig?«

Paulsen hob zustimmend den Daumen. »Korrekt, fürchte ich.«

Sievert räusperte sich. »Wenn Sie der Meinung sind, dass Nowak als Täter im Fall Haithabu infrage kommt, brauche ich Beweise, ansonsten muss ich ihn freilassen.«

»Aber es besteht Flucht- und Verdunkelungsgefahr«, ergriff Feistel nun das Wort. »Und solange wir nicht wissen, dass jemand anderes zur Verantwortung gezogen werden kann, ist er unser Mann.«

»Also gut.« Sievert seufzte. »Ich gebe Ihnen 24 Stunden.«

Feistel nickte zustimmend. »Wir kümmern uns«, versprach er dem Staatsanwalt und wechselte einen Blick mit seinem Partner. Paulsen stöhnte auf, ersparte sich aber einen Kommentar.

»Im Auto haben die Kollegen in Kiel Mikrospuren sowohl von Hein Adamo als auch von Leo Nowak gefunden«, eröffnete Birthe den Anwesenden.

»Kein Wunder, denn sowohl ihr Mann als auch der abservierte Geliebte werden mal mitgefahren sein«, relativierte Paulsen.

»Das ist richtig«, nickte Birthe. »Allerdings hat eine Kriminalbiologin auch Hautschuppen, die Leo Nowak zugeordnet werden konnten, auf dem Körper und der Kleidung der Toten feststellen können.«

»Na bitte«, rief Paulsen und rieb sich siegessicher die Hände.

»Nicht so schnell«, warnte Kristin. »Ich habe heute Mittag mit dem Inhaber des *Walhalla* telefoniert. Er berichtete von einer körperlichen Auseinandersetzung zwischen Maike Adamo und Leo Nowak auf dem Parkplatz. Offensichtlich ist ein Streit zwischen den beiden eskaliert, und er brachte die beiden auseinander.« Kristin machte eine Pause. »Das würde die Mikrospuren erklären, oder?«

Birthe nickte. »Dann ließen sich die Spuren erklären«, stimmte sie Kristin zu. »Das macht ihn aber nicht zu einem mutmaßlichen Mörder.« Sie blätterte in ihren Unterlagen. »Darüber hinaus haben die Experten noch andere Spuren im Fahrzeug der Toten gefunden, die wir nicht zuordnen konnten«, fuhr Birthe fort. »Die gesicherte DNA lässt darauf schließen, dass es sich um einen Mann handelt.«

Paulsen rollte mit den Augen. Er machte kein Hehl daraus, dass ihm der Verlauf der Abendrunde nicht gefiel. »Vielleicht war die Karre neulich in der Werkstatt – dann stammen die Spuren von einem Schrauber. Oder sie hat jemanden mitgenommen, einen Arbeitskollegen oder so was.«

»Bevor du fragst«, schob Birthe hinterher, »die Fingerprints am und im Auto von Maike Adamo stammen nicht von Leo Nowak. Auch sie sind bisher nicht identifiziert.«

»Ein Abgleich mit der DNA-Analysedatei des BKA brachte keinen Treffer hervor«, ergänzte Thierse. »Das heißt, wir haben es mit keinem bisher aufgefallenen Straftäter zu tun.«

»Ähnlich ist es bei uns verlaufen«, bestätigte Reimers. »Die Spuren am Tatort konnten keinem aktenkundigen Straftäter zugeordnet werden.«

»Also doch ein Serientäter?«, fragte Feistel mit gerunzelter Stirn.

»Wir müssen herausfinden, ob die zeitliche und geografische Nähe beider Taten in Zusammenhang steht«, fasste Beck zusammen. »Vorschläge?«

»Wenn wir zwei voneinander unabhängige Taten sehen, müssen wir das gesellschaftliche Umfeld der Opfer hinterfragen«, fand Feistel.

»Ist geschehen, läuft in unserem Fall aber noch«, nickte Reimers.

»Und wenn wir von einem Serientäter ausgehen, müssen wir nach Schnittstellen beider Opfer suchen«, überlegte Kristin. »Kannten sich die beiden Frauen möglicherweise?«

»Bei der Toten in unserem Fall handelt es sich um eine Bankkauffrau, die hier in Flensburg gearbeitet hat«, ergriff Reimers das Wort. »Sie war verheiratet, kinderlos und lebte mit ihrem Mann in Westerholz. Es gibt keine Auffälligkeiten, beide sind noch nie mit dem Gesetz in Konflikt geraten, auch die finanzielle Situation scheint unauffällig zu sein. Der Mann arbeitet als IT-Spezialist für einen Versicherungskonzern.« Reimers zückte sein Tablet, um die Erkenntnisse vorzutragen. »Eine Abfrage beim Anbieter des im Fahrzeug der Toten aufgefundenen Smartphones ergab, dass sie sich von Westerholz in südliche Richtung bewegte, wohl, um nach Eckernförde zu gelangen. In Kappeln, unweit der großen Brücke, verläuft sich ihre Spur im Sand. Wir gehen davon aus, dass der Akku des Handys leer war oder dass sie das Gerät bewusst abgeschaltet hat, um nicht gestört zu werden.«

»Oder um nicht verfolgt werden zu können«, warf Paulsen ein.

»Oder so«, nickte Reimers. »Die Auswertung der SIM-Karte läuft in diesen Minuten, ich denke, dass wir noch heute ihre Textnachrichten sowie ein- und ausgehende Anrufe rekonstruiert bekommen.«

»Wo sind die Parallelen der beiden Fälle?«, fragte Sievert. Der Staatsanwalt tickerte mit dem Kugelschreiber und fixierte Reimers mit seinem Blick.

»Beide Opfer starben durch Gewalteinwirkung durch einen stumpfen Gegenstand – die Tote von Haithabu wurde, wie ihr herausgefunden habt, mit einem Stein erschlagen.«

»Und bei euch?«, fragte Paulsen unbeeindruckt. »Wo ist der Stein?«

»Bislang wurde die Tatwaffe nicht gefunden.«

Kristin sah Reimers an, dass ihm Paulsens Art gegen den Strich ging. »Ob der Schlag todesursächlich war oder der anschließende Brandanschlag, muss die Obduktion ergeben, nehme ich an?«

»Gut, dass du es sagst, Kristin.« Reimers nickte. »Ich muss gleich nach Kiel zur Rechtsmedizin, um der Sektion der Brandleiche beizuwohnen.«

Es war offensichtlich, dass er keine große Lust hatte, der Obduktion von Mona Borders beizuwohnen. Diese Termine waren äußerst unbeliebt.

Sievert erhob sich und marschierte wie ein dozierender Professor durch den Raum. »Ich halte es durchaus für möglich, dass es sich bei dem Mörder in Eckernförde um einen Trittbrettfahrer handeln könnte – allerdings kann es sich nach dem, was wir aus der Kriminaltechnik gehört haben, auch um einen gänzlich anderen Täter handeln, der für den Tod beider Frauen verantwortlich gemacht werden kann.« Der Staatsanwalt kam neben Beck zum Stehen und betrachtete die Anwesenden.

»Ich könnte mir die alten Datenbanken zur Brust nehmen

und recherchieren, ob es in der Vergangenheit eine ähnliche Mordserie gegeben hat, die nicht aufgeklärt wurde«, schlug Gunnar Feistel vor. Für den Vorschlag erntete er zustimmendes Nicken.

»Wenn das der Fall ist, dann wissen wir aus Erfahrung, dass sich die Zeiträume zwischen den Taten mit jedem Mord weiter verkürzen«, bemerkte Beck. »Und wenn wir berücksichtigen, dass zwischen den letzten beiden Morden keine 24 Stunden liegen, haben wir es mit einer tickenden Zeitbombe zu tun.« Er sah jeden in der Runde an.

»Was passiert jetzt mit Leo Nowak?« Paulsen stöhnte gequält auf. »Der Typ ist mir suspekt – nicht nur wegen seiner spurlos verschwundenen Frau, er ist unmittelbar nach Bekanntwerden des Mordes an Maike Adamo untergetaucht.«

»Ob das für den Haftrichter genügt, wage ich zu bezweifeln«, brummte Sievert. »Ich brauche eine lückenlose Indizienkette, wenn wir ihm die Tat zur Last legen wollen.«

»Aye, Sir«, machte Paulsen und salutierte im Sitzen.

»Gibt es bei den Opfern Parallelen oder gar Verbindungen?«, stellte Jan Beck eine Frage in den Raum. Alle Blicke im Raum ruhten auf dem Abteilungsleiter. »Wir sollten alles unter die Lupe nehmen, Freizeitaktivitäten, Familien, eventuell gemeinsame Freunde.«

»Eine Sisyphusarbeit«, behauptete Paulsen und stöhnte wie ein Schüler, dem man eine Strafarbeit aufgebrummt hatte.

»Du kannst dich weiter mit Nowak beschäftigen, wenn du der Meinung bist, dass er für den Mord an Maike Adamo verantwortlich gemacht werden kann«, bot Beck ihm unbeeindruckt an. »Und der Rest des Teams darf sich gern mit dem Gedanken auseinandersetzen, dass die beiden Tötungsdelikte in Zusammenhang stehen.«

Sievert schien einverstanden zu sein. »Ich denke, dass der Druck der Öffentlichkeit von jetzt an stündlich wächst«, sprach er seine Befürchtung aus. »Und ich möchte am Ende des Tages nicht mit leeren Händen dastehen.«

Kristin warf Reimers einen Blick zu und erkannte, dass er ähnlich dachte wie sie. »Ich schlage vor«, ergriff sie das Wort«, dass wir den Kollegen in Eckernförde unsere über das Opfer gesammelten Erkenntnisse zur Verfügung stellen.«

»Und ich werde veranlassen, dass euch die Unterlagen und Berichte unseres Opfers übermittelt werden«, ergänzte Reimers und zwinkerte Kristin zu. »Und sobald sich unsere Behörden ausgetauscht haben, könnten wir die Schnittstellen, so es sie denn gibt, abgleichen und an der Stelle die Ermittlungen aufnehmen.«

Beck schien einverstanden, Kristin hatte aber den Eindruck, dass er sich rückversichern wollte. Er warf dem Staatsanwalt einen fragenden Blick zu. Sievert nickte und bedachte Kristin mit einem zufriedenen Lächeln. »Eine Kooperation der beiden Behörden erscheint mir durchaus angebracht zu sein«, nickte er. »Gleich nach dem Meeting werde ich die Kollegen der Kieler Staatsanwaltschaft über das geplante Vorgehen informieren.«

Beck hatte keine Einwände und hob die Runde auf. »Dann weiß jetzt jeder, was zu tun ist.«

*

Als Kristin als Letzte den Besprechungsraum verließ, traf sie im Flur auf Reimers. Er lehnte an der Wand und telefonierte. Als er sie bemerkte, gab er ihr ein Zeichen, zu warten. »Und es gibt keine Zweifel?«, fragte er mit einer steilen Sorgenfalte auf der Stirn. »Die Nummer konnte zweifelsfrei zugeordnet werden?« Er schwieg und lauschte in den Hörer, dann nickte er. »Gut«, sagte er, »ich bin noch in Flensburg und werde das gleich klären, bevor ich nach Kiel fahre. Danke.« Er unterbrach die Verbindung und betrachtete Kristin mit einem Blick, den sie nicht deuten konnte.

»Probleme?«, fragte sie.

Reimers zuckte die Schultern. »Es sieht danach aus.«

»Was hat die Flensburger Dienststelle damit zu tun?«

»Das sollten wir mit Beck besprechen.«

»Also gut.« Kristin nickte und führte ihn in das Büro des Abteilungsleiters. Sie war gespannt, was Reimers ihnen mitzuteilen hatte, ahnte aber, dass es keine guten Nachrichten waren.

*

Mit einem ungewohnt mulmigen Gefühl klopfte Paulsen eine Viertelstunde später an die Bürotür des Abteilungsleiters. Es war ungewohnt, dass Jan Beck ihm eine junge Kollegin vorbeigeschickt hatte, um Paulsen zu sich zu zitieren, anstatt ihn per Telefon zu sich zu bitten.

Etwas musste passiert sein, da war Paulsen sicher. Unter normalen Umständen kannten sie sich lange genug, um auch die wichtigen Dinge auf dem kleinen Dienstweg zu klären.

Auf das überfreundliche »Herein« seines Chefs steckte Paulsen den Kopf durch den Türspalt. »Du wolltest mich sprechen?«

»Max«, sagte Jens Beck, »komm doch herein.« Er machte eine einladende Geste. Paulsen trat ein und erblickte am kleinen runden Tisch hinter der Tür Lars Reimers und Kristin Voss, die ihn mit unverwandter Miene betrachteten.

Ich habe gewusst, dass es mit dem Deichmädchen nichts als Ärger gibt, dachte Paulsen und kämpfte gegen die aufsteigende Wut an.

»So nimm doch Platz«, riss ihn Becks Stimme aus den Beobachtungen. Er lächelte, als wolle er ihm ein neues Auto verkaufen.

Zögernd kam Paulsen der Aufforderung nach. »Warum so förmlich?«, fragte er an seinen Vorgesetzten gewandt. »Ist was passiert?«

»Bedauerlicherweise ja.« Kurz verfinsterte sich Becks Miene. Er rückte sich selber einen Stuhl zurecht und gesellte sich zu ihnen.

»Was wird das?«, fragte Paulsen angriffslustig, doch Beck ließ sich nicht verunsichern.

»Kriminalhauptkommissar Lars Reimers von der Kriminalpolizeidienststelle in Eckernförde kennst du ja nun schon«, sagte Beck. »Er leitet die Ermittlungen im Tötungsdelikt auf der Seebrücke.«

»Ich habe eben in der Abendrunde aufgepasst«, stieß Paulsen entnervt hervor. »Komm auf den Punkt.«

Hauptkommissar Reimers räusperte sich. »Wir gehen davon aus, dass es einen Trittbrettfahrer gibt, der den Mord an Maike Adamo für sich nutzt«, bemerkte er. Als Paulsen bemerkte, dass dem fremden Kollegen offenbar den Aufdruck seines T-Shirts aufgefallen war, lehnte er sich zurück und verschränkte die Arme so vor der Brust, dass der provokante Spruch »Das Böse hat Titten« von seinen muskulösen Armen verdeckt wurde. »Und?«

Kristin Voss ließ sich von seiner aggressiven Art nicht aus der Ruhe bringen. »Nichts und«, erwiderte das Deichmädchen seelenruhig. »Wir sind mit unseren Ermittlungen noch lange nicht am Ende, fürchte ich.«

»Warum?« Manchmal hilft es, sich blöd zu stellen, durchzuckte es Paulsen und er feixte innerlich. Zufrieden stellte er fest, dass das Deichmädchen sich jetzt doch bemühen musste, um nicht aus der Haut zu fahren.

»Entweder«, übernahm Beck die Moderation, »gibt es einen zweiten Täter, der für den Mord in Eckernförde infrage kommt«, er machte eine kurze, aber bedeutungsvolle Pause,

»oder Nowak ist unschuldig, und da draußen läuft ein Serienmörder herum.«

»Jens – bitte«, stöhnte Paulsen und verdrehte die Augen. »Ihr lest alle zu viele schlechte Kriminalromane«, behauptete er mit Blick in die Runde.

»Da die Identität der Frau feststeht, laufen die Ermittlungen im sozialen Umfeld des Opfers nun auf Hochtouren.« Reimers zeigte sich unbeeindruckt von Paulsens Vorwürfen.

»Ist doch prima«, fand Paulsen, »dann macht jeder seinen Job. Wir hier unseren, und ihr euren in Eckernförde.«

»So leicht ist das nicht, Max«, fand Beck und tauschte einen schnellen Blick mit Kristin Voss, an der er offenbar einen Narren gefressen hatte.

Paulsen sah Reimers an, dass ihm die Auseinandersetzung auf die Nerven ging. Der Kollege holte tief Luft. »Unsere KTU konnte zwischenzeitlich das Smartphone der Toten auslesen. Wir haben es ausgeschaltet im Handschuhfach ihres Fahrzeuges gefunden und mussten es zunächst entsperren. Jetzt analysieren wir Kontakte, Verbindungsnachweise, Textnachrichten …« Er betrachtete Paulsen mit einem Blick, den er nicht deuten konnte.

»Routine also«, stellte Paulsen fest. »Und?«

»Wir haben auf dem Handy Textnachrichten von dir gefunden«, eröffnete Reimers ihm. Seine Kiefer mahlten. Als Paulsen mit einem Stöhnen auf den Lippen die Arme auf den Tisch legte, starrte Reimers wieder auf den Aufdruck seines Shirts.

»Ist was?«, bellte Paulsen wütend.

»Es gibt zwar keinen Dresscode«, stellte Reimers fest und deutete auf die knalligen Buchstaben. »Aber das da ist wohl nicht das richtige Outfit, um für eine Behörde wie die Kripo zu arbeiten, Kollege.«

»Was geht dich das an?«

»Nichts. Ich frage mich nur, was Personen sich denken, wenn du dich als Kommissar vorstellst und ihnen Fragen stellt.« Reimers machte eine wegwerfende Handbewegung. »Geschenkt«, sagte er gönnerhaft.

Paulsen hieb auf den Tisch. »Jens«, rief er, »kannst du mir mal sagen, was das Kaspertheater hier soll?«

Beck holte tief Luft und betrachtete ihn mit betroffener Miene. »Max«, sagte er mit belegter Stimme, »wir gehen davon aus, dass du das Mordopfer in Eckernförde gekannt hast.«

Paulsen glaubte, sich verhört zu haben. »Was soll der Bullshit?«

»Du bist einer der letzten Menschen, der mit der Frau in Kontakt gestanden hat«, erklärte Kristin Voss.

»Ist klar.« Paulsen kicherte albern und sah sich um. »Wo ist die versteckte Kamera? Sind wir hier bei *Verstehen Sie Spaß*, oder was soll das?«

Beck schüttelte mit ernster Miene den Kopf. »Kannst du uns erklären, warum wir Textnachrichten auf dem Handy unseres Opfers gefunden haben, die von dir stammen?«

»Verarschen kann ich mich selber.« Paulsen glaubte, sich verhört zu haben. Der Typ aus Eckernförde erlaubte sich einen schlechten Scherz mit ihm, denn er hatte in letzter Zeit keiner Frau geschrieben. Keiner, außer einer … Paulsen spürte, wie ihm das Blut ins Gesicht schoss. Er kannte die Arbeitsweise der Kriminaltechniker und wusste, dass man Textnachrichten auslesen konnte. Wort für Wort. Langsam begriff er, worauf dieser Reimers hinauswollte. Und er begriff, weshalb Beck ihn ganz offiziell in sein Büro zitiert hatte. Innerhalb von Sekunden stand Schweiß auf seiner Stirn, Paulsen spürte, wie ihm das Blut in den Kopf schoss. »Nee, oder?«

»Ich fürchte doch.« Beck setzte eine betroffene Miene auf. »Max, wir haben auf dem Handy der Toten Nachrichten gefunden, die offenbar von dir stammen.«

Die Gedanken rasten durch Paulsens Kopf. Er fuhr sich mit der flachen Hand über den kahlen Schädel und schüttelte ungläubig den Kopf. Plötzlich wusste er, warum Mona ihm nicht geantwortet hatte.

»Max, ich habe eine Frage an dich.« Becks Stimme klang einfühlsam und fast sanft. So hatte er seinen Vorgesetzten lange nicht erlebt. »In welchem Verhältnis hast du zu Mona Borders gestanden?«

*

Kappeln, Hafen, 20.30 Uhr:

Die kleine Tauchschule war in einem Ladenlokal untergebracht, an das ein Schuppen mit flachem Wellblechdach grenzte. Hier wurden die Gerätschaften und die Ausrüstungen der Tauchschüler untergebracht. Für ihn war es ein Leichtes gewesen, das Schloss zu knacken, um sich Zutritt zum Lager der Tauchschule zu verschaffen. Unbemerkt war er in das Halbdunkel des Schuppens gelangt, um sein Vorhaben in die Tat umzusetzen.

Hier lagerte das Equipment der Taucher, jeder hatte seine Ausrüstung in einer Kiste verstaut, die morgen verladen wurde. Jede Kiste war mit einem Namensschild versehen. Er musste nicht lange suchen, um die richtige Kiste zu finden. Mit einem zufriedenen Grinsen auf den Lippen nahm er eine der Luftflaschen an sich und machte, dass er aus dem Schuppen kam. Ungesehen konnte er die kleine Werksstraße am Rand des Hafens überqueren und erreichte nach wenigen Metern das Werftgelände. Hier wurde um diese Zeit gearbeitet, es wurde geschweißt, geschliffen und gebohrt. Die Geräuschkulisse kam ihm sehr entgegen. Keiner der Arbeiter schenkte ihm Beachtung, als er mit der Tauchflasche in einem Schuppen verschwand.

Hier hatte er schon alles für seine Mission vorbereitet. Er öffnete das Ventil und ließ den Inhalt entweichen. Das Zischen ging im Lärm der Werft unter, niemand dort draußen ahnte, was sich hier im Schuppen abspielte. Zufrieden verband er die Flasche mit dem bereitliegenden Überstromschlauch und den Flaschen, die er bereits am Vortag bereitgestellt hatte. Der Vorgang dauerte nur ein paar Minuten, dann klemmte er die Taucherflasche wieder ab. Auch auf dem Rückweg zur Tauchschule nahm niemand von ihm Notiz. So konnte er ihre Flasche unbemerkt zurück zum Rest der Ausrüstung in die Kunststoffwanne legen. Zufrieden betrachtete er sein Werk. Sie würde nichts bemerken. Und wenn sie mitbekam, dass etwas nicht stimmte, würde es schon zu spät sein.

Wasser, hämmerte es in seinem Schädel. Sie liebte Wasser über alles. Dass es ihren Tod besiegeln würde, ahnte sie noch nicht.

Als er daran dachte, dass sie in diesem Moment wohl den Feierabend an der Seite ihres Mannes verbrachte, beschleunigte sich sein Puls. Der Arme ahnte nicht, was für ein teuflisches Spiel dessen Frau mit ihm spielte. Sie schaffte es immer wieder, ihm die glückliche Ehefrau vorzuspielen, ohne dass Arne etwas davon ahnte, was sie wirklich hinter seinem Rücken trieb. Doch damit würde bald Schluss sein, und er war der Mensch, der ihr Schicksal in den Händen hielt.

Niemand beobachtete ihn auf dem Weg zu seinem Auto, und als er den Motor startete und wenig später am kleinen Hafen vorbeirollte, ließ er die Seitenscheibe herunter und sog die Luft tief in seine Lunge ein. Das Leben konnte so schön sein.

*

Flensburg, Polizeidirektion, 20.35 Uhr:

Kleinlaut hatte Paulsen ihnen von seinem zufälligen Treffen mit Mona Borders in der Bäckerei berichtet, von ihrer Idee, sich mal wieder zu daten, die er anfangs abgeblockt hatte und schließlich der Versuchung unterlegen war. Per Textnachrichten hatte er versucht, ein Treffen mit der »lauten Mona«, wie er sie abfällig nannte, zu vereinbaren.

Während sie ihm zuhörte, fiel Kristins Blick immer wieder auf das T-Shirt des Kollegen. Sie war versucht, ihm ein paar Takte zu seinem schlechten Geschmack und seiner sexistischen Art zu sagen, hielt sich aber zurück. Alles zu seiner Zeit, dachte sie. In Kristin brodelte es, und sie spürte, wie ihr das Blut vor Wut ins Gesicht schoss.

Reimers hatte die Beine lässig übereinandergeschlagen und war mit seinem Tablet beschäftigt. Er lauschte der Unterhaltung trotzdem, wie Kristin an seinem interessierten Gesichtsausdruck zu erkennen glaubte.

»Wo warst du gestern Abend zwischen 22 und 24 Uhr?«, fragte sie an Max Paulsen gewandt.

Dem kahlköpfigen Kollegen stand der Schweiß in winzigen Perlen auf der Stirn. Seine Bewegungen wirkten ungewohnt fahrig. Kristin stellte fest, dass seine Coolness wie weggeblasen war. »Was weiß ich«, murmelte er, während er ihrem Blick auswich. »Ich war im Gym, ein bisschen pumpen.«

»Willst du mich verarschen?«, platzte es aus Kristin heraus. »Welche Muckibude in Flensburg hat bis Mitternacht auf?« Als sie Becks überraschten und Reimers' amüsierten Gesichtsausdruck registrierte, murmelte sie eine Entschuldigung.

»Warum so impulsiv, Frau Kollegin?« Jetzt grinste Paulsen wieder. Er hatte offenbar Spaß daran, Kristin aus der Reserve gelockt zu haben. »Aber mal unter uns Pastorentöchtern: Ich war im Gym, allerdings nur bis 22 Uhr, Zeugen gibt es da genug. Danach machen die ihre Schotten dicht.«

»Und dann?«, fragte Beck. »Wo warst du anschließend?«

Schulterzucken. »Auf ein Bier bei *Onkel Jule* an der Schiffbrücke. Die haben bis Mitternacht offen.«

»Nur zum Verständnis«, hakte Kristin nach, »du gehst erst ins Fitnesscenter, um gleich danach ein Bier in der Altherrenkneipe zu zischen?«

»Mal nicht so abfällig«, warf Paulsen ein. »Onkel Jule ist die älteste Kneipe der Stadt, da trifft man sich.«

»Eine alte Spelunke ist das«, brummte Reimers, ohne von seinem Tablet aufzublicken.

»Wie dem auch sei, du kannst ja die Saftschubse fragen, die mich bedient hat«, entgegnete Paulsen feindselig.

»Das werden wir tun«, versicherte Kristin ihm.

»Tu, was du nicht lassen kannst, Deichmädchen.«

Bevor Kristin etwas darauf erwidern konnte, ruckte der Kopf von Lars Reimers hoch. »Die Textnachricht ›ich möchte dich heute um elf sehen – komm zu unserem bekannten Treffpunkt‹ stammt doch von dir, oder?«

Paulsen starrte Reimers an. Die Lippen hatte er zu schmalen Strichen zusammengepresst, als er zögernd nickte. »Und?«, fragte er schließlich. »Ist das ein Verbrechen?«

»Um dir einen Mord nachzuweisen, reicht es zwar nicht, aber wir würden gern wissen, in welchem Verhältnis du zu Mona Borders gestanden hast.«

»Handelt es sich beim bekannten Treffpunkt möglicherweise um die kleine Seebrücke in Eckernförde?«, wollte Beck wissen. »Ein romantischer Fleck und wie geschaffen für ein Date.«

»Das ist Bullshit!« Paulsen fühlte sich sichtlich in die Enge getrieben. Unstet huschte sein Blick umher, dann stierte er Beck an. »Jens«, zischte er, »muss ich mir das gefallen lassen?« Als Beck betroffen schwieg, setzte Paulsen nach: »Tu was, sonst raste ich gleich aus!«

»Es wäre ziemlich unklug, jetzt seine guten Manieren zu vergessen, Max«, erwiderte Beck seelenruhig, doch Kristin registrierte, dass ihm die Sache an die Nieren ging. Sie fragte sich allerdings, von welchen guten Manieren der Abteilungsleiter gesprochen hatte.

»War der vereinbarte Treffpunkt vielleicht die Seebrücke in Eckernförde?«, wiederholte Reimers die Frage von Jens Beck.

»So ein Unsinn«, wetterte Paulsen und hieb mit der flachen Hand auf den Tisch. »Unser Treffpunkt war das Fitnessstudio, in dem wir uns damals kennengelernt haben – die Saftbar, um genau zu sein.«

»Und da du sie dort nicht angetroffen hast, bist du ins *Onkel Jule* gegangen, um deinen Frust mit zwei, drei *Flens* zu ertränken?«, wollte Kristin wissen. »Hast du nicht versucht, sie anzurufen?«

»Bin ich bescheuert?«, zischte Paulsen. »Sie ist verheiratet. Abends bei ihr anzurufen, wenn sie mit ihrem Göttergatten auf dem Sofa rumlümmelt, wäre ziemlich hohl von mir, findest du nicht?«

Kristin ersparte sich eine Antwort.

Paulsen erhob sich. »War es das dann?« Sein Blick streifte die Anwesenden nacheinander. Als alle schwiegen, verabschiedete sich Paulsen. »Schönen Feierabend, Kollegen.« Bevor jemand etwas erwidern konnte, rauschte er aus dem Büro.

Jens Beck war der Erste, der sich zu Wort meldete. »Um das klarzustellen ... ich verdächtige Max nicht, etwas mit dem Mord an Mona Borders zu tun zu haben.«

Kristin fand, dass es für ihn sprach, dass er sich auf die Seite seines Teams schlug. Sie hätte in seiner Situation wohl nicht anders gehandelt.

»Davon kann keine Rede sein«, relativierte Reimers. »Trotzdem müssen wir alle nur denkbaren Informationen zusammentragen – und wenn euer netter Kollege etwas weiß, das uns weiterbringt, dann ist es unsere Pflicht, ihn zu befragen.«

»Selbstverständlich«, nickte Beck, »du hast alles richtig

gemacht, und Max ist, wie du nun weißt, kein einfacher Zeitgenosse. Und er hat ein gestörtes Verhältnis zu Frauen.«

»Aber ermorden würde er deshalb keine Frau?« Reimers legte sein Tablet auf den Tisch.

»Sicher nicht«, antwortete Beck und grinste schief. »Eher das Gegenteil ist der Fall. Er ist ein Schürzenjäger und liebt Frauen.«

»Das ist mir noch nicht aufgefallen«, bemerkte Kristin. »Um mich macht er gern einen Bogen.«

»Weil du die Ermittlungen in unserem Fall leitest und somit seine Vorgesetzte bist«, grinste Beck.

»Ich finde nicht, dass er der Typ Mann ist, um den sich die Frauen reißen«, erwiderte Kristin.

»Vertu dich nicht«, warnte Beck. »Es gibt genügend Frauen, die auf seine Machoart stehen. Er sieht nicht schlecht aus, tut etwas für seinen Körper und kann, auch wenn du diese Seite bei ihm noch nicht kennengelernt hast, durchaus charmant sein.«

*

Der Abend hatte sich über die Fördestadt gesenkt, auf dem Wasser an der Hafenspitze spiegelten sich die Lichter der umliegenden Häuser. Die Temperaturen waren noch angenehm mild und ließen schon jetzt auf einen guten Sommer hoffen. Am Museumshafen herrschte urbanes Treiben, junge und alte Menschen genossen den Feierabend bei einem *Flens*, sie trafen sich zu einem Schnack auf den Holzpaletten, die den Passanten als Sitzbänke dienten. An *Bens Fischbude* hatte sich eine lange Schlange gebildet. Seit der Fernsehkoch Tim Mälzer die kultige Bretterbude am Hafen bekannt gemacht hatte, lief der Laden für Ben Heinrich, den Betreiber. Angeblich, so munkelte man, hatte er vor dem Fernsehauftritt nur eine Handvoll Fischbrötchen am Tag verkauft, während ihm die Leute jetzt die Bude einrannten.

Ihm konnte es recht sein. Er stand mit in den Hosentaschen versenkten Händen am Kai und blickte hinaus auf das Wasser. Das historische Salonschiff *Alexandra* lag verlassen am Kai. Der alte Dampfer würde wohl erst am Wochenende wieder in See stechen.

Kurz schloss er die Augen und sog die Luft durch die Nase ein. Diese Freiheit, die er hier verspürte, fühlte sich gut an. Alle Ängste und Sorgen rückten in weite Ferne. Niemand konnte ihm etwas anhaben, weil er sein Vorhaben perfekt geplant hatte. Nur der Gedanke, dass er heute viel Zeit verloren hatte, bereitete ihm ein wenig Sorgen.

Kurz fürchtete er, dass sein Vorhaben in Gefahr war. Er warf einen Blick auf die Uhr und überschlug seinen Zeitplan. Es war knapp, aber noch möglich. Heute Nacht schon würde er erneut zuschlagen. Mit einem zufriedenen Grinsen betrachtete er eine Joggerin in hautengen Laufklamotten, die mit weißen Ohrstöpseln an ihm vorbeilief. Der Pferdeschwanz, der aus dem pinkfarbenen Cap hervorlugte, wippte bei jedem Schritt. Sie hörte Musik über die kabellosen AirPods und lächelte ihm kurz zu, dann war sie schon an ihm vorbei. Er vollführte eine Körperdrehung, um ihr nachblicken zu können. Sie hatte eine atemberaubende Figur – und sicher einen Freund. Dabei konnte die Joggerin sicher an jedem Finger einen Verehrer haben. Kurz war er versucht, ihr zu folgen, doch damit würde er von seinem Plan abweichen. Und er konnte keine weiteren Zugeständnisse machen. Sein nächstes Opfer stand längst fest. Lange genug hatte er sie observiert, und heute Nacht würde er den Zeitpunkt ihres Todes bestimmen. Ein zufriedenes Grinsen stahl sich auf sein Gesicht. Der Gedanke, dass er Richter über Leben und Tod war, gefiel ihm von Mal zu Mal besser.

*

Paulsen hatte die Faxen dicke. Kaum, dass Beck ihm ein neues Smartphone besorgt hatte, war es schon wieder futsch. Der Abteilungsleiter war ihm kurz nach dem Gespräch in seinem Büro an Paulsens Arbeitsplatz gefolgt, um sich das Smartphone aushändigen zu lassen. Paulsens Argumente, dass er dann quasi nicht arbeiten konnte, zählten nicht. Beck wollte das Handy in der IT-Abteilung auslesen lassen, komme, was wolle. Paulsen war versucht, sich im großen Elektronikfachmarkt am Holm ein neues Smartphone zu gönnen. Die Nummer würde er auf der Dienststelle niemandem verraten. Doch als ihm klar wurde, dass er selber auch keinerlei Kontakte auf dem neuen Smartphone hinterlegt haben würde, verwarf er die Idee wieder.

Manchmal sehnte er sich in die gute alte Zeit zurück, als man alle Kontakte noch in einer kleinen Kladde aufgeschrieben hatte. Seine Mutter führte heute noch ein solches Telefonbuch, und das, obwohl er ihr vor einiger Zeit ein neues *iPhone* besorgt hatte, ein Smartphone, deren Funktionen sie nur ansatzweise beherrschte.

»Ich hau ab«, sagte Paulsen und erhob sich von seinem Drehstuhl.

Feistel, der ihm gegenübersaß, lugte um seinen Monitor herum. »Wie, du gehst?«

»Hast du was an den Ohren, Gunnar? Ich mach Schluss für heute. War ein Scheißtag.«

»Denn man zu.« Feistel zuckte enttäuscht die Schultern. »Ich habe noch zu tun.« Er seufzte. »Kurz hatte ich echt gedacht, dass du mir hilfst.«

Paulsen hatte keine Lust, sich hier die Nacht um die Ohren zu schlagen, um alte Akten zu wälzen, so wie Beck es ihm angedroht hatte. Ihm war nach Abwechslung zumute, nach einer Belohnung nach diesem Tag. Vielleicht würde er später im Gym vorbeischauen. Nicht, um seinen durchtrainierten

Körper weiter zu stählen, sondern um ein Mädchen für die Nacht abzuschleppen, um sich zu trösten. Auch wenn ihm der Tod der lauten Mona nahegegangen war, hatte er nicht vor, fortan keine Frauen mehr anzusprechen.

Der Gedanke an eine Nacht mit einer heißen Frau gefiel ihm von Minute zu Minute besser. Da würde er einen Teufel tun, Feistel im miefigen Büro länger als nötig Gesellschaft zu leisten.

»Gab es denn eine Mordserie, die unserer ähnelt?«, heuchelte Paulsen Interesse. Lässig lehnte er im Türrahmen.

Feistel zuckte die Schultern. »In Dänemark gab es vor ein paar Jahren mal etwas Vergleichbares. Bei dem Täter handelte es sich um einen deutschen Fernfahrer, der immer dort mordete, wo seine Tour ihn hinführte. Meistens waren die Frauen Zufallsopfer, die er in Raststätten oder am Ziel seiner Fahrten traf.«

Paulsen nickte. »Wenn du mir was vom Killer erzählen kannst, endet die Spur bei der Suche nach unserem Täter im Knast, schätze ich?«

»Allerdings. Knut Heger sitzt in Itzehoe eine lebenslängliche Haftstrafe ab.«

»Also ist dieser Heger nicht unser Mann. Oder hat er Freigang?«

Gunnar Feistel tippte sich an die Stirn. »Ein mehrfacher Mörder – wir reden hier von fünf Opfern – auf Freigang?«

»Ist in dieser Bananenrepublik nicht alles möglich?«

Feistel seufzte wieder. »Ich werde in Itzehoe anrufen und die Leiterin fragen, ob Heger eine Sonderbehandlung wegen guter Führung genießt.«

»Mach das.« Paulsen tippte zum Gruß mit zwei Fingern an die nicht vorhandene Hutkrempe. »Ich bin raus. Halt mich mal auf dem Laufenden – schreib 'ne *WhatsApp* oder so.« Dann winkte er ab. »Ach nee«, brummte er, »ich hab ja gar kein Handy mehr.« Ohne die Antwort seines Partners abzuwarten, stand er auf dem Flur der Dienststelle. Im Gehen hörte er noch, wie sein Partner ihm »Arschloch!« hinterherrief. Emotionale Ausbrüche waren bei Feistel extrem selten. Doch sie hielten Paulsen nicht von seinem wohlverdienten Feierabend ab. Wenig später schwang er sich auf sein knallrotes Mountainbike und radelte am Museumshafen entlang. Dass ihm dabei ein Mann in dunkler Kleidung fast in den Weg sprang, weil er einer Joggerin auf den Hintern starrte, hatte er im nächsten Moment schon wieder vergessen.

KAPITEL 23

Keine 20 Minuten später erreichte er sein Ziel, einen verlassenen Ort an der Spitze der Halbinsel Holnis. Nur wenige Einheimische kannten den Ort, zu dem er über eine enge und kurvenreiche Landstraße gelangt war.

Einst einer der wichtigsten Verbindungswege nach Kopenhagen, war dieser Bereich der Halbinsel längst in Vergessenheit geraten. Es schien, als würde sich das alte Landgut in einem Dornröschenschlaf befinden. Den Wagen parkte er am Ende der Straße hinter dem Knick. Von hier aus war das Fahrzeug nicht gleich zu sehen. Sekundenlang blieb er hinter dem Steuer sitzen und genoss die Stille, die nur unterbrochen wurde vom Wind, der um die Kanten der Karosserie pfiff. Dann gab er sich einen Ruck und stieg aus.

Jetzt mischte sich das Tosen der Wellen unter das Rascheln des Blattwerkes, in der Ferne blökte eine Schafherde. Die Luft schmeckte salzig. Er schulterte den Rucksack, den er vom Rücksitz genommen hatte, und machte sich auf den Weg. Linker Hand lag das Hauptgebäude, ein ehemaliger Gasthof, von dem man munkelte, dass er in einem Roman von Theodor Fontane erwähnt worden war. Doch das war lange her, und nun waren die ehemals prächtigen Gebäude dem Verfall preisgegeben. Rechts vom Hauptgebäude lagen zwei Wirtschaftsgebäude, die ebenfalls ein trostloses Dasein fristeten, in der Mitte des Platzes ragte eine alte Linde in den Abendhimmel, die im Sommer sicher Schatten spendete.

Der alte Baumbestand sorgte dafür, dass auch um diese Jahreszeit noch das Laub vom letzten Herbst den Weg säumte. Es hieß, dass es einen neuen Investor gab, der dem Ensemble wieder zu neuem Glanz verhelfen sollte. Ging es nach seinem Willen, würden hier ein Gasthof, ein Hotel und Ferienwohnungen nach modernsten Standards entstehen. Doch noch war es nicht so weit, und er machte es sich zu Nutzen, dass dieser Fleck verlassen in der Einöde der Halbinsel lag.

Noch tat niemand etwas gegen den Verfall des Ensembles, so gammelte der kalkweiße Anstrich der Backsteinfassaden mit dem Reet um die Wette. Die Dächer der seit Jahrzehnten leerstehenden Häuser waren verwittert. Moos hatte sich wie ein natürlicher Teppich auf große Teile der Reetdächer gelegt, die einst strahlend weißen Fassaden der Backsteinhäuser waren verblasst, die Fenster waren, sofern überhaupt noch vorhanden, von Staub bedeckt.

Lost Places, so nannte man solche Orte wohl neudeutsch. Gebäude, die dem Verfall preisgegeben waren, lockten üblicherweise Scharen von neugierigen Besuchern an. Doch hier, am nördlichsten Punkt Deutschlands, gingen die Uhren anders. Die Zugänge hierher waren versteckt und nur einer Handvoll Einheimischer bekannt. Kein Hinweisschild wies darauf hin, dass es hier für Interessierte durchaus etwas zu entdecken gab. Niemand kümmerte sich um diesen fast mystischen Ort.

Es war, als sei die Zeit hier stehen geblieben. Sogar der blassgelbe Briefkasten vor dem ehemaligen Gasthaus stand noch an seinem Ort. Er fragte sich, wann hier wohl der letzte Brief eingeworfen worden war, und hielt sich rechts. Eine verwilderte Hecke hielt allzu neugierige Zeitgenossen davon ab, das Grundstück, das eines der beiden Wirtschaftsgebäude umgab, zu betreten. Er schlüpfte durch eine Lücke im Gehölz und stand auf einer Wiese mit fast hüfthohem Gras, in deren Mitte sich eine Feuerstelle befand, die augenscheinlich schon seit Jahren nicht genutzt worden war. Ein einfacher und inzwischen windschiefer Holzkohlegrill aus dem Baumarkt rostete trostlos vor sich hin. Er hielt sich links und schob den Schlüssel ins Schloss einer zweiflügeligen Tür. Hastig schlüpfte er ins Innere des Hauses. Muffiger Geruch schlug ihm entgegen. Die Zimmer im Erdgeschoss wirkten so, als hätten die ehemaligen Bewohner des Gebäudes fluchtartig das Weite gesucht. In einigen Räumen war das Mobiliar komplett vorhanden, im Flur lehnte sogar ein altes Damenrad mit zwei platten Reifen an der Wand. Eine dicke Staubschicht hatte das Inventar überzogen.

Vielleicht spukt es hier sogar, dachte er feixend, als er sich auf den Weg in den geheimen Keller machte. Auf der Halbinsel gab es nicht viele Häuser, die unterkellert waren, doch dieses Gebäude gehörte dazu. Er vermutete, dass man die engen Kellerräume in Kriegszeiten als Versteck ausgehoben hatte, denn auch der Zugang zur Treppe lag hinter einer Tür.

Dies war der ideale Ort für sein Vorhaben. Niemand würde sie hier finden, niemand ahnte, was hinter den dicken Mauern des alten Hauses geschah. Niemand würde ihre Schreie hören können.

Während er die ausgetretenen Steinstufen hinabstieg, musste er den Kopf einziehen, um sich nicht zu stoßen. Der muffige Geruch nahm an Intensität zu und ließ ihn flach atmen. Er streckte die Hand aus, suchte, fand und betätigte den altmodischen *Bakelit*-Lichtschalter an der unverputzten Wand. Eine nackte Glühbirne flammte auf und schleuderte ihm ihr kaltes Licht entgegen.

Der Boden war feucht, wahrscheinlich lag das daran, dass das Meer in greifbarer Nähe war und das Grundwasser je nach Witterung anstieg. Die klamme Kälte schlich sich unter die Kleidung und ließ ihn frösteln. Eine Jacke trug er nicht. Während er hoffte, sich nicht zu erkälten, setzte er seinen Weg fort. Am Ende des schmalen Kellergangs zweigten Türen zu beiden Seiten ab. Es handelte sich um einst wohl feuerfeste Eisentüren, die aber von Rost befallen waren. Er blieb vor einer Tür auf der rechten Seite stehen und klimperte mit dem Schlüsselbund. Als er den Schlüssel ins Schloss schob, tat sich auf der anderen Seite der Tür etwas. Dumpfe Laute drangen an seine Ohren.

Drinnen herrschte absolute Dunkelheit, doch der Lichtschein vom Kellergang genügte ihm, um sich zu orientieren. Der beißende Gestank von Urin, Schweiß und anderen Ausdünstungen kroch in seine Nase. Er unterdrückte die aufsteigende Übelkeit und setzte einen Fuß in den fensterlosen Raum.

Sie lag auf dem klapprigen Feldbett und hatte offenbar geschlafen.

Sekundenlang verharrte er in der Bewegung, um sie zu betrachten. Viel war von ihrer Schönheit nicht zu erkennen. Die letzten beiden Tage hatten ihre Spuren hinterlassen. Das Make-up war von unzähligen Tränen verwischt und hatte Schlieren im Gesicht hinterlassen. Ihre sonst sinnlichen Lippen waren spröde und aufgeplatzt, die blonden Haare hingen ihr strähnig ins Gesicht.

Mit fahrigen Bewegungen richtete sie sich auf. Das klapprige Feldbett ächzte metallisch. Sie stieß die kratzige Pferdedecke fort und setzte die Füße auf den kalten Boden. Es war offensichtlich, dass ihre Kräfte sie im Stich gelassen hatten. Nein, dachte er, sie wird mich nicht angreifen, sie wird auch nicht versuchen zu fliehen. Angst lag in ihren Augen, als sie zu ihm aufsah.

»Freust du dich, dass ich da bin?« Lächelnd zog er sich einen Hocker heran.

Kopfschütteln. In ihrem Blick lag das blanke Entsetzen. Sie schien zu ahnen, dass er sie peinigen oder foltern wollte. Doch das war nicht der Fall, denn er wollte ihrer Schönheit nicht über Gebühr schaden. »Hab keine Angst«, sagte er leise. Als er den Arm ausstreckte, um ihr eine Strähne aus der Stirn zu streichen, zuckte sie mit einem dumpfen Laut auf den Lippen zurück.

»Was willst du?«, keuchte sie. »Ich habe Durst.«

»Ist dein Wasser schon leer?« Suchend blickte er sich um. Die Wasserflaschen, die er ihr beim letzten Besuch mitgebracht hatte, lagen in einer Ecke des Gewölbes. Darin befand sich eine tiefgelbe Flüssigkeit. Wahrscheinlich hatte sie den Inhalt des Zinkeimers, der ihr als provisorisches Klo diente, in die Flaschen umgefüllt, um den Geruch einigermaßen erträglich zu halten.

»Das ist ekelhaft«, rügte er sie.

»Du bist ekelhaft«, zischte sie mit wutentbrannter Miene. Doch so wütend sie sich auch gab – sie war kraftlos und bedeutete keine Gefahr für ihn. Doch sie würde es nicht wagen, ihn anzugreifen, geschweige denn einen Fluchtversuch zu unternehmen.

»Tse, tse, tse«, machte er nur. »Ich bin hier, um dir etwas zu essen und zu trinken zu bringen, und du beleidigst mich?« Er erhob sich und machte Anstalten zu gehen.

»Warte«, rief sie krächzend.

Er machte in der Bewegung halt und sah sich nicht um.

»Komm zurück.« Ihre brüchige Stimme klang flehentlich.

Seufzend kehrte er um und setzte sich wieder.

»Wie geht es weiter?«, fragte sie, während er sich daran machte, den Inhalt des Rucksacks auszupacken. Nacheinander legte er die luftgetrocknete Salami, eine Tafel Schokolade und eine Papiertüte mit frischen Äpfeln sowie einige PET-Wasserflaschen, die er auf dem Weg hierher im *Edeka*-Markt Matthiesen in Glücksburg besorgt hatte, neben sie auf die Pritsche. In der angrenzenden Bäckerei hatte er ein paar trockene Brötchen und eine Laugenstange besorgt.

»Warum bin ich hier? Was hast du vor, und wie lange muss ich hier in diesem Loch bleiben?« Ihre Stimme zitterte.

Er lächelte. »Zu viele Fragen.«

»Ich habe ein Recht darauf zu erfahren, was …«

»Nein«, unterbrach er sie. »Leider hast du deine Rechte verwirkt. Jetzt bestimme ich über dein Leben.« Das Lächeln erreichte seine Augen nicht, doch er war nicht hier, um Sympathiepunkte bei ihr zu sammeln. »Noch ist deine Zeit nicht gekommen.«

»Meine Zeit?«, krächzte sie. »Welche Zeit? Zahlt dir niemand die Summe, die du für meine Freilassung forderst?«

»Das ist es nicht.« Sein Lächeln verblasste, als er den Kopf schüttelte. »Und um das klarzustellen: Da draußen wird niemand erpresst. Nicht dein Mann, nicht deine Kinder. Sie haben damit nichts zu tun.«

»Es ist sinnlos«, behauptete sie trotzig.

»Nein, ist es nicht.« Er verschloss den Reißverschluss seines Rucksacks. »Du musst dich noch gedulden.«

»Wie lange?«, wagte sie einen letzten Versuch, ihm eine Information zu entlocken.

»Ein, zwei Tage noch, dann verschwinden wir von hier.«

»Wir?« Gierig griff sie nach einer Wasserflasche, schraubte sie auf und trank.

Nicht sehr ladylike, dachte er, während er sie beobachtete. Nachdem sie fast den halben Inhalt getrunken hatte, fummelte sie unbeholfen die weiße Wachsschicht von der Wurst und biss ausgehungert hinein. »Was heißt *wir*?«

Er wiegte den Kopf, war darauf bedacht, nicht allzu viel zu verraten. »Wir werden eine Reise unternehmen«, sagte er schließlich.

»Warum und wohin?«, fragte sie kauend. »Bring mich nach Hause.«

»Nein, das geht nicht.« Er schüttelte den Kopf und beobachtete sie. Dass sie wie ein schlecht erzogenes Kind aß und mit vollem Mund sprach, verzieh er ihr. »Das Ziel unserer Reise ist eine Überraschung.«

»Ich hasse Überraschungen.«

»Damit kann ich leben.« Mit einem kalten Lächeln erhob er sich. »Ich komme wieder«, sagte er im Gehen. »Hab Geduld.« Gerade als er an der Tür angelangt war, sprang sie von dem Feldbett in die Höhe und durchmaß das kleine Gewölbe mit zwei Schritten, dann hatte sie ihn erreicht. Sie sprang an ihm hoch und umklammerte ihn mit Armen und Beinen, während sie ihre Hände auf sein Gesicht presste. Der Geruch der fettigen Salami an ihren Händen ekelte ihn.

»Was soll das?«, fragte er unbeeindruckt. Es kostete ihn nicht viel Kraft, sich aus ihrer Umklammerung zu lösen. »Mach so etwas nicht«, empfahl er unbeeindruckt, »ich möchte dir nicht wehtun.« Mit einem Stoß schubste er sie aus dem Gefahrenbereich. Unsanft und mit einem spitzen Schrei auf den Lippen stürzte sie rücklings zu Boden.

»Lass mich gehen«, flehte sie. »Du hast mich lange genug eingesperrt. Wie lange ist es her, seit du mich hierher gebracht hast? Einen Tag? Zwei oder sogar drei?«

Er antwortete nicht. »Hab Geduld«, wiederholte er, dann stand er im Kellergang. Eilig warf er die Eisentür ins Schloss und drehte den Schlüssel. Drinnen warf sie sich gegen die Tür, sie trommelte und flehte darum, sie mitzunehmen, doch er durfte sich jetzt nicht von seinem Plan ablenken lassen. Ihr Geschrei war herzerweichend, sie schluchzte und jammerte, doch er blieb hart. Eine andere Wahl blieb ihm nicht, wenn er sein Vorhaben nicht in Gefahr bringen wollte.

»Ich komme wieder«, rief er im Gehen. »Morgen schon, um dieselbe Zeit.« Ohne Hast stieg er die Steinstufen hinauf, löschte das Licht und verriegelte die Tür, die in den geheimen Keller führte. Die Wahl seines Verstecks war der reinste Glücksgriff gewesen.

KAPITEL 24

»Schönen Feierabend«, wünschte Reimers, nachdem er sich von Beck und Kristin verabschiedet hatte. Sie trafen sich auf dem Flur der Behörde, als Kristin gerade mit einer Tasse Tee aus der Küche kam und sie um ein Haar mit dem sympathischen Kollegen aus Eckernförde zusammengeprallt war. Das immer stärker werdende Verlangen nach einer Zigarette hoffte sie mit einem Tee kompensieren zu können. Die E-Zigarette aus Eckernförde hatte sie nach dem zweiten Versuch schon in den Papierkorb befördert. Das Ding hatte ihr nichts gegeben.

Reimers lächelte ihr charmant zu und übersah großzügig, dass ihr das Blut nach dem ersten Schrecken ins Gesicht geschossen war. »Ob ich an Feierabend denken kann, weiß ich noch nicht«, erwiderte Kristin lächelnd. »Du musst nach Kiel jetzt?«

»Ja, muss ich wohl … die Obduktion steht an, ich habe in anderthalb Stunden ein Date mit Doktor Mabuse, sie legt sogar eine Nachtschicht für uns ein.«

»Mit wem hast du ein Date?«, prustete Kristin los.

»Doktor Ingrid Mabuse – die zuständige Rechtsmedizinerin heißt tatsächlich so, das ist kein Spitzname.«

»Sachen gibt's.«

»Ja, und deshalb muss ich jetzt …« Reimers brach mitten im Satz ab und schlug sich mit der flachen Hand vor die Stirn. »Ich bin ein Idiot.«

»Warum?« Kristin verstand nicht, was er meinte.

»Weil mein Auto in Eckernförde steht.«

»Jo.« Kristin nickte und drehte die dampfende Teetasse in den Händen. Sie waren seit dem Vormittag, als sie Eckernförde in nördliche Richtung verlassen hatten, mit Kristins Dienstwagen unterwegs gewesen. Sie musste nicht lange überlegen. Sicher hätte Beck ihm einen Wagen bei der Fahrbereitschaft bereitstellen lassen können. Doch sie wollte selber noch einmal nach Eckernförde, um die Stelle, an der man Mona Borders grausam zugerichtet gefunden hatte, noch einmal zu besuchen. Während ihrer Zeit in Ostfriesland hatte es ihr oft geholfen, den Tatort oder einen Leichenfundort noch einmal alleine aufzusuchen, nachdem der gesamte Tross abgerückt war. Sie wollte sich noch einmal aufmachen, um sich besser in den Mord einfühlen zu können. Doch das verriet sie Reimers nicht, immerhin gehörte die Tote von der Seebrücke zu seinem Zuständigkeitsbereich.

»Ich fahr dich«, schlug sie schnell vor und achtete auf jede Regung in seinem Gesicht.

»Was?« Er lächelte, schüttelte den Kopf, grinste, und sie sah ihm an, dass ihm die Situation unangenehm war. »Nein«, sagte er schnell, »das musst du nicht. Ich nehme einen Dienstwagen von euch mit.«

»Schon in Ordnung, ich fahre dich nach Eckernförde«, beharrte Kristin. »Ein wenig frische Luft tut mir sicher gut, um meine Gedanken zu ordnen.«

Grinsend legte Reimers den Kopf schräg. »Was hast du wirklich vor, Kristin?«

»Das sagte ich doch. Oft hilft mir Autofahren, einen klaren Kopf zu bekommen.« Es war die Wahrheit, denn oft genug hatte Felix sie damals belächelt, wenn sie ihm gesagt hatte, nach einem langen Diensttag einfach noch eine Runde durch die Gegend zu fahren.

»Also gut.« Reimers nickte. »Ich bringe es nicht übers Herz, dein Angebot auszuschlagen.« Als sie an der Bürotür des Abteilungsleiters vorbeikamen, zeigte er mit dem Daumen auf das Namensschild. »Ich möchte aber nicht, dass du Stress mit Jens bekommst.«

»Schon in Ordnung«, behauptete Kristin rasch. »Ich sag ihm gleich Bescheid.« Damit war der Fall für sie erledigt. Und Kristin fand, dass es durchaus unangenehmere Dinge gab, als noch eine Zeit lang mit Reimers im Auto sitzen zu können.

KAPITEL 25

Langballig, 21.05 Uhr:

Maren Vogel wusste nicht, wie viel Zeit sie schon damit verbracht hatte, über das tragische Schicksal der *Inger Klit* zu forschen. Der Laptop strahlte eine angenehme Wärme in ihrem Schoß aus. Sie konnte sich nicht sattsehen an den zahllosen Unterwasserbildern des Schiffswracks, das seit 40 Jahren am Grund der Flensburger Förde lag. Maren war so tief in der Geschichte versunken, dass sie es nicht gleich bemerkte, als Arne sich zu ihr gesellte. Nur das Brummen der elektrischen Zahnbürste in seinem Mund verriet seine Anwesenheit. »Kommpft du imf Bett?«

Lächelnd drehte sich Maren zu ihrem Mann um. »Gleich«, versprach sie ihm. Arne stand in T-Shirt und Boxershorts vor ihr, während sie das Surren der Zahnbürste in seinem Mund an einen Schwarm wütender Hornissen erinnerte.

»Waff guckft du?« Interessiert trat er näher, um ihr über die Schulter schauen zu können. Mit seiner Art und dem momentanen Aussehen erinnerte er Maren an einen großen Jungen, den Jungen, den sie ihm gern geschenkt hätte. Früher hatte Arne immer davon geträumt, einen Sohn zu bekommen.

Wenn sie jemals Kinder bekommen hätten, würde ihr Sohn sicher so aussehen wie sein Vater. Doch das Glück, Nachwuchs zu bekommen, war ihnen nicht beschieden gewesen. Jetzt, mit Anfang 40, war es sowieso zu spät. Auch wenn Eltern heutzutage immer älter wurden, so hatten Maren und Arne längst einen Haken an das Thema Familienplanung gemacht und ihr Glück zu zweit genossen. Seit einigen Jahren schon lebten sie in dem kleinen Häuschen, das einst seinen Eltern gehört hatte.

»Ich habe mir nur noch einmal die Stelle angesehen, an der wir morgen ins Wasser gehen.« Für den bevorstehenden Tauchgang in der Ostsee hatte sie extra einen Tag Urlaub genommen. Vor einiger Zeit hatte sie das Tauchen für sich entdeckt. Da war ihr der Kurs in der kleinen Tauchschule *Baltic Dive* gerade recht gekommen. Die Ausrüstung wurde gestellt, man unternahm gemeinsame Ausflüge und Tauchgänge in der Flensburger Bucht und der Geltinger Birk. Inzwischen war Maren eine erfahrene Taucherin mit unzähligen dokumentierten Tauchgängen.

Arnes Miene verfinsterte sich, als er die Zahnbürste ausschaltete, um hinter sie zu treten und einen Blick auf den Monitor zu werfen. »Für mich wär das nichts«, stellte er fest, während er die Unterwasserwelt auf dem Bildschirm betrachtete.

»Geschmackssache«, fand Maren lächelnd. Sie liebte die Unterwasserwelt der Flensburger Förde mit ihren lichtdurchfluteten Flachwasserregionen, dem Sandboden, Seegraswiesen und den Steinen. Hier lebten zahlreiche Fischarten der Ostsee, die man beobachten konnte. Morgen ging es endlich mit dem Tauchboot weiter hinaus, denn die kleine Gruppe wollte zum Wrack der dänischen *Inger Klit* tauchen, die 24 Meter unter der Wasseroberfläche lag, seitdem sie mit dem deutschen Frachter *Lina von Bargen* kollidiert und innerhalb weniger Minuten gesunken war.

»Ist das die *Titanic*?«, versuchte Arne einen Witz, als er die beeindruckenden Aufnahmen des Wracks mit einer skeptisch erhobenen Augenbraue betrachtete.

»Nicht ganz«, lachte Maren. »Es ist die *Inger Klit*, ein dänisches Handelsschiff, das in der Förde am Grund liegt. Man kann es besichtigen und sogar hindurchtauchen.«

»Allein der Gedanke daran macht mir Platzangst«, erwiderte Arne und schüttelte sich. »Wie tief geht es da runter?«

»24 Meter, nichts Besonderes für einen geübten Taucher.«

Er legte seine Hand auf ihre Schulter und massierte sie sanft. Sie neigte den Kopf. »Pass bitte auf dich auf«, bat er sie leise.

»Selbstverständlich.« Maren nickte. Sie schloss die Augen und gab sich seinen Liebkosungen hin. »Du kennst mich, ich meide jede Gefahr und bin die Vorsicht in Person.« Sie seufzte wohlig, öffnete die Augen und fuhr den Computer herunter.

Arne unterbrach seine Massage. Sein Gesicht verfinsterte sich. »Ist er wieder dabei?«

Maren wusste, dass Arne mit »er« Rolf Groß, den Besitzer der Tauchschule *Baltic Dive*, meinte. Arne machte kein Hehl daraus, dass er ein Problem mit Marens Tauchlehrer, Rolf Groß, hatte.

»Ja, er leitet die Gruppe und fährt das Tauchboot.«

»Natürlich.« Arne war eifersüchtig, und es ging ihm gegen den Strich, dass Rolf sie zu diesem Tauchtrip überredet hatte. Dabei war der Tauchlehrer gar nicht ihr Typ. Trotzdem hatte er immer interessante Touren im Programm und suchte erfahrene Teilnehmer für seine Gruppen. Maren half ihm gerne und freute sich über jeden zusätzlichen Stempel in ihrem Tauchlogbuch, denn jeder Tauchgang wurde akribisch dokumentiert. In der Geschäftswelt nannte man so etwas eine Win-win-Situation, denn ihr war damit geholfen, für einen Sonderpreis an geführten Touren teilnehmen zu können, und Rolf wusste erfahrene Taucher, die sich unter Wasser um die Neulinge kümmerten, in seiner Gruppe.

Arne sah das anders – er unterstellte Maren in unregelmäßigen Abständen immer wieder eine Affäre mit Rolf. Obwohl sie mit ihm nie etwas gehabt hatte, zeigte sie sich verständnisvoll, denn seit damals war er besonders wachsam. Arne hatte immer ein Auge auf seine Frau, die er über alles liebte. Doch unter Wasser und auf den Tauchtouren war er nicht dabei und wusste nicht, was sie tat. Erschwerend kam hinzu, dass er sie nicht über ihr Handy erreichen konnte, denn das lag während der Tauchgänge in ihrem Auto, ein Umstand, der regelmäßig zu Streit zwischen ihnen führte. Doch selbst wenn Maren es gewollt hätte – unter Wasser konnte sie nicht telefonieren oder ihm eine Textnachricht schreiben. Ein Umstand, der seine Eifersucht ins Unermessliche steigerte. Meistens gab sie klein bei. Einmal war es fast so weit gewesen, und nur mit ihrer ganzen Überredungskraft hatte sie ihn dazu bringen können, sich nicht von ihr zu trennen. Verstehen kann ich ihn, dachte sie verbittert.

Vielleicht würde es ihr irgendwann gelingen, sein Vertrauen zurückzugewinnen, doch noch war es nicht so weit. Sie wollte Arne auf keinen Fall verlieren, hatten sie sich doch so viel in den letzten Jahren gemeinsam aufgebaut. Sie bewohnten ein gemütliches Haus, fuhren zwei neuwertige Autos und konnten sich zweimal im Jahr einen ausgedehnten Urlaub leisten. Vor wenigen Monaten hatten sie sich mit einer Versicherungsagentur in der Flensburger Altstadt selbstständig gemacht. Der Laden in unmittelbarer Nähe des Nordertors, dem dänischen Nørreport, lief blendend, und es gab noch genügend Kunden, die auch in Zeiten der Onlineversicherungen großen Wert auf persönliche Beratung legten. Es wäre zum Heulen, wenn er sich jetzt noch von ihr trennen würde, doch ihr Verhältnis zueinander war seit jener verhängnisvollen Nacht ein anderes. Sie gab ihm die Zeit, die er benötigte, das hatte sie sich vorgenommen.

Maren würde sich in Geduld üben müssen. Doch sie war sicher, dass Arne ihr den Ausrutscher eines Tages verzeihen würde. Sie wusste nicht, wie sie sich in seiner Situation verhalten hätte – und ob sie überhaupt noch verheiratet gewesen wären, wenn er sie mit einer anderen Frau betrogen hätte.

Zwischenzeitlich war Arne im Bad verschwunden, um die Zahnbürste auszuspülen und sie in die Ladestation zu stecken.

Da sie früher am Abend schon im Bad gewesen war, nutzte

sie die Gunst der Stunde und schlüpfte schnell vor ihm ins Bett. Arne folgte ihr. Sie hatte bemerkt, dass er nackt war, als er unter die Decke kroch, um sich fest an sie zu schmiegen. »Was wird das?«, fragte sie in gespielter Empörung.

»Sag mir, dass du mich liebst«, forderte er sie auf, und sie erschrak über seine ernste Miene. Sicherlich war ihm im Bad durch den Kopf gegangen, dass sie den bevorstehenden Tag mit Rolf und der Gruppe verbringen würde. »Sag mir, dass du nur mich liebst.« Etwas Drohendes lag in seinem Blick.

»Ich liebe dich«, beeilte sie sich zu sagen. »Nur dich, Arne, mehr noch: Ich gehöre dir.«

Kurz betrachtete er sie, fast so, als würde er ihre Worte anzweifeln, dann entspannten sich seine Gesichtszüge.

»Also«, sagte sie und war um einen unbekümmerten Tonfall bemüht, »was wird das hier?«

Arne umarmte sie, bedeckte ihren Mund mit einem leidenschaftlichen Kuss und schickte seine Hände auf Wanderschaft, um sie zu liebkosen. »Wonach sieht es denn aus?«, flüsterte er zwischen zwei Küssen, dann verschwand sein Kopf unter der Bettdecke, um ihre Haut mit Lippen und Zunge zu liebkosen. Mit sanftem Druck spreizte er ihre Beine und erkundete die Innenseiten ihrer Schenkel. Wild tanzte seine Zunge über ihre Haut. Es dauerte nicht lange, und Maren hatte den bevorstehenden Tauchgang zur *Inger Klit* vergessen, um sich den Zärtlichkeiten ihres Mannes hinzugeben. Trotz aller Leidenschaft wirkten seine Berührungen heute fester, seine Küsse fordernder, und die Leidenschaft, mit der sie wenige Minuten später miteinander schliefen, wirkte brutaler. Sie ließ es geschehen, ohne ihn in seine Schranken zu weisen. Er hat es nicht vergessen, dachte sie, kurz bevor er laut keuchend über ihr zum Höhepunkt kam. Noch lange hat er meinen Fehler nicht vergessen.

*

Eckernförde, 21.10 Uhr:

Es war bereits dunkel, als sie den Parkplatz neben dem Meerwasserschwimmbad erreichten, den Kristin diesmal schon ohne die Hilfe des Navigationssystems gefunden hatte. »Wo habt ihr den Wagen von Mona Borders gefunden?«, fragte sie beiläufig und blickte sich suchend um.

»Dort.« Reimers streckte den Zeigefinger aus und deutete auf eine Parkbucht, die jetzt von einem VW Camper mit Wuppertaler Kennzeichen belegt war. Auf dem Heck waren zwei E-Bikes festgezurrt. »Ihr Wagen befindet sich in der KTU, mal sehen, ob die Kollegen einen brauchbaren Hinweis oder verwertbare Spuren finden.« Er seufzte und unterdrückte ein Gähnen. »Und da«, er zeigte auf einen silbernen Focus, »steht mein Dienstwagen.«

»Schön.« Kristin rangierte den Golf rückwärts in eine freie Parklücke und rief damit Verwunderung bei Reimers hervor.

»Willst du noch bleiben?«

Sie nickte. »Ich möchte mich noch mal umsehen.« Sein fragender Blick blieb ihr nicht verborgen. Kristin lächelte ihm zu. »Halt mich ruhig für verrückt, aber manchmal hilft es mir, die richtigen Schlüsse zu ziehen, wenn ich mich in die Umgebung eines Tatortes einfühle.«

»Verstehen muss ich das aber nicht, nehme ich an?«

»Nee.« Kristin musste lachen. »Ich brauche das einfach.«

»Die Kollegen haben am Strand kein Sandkorn auf dem anderen gelassen, glaub mir.«

»Darum geht es mir gar nicht«, antwortete Kristin. »Ich kann es dir nicht beschreiben, aber ich möchte mich in das Opfer hineinversetzen, spüren, was es zuletzt gedacht hat, wie es sich gefühlt hat und so weiter.«

»Hast du das in Ostfriesland so gelernt?« Er grinste.

»Willst du eine ernsthafte Antwort?«

»Schon gut.« Reimers wirkte nicht wirklich überzeugt, als er den Sicherheitsgurt löste. »Soll ich dich begleiten?«

Kristin schüttelte den Kopf. »Ist lieb gemeint, aber ich muss dazu alleine sein – nicht falsch verstehen, Lars.« Um ein Haar hätte sie die Hand ausgestreckt, um sein Gesicht zu berühren, das im hereinbrechenden Zwielicht geheimnisvoll und männlich wirkte.

»Kein Problem, alles gut.« Reimers öffnete die Tür. Von der See wehte ein kalter Wind in den Wagen. »Dann werde ich jetzt mal zur Rechtsmedizin nach Kiel fahren, ich bin spät dran, und Doktor Mabuse wartet nicht gern.«

»Ich werde sie bestimmt auch bald kennenlernen.«

»Ganz sicher sogar.« Reimers schmunzelte. »Dann vielen Dank für deinen Fahrdienst und später einen schönen Feierabend.« Er griff in die Innentasche seiner Jacke, zog eine Visitenkarte hervor und schob sie zusammengerollt in den Cupholder am Armaturenbrett. »Hier«, sagte er, »ruf mich an, wenn dir was einfällt.« Er nahm seine Tasche, die während der Fahrt zwischen seinen Beinen im Fußraum geklemmt hatte.

»Danke.« Sie errötete. »Darf ich auch anrufen, um einfach deine Stimme zu hören?«

Reimers war schon mit einem Fuß ausgestiegen. »Wie bitte?«

»Nichts, schon gut«, beeilte sich Kristin zu sagen, dann war Reimers draußen. Zum Abschied trommelte er auf das Blechdach, dann wandte er sich zum Gehen. Kristin blickte ihm hinterher, bis er aus ihrem Sichtfeld verschwunden war, dann seufzte sie und stieg ebenfalls aus.

*

Sie wusste nicht, wie viel Zeit vergangen war, seitdem er ihr eine kleine Mahlzeit in ihr Versteck gebracht hatte. Wie ausgehungert war sie über Wurst, Brötchen und die Schokolade hergefallen. Jetzt fühlte sie sich, als hätte sie einen Kloß im Magen. Dennoch spürte sie, wie ihre Kräfte langsam zurückkehrten.

Noch immer hatte sie keine Ahnung, warum er sie entführt und hierher gebracht hatte. Sie wusste nicht, wo sie sich befand, tippte aber auf eine Ruine, wahrscheinlich eine alte Fabrik in einem längst vergessenen Industriegebiet oder auf dem verlassenen Land, weit draußen vor der Stadt. Einzig das Heulen des Windes, der um die Mauern des Gemäuers strich, ließ darauf vermuten, dass sie sich in unmittelbarer Nähe der Küste befand. Je länger sie darüber nachdachte, desto mehr musste sie sich eingestehen, dass sie überhaupt keine Ahnung hatte, an welchen verlassenen Ort er sie gebracht hatte. Anfangs hatte sie geschrien, bis sie heiser war, hatte gegen das rostige Blech der Tür getrommelt und gehofft, dass sie auf sich aufmerksam machen konnte und Hilfe herbeieilte. Doch die Hoffnung war von Stunde zu Stunde geschwunden, und inzwischen hatte sie jedes Raum- und Zeitgefühl verloren. Sie wusste nicht einmal, wie lange sie schon in diesem Loch ausharren musste, abgesehen davon, dass er ihr den Grund ihres Aufenthaltes nicht verraten hatte. Immerhin hatte er sich nicht an ihr vergangen. Damit hätte er ihr das Letzte, was ihr geblieben war, ihre Würde, genommen.

Sämtliche Fluchtversuche, die sie in der ersten Zeit unternommen hatte, waren kläglich gescheitert. Sie war irgendwann kraftlos und frustriert auf das Bett gesunken und hatte aus purer Überlebensangst geweint. Im Dunkel blieb ihr nicht viel, als abzuwarten und darauf zu hoffen, diesem Gefängnis bald zu entkommen. Sie schlief viel, litt unter Albträumen und Angstzuständen, spürte das ständige Herzrasen und die Angst vor seiner Rückkehr. Dennoch hatte sie die Hoffnung, hier gefunden zu werden, schon aufgegeben. Es nutzte nichts, sie musste sich eingestehen, dass ihr Schicksal in der Hand ihres Entführers lag. Das hätte sie nie von ihm erwartet.

*

Eckernförde, 21.15 Uhr:

Zu später Stunde erinnerte nichts mehr daran, dass die Polizei am Strand einen Großeinsatz gefahren hatte. Mit Verstärkung der Leute vom LKA hatten sie sämtliche Spuren gesichert und sogar tonnenweise Sand gesiebt. Der grausame Mord an Mona Borders ging durch sämtliche Medien und durch die sozialen Netzwerke.

Die kleine Seebrücke war abgesperrt worden, vermutlich mussten Statiker erst klären, ob der Steg noch tragfähig war oder abgerissen und irgendwann neu errichtet werden musste. Noch immer standen Schaulustige im Sand und auf der kleinen Promenade. Sie filmten und fotografierten die noch sichtbaren Spuren des tödlichen Vorfalls, der sich in der letzten Nacht hier ereignet hatte. Kristin beobachtete die Menschen und ärgerte sich über die Sensationslust der modernen Gesellschaft. Sie setzte sich auf eine der hölzernen Bänke am Strand und zog Sneakers und Socken aus. Barfuß näherte sie sich der gesperrten Seebrücke, die wie eine schwarze Zunge ins Meer ragte. Die See war flach, nur sanfte Wellen schlugen gegen das seichte Ufer. Kristin reckte das Kinn in den Wind und schloss die Augen, nachdem sie sich auf den Holzsteg konzentriert hatte. Sie glaubte zu spüren, wie sich beißender Brandgeruch unter die würzige Seeluft mischte. Es dauerte nicht lange, bis Bilder vor ihrem geistigen Auge erschienen. Sie sah eine Frau mit einem etwa hüftlangen Mantel, die den Steg betrat. Seltsamerweise trug sie unübliches Schuhwerk, denn hochhackige Stiefel waren eher ungeeignet für ein Treffen am Strand. Fast glaubte Kristin, das Klackern ihrer Absätze auf den Holzbohlen zu hören. Am Ende der hölzernen Konstruktion stand eine Gestalt. Sie blickte auf das Meer hinaus und rührte sich nicht. Zu Füßen der Gestalt befand sich der eiserne Benzinkanister, der gleich zu seinem tödlichen Einsatz kommen sollte.

Erst als sich die Frau ihm näherte, drehte er sich langsam zu ihr um. Er lächelte, ohne dass Kristin Details von seinem Gesicht erkennen konnte. Sie näherten sich einander, sprachen ein paar Worte, bevor sie sich küssten. Dann ruckte der Arm des Mannes in die Höhe, und Kristin sah einen Gegenstand in seiner Hand, die er zuvor noch in der Tasche gelassen hatte. Bevor die Frau reagieren oder zurückweichen konnte, schlug er mit dem nicht erkennbaren Gegenstand auf sie ein. Sein Schlag traf sie an der Schläfe, ihr Schmerzensschrei erstarb, als sie kraftlos zu Boden sank. Sekundenlang stand der Mann breitbeinig über seinem Opfer. Nach einem kurzen Moment löste er sich aus der Starre, eilte zum Kanister, öffnete den Verschluss und goss die sich darin befindliche Flüssigkeit über die Frau. Seine Hand zitterte, als er ein Feuerzeug zückte und es an den mit Benzin durchtränkten Mantel hielt. Sofort stand die spärliche Kleidung der Frau in Flammen. Im zuckenden Licht des Feuers sah Kristin sein hasserfülltes Gesicht. Kurz blickte er sich um, sah für einen Sekundenbruchteil in Kristins Richtung, ohne sie zu sehen, dann machte er, dass er von der Seebrücke kam. Seine schweren Schuhe polterten über das Holz, dann hatte er den Weg zur Promenade erreicht. Der Fremde rannte an Kristin vorbei, dabei hielt er einen mit Blut verschmierten Stein in seiner rechten Hand.

Eine Trophäe, durchzuckte es Kristin. Er nimmt die Tatwaffe als Zeichen seines Sieges mit. Sie sah ihm hinterher, bis er den kleinen Park, der zwischen der Promenade und dem Parkplatz lag, erreicht hatte.

»Geht es Ihnen gut?« Zwei Hände packten sie hart an den

Schultern. Die tiefe Stimme riss Kristin so abrupt aus den Gedanken, dass sie erschrocken die Augen aufschlug. Vor ihr stand ein Mann, der gut zwei Kopf größer war als sie. Braune Augen betrachteten sie sorgenvoll. Der Fremde trug eine schwarze Steppjacke. Die Kapuze des Sweaters, der aus dem Kragen lugte, hatte er zum Schutz vor dem immerwährenden Wind der nahen See hochgeschlagen.

»Ja«, sagte Kristin leise, »alles in Ordnung, danke.«

»Gut, ich habe gesehen, dass sie mit geschlossenen Augen dagestanden haben. Sie haben geschwankt, für mich wirkte es, als würden sie jeden Moment ohnmächtig werden.« Er ließ ihre Schultern los und versenkte die Hände in den Jackentaschen.

»Alles in Ordnung«, wiederholte Kristin, »ich habe nur ein wenig … meditiert.«

Er nickte, seinem Blick nach zu urteilen hielt er sie für geisteskrank. »An diesem Ort?«, fragte er skeptisch. »Wissen Sie denn nicht, was hier letzte Nacht passiert ist?«

»Doch, natürlich.« Kristin nickte. Sie hatte nicht vor, ihm auf die Nase zu binden, dass sie Polizistin war und vermutlich mehr über den Mord an Mona Borders wusste als er. »Dennoch habe ich ein wenig Zerstreuung gesucht.«

»Na dann.« Der Fremde zuckte die Schultern.

Kristin wunderte sich noch, woher er so plötzlich gekommen war, als er sich schon wieder verabschiedete. »Ich will dann mal wieder.«

»Gut.« Sie nickte, strich sich eine Haarsträhne aus der Stirn und machte sich daran, ihre Socken und Schuhe anzuziehen. »Danke noch mal.«

Doch er schien sie schon nicht mehr gehört zu haben und marschierte in Richtung Hauptstrand davon, ohne sich noch einmal zu ihr umzudrehen.

KAPITEL 26

»Ich glaube, dass ich ohne sie glücklicher wäre.« Diese Worte hämmerten ihm brutal durch den Kopf, während er sich in der Waschküche zu schaffen machte, um die noch handwarme Wäsche aus dem Trockner zu ziehen. Kaum, dass er am späten Abend nach Hause gekommen war, hatte sie ihn mit den noch zu erledigenden Aufgaben konfrontiert. Dabei schien es sie nicht im Geringsten zu interessieren, wie sein Tag gewesen war, was er erlebt oder was er zu erzählen hatte. In ihrem Blick hatte keine Liebe mehr gelegen, auf einen Kuss zur Begrüßung oder auf eine zärtliche Berührung hatte er vergebens gewartet.

So stand er an der Arbeitsplatte in der Waschküche und faltete die Wäsche ordentlich zusammen. Er hatte keine Lust auf Ärger, deshalb fügte er sich seinem Schicksal. Dass er müde war und sich auf eine Dusche, ein kühles Bier oder eine halbe Stunde vor dem Fernseher freute, interessierte sie nicht im Geringsten. Die Wäsche hatte Vorrang. Und da sie tagsüber nicht dazu gekommen war, betrachtete sie es als seine Aufgabe, sich um die Haushaltsarbeit zu kümmern.

»Wann kommst du?«, rief sie aus der Küche. »Essen wird kalt.«

Beim Klang ihrer Stimme erschauderte er. Einmal mehr hasste er sie für den Befehlston in ihrer Stimme, der immer vorwurfsvoll klang. Sie fragte, wann er kam, er hörte, dass er sich gefälligst zu beeilen habe. Und er fragte sich, wie lange er das noch an ihrer Seite aushalten würde. Ihre Tage waren gezählt, daran bestand kein Zweifel. Zunächst jedoch galt es noch, sein Vorhaben zu einem guten Ende zu bringen. Als sie ihn erneut rief und ihn zur Eile antrieb, grinste er diabolisch. Ja, dachte er, ich komme gleich zu dir. Und dann gibt es kein Zurück mehr. Er warf die restliche Wäsche ungefaltet in den Korb. Und dann, geisterte es durch seinen Kopf, sei bloß auf der Hut!

*

Eckernförde, 21.20 Uhr:

Auf dem Weg zum Parkplatz kreisten Kristins Gedanken um die Mordwaffe. In ihrer Vision hatte sie einen etwa faustgroßen Stein gesehen, mit dem der Täter zugeschlagen hatte. Die Realität des hinter ihr liegenden Tages hatte ergeben, dass Reimers' Leute die mutmaßliche Tatwaffe, den stumpfen Gegenstand, noch nicht gefunden hatten. Das würde zu ihrer Theorie passen, dass der Mörder den Stein als Trophäe mitgenommen hatte. Darin unterschied sich die Tat in Eckernförde vom Mord an Maike Adamo: Hier war der Stein in unmittelbarer Nähe des Opfers gefunden worden. Das ließ darauf schließen, dass es sich nicht um einen Serienmörder handelte, der immer nach demselben Schema vorging. Auch wenn die offensichtliche Todesursache identisch war, so schien der Modus Operandi ein anderer zu sein. Oder unterschieden sich die beiden Morde, weil der Täter sie auf eine falsche Fährte locken wollte?

Kristin war gespannt, was die Obduktion von Mona Borders ergeben hatte. Sie war versucht, Reimers anzurufen, um den aktuellen Stand abzufragen. Doch nach einem Blick auf die Uhr war sie sicher, dass es noch keine neuen Ergebnisse geben konnte, denn die Sektion war sicher noch in vollem Gange. Sie beneidete Borders nicht darum, der Obduktion beiwohnen zu müssen.

Zwischenzeitlich hatte sie den kleinen Kurpark erreicht. Sie musste auf dem unebenen Weg, der von den Wurzeln des alten Baumbestandes durchwachsen war, aufpassen, um nicht umzuknicken.

Wie Mahnmale ragten die Skulpturen der Gedenkstätten aus dem Grün des Rasens. Das Licht einer Straßenlaterne auf dem Parkplatz drang in einem breiten Kegel zwischen den Bäumen hindurch in den Park. Kurz vor dem Parkplatz befand sich eine Böschung. Eine Aufschichtung von Steinen, die so wirkte, als hätten hier Kinder gespielt, erregte Kristins Aufmerksamkeit. Sie verließ den Weg und betrat die Grünfläche der kleinen Parkanlage, ohne das Gebilde aus den Augen zu lassen. Es waren die typischen Steine, die man bei einem Strandspaziergang finden konnte. Größtenteils Sandstein, von der Brandung des Meeres rund geschliffen und in den unterschiedlichsten Farbschattierungen und Maserungen.

Die Steine waren zu einer etwa kniehohen Pyramide aufgeschichtet worden. Welches Kind macht sich die Mühe, die schweren Steine vom Strand hierher zu tragen, um im Park damit zu spielen?, fragte sich Kristin. Doch kaum, dass sie sich die Frage gestellt hatte, glaubte sie schon, die Antwort gefunden zu haben. Eine schlimme Ahnung beschlich sie, als sie in die Hocke ging, um die Ansammlung von Steinen in Augenschein zu nehmen. Kristin fummelte ein dünnes Paar Einmalhandschuhe aus der Jeanstasche und schlüpfte hinein. Sie fixierte die Spitze der Pyramide mit ihrem Blick und sah darüber hinweg. Eine Spitze wies auf die Stelle des Parkplatzes, an der Mona Borders geparkt hatte. Der VW Camper mit Wuppertaler Kennzeichen stand noch immer in der Parkbucht. Es fiel Kristin leicht, eine Blickachse von der Steinpyramide zu dem Fahrzeug zu bilden. Ein Schauer rieselte ihren Rücken herunter, denn Kristin war sicher, einen entscheidenden Hinweis gefunden zu haben. Mit zitternden Fingern streckte sie die

Hand nach dem obersten Stein aus, der eine dreieckige Form aufwies. Die Spitze ragte in den Himmel über Eckernförde. Kurz hielt Kristin inne und atmete tief durch. Als sie das Zittern ihrer Hände unter Kontrolle hatte, hob sie den obersten Stein so vorsichtig wie möglich ab. Er war schwer genug, um damit einen Menschen zu erschlagen. Vorsichtig zog sie die ausgestreckte Hand zurück, wog den grauen Sandstein in der Hand und drehte ihn, um einen Blick darauf werfen zu können. Ihr Verdacht bestätigte sich. Die Unterseite war blutverschmiert.

*

Lars Reimers musste vor dem Fernseher eingeschlafen sein, als ihn das Klingeln seines Diensthandys aus den Träumen riss. Der Fernseher war die einzige Lichtquelle in der kleinen Stube seines alten Fischerhauses am Kattsund.

Die Obduktion in Kiel hatte länger gedauert als erwartet, entsprechend spät, hungrig und erschöpft hatte ihn die Stille in dem ausgebauten Fischerhaus am Kattsund empfangen. An manchen Tagen erdrückte ihn die Einsamkeit, doch diesmal schützte ihn die Erschöpfung des langen Arbeitstages vor der Melancholie.

Nach dem Duschen war er in bequeme Klamotten geschlüpft, hatte sich eine Kleinigkeit zum Abendessen bereitet und war nach dem Essen auf dem Sofa eingeschlafen. Etwas schlaftrunken angelte er nach dem Handy, dessen Vibration ihn an eine wütende Hummel erinnerte, während das Gerät über die Tischplatte zu wandern schien. Reimers warf einen Blick auf das Display. Die Nummer kannte er nicht, entsprechend meldete er sich mit einem knappen »Hallo?«

»Lars?« Eine Frauenstimme. »Bist du es?«

Kurz überlegte er, dann erkannte er die Stimme von Kristin Voss, der Kollegin aus Flensburg. Sie war ihm vom ersten Moment an sympathisch gewesen. Vorhin, als er ihr seine

Karte in den Cupholder des Dienstwagens geklemmt hatte, war ihr die Frage herausgerutscht, ob sie ihn auch einfach anrufen konnte, um seine Stimme zu hören. Er hatte so getan, als hätte er die Frage nicht verstanden, dabei freute er sich jetzt, dass sie ihn nach Feierabend anrief.

»Ja, Kristin. Was gibt es?« Er war um einen sachlichen Klang seiner Stimme bemüht, während er sich hinsetzte und versuchte, die Müdigkeit abzuschütteln. Sie musste ja nicht gleich bemerken, dass er sich über ihren Anruf freute.

»Ich habe die Mordwaffe gefunden.«

»Wie bitte?« Auf der Stelle war er hellwach.

»Den Stein, mit dem Mona Borders erschlagen wurde.« Kristin berichtete ihm von ihrem Fund unweit des Parkplatzes neben dem Meerwasserbad, Reimers unterbrach sie kein einziges Mal. Erst, als sie ihre Ausführungen abgeschlossen hatte, räusperte er sich. »Wo ist der Stein jetzt?«

»In meiner Hand.«

»Wie bitte?«

Am anderen Ende der Leitung lachte Kristin. »Natürlich trage ich einen Handschuh, ich bin doch keine Anfängerin.« Sie holte Luft. »Wohin denn jetzt damit?«

»Ich bin in zehn Minuten bei dir.« Reimers unterbrach die Verbindung, sprang vom Sofa auf und schlüpfte in seine Jeans, da er der Kollegin nicht in einer ausgebeulten Jogginghose unter die Augen treten wollte. Kurz darauf verließ er das windschiefe Haus und sprang auf sein Fahrrad, um über das Kopfsteinpflaster der kleinen Straße zum Hauptstrand zu gelangen.

*

Kristin hasste es zu warten. Immer wenn sie warten musste, verspürte sie das Verlangen nach einer Zigarette. Jetzt ärgerte sie sich, die E-Zigarette weggeworfen zu haben.

Unruhig wanderte sie neben der Steinpyramide am Rande des Kurparks auf und ab. Immer wieder blickte sie auf ihre Armbanduhr. Seit ihrem Telefonat mit Lars Reimers waren keine fünf Minuten vergangen, doch die Zeit verstrich quälend langsam. Zwischenzeitlich war auch der VW Camper aus Wuppertal weggefahren. Das ältere Ehepaar hatte freundlich gegrüßt, als es Kristin gesehen hatte, die neben der Pyramide in die Hocke gegangen war. Kaum, dass der Camper mit tuckerndem Dieselmotor verschwunden war, hatte Kristin den Dienstwagen in die freie Lücke gelenkt. Drüben im Meerwasserbad schien nur wenig Betrieb zu herrschen, denn langsam leerte sich der Parkplatz an der Preußerstraße. Ihr konnte es recht sein.

Immer wieder sah Kristin auf, sobald sich ein Fahrzeug dem Parkplatz näherte. Trotz des dienstlichen Anlasses freute sie sich darauf, Reimers noch einmal zu sehen. Sie mochte den Kollegen, er war humorvoll und freundlich – und er sah ziemlich gut aus, wie sie fand.

»Warten Sie auf jemanden?« Als hinter ihr eine Fahrradglocke schrillte, fuhr Kristin erschrocken herum. Sekundenlang war sie vom Licht des Fahrradscheinwerfers geblendet.

»Lars«, rief sie, als sie ihn erkannt hatte. Gleichzeitig musste sie sich Mühe geben, nicht allzu verwundert zu wirken, weil er mit dem Rad ankam. »Ich dachte …«

»Dass ich mit dem Auto komme?« Lachend stieg er ab und klappte den Ständer aus. »Das lohnt nicht, in Eckernförde bin ich meistens mit dem Bike schneller als mit dem Auto.«

»Schön.« Sie nickte und zeigte auf das kleine Bauwerk am Rand der Böschung. »Sieh mal.« Seite an Seite traten sie neben die Pyramide.

»Da fehlt die Spitze«, stellte Reimers sachlich fest.

»Stimmt.« Kristin griff in die Jackentasche. Sie zog den Stein heraus, der dem Täter offensichtlich als Mordwaffe gedient hatte. Vorsorglich hatte sie den Stein in einen der Asservatenbeutel gestopft, die sie immer mitführte. Reimers zog sein Handy heraus und schaltete die Taschenlampe ein, um auf den Stein zu leuchten. Kristin hielt ihn so, dass er die blutverschmierte stumpfe Unterseite sehen konnte.

»Damit hat er sie erschlagen«, murmelte er mit ernster Miene. Als er Kristins fragenden Blick sah, fuhr er fort: »Das hat die Obduktion heute ergeben. Doktor Mabuse konnte feststellen, dass sich in der Lunge der Toten kein Rauch oder Ruß befunden hat, was darauf hindeutet, dass sie zum Zeitpunkt des Brandes schon nicht mehr gelebt und geatmet hat.«

»Sonst hätte sie den Ruß eingeatmet«, stimmte Kristin zu.

»Exakt.«

»Was passiert damit?« Kristin hob den Stein in der transparenten Plastiktüte hoch.

»Ich werde ihn zum DNA-Abgleich in die KTU bringen«, erwiderte Reimers. Er betrachtete den Rest der Steinpyramide. »So wie die anderen Steine auch. Ihre Beschaffenheit könnte uns Aufschluss darüber geben, wo der Täter sie herhat.« Er grinste Kristin an. »So, wie ich dich kenne, hast du schon Fotos gemacht?«

»Natürlich. Ich schicke sie dir gleich.« Kristin nahm seine Hand und zog ihn zu der Stelle, an der sie die Pyramide zum ersten Mal wahrgenommen hatte. Dort angekommen, ging sie wieder in die Hocke. »Sieh mal«, sagte sie und bedeutete Reimers, sich ebenfalls hinzuhocken. Er tat es ihr nach und folgte ihrem Blick. »Von hier aus kannst du genau die Parklücke sehen, in der das Auto von Mona Borders gestanden hat.«

»Ein Hinweis?« Reimers zog fragend die Augenbrauen hoch.

»Möglich.« Kristin erhob sich. »Ich werde den Verdacht nicht los, dass uns der Täter etwas sagen möchte.«

»Wie kommst du darauf?«

»Er hat es in Haithabu ähnlich gemacht. Dort gab es einen einzigen würfelförmigen Stein, den er in unmittelbarer Nähe des Opfers abgelegt hat, obwohl es sich nicht um den Tatort handelte.«

»Ein Stein und ein Dreieck«, sinnierte Reimers. »Was hat das zu bedeuten?«

»Die Form der Steine kann Zufall sein …«

»… muss aber nicht«, dachte er ihren Gedanken zu Ende. »Meinst du, er hinterlässt uns eine Botschaft?«

Kristin zuckte mit den Schultern. »Möglich, vielleicht will er uns an der Nase herumführen und auf eine falsche Fährte locken.«

»Damit gewinnt er höchstens Zeit«, brummte Reimers und schaltete die Handylampe aus. Nachdenklich betrachtete er Kristin. »Also haben wir es doch mit einem Serientäter zu tun?«

»Was bringt dich zu der Annahme?«, fragte Kristin. Insgeheim freute sie sich darüber, dass er ihre Annahme zu teilen schien, ganz anders als die Kollegen in Flensburg.

»Das liegt doch auf der Hand, Frau Kollegin.« Jetzt grinste er wieder. »Du sagtest, dass er den Stein beim ersten Opfer deutlich sichtbar drapiert hat – und hier in unmittelbarer Nähe ihres Wagens.« Er machte eine bedeutungsvolle Pause, bevor er fortfuhr. »Und das ist nicht an die Öffentlichkeit gedrungen, denn in den Medien wurde nur von einer stumpfen Tatwaffe gesprochen, richtig?«

»Korrekt.« Kristin lächelte. Ihr gefiel Reimers' Art. »Und wie machen wir jetzt hier weiter?«

Er musste nicht lange überlegen. »Ganz einfach: Ich werde die Spusi anfordern und sehen, was wir hier noch sichern können. Der Stein geht in die KTU, und du setzt dich jetzt in dein Auto und machst Feierabend.«

Kristin gefiel der Gedanke nicht sonderlich, doch sie sah ein, dass es hier tatsächlich nichts mehr zu tun gab. Abgesehen davon, dass es Beck nicht gefallen würde, wenn sie sich in die Arbeit der Kollegen in Eckernförde einmischte, während sie in Flensburg verzweifelt nach einer heißen Spur suchten, die sie zum Mörder von Maike Adamo führte.

Kristin war sicher, dass es Paulsen nicht gelungen war, hieb- und stichfeste Beweise zusammenzutragen, die für eine Verurteilung von Leo Nowak ausreichen würden. Außerdem dachte sie an ihre Wohnung. Das Mobiliar bestand noch aus unzähligen Einzelteilen, und langsam nervte es sie, dass sie die Dinge des täglichen Bedarfs mühsam aus den Kartons zusammensuchen musste. Der Kastenwagen stand noch halb beladen vor dem Haus und musste so schnell wie möglich zurück zur Autovermietung, sonst kam eine dicke Rechnung auf sie zu. Schweren Herzens verabschiedete sie sich von Lars Reimers und trat den Heimweg nach Flensburg an. Unterwegs stellte sie verwundert fest, dass sie gedankenverloren vor sich hinlächelte, während ihre Gedanken um den attraktiven Kollegen kreisten.

KAPITEL 27

Damit bin ich Wochen beschäftigt, dachte Kristin, als sie die unzähligen Einzelteile ihres Mobiliars betrachtete, die der Möbelspediteur im Laufe des Tages angeliefert hatte. Sie war handwerklich durchaus geschickt, allerdings war sie von der Unzahl an Brettern, Schranktüren und Einzelteilen überfordert. Jetzt fragte sich Kristin, warum sie den Möbelspediteur nicht mit dem Aufbau der Möbel beauftragt hatte. Immerhin – in der Stube standen der Tisch und das Sofa aus Leer. Auch einige Regale und Kommoden, die den Transport in einem Stück überstanden hatten, waren schon vorhanden und ließen vermuten, wie ihre neue Wohnung bald aussehen konnte. Die großen Wandbilder waren in braunem Packpapier eingeschlagen, das Mobiliar war mit einer transparenten Folie vor Schäden auf dem Transportweg geschützt worden.

Kurz schweiften ihre Gedanken zu Lars Reimers und ihrem Fund in Eckernförde ab. Sicher hatte die Spurensicherung den Bereich um die Steinpyramide längst abgesperrt, um im Licht von leistungsstarken Scheinwerfern mögliche Spuren zu sichern. Sie beneidete Lars nicht, denn er würde als Einsatzleiter vor Ort bleiben müssen, bis die Spurensicherung ihre Arbeit abgeschlossen hatte. Morgen würden sie miteinander telefonieren, um sich gegenseitig auf den aktuellen Stand der Ermittlungsergebnisse zu bringen.

Inzwischen hatte Kristin einige Umzugskartons aus dem Lieferwagen vor der Tür hochgeschleppt – und war sich darüber klar geworden, dass es die richtige Entscheidung war, mit dem Rauchen aufzuhören. Ihre Lunge rasselte wie eine alte Dampflok. Kristin hatte keine Ahnung, wie sie die restlichen Kartons aus dem Leihwagen hier hochbekommen sollte. Ihr Rücken schmerzte, und sie war noch immer atemlos von der Plackerei. Dabei war der halbe Lieferwagen noch beladen. Seufzend sah sie sich in ihrer Wohnung um, die jetzt ihr Zuhause war. Gut, dass sie die Kartons beschriftet hatte. So hatte sie Handtücher, Bekleidung und Gardinen zuerst geholt. Nur einen einzigen Karton mit Geschirr hatte sie geschafft. Die Dinger waren einfach zu schwer.

Kristin war froh, dass der Vermieter im Laufe des Tages einen Handwerker mit der Reparatur der Heizungsanlage beauftragt hatte. Sie hatte nach ihrer Heimkehr warm duschen können, auch die Heizung im kleinen Bad funktionierte wieder. Nach dem Duschen war sie in ein weites T-Shirt und eine ausgebeulte Jogginghose geschlüpft. Zu den bequemen Klamotten trug sie mollig warme Kuschelsocken, die sie in einem Karton mit der Aufschrift »Klamotten« gefunden hatte.

In einem Anflug von Melancholie wühlte sie sich durch den Inhalt der Kartons. Alles, was ihr in die Hände kam, erinnerte sie an ihre Zeit in Ostfriesland.

Zum wiederholten Male an diesem Tag verspürte sie das Verlangen nach einer Zigarette. Sie hatte noch eine Packung im Rucksack, doch sie widerstand der Versuchung und verdrängte die Nikotinsucht. Stattdessen gönnte sie sich ein Bier, das sie sich auf dem Heimweg gekauft hatte. Eigentlich mochte sie kein Bier, doch heute war ihr nach einem Feierabendbier gewesen. Feierabend ist gut, dachte sie frustriert.

Nachdem Beck sie nach Hause geschickt hatte, war an einen ruhigen Feierabend nicht zu denken, denn ihre neue Bleibe war alles andere als wohnlich. Normalerweise war es nicht ihre Art, Feierabend zu machen, solange sie eine heiße Spur verfolgten. Trotzdem war sie, obwohl sie sich nicht gern Vorschriften machen ließ, nach Hause gegangen.

»Wir schaffen das hier schon«, hatte Beck ihr versichert.

Gunnar Feistel war damit beschäftigt gewesen, sämtliche Datenbanken nach älteren, ähnlich gelagerten Fällen zu durchforsten. Ob Paulsen seinem Partner dabei eine wertvolle Hilfe war, wagte Kristin nach dem unangenehmen Gespräch zu bezweifeln. Er war sichtlich angefressen gewesen, als sie ihn mit der Tatsache konfrontiert hatten, dass er offenbar als einer der letzten Personen Kontakt zu Mona Borders gehabt hatte – wenn auch nur in Form einer Textnachricht. Birthe und Thierse standen in engem Austausch mit der Kieler Kriminaltechnik und hofften stündlich auf bahnbrechende Neuigkeiten, die zur Ergreifung des Täters führten.

Gern hätte sich Kristin noch mit Nowak unterhalten, einfach, um sich selber ein Bild von ihm machen zu können, und jetzt bedauerte sie, dass es dazu nicht mehr gekommen war. So blieb ihr der Vorsatz, ihn morgen zu befragen.

Unterwegs hatte sie sich eine Kleinigkeit und ein Sixpack *Flens* in einem Imbiss besorgt. Der Döner war längst verdrückt, jetzt verspürte sie Durst. Die Stille der einsamen Wohnung erdrückte Kristin. Es ist komisch, dachte sie melancholisch, aber Felix fehlt mir. Je länger sie darüber nachdachte, war es nicht ihr Ex-Freund, den sie vermisste, sondern ein wenig Gesellschaft. Bisher war immer jemand da gewesen, wenn sie nach einem langen Arbeitstag nach Hause kam. Zwar hatten sie in der letzten Zeit nicht mehr viel miteinander geredet, aber immerhin hatte sie jemanden zum Plaudern gehabt. Dabei bin ich es doch gewesen, die diese Entscheidung getroffen hat, dachte sie, während sie sich erhob und auf Socken in die Küche ging. Sie fischte ihr Smartphone aus der Hosentasche und schaltete den Smartspeaker auf dem Regal ein. Sie rief die App des Radiosenders *RSH* auf und war froh, als die Musik sie ein wenig von ihren trostlosen Gedanken ablenkte. Kristin nahm einen Schluck aus der Bierflasche und kümmerte sich um den Karton auf der Arbeitsplatte, der darauf wartete, ausgeräumt zu werden. Teller, Besteck und einige Gläser sowie ihre Lieblingstasse befanden sich darin. Sie machte sich daran, Teller und Tassen in die Hängeschränke der Küche einzuräumen. Als *RSH* einen alten Song von Eros Ramazotti spielte, sang sie leise mit, obwohl sie der italienischen Sprache nicht mächtig war. Ihre Laune besserte sich langsam, und trotzdem wusste sie noch nicht, wie sie die restlichen Kartons und die kleinen, nicht zerlegten Möbel im Transporter vor dem Haus hier hochbekommen sollte. Dabei war es wichtig, dass der Lieferwagen entladen wurde, denn an jedem Tag, den er nutzlos vor der Haustür parkte, kostete die Kiste ein Vermögen.

So war es nicht an der Zeit, sich Schwächen einzugestehen. Kristin wühlte weiter und hatte den Inhalt des Küchenkartons bald schon verräumt. Dabei dachte sie immer wieder auch an den Fall. Die Geschichte um den Tod von Nowaks Frau warf Fragen auf, der Fall war immer noch nicht aufgeklärt. Hatte er sie gar über Bord geworfen, als die Jacht sich auf hoher See befunden hatte? Der Leichnam von Anja Nowak war nie gefunden worden, und da es weder Kinder noch weitere Familienangehörige gab, war Nowak als trauernder Witwer und zugleich als alleiniger Erbe ihres Vermögens aus der Geschichte hervorgegangen. Nun kannte Kristin auch den Grund, weshalb er nicht ernsthaft einer regelmäßigen Arbeit nachging – er lebte gut vom Erbe seiner Frau, wohnte in einem großen Haus in bester Lage und konnte sich ein gutes Leben leisten, ohne sich dafür anstrengen zu müssen. Ist das einen Mord wert?, fragte sich Kristin. Die Vergangenheit hatte gezeigt, dass Menschen durchaus in der Lage waren, auch aus geringeren Motiven heraus zu töten. Und wenn die Ostsee zu Anja Nowaks kaltem Grab wurde, weil er sie loswerden wollte, konnte man ihm nichts anhängen. Es gab weder Zeugen noch verräterische Spuren. Niemand konnte ihm nachweisen, ob Leo Nowak bei dem vermeintlichen Sturz über die Reling nachgeholfen hatte, oder ob es sich tatsächlich um einen Unfall handelte. Kristin bezweifelte, dass eine erneute Untersuchung durch die Cold Case Unit des Landeskriminalamtes neue Erkenntnisse brachte. Immerhin hatte Uwe Sattler, den Birthe zu kennen schien, seine Hilfe angeboten. Kristin beschloss, Birthe bei passender Gelegenheit auf ihr Verhältnis zu dem LKA-Kollegen zu fragen.

Den Nachbarn nach zu urteilen, waren die Nowaks immer sehr harmonisch in Erscheinung getreten, sodass nichts auf Streitigkeiten hingewiesen hatte. War das alles nur ein Schauspiel? Wenn Nowak sich darauf eingelassen hatte, war das die eine Sache. Dass Anja Nowak aber, wenn sie in einer unglücklichen Ehe gelebt hatte, mitgespielt hatte, war außergewöhnlich.

Das Klingeln der Türglocke riss Kristin aus den Gedanken. Wer mochte das sein? Sie erwartete keinen Besuch, außerdem kannte sie noch niemanden in Flensburg. Vielleicht waren es die Nachbarn, die sich vorstellen wollten. Eine andere Idee hatte Kristin nicht, als sie mit der Bierflasche in der Hand zur Wohnungstür ging, um zu öffnen. Im Treppenhaus herrschte eine eigenartige Unruhe.

Hastig riss sie die Tür auf und blickte in die lachenden Gesichter ihrer Kollegen vom K1. Alle trugen sie schwere Kartons. »Überraschung!«, rief Jens Beck, der gleich vornean stand und sich an Kristin vorbei in die Wohnung schob. Gunnar Feistel und Birthe Jensen, beide ebenfalls schwer bepackt, folgten ihm.

»Die ist euch gelungen«, lachte Kristin und folgte den Kollegen in die große Stube, wo sie unter Schnaufen die Umzugskartons abstellten. »Kommt doch rein«, fügte Kristin hinzu. »Es ist noch Bier da.«

»Wie ich sehe, bist du ja schon im Norden angekommen, mien seute Deern«, grinste Feistel mit einem Blick auf die *Flens*-Flasche in Kristins Hand. Ächzend schob er sich das Dockercap in den Nacken und sah sich in der leeren Wohnung um.

»Jo«, grinste Kristin, die sich über den Überraschungsbesuch ihrer Kollegen freute. »Wie kommt ihr an die Kartons aus dem Auto?«

Jens Beck streckte den Rücken durch. »Du bist bei der Polizei, Kristin«, erinnerte er sie grinsend. »Der Wagen war nicht abgeschlossen, das könnte gefährlich sein.«

»Diesmal hattest du Glück, und die richtigen Leute haben sich der Ladung bemächtigt«, fügte Birthe hinzu, die von den Männern einen der leichteren Kartons bekommen hatte.

»Also«, rief Beck dazwischen, »wo sollen wir anfangen?«

»Hast du Werkzeug?«, fragte Feistel.

»Klar.« Kristin nickte. »In einem Karton sind ein kleiner Werkzeugkoffer und der Akkuschrauber.« Sie zögerte, als sie sah, wie die Männer die zerlegten Möbel in den Ecken in Augenschein nahmen. »Wollt ihr etwa wirklich …?«

»Kristin«, sagte Beck mit väterlichem Unterton in der Stimme, »wie lange möchtest du noch auf einer Baustelle leben?«

»Er kommt nur seiner Fürsorgepflicht als Abteilungsleiter nach«, kommentierte Birthe feixend, während sie auf das Sofa in der Stube sank. Sie schlug die langen Beine übereinander und betrachtete das Geschehen mit erhobener Augenbraue und einem amüsierten Lächeln. Die Männer begaben sich auf die Suche nach dem Karton mit dem Werkzeug.

»Immer zu – ich halte niemanden von der Arbeit ab.« Kristin verschwand in der Küche, um den beiden ein Bier zu holen. Dankend nahmen sie ihr die kleinen Flaschen aus der Hand und ließen die Bügelverschlüsse mit sattem Ploppen aufschnappen.

»Moin«, rief Kristin übermütig und fühlte sich pudelwohl im Kreis ihrer Kollegen. Dabei war sie sich darüber im Klaren, dass sie für die nächste Zeit ihr gesellschaftliches Umfeld sein würden, zumindest so lange, bis sie Freunde in der Fördestadt gefunden hatte. Erst jetzt fiel ihr auf, dass Paulsen nicht mitgekommen war.

»Wo ist eigentlich Max?«, fragte sie in beiläufigem Ton, während die Männer im Schlafzimmer damit beschäftigt waren, den Kleiderschrank aufzubauen.

Beck stöhnte gequält auf. »Das fragst du ernsthaft?«

»Sicher.«

»Er hat … andere Dinge zu tun.«

»Weibergeschichten gehen immer vor bei ihm.« Gunnar Feistel verdrehte die Augen. Er war augenblicklich nicht gut auf seinen Partner zu sprechen.

»Also hat er ein Date?«

»Davon kannst du ausgehen.« Feistel nickte. »Er wird es nie lernen, macht gern das Alphamännchen und er …« der zweite Teil seines Satzes ging im Rattern des Akkuschraubers unter.

»Willst du ihnen ernsthaft zusehen, wie sie sich wehtun?« Unbemerkt war Birthe im Schlafzimmer erschienen. Sie zwinkerte Kristin verschwörerisch zu. »Komm«, sagte sie, »wir Mädels kümmern uns um die Küche.«

»Hör ich da ein altes Klischee?«, fragte Kristin und folgte ihrer Partnerin in die Küche. Gemeinsam machten sie sich daran, den Inhalt der Kartons in der kleinen Einbauküche zu verstauen.

»Und du?«, fragte Kristin irgendwann.

»Was meinst du?« Birthe putzte sich die Finger mit einem karierten Tuch ab.

»Männer zum Beispiel.« Kristin deutete auf den Ring an der Hand ihrer Partnerin. »Was ist mit dir?«

»Verheiratet«, erwiderte die skandinavische Schönheit und klang dabei nicht glücklich, wie Kristin fand. »Wo kommen die Handtücher hin?«, wechselte Birthe schnell das Thema, nachdem sie einen weiteren Umzugskarton geöffnet hatte.

*

Als er am späten Abend das dunkle Schlafzimmer betrat, lag sie bereits im Bett. Leise schnarchend hatte sie sich auf die Seite gedreht und lag nun in embryonaler Haltung unter der Decke. Der kleine Fernseher, ohne den sie angeblich nicht einschlafen konnte, lief noch mit geringer Lautstärke.

Er entkleidete sich, vermied dabei jedes Geräusch, nahm die Fernbedienung von ihrem Nachtschrank und kroch vorsichtig ins Bett, um sie nicht zu wecken. Oft war sie ungehalten, wenn sie aufwachte, weil er so früh nicht schlafen konnte. Ein paar Minuten lang sah er fern, doch die Bilder, die er sah, erreichten sein Gehirn nicht. In Gedanken war er bereits bei dem, was er in den nächsten Tagen vorhatte. Und dann, so hoffte er, würde endlich ein wenig Ruhe in seinem Leben einkehren. Er seufzte leise und lauschte ihrem gleichmäßigen Schnarchen, bevor er den Fernseher abschaltete und sich die Bettdecke bis zum Kinn zog. Schlaf fand er nicht, denn die Gedanken rotierten in seinem Kopf. Morgen war der große Tag, und es würde nicht leicht werden. Noch immer wusste er nicht, wie er ihr erklären wollte, dass er den ganzen Tag über unterwegs sein würde. Ihm musste noch etwas einfallen. Bisher war alles, was er sich vorgenommen hatte, gut gelaufen. Wenn er jetzt keinen Fehler machte, blieb das auch so, und er konnte schon bald seinen Seelenfrieden finden, denn darin lag seine einzige Hoffnung.

KAPITEL 28

Flensburg, 23.40 Uhr:

»Ihr seid die Besten!« Kristin strahlte, als sie sich in ihrer Wohnung umsah. Die Kollegen hatten sämtliche Schränke aufgebaut, Gunnar Feistel hatte sogar die fehlenden Deckenlampen montiert, während Birthe ihr dabei geholfen hatte, Wäsche und Geschirr in die Schränke von Schlafzimmer und Küche zu räumen. Sogar das Bücherregal mit ihren geliebten Kriminalromanen hatten die Männer in der Stube aufgebaut und eingeräumt.

»Du liest Krimis?«, fragte Birthe jetzt, während sie mit schräg gelegtem Kopf vor dem Regal stand, um die Titel auf den Buchrücken lesen zu können.

»Leidenschaftlich gern«, nickte Kristin. Sie sehnte sich nach ein wenig Ruhe, um bei einem guten Kriminalroman abschalten zu können. Die literarische Verbrecherjagd faszinierte sie und ermöglichte ihr zugleich, Abstand von der Realität als Kommissarin zu bekommen.

»Du kriegst wohl nie den Hals voll, wenn es um Verbrecher geht«, grinste Feistel.

»Ich habe mein Hobby einfach zum Beruf gemacht.« Kristin musste lachen. Sie sah sich in ihrer Wohnung um. »Das alles hätte ich ohne euch niemals in dieser kurzen Zeit geschafft – danke!«

»Das haben wir nur gemacht, damit du nicht auf die dumme Idee kommst, Überstunden abzubauen, die du noch gar nicht geleistet hast«, grinste Beck und nahm dankend das alkoholfreie Bier an, das sie ihm reichte. Zwischenzeitlich war sie zu einem kleinen Kiosk in der Straße gelaufen, um neue Getränke zu besorgen.

Feistel gähnte ungeniert. »Spät ist es geworden«, murmelte er als Entschuldigung. »Ich bin dann jetzt auch raus.«

Kristin brachte ihn zur Tür und bedankte sich noch einmal für die Hilfe. Als sie in die Stube zurückkehrte, waren Beck und Birthe in ein Gespräch verwickelt. Sie setzte sich zu den beiden. »Ihr seid Weltklasse.« Kristin sah sich um. Sogar die Bilder hingen bereits an den Wänden. »So weit wäre ich alleine nie gekommen.«

»Es war uns eine Ehre.« Beck strahlte und leerte seine Flasche, dann unterdrückte er ein Gähnen und erhob sich. »Ich mach mich dann auch mal auf den Weg, sicher wartet Hannah längst auf mich.«

»Dann man los«, nickte Kristin. »Sag Hannah einen lieben Gruß von mir – ihr Mann ist großartig.«

»Wird gemacht, hoffentlich versteht sie das nicht falsch.« Beck schlüpfte grinsend in seine leichte Windjacke, die an der Garderobe im Flur hing. Grüßend legte er zwei Finger an die nicht vorhandene Hutkrempe und verabschiedete sich. »Bis morgen«, sagte er, als er schon im Treppenhaus stand. »Und morgen wissen wir, wer hinter den Morden steckt.«

»Bestimmt.« Kristin nickte, sah ihm zu, wie er sich auf den Weg machte, und schloss die Wohnungstür hinter ihm. Glücklich und erschöpft kehrte sie zu Birthe in die Stube zurück. Die Stehlampe neben dem Sofa verbreitete ein anheimelndes Licht. Ein Lächeln lag auf Birthes fein geschnittenem Gesicht. Kristin zog sich einen Sessel heran und setzte sich zu der Kollegin. »Ich kann es kaum glauben«, bemerkte sie. »Aber ihr habt dazu beigetragen, dass ich jetzt auch so richtig in Flensburg angekommen bin und mich schon zu Hause fühlen kann.«

»Warst du denn schon beim Einwohnermeldeamt?«

»Das noch nicht.« Kristin schüttelte den Kopf. »Eine Formalie, die ich in den nächsten Tagen in Angriff nehmen werde. Aber erst, wenn der Fall abgeschlossen ist.« Kristin verspürte das Bedürfnis, der Kollegin etwas Besonderes anzubieten. »Magst du eigentlich Wein?«

»Ich liebe Wein.«

»Wunderbar.« Kristin erhob sich. »Rein zufällig habe ich vorhin beim Auspacken der Kartons eine Flasche des besten Spätburgunders gefunden.«

»Das klingt gut.«

Kristin erhob sich und begab sich in die Küche. Sie war froh, dass sie die langstieligen Weingläser aus dem Hängeschrank nehmen konnte und ihr die Sucherei in den Kartons dank des Einsatzes ihrer Kollegen erspart blieb. Sie nahm den Korkenzieher aus der Schublade, zog die tiefgrüne Flasche auf und schenkte ihnen zwei Gläser ein, mit denen sie in die Stube zurückkehrte. Sie setzte sich zu Birthe, sie stießen an und nippten von dem Wein. Kristin genoss das samtig-fruchtige Aroma des Rebensaftes, das bei der Reifung im Barriquefass entstanden war. Genießerisch leckte sie über die Lippen. Auch Birthe war offenbar begeistert von dem Wein, denn sie schnalzte zufrieden mit der Zunge. »Viel darf ich nicht trinken, der Wagen steht noch an der Polizeidirektion.« Einen Parkplatz zu ergattern, war an der Angelburger Straße ein schier unmögliches Unterfangen, das hatte Kristin seit ihrer Ankunft schon mitbekommen. Sie trug sich mit dem Gedanken, sich für die täglichen Wege in der Fördestadt ein Fahrrad zuzulegen.

»Warum bist du nach Flensburg gezogen?«, fragte Birthe unvermittelt, während sie Kristin über den Rand des Weinglases hinweg betrachtete. »Die Liebe?«

»Eher das Gegenteil«, antwortete Kristin. »Ich habe eine Trennung hinter mir und wollte weg aus meiner alten Heimat, um ganz neu anzufangen.« Sie berichtete Birthe von ihrer gescheiterten Beziehung im ostfriesischen Leer. »Und nun bin ich hier gelandet«, schloss sie schließlich.

»Na dann – willkommen im echten Norden.« Birthe lächelte und hob das Glas. Sie tranken einen Schluck und hingen einen Augenblick lang schweigend ihren Gedanken nach.

»Und wie ist es bei dir?«, wagte Kristin zu fragen. »Du scheinst nicht glücklich zu sein in deiner Ehe, hatte ich vorhin den Eindruck.« Sie hoffte, nicht zu indiskret geworden zu sein, hatte aber tagsüber bemerkt, dass Birthe und Uwe Sattler vom LKA etwas zu verbinden schien.

»Ach ja …« Birthe seufzte, während ihr Blick ins Leere glitt. »Wir kennen uns schon seit dem Studium, Thomas und ich. Damals war es Liebe auf den ersten Blick, es kam, wie es kommen musste. Nach dem Theologiestudium habe ich ein paar Jahre als Lehrerin an einer Grundschule gearbeitet, während Thomas Pfarrer wurde. Irgendwann erging es uns so, wie es vielen Paaren geht: Der Alltag hat unsere Liebe verdrängt, es wurde ein wenig langweilig bei uns.«

»Aber eine Scheidung kam nie infrage.«

»Nein.« Birthes Wangen glühten. »Irgendwie fehlte uns immer der Mut für eine Trennung, was aber rückblickend betrachtet die einzig richtige Konsequenz gewesen wäre.«

»Und nun lebst du in einer Kirche und machst gute Miene zum bösen Spiel«, stellte Kristin fest.

»Böses Spiel ist vielleicht etwas hoch gegriffen«, relativierte Birthe. »Übrigens wohnen wir nicht in der Kirche, sondern im Pfarrhaus.« Sie grinste spitzbübisch. »Wir sparen eine Menge Miete, und ich gestalte mir den Alltag so angenehm wie möglich.«

Kristin zögerte, dann stellte sie die Frage, die sie seit dem Mittag schon beschäftigte. »Was ist eigentlich mit diesem Sattler vom LKA – läuft da was?«

Birthes Kopf ruckte hoch. Sie seufzte. »Nicht mehr.« Ein Schluck Wein, dann redete sie weiter. »Wir waren vor vielen Jahren mal gemeinsam auf einer Fortbildung in Eutin. Damals gehörte Uwe noch zum K1 hier in Flensburg. Nach dem Seminar gab es ein gemeinsames Abendessen, wir landeten an der Hotelbar und schließlich gemeinsam im Bett.« Sie seufzte, und Kristin fand, dass es diesmal sehnsüchtig klang. »Er ist ein toller Mensch, hilfsbereit, empathisch, humorvoll – und ein unglaublicher Liebhaber, der Leidenschaft und Zärtlichkeit vereint.«

»Das klingt nach einem Wow«, lächelte Kristin, die sich so etwas Ähnliches bereits gedacht hatte. »Und auch damals hattest du nicht den Mut, dich von deinem Mann zu trennen?«

»Nein.« Sie schüttelte entschieden den Kopf. »Uwe und ich … das war mehr als nur ein One-Night-Stand, es wurde schnell Liebe daraus. Eine verbotene Liebe natürlich, und ich habe mich zum ersten Mal, seitdem ich Thomas kennengelernt habe, mit dem Gedanken getragen, die Scheidung einzureichen.«

»Wozu es aber nie kam?«

Wieder schüttelte Birthe den Kopf. Als sie zu Kristin aufsah, schimmerten ihre Augen feucht. »Nein, mir fehlte einfach der Mut. Und so habe ich die Beziehung zu Uwe beendet, so schwer es mir auch fiel.«

»Du hast dich zu deinem Mann bekannt«, fasste Kristin zusammen. »Hast zu ihm gestanden und bist heute noch mit ihm verheiratet.«

»Nachdem ich ihn betrogen habe, mit einem wundervollen Menschen, den ich liebte.« Das Sprechen fiel der skandinavischen Schönheit schwer. Kristin ließ ihr die Zeit, die sie benötigte. Es war ihr unangenehm, alte Wunden aufgerissen zu haben.

»Und heute gab es ein Wiedersehen mit Uwe?«, fragte sie schließlich.

»Ja.« Birthe nickte. Jetzt lächelte sie wieder. »Damals haben die Kollegen schnell durchschaut, dass Uwe und mich mehr verband als Kollegialität, allen voran Max, der keine Gelegenheit ausließ, um zu lästern.«

»Das ist typisch für Paulsen«, nickte Kristin. »Wie ging es weiter mit euch?«

»Ich habe mich ins K6 versetzen lassen, Uwe nach Kiel ins LKA. So konnten wir uns nicht mehr täglich sehen und schwach werden.«

»Bis heute?«

»Ja, bis heute. Es hat sich seltsam angefühlt, ihn wieder zu treffen nach alldem.«

Beim nächsten Schluck Wein schmeckte Kristin feine Nuancen von Vanille und Zimt, die sich unter den Geschmack roter Früchte mischten. Sie ließ Birthe Gelegenheit, über das Wiedersehen mit ihrem damaligen Geliebten nachzudenken.

»Es war nie wirklich vorbei zwischen uns«, murmelte Birthe schließlich. »Wir haben das Verhältnis zwar beendet und jeden Kontakt vermieden, allerdings ist er nach wie vor in meinem Herzen, und ich denke fast täglich an ihn und an unsere Zeit, aber auch an die Heimlichkeiten vor Thomas, die Lügen und die geheimen Treffen mit Uwe, die ich meinem Mann immer verschwiegen habe.«

»Hat er nie etwas davon mitbekommen?«

Birthes Lächeln verblasste. »Irgendwann hat er gefragt, ob es vorbei ist.«

»Ist es aber nicht.«

»Nein.« Birthe holte tief Luft. »Ich bin bei Thomas geblieben, und das zählt. Wobei ich nie den Mut hatte, ihn zu verlassen. Dabei langweile ich mich oft in meiner Ehe.«

»Aber das Verhältnis zu Uwe aufleben zu lassen, kommt für dich nicht infrage?«

»Nein«, sagte Birthe schnell. »Ich habe Angst, mich in ihm zu verlieren, wenn unser Kontakt neu auflebt.«

»Aber du scheinst unglücklich zu sein, wie es jetzt läuft.«

»Manchmal schon.« Sie klang melancholisch, während sie das Glas mit spitzen Fingern drehte. Dann seufzte sie. »An manchen Tagen suche ich vergebens nach Auswegen.«

»Wenn du mich fragst, kann es nur einen Ausweg geben – die Scheidung.« Kristin bereute ein wenig ihre direkte Art, als sie Birthes erschrockenen Gesichtsausdruck sah.

»Manchmal vertreibe ich mir die Zeit im Internet, um mich von der Tristesse in meiner Ehe abzulenken«, eröffnete Birthe ihr schließlich. Jetzt lag wieder ein spitzbübisches Lächeln auf ihrem Gesicht.

»Ich verstehe nicht.« Kristin grinste. »Sind es nicht die Männer, die sich Pornos anschauen, wenn es in der Beziehung nicht rund läuft?«

»Wer sagt, dass ich Pornos schaue?«

»Was treibst du dann im Internet?« Kristins beruflich bedingte Neugier war erwacht.

»Es gibt einige Online-Plattformen, in denen man Männer kennenlernen kann.« Sie schmunzelte. »*Flirt-in* zum Beispiel.«

»Du willst Männer kennenlernen?« Kristin hatte Probleme, der Kollegin zu folgen. »Wäre es da nicht erfüllender, wenn du dich zu deiner Liebe zu Uwe Sattler bekennst, anstatt Ausschau nach neuen Bekanntschaften zu halten?«

»Wer sagt, dass ich Männer kennenlernen möchte?« Birthe leerte das Glas und stellte es auf dem Tisch ab. Als Kristin mit der Flasche winkte, nickte sie. Kristin schenkte ihr nach. »Ich bin neugierig, liebe das Kribbeln, möchte spüren, wie hoch mein Marktwert bei den Männern ist, ohne sie jedoch im wahren Leben kennenzulernen. Mit einigen schreibe ich im Chat, doch meistens nur oberflächliches Zeug. Es fühlt sich herrlich verrucht an.« Birthe nahm das gefüllte Glas und nippte daran.

Kristins Glas war ebenfalls leer. Sie schenkte schweigend nach, hielt das Weinglas gegen das Licht der Stehlampe und bewunderte die rubinrote Farbe des Rebensaftes, bevor sie trank. Die Kollegin, die mit einem Pfarrer verheiratet war, suchte sich ihre Abwechselung im Internet, weil sie in ihrer Ehe unglücklich war und den Reiz des Verbotenen liebte. Sie führte ein Doppelleben, um sich außerhalb der Ehe das zu suchen, was sie bei ihrem Mann vermisste.

»Ich war einfach neugierig«, beschrieb Birthe ihr, und es klang ein wenig wie eine Entschuldigung.

»Geht es dir um Abwechslung im Bett?«, fragte Kristin.

Birthe zuckte die Schultern. »Ich treffe mich mit niemandem, wenn du das meinst, das hatte ich auch nie vor. Aber die Chats und das Suchen nach *Mister X* beflügeln schon meine Fantasie, ja.« Mit geröteten Backen fuhr sie fort: »Es war das Spiel mit dem Feuer, das mich reizte, glaube ich.«

Kristin nickte. Für sie war es keine Option, sich *Mister Right* auf irgendwelchen Online-Plattformen zu suchen. Sie bewegte sich im realen Leben und pflegte dort auch ihre Kontakte kennenzulernen. Doch was, wenn sie im sogenannten »real life« nicht das fand, wonach sie suchte, um ihre geheimsten Sehnsüchte zu befriedigen?

»Moment«, stieß Kristin so plötzlich hervor, dass sie Birthe erschrocken ansah. »Ich glaube, du bist nicht die einzige Frau, die so etwas tut.«

Birthe lachte amüsiert auf. »Ganz sicher nicht.«

»Was ist denn mit den beiden Frauen, um die wir uns gerade kümmern?«, fragte Kristin aufgeregt. »Mit Maike Adamo und mit Mona Borders? Gerade von ihr wissen wir, dass sie auf der Suche nach einem Mann war. Einer von ihnen war Max, was ihm jetzt Probleme bringen könnte, ein anderer Noah Holm mit seiner käuflichen Liebe. Aber auch Maike Adamo hatte ein Verhältnis außerhalb der Ehe, und zwar mit Leo Nowak.«

»Was wiederum ihm das Leben jetzt schwer macht«,

nickte Birthe, dann schien sie zu ahnen, was Kristin dachte. »Moment«, rief sie, »du meinst …«

»Es wäre doch möglich, dass sich auch unsere Opfer ihre Partner in Onlineforen gesucht haben, oder?«

»Ist das nicht etwas weit hergeholt?« Birthe schien Zweifel zu haben. »Ich meine, Leo und Maike kannten sich wohl aus dem wahren Leben. Sie arbeitete im *Walhalla*, wo Nowak oft zu Gast war.«

»Die Beziehung zu Nowak hat sie beendet«, erinnerte Kristin sie. »Möglicherweise wurde ihr das zum Verhängnis. Aber wer sagt uns, dass sie nicht auch im Internet unterwegs war, weil ihre Ehe in Schieflage geraten war?«

»Es ist zumindest nicht auszuschließen«, räumte Birthe ein.

»Angenommen, wir haben es bei den beiden toten Frauen mit einem Serientäter zu tun, dann wäre es doch denkbar, dass er sich auf unglückliche Frauen spezialisiert hat. Frauen, die er über das Internet ausfindig macht, oder?«

»Grundsätzlich schon«, stimmte Birthe ihr zu. »Aber willst du alle Männer, die sich auf diesen Plattformen registriert haben, unter Verdacht stellen?«

»Nein, natürlich nicht.« Kristin schüttelte frustriert den Kopf. »Aber vielleicht haben wir Glück, und wir können …«

»Dann leg uns ein Profil an«, empfahl Birthe, nachdem sie einen Schluck Wein getrunken hatte.

»Wie bitte?«

»Worauf wartest du – lass uns ein Profil erstellen und sehen, was passiert.« Birthe war voller Tatendrang, leerte ihr Glas und bedeutete Kristin nachzuschenken.

Nachdem sie die Gläser gefüllt hatte, erhob sich Kristin. Sie nahm die steile Treppe ins Schlafzimmer und kehrte kurz darauf mit ihrem Laptop zurück. Ihr Telefonanbieter würde den neuen Anschluss erst in der kommenden Woche freischalten, deshalb war sie derzeit ohne Festnetz und Internet.

Kristin richtete ihr Smartphone als Hotspot ein und verband es mit dem Laptop.

»Wie heißt die Seite noch mal?«, fragte sie, an Birthe gewandt, die sich so setzte, dass sie Kristin über die Schulter blicken konnte.

»*Flirt-in*«, antwortete die Kollegin. Kristin gab den Namen in die Kopfzeile der Suchmaschine ein und konnte die Website aufrufen. »Sieh an«, sagte sie mit einem Grinsen auf den Lippen. »Finde Kontakte mit erotischem Kribbeln«, las sie die Unterzeile halblaut vor. »Das ist es, was du wolltest?« Sie warf der Kollegin einen schnellen Blick zu.

Birthe zuckte mit errötetem Gesicht die Schultern. »Wie gesagt, ich war neugierig.« Sie lächelte vielsagend und nippte an ihrem Wein.

»Na, dann wollen wir mal.« Kristin klickte sich in die Anmeldemaske. »Wollen wir uns mit deinem Profil anmelden?«

»Nein, auf gar keinen Fall«, wehrte Birthe energisch ab. »Das ist nun wirklich zu privat.«

»Hast recht.« Kristin nickte. »Dann müssen wir wohl ein neues Profil erstellen.« Sie klickte sich zum entsprechenden Fenster. »Wie soll ich denn heißen?«

Birthe musste nur kurz überlegen. »Wie wäre es mit Deichhexe?«

»Dein Ernst?«

»Klar.«

»Also gut.« Seufzend gab Kristin ihren neuen Nickname ein, wartete auf die Bestätigung und dachte sich ein Passwort aus, dann konnten sie ein Profil erstellen. »Lade deine Bilder hoch«, wurde sie aufgefordert. Kristin schüttelte energisch den Kopf. »Auf gar keinen Fall.«

Birthe musste lachen. »Ich habe Bilder genommen, auf denen ich nicht zu erkennen bin«, half sie Kristin. »Von hinten, von der Seite, einzelne Körperteile …«

»Einzelne Körperteile?« Kristin runzelte die Stirn.

Birthe musste lachen. »Hast du nie erotische Bilder von dir gemacht oder machen lassen?«

»Nein.«

»Also gut. Dann Bilder, auf denen du nicht zu erkennen bist.«

Kristin seufzte, während sie das Fotoarchiv ihres mobilen Rechners nach brauchbaren Fotos durchsuchte. Einige Aufnahmen gab es tatsächlich, auf denen sie nur von hinten zu sehen war. Auf einem Foto stand sie im Licht der untergehenden Sonne in Norddeich. Felix hatte das Bild an einem heißen Sommertag von ihr gemacht, sie trug einen knappen Bikini. Kurz erinnerte sich Kristin wehmütig an diesen Tag, der so voller Leichtigkeit gewesen war, dann besann sie sich auf ihr Anliegen und lud das Bild hoch. Sie war im Licht der Abendsonne nur schemenhaft zu erkennen. Das Meer glitzerte und warf Reflexionen auf die Linse der Kamera. »So, geht das?«, versicherte sie sich bei Birthe.

»Na klar.« Birthe nickte. »Sieht doch gut aus!«

»Danke.« Kristin wurde aufgefordert, ihre Hobbys und schließlich ihre sexuellen Vorlieben einzugeben. »Ach nee«, stöhnte sie ein wenig peinlich berührt. Birthe musste lachen. »Wir denken uns doch ein Fake-Profil aus«, erinnerte sie Kristin. »Also schreib irgendwas hin.«

»Wenn es sein muss.«

»Es gehört dazu«, nickte Birthe. »Schreib, worauf du stehst.«

»Bestimmt nicht.« Ein energisches Kopfschütteln. »Ich verrate niemandem im Internet, was ich mag und was nicht.«

»Dann denken wir uns was aus.«

Kristin seufzte. »Wenn es sein muss.«

»Es muss sein.« Birthe nickte mit einem schelmischen Grinsen. »Wenn wir die mutmaßlichen Vorlieben unserer Opfer eingeben, könnte es uns gelingen, den Mörder auf unsere Fährte zu locken – auch wenn ich die Wahrscheinlichkeit sehr gering einschätze.«

Gemeinsam erschufen sie eine Frau, die auf der Suche nach außerehelichen Kontakten war. »Und sie muss es mögen, nichts unter dem Mantel zu tragen, wenn sie ausgeht«, ergänzte Kristin schließlich.

»Moment.« Birthe stutzte. »Auf so was stehst du?«

»Nein.« Kristin musste lachen. »Aber Mona Borders trug bei ihrem verhängnisvollen Treffen nur Stiefel, Dessous und einen Mantel.«

»Das soll sehr reizvoll sein«, fand Birthe.

»Ich habe keine Ahnung.« Würde es nach Kristin gehen, fänden Dates grundsätzlich in bequemen Jogginganzügen statt.

»Wie war es bei Maike Adamo?«, fragte Birthe. »Was könnte sie für Vorlieben gehabt haben?«

»Wikinger«, erwiderte Kristin wie aus der Pistole geschossen. »Sie muss ein Faible für die rauen Nordmänner gehabt haben, sonst hätte sie sich niemals mit Leo Nowak eingelassen.« Ohne Birthes Antwort abzuwarten, tippte Kristin etwas umständlich die Vorlieben der beiden Opfer ein. »So«, sagte sie schließlich zufrieden. »Fertig. Und jetzt?«

Birthe beugte sich zu ihr herüber, um das Profil zu betrachten. »Da«, sie tippte auf eine Schaltfläche am unteren Rand der Eingabemaske. »Jetzt online gehen.«

»Also gut.« Kristin betätigte die Schaltfläche. »Herzlichen Glückwunsch, du bist online!«, las sie vor.

Kristins Finger wischten über das Trackpad, dann tippte sie auf die Schaltfläche. Es dauerte nur wenige Sekunden, dann erhielt sie die Bestätigung des Anbieters. »Du bist jetzt online«, las sie die Meldung vor. »Dann warten wir mal ab, was passiert.«

»Wenn sich unser gesuchter Mörder meldet … ach Unsinn.« Birthe winkte ab. »Da wäre ein Sechser im Lotto wahrscheinlicher als das.«

Es vergingen nur Sekunden, bis die ersten Männer sich für Kristin interessierten. Sie besuchten ihr Profil, lobten das eine oder andere Bild und machten anzügliche Bemerkungen.

»Ekelhaft«, entfuhr es Kristin mit gerümpfter Nase.

»Was erwartest du?« Birthe musste lachen. »Das ist ein Kontaktforum für Sexdates.«

»Trotzdem.« Kristin schüttelte den Kopf. »Im wahren Leben wäre das nichts für mich.«

»Dann bleibt zu hoffen, dass niemand herausbekommt, wer hinter dem Fake-Profil steckt.«

»Meinst du, das ist möglich?«

»Vielleicht über deine IP-Adresse, oder jemand erkennt dich anhand der Fotos.«

»Man kann mich nirgendwo erkennen«, behauptete Kristin mit voller Überzeugung.

»Es sei denn, jemand kennt dich im wahren Leben.«

»Du machst mir ja große Hoffnungen.« Kristins Weinglas war schon wieder leer, und sie schenkten sich nach und warteten gespannt, was sich auf dem Profil tat. Schon bald meldeten sich einige männliche Nutzer, die Kristin schnell unmoralische Angebote machten, die nur ein angewidertes Kopfschütteln bei ihr hervorriefen.

»Du ziehst die Männer ja an wie das Licht die Motten«, stellte Birthe amüsiert fest.

»Das bin nicht ich«, stellte Kristin klar. »Nur mein Fake-Profil. Aber du hast recht – an Interessenten scheint es nicht zu mangeln.« Sie klickte sich durch die Nachrichten der Verfasser, die Kontakt zu ihr wünschten, dann seufzte sie. »Das ist unmöglich, hier unseren Mann herauszufinden – wenn er denn überhaupt in diesem Forum unterwegs ist.«

»Es ist die Suche nach der Stecknadel im Heuhaufen«, gab Birthe ernüchtert zu und schüttelte den Kopf, während sie Kristin weiter über die Schulter sah.

Es verging eine halbe Stunde, dann klappte Kristin entnervt den Laptop zu. »Ich hätte nie gedacht, wie Männer drauf sind.«

»Sie reden nicht lange herum und kommen gleich auf den Punkt«, antwortete Birthe. »Und sie suchen hier nicht die Frau fürs Leben, sondern sie sind auf der Suche nach einem schnellen Abenteuer.«

»Ja«, nickte Kristin. »Und einer ist auf der Suche nach einem Opfer, vielleicht sogar schon nach seinem nächsten Mord.« Erst jetzt fiel ihr auf, dass sie den Kollegen noch nichts von dem grausigen Fund in Eckernförde berichtet hatte. Der blutige Stein war für Kristin ein Hinweis darauf, dass es sich um einen Serientäter handeln könnte. Vermutlich hatte sie die Überraschung des Teams derart abgelenkt, dass sie den Fall für einige Stunden hatte ausblenden können. Jetzt galt es, keine Zeit mehr zu verlieren, und Kristin fieberte der Morgenrunde bereits entgegen.

KAPITEL 29

In dieser Nacht fand er keinen Schlaf. Für Frank Broders lag es auf der Hand, dass die Polizisten ihn verdächtigten, Mona getötet zu haben. Unruhig wälzte er sich in dem großen Boxspringbett, in dem er fortan alleine schlafen würde, hin und her. Es musste etwas passieren, um aus der Schusslinie der Ermittler zu kommen. Den Gedanken, Noah Holm zum Schweigen zu bringen, hatte er verworfen, nachdem die Polizisten gegangen waren. Trotzdem fühlte es sich für ihn an, als würde er mit dem Rücken an der Wand stehen. Es fiel ihm schwer, untätig zu sein und den Dingen ihren Lauf zu lassen, doch gefangen zwischen Gefühlen und Rationalität fühlte er sich machtlos. Borders drehte sich auf den Rücken und starrte an die Decke des Schlafzimmers, die sich als graues Rechteck über ihm abmalte. Wind war aufgekommen und strich nun um die Ecken des Hauses. Er musste die App auf Monas Handy auslesen. Irgendwie musste das machbar sein. Vielleicht gab der Verlauf ihrer Nachrichten oder die Anrufliste ja Aufschluss über ihre letzten Stunden. Borders zermarterte sich das Gehirn, bevor er irgendwann in den frühen Morgenstunden in einen unruhigen Schlaf fiel.

*

Über Nacht waren schwere Wolken über der Fördestadt aufgezogen, die einen kalten Wind mit sich brachten. In den Morgenstunden hatte Regen eingesetzt, der gegen die Fenster unter der Dachschräge von Kristins Wohnung getrommelt hatte. Sie hatte schon in Leer unter dem Dach geschlafen und das monotone Trommeln des Regens geliebt. Als der Radiowecker sie sanft aus den Träumen holte, räkelte sie sich zufrieden in ihrem Bett. Kristin blinzelte und sah sich in ihrem Schlafzimmer um. Noch konnte sie nicht glauben, dass ihre Wohnung seit letzter Nacht fertig eingerichtet war. Niemals hätte sie damit gerechnet, dass ihre neuen Kollegen völlig überraschend vor der Wohnungstür standen, um sämtliche Möbel aufzustellen und die Schränke einzuräumen. Sogar das große Bild vom Pilsumer Leuchtturm hing schon über ihrem Bett an der Wand und erinnerte Kristin an ihre alte Heimat. *Ostfriesland*, dachte sie ein wenig wehmütig, *liegt so unendlich weit weg*. Dabei hatte sie es gut getroffen in Flensburg, und sie war sicher, hier schnell Freunde zu finden – sobald Zeit dazu war, würde sie auch unter Menschen gehen und die Stadt erkunden. Die neuen Kollegen der Kriminaldirektion waren erstklassig. Kristin war froh, fortan zu einem tollen Team zu gehören – wenn man von Max Paulsen absah.

Arschlöcher gibt es überall, machte sie sich Mut. Und es hätte sie schlimmer treffen können. Kristin war sicher, dass Paulsen, so eitel und selbstsicher er sich auch gab, Komplexe hatte. Bei Gelegenheit würde sie sich mit ihm auseinandersetzen, doch jetzt galt es erst einmal, den aktuellen Fall abzuschließen. Dazu musste ein Mörder, vermutlich ein Serientäter, überführt und verhaftet werden.

Während sie dem Song aus dem Radiowecker, einer etwas abgedrehten Techno-Version von Nathan Evans *Wellerman* lauschte und sich den Schlaf aus den Augen rieb, überlegte Kristin, ob sie heute das Gespräch mit Paulsen suchen sollte. Doch ob er sich danach ändern würde, war zu bezweifeln. Die Sache zwischen ihm und Mona Borders interessierte sie. Vielleicht erfuhr sie auf diese Art etwas über die Tote von Eckernförde, vielleicht bekam sie einen Hinweis, der Lars Reimers weiterhalf. Als sie an den Kollegen der Kripo in Eckernförde dachte, huschte ein Lächeln um ihre müden Mundwinkel. Lars war ein sympathischer Mann, den sie durchaus attraktiv fand. Doch noch wagte es Kristin nicht, an eine neue Beziehung zu denken. Erst einmal musste sie die Trennung von Felix verarbeiten und zusehen, dass sie alleine klarkam. Nachdem sie sich ein letztes Mal gestreckt hatte, warf sie die Bettdecke zur Seite und erhob sich. Die leise Musik aus dem Radiowecker begleitete sie ins Bad. Diesmal, so stellte Kristin erleichtert fest, gab es warmes Wasser. Während sie sich wusch und die Zähne putzte, kreisten ihre Gedanken um den Fall.

Sie war gespannt auf die Auswertung von Maike Adamos Laptop. Möglicherweise ließ sich der Verlauf des Internet-Browsers rekonstruieren, um Rückschlüsse über ihre vermeintliche Untreue ziehen zu können. Mit etwas Glück hatte sich die IT-Abteilung auch schon mit dem Tablet von Mona Borders beschäftigen können. Kristin hoffte, dass sich hier Parallelen ergaben. Erst dann würde sie Siebert überzeugen können, dass sie sich bei der Suche auf einen Serientäter fokussieren konnten. Vorher wollte sie aber noch ein Gespräch mit Leo Nowak führen.

Eine Sorge blieb aber: Sollte es sich um einen Serienmörder handeln, der sich ganz bewusst unglückliche Ehefrauen suchte, um sie zu töten, würde die Suche ganz von vorne beginnen. Und die Wahrscheinlichkeit, dass der Mörder erneut zuschlug, bevor sie eine heiße Spur verfolgten, war beängstigend groß.

*

Niemand beobachtete das Boot, das im Dunst des frühen Morgens von der kleinen Bucht ablegte und sich mit aufheulendem Dieselmotor rasch auf die offene See hinaus bewegte. Die Insassen hatten Glück, denn der Wind hatte nachgelassen, und die Ostsee zeigte sich heute von ihrer sanften Seite.

Langsam bahnte sich sogar die Sonne ihren Weg durch die graue Wolkendecke. An Bord des Bootes befand sich eine kleine Gruppe von Menschen in schwarzen Neoprenanzügen, die sich auf eine gemeinsame Mission vorbereitete. Unter den sechs Männern und Frauen herrschte eine eigenartige Anspannung, keiner wagte, etwas zu sagen. Rasch pflügte das Tauchboot durch das Wasser, einem Ziel entgegen, das von hier aus verborgen lag vor den Blicken der Urlauber, die im Sommer in Scharen an die Ostseeküste pilgerten, um hier ihre Ferien zu verbringen. Eine gute Stunde später drosselte der Kapitän das Tempo des Bootes. Eine rote Boje kündete davon, dass die kleine Gruppe am Ziel angelangt war. Die Anspannung unter den Tauchern wuchs, während der Mann am großen Steuerrad die Position des Bootes auf dem Radar überwachte. Die Taucher hatten sich zum Heck der umgebauten Jacht begeben und machten ihre Ausrüstung einsatzbereit. Kaum, dass sie ihre Sauerstoffflaschen umgeschnallt und die Druckregler eingesetzt hatten, ertönte vom Kapitän ein Kommando. »Alles raus!«, schallte seine tiefe Stimme über die flache Ostsee.

*

Er konnte nichts ausrichten. Dieses Herumsitzen machte ihn wahnsinnig. Vor einer Stunde hatte sie das Haus verlassen, nicht, ohne ihm mit auf den Weg zu geben, was er heute zu erledigen hatte, bis sie in den Abendstunden heimkehrte. An manchen Tagen fühlte er sich wie ihr Angestellter. Sie delegierte die anfallenden Arbeiten im Haushalt und ignorierte, dass er selbst berufstätig war, wenngleich er auch über das Privileg verfügte, einen Großteil seiner Arbeit von zu Hause aus erledigen zu können. Doch damit war er verfügbar für sie und ihre Wünsche.

Gerade lenkte er sich damit ab, den Geschirrspüler auszuräumen. Immer wieder glitt sein Blick auf die Uhr. Er hatte alles genau durchdacht und geradezu minutiös geplant. Der Umstand, dass er machtlos war und auf das Gelingen seiner Bemühungen warten musste, brachte ihn schier an den Rand des Wahnsinns. Vergeblich versuchte er, sich mit der anfallenden Arbeit abzulenken. Nachdem er die Spülmaschine geleert hatte, führte in sein Weg in den Hauswirtschaftsraum. Hier kümmerte er sich um die Waschmaschine, gab die Wäsche in die Trommel, bestückte die Fächer mit Waschmittel und Weichspüler und setzte die Maschine in Gang. Danach nahm er sich die Zeit für einen Kaffee. Als er mit dem dampfenden Gebräu am Küchentisch Platz nahm, griff er zum Tablet, um sich ihre Fotos anzusehen. Auf den Bildern wirkte sie unschuldig und brav. Wer sie nicht so gut kannte wie er, täuschte sich in ihr.

KAPITEL 30

Nach einer guten Stunde Fahrt über die Ostsee hatte die *Baltic Dive I* ihr Ziel erreicht. Rolf Groß, Inhaber der Tauchschule und heute der Kapitän des Tauchbootes, schaltete die Maschine ab und ließ den Anker zu Wasser. Unter den Teilnehmern breitete sich eine angespannte Stille aus. Alle konnten es kaum erwarten, ins Wasser zu kommen, um den ersten Tauchgang zur *Inger Klit* anzutreten. Sie waren gekommen, um den dänischen Frachter, der an dieser Stelle in einer nebeligen Nacht vor gut 40 Jahren mit dem deutschen Frachter *Lina van Bargen* auf dem Weg nach Flensburg kollidierte, zu erkunden. Bei dem Zusammenstoß hatte sich die *Lina van Bargen* auf der Backbordseite in den Rumpf der *Inger Klit* gebohrt.

Der Laderaum war innerhalb weniger Minuten vollgelaufen und hatte das Schicksal des dänischen Frachters besiegelt. Die Mannschaft hatte sich in letzter Sekunde auf das deutsche Schiff retten können, sodass bei dem Unglück keine Toten zu beklagen waren. Wenn sie die Augen schloss und auf das Meer hinaus lauschte, glaubte sie, die Schreie der Männer zu hören, sie hörte das Kreischen von Blech und das Toben der Wellen, die schon bald über der verunglückten *Inger Klit* zusammenschlugen. Ein Schauer rieselte Marens Rücken herunter, schnell öffnete sie die Augen und verdrängte die Bilder aus ihrem Kopf, um dem bevorstehenden Briefing des Kapitäns zuhören zu können.

Immer und immer wieder hatte sich Maren in den letzten Tagen mit der Havarie der beiden Schiffe beschäftigt. Das Wrack übte eine ungeahnte Faszination auf sie aus.

Eine fiebrige Aufregung ergriff sie, als sie sich auf den Tauchgang vorbereitete. Als Tauchbuddy hatte ihr Rolf noch vor Fahrtantritt Kai, einen wortkargen und etwas tumb wirkenden Zweimetermann mit strohblondem Haar, zugeteilt. Es war üblich, in Zweierteams ins Wasser zu gehen, so konnten die Taucher aufeinander aufpassen und sich in Gefahrensituation gegenseitig helfen. Maren bezweifelte allerdings, ob Kai ihr im Ernstfall wirklich helfen können würde. Doch sie fühlte sich nicht unsicher, denn sie selber hatte bereits unzählige Tauchgänge absolviert und kam auch ganz gut alleine im Wasser zurecht.

Rolf vertraute ihr den schwächsten der Gruppe an. Sie würde ein wachsames Auge auf Kai haben, der sich schon jetzt, beim Anziehen des Tauchanzuges und beim Umschnallen von Bleigewichten, Jackett und den Atemgeräten sehr ungeschickt anstellte. Maren war ihm behilflich.

Rolf Groß hatte zwischenzeitlich die exakte Position des Wracks am Meeresgrund geortet und das Schiff festgemacht. Nachdem seine Schützlinge ihre Tauchmonturen angezogen und die Ausrüstung startklar gemacht hatten, versammelten sie sich auf der kleinen Holzplattform am Heck der *Baltic Dive I*.

»So, Herrschaften, wir wären dann so weit.« Er breitete die Arme aus wie ein Priester zum Gebet, dann warf er mit besorgter Miene einen Blick zum inzwischen wieder wolkenverhangenen Himmel. Die Flensburger Förde zeigte sich heute grau in grau. »Ich muss euch sagen, dass uns das Wetter einen Strich durch die Rechnung macht.«

Ein Raunen ging durch die Gruppe.

»Heute ist die Sicht schlecht und die Strömung stärker als sonst. Wer runter will, sollte geübt sein.«

»Sind wir«, rief Kai und löste damit Erheiterung unter den anderen Teilnehmern aus. Maren wusste, dass er wohl der

Einzige war, der über fast gar keine Erfahrung verfügte. Rolf hatte sich nicht besonders wohlwollend über ihn geäußert.

Das wird lustig, dachte Maren jetzt amüsiert und nahm sich vor, Kai im Wasser nicht aus den Augen zu lassen. Das war sie Rolf schuldig.

»Also«, rief Groß, »das wird kein Spaziergang, aber wenn ihr unbedingt runter wollt, kann ich euch nicht abhalten. Erschreckt euch nicht, das Wasser ist kalt, wir sind ja hier nicht auf den Malediven.« Er schickte seinen Worten ein polterndes Gelächter hinterher.

Einige Teilnehmer lachten eher aus Höflichkeit, was Groß nicht davon abhielt, einen weiteren Kalauer rauszuhauen. »Dafür werdet ihr wohl keinem Hai begegnen, denn die sind eher selten bei uns.« Er lachte als Einziger über seinen eigenen Witz. »Also, Leute: Ihr müsst selbst einschätzen, ob ihr es euch heute zutraut runterzugehen.«

Ein erneutes Raunen ging durch die Gruppe, einige tauschten verunsicherte Blicke. »Aber wir sind doch extra hergekommen, um zum Wrack zu tauchen«, schmollte eine junge Teilnehmerin, die Maren auf Mitte 20 schätzte. Sie war mit ihrem Freund Björn aus Hamburg angereist, um die *Inger Klit* zu erkunden. Für ihren Einwand erntete sie zustimmendes Kopfnicken von den anderen Teilnehmern.

Groß zuckte mit den Schultern. »Ich habe euch ja nicht verboten, ins Wasser zu gehen«, sagte er mit seiner Bassstimme. »Aber es erfordert höchste Konzentration, Leute. Und ihr könnt nicht alle gleichzeitig zum Wrack, die Zweierteams gehen in einem Abstand von fünf Minuten runter.« Er hob mahnend den Zeigefinger. »Und denkt daran, eure Bojen zu setzen, wenn ihr unten seid. Ich habe keine Lust, euch im Notfall suchen zu müssen.« Er lachte meckernd, als hätte er einen guten Witz erzählt. »Sicherheit geht vor, Leute.« Er klatschte in die Hände. »Na dann los – wenn ihr euch traut.

Ihr geht zeitversetzt ins Wasser und seht zu, dass ihr mit einem Dropdown so schnell wie möglich runter zum Wrack kommt. Nachdem ihr euch negativ tariert habt, werdet ihr gute zehn bis 15 Meter im Dropdown schaffen. Und dann«, wieder grinste er und betrachtete die Teilnehmer nacheinander, »kommt ihr ganz schnell zu eurem Vergnügen. Ich wünsche euch viel Spaß und gut Luft, Leute!« Nacheinander teilte er die Teams und die Reihenfolge ein, dann ging es los. Marens Spannung wuchs ins Unermessliche. Sie rückte Tauchmaske und Druckregler zurecht, atmete aus und achtete darauf, dass keine Luft im Jackett war, bevor sie ausatmete und ins Wasser sprang, um wie ein Pfeil in die Tiefe zu schießen. Kälte und Dunkelheit umfingen sie, und es vergingen ein paar Meter, bis sie sich an ihre Umgebung gewöhnt hatte. Bald schon spürte sie, wie sich der Tauchanzug wie eine zweite Haut um ihren Körper schloss. Als sie den Kopf kurz nach hinten wandte, sah sie, dass auch Kai ins Wasser sprang, um ihr zu folgen. Maren sorgte dafür, dass der Blickkontakt zu ihm nicht abriss. Sie bemühte sich, noch nicht zu atmen, um das Wrack so schnell wie möglich zu erreichen. Obwohl es nicht sonderlich tief nach unten ging, waren die Strömungen an dieser Stelle nicht zu verachten. Doch Maren war eine erfahrene Taucherin, die sich trotz der Strömungen souverän durchs Wasser bewegen konnte. Der Schatten schräg hinter ihr war Kai. Als sie den Kopf wieder nach vorn wandte, erkannte sie schemenhaft die Umrisse eines Schiffsrumpfes, der sich plötzlich und übergroß vor ihr aus dem Dunkel schälte. Gigantisch wirkte der rostige Stahl, der im Laufe der Jahre von unzähligen Seenelken bevölkert worden war. Ehrfürchtig betrachtete Maren das Wrack durch das Visier ihrer Maske, sie erblickte eine Treppe, die offenbar in die Mannschaftsräume führte, und erkannte das Steuerhaus, das durchtaucht werden konnte. Je weiter sie sich dem Wrack näherte, umso kräftiger wurde die Strömung.

Immer wieder musste sie sich neu austarieren. Nach einem weiteren kontrollierenden Blick über die Schulter wusste sie Kai in ihrer Nähe. Per Zeichensprache gab er ihr zu verstehen, dass bei ihm alles in Ordnung war.

Wer es glaubt, durchzuckte es Maren, doch sie bestätigte sein Zeichen. Der Typ hat sicher schon die Hosen voll.

Obwohl sie es lange ausgehalten hatte, verspürte sie jetzt das Bedürfnis zu atmen. Doch schon beim ersten Atemzug spürte Maren, dass etwas nicht stimmte. Innerhalb von Sekundenbruchteilen spürte sie eine rasch aufsteigende Übelkeit und Schwindel, ihre Hände und Beine zuckten unkontrolliert. Etwas schien mit dem Atemgerät nicht zu stimmen. Mühsam kämpfte sie gegen die aufsteigende Panik an, versuchte, nicht zu atmen. Sie musste hoch. Panisch sah sie sich zu Kai um, doch der schien noch nicht bemerkt zu haben, dass sie ein Problem hatte. Sie hob eine Hand, um auf sich aufmerksam zu machen. Kai war mit der Strömung am Wrack überfordert. Als er nach einer gefühlten Ewigkeit mitbekam, dass mit Maren etwas nicht stimmte, schwamm er vergeblich gegen den Strom an und versuchte, sich ihr zu nähern. Wild paddelte er im Wasser herum und wirkte dabei wie ein Hund bei seinen ersten Schwimmübungen. Maren hatte keine Zeit, ihm zuzusehen, denn sie musste dem Impuls widerstehen, sich den Atemregler aus dem Mund zu reißen. Sie sah schwarze Punkte vor den Augen aufblitzen, sie spürte eine Taubheit, die ihren Körper befiel, und kämpfte verzweifelt gegen den stärker werdenden Schwindel an. In ihrer Panik vergaß Maren, die Boje zu setzen. Krämpfe schüttelten ihren Körper, es war ihr unmöglich, die unkontrollierten Zuckungen zu unterdrücken. Sie war gefangen in ihrem Körper. Im nächsten Augenblick klappte ihr Kiefer herunter, krampfte, und der Druckregler kippte ihr aus dem Mund. Im gleichen Moment strömte Wasser zwischen ihren Lippen hindurch in den Mund. Wild atmete sie und sog Wasser in ihre Lungen. Als sie spürte, dass sie ertrank, war es schon zu spät. Die Ostsee griff mit ihrer klirrenden Kälte nach ihr und flutete Marens epileptisch zuckenden Körper. Als ihr bewusst wurde, dass sie den kurzen und tödlichen Kampf verloren hatte, umfing sie schon eine alles verschlingende Schwärze.

*

Flensburg, Polizeidirektion, 8.15 Uhr:

Eine gute Stunde, nachdem Kristin das Haus verlassen hatte, fand sich das Team zur Morgenrunde im Besprechungszimmer ein. Alle am Tisch wirkten nach der kurzen Nacht müde, besonders Birthe machte nach dem weinseligen Abend einen besonders angeschlagenen Zustand, den sie nun mit schwarzem Kaffee zu kompensieren versuchte. Die Wangen der skandinavischen Schönheit färbten sich rot, als Kristin ihr zuzwinkerte. Wie immer, so saß sie auch heute an der Seite von Benno Thierse, um die neuesten Auswertungen der gesicherten Spuren vorzutragen. Die Einzigen, die ausgeschlafen wirkten, waren Sven Sievert und Max Paulsen. Der Staatsanwalt betrat den Raum mit einem freundlichen »Moin«, zupfte sich die weinrote Krawatte zurecht und nickte Beck zu, bevor er sich auf dem freien Platz an der Seite des Abteilungsleiters niederließ. Paulsen brachte sich einen Pott Tee mit, in den er nun zwei Kluntjes gab und lautstark mit einem Silberlöffel darin herumklimperte. Auf dem weißen T-Shirt, das sich um seinen muskulösen Oberkörper schmiegte wie eine zweite Haut, stand in blauen geschwungenen Lettern »Karma regelt das schon«. Kristin musste nicht lange überlegen, um die Botschaft des Kollegen richtig einordnen zu können, erst recht nicht, als er sich zurücklehnte, um die Hände hinter dem Kopf zu verschränken und selbstgefällig in die Runde zu grinsen. Den befremdeten Blick von Sievert ignorierte Paulsen.

»Was gibt es Neues von der Beweiskette im Verdachtsfall Leo Nowak?«, wollte der Staatsanwalt wissen. Er nahm die dünne Brille von der Nase und nagte an dem Bügel, während er Paulsen mit einem bohrenden Blick bedachte.

Paulsens Grinsen erlosch auf der Stelle. »Ich werde mir gleich noch mal das Haus in Maasholm ansehen.« Er richtete den Blick auf Birthe und Thierse. »Vielleicht habt ihr irgendetwas übersehen.«

»Wir können Bewegungsprotokolle seines Smartphones bei seinem Provider anfordern und eine Bankauskunft zu Rate ziehen«, bot Thierse seelenruhig an. »Die digitalen Endgeräte beschlagnahmen und sie durchleuchten.« Benno Thierse seufzte. »Vielleicht gibt uns auch das Navi seines Fahrzeuges Aufschluss über die Ziele, die er in den vergangenen Tagen aufgesucht hat.«

»Worauf wartet ihr?«, fragte Paulsen. »Hopp, hopp!«

»Ich muss doch sehr bitten«, ging Beck genervt dazwischen.

Paulsen murmelte eine halbherzige Entschuldigung. »Ist doch wahr«, maulte er und nahm einen Schluck von seinem fruchtig duftenden Tee, bevor er fortfuhr. »Statt dass ein Tatverdächtiger komplett durchleuchtet wird, muss ich mich dafür rechtfertigen, mit dem zweiten Mordopfer bekannt gewesen zu sein.«

»Du kannst froh sein, dass sich nicht die Interne eingeschaltet hat, Max.« Beck trommelte nervös mit den Fingern auf dem Tisch herum und dachte angestrengt nach. »Unter anderen Umständen müsste ich dich wegen Befangenheit von dem Fall abziehen.«

»Unter anderen Umständen?« Paulsens Augen verengten sich zu Schlitzen. »Was heißt das?«

»Das bedeutet, dass ich kein Personal habe, dass wir im

K1 chronisch unterbesetzt sind und dass ich somit jeden Mann und jede Frau gebrauchen kann.«

»Schön.« Paulsen nickte. »Und warum sollte ich befangen sein?«

»Nun«, räusperte sich Sievert, »theoretisch könnte es Ihnen einen Vorteil verschaffen, wenn wir Nowak für den Mord an Mona Borders zur Verantwortung ziehen – dann sind Sie aus der Schusslinie, Herr Paulsen.«

Max Paulsen sprang mit der Teetasse in der Hand von seinem Stuhl auf, der nach hinten kippte und mit einem lauten Poltern zu Boden stürzte. »Eine Frechheit ist das, Staatsanwalt«, gellte seine Stimme durch den Raum. »Das grenzt an Verleumdung!«

»Sorry, Max, wir machen nur unsere Arbeit«, relativierte Beck und hob beschwichtigend die Hände. »Und nun setz dich, wir sind noch nicht fertig.«

Mit einem wütenden Schnauben auf den Lippen hob Paulsen den Stuhl auf und setzte sich.

»Ich kann mich mit der IT um die Endgeräte kümmern«, bot Gunnar Feistel an und schob sich das dunkelblaue Dockercap in den Nacken.

»Mach das«, nickte Beck. »Und dann sehen wir, wie es mit Leo Nowak weitergeht.«

»Ich gebe Ihnen bis heute Mittag«, bemerkte Sievert, »wenn Sie bis dahin nichts Brauchbares haben, beende ich Nowaks Polizeigewahrsam.«

Kristin beschloss, nach der Morgenrunde unter vier Augen mit Paulsen zu reden. Vielleicht fand sie den richtigen Draht zu dem unbequemen Kollegen.

Sievert wandte sich an sie. »Wie steht es mit den Parallelen der beiden Morde, haben Sie da noch etwas herausfinden können, was auf einen Serientäter schließen lässt?«

Kristin holte tief Luft, bevor sie antwortete. »Ich war gestern Abend noch einmal in Eckernförde, um mir ein Bild zu machen.« Die fragenden Blicke von Beck und Sievert ignorierte sie, so gut es ging. »Ich hatte keine Ruhe«, rechtfertigte sie sich. »Und bei meinem Besuch habe ich die mutmaßliche Tatwaffe gefunden.« In wenigen Sätzen berichtete sie von der Steinpyramide im Kurpark von Eckernförde und an den blutverschmierten Stein, der die Spitze der Pyramide gebildet hatte. »Ich hatte den Eindruck, dass der Täter die Steinpyramide vorbereitet hat und auf dem Weg zu seinem Wagen den letzten Stein, unsere Tatwaffe also, oben aufgelegt hat, um dann schnell und unerkannt zu entkommen.«

»Wenn ich das richtig in Erinnerung habe, grenzt der Parkplatz an das Meerwasserschwimmbad«, überlegte Sievert und setzte die Brille wieder auf. »Gibt es dort vielleicht eine Videoüberwachung?«

»Nein«, sagte Kristin, die gestern schon vergeblich nach einer Kamera Ausschau gehalten hatte. »Bedauerlicherweise nicht. Somit können die Kollegen nicht rekonstruieren, mit welchem Fahrzeug der Täter den Ort des Geschehens verlassen hat.«

»Apropos Kollegen«, schaltete sich Beck ein. »Reimers weiß Bescheid?«

»Selbstredend«, nickte Kristin. »Er hat das Corpus Delicti noch gestern in die KTU nach Kiel bringen lassen. Auch ein Trupp seiner Spusi war gestern noch vor Ort, um mögliche Spuren zu sichern.«

»Vielleicht ergeben sich hier ja Übereinstimmungen«, überlegte Birthe. »Dann wissen wir zumindest, ob Kristin auf dem richtigen Weg ist.«

»Wie gehen wir also weiter vor?« Becks Blick schweifte über die Anwesenden.

»Wir warten die Ergebnisse der KTU ab, kooperieren zwecks Austausch der Erkenntnisse weiter mit den Kollegen in Eckernförde und klopfen alles auf Parallelen ab«, schlug Kristin vor. Beck und Sievert tauschten einen Blick und waren einverstanden.

»Können Sie Ihre Theorie von einem Serientäter denn untermauern?« Sievert tickerte mit dem silbernen Kugelschreiber.

»Über die Art zu töten, die sich ähnelt, haben wir ja gestern schon debattiert«, antwortete Kristin. »Wie wir wissen, wurden beide Opfer mit einem stumpfen Gegenstand erschlagen.«

»Ich denke, Mona ist verbrannt worden?«, fragte Paulsen, dessen Selbstsicherheit langsam zurückkehrte.

»Der Brandanschlag war nicht todesursächlich«, führte Kristin geduldig aus. »Wie die Obduktion des Opfers in Eckernförde ergab, befanden sich kein Ruß und keine Rauchrückstände in der Lunge der Toten. Das bedeutet, dass sie zum Zeitpunkt des Brandes schon nicht mehr gelebt – und damit nicht mehr geatmet hat. Daraus ziehe ich den Schluss, dass der Schlag mit dem Stein gegen ihre Schläfe todesursächlich war.« Sie berichtete von dem blutigen Stein, den sie am Abend in Eckernförde gefunden hatte. Beck betrachtete sie mit großen Augen, unterbrach sie aber nicht und machte sich Notizen.

»Und wir wissen jetzt, dass die beiden Frauen durch Gewalteinwirkung mittels eines Steines ums Leben kamen«, fasste der Staatsanwalt zusammen.

»Korrekt.« Kristin nickte. »Auffallend ist in beiden Fällen, dass der Täter uns die Tatwaffen hinterlassen hat, auch an einem Ort, an dem die Tat gar nicht stattgefunden hat. Im Fall der Toten von Haithabu befand sich ein würfelförmiger, etwa faustgroßer Stein in unmittelbarer Nähe des Leichnams, in Eckernförde wurde der dreieckige Stein auf einer etwa hüfthohen Pyramide drapiert. Und besagte Pyramide befand sich in Sichtnähe der Stelle, an der das Fahrzeug von Mona Borders aufgefunden wurde.«

»Und niemand hat dieses Mahnmal gefunden?« Paulsen schüttelte ungläubig den Kopf. »Sind die denn alle blind in Eckernförde?«

»Nein«, erwiderte Kristin, »die Kollegen haben das gesamte Umfeld des Tatortes abgesucht. Das Kraftfahrzeug des Opfers befand sich etwa 200 Meter vom Auffindeort der Toten entfernt am Rand des Kurparks.« Sie sah Paulsen an, dass er etwas erwidern wollte, und sprach schnell weiter. »Und bevor du etwas sagst, Max, wäre der oberste Stein nicht blutverschmiert, wäre ich auch nicht davon ausgegangen, dass die Pyramide mit der Tat in Zusammenhang steht.«

»Handelt es sich denn nachweislich um das Blut des Opfers?« Sievert beugte sich vor.

»Ich erwarte einen Anruf aus Eckernförde, der meinen Verdacht bestätigt«, antwortete Kristin. Sie hatte gehofft, von Lars schon vor der Morgenrunde eine Rückmeldung zu erhalten.

»Was ist mit den Steinen?« Beck seufzte. »Beschaffenheit und Form? Was wissen wir darüber?«

»In beiden Fällen haben wir es mit etwa faustgroßen Sandsteinen zu tun, die jeweils eine auffällige Form aufweisen. Wie wir wissen, hat Benno in Haithabu einen würfelförmigen Stein gefunden, in Eckernförde haben wir es mit einem dreieckigen Stein zu tun.«

»Der Täter war als Kind sicher fit in Mengenlehre«, behauptete Paulsen. Als alle ihn anblickten, fuhr er fort: »Er hat ein Faible für Formen. Pyramide, Quader ... als Nächstes benutzt er einen kreisförmigen Stein oder ein Rechteck.« Er tippte sich bezeichnend gegen die Stirn. »Kristin – ernsthaft?«

»Die Idee finde ich gar nicht dumm«, entfuhr es Beck, bevor Kristin antworten konnte.

»Allens kloar«, rief Paulsen, »dann haben wir ja etwas, wo wir ansetzen können – nicht?«

»Was, wenn wir es mit Ritualmorden zu tun haben?« Birthe setzte sich aufrecht hin. »Was, wenn er uns etwas mit den geometrischen Formen sagen möchte?«

Kristin starrte Birthe an, als hätte sie einen Geist gesehen. Die Kollegin hatte sie auf eine Idee gebracht. »Wir haben Formen und wir haben unterschiedliche Arten, wie der Täter mordet.«

Im Raum herrschte gebanntes Schweigen. Kristin stützte die Ellenbogen auf dem Tisch ab und massierte sich sekundenlang die Schläfen. Sie hatte eine Idee, wusste sie aber nicht in Worte zu fassen. »Wie ist der Mörder vorgegangen, abgesehen davon, dass er die Frauen in beiden Fällen erschlagen hat?«

»Ich fürchte, ich verstehe die Frage nicht«, brummte Feistel.

»Wo Maike Adamo getötet wurde, wissen wir immer noch nicht«, antwortete Kristin. »Aber als sie im Wikingermuseum gefunden wurde, fanden wir sie auf dem Fußboden der Hütte vor – in Erde.« Sie blickte in die Runde und sah in erstaunte Gesichter. »Und Maren Borders wurde ein Opfer der Flammen, sie wurde verbrannt.«

»Und?« Paulsen war der Erste im Raum, der die Stimme wiederfand. »Was sind das für komische Rituale?«

»Ich glaube zu wissen, worauf du hinauswillst«, sagte Beck. »Du redest von den vier Elementen, habe ich recht?«

Kristin nickte aufgeregt. »Ja«, antwortete sie mit einem Vibrieren in der Stimme. »Das könnte es sein.«

Sievert legte interessiert den Kopf schräg, Beck winkte ab. »Meinst du nicht, das ist ein wenig weit hergeholt?«

»Vielleicht hast du recht, Jens«, stimmte Kristin ihm zu, »aber ich möchte nichts außer Acht lassen, und mein Bauchgefühl sagt mir, dass wir hier ansetzen sollten bei unseren Ermittlungen.«

Beck blies hörbar die Luft durch die Backen. »Aber verrenn dich nicht in eine Sache, bleib wachsam und halt die Augen offen.« Er setzte ein schwaches Lächeln auf und notierte sich etwas.

»Ritualmorde sind oft auch zeremonielle Hinrichtungen«, erinnerte Birthe den Abteilungsleiter. »Und das, was wir im Wikingermuseum vorgefunden haben, wirkte schon wie ein Ritual.«

»In Eckernförde war es ähnlich«, stimmte Kristin ihr zu. »Der Täter will Aufmerksamkeit erzielen, er möchte ein Zeichen setzen – wofür auch immer.«

Max Paulsen brummte etwas Unverständliches, bevor er von seinem Tablet aufblickte und Kristin ansah. »Und die Formen, von denen du eben noch gesabbelt hast? Was haben die damit zu tun?«

»Wir werden es herausfinden, Max.«

Paulsen wandte sich an den Staatsanwalt. »Wenn unser Deichmädchen sich nicht auf dem Holzweg befindet, dann können wir Nowak wohl tatsächlich laufen lassen.« Diesmal wagte niemand im Raum, ihm zu widersprechen. Lediglich die abwertende Bezeichnung der neuen Kollegin bescherte ihm missbilligende Blicke. Kristin beschloss, ihn in einem ruhigen Moment zur Rede zu stellen, doch jetzt gab es Wichtigeres zu tun.

*

Beck hatte Kristin ein Büro zugeteilt, in dem sich zwei aneinandergestellte Schreibtische, ein Aktenregal und ein kleiner runder Tisch befanden. Der gegenüberliegende Schreibtisch war verwaist, der Monitor und die graue Tastatur waren mit einer Kunststoffhülle vor Staub geschützt, der Schreibtisch selber wahr leer, es gab keinerlei persönliche Gegenstände am Arbeitsplatz.

»Da ist noch eine Planstelle offen«, hatte Beck auf ihren fragenden Blick geantwortet, bevor er sich zurückgezogen hatte, um ein wichtiges Telefonat zu führen. Jetzt war Kristin alleine mit einem jungen Kollegen der IT-Abteilung, der ihr gerade den Computer einrichtete.

Vom Fenster aus konnte Kristin, wenn sie den Blick nach links richtete, die Schiffbrücke und die Hafenspitze sehen. Die *MS Sønderborg*, ein historisches Gastronomie- und Ausflugsschiff, lag am Kai und wiegte sich sanft auf dem Wasser der Förde.

Kristin riss sich vom Blick aus dem Fenster los und betrachtete ihren neuen Arbeitsplatz. Die Landkarte von Schleswig-Holstein an der Wand half ihr, sich zurechtzufinden. Auch hier war, wie in Becks Büro, der Zuständigkeitsbereich der Direktion mit einem roten Filzstift markiert worden. In den letzten beiden Tagen hatte sich Kristin entweder von Birthe fahren lassen – oder das Navi des Dienstwagens hatte sie zu ihren Zielen gebracht.

»So, das wär's«, sagte Thorben, der Techniker, während er sich mit einem Grinsen von Kristins Platz erhob und eine einladende Geste vollführte. »Jetzt kannst du mit der Schreibtischarbeit loslegen, im Intranet recherchieren, ermitteln, Berichte schreiben und alles, was du so brauchst. Jens hat mich gebeten, dir fast alle Datenbanken freizuschalten.« Er nahm ein Stück Papier aus der Zettelbox und kritzelte ein paar Ziffern darauf. »Hier sind deine Zugangsdaten – nicht den Zettel verlieren.« Thorben, ein drahtiger Typ von etwa Mitte 30, zwinkerte ihr vergnügt durch die dünnen Gläser seiner überdimensionalen Brille zu.

Kristin nahm den Zettel, warf einen raschen Blick darauf und bedankte sich bei dem Kollegen. Bisher hatte sie auch ohne Schreibtischarbeit keine Langeweile gehabt, und auf das Schreiben der Berichte konnte sie gut und gern verzichten. »Wie weit seid ihr mit der Auswertung der digitalen Endgeräte von gestern?«

Thorben grinste schief. »Das ist nicht mein Beritt, sorry, ich bin für die interne Technik zuständig, aber ich kann gern mal bei Lasse nachfragen.«

»Mach das.« Kristin setzte sich und spielte mit Tastatur und Maus. Viele Funktionen ähnelten denen, die sie aus Ostfriesland kannte, einige Programme sahen anders aus, doch sie war sicher, sich schon bald zurechtzufinden.

»Wenn du Fragen hast, ruf mich an«, bot Thorben ihr an. »Ich bin dann mal raus.«

Nachdem er das Büro verlassen hatte, seufzte Kristin. Es fühlte sich seltsam an, zum ersten Mal am Schreibtisch der neuen Dienststelle zu sitzen. Sie war gespannt, wann der gegenüberliegende Schreibtisch besetzt wurde – und von wem. Es war in Schleswig-Holstein wie in Niedersachsen, an allen Enden fehlte es an Personal.

Kristin zog das Handy aus der Hosentasche und rief die Nummer von Lars Reimers auf. Er meldete sich schon nach dem zweiten Freizeichen mit einem gutgelaunten »Moin«.

»Gibt es schon Erkenntnisse zur Steinpyramide?«, kam Kristin gleich auf den Grund ihres Anrufes zu sprechen.

»Wir gehen tatsächlich davon aus, dass der Täter damit ein Zeichen setzen möchte, Kristin. Das wirkt schon fast wie ein Ritualmord.«

»Das haben wir heute Morgen in der Runde auch schon festgestellt«, stimmte Kristin ihm zu. »Der Täter möchte uns etwas sagen.«

»Aber was?«

»Wir werden es herausfinden.« Kristin musste schmunzeln. Es gefiel ihr, dass Reimers ähnlich zu denken schien wie sie.

»Was hat denn der DNA-Abgleich ergeben?«, wollte sie von ihm wissen, während sie durch ihr Büro wanderte und immer wieder am Fenster stehen blieb.

»Dein Verdacht hat sich bestätigt«, hörte sie die Stimme

von Reimers. »Es handelt sich tatsächlich um das Blut des Opfers. Die KTU wird noch einmal ins Detail gehen, aber es dürfte sehr wahrscheinlich sein, dass es sich bei dem Stein um die Tatwaffe handelt.«

»Sonst gab es keine DNA?«

»Leider nein, der Täter trug wohl Handschuhe.«

»Ich habe es befürchtet.« Kristin seufzte und berichtete Lars, dass auch am Stein der Toten von Haithabu keine Fingerprints gesichert werden konnten.

Sekundenlang dachte Reimers am anderen Ende der Leitung nach, dann seufzte er. »Also ein Serienmörder?«

»Wenn du mich fragst, schon, aber es fällt mir schwer, die Kollegen hier in Flensburg von meiner Idee zu überzeugen.«

»Habt ihr sonst etwas anderes?«

»Einen Tatverdächtigen, auf den sich ein einzelner Kollege eingeschossen hat, der aber zum Zeitpunkt des Mordes an Mona Borders schon in unserem Befragungsraum saß und damit zumindest für die Tat in Eckernförde nicht in Betracht kommt.«

»Ich finde die Idee mit dem Serientäter gar nicht mal so abwegig«, erwiderte Reimers. »Die Frage ist nur, wann der Täter erneut zuschlägt. Und wo.« Kurz war Kristin versucht, Reimers von ihrem nächtlichen Experiment mit Birthe zu erzählen, doch sie verzichtete darauf. Sie beschloss, ihr Profil bei *Flirt-in* heute Abend zu löschen. »Beide Frauen lebten nach Angaben ihrer Ehemänner in unglücklichen Partnerschaften.«

»Ich wette, dass 80 Prozent der Frauen nicht glücklich in ihrer Ehe oder Beziehung sind«, schätzte Reimers und lachte kurz auf. »Das erleichtert uns die Suche nach dem Täter nicht gerade. Wo können wir sonst ansetzen?«

Zufrieden stellte Kristin fest, dass er »wir« gesagt hatte. »Ich suche verzweifelt nach Schnittstellen unserer Opfer«, erwiderte sie, während sie sich erhob und mit dem Telefon am Ohr ans Fenster trat. »Gemeinsame Freunde, Verwandtschaft um zig Ecken, berufliche Verbindungen, andere soziale Kontakte, Freizeitgestaltung und so weiter.«

»Das klingt nach einer Sisyphusarbeit«, meinte Reimers und klang ein wenig ernüchtert. »Das schaffen wir personell selbst mit beiden Dienststellen unmöglich«, fürchtete er. »Und ob ich mir den Fall von den Kollegen des LKA aus der Hand nehmen lassen möchte, weiß ich nicht.«

»Ich habe einen leisen Verdacht«, eröffnete Kristin ihm, während sie den Blick hinunter zur Hafenspitze gleiten ließ. »Unser erstes Opfer wurde in Erde gebettet, das zweite Opfer wurde verbrannt – Feuer.«

»Moment«, ging Reimers aufgeregt dazwischen. »Du meinst die vier Elemente?«

»Es wäre zumindest ein Ansatz.« Kristin spielte mit einer Haarsträhne und hockte sich auf die Fensterbank. »Doch was kommt dann?«

»Erde, Feuer, Wasser und Luft«, zählte Reimers auf.

»Dann fehlen noch zwei Opfer.« Kristins Stimme klang belegt. »Wo können wir ansetzen, um den Täter zu stellen, bevor er erneut zuschlägt?« Das Klopfen an der Tür riss sie aus den Gedanken. Mit einem »Herein« auf den Lippen rutschte sie von der Fensterbank. Jens Beck steckte den Kopf in die Tür. »Es gibt Arbeit«, sagte er.

»Ich ruf dich wieder an«, sagte Kristin zu Reimers und unterbrach die Verbindung, bevor sie dem Abteilungsleiter ihre uneingeschränkte Aufmerksamkeit schenkte. »Was ist passiert?«

»Eine tote Taucherin in der Ostsee, wir sollten sofort los.«

»Ich komme«, nickte Kristin, während sie das Handy in die Jeanstasche schob und zur Jacke griff. Als sie ihrem Vorgesetzten auf den Flur folgte, spürte sie den Schauer, der ihren

Rücken herunterrann. »Wasser«, sagte sie leise. »Das dritte Element.«

Beck blieb stehen und sah sich irritiert zu ihr um. »Wie bitte?«

»Wasser«, wiederholte Kristin mit belegter Stimme. »Er hat wieder zugeschlagen.«

*

Am Strand von Norgaardholz herrschte eine bedrückende Stimmung. Die Wolken über der kleinen Bucht hingen tief und ließen die Umgebung trostlos erscheinen. Das Tauchboot *Baltic Dive I* dümpelte auf den seichten Wellen. Weiter draußen lag ein Boot der Wasserschutzpolizei Kiel vor Anker. Kristin erkannte den Namenszug *Falshöft* auf dem Rumpf und erinnerte sich daran, dass der Leuchtturm auf dem Bild im Büro ihres Vorgesetzten ebenfalls diesen Namen trug.

Im Sand saß eine Handvoll Männer und Frauen in schwarzen Neoprenanzügen. Die Ausrüstung hatten sie abgelegt. Mit regungslosen Mienen stierten sie ins Leere, eine Frau wischte sich verstohlen eine Träne aus den Augen, als Kristin und Beck auf der Bildfläche erschienen.

Rettungssanitäter kümmerten sich um die Mitglieder der Truppe, sie reichten Decken und warmen Tee, während sich die Seelsorger der Polizei um die Taucher kümmerten. Der schwarz lackierte Wagen eines örtlichen Bestatters war rückwärts zum Strand geparkt, die Türen im Heck standen weit offen. Die Männer in den schlecht sitzenden schwarzen Anzügen schienen sich zu langweilen. Sie rauchten, daddelten mit ihren Handys herum und warteten auf die Freigabe des Leichnams zum Abtransport.

Es war fast windstill über der Förde, und die tief hängende Wolkendecke über der Bucht passte zur Stimmung am Ufer.

Kristin registrierte die Stille, die über allem lag. Wer sprach, redete leise und mit belegter Stimme, auch ansonsten gab es kaum Geräusche, die an ihre Ohren drangen.

Beck fragte sich zum Leiter der Tauchgruppe durch und wurde an Rolf Groß verwiesen, einen bärtigen Hünen von Ende 40, dem die Tauchschule *Baltic Dive* mit Sitz in Kappeln gehörte. Neben Tauchkursen für Anfänger und Fortgeschrittene bot er regelmäßig auch Wracktouren an. Jetzt saß er auf einer Holzbank für Wanderer, seine Füße hatte er auf den dazugehörenden Tisch gelegt. »Damit ist mein Ruf im Arsch«, murmelte Rolf Groß kopfschüttelnd, als Beck ihn auf das Unglück ansprach. »Ich kann den Laden dichtmachen.«

»Immer mit der Ruhe«, erwiderte Beck beschwichtigend. »Was ist genau geschehen?«

»Wenn ich das wüsste.« Groß schüttelte ungläubig den Kopf und berichtete den Polizisten, wie Maren Vogel verunglückt war. »Sie ist ertrunken, kaum dass sie unten war.«

»Wie ist das möglich?«, fragte Kristin. »Ein technischer Defekt der Ausrüstung oder menschliches Versagen?«

»Vielleicht genau in dieser Reihenfolge.« Groß zuckte mit den Schultern. Er fummelte sich eine Zigarettenpackung aus der Brusttasche seines weit offen stehenden Hemdes. Bevor er sich eine Zigarette nahm, bot er Kristin und Beck eine an. Beide verneinten, wobei Kristin das »nein danke« immer noch schwerfiel. Am liebsten hätte sie beherzt zugegriffen, als er ihr die Zigarettenschachtel unter die Nase hielt. So blieb ihr nichts übrig, als Groß dabei zuzusehen, wie er sich eine Zigarette anzündete und nachdenklich einige Züge nahm. Kristin erwischte sich dabei, die würzige Luft zu inhalieren. Groß formte mit den vollen Lippen Kringel aus dem Rauch, die er in den grauen Himmel aufsteigen ließ. »Ich bin im Arsch«, murmelte er immer wieder. »Ich kann die Tauchschule zumachen, wenn das rauskommt.«

»Wenn was rauskommt?« Kristin wurde hellhörig.

»Na das da.« Groß deutete auf das traurige Bild am Strand. »So was spricht sich schnell rum, wissen Sie.«

»Ja«, log Kristin. »Was genau ist passiert?«

»Das weiß wohl nur der Kai.«

»Wer?« Kristin runzelte fragend die Stirn. »Der Hai?«

»Kai«, verbesserte Rolf Groß sie und konnte sich ein kurzes Grinsen nicht verkneifen, »Marens Tauchbuddy.« Er nahm einen Zug an seiner Zigarette und zeigte auf einen hochgewachsenen Mann mit kurzem blondem Haar in Tauchermontur, der auf einem Felsen hockte. »Er war bei Maren und hat alles gesehen. Fragt ihn. Kann aber sein, dass er unter Schock steht.«

»Unsere Seelsorger sind vor Ort, wir klären das«, versprach Beck und bedeutete Kristin, ihm zu folgen. Seite an Seite stapften sie durch den feuchten Sand.

»Sie sind Kai?«, sprach Kristin den Mann an, als ihr klar wurde, dass Rolf Groß ihnen den Nachnamen nicht genannt hatte.

»Jo.« Ein Nicken, ein Blick aus leeren, teilnahmslosen, stahlgrauen Augen. »Ihr seid von der Polizei, nehme ich an?«

»Ja«, antwortete Kristin jetzt und setzte sich zu dem Mann. »Wir würden gerne wissen, was passiert ist.«

»Das würd' ich auch gern.« Kai seufzte und betrachtete Kristin. Beck, der sich vor ihm aufgebaut hatte, bedachte er mit einem misstrauischen Blick. »Wir waren gerade unten angekommen, als Maren plötzlich zuckte. Es sah aus wie ein epileptischer Anfall, sie krampfte wie verrückt, hat den Schnuller losgelassen.«

»Bitte *was* hat sie losgelassen?«, unterbrach Kristin ihn.

»Den Schnuller.« Kai grinste. »So nennen wir Taucher den Atemregler, weil wir ihn im Mund halten wie ein Baby seinen Schnuller.«

»Ach so.« Kristin verstand. »Und dann?«

»Ich bin hin, so schnell ich konnte, hab noch versucht, ihr den Schnull… den Atemregler wieder in den Mund zu stecken, hat aber nicht geklappt, so doll gekrampft hat sie.« Er senkte den Blick und schüttelte den Kopf, als könne er das Erlebte selber nicht fassen.

Kristin gab ihm die Zeit, die er benötigte, ohne ihn zu bedrängen. Erst als sein Kopf hochruckte, fragte sie: »Und dann?«

»Die Strömung war sehr stark, wissen Sie. Ich hab noch versucht, sie festzuhalten, doch sie hat doll gekrampft und hatte Panik in den Augen, ganz schlimm war das, sag ich Ihnen.« Er seufzte. »Dann hab ich mich auf meinen Grundkurs besonnen. Buddys sollen sich ja immer helfen, deshalb hab ich versucht, Maren meinen Oktopus in den Mund zu schieben.«

»Ihren … *was*?«

»Das haben wir Taucher immer am Mann, müssen Sie sich so vorstellen wie ein zweites Atemgerät. Hat aber nicht funktioniert, und ich glaube sogar, da kam meine Hilfe auch schon zu spät.«

»Haben Sie eine Ahnung, warum es zu diesem Zwischenfall kam?«, schaltete sich Beck ein.

»Nee. Vielleicht war sie krank und hätte gar nicht tauchen dürfen. Keine Ahnung, vielleicht war was mit ihrem Atemgerät nicht in Ordnung.« Wieder seufzte Kai schwer. »Ich versteh das alles nicht, wissen Sie.«

»Ja«, sagte Kristin diesmal. »Was haben Sie gemacht, als Sie gemerkt haben, dass Maren tot war?«

»Ich bin gleich rauf und hab um Hilfe gerufen. Rolf, unser Käpt'n, hat die Seenotrettung angerufen und die Wasserschutzpolizei. Die sind dann runter zum Wrack und haben nach Maren gesucht.«

»Aber?«

»Sie war nicht da. Die Strömung hatte sie zwischenzeitlich weggetrieben. Aber jetzt ist sie da, und sie haben ihren Leichnam geborgen.« Er barg sekundenlang das Gesicht in den Händen und schluchzte. »So eine Scheiße.«

»Soll sich jemand um Sie kümmern?« Kristin betrachtete den großen Mann nachdenklich.

Er ließ die tellergroßen Hände sinken und starrte Kristin an. »Warum?«

»Sie haben Schlimmes erlebt.«

»Ich weiß. Aber ich komm alleine klar, danke.« Zum ersten Mal sah Kristin ihn lächeln. »Das Leben geht weiter, wissen Sie.«

»Ja«, nickte Kristin und erhob sich. »Das tut es.«

»Tauchunfälle sind nicht nur tragisch, sie sind auch schwer zu rekonstruieren«, sagte Beck, als sie außerhalb der Hörweite von Kai waren. »Wir können jetzt nur auf das Ergebnis der Obduktion hoffen, dann wissen wir mehr.« Er schob die Hände in die Jeanstaschen. Der Wind spielte mit seinem grauen Trenchcoat.

»Was hältst du von Fremdverschulden?«

»Kristin, ich bitte dich. Das hier«, Beck zeigte auf die Ostsee, »das ist ein Unfall, so schrecklich das Ganze auch für alle Beteiligten ist.«

»Sag mir, warum du so sicher bist.« Kristin fixierte ihn mit ihrem Blick. Es nervte sie, dass ihr Vorgesetzter so engstirnig war.

»Weil …« Beck stammelte unsicher herum, bevor er fortfuhr, »weil die verunglückte Taucherin offenbar gesundheitliche Probleme hatte. So hat es der Zeuge doch sehr eindrücklich beschrieben.«

»Kai erwähnte aber auch, dass es möglicherweise ein Problem mit ihrem Atemregler gab.«

»Also technische Probleme.« Beck lächelte zufrieden. »Sagte ich doch schon.«

»Und was ist, wenn jemand nachgeholfen hat?«

»Kristin – bitte. Ich glaube, du verrennst dich da in etwas. Ich möchte in diesem Fall hier nichts von den vier Elementen hören, ist das klar?« Auf seiner Nasenwurzel hatte sich eine tiefe Zornesfalte gebildet.

»Aye, Käpt'n.« Kristin salutierte wie ein braver Soldat, doch sie wurde das Gefühl nicht los, dass sie es auch hier mit einem Tötungsdelikt zu tun hatten. »Könnten wir trotzdem die Ausrüstung von Maren Vogel sicherstellen und auf Defekte untersuchen lassen?«

»Auf jeden Fall.« Beck nickte schließlich. »Meinetwegen«, brummte er, »je länger ich darüber nachdenke, umso sicherer bin ich, dass wir das sogar tun müssen. Denn wenn es sich um einen technischen Defekt handelt, muss es eine Ursache geben. Und ich werde dir beweisen, dass es sich um einen tragischen Unfall, nicht aber um einen Mord handelt.«

Kristin sparte sich eine Antwort, denn ihr Bauchgefühl sagte ihr, dass der Mörder zum dritten Mal zugeschlagen hatte. Doch bevor es dafür keine Beweise gab, würde ihr Vorgesetzter sie für verrückt halten, wenn sie an ihrer Theorie festhielt. Beck zog das Telefon hervor und rief Thierses Nummer auf. Kurz berichtete er ihm, worum es ging. »Ihr solltet das Equipment der verunglückten Taucherin so schnell wie möglich nach Kiel in die KTU schaffen, um die Ursache für den technischen Defekt herauszufinden.« Beck lauschte in den Hörer, dankte und verabschiedete sich.

»Wenn ich recht habe, lädst du mich zum Essen ein«, grinste Kristin, nachdem er das Telefon in die Innentasche seines Mantels geschoben hatte.

»Und wenn es sich tatsächlich um einen technischen Defekt handelt und dir deine lebhafte Fantasie einen Streich gespielt hat, schicke ich dich zurück ins Land der Deiche«, prophezeite er ihr mit verbissener Miene.

*

»Wann darf ich gehen?« Sie betrachtete ihren Peiniger mit einem gequälten Gesichtsausdruck. »Ich weiß nicht, wo ich bin, und ich weiß nicht, wie lange du mich hier schon gefangen hältst. Willst du Claus erpressen?«

Er lachte leise auf. »Der ist mir scheißegal, und ich brauche auch keine Kohle. Hier geht es nur um dich.«

»Und was …«

»Du wirst es erfahren, übe dich in Geduld.« Seine Stimme hatte einen schneidenden Unterton angenommen. Er nahm den Rucksack vom Rücken und zog die Papiertüte einer Bäckerei in Glücksburg heraus. Sie versuchte, Rückschlüsse auf die Tüte zu ziehen, zu erraten, wo sie sich befand. Im Inneren fand sie ein trockenes Rosinenbrötchen und eine Laugenstange. Gierig biss sie in die Laugenstange. Er hielt ihr eine Wasserflasche hin, sie langte zu und trank. »Was hast du vor mit mir?«

»Wir werden heute Nacht einen kleinen Ausflug unternehmen«, eröffnete er ihr mit feierlicher Miene. »Zu einem wunderschönen Ort, den du magst.«

»Woher willst du wissen, was ich mag?«

»Ich kenne dich«, behauptete er mit einem aufgesetzten Lächeln, während er beobachtete, wie sie aß und trank. Der Typ wurde ihr immer unheimlicher, denn nach allem, was er getan hatte, glaubte sie ihm aufs Wort. Und so blieb ihr nur die Hoffnung, dass sie lebend aus der Nummer herauskam.

*

Flensburg, 13.15 Uhr:

Sie trafen Arne Vogel in seiner kleinen Versicherungsagentur in der Norderstraße an. Überrascht sah er die Besucher an, die sich als Polizisten der Flensburger Kripo auswiesen. »Ist es wichtig?«, fragte er genervt, als er die neugierigen Blicke seiner Angestellten, Merle Winter, bemerkte.

»Sonst wären wir nicht hier«, sagte Beck mit ernster Miene. Kristin sah sich in der Agentur um, die offenbar in einem ehemaligen Ladengeschäft untergebracht war. »Können wir irgendwo unter sechs Augen reden?«

Bevor Arne Vogel antworten konnte, betrat ein älteres Ehepaar die Agentur. »Frau Winter, wenn Sie …«, setzte Arne Vogel an. Die Angestellte, eine für Kristins Geschmack etwas zu grell geschminkte Endzwanzigerin im taubengrauen Schneiderkostüm, nickte. »Geht klar.« Sie bat die Kunden an ihren Schreibtisch.

Arne Vogel zeigte auf eine Tür, die offenbar in den hinteren Bereich des Büros führte. »Kommen Sie«, sagte er und ging voran. Hinter der Tür gab es eine Art Aufenthaltsraum mit kleiner Küchenzeile, einem kleinen Besprechungstisch mit vier Stühlen und zwei gemütlich aussehenden Sesseln aus einem schwedischen Möbelhaus am Fenster zum Hinterhof. Dort fegte ein grauhaariger Mann das Pflaster. Vogel trat an das auf Kipp stehende Fenster, um es zu schließen. Den jovialen Gruß des alten Mannes übersah er. »Also«, sagte er an seine Besucher gewandt. »Ich habe nicht viel Zeit. Worum geht es?«

Kristin lächelte nachsichtig. Vom Grund ihres Besuches konnte er nichts wissen. »Danke, dass Sie sich die Zeit für uns nehmen.«

Vogel ließ sich seufzend in einen der Sessel fallen und blickte zu seinen Besuchern auf. Kristin sank in den zweiten

Sessel, während Beck es vorzog, mit in den Hosentaschen versenkten Händen stehen zu bleiben.

»Es geht um Ihre Frau«, begann Kristin.

»Hat sie was angestellt? Falsch geparkt?« Vogel lachte amüsiert. »Schicken Sie uns den Strafzettel doch einfach per Post, anstatt mir meine wertvolle Zeit zu rauben.« Er machte Anstalten, sich zu erheben, doch eine einzige Geste von Kristin genügte, und er blieb sitzen.

»Sie hat heute an einem Tauchgang zum Wrack der *Inger Klit* teilgenommen«, fuhr Kristin fort.

»Na und? Ist das verboten?« Vogel warf einen Blick auf seine Smartwatch.

»Bei dem Tauchgang ist es zu einem folgenschweren Zwischenfall gekommen«, eröffnete Kristin ihm geduldig.

»Sie hat sich extra einen Tag freigenommen, um an dem Tauchgang teilzunehmen.«

Beck sah sich im Raum um. Nachdenklich betrachtete er die Bilder, großformatige Aufnahmen mit maritimen Motiven. »Ihre Frau arbeitet auch hier?«

»Uns gehört die Agentur, ja.« Vogels Ungeduld wuchs zusehends. »War es das dann?«

Als Kristin zu Beck aufsah, nickte er ihr unmerklich zu. »Herr Vogel«, sagte Kristin mit ernster Miene, »es tut uns leid, Ihnen mitteilen zu müssen, dass Ihre Frau während des Tauchgangs einen Unfall erlitten hat.«

»Was hat das zu bedeuten?« Nervös trommelte Vogel mit den Fingern auf der Sessellehne herum. »Ist das Tauchboot liegen geblieben?«

»Ihre Frau…«, begann Beck nun vorsichtig.

»Moment!« Vogel sprang von seinem Sessel auf. Langsam schien er zu begreifen, warum ihn die Polizei besuchte. »Ist etwas mit Maren passiert?« Von einer Sekunde auf die andere wurde er kreidebleich. »Nun reden Sie schon!«, herrschte er Beck an.

Kristin sah den Moment für gekommen, wieder zu übernehmen. »Herr Vogel«, sagte sie leise, »es tut uns leid, Ihnen mitteilen zu müssen, dass Ihre Frau den Tauchgang zum Wrack der *Inger Klit* nicht überlebt hat.«

»Nein!« Arne Vogel sank kopfschüttelnd auf den Sessel zurück. »Das … das muss ein Irrtum sein, sie …«

»Wir irren leider nicht«, antwortete Beck in ruhigem Ton. »Noch wissen wir nicht, was genau im Wasser passiert ist, aber Ihre Frau ist unter Wasser kollabiert und konnte nur noch tot von der Seenotrettung geborgen werden.«

Sekundenlang herrschte eine bedrückende Stille in dem Hinterzimmer der Versicherungsagentur. Arne Vogels Hände fuhren über die Sessellehnen, er schüttelte mit gesenktem Blick den Kopf. »Das kann nicht möglich sein«, sagte er leise, »sie ist eine erfahrene Taucherin.«

»Es tut uns sehr leid«, beteuerte Kristin.

Vogels Kopf ruckte hoch. »Wie ist es …«

»Die Todesursache steht noch nicht fest«, erklärte Kristin ihm ruhig. »Nach jetzigem Kenntnisstand ist Ihre Frau unter Wasser kollabiert und ertrunken.«

»Das ist Unsinn!«, rief Vogel so plötzlich und energisch, dass Kristin erschrak. »Maren ist eine erfahrene Taucherin, und sie ist gesundheitlich fit, sie treibt Sport und sie joggt jeden Abend um die Hafenspitze, bei jedem Wetter. Warum also …«

»Daran besteht kein Zweifel, dennoch ist es zu dem tragischen Unfall gekommen.«

»Dieser Groß«, zischte Vogel. »Ich werde ihn umbringen. Er hat meine Frau dazu überredet, diesen Tauchgang mitzumachen.«

»Sie meinen Bernd Groß?«, mischte sich Beck nun ein.

»Sicher, welchen denn sonst? Ihm gehört diese runtergewirtschaftete Tauchschule in Kappeln. Wenn Sie mich fragen, ist die Tauchausrüstung, die er seinen Kunden bereitstellt, Schrott.«

»Wie kommen Sie zu der Annahme?« Kristin wurde auf der Stelle hellhörig.

»Er verkauft gern teures Zeug, aber seine Tauchschüler und die Teilnehmer seiner Kurse müssen sich mit dem alten Plunder zufriedengeben.«

»Sicher wird das Equipment regelmäßig gewartet und geprüft?«, vermutete Beck.

»Im Normalfall schon, ja. Aber ich glaube, dass Groß sich nicht an alle geltenden Vorschriften hält.«

»Wie kommen Sie darauf?« Beck zog sich einen Stuhl heran und setzte sich nun doch.

»Groß ist ein windiger Vogel. Sie sollten ihn überprüfen. Mir war er schon immer ein Dorn im Auge, aber irgendwie ist es ihm immer gelungen, Maren um den Finger zu wickeln.«

»Inwiefern?« Kristins Neugier war erwacht.

»Er ist ein seltsamer Typ, dem die Frauen nachlaufen, wie er das macht, ist mir schleierhaft. Selbst Maren ist ihm wie ausgeliefert. Groß hat sie zu dem Trip heute überredet, jede Wette.«

Kristin nickte. »Wir werden ihn natürlich befragen.« Sie legte eine kleine Pause ein, weil sie sich erst die richtigen Worte zurechtlegen musste. »Entschuldigen Sie die Frage, aber führten Sie eine glückliche Ehe?«

Vogel hatte das Gesicht in den Händen geborgen. Als er nun aufsah, schimmerten seine Augen feucht. Wahrscheinlich hatte er eben erst realisiert, dass seine Frau nicht mehr lebte.

»Selbstverständlich. Wir sind … wir waren fünfeinhalb Jahre verheiratet, wir haben die Versicherungsagentur gegründet, haben das Haus in Langballig von meinen Eltern übernommen und führen ein gutes Leben ohne finanzielle Probleme. Auch unsere Beziehung war in Ordnung.« Er schluchzte auf, bevor er fortfuhr. »Sicher gab es mal hier und mal da einen kleinen Streit, und wir waren nicht mehr so frisch verliebt wie am Anfang, aber ja, unsere Ehe ist … war glücklich.« Er seufzte schwer. »Warum fragen Sie?«

»Wir möchten uns ein Bild von Ihnen und Ihrer Frau machen«, erklärte Kristin ausweichend. »Also gab es keine außerehelichen Affären, weder bei Ihnen noch bei ihr?«

»Nein.« Die Antwort kam knapp und wie aus der Pistole geschossen. »Wir haben uns geliebt und wir waren uns treu.«

»Gut.« Kristin nickte. »Haben Sie zufällig den Autoschlüssel Ihrer Frau?«

»Warum?«

»Wir würden uns den Wagen gern ansehen«, antwortete Kristin. »Sicher ist sie mit dem Auto nach Kappeln gefahren, oder?«

»Natürlich.« Er fummelte nervös in der Tasche seines grauen Sakkos herum und zog einen Schlüsselbund hervor. Mit zitternden Händen löste er einen Autoschlüssel von dem Ring. »Hier«, sagte er. »Ich brauche ihn ja nicht mehr.«

»Wir bringen Ihnen den Schlüssel so schnell wie möglich zurück«, versprach Kristin und steckte den Wagenschlüssel von Maren Vogel ein. Der fragende Blick von Beck blieb ihr nicht verborgen.

»Wie geht es denn jetzt weiter?«, fragte Vogel hilflos.

»Ihre Frau befindet sich gerade auf den Weg in die Rechtsmedizin, und sobald die genaue Todesursache feststeht, können Sie einen Bestatter hinzuziehen und alles Nötige veranlassen«, erklärte Beck.

»Wie sich das anhört«, schluchzte Arne Vogel auf. »Alles Nötige – wir reden hier von der Beerdigung meiner Frau.« Dann lachte er trocken auf und schüttelte den Kopf. »Wissen Sie, wie sie bestattet werden wollte?«

»Nein.« Kristin und Beck tauschten einen raschen Blick.

»Maren hat das Wasser geliebt, sie war ein Kind der Förde. Und sie hat sich eine Seebestattung gewünscht.«

Wasser, durchzuckte es Kristin. Das dritte Element. Doch sie wagte es nicht, ihre Gedanken auszusprechen, und folgte Beck, als er ihr ein Zeichen gab, nach draußen. Bevor sie sich von Arne Vogel verabschiedeten, reichte sie ihm eine Visitenkarte. »Wenn Ihnen noch etwas einfällt, scheuen Sie sich nicht, uns anzurufen.«

*

»Kappeln«, rief Kristin, als sie wieder auf der Norderstraße standen. Ihre Wangen glühten vor Aufregung, während Beck sie zweifelnd betrachtete. »Und?«, fragte er.

»Denk doch mal nach«, forderte sie ihn auf. Als der Abteilungsleiter des K1 nichts sagte, redete sie aufgeregt weiter. »Maren Vogel ist, bevor sie das Tauchboot bestiegen hat, nach Kappeln gefahren. Mona Borders ist auf dem Weg nach Eckernförde auch über Kappeln gefahren. Hier wurde ihr Handy zum letzten Mal geortet.«

»Das kann Zufall sein.« Seite an Seite marschierten sie über den schmalen Bürgersteig.

»Und sie ist im Wasser gestorben.«

»Sie liebte das Wasser und wünschte sich eine Seebestattung«, brummte Beck mit gesenktem Blick.

»Welch eine Ironie des Schicksals, findest du nicht?« Kristin war stehen geblieben. »Ich erkenne da schon einen Zusammenhang.«

»Und ich frage mich, in welche Kristallkugel du schaust, um deine Rückschlüsse zu ziehen.« Beck war stehen geblieben und schnaubte wütend. »Und jetzt hör auf mit diesem Serienkiller, Kristin. Im Fall der verunglückten Maren Vogel handelt es sich eindeutig um einen Unfall.« Er marschierte mit trotzigem Blick weiter, ohne sich zu Kristin umzuschauen.

*

Kristin erschrak, als sie zum ersten Mal das Klingeln des Telefons auf ihrem Schreibtisch vernahm. Sie griff zum Hörer und meldete sich. Am anderen Ende der Leitung war Birthe. »Es gibt Neuigkeiten aus der Kriminaltechnik«, eröffnete Birthe das Gespräch. »Sitzt du?«

»Ich sitze an meinem Schreibtisch und brüte über der Dokumentation«, seufzte Kristin. »Also – schieß los, ich bin über jede Ablenkung dankbar.«

»Erst du«, forderte Birthe sie auf. Offenbar hatte sie an Kristins Stimme bemerkt, dass etwas nicht stimmte.

»Es ist wegen Jens«, begann Kristin. »Er ist der Meinung, dass Maren Vogel nichts mit unserer vermeintlichen Mordserie zu tun hat.«

»Klingt, als hättet ihr Streit deswegen.«

»Allerdings.«

»Heute Morgen in der Runde war er doch nach den ersten Zweifeln ganz angetan von deiner Theorie.«

Kristin seufzte. »Ich kann ihn verstehen. Wenn eine Taucherin in der Ostsee ertrinkt, würde ich das auch nicht auf Anhieb einer Mordserie zuordnen.«

»Aber du bist sicher, dass es Mord war?«

»Ja, auch wenn ich es nicht beweisen kann – aber alles passt, Birthe. Erde, Feuer, und jetzt Wasser.«

»Fehlt noch Luft«, führte Birthe Kristis Gedanken fort.

»Das ist meine schlimmste Befürchtung. Um in diese Richtung weiter ermitteln zu dürfen, brauche ich aber Beweise, mit denen ich Sievert und Beck unter die Augen treten kann.«

»Und jetzt komme ich ins Spiel.« Birthe lachte leise. »Ich habe eben mit der KTU in Kiel telefoniert.«

»Mach es nicht so spannend!« Kristin sprang von ihrem Stuhl auf und begann die Wanderung durch das Büro. Sie würde sich diese Marotte abgewöhnen müssen, wenn der andere Schreibtisch wieder besetzt war. Doch momentan hatte sie den Raum für sich. Und beim Telefonieren ein paar Schritte zu gehen, erleichterte ihr das Denken.

»Man hat die Ausrüstung von Maren Vogel untersucht.«

»Sie wurde manipuliert, um ihren Tod herbeizuführen und es wie einen Unfall aussehen zu lassen, habe ich recht?« Kristins Ungeduld wuchs von Sekunde zu Sekunde.

»Das auszuführen, ist dein Part.« Birthe sog die Luft hörbar ein. »Aber in die Richtung könnte es gehen, ja. In der Luftflasche von Maren Vogel wurde ein Gemisch festgestellt, das tödlich ist.«

»Du meinst in der Sauerstoffflasche?«

»Sag nicht Sauerstoffflasche, das ist sachlich falsch«, warnte Birthe sie. »Oft spricht man im Taucherjargon von einer Sauerstoffflasche, was aber sachlich nicht zutreffend ist, wenn die Rede vom Gerätetauchen ist.«

»Was war das denn nun für ein tödliches Gemisch?«

»Es bestand ausschließlich aus Sauerstoff.«

»Und?« Kristin unterbrach ihre Wanderung am Fenster. »Ist das denn schlimm?«

»Allerdings. Ab einer Tiefe von etwa sechs Metern ist die Atmung von reinem Sauerstoff nämlich toxisch.«

»Und Maren Vogel war auf einer Tiefe von 24 Metern«, dachte Kristin laut mir.

»Genau. Und in den Druckluftflaschen der Taucher in unseren Breitengraden befindet sich in der Regel normale Luft mit einem Sauerstoffanteil von 21 Prozent und knapp 79 Prozent Stickstoff.«

»Ist Maren Vogel denn nicht aufgefallen, dass sie das falsche Gemisch auf dem Rücken hatte?«

»Nein, das ist ja das Seltsame. Die Kennzeichnung der Flasche weist die übliche Mischung zum Tauchen, also Sauerstoff und Stickstoff, auf.«

»Dann hat man die Flasche ausgetauscht.«

»Nein, das wäre ihr sicher aufgefallen, denn nach dem Tauchlogbuch haben wir es mit einer erfahrenen Taucherin zu tun, die an ihrem Leben hing.«

»Jemand hat an der Flasche hantiert«, entfuhr es Kristin.

»Jetzt kommst du der Sache näher«, stimmte Birthe ihr zu. »Jemand muss sich an Maren Vogels Flasche zu schaffen gemacht haben. Mit einem Überströmschlauch ist es möglich, den Inhalt der Flasche zu verändern.«

»Und damit den Tod unseres Opfers zu besiegeln?«

»So ist es, Kristin.« Birthe atmete auf. »Dein Bauchgefühl hat dich also nicht getrogen – schöne Grüße an Jens.« Sie lachte.

»Und wann ist Maren Vogel aufgefallen, dass sie nur Sauerstoff und keinen Stickstoff in der Flasche hat?«

»Ich habe lange mit dem Leiter unserer Polizeitauchtruppe telefoniert. Er sagt, dass die Teilnehmer des Tauchgangs offenbar mit einem sogenannten Dropdown ins Wasser gesprungen sind, das tun sie, nachdem sie ausgeatmet haben, um möglichst schnell und ohne zu atmen die gewünschte Tiefe zu erreichen. Apnoetaucher schaffen es einige Minuten lang, nicht zu atmen. Da Maren Vogel aber Gerätetaucherin war, hat sie es nicht ganz so lange ausgehalten und dem Impuls zu atmen nachgegeben. Schon beim ersten Einatmen muss das Gemisch, das sie über den Atemregler einatmete, tödlich gewesen sein.«

»Was genau ist dann passiert?«

»Der Experte sagte mir, dass sie innerhalb weniger Sekunden gekrampft hat. Es ist denkbar, dass sie den Atemregler verloren hat und Wasser über ihren Mund in die Lunge eingedrungen ist.«

»Dann ist sie also ertrunken.«

»So ist es, Kristin.« Birthe raschelte im Hintergrund mit Papier herum. »Den Bericht hat man mir eben zugemailt, ich leite ihn an dich weiter, dann hast du in der Abendrunde alles schwarz auf weiß.« Sie lachte. »Und dann können dich weder Jens noch der Staatsanwalt für verrückt halten, wenn du von der Serienmordtheorie sprichst.«

Kristin spürte, wie ein Stein von ihrem Herzen fiel. Sie kannte sich gut genug, um zu wissen, dass ihr Bauchgefühl sie nie trog, doch in diesem Fall waren schlagkräftige Argumente wichtig, um in die richtige Richtung ermitteln zu können. »Du bist ein Schatz, Birthe.«

»Ich weiß. Thomas nennt mich immer Engel.«

»Also liebt er dich doch.«

»Natürlich tut er das.« Birthe seufzte. »Darüber reden wir in der nächsten freien Minute. Was wird eigentlich aus deinem *Flirt-in*-Profil?«

»Ich werde es gleich heute Abend wieder löschen.«

»Sehr vernünftig. Ich habe es auch noch in der Nacht getan, als ich nach Hause gekommen bin.«

*

»Jens, hast du eine Minute?« Kristin war nach dem »Herein« aus dem Büro ihres Vorgesetzten forsch eingetreten. Sie wollte keine Zeit verlieren, um den Ersten Kriminalhauptkommissar auf aktuellen Stand zu bringen.

Er bat sie herein. »Wenn du mir nicht wieder von den vier Elementen erzählen willst, bist du herzlich willkommen.«

»Genau darum geht es.« Kristin schloss die Tür und trat an seinen Schreibtisch. Das gequälte Stöhnen ihres Vorgesetzten überhörte sie. »Es gibt Beweise, dass die Ausrüstung von Maren Vogel manipuliert wurde.«

»Nicht dein Ernst.« Beck schüttelte den Kopf.

»Doch, Jens, leider schon.« Kristin setzte sich auf den freien Stuhl vor seinem Schreibtisch und berichtete ihm, was sie von Birthe erfahren hatte.

Er stützte das Kinn in die Hände und hörte ihr konzentriert zu, ohne sie zu unterbrechen. »Wer kommt dafür infrage?«

»Meine erste Adresse wäre Rolf Groß, der Inhaber der Tauchschule.«

»Unvorstellbar.« Beck schüttelte den Kopf. »Er wäre doch blöd, wenn er eine Teilnehmerin töten würde. Hast du schon vergessen, wie sehr er in der Bucht herumgejammert hat, weil sein Ruf nun ruiniert sei?«

»Dann ein Konkurrent?« Kristin schlug die Beine übereinander und dachte angestrengt nach.

»Schon eher.« Beck seufzte.

»Jedenfalls jemand, der sich mit dem Tauchen auskennt. Das, was da passiert ist, erfordert Fachwissen.«

Jens Beck erhob sich und griff nach dem Trenchcoat. »Komm«, sagte er, »oder willst du hier Wurzeln schlagen?«

»Was hast du vor?«

»Wir müssen mit Groß sprechen. Ich habe das Gefühl, dass er uns vorhin nicht alles gesagt hat.«

Kristin gab ihm recht. Sie war gespannt, was der Inhaber von *Baltic Dive* ihnen erzählen würde – und wie sie den Mord an Maren Vogel in die Reihe des Serienkillers einbringen konnte. Auf dem Gang stießen sie um ein Haar mit einem untersetzten Mann zusammen, der sich offenbar in der Dienststelle verirrt hatte. Beck sprach ihn an. »Können wir Ihnen helfen?«

Als der Angesprochene sich umwandte, erkannte Kristin, dass es sich bei ihm um Frank Borders handelte. »Ich denke schon«, sagte er ein wenig kleinlaut. »Wir sollten reden, mir ist eine Idee gekommen.«

Kristin tauschte einen Blick mit Beck, doch der schüttelte den Kopf. »Sorry«, sagte er, »wir sind auf dem Weg zu einem Termin, aber ich werde einen Kollegen bitten, sich mit Ihnen zu unterhalten.«

»Nein, bitte warten Sie!« Borders hielt Beck am Ärmel seines Sommermantels fest. »Ich möchte mich niemand Fremden anvertrauen. Wir kennen uns doch schon.«

Beck brummte unwillig, Kristin nickte ihm zu. »Ich kann auch alleine nach Kappeln fahren.«

»Also gut. Ruf mich an!«

»Wird gemacht.« Kristin nickte Frank Borders zu und verabschiedete sich von den Männern. Diesmal verzichtete sie auf einen zivilen Dienstwagen aus dem Fahrzeugpool. Kristin marschierte zur Angelburger Straße und setzte sich in den Leihwagen, der dank des Einsatzes ihrer Kollegen gestern Abend entladen vor dem Haus parkte. Jetzt benötigte sie den Kastenwagen nicht mehr. Später würde sie die Kiste in der Flensburger Niederlassung ihrer Autovermietung abgeben. Doch erst einmal musste sie damit nach Kappeln kommen. Schwerfällig erwachte der kalte Dieselmotor zum Leben. Bevor Kristin losfuhr, programmierte sie das eingebaute Navi. Nachdem sie die Adresse von *Baltic Dive* eingegeben hatte, fuhr sie los. Inzwischen hatte der Berufsverkehr eingesetzt, und so schob sich die Blechlawine mühsam von Ampel zu Ampel. Erst als sie das Ortsausgangsschild von Flensburg passiert hatte und die Straße vierspurig wurde, konnte Kristin Gas geben und ihre Gedanken ordnen.

*

Eckernförde, 17.05 Uhr:

Nachdenklich stand Lars Reimers am Bürofenster des Polizeireviers und blickte hinunter auf die Gerichtstraße. Den Nachmittag hatte er damit verbracht, seitenweise Berichte zu verfassen, in denen er die Ereignisse des Vortages dokumentierte. Diese Schreibtischarbeit war nichts für ihn, doch als Hauptkommissar war es an ihm, zahlreiche Arbeiten zu delegieren. Nur der lästige Schreibkram blieb an ihm hängen. Zwar gab es inzwischen unzählige Augenzeugenberichte, doch alle schienen etwas anderes gesehen zu haben. Brauchbare Erkenntnisse hatte die Klinkenputzerei der Kollegen nicht ergeben.

Reimers dachte an Kristin Voss. Die neue Kollegin der Flensburger Kriminaldirektion war mitunter ein wenig störrisch in ihren Ansichten, doch er empfand sie als durchaus sympathisch. Insgeheim bewunderte er ihre rasche Auffassungsgabe und ihr unkonventionelles Handeln, wenn es darum ging, die Ergebnisse beider Dienststellen zusammenzutragen.

Mit ihrer aufgeschlossenen Art passte sie gut nach Schleswig-Holstein. Reimers stellte fest, dass er heute noch nichts von ihr gehört hatte. Das wunderte ihn nicht, denn die Nachricht vom tragischen Tod einer Taucherin in den Morgenstunden war durch sämtliche Medien gegangen. Drei tote Frauen innerhalb weniger Stunden, längst glaubte auch er schon nicht mehr an einen Zufall. Doch sosehr er sich auch auf Kristins Seite schlug – der Tod der Taucherin war ein Unfall und sicher kein Mord.

Er warf einen Blick auf die große Uhr an der Wand des Büros, umrundete seinen Schreibtisch und griff zum Smartphone, um Kristin Voss anzurufen. Sie meldete sich schon nach dem ersten Freizeichen.

»Lars«, rief sie und schien erfreut über seinen Anruf zu sein. »Was gibt es?«

»Nichts«, antwortete er wahrheitsgemäß. »Das ist ja das Problem. Zig Zeugen haben sich gemeldet, aber brauchbare Hinweise haben wir nicht.«

»Mist.«

»Du sagst es.« Er seufzte. »Wie sieht es bei euch in Flensburg aus?«

»Ich weiß nicht, wo ich anfangen soll.« Sie berichtete ihm von den Erlebnissen des Tages. »Und ein Feierabend ist noch lange nicht in Sicht.«

»Meinst du, dass Maren Vogels Tod auch auf das Konto unseres Serienkillers geht und dass es sich nicht um einen Unfall handelt?«

»Wenn wir davon ausgehen, dass er nach den vier Elementen arbeitet, dann schon. Auf der anderen Seite muss ich Jens recht geben – die Manipulation der Druckluftflasche ist im Kontext zu den anderen beiden Morden ein wenig gestelzt.«

»Wissen kann man sich aneignen, wenn man ein festes Ziel vor Augen hat«, fand Reimers.

»Also hältst du mich nicht für verrückt?« Kristin schöpfte Hoffnung, dass sich Lars auf ihre Seite schlug.

»Warum sollte ich dich für verrückt halten?« Er lachte leise. »Was hast du jetzt vor?«

»Ich bin auf dem Weg nach Kappeln, um mit dem Inhaber der Tauchschule zu reden. Vielleicht hat er eine Idee, wer hinter dem Anschlag auf Maren Vogel stecken könnte.«

»Sicher hat er Feinde, Konkurrenten, eifersüchtige Ehemänner.«

»Wir dürfen nichts außer Acht lassen«, murmelte Kristin.

»Richtig.« Reimers hatte eine Idee. Wieder warf er einen Blick auf die Uhr. »Ich melde mich wieder«, sagte er in den Hörer, dann unterbrach er die Verbindung und meldete sich bei den Kollegen ab. Plötzlich wusste er wieder, was zu tun war. Sie hatte ihm schließlich gesagt, dass sie in Arbeit zu ersticken drohte. Da war ein wenig Unterstützung sicher hilfreich.

*

Flensburg, Polizeidirektion, 17.10 Uhr:

»Es muss doch eine Möglichkeit geben, mit der Sie die Daten auslesen können, obwohl das Smartphone Ihrer Frau abgeschaltet ist.« Jens Beck runzelte die Stirn, während er seinen Besucher musterte. Borders hatte ihm von der Spionage-App berichtet, die er seiner Frau heimlich installiert hatte, um jeden ihrer Schritte kontrollieren zu können. Beck überlegte, wie Hannah wohl regieren würde, wenn er ihr derart nachstellte. Heimlichkeiten gab es zwischen ihnen nicht, und eine derartige Spionage-App war für Beck ein absolutes Tabu. Doch aus seinem jahrelangen Polizeidienst wusste er, dass nicht jede Ehe so harmonisch lief wie seine eigene. Spontan beschloss er, Hannah heute mal wieder mit einem Blumenstrauß zu überraschen, wenn er nach Hause kam. Hannah liebte Blumen über alles, und er hatte ihr schon viel zu lange keine Freude mehr gemacht.

Frank Borders, der auf dem Besucherstuhl vor Becks Schreibtisch herumlümmelte, seufzte. »Normalerweise ist das auch möglich, doch etwas muss bei der Programmierung falsch gelaufen sein. Ich hatte ja keine Gelegenheit, die App auf mögliche Bugs zu untersuchen«, erwiderte Frank Borders kleinlaut.

»Auf was untersuchen?«

»Auf Bugs, auf Fehler, die sich bei der Programmierung eingeschlichen haben«, erklärte Borders.

Jens Beck dachte angestrengt nach. Das, was er bisher von der Ehe der Borders wusste, war nicht viel, außer, dass es seine Frau mit der Treue wohl nicht sehr genau genommen hatte.

Und Frank Borders war krankhaft eifersüchtig, das bewies der Umstand, dass er eine App entwickelt hatte, mit der man das Smartphone vom heimischen Rechner aus durchleuchten konnte. Das Handy der Toten hatte bereits für Unruhe in der Dienststelle gesorgt, weil Max Paulsen mit dem Opfer in Kontakt gestanden hatte. Wenn die Auswertung jetzt auf direktem Wege zum Mörder führte, war der Rest reine Routine.

»Es ist lobenswert, dass Sie mit uns kooperieren, allerdings ist es unserer IT-Abteilung bereits gelungen, das Handy Ihrer Frau auszuwerten. Bewegungsdaten, Anruflisten und Textnachrichten sind dokumentiert.«

Borders seufzte gequält. »Also benötigen Sie meine Hilfe nicht?«

»Wenn Ihre App mehr kann als unsere IT-Spezialisten, dann komme ich gern auf Ihr Angebot zurück, Herr Borders.« Beck rang sich ein gewinnendes Lächeln ab. Borders war ihm unsympathisch. »Danke trotzdem für Ihre Hilfe.«

Frank Borders seufzte, als er sich erhob. »Haben Sie sonst etwas Neues über den kranken Mörder herausgefunden?«

»Unsere Ermittlungen laufen auf Hochtouren«, erwiderte Beck.

Borders stand bereits an der Tür. »Ist das nicht eine der Floskeln, die man immer in den Pressemeldungen liest?«

»Aber es ist nun mal die Wahrheit. Beck griff zum Telefon. »Und nun entschuldigen Sie mich.« Als der Besucher sein Büro verlassen hatte, wählte Beck die Nummer der IT-Abteilung.

»Wie weit sind wir mit der Auswertung des Handys von Mona Borders?«, fragte er, nachdem sich Lasse Nørgaard gemeldet hatte.

»Ich konnte inzwischen fast alles rekonstruieren.«

»Gut.« Beck berichtete dem Kollegen von seinem Besucher.

»Der Typ ist doch krank«, fand Lasse. »Wer spioniert seine Frau aus?«

»Er ist der Meinung, dass es dazu einen Grund gab.«

Nørgaard lachte auf. »Einer davon heißt Max Paulsen.«

»Mir ist nicht zum Lachen zumute, Lasse.«

»Sorry.« Der Kollege am anderen Ende der Leitung wurde ernst. »Gib mir eine halbe Stunde, dann kann ich dir das Protokoll mailen.«

»Brauche ich nicht. Erzähl mir einfach, mit wem Mona Borders zuletzt Kontakt hatte.«

»Und da ist der Mist«, brummte Nørgaard. »Sie war tatsächlich in Eckernförde mit jemandem verabredet. Schon in den letzten Tagen hatten die beiden immer wieder Kontakt, selten telefonisch, meistens schrieben sie sich Textnachrichten.«

»Mit wem war sie denn verabredet?«

»Wenn wir das wüssten. Ihr letztes Date nutzte eine nicht registrierte Prepaid-Nummer. Damit verläuft sich seine Spur im Sand.«

»Ich habe es befürchtet«, brummte Beck. Kurz war er versucht, Frank Borders zu folgen. Doch die Hoffnung, dass seine Zauber-App nicht registrierte Nummern zuordnen konnte, war mehr als gering. Beck musste nach jedem sich bietenden Strohhalm greifen. »Dann schick mir ihre Textnachrichten, vielleicht kann ich damit etwas anfangen.«

*

Kappeln, Am Hafen, 17.55 Uhr:

Das Gebäude lag am hinteren Ende des Hafengebietes mit Blick auf die Schlei. Während im vorderen Bereich des pittoresken Hafens Restaurants und Cafés entlang der Kaimauer das Bild bestimmten, waren es weiter hinten Schuppen, kleinere Geschäfte und Hallen in oft heruntergekommenem

Zustand, die sich wie Perlen auf einer Schnur aneinanderreihten.

Hierher verirrten sich nur selten Touristen. Wer hierher kam, der hatte ein Ziel. So war es auch bei Kristin, als sie den Lieferwagen dicht an einem heruntergekommenen Wellblechschuppen abstellte und ausstieg. Mit dem Kastenwagen errege ich hier wenigstens keine Aufmerksamkeit, dachte sie zufrieden. Am frühen Abend hatte es die Sonne durch die Wolken geschafft, doch Kristins Umgebung wirkte durch das goldene Licht auch nicht viel freundlicher. Eine Möwe kreiste über Kristin und schien sich Futter von ihr zu erhoffen. Ein Jachthandel mit großer Werfthalle grenzte an das Tauchcenter. In der Halle kreischte eine Schleifmaschine, Männerstimmen riefen durcheinander, ein Kran rollte über das Gelände zwischen den aufgebockten Booten hindurch. »Strohn Jachtservice«, las Kristin auf einem Schild neben dem Tor, »Reparatur, An- und Verkauf«.

Nachdem sie den Wagen abgeschlossen hatte, machte sie sich auf den Weg zu *Baltic Dive*. An der Rückseite des Gebäudes machte nur ein verwittertes Schild darauf aufmerksam, wer oder was in dem Schuppen untergebracht war. Durch einen schmalen Gang, der zwischen zwei Hallen hindurchführte, gelangte Kristin zur Vorderseite. Hier gab es ein ehemaliges Ladenlokal mit einem großen Schaufenster.

»Tauchen Sie einfach mal ab!«, stand in bunten Buchstaben auf dem Glas, dahinter war eine Schaufensterpuppe in voller Tauchermontur zu sehen. Man bewarb einen Tauchschnupperkurs zum Festpreis und verwies auch auf das Wracktauchen in der Ostsee. Kristin drückte die Tür auf und lauschte dem Klang des hellen Glöckchens, das sie eher an einen Tante-Emma-Laden erinnerte. Es dauerte einen Moment, bis sich ihre Augen an das hier herrschende Dämmerlicht gewöhnt hatten. Der Duft nach Gummi hing schwer in der Luft. Hinter dem Tresen gab es deckenhohe Regale, in denen allerhand Taucherzubehör angeboten wurde. Von der Flosse bis zum Hightech-Tauchcomputer gab es nahezu alles, was Tauchern das Herz höher schlagen ließ.

»Ich komm gleich«, hörte Kristin eine tiefe Stimme aus einem der hinteren Räume. Einen Augenblick später tauchte die massige Gestalt von Rolf Groß hinter dem Tresen auf. Im ersten Moment lächelte er Kristin freundlich an, dann schien er sie erkannt zu haben. Seine buschigen Augenbrauen zogen sich zusammen. »Sie schon wieder.«

»Ist das ein Problem?«, fragte Kristin.

Groß nickte. »Seit dem Unfall heute Morgen steht das verdammte Telefon nicht mehr still. Die Aasgeier von der Presse rennen mir die Bude ein.«

»Was sagen Sie denen?«

»Ich verweise auf die Ermittlungen der Polizei.« Jetzt huschte der Ansatz eines Lächelns um die Lippen von Rolf Groß.

»Das ist doch bestens«, lobte Kristin.

»Was wollen Sie?« Groß machte eine einladende Geste und führte sie in das Hinterzimmer des Ladens. Hier befand sich ein unaufgeräumtes Büro. Papierberge auf dem Schreibtisch, Staub auf dem Computermonitor und dem Festnetztelefon. Beides schien er schon länger nicht mehr benutzt zu haben. Groß sank auf den Bürostuhl, nachdem er Kristin einen einfachen Hocker zurechtgeschoben hatte.

»Inzwischen kennen wir die Todesursache.«

Rolf Groß faltete die Hände im Schoß und betrachtete seine Besucherin neugierig. »Und?«

»Maren Vogel starb, weil sie das falsche Luftgemisch in der Flasche hatte.«

»Das ist unmöglich«, platzte es aus Groß heraus. »Ich fülle die Flaschen meiner Teilnehmer selbst ab, und in Marens Flasche befanden sich exakt 78 Prozent Stickstoff, 21 Prozent Sauerstoff und ein Prozent Mischgas.«

»Leider nein.« Kristin schüttelte den Kopf. »Die Untersuchungen haben ergeben, dass Maren Vogel hundertprozentigen Sauerstoff eingeatmet hat. In der Tiefe, in der sie sich befand, hatte das eine tödliche Wirkung.«

»Scheiße.«

»Sie sagen es.«

»Ich komm damit nicht klar – wie kann das sein? Ich habe sämtliche Druckluftflaschen hinten in meiner Werkstatt gestern befüllt. Jeder Taucher hat sein eigenes Equipment, auch die Flasche gehört dazu und kann nicht verwechselt werden.« Er schüttelte den massigen Schädel. »Wie kann das sein?«

»Sagen Sie es mir.«

Groß dachte kurz nach. »Die einzige Möglichkeit wäre, dass jemand hier eingebrochen ist, Marens Flasche mitgenommen hat und sie anders befüllt hat.«

»Derjenige muss sich aber gut hier auskennen«, gab Kristin zu bedenken. »Wer könnte das gewesen sein?«

»Teilnehmer, ehemalige Teilnehmer, Lieferanten, Mitarbeiter, ehemalige Mitarbeiter, die Liste wird ziemlich lang.«

»Ich brauche möglichst alle Kontakte.«

Groß rollte mit den Augen. »Als hätte ich sonst nichts zu tun.«

»Es geht darum, den Mord an einer Ihrer Taucherinnen aufzuklären«, erinnerte Kristin den bärtigen Hünen.

»Ich weiß, aber je mehr Leute von der Sache Wind bekommen, umso unruhiger wird meine See.« Er seufzte schwer. »Bis wann?«, fragte er, als Kristin nicht gleich antwortete.

»Es wäre gut, wenn Sie sofort mit der Arbeit anfangen.« Kristin erhob sich. »Zeigen Sie mir jetzt Ihr Lager?«

»Das ist die leichteste Übung.« Groß erhob sich und ging wieder voran. Diesmal betraten sie einen Wellblechschuppen, der an das Ladenlokal grenzte. Kristin brauchte einen Moment, bis sich ihre Augen an das Dämmerlicht gewöhnt hatten. »Ich hab auch Licht«, grinste Groß, als er sah, wie Kristin blinzelte. Die Hand des Inhabers wischte über eine Türzarge, um den Lichtschalter zu betätigen. Das Knacken der alten Neonröhren an der Decke erinnerte sie an das Geräusch brechender Knochen. Auch hier gab es unzählige Regale und Blechschränke, eine Werkbank und die Füllstation für die Druckluftflaschen der Taucher.

»Hier sind die Wannen der Teilnehmer«, erklärte Groß und zeigte auf eine Reihe von Kunststoffkisten am Boden. Alle waren mit Namensschildern beschriftet. Die Wanne mit Maren Vogels Schriftzug war leer. »Alle packen sich die Ausrüstung am Tag vor dem Tauchgang zusammen, dann kommt der Krempel entweder in die Autos der Teilnehmer, oder wir packen alles in den Lieferwagen und fahren gemeinsam zum Boot oder der jeweiligen Tauchbasis.«

»Haben Sie Streit, vielleicht mit einem Konkurrenten?«, fragte Kristin, »jemanden, der Interesse daran hätte, Ihren Ruf zu schädigen?«

»Es gibt zwei, drei andere Tauchschulen, mit denen es schon mal Stress gab«, nickte Groß. »Aber ich glaube, niemand würde so weit gehen und den Tod eines Tauchers in Kauf nehmen, nur um der Konkurrenz eins auszuwischen.«

Warum ausgerechnet Maren Vogel?, hämmerte die Frage immer wieder durch Kristins Kopf. Schnell kam sie zu dem Schluss, dass der Anschlag auf die erfahrene Taucherin nicht im Zusammenhang mit *Baltic Dive* stand. Sie ließ den Inhaber des Tauchcenters an ihren Überlegungen teilhaben. »Dann«, sagte Groß gedehnt, während er sich nachdenklich den Nasenrücken rieb wie »Wickie«, wenn er eine Idee hatte, »muss sich dieser Jemand aber auch gut hier auskennen.«

»Es muss also Berührungspunkte geben, meinen Sie?«

»Ja.« Groß nickte. »Dabei war die Maren so ein liebes Mädchen.« Er lächelte fast ein wenig wehmütig, dann wurde er ernst. »Nur ihr Mann«, brummte er, »war wie ein Störsender. Er ist krankhaft eifersüchtig und hat ihr immer unterstellt, dass sie nur wegen mir so gern herkommt und dass wir was miteinander hätten.«

»Hatten Sie denn?«

»Nee – ich bin doch nicht blöd. Maren ist verheiratet.«

»Und Sie?«

»Ich nicht. Nicht mehr. Beate ist abgehauen, wegen meiner Selbstständigkeit. Sie wollte lieber einen Mann, der pünktlich am Ersten das Geld nach Hause bringt, und nicht jemanden, der sich von der einen Rechnung zu nächsten durchhangelt.«

»Solche Frauen soll es geben.« Kristin lächelte matt. »Ist Maren Vogels Mann denn auch ein Taucher?«

»Nee – der doch nicht.« Groß lachte amüsiert. »Das Wasser war ihm wohl immer zu kalt, oder er hatte Angst vor der Tiefe.« Er winkte ab. »Der Typ hat überhaupt keine Ahnung vom Tauchen.«

Schade, dachte Kristin. Mord aus Eifersucht ist oft das Motiv bei Beziehungstaten. Aber hier schied Arne Vogel wohl aus. Die Art, wie Maren ermordet worden war, setzte Fachwissen voraus. Sie würde sich weiter im Dunstkreis des Opfers umhören müssen.

»Wie kam der Täter ins Lager, wenn wir davon ausgehen, dass er sich hier der Flasche von Maren Vogel bemächtigt hat?«, wollte Kristin wissen.

»Entweder durch den Laden oder durch diese Tür hier.« Groß führte sie zu einer feuerfesten Tür in der Seitenwand des Schuppens. »Das Schloss ist ein Witz, aber das sehen Sie ja selber.«

Maren bat ihn, die Tür aufzuschließen. Er kam der Bitte nach und stieß die Tür nach außen hin auf. Der Waschbetonplattenweg war von Unkraut überwuchert. Unmöglich, hier die Spuren von Fußabdrücken zu sichern. Kristin ging in die Hocke und nahm das Türschloss und die Tür in Augenschein. Es gab keine Hinweise auf einen gewaltsamen Öffnungsversuch.

»Entweder war der Täter sehr begabt, oder er war im Besitz eines Schlüssels.« Kristin blickte zu Rolf Groß auf.

»Ich Döspaddel!«, rief er unvermittelt und klatschte sich mit der flachen Hand vor die Stirn. »Der Dirk!«

»Wer ist Dirk?« Kristin erhob sich wieder.

»Ein Tauchlehrer, den ich mal eine Saison lang beschäftigt habe.«

»Bis?«

»Bis was?« Groß kratzte sich im Nacken, dann grinste er. »Ach so – bis ich dahinterkam, dass er hinter jedem Rock her war. Ein Weiberheld wie er im Buche steht, das kann ich natürlich nicht akzeptieren.«

»Dann haben Sie ihn gefeuert?«

»Jo.« Er nickte und setzte eine grimmige Miene auf. »Den hab ich immer wieder daran erinnert, den Schlüssel abzugeben, nachdem er hier aufgehört hat. Vergeblich.«

»Wo finde ich ihn heute, diesen Dirk?«

»Ich schreibe Ihnen gleich seine Adresse auf«, versprach Groß. »Und das würd' sogar passen, weil der war auch scharf auf die Maren.«

Kristins Neugier erwachte schlagartig. »Aber Maren nicht auf ihn, nehme ich an?«

»Keine Ahnung, das Privatleben meiner Angestellten und meiner Kundinnen geht mich nichts an. Fragen Sie ihn einfach.«

»Das werde ich tun.« Kristin gab ihm eine Visitenkarte und bat ihn, die Liste der Kontakte so schnell wie möglich per Mail zu schicken. Doch zunächst würde sie sich um den ehemaligen Angestellten der Tauchschule kümmern.

*

Kappeln, Hafen, 18.20 Uhr:

Reimers wunderte sich bei seiner Ankunft im Hafengebiet, dass er ihren Wagen nicht auf Anhieb entdeckte. Auf Höhe des Jachthafens war er an einer kleinen öffentlichen Parkgarage vorbeigekommen. Womöglich hatte sie den Dienstwagen dort abgestellt. Er selber ließ den Wagen bis zum hinteren Bereich des Hafengeländes rollen und hielt aufmerksam nach dem Tauchcenter *Baltic Dive* Ausschau. Als er sein Ziel erreicht hatte, lenkte er den Focus an die Rückseite des Schuppens. Er stieg aus und umrundete den etwas heruntergekommenen Laden von Rolf Groß. Gerade als er die Ladentür öffnen wollte, schwang sie auf und Kristin lief ihm um ein Haar in die Arme, weil sie sich mit nach hinten gerichtetem Blick vom Inhaber des Tauchcenters verabschiedete.

Überrascht blieb sie stehen. »Lars«, rief sie erfreut. »Was machst du denn hier?«

»Ich denke, unsere Behörden sollten enger zusammenarbeiten«, lächelte er. »Und du hast dich beschwert, dass du in Arbeit ertrinkst.« Dann wurde er ernst. »Wie war es?«, fragte er mit einem Blick auf den Laden. Kristin berichtete ihm, was sie vom Inhaber der Tauchschule erfahren hatte.

»Dann sollten wir uns diesen Dirk Meier vorknöpfen«, schlug Reimers vor.

Kristin und er gingen ein Stück am Wasser entlang. Der Wind spielte mit den Flaggen der ansässigen Reeder und erzeugte ein gleichmäßiges, metallisches Klackern der Karabiner an den Fahnenmasten. Möwen stritten sich um die Reste eines verlorengegangenen Fischbrötchens. Die Schatten wurden länger, und der Wind frischte auf. Reimers war versucht, schützend den Arm um ihre Schultern zu legen, hielt sich aber zurück. Er hatte den Eindruck, dass Kristin nach etwas Bestimmtem Ausschau hielt. »Was suchst du?«

Kristin war stehen geblieben und hielt einen Autoschlüssel in die Höhe. »Das passende Gegenstück.«

Reimers musste lachen. »Du weißt nicht, wo du dein Auto abgestellt hast?«

»Doch, sicher, mein Wagen steht an der Hinterseite des Schuppens.«

»Da parke ich auch«, erwiderte Reimers. »Aber da stand nur ein weißer Lieferwagen.«

»Das ist meiner.«

Er setzte eine fragende Miene auf. »Komische Dienstwagen habt ihr in Flensburg.«

»Ich nutze ihn privat – das ist eine lange Geschichte, die ich …« Kristin brach mitten im Satz ab, als wenige Meter von ihnen entfernt die Zentralverriegelung eines schwarzen Mini Clubman aufschnappte. »Das Kennzeichen passt«, nickte Kristin zufrieden. Als sie seinen verwunderten Blick sah, lächelte sie. »Also«, sagte sie, »so wie es aussieht, ist das da«, sie deutete auf den schwarzen Mini, »der Wagen von Maren Vogel. Das Kennzeichen passt – Flensburg und ihre Initialen MV.« Sie griff in die Jackentasche und zog zwei Paar Handschuhe hervor. Eines reichte sie ihm. Reimers folgte ihr schweigend zu dem Wagen und sah ihr zu, wie sie sich auf dem Beifahrersitz zu schaffen machte. Kurz war sie im Inneren verschwunden, dann tauchte sie schon wieder auf. »Bingo«, rief sie erfreut und hielt das Handy der Toten in die Höhe. »Jetzt kann die Arbeit beginnen.«

*

Ungeduldig hatte er darauf gewartet, dass sich die Dämmerung über die Förde senkte. Immer wieder war sein Blick zum Himmel hinauf gegangen. Tagsüber war es windig und sehr bewölkt gewesen, doch gegen Abend hatte sich die graue

Wolkendecke etwas gelichtet. Wenn es so blieb, dann hatte er ideale Voraussetzungen für seine letzte große Mission.

Diesmal war er mit dem Wagen bis vor das verlassene Reetdachhaus von Holnis gefahren. Rückwärts stand der große Kombi vor dem verschlossenen Hauseingang. Als er ausstieg, strich der Wind durch die tief hängenden Äste der alten Kastanien und erzeugte ein unheimliches Rascheln. Dieser Ort birgt mindestens so viele Geheimnisse wie ich selber, dachte er mit einem zufriedenen Grinsen, während er den Rucksack von der Rückbank nahm, Handschuhe überstreifte und die Haustür öffnete. Einmal mehr kam sein Spezialwerkzeug zum Einsatz. Mit einem leisen Klicken sprang der Mechanismus im Schloss auf und gewährte ihm den Eintritt in das leer stehende Geisterhaus. Inzwischen empfand er den feucht-muffigen Geruch, der ihm entgegenwehte, fast schon als angenehm. Ohne Eile drückte er die Tür hinter sich zu. Wenn alles nach Plan lief, dann war das heute sein letzter Besuch in diesem Haus. Danach konnten sie mit dem Ensemble machen, was sie wollten. Erst gestern hatte er in der Zeitung gelesen, dass hier Ferienwohnungen und ein Hotel entstehen sollten. Auch der alte Gasthof gegenüber sollte bald zu neuem Leben erweckt werden.

Inzwischen hatte er die Diele durchquert und war an der geheimen Kellertür angelangt. Den Weg in das Gewölbe kannte er inzwischen fast blind. Er betätigte den alten Drehschalter und blinzelte in das grelle Licht der nackten Birne, dann stieg er die ausgetretenen Stufen hinab. Jetzt war die Zeit gekommen, und er würde sie von diesem Ort wegholen. Ob ihr sein Plan gefallen würde, wagte er dennoch zu bezweifeln. Doch sie hatte keine Wahl, denn er war es, der über Leben und Tod bestimmte. Wenn sie wüsste, was er sich für sie ausgedacht hatte, dann konnte sie schon ihre letzten Stunden zählen. Doch noch war es nicht so weit. »Immer mit der Ruhe«, raunte er sich selber zu und lachte, bevor er sich an der schweren Eisentür zu schaffen machte. »Ich bin da, bist du zu Hause?« Er amüsierte sich köstlich über seinen Witz und betrat ihr Gefängnis. »Hallo?« Seine Blicke tasteten jede Ecke ab, doch sie war wie vom Erdboden verschwunden. Das verdammte Gefängnis lag verlassen vor ihm. Wie, um Himmels willen, war das möglich? Bevor er sich eine Antwort geben konnte, spürte er einen harten Schlag am Hinterkopf. Es war, als würde man ihm den Schädel von den Schultern prügeln. Explosionsartig tanzten grelle Blitze vor seinen Augen, ihm wurde übel, bevor er spürte, wie seine Knie nachgaben. Mit einem keuchenden Laut ging er zu Boden. »Du Miststück«, krächzte er noch. Es waren die letzten Worte, die über seine Lippen kamen.

*

Kappeln, Hafen, 19.05 Uhr:

Kristin und Lars Reimers hatten sich den Mini Clubman von Maren Vogel vorgenommen, ohne im Fahrzeuginnenraum eine außergewöhnliche Spur zu finden. Es erweckte den Eindruck, als sei Maren Vogel am frühen Morgen von Langballig aus nach Kappeln gekommen, um hier in den Kleinbus des Tauchcenters zu steigen, mit dem Rolf Groß seine Schützlinge und die Ausrüstung zur Bootsanlegestelle gebracht hatte.

»Immerhin ist sie so gut wie nie ohne ihr Navi gefahren«, bemerkte Reimers, der auf dem Fahrersitz saß und die letzten eingegebenen Ziele überprüfte.

Kristin musterte ihn neugierig. »Viele Frauen nutzen das System auch für tägliche Fahrten.«

»Warum?« Reimers runzelte die Stirn.

»Weil wir Frauen Kopfmenschen sind«, grinste Kristin und tippte sich an die Stirn. »Mit der Nutzung des Navigationssystems wollen wir sichergehen, nicht in eine Straßensperre oder in einen Stau zu fahren. Beides würde, auch wenn wir uns auf der Strecke auskennen, unnötig Zeit kosten.«

»Ich lasse mir nicht gern von dem Ding reinquatschen und nutze es nur, wenn ich zu faul bin, eine Landkarte zu verwenden.«

»Das ist der Unterschied«, nickte Kristin. Sie deutete mit dem Kinn auf das Display im Armaturenbrett. »Wo war sie denn zuletzt?«

Reimers scrollte sich durch die letzten Einträge. Darunter befanden sich diverse Einkaufszentren in der Nähe, ein Restaurant in Eckernförde und immer wieder die Anschrift der Versicherungsagentur in der Flensburger Norderstraße, gefolgt von der eigenen Heimatadresse in Langballig.

»Moment«, rief Kristin. »Sie war in Eckernförde essen?« Sie spürte, wie sich ihre Unterarmhärchen aufrichteten.

»Jo.« Reimers rief das programmierte Ziel in Eckernförde auf. »Das liegt am Hafen, keine fünf Minuten von meiner Wohnung entfernt.« Er grinste schief zu Kristin auf, die in der offenen Fahrertür lehnte. »Und jetzt bin ich wieder ganz offiziell bei den Ermittlungen mit im Boot.«

»Sagte ich schon, dass ich Hunger habe?«

Reimers lachte. »Hast du nicht immer Hunger?«

»Erwischt.« Kristin nickte. Tatsächlich wurde ihr gerade klar, dass sie den ganzen Tag über noch nichts gegessen hatte. Höchste Zeit also.

»Ich lade dich ein, und wir verbinden das Abendessen mit einer Befragung der Restaurantangestellten. Dann wissen wir mehr – und wir sind satt.« Er grinste schief.

»Wäre es nicht einfacher, wenn wir ihren Mann fragen? Vielleicht weiß er ja, mit wem sich Maren getroffen hat.«

»Vielleicht mit ihrem Mörder, so wie Mona Borders.« Reimers zuckte die Schultern. »In diesem Fall wird sie einen Vorwand für das Abendessen genutzt haben.« Er grinste. »Außerdem würde ich dich gern zum Essen einladen.«

»Ist das ein Date?« Kristin spürte, wie sie errötete.

»Nenn es, wie du willst.«

»Wir haben noch nicht in den Kofferraum geschaut«, fiel Kristin plötzlich ein, mehr, um sich aus der unangenehmen Situation zu retten.

»Stimmt.« Reimers stieg aus und folgte ihr zum Heck des Kleinwagens. Kristin öffnete die kleinen Flügeltüren und schob die Hutablage vor. Das Licht an der rechten Innenseite flammte auf und schien auf eine braune Ledertasche. »Aha«, machte Kristin und zog den Reißverschluss der Tasche auf. Sie fand Wechselwäsche und einen kleinen Kulturbeutel, in dem sich die nötigsten Dinge für eine Übernachtung befanden. »Wollte sie abhauen?«

»Möglich ist es. Aber du sagtest doch, dass die Ehe der beiden einen recht harmonischen Eindruck auf dich machte.«

»Zumindest, wenn man den Worten von Arne Vogel glaubt.«

»Zweifelst du?«

»Man kann den Leuten nur vor den Kopf schauen.«

»Allerdings.« Er baute sich neben Kristin auf und bückte sich nun ebenfalls in den Kofferraum. »Was ist das da?« Er zeigte auf einen grauen Gegenstand, der von einem kleinen Gepäcknetz in einem Ablagefach unterhalb der Kofferraumleuchte gehalten wurde.

»Sieht aus wie …« Kristin griff nach dem Gegenstand und zog einen Stein aus dem Ablagefach. Ihr Herzschlag beschleunigte sich. »Bingo«, rief sie und zeigte Reimers den etwa faustgroßen Stein, der sauber geschliffen war und unzählige Ecken und Flächen aufwies.

»Was ist das?« Reimers trat noch näher, um das Fundstück aus der Nähe betrachten zu können.

»Der Beweis, dass wir es mit einem Serientäter zu tun haben«, antwortete Kristin.

*

Er durfte sich nicht ausknocken lassen. Sekundenlang kämpfte er gegen die drohende Ohnmacht an, lag wehrlos auf dem Rücken und sah, dass sie über ihm stand, um ihn mit einem verachtenden Blick zu betrachten. »Das war's«, rief sie und schwenkte die Eisenstange mit beiden Händen dicht über seinem Kopf. Offenbar hatte sie sich hinter der Stahltür verschanzt, als er ihr Versteck betreten hatte, um ihm rücklings eins überzubraten. Während er sich fragte, woher sie die Stange hatte, spürte er den pochenden Schmerz am Hinterkopf. Das ist ein Teil aus dem Feldbett, durchzuckte es ihn. Offenbar war es ihr gelungen, eine Schraube aus dem provisorischen Draht-Lattenrost unterhalb der Matratze zu lösen. Die Stange hatte sie als Waffe gegen ihn eingesetzt. Er spürte die Übelkeit und den fauligen Geschmack im Mund. Nein, ich darf jetzt nicht schwach werden, hämmerte es in seinem Kopf. Jetzt nicht, sonst ist alles vorbei. Es kostete ihn unendlich viel Energie, alle Kräfte zu mobilisieren. Dann sprang er auf, ignorierte das Schwindelgefühl, und riss ihr in einem Moment der Unachtsamkeit die Stange aus der Hand. Doch sie gab nicht auf. Als sie türmen wollte, stellte er sich ihr in den Weg, grinste und langte nach ihrer Waffe. Es kam zu einem Handgemenge, bei dem er spürte, dass er nach dem Schlag noch lange nicht voll einsatzbereit war. Doch wenn er sie jetzt laufen ließ, landete er noch heute im Knast. Irgendwann gelang es ihm, die Stange gegen sie zu drücken. Die Spannung in ihren Unterarmen lockerte sich nur kurz, doch die Zeit genügte ihm, um die Waffe gegen sie einzusetzen. Er traf sie mit der Stange an der linken Schläfe. Mit einem gequälten Laut auf den Lippen sackte sie zu Boden. Bevor er nachsetzen konnte, gingen bei ihr die Lichter aus. Zufrieden stand er jetzt über ihr. »Jetzt aber los«, keuchte er. »Wir haben schon zu viel Zeit verloren.« Er griff zu seinem Rucksack und entnahm ihm die Wäscheleine, die er von zu Hause mitgebracht hatte. Hastig drehte er sie auf den Bauch, um ihr die Hände auf dem Rücken zu fixieren. Auch an den Fußgelenken band er sie mit der Leine zusammen. Diesmal wollte er kein Risiko eingehen und überprüfte die Knoten. Ihr war zuzutrauen, dass sie die Fesseln löste. Nachdem er sein Werk zufrieden betrachtete, griff er erneut in den Rucksack. Diesmal nahm er ein pinkfarbenes Microfasertuch aus der heimischen Küche, um es ihr brutal in den Mund zu schieben. Nun lag sie ohnmächtig, gefesselt und geknebelt vor ihm. Er verlor keine Zeit, mobilisierte alle Kräfte und hob den leblosen Körper auf, um ihn sich über die Schulter zu legen. Den Rucksack schulterte er ebenfalls, dann verließ er das Versteck. Vorsichtig hangelte er sich mit schmerzendem Schädel und weichen Knien die Treppe hinauf. Keuchend erreichte er den Flur, als er ein Geräusch vernahm. Erschrocken hielt er in der Bewegung inne, um in die Stille des verlassenen Hauses lauschen zu können. Das Blut rauschte in seinen Ohren, und er kämpfte erneut gegen die Ohnmacht an. Lange Schatten schienen wie Gestalten einer Parallelwelt über den staubigen Terrakottaboden zu kriechen. Da war es wieder! Ein klapperndes Geräusch aus dem oberen Stockwerk verunsicherte ihn.

Hatte sich, während er unten im Keller war, jemand Zutritt zum Haus verschafft? War möglicherweise ein Spaziergänger auf sein Auto aufmerksam geworden, das diesmal gleich vor der Haustür abgestellt war?

Er hielt den Atem an und lauschte wieder. Der Wind heulte um die Ecken des alten Hauses, draußen raschelten die Zweige der alten Kastanien. Als er das Geräusch erneut hörte, atmete er erleichtert auf. Der Wind spielte mit einem der Fenster in der Etage über ihm. Wahrscheinlich hatten die alten Besitzer des Geisterhauses ein Fenster nicht verschlossen, das jetzt im Takt der Windböen klapperte. Kurz verharrte er noch, um zu lauschen, dann setzte er seinen Weg fort. Hatte er die Tür vorhin offenstehen lassen? Er wusste es nicht, wollte sich jetzt auch darüber keine Gedanken machen und öffnete die elektrisch betriebene Kofferraumklappe des Volvos. Vorsichtig bugsierte er sein Opfer unter die Gepäckraumabdeckung, überzeugte sich davon, dass sie noch ohnmächtig war, bevor er die Klappe verschloss und sich keuchend hinter das Steuer klemmte. »Geschafft«, zischte er zufrieden und startete den Motor. Jetzt konnte ihn nichts und niemand mehr aufhalten.

*

Kappeln, Hafen, 19.10 Uhr:

»Der dritte Stein, passend zum dritten Mord«, bemerkte Kristin mit belegter Stimme, während sie den Stein in ihrer Hand betrachtete.

»Was soll das sein?« Reimers stellte sich neben sie.

»Ein Ikosaeder«, erwiderte Kristin. »Eine Form mit 20 Flächen und zwölf Ecken.«

»Du bist ja fit in Geometrie.« Reimers pfiff anerkennend durch die Zähne und grinste.

»Ich weiß das, weil mich das Berechnen der Flächen damals im Matheunterricht fast um den Verstand gebracht hat«, antwortete Kristin.

Reimers nickte und reichte Kristin einen Asservatenbeutel. Vorsichtig bugsierte sie den Stein in die transparente Hülle.

»Wer auch immer das getan hat – er ist ein Meister darin, diese filigranen Formen aus dem Stein zu schleifen.«

»Der Kreis schließt sich«, stellte Kristin fest. Ihre Stimme vibrierte vor Aufregung. »Würfel, Pyramide und Ikosaeder. Das sind alles Formen, die mit den vier Elementen zusammenhängen.«

»Das ist mir neu.« Reimers stutzte. »In Mathe war ich nie sonderlich gut, und in Geometrie schon gar nicht.«

»An den genauen Zusammenhang kann ich mich auch nicht mehr erinnern, aber das lässt sich herausfinden.«

*

Flensburg, Polizeidirektion, 19.25 Uhr:

Birthes Augen brannten, ihr Rücken schmerzte, und sie war müde. Die letzte Nacht war zu kurz gewesen, um heute wieder die gewohnte Leistungsfähigkeit an den Tag zu legen. Die stundenlange Computerarbeit war nicht ihr Ding, doch sie hatte sich damals freiwillig zum K6 versetzen lassen. Damals, nach Uwe... Die Kollegen hatten hinter ihrem Rücken gelästert. Natürlich waren sie nicht blind gewesen und hatten schnell mitbekommen, dass Birthe und ihren damaligen Partner Uwe mehr verband als die gemeinsamen Dienste im K1, allen voran Max Paulsen. Uwe hatte sich nach Kiel versetzen lassen, Birthe war ins K6 gewechselt, als dort eine Planstelle frei geworden war. Das war lange her, und trotzdem hatte sie gestern gespürt, dass da noch etwas zwischen ihnen war, was sie nicht bestimmen oder benennen konnte. Seufzend verdrängte Birthe die düsteren Gedanken und besann sich auf die Arbeit. Der Fall gab immer noch Rätsel auf, und langsam wurde der Staatsanwalt ungeduldig.

Birthes Rücken schmerzte und die Augen brannten von der stundenlangen Bildschirmarbeit. Sie setzte die Lesebrille ab und streckte stöhnend den Rücken durch. Erst jetzt registrierte sie, dass sich längst die Dunkelheit über die Flensburger Förde gesenkt hatte. Die einzige Lichtquelle im Büro war der Monitor. Birthe schaltete die Schreibtischlampe ein, dann erhob sie sich. Es war höchste Zeit, Feierabend zu machen. Sicher wartete Martin längst auf sie. Kurz überlegte sie, ihn anzurufen, doch wenn er fragte, könnte sie ihm nicht sagen, wie lange es bei ihr noch dauern würde. Birthe steckte immer noch in den Recherchen. Inzwischen lag der vollständige Bericht der IT-Abteilung vor. Lasse Nørgaard hatte die Endgeräte der beiden toten Frauen auswerten können und war dabei auf interessante Details gestoßen, die Birthe Kristin nicht vorenthalten wollte. Langsam, hoffte Birthe, fügte sich ein Puzzleteil zum anderen. Tatsächlich hatte Lasse Parallelen zwischen den Mordopfern herausgearbeitet, Hinweisen, denen es nachzugehen sicher lohnte. Doch erst einmal benötigte sie einen starken Kaffee.

Kristin war nach Kappeln gefahren, um dem Inhaber des Tauchcenters *Baltic Dive* auf den Zahn zu fühlen.

Birthe mochte die neue Kollegin aus dem fernen Ostfriesland. Sie hoffte, dass ihr Dienst in der Flensburger Polizeidirektion nicht nur eine kurze Zwischenstation in ihrem Leben war. Kristin war gleich zum Beginn in der neuen Dienststelle mit einem sehr komplexen Fall konfrontiert worden. Doch sie hatte sich von ihren Kritikern nicht abhalten lassen, ihrem Verdacht nachzugehen. Dabei war sie eine mitunter erschreckend ehrliche Haut, die kein Blatt vor den Mund nahm. Ihre Hartnäckigkeit machte sich jetzt bezahlt. Endlich hatten sie erste Ermittlungserfolge in der Hand, mit denen sie arbeiten konnten.

Kurz spielte Birthe mit dem Gedanken, sich zurück ins K1 versetzen zu lassen. Zwar analysierte sie gern, und auch Benno war ihr als Partner ans Herz gewachsen, doch die Tatortarbeit und die Befragungen von Zeugen und von Tatverdächtigen erschienen ihr, besonders an der Seite von Kristin, attraktiver.

Birthe war sicher, dass es sie brennend interessieren würde, was Lasses Analysen zutage gebracht hatten. Nachdem sie herzhaft gegähnt hatte, nahm sie ihre Lieblingstasse mit dem Flensburg-Logo und den Stadtteilen in den typischen Flensburg-Farben vom Schreibtisch und begab sich auf den Korridor der Dienststelle. Kurz blieb sie stehen und stellte fest, dass inzwischen eine fast gespenstische Stille in der Behörde eingekehrt war. Fast fühlte sich Birthe, als wäre sie alleine in dem großen und geschichtsträchtigen Gebäude.

»Hallo?«, hörte sie eine Stimme vom Treppenhaus. »Ist hier denn niemand mehr?«

»Doch, hier oben, wie kann ich Ihnen helfen?« Birthe umklammerte ihren leeren Kaffeepott fester. Sie fragte sich, wo die Kollegen vom Streifendienst steckten, die sich im Erdgeschoss um Besucher kümmerten.

»Na endlich.« Empörung schwang in der Stimme mit. Schritte näherten sich im Treppenhaus, dann erschien ein hochgewachsener Endvierziger in einem gut sitzenden Maßanzug, Hemd und Krawatte auf dem Flur. Seine Haut war gebräunt, die Brille schien ein Designerstück zu sein. Als er Birthe erblickte, hellten sich seine Gesichtszüge auf. Der angenehme Duft seines sicherlich teuren Aftershaves kroch in Birthes Nase. »Moin«, sagte sie freundlich, »was kann ich für Sie tun?«

»Ich möchte eine Vermisstenanzeige aufgeben.« Der Mann, seiner Kleidung und dem Auftreten nach zu urteilen ein Geschäftsmann, machte einen hilflosen Gesichtsausdruck. Birthe kam der Mann bekannt vor, sie konnte ihn jedoch nicht einordnen, er sah aus wie ein Politiker oder ein gut situierter Unternehmer.

»Dafür sind eigentlich die Kollegen im Erdgeschoss zuständig«, erwiderte Birthe. »Aber jetzt, wo sie schon mal da sind, kann ich Ihnen sicher auch weiterhelfen.«

»Das ist äußerst freundlich.« Der Mann lächelte dankbar.

Birthe überlegte, wann sie zum letzten Mal eine Vermisstenmeldung aufgenommen hatte. Es musste mehrere Jahre her sein, stellte aber sicher keine große Herausforderung dar. Der Kaffee, den sie sich eben aus der Küche besorgen wollte, musste warten. »Folgen Sie mir bitte.« Sie ging voran und führte den Mann in ihr Büro. Bevor er ihr folgte, schaltete sie das Licht ein. Birthe stellte ihre Flensburg-Tasse ab und zog dem Besucher einen Stuhl so hin, dass er neben ihrem Schreibtisch sitzen konnte. »Um wen geht es denn?« Sie faltete die Hände auf dem Schreibtisch und setzte ein freundliches Lächeln auf.

»Um meine Frau, Marlene Claasen.«

Plötzlich fiel es Birthe wie Schuppen von den Augen. Beim Namen Claasen klingelte es bei ihr. Plötzlich wusste sie, wer vor ihr saß. Bei dem verzweifelt wirkenden Besucher im feinen Zwirn handelte es sich um Claus Claasen, den berühmten Flensburger Kaffeeröster, einen mehrfachen Millionär. Birthe versuchte, ihre Überraschung zu verbergen, was ihr aber wohl nicht ganz gelang.

Claasen schmunzelte, als er ihr überraschtes Gesicht bemerkte. »Ich möchte Sie bitten, den Vorfall mit der größtmöglichen Diskretion zu behandeln, Frau …«

»Jensen, Birthe Jensen, Kriminalhauptkommissarin«, stellte sie sich mit tiefroten Wangen vor. »Und Sie können sich auf meine Verschwiegenheit verlassen, Herr Claasen.«

»Herzlichen Dank. Es wäre eine Katastrophe, wenn der Name meiner Frau in der Öffentlichkeit mit einem Verbrechen in Verbindung gebracht wird.«

»Also gehen Sie von einer Entführung aus?« Birthe stützte das Kinn in die Hände und betrachtete den großen Claus Claasen.

Er blickte sie an. »Eine Lösegeldforderung ist noch nicht eingegangen, auch einen Bekennerbrief oder so etwas habe ich nicht erhalten.«

»Seit wann ist Ihre Frau denn verschwunden?«

»Seit 48 Stunden etwa.«

Birthe konnte sich einen verwunderten Blick nicht verkneifen.

»Und da komme ich jetzt erst, werden Sie fragen?« Claasen blieb Birthes Verwunderung nicht verborgen. »Ich ahne, was Sie denken, Frau Jensen. Womöglich wäre es in anderen Ehen schon nach weniger als acht Stunden auffällig, wenn der Lebenspartner dem Zuhause ohne ersichtlichen Grund fernbleibt und auch telefonisch nicht erreichbar ist.« Als Birthe nichts erwiderte, fuhr er fort: »Was meine Person betrifft, so befinde ich mich an vielen Tagen im Jahr auf Reisen. Auch meine Frau ist oft unterwegs, wir reisen oft getrennt. Zuletzt haben wir uns auf Sylt gesehen. Wir haben dort ein Ferienhaus in Kampen.«

»Wann war das?«

»Vor besagten 48 Stunden. Wir haben das Wochenende auf der Insel verbracht, ich musste vorzeitig abreisen, da ich einen Geschäftstermin in Hamburg wahrzunehmen hatte.«

»Also ist Ihre Frau in Kampen geblieben?« Birthe griff zu dem Kugelschreiber mit dem Aufdruck der Polizeigewerkschaft und schrieb mit.

»Ja. Ob sie dort alleine war, vermag ich nicht zu sagen.«

»Wie darf ich das verstehen?«

Claasen schmunzelte. »Marlene und ich, wir sind seit 25 Jahren ein Paar. Zwar hat es das Glück gut mit uns gemeint, wenn es um Erfolg und um das Vermögen geht … privat sah das anders aus. Unser Kinderwunsch blieb unerfüllt, auch unsere Ehe litt darunter. Irgendwann haben wir ein klärendes Gespräch geführt, weil für uns beide eine Scheidung nicht infrage kam. Nun führen wir seit geraumer Zeit eine offene Ehe mit großer Toleranz.«

»Das bedeutet …«, setzte Birthe an. Als sie nicht die passenden Worte fand, half ihr Claus Claasen.

»Ich will das Kind beim Namen nennen – wir führen beide außereheliche Beziehungen und wissen jeweils voneinander.«

»Sie vermuten, dass der Liebhaber Ihrer Frau auf Sylt war, nachdem Sie abgereist sind?«

»Es wäre durchaus denkbar.«

»Sicher sind Ihnen der Name und die Anschrift des Liebhabers Ihrer Frau bekannt?«, fragte Birthe, die sich mit der Situation überfordert fühlte. Es galt, eine verschwundene Millionärsgattin ausfindig zu machen, die womöglich untergetaucht war.

»Selbstredend.« Claasen schlug die Beine übereinander, griff in die Tasche seines Sakkos und rechte ihr einen Zettel, auf dem sie einen Namen und eine Adresse erkannte.

»Haben Sie es dort schon versucht?«, wollte sie wissen und tippte auf das Papierstück.

Claasen schüttelte energisch den Kopf. »Nein, wo denken Sie hin?«

»Aber wäre es nicht die erste Anlaufadresse?«

»Vielleicht haben Sie recht, allerdings wäre es nicht geschickt, dort aufzutauchen. Der Mann ist verheiratet, und seine Frau ahnt wohl nichts vom Doppelleben ihres Gatten.«

Birthe warf einen Blick auf den Zettel. »Martin Strohn«, las sie halblaut den Namen darauf vor. »Wer ist der Mann?«

»Er ist Professor am Institut für Mathematik hier in Flensburg. Marlene lernte ihn erst vor wenigen Wochen kennen. Sie hat sich auf den ersten Blick in ihn verliebt. Seitdem ist sie im siebten Himmel.« Ein versonnenes Lächeln stahl sich auf die schmalen Lippen des Millionärs.

»Und jetzt ist sie mit Strohn durchgebrannt?«

»Das glaube ich nicht.« Claasen schüttelte den Kopf. »Sie wäre töricht, sich von mir scheiden zu lassen. Das, was ich ihr bieten kann, wird ihr dieser Professor wohl nie bieten können.« Bezeichnend rieb er Daumen und Zeigefinger aneinander.

»Hat Ihre Frau Feinde?« Eine routinemäßige Frage, die bei dem Unternehmer aber ein Stirnrunzeln hervorrief.

»Nein«, sagte er entschieden, »sie ist viel zu harmoniebedürftig, um sich mit ihrem Verhalten Feinde zu machen.«

»Sie sagten, dass Sie vorzeitig aus Kampen abgereist sind«, nahm Birthe den Faden wieder auf. »Waren Sie mit zwei Autos vor Ort, oder wie kann ich mir Ihre zeitlich versetzte An- und Abreise vorstellen?«

»Ich habe ihr den Wagen auf der Insel gelassen, damit sie später mit dem Sylt-Shuttle aufs Festland und zurück nach Flensburg kommt, während ich selber mit meinem Flugzeug von Tinnum aus zum Flensburger Flugplatz zurückgeflogen bin. Dort habe ich mich von meinem Fahrer abholen lassen, der mich gleich nach Hamburg brachte.«

Birthe schrieb mit und versuchte gleichzeitig, sich einen Reim aus den Schilderungen des Millionärs zu machen. Sie legte den Stift zur Seite und betrachtete Claasen. »Haben Sie auch eine … Geliebte?«

»Das sagte ich bereits, ja.« Er wirkte ein wenig pikiert und schien Birthe zu unterstellen, dass sie ihm nicht zuhörte.

Ihr war der Fauxpas unangenehm. Die letzten Stunden und die kurze letzte Nacht verlangten ihren Tribut. Sie mahnte sich zur Konzentration, als sie fortfuhr. »Ich benötige eine Liste der Personen, mit denen Ihre Frau in letzter Zeit Kontakt hatte, wenn es geht mit Telefonnummern und Anschriften.«

Jetzt lächelte Claus Claasen. »Ich dachte mir so etwas und habe meine Sekretärin gebeten, ein entsprechendes Dokument vorzubereiten.« Seine manikürte Hand glitt in die Innentasche seines Anzugs, um ein sauber gefaltetes DIN A4-Blatt herauszuziehen. »Hier.« Claasen reichte das Papier an Birthe, die es annahm und auseinanderfaltete. Sie fand gut 50 Datensätze, die es nun zu überprüfen galt, um Marlene Claasens letzte Wege rekonstruieren zu können. Um ein Haar wäre Birthe ein gequältes Stöhnen über die Lippen gekommen.

»Streit gab es aber keinen zwischen Ihnen?«, fragte sie eher, um ihren Unmut zu überspielen.

»Nein, wir haben schon lange nicht mehr miteinander gestritten.« Claasen schüttelte den Kopf. »Wie bereits erwähnt, ist Marlene eine sehr harmoniebedürftige Person, die jedem Streit aus dem Weg geht.«

»Ich benötige die Rufnummer Ihrer Frau und das amtliche Kennzeichen des Fahrzeuges, mit dem sie unterwegs ist. Sind Sie damit einverstanden, dass wir uns das Konto ansehen?«

»Wozu das?«, fragte er verwirrt. »Wir haben keine Schulden, ganz im Gegenteil.«

»Darum geht es auch nicht, Herr Claasen.« Birthe schüttelte den Kopf. »Mit Ihrem Einverständnis können wir von der Bank ein Bewegungsprotokoll anfordern.«

»Damit Sie sehen können, wann und an welchem Ort die Karte zuletzt zum Einsatz kam und wo sie möglicherweise Bargeld abgehoben hat, nehme ich an?« Claasen nickte verständnisvoll. »Ich bin einverstanden«, sagte er schließlich. »Tun Sie alles, um meine Frau wiederzufinden.« Für ihn schien alles gesagt zu sein. Er erhob sich von seinem Stuhl und verabschiedete sich, nachdem er eine Visitenkarte aus einem silbernen Etui gezogen hatte. »Bitte rufen Sie mich jederzeit an, wenn Sie etwas über Marlenes Verbleib erfahren haben.«

»Selbstverständlich.« Birthe erhob sich ebenfalls und begleitete Claus Claasen zur Bürotür. Dort angekommen, wandte er sich mit einem charmanten Lächeln zu ihr um. »Danke, ich finde alleine hinaus.« Er deutete auf Birthes Tasse, die immer noch leer auf ihrem Schreibtisch stand. »Und genehmigen Sie sich einen guten Kaffee, im Idealfall einen Claasen-Kaffee.« Er zwinkerte ihr zu und verschwand im Flur.

*

Schleswig, Holm, 20.10 Uhr:

»Ich will nicht um den heißen Brei herum reden – ja, ich finde Maren attraktiv.« Dirk Peters presste die Lippen aufeinander, während er seine Besucher betrachtete. »Aber es ist bei einem One-Night-Stand geblieben.« Peters war ein Sunnyboy, den Kristin sich gut in zerrissenen Jeans und mit freiem Oberkörper an einem Strand unter Palmen in der Karibik vorstellen konnte. Obwohl sie keine Männer mit langen Haaren mochte, musste sie sich eingestehen, dass Peters seine blonden Haare lang tragen konnte. Die strahlend blauen Augen, der Dreitagebart, etwas Verwegenes in seinem Blick – er hatte sicher gute Chancen bei Frauen.

Sie waren vom Hafen in Kappeln nach Schleswig gefahren, um Dirk Peters, dem ehemaligen Angestellten von Rolf Groß, einen Besuch abzustatten. Da er sich in Sachen Tauchausrüstung auskannte und zudem noch im Besitz des Schlüssels vom Tauchcenter war, war er ihr erster Verdächtiger. Den Lieferwagen hatten sie bei *Baltic Dive* stehen lassen, um mit dem Wagen von Lars Reimers zu fahren.

Nachdem er die erste Überraschung über den Besuch der Polizei verkraftet hatte, war er wieder cool und führte Kristin und Reimers in die Stube seiner kleinen Wohnung in einem Fischerhaus am Holm von Schleswig. Gegenüber befand sich in der Mitte der kleinen Fischereisiedlung ein Friedhof. Holm war der dänische Begriff für Insel, so hatte Reimers ihr auf dem Weg in die malerische Siedlung erzählt. Und wie eine Insel wirkte der Holm auch auf sie. Einen Frauenhelden wie Peters hätte sie in dieser Idylle am wenigsten erwartet.

»Moment«, unterbrach Kristin Dirk Peters, der auf dem Sofa unter dem Fenster mit den blau gestrichenen Holzrahmen herumlümmelte, »Sie hatten einen One-Night-Stand mit Maren Vogel?«

»Ja.« Er nickte und machte ein bekümmertes Gesicht. »Mit ihr hätte ich mir echt mehr vorstellen können. Aber sie hat gleich am Morgen einen auf Dramaqueen gemacht, hat geheult und sich geschämt, dass sie nach einem weinseligen Abend mit mir in der Kiste gelandet ist.«

»Was hat sie gesagt?«, wollte Kristin wissen.

»Das hätte nie passieren dürfen und so was.« Peters machte eine wegwerfende Handbewegung. »Sie hat voll einen auf Moralapostel gemacht, echt ätzend.«

Reimers betrachtete den Mann skeptisch. »Hat Maren Vogels Mann von dem Seitensprung seiner Frau Wind bekommen?«

»Und ob.« Peters nickte. »Sie ist heulend zu ihm gerannt und hat ihm alles gestanden.«

»Oha«, machte Reimers.

»Arne Vogel ist hier aufgetaucht und wollte sich mit mir prügeln.« Peters lachte. »Aber nicht mit mir. Ich habe mich nicht provozieren lassen und …«

Als Kristins Smartphone klingelte, unterbrach Peters seine Ausführungen. Kristin murmelte eine Entschuldigung und zog das Handy aus der Tasche. Nach einem Blick auf das Display wusste sie, dass es sich bei der Anruferin um Birthe handelte.

»Sorry, da muss ich rangehen.« Kristin erhob sich. Während sie das Gespräch annahm, verließ sie das kleine Haus und stand auf der schmalen Straße. »Moin«, sagte sie. »Was gibt es?«

»Ich weiß gar nicht, wo ich anfangen soll.« Birthe seufzte schwer. Sie schien aufgebracht zu sein.

»Mach der Reihe nach«, lächelte Kristin. Die Befragung von Dirk Peters schaffte Reimers auch alleine.

»Also, zunächst einmal habe ich den Bericht von Lasse Nørgaard vorliegen. Er hat die digitalen Endgeräte von Mona Borders und von Maike Adamo ausgewertet und die Verläufe ihrer Browser verglichen. Und jetzt halt dich fest: Beide sind bei *Flirt-in* registriert und dort auch aktive Mitglieder. Sie haben sich dort außereheliche Kontakte gesucht und sich wohl auch mit Männern verabredet.«

»Bingo!«, kam es über Kristins Lippen. Sie wanderte ein Stück die Straße hinauf und betrachtete die malerischen Häuserzeilen am Holm. In einigen der Fenster brannte bereits Licht. Der Friedhof in der Mitte lag Verlassen vor ihr. Vereinzelt flackerten Grablichter durch die Dämmerung. »Dann können wir mit der Suche beginnen.«

»Müssen wir gar nicht. Mit einem Mann haben sich beide getroffen.«

»Ich glaub es nicht«, kam es über Kristins Lippen. »Dann ist er unser Mann.«

»Es sieht ganz danach aus.«

»Dann müssen wir wissen, um wen es sich handelt.«

»Und hier steckt der Teufel im Detail.« Kristin hörte Birthe seufzen. »Da in dem Forum alle mit Nicknames arbeiten und der Anbieter größten Wert auf Diskretion legt, ist es nicht leicht, an seine Daten zu kommen. Auch die Rückverfolgung der IP-Adresse bring uns nicht weiter, da er über ein nicht registriertes Smartphone ins Netz geht.«

»Wie mit den Anrufen«, ergänzte Birthe.

»Eben. Lasse hat den Anbieter von *Flirt-in* bereits kontaktiert und ihn zur Kooperation aufgefordert. Ist allerdings nicht ganz leicht, und wenn wir Pech haben, bekommt Lasse die gewünschten Datensätze erst morgen früh.«

»Mist«, brummte Kristin und lehnte sich lässig an den schmiedeeisernen Zaun, der den Friedhof umgab.

»Allerdings.« Birthe machte eine Pause. »Wie sieht es bei euch aus?«

Kristin berichtete der Kollegin von ihrem Besuch im Tauchcenter und vom Fund des Ikosaeders im Auto von Maren Vogel.

»Also haben wir einen Zusammenhang«, fasste Kristin

zusammen. »Und jetzt sind wir in Schleswig, um Dirk Peters zu befragen. Offenbar gab es einen One-Night-Stand zwischen ihm und Maren Vogel. Obwohl ihr Mann davon wusste, hat er uns nichts davon erzählt.«

»Gekränkte Eitelkeit vielleicht«, vermutete Birthe.

»Möglich.« Kristin stieß sich vom Zaun ab, um die kleine Wanderung fortzusetzen. Sie spürte, dass sie Hunger bekam, und freute sich auf ein Abendessen mit Lars. In dem Eckernförder Restaurant galt es noch, ein Alibi zu überprüfen.

»Und ich hatte eben Besuch von einem hohen Tier«, hörte Kristin die Stimme ihrer Kollegin.

»War der Staatsanwalt da und hat Druck gemacht?«

»Anders hoch.« Birthe lachte und berichtete vom Besuch von Claus Claasen. Der Name der Kaffeemarke war Kristin ein Begriff. Sie pfiff durch die Zähne. »Was wollte er?«

»Eine Vermisstenanzeige aufgeben.« Birthe erzählte, was sie von Claasen erfahren hatte.

»Was macht der Liebhaber seiner Frau beruflich?«, fragte Kristin nach. Irgendetwas in den Ausführungen hatte ihre Aufmerksamkeit erregt.

»Er ist Professor am Institut für Mathematik der Uni Flensburg. Warum?«

Kristin zögerte mit der Antwort. Sie hatte Angst, sich in einer Idee zu verrennen, doch sie wollte keine Chance ungenutzt lassen, um den Mörder zu fassen. »Und damit hat er Ahnung von Geometrie?«

»Davon gehe ich aus.«

»Perfekt.« Kristin holte tief Luft. »Wir haben einen Würfel – Erde, wir haben eine Pyramide – Feuer, und wir haben einen Ikosaeder – Wasser. Das sind jeweils die vier Elemente, oder irre ich?«

»Ich zähle nur drei«, gab Birthe trocken zurück. »Dann fehlt uns noch …«

»Luft!«, rief Kristin aufgeregt dazwischen. »Uns fehlt die Luft!« Sie marschierte wieder über die verlassen daliegende Süderholmstraße. »Was hat er wohl als Nächstes vor?«

»Soll ich Martin Strohn mal durch die Datenbanken jagen?«

»Auf jeden Fall!« Kristin nickte, was Birthe am anderen Ende der Leitung natürlich nicht sehen konnte. »Und ich brauche seine Adresse.«

»Die kannst du sofort haben.«

Kristin hörte, wie Birthe auf der Computertastatur herumhackte und ihr dann die Anschrift von Martin Strohn nannte. »Schick sie mir bitte gleich aufs Handy«, bat Kristin sie.

»Wenn ich das richtig sehe, dann ist Martin Strohn der Mann von Beate Strohn.«

»Und?« Kristin verstand nicht, worauf ihre Kollegin hinauswollte.

»Beate Strohe ist Geschäftsführerin eines Jachthandels.«

»Also vermögend.«

»Mit Sicherheit. Ihr Laden im Hafen ist weit über Kappelns Grenzen hinaus bekannt.«

»Moment, der Jachthandel ist in Kappeln? Zufällig in direkter Nachbarschaft zum Tauchcenter?«

Wieder klapperte eine Computertastatur. »Exakt«, hörte sie Birthes Stimme dann sagen. »Der Jachthandel bildet das Ende des Hafens, während die Halle von *Baltic Dive* gleich an das Grundstück angrenzt.«

»Das würde bedeuten, dass Martin Strohn in der Lage ist, unbemerkt auf das Gelände der Nachbarn zu gelangen. Und wenn er gesehen wird, ist das sicher nicht verwerflich – schließlich kennt man sich.«

»Ich fürchte, ich kann dir nicht folgen.« Birthe seufzte. »Wir sprechen doch von Martin Strohn, dem Geliebten von Marlene Claasen.«

»Wenn da ein Zusammenhang besteht …«

»Was dann?« Birthe räusperte sich. »Worüber denkst du nach?«

»Kannst du diesen Mathematikprofessor mal durch die Suchmaschine jagen?«

»Sicher. Moment.« Birthe klapperte auf der Tastatur herum, kurz danach machte sie Geräusche des Erstaunens.

»Mach es nicht so spannend«, forderte Kristin sie auf. »Was steht da?«

»Professor Martin Strohn ist freier Referent am Institut für Mathematik, und er ist Verfasser einer Facharbeit für frühe Mathematik.«

»Heißt was?« Kristin spürte, wie sie die eigene Ungeduld nervte. Fieberhaft überlegte sie, woher ihr der Name Strohn bekannt vorkam.

»Das bedeutet, dass die Facharbeit sich mit Platonischen Formen auseinandergesetzt hat. Damit sind die Symbole der vier Elemente gemeint.« Birthe seufzte.

»Würfel, Pyramide, Ikosaeder und Oktaeder«, zählte Kristin die Formen auf. »Das Oktaeder fehlt noch.«

»Du meinst das vierte Element?«

»Luft, ja.«

»Ich fass es nicht. Wir suchen einen Mörder und überführen ihn durch Zufall, weil jemand seine Frau vermisst, die zufällig eine Affäre mit unserem Mörder hat?«

»Noch haben wir nichts gegen Strohn in der Hand. Außerdem werden Jens und der Staatsanwalt mich strammstehen lassen, wenn ich auf der falschen Fährte unterwegs bin.«

»Wir haben einen Mathematiklehrer, der sich mit den vier Elementen und den Formen auskennen dürfte. Wir haben ein Opfer, das in der Erde im Wikingermuseum aufgebahrt wurde, wir haben eine Frau, die durch Feuer starb, und wir haben Maren Vogel, die im Wasser ums Leben kam. Und, nur mal hypothetisch gedacht, hat Strohn vielleicht sogar den Schlüssel zum Tauchcenter. Womöglich kennt er sich mit Druckluftflaschen aus. Als Profi ist es ein Leichtes für ihn, ein tödliches Gemisch zu errechnen.«

»Und wir haben eine verschwundene Millionärsgattin, die mit dem Flugzeug von Sylt nach Flensburg zurückkommen sollte«, vervollständigte Birthe Kristins Überlegungen. »Wenn wir jetzt noch von Lasse erfahren, dass unser Professor ein *Flirt-in*-Profil hat, um weitere Frauen kennenzulernen, ist er unser Mann.«

»Mir ist eben noch etwas aufgefallen«, bemerkte Birthe. »Wir haben Maike, Mona, Maren …«

»Und jetzt auch Marlene«, fuhr Kristin der Kollegin aufgeregt ins Wort. »Die Namen aller Opfer beginnen mit M.« Sie schnappte nach Luft. »Und Martin. Martin mit M.«

»Wobei wir nicht wissen, was mit Marlene Claasen ist«, schränkte Birthe ein. »Es scheint, als hätte er sich im Internet die Namen der Opfer nach dem Alphabet ausgesucht.«

»Wir werden Strohn einen Besuch abstatten«, eröffnete Kristin der Kollegin. »Vielleicht kommen wir noch nicht zu spät.« Sie holte tief Luft und ordnete ihre Gedanken. »Schick bitte zwei Streifenwagenbesatzungen zu Strohns Adresse. Ich komme mit Lars dazu.« Sie unterbrach die Verbindung und stürmte ins Haus von Dirk Peters. Die Tür hatte sie angelehnt gelassen. »Lars«, rief sie schon im kleinen Flur. »Komm, wir müssen sofort los!«

Als sie im Türrahmen der Stube stand, blickte sie in die überraschten Augen der Männer. Reimers sah offenbar an Kristins Gesicht, dass die Lage ernst war, und sprang auf. »Wir melden uns«, rief er Peters noch zu, dann stürmten sie aus dem Haus. »Was ist denn los?«, fragte er und hatte Mühe, mit Kristin Schritt zu halten. »Es gibt einen dringend Tatverdächtigen«, sagte sie, ohne sich zu Reimers umzublicken. Inzwischen hatte sie den Wagen erreicht und trommelte auf das Blechdach. »Mach auf«, forderte sie. Reimer drückte im Laufen den Knopf der Fernbedienung, Kristin sprang in den Beifahrersitz.

»Wohin?«, fragte Reimers, während er den Motor startete.

»Nach Langberg. Ich erzähl dir alles unterwegs!«

*

Als sie erwachte, war sie von einer alles verschlingenden Dunkelheit umgeben. Jeder Knochen bereitete ihr Schmerzen. Sie spannte die Muskeln an, versuchte vergeblich, sich zu bewegen. Langsam kehrte die Erinnerung zurück. Er war in ihrem Versteck aufgetaucht, sie hatte versucht, ihn zu überwältigen, doch er war ihr körperlich überlegen gewesen. Offenbar hatte er sie, als sie bewusstlos gewesen war, geknebelt und gefesselt. Das Brummen und das gleichmäßige Schwanken ihrer dunklen Umgebung ließen darauf schließen, dass sie sich in einem fahrenden Auto befand. Offenbar hatte er sie in den Kofferraum gesperrt. Sie versuchte, die Beine auszustrecken, stieß jedoch in der Enge schnell auf Widerstand. Die schlechte Durchblutung machte ihr Probleme, Arme und Beine waren taub, im Mund breitete sich eine quälende Trockenheit aus. Der Knebel wirkte wie ein Schwamm und saugte jeden Speicheltropfen, den sie produzierte, auf.

Da sie bewusstlos gewesen war, wusste sie immer noch nicht, wo er sie tagelang gefangen gehalten hatte. Und sie hatte keinen blassen Schimmer, wohin die Fahrt ging, die er mit ihr unternahm. Sicher hatte Claus sie längst als vermisst gemeldet. Er war ein wichtiger Mann, und kein Polizist würde es verantworten wollen, dass man sie tot fand. Wahrscheinlich hatten die Behörden ihre Kontrollen ausgeweitet. Wenn es gut für sie lief, geriet er in eine Polizeikontrolle, und man fand sie im Kofferraum.

Diese Hoffnung auf die Fahndung der Polizei schwand mit jedem Kilometer, den er unbehelligt vorankam. Sie hatte keine Ahnung, was er mit ihr vorhatte und warum er sie überhaupt entführt hatte. Von Claus eine Lösegeldsumme zu erpressen, erschien sinnlos, denn es ging ihm nicht um Geld, das hatte er jedenfalls behauptet. So blieb nur Macht, er wollte seine Macht ihr gegenüber demonstrieren. Doch auch das erschien ihr sinnlos. Und alles nur, weil sie ihm klar zu verstehen gegeben hatte, sich nicht von Claus trennen zu wollen. Er konnte sie nicht für sich alleine haben. Ein Umstand, der ihm nicht gefiel.

*

Langholz, 20.50 Uhr:

Das Haus lag am Ortseingang von Langberg, einem Ortsteil von Handewitt. Große Fenster schienen auf die schmale Straße zu blicken, der Eingang lag seitlich unter einem Vordach, daran grenzte eine große Garage. Die Frau, die ihnen die Tür nach dem ersten Klingeln öffnete, betrachtete die Polizisten argwöhnisch. »Nanu?«, sagte sie, als sie den weißen Lieferwagen zwischen den Polizeiwagen am Straßenrand stehen sah.«

»Seit wann bekommen Kurierdienste Begleitschutz von der Polizei?« Als niemand lachte, setzte sie nach: »Oder habe ich etwas verbrochen?«

»Wir würden gern mit Ihrem Mann sprechen, Martin Strohn«, sagte Kristin, nachdem sie ihr den Dienstausweis gezeigt hatte, wegen der Begleitung durch die beiden Funkstreifen eher eine Formalie.

»Ja, das würde ich auch gern.« Die Frau lachte verbittert. »Wenn Sie ihn gefunden haben, schicken Sie ihn gern nach Hause!«

Kristin betrachtete die Frau. Sie war Anfang 40, von stämmiger Statur und trug einen eleganten blauen Hosenanzug. Die dunkelblonden Haare waren zu einem pfiffigen Pagenschnitt geschnitten. Ihre Hände waren gepflegt, die Nägel rot lackiert. Vor ihnen stand eine Geschäftsfrau, die sich offenbar täglich in einer von Männern dominierten Welt behaupten musste. Doch für Kristin bestand kein Zweifel daran, dass Beate Strohn damit keine Probleme hatte. Sie machte einen willensstarken und überaus selbstsicheren Eindruck auf Kristin.

»Sicher haben Sie versucht, ihn anzurufen?«

»Natürlich. Er geht nicht ans Handy.« Beate Strohn stemmte die Hände in die Hüften.

»Würden Sie mir seine Nummer verraten?«

Wortlos nahm Beate Strohn ihr Smartphone und diktierte Kristin die Telefonnummer ihres Mannes. »Danke und entschuldigen Sie mich einen Augenblick.« Sie gab Reimers ein Zeichen und ging die Stufen vor dem Eingang hinunter. Im Vorgarten des Backsteinhauses rief sie Jens Beck an. Während Kristin dem Freizeichen lauschte, betrachtete sie das Haus der Eheleute Strohn. Es war größer als die Häuser in der direkten Nachbarschaft, wirkte luxuriös, und es gab ein Portal, das von strahlend weißen Säulen gestützt wurde. Der Garten wurde zur Straße hin von einem opulenten Friesenwall eingefasst, auf dem penibel geschnittenes Buschwerk thronte.

»Kristin«, begrüßte Beck sie nach einer gefühlten Ewigkeit. »Was gibt es?«

»Ich brauche eine Fahndung nach einem gewissen Professor Martin Strohn«, kam Kristin ohne Umschweife auf den Grund ihres Anrufes. Knapp berichtete sie dem Leiter des K1, was sich in den letzten Stunden zugetragen hatte. »Und bitte versuche, dass Sievert dir eine Handyortung genehmigt.«

»Das bekomme ich hin«, versprach Beck. »Schickst du mir für die Kollegen gleich ein Foto von ihm?«

»Wird erledigt.«

»Dann sehen wir uns gleich in der Dienststelle.«

»Wenn Strohn uns bis dahin ins Netz gegangen ist«, erwiderte Kristin und legte auf. Als sie die Stufen zum Eingang des Hauses erklomm, blickten ihr Reimers und Beate Strohn entgegen.

»Habe ich das jetzt richtig verstanden, und Sie lassen nach meinem Mann fahnden?« Eine Zornesfalte hatte sich auf Beate Strohns Stirn gebildet.

»Sie haben richtig gehört, ja.«

»Jetzt schießen Sie aber mit Kanonen auf Spatzen«, behauptete die Unternehmerin.

»Ich fürchte, das müssen Sie mir erklären«, entgegnete Kristin.

»Dann kommen Sie mal ins Haus. Müssen ja nicht alle Nachbarn mitbekommen, was hier los ist.«

*

Die Fahrt endete ruppig. Er hatte scharf gebremst, danach vollführte den Wagen einen Hüpfer, und der Motor erstarb. Wahrscheinlich hatte er das Auto einfach abgewürgt. Eine Autotür klappte, Schritte mischten sich unter das Pfeifen des Windes, der um die kantige Karosserie seines Wagens strich. Kurz darauf öffnete er die Heckklappe. Sein Grinsen, als er sie hilflos und wie ein Paket zusammengeschnürt vor sich liegen sah, glich einer Grimasse. »Da wären wir«, verkündete er. »Freust du dich?«

Warum tust du mir das an?, dachte sie mit einer Mischung aus Wut und Angst. Gern hätte sie ihm geantwortet, doch der Knebel in ihrem Mund machte das Sprechen unmöglich.

Dabei hatte alles so schön begonnen. Er war ein attraktiver und geheimnisvoller Mann. Sie war seinen Reizen schnell erlegen gewesen und hatte sich ihm anvertraut. Und er hatte nichts Besseres zu tun gehabt, als ihr Vertrauen und ihre Gutmütigkeit auszunutzen. Sie bereute es, sich mit ihm eingelassen zu haben, konnte es aber nicht rückgängig machen. Sosehr sie sich jetzt nach Ruhe sehnte, nach Claus – die Normalität, die sie sonst so verteufelt hatte, vermisste sie gerade auf eine schmerzhafte Weise.

Der Versuch, ihm zu antwortenten, scheiterte im Ansatz. Kehlige Laute kamen kaum über ihre Lippen.

Er lachte. »Merk dir, was du mir erzählen möchtest, wir reden später darüber.« Bevor sie reagieren konnte, beugte er sich zu ihr herab. Unsanft zog er sie aus der Enge des Kofferraums und schulterte sie wie einen Sack Kohlen. Sie wand sich wie ein Aal, doch mit gefesselten Armen und Beinen war es ihr nicht möglich, sich aus seinem Griff zu befreien. Als sie den Kopf etwas anhob, erkannte sie, wo sie sich befanden. Und sie hatte schlimmste Befürchtungen vor dem, was er offensichtlich vorhatte.

*

Langholz, 21.15 Uhr:

»Wir haben ihn.« Becks Stimme klang emotionslos. »Er befindet sich keine drei Kilometer von eurer Position entfernt.« Zwischenzeitlich hatte Beate Strohn sie ins Haus gebeten, und Kristin hatte eine Handvoll Informationen erhalten, die darauf schließen ließen, dass er als Täter infrage kam. So war er im Besitz eines Tauchscheins. Irgendwann hatte sie ihm auch den Pilotenschein finanziert, den er auf dem Flensburger Flughafen bei einer Flugschule gemacht hatte. Sie war enttäuscht von ihm, weil er keine Ambitionen gezeigt hatte, in das Unternehmen seines Schwiegervaters einzusteigen, und stattdessen als Mathematikprofessor seine Brötchen verdiente.

Beate Strohn machte keinen Hehl daraus, dass ihre Ehe seit Jahren schon nicht mehr glücklich verlief.

Als Kristins Telefon geklingelt hatte, war sie vom Tisch aufgesprungen und mit einer Entschuldigung auf den Lippen vor das Haus getreten. In den Nachbarhäusern brannte Licht. Die beiden Streifenwagen erregten die Aufmerksamkeit der Anwohner.

»So«, sagte Kristin, als sie an der frischen Abendluft stand. »Jetzt kann ich sprechen. Wo steckt Strohn?«

»Einen Steinwurf von euch entfernt, sein Handy wurde in unmittelbarer Nähe des Flugplatzes geortet.«

»Dann statten wir ihm jetzt einen Besuch ab und werden versuchen, das Schlimmste zu verhindern.«

»Was, meinst du, plant Strohn?«

»Luft«, sagte Kristin leise. »Das vierte Element, Jens.«

»Am Flensburger Flugplatz.«

»Ich kann es nicht mehr hören«, stöhnte ihr Vorgesetzter.

»Darauf können wir gerade keine Rücksicht nehmen. Wie lange brauche ich von Langberg zum Flugplatz?«

»Keine fünf Minuten, würde ich schätzen.«

»Dann bin ich unterwegs.«

»Warum?«

»Jens, was ist los?«, fragte Kristin ungehalten. »Verstehst du nicht, was Strohn vorhat? Er hat Marlene Claasen entführt und will mit dem Flugzeug ihres Mannes verschwinden. Marlene Claasen befindet sich also mit großer Wahrscheinlichkeit in seiner Gesellschaft. Ich habe die Befürchtung, dass Claus Claasens Frau diesen Flug nicht überleben wird.«

»Also ist Eile geboten.«

»Jetzt hast du's.« Kristins Miene erhellte sich, während sie durch Beate Strohns großen Vorgarten wanderte. »Ich nehme die beiden Streifenbesatzungen mit zum Flugplatz. Schick du uns einen RTW und Verstärkung.«

»Wird gemacht.« Beck legte auf.

Kristin betrat das Haus und gab Reimers ein Zeichen. »Wir müssen sofort los«, sagte sie und machte kehrt, ohne sich von der unglücklichen Ehefrau zu verabschieden.

KAPITEL 31

Lars Reimers erwies sich als guter Autofahrer. Seine Hände ruhten auf dem Lenkrad, der Blick war stur auf die Fahrbahn gerichtet. Die ungewohnten Ausmaße des Lieferwagens bereiteten ihm keine Probleme. Über schmale und kurvenreiche Straßen führte der Weg zum Flensburger Flugplatz. Die beiden Streifenwagen fuhren voraus. Das zuckende Blaulicht wischte über Häuser, Büsche und Bäume, die ihren Weg säumten. Kristin klammerte sich am Türgriff fest und betrachtete Reimers von der Seite. Im Widerschein der Armaturenbeleuchtung wirkte sein Gesicht noch maskuliner als sonst. Die mahlenden Kieferknochen waren ein Zeichen höchster Anspannung.

Als Kristin den Blick nach vorn richtete, stellte sie fest, dass die vorausfahrenden Funkstreifenwagen das Tempo gedrosselt hatten, um auf den unbefestigten Parkplatz des Flugplatzes abzubiegen.

»Da wären wir«, kommentierte Reimers und schaltete einen Gang herunter. Der weiße Kastenwagen rumpelte durch Schlaglöcher zwischen zwei Gebäuden hindurch. Während Kristin rechts ein um diese Zeit geschlossenes Bistro sah, schien sich links ein großer Hangar zu befinden. Geradeaus gab es ein graues Wellblechgebäude, in dem sich die Flugleitung befand. Doch weder in den Büros noch im kleinen Tower, der auf dem Gebäude thronte, brannte Licht. Reimers zog die Handbremse an und ließ den schweren Wagen in einer scharfen Linkskurve zur Seite driften. Kurz fürchtete Kristin, dass sie auf der Seite landeten. Die Streifenwagen waren vor dem Hangar zum Stehen gekommen. Zwei Kollegen waren aus dem Wagen gesprungen und bewegten sich mit entsicherten Dienstwaffen auf das offenstehende Tor zu. In der Halle warteten kleinere Flugzeuge auf ihren nächsten Einsatz. Es war auffällig, dass ein Platz in der ersten Reihe leer war. Als Kristin den Blick nach rechts wandte, sah sie die fehlende Maschine. Offenbar hatte Strohn sie von Hand zum Flugfeld geschoben. Neben der Maschine stand ein weißer SUV mit offener Heckklappe.

»Dein Verdacht scheint sich zu bestätigen«, brummte Reimers. Der Motor der einmotorigen Propellermaschine lief bereits, das Knattern drang durch das offene Seitenfenster der Fahrerseite an Kristins Ohren. Sie sah, wie eine hochgewachsene Gestalt in dunkler Kleidung damit beschäftigt war, etwas in das Flugzeug zu wuchten. Das, was im ersten Augenblick an eine Teppichrolle erinnerte, war bei näherem Hinsehen eine gefesselte Person. Kristin erkannte, dass es in der Maschine nur für den Piloten einen Sitzplatz gab. Durch den Motorenlärm des Fliegers schien er sie noch nicht bemerkt zu haben.

»Was hat er vor?«, fragte Reimers.

Kristin fand keine Zeit, ihm zu antworten, denn als Strohn sie nun doch entdeckte, wurde er hektisch. Er hechtete in die Maschine und nahm auf dem Pilotensitz Platz. Hastig schnallte er sich an und ließ das kleine Flugzeug anrollen.

»Gib Gas!«, rief Kristin. »Er versucht zu starten!«

»Schon dabei.« Reimers hupte und winkte durch das offene Seitenfenster den Besatzungen der Funkstreifen, die wieder in ihre Autos sprangen, um die Verfolgung aufzunehmen. Mit drei Fahrzeugen verfolgten sie das Flugzeug, das schnell Fahrt aufnahm. Strohn steuerte direkt auf das Rollfeld zu. Er schien sich nicht aufhalten lassen zu wollen.

»Die Luke auf der rechten Seite steht noch offen«, bemerkte Kristin, als Reimers sich mit dem Lieferwagen rechts vom

Flugzeug hielt. Der Motor des Wagens heulte gequält auf, als er beschleunigte.

»Das ist Marlene Claasen«, war sich Kristin sicher. Die Streifenwagen flankierten die kleine Maschine jetzt rechts und links. Strohn ignorierte die Einsatzfahrzeuge. Er beschleunigte die Maschine weiter.

»Er hat die Luke auf der rechten Seite offengelassen«, rief Kristin aufgeregt. »Das kann nur eines bedeuten.«

»Ja, er wird Claasen aus dem Flieger werfen, sobald er die richtige Flughöhe erreicht hat. Aber vorher wird der Wind ihm die Klappe abreißen.«

»Luft« murmelte Kristin betroffen. Marlene Claasen sollte in luftiger Höhe den Tod finden.

*

Panik brandete in Marlene auf, als sie sah, dass er die Maschine beschleunigte. Während er angeschnallt in seinem Pilotensessel saß, lag sie zusammengerollt an der offenen Luke auf der rechten Seite der Kabine, über ihr die Tragfläche, unter ihr der Asphalt der Startbahn. Ein eisiger Wind peitschte ihr ins Gesicht. Schnell nahm die kleine Maschine Fahrt auf. Es würden nur noch wenige Sekunden vergehen, bis das Flugzeug die richtige Geschwindigkeit erreicht hatte, um abzuheben. Marlene ahnte, was er mit ihr vorhatte, und wimmerte in Todesangst. Zwar hatte sie mitbekommen, dass die Polizei das Rollfeld erreicht hatte, doch sie bezweifelte, dass es den Beamten gelingen würde, das Flugzeug in letzter Sekunde zu stoppen. Martin schien wild entschlossen zu sein. Seine Hände lagen am Höhenruder, der Blick war stur nach vorn gerichtet.

Schon jetzt spürte Marlene den Sog, und sie hatte Todesangst, schon jetzt aus dem Flugzeug gezogen zu werden.

Tränen verschleierten ihren Blick, als sie bemerkte, dass die Maschine abgehoben hatte.

*

»Er hebt ab!«, gellte Kristins Stimme durch das kleine Fahrerhaus des Kastenwagens.

Reimers schaltete einen Gang herunter und gab Gas. Der Diesel heulte auf, dann machte der Wagen einen Satz vorwärts. Inzwischen befand sich die kleine Maschine einen halben Meter in der Luft.

»Halt ihn auf!« Kristins Herz raste. »Du musst ihn stoppen, Lars!«

Reimers nickte. Zäh schob sich der Lieferwagen an das vordere Ende der Maschine, vorbei am Fahrwerk. »Festhalten!«, rief Reimers. »Halt dich fest!« Ohne ihre Antwort abzuwarten, riss er das Lenkrad nach links. Blech kreischte, Glas splitterte. Kristin spürte einen Ruck, der durch den Wagen ging. Panisch blickte sie nach links. Das rechte Rad des Fahrwerks schien in die Kabine des Lieferwagens zu geraten, verhakte sich im Blech und riss den schweren Wagen mit sich. Dann trudelte die Maschine, es gab einen erneuten Ruck, und alles schien sich zu drehen. Kristin wurde in ihrem Gurt geschüttelt, ein Schrei entrang sich ihrer Kehle, auch Reimers schrie auf, dann landete der Kastenwagen auf der Seite. Ein paar Meter schlitterte er noch unter ohrenbetäubendem Kreischen von Blech über das Rollfeld, um nach einer gefühlten Ewigkeit zum Stillstand zu kommen. Das Letzte, was sie gesehen hatte, war das Flugzeug, das durch den Rammversuch von Reimers ebenfalls wieder zu Boden gegangen war und sich auf dem Rollfeld mehrmals um die eigene Achse gedreht hatte. Jetzt breitete sich eine tödliche Stille auf dem Flugfeld aus.

Das war's, dachte Kristin, wir sind tot. Doch dafür, dass sie tot war, schmerzten ihre Rippen zu sehr. Sie lag auf der Seite, gefangen im Sicherheitsgurt. Durch die Windschutzscheibe konnte sie nichts erkennen, das Sicherheitsglas glich einem überdimensionalen Spinnennetz. Als sie den Blick nach links wandte, sah sie, dass auch Reimers vom Sicherheitsgurt gehalten wurde. Er hatte das Lenkrad noch fest umklammert.

»Geht's dir gut?«, fragte er besorgt. Sein Gesicht war blutverschmiert, wahrscheinlich hatte er sich durch splitterndes Glas Schnittwunden zugezogen.

»Ich lebe noch, alles andere findet sich später«, nickte sie. »Wir müssen raus hier.«

»Schon dabei.« Er umklammerte den Türholm und suchte Halt mit den Füßen, ohne Kristin, die sich jetzt unter ihm befand, zu treten. Vorsichtig öffnete er das Gurtschloss und zog sich mit einem energischen Ruck durch die Öffnung des Seitenfensters. Danach kniete er sich auf die Fahrertür und reichte Kristin seine Hand. »Komm«, forderte er sie auf. »Ich halte dich.« Sie nahm seine Hand, drehte sich so weit wie möglich nach rechts und stützte sich mit den Füßen an der Verkleidung der Beifahrertür ab. Als sie sicheren Halt gefunden hatte, löste sie den Gurt und richtete sich auf. Sie nahm die Hand von Reimers und ließ sich aus der Kabine ziehen. Oben angekommen, kletterten sie auf das Rollfeld. Der Kastenwagen lag auf der rechten Seite und bot einen traurigen Anblick.

Währenddessen kümmerten sich die Kollegen vom Streifendienst um Strohn. Mit vorgehaltenen Waffen wurden ihm Handschellen angelegt. Er leistete keinen Widerstand und ließ sich zu einem der Funkstreifenwagen führen. Auf dem Weg dorthin senkte er den Blick, und Kristin gewann den Eindruck, dass er ihrem Blick verschämt auswich. Kristin fragte sich, was ihn dazu bewogen hatte, drei Frauen zu töten. Den vierten Mord hatten sie in buchstäblich letzter Sekunde verhindert.

Nur der Gedanke, dass Strohn keine weiteren Morde mehr verüben würde, verschaffte ihr ein wenig Erleichterung.

Kristin kümmerte sich um die Frau, die zusammengeschnürt wie ein Paket auf dem Boden der Maschine lag. »Ein Messer«, rief sie, ohne sich umzudrehen. »Ich brauche ein Messer!«

Reimers trat hinter sie und reichte ihr ein dunkelrotes Schweizer Messer. Kristin klappte es auf und durchtrennte die Fesseln der wehrlosen Frau. »Frau Claasen?«, fragte sie. »Marlene Claasen?«

Die Frau streckte sich und massierte die Stellen, an denen die Fesseln sich in ihre Haut gegraben hatten. »Ja«, sagte sie heiser. »Hat Claus Sie geschickt?«

»Auch.« Kristin lächelte sanft und half ihr aus dem Flugzeug. Anfangs war Marlene Claasen noch unsicher auf den Beinen. Sie stützte sich an einer Strebe der Tragfläche ab und betrachtete die Szenerie. »Das wird teuer«, sagte sie, während sie das beschädigte Flugzeug und den schrottreifen, auf der Seite liegenden Transporter betrachtete.

»Die Hauptsache ist, dass Sie es überlebt haben«, fand Reimers und nahm Kristin das Messer wieder ab. »Alles andere regelt sich.« Er blickte auf, als ein Rettungswagen mit zuckendem Blaulicht auf dem Rollfeld erschien. Kristin winkte die Sanitäter zu sich und bat sie, sich um Marlene Claasen zu kümmern. »Wir reden, wenn Sie sich von dem Schrecken erholt haben«, sagte sie mit einfühlsamer Stimme, dann wandte sie sich Reimers zu. »Sollen die Sanis nach dir sehen?«

Er wischte sich das Blut mit einem Taschentuch aus dem Gesicht und schüttelte den Kopf. »Das wird schon wieder«, behauptete er. »Und?«, fragte er und legte einen Arm um sie. »Wie geht es dir jetzt?«

Kristin blickte zu ihm auf und zuckte stumm die Schultern. »Es ist vorbei«, bemerkte sie.

»Deinen ersten Fall in der neuen Dienststelle hättest du jedenfalls gelöst«, sagte Reimers.

»Und es war ein ziemlich spektakulärer Einstand, den die neue Kollegin in Flensburg gegeben hat«, ertönte eine weitere Männerstimme aus dem Hintergrund. Als Kristin sich umwandte, erkannte sie Jens Beck in Begleitung von Birthe. »Glückwunsch«, sagte der Abteilungsleiter. »Gute Arbeit, Frau Kollegin.« Becks Dienstwagen stand hinter dem Rettungswagen und fiel Kristin erst jetzt auf.

Birthe lächelte und drückte Kristin an sich. »Dem ist nichts hinzuzufügen.« Sie warf einen Blick auf den Kastenwagen und auf das beschädigte Flugzeug, dessen Fahrwerk durch den Zusammenstoß abgerissen war. »Auch wenn ihr hier eine Menge Kernschrott produziert habt, Leute.«

Reimers räusperte sich mit verlegener Miene und wandte sich an Kristin. »Das mit deinem Auto tut mir leid.«

Sie folgte seinem Blick. »Wie soll ich das bloß der Autovermietung erklären, dass ich einen Zusammenstoß mit einem Flugzeug hatte?«

Grinsend zuckte er die Schultern. »Sag ihnen einfach, was du beruflich machst.«

ENDE

EPILOG

So unauffällig wie möglich sah sie auf die große Uhr an der Wand. Es war spät geworden, doch nun kannte sie die ganze Geschichte. Langsam wurde die Luft in dem kleinen Raum mit den vergitterten Fenstern stickig. Die Migräne wurde unerträglich, es war Zeit, an die frische Luft zu kommen. Sekundenlang hing das monotone Ticken der großen Wanduhr wie eine Wand zwischen ihnen. Sie legte die Hände auf die kalte Tischplatte und musterte ihr Gegenüber mit forschendem Blick. »Sie geben also zu, dass Sie die Frauen getötet haben?«

»Sicher.« Er nickte bekräftigend. »Es war ja alles kein Zufall.«

»Warum haben Sie die Frauen getötet?« Sie tickerte ein paar Mal mit dem Kugelschreiber, warf den Stift auf den Block und massierte ihre schmerzenden Schläfen.

»Weil die blöden Fotzen ihren Kerlen fremdgegangen sind. So wie meine Beate.« Er hieb mit der Faust auf die Tischplatte, sein Gesicht verzog sich zu einer Fratze. »Sie alle haben sich von fremden Männern ficken lassen, obwohl sie verheiratet waren.«

»Wie Beate.« Langsam begann sie zu verstehen.

Er nickte. »Wie Beate. Sie hat mich verletzt, gedemütigt, mich erniedrigt.«

»Warum lebt Ihre Frau dann noch, während die anderen sterben mussten?«

»Wollen Sie das echt wissen?« Er schüttelte den Kopf und betrachtete sie mit einem tadelnden Blick.

»Ich fürchte, ich muss es sogar wissen, wenn ich Ihre Geschichte verstehen will.«

»Ernsthaft?«

»Ernsthaft.« Sie hatte keine Lust mehr, fühlte sich krank und kraftlos. Das Gespräch mit Martin Strohn hatte ihr unendlich viel Energie gekostet. Mehr, als sie sich anfangs vorgestellt hatte.

»Weil Beate meine Jugendliebe ist. Wir sind zusammen aufgewachsen, sind zur gleichen Schule gegangen, haben auf dem Dorf die Freizeit gemeinsam verbracht, uns irgendwann aus den Augen verloren und irgendwann sind wir uns wieder über den Weg gelaufen. Die Freude war groß, wir haben geheiratet. Dann das Übliche: Karriere, große Autos und ein Haus gekauft, gemeinsam Schulden gemacht. Das verbindet.« Nachdenklich drehte er den breiten Ehering an seinem Finger und schien plötzlich in der Vergangenheit zu versinken. In die Zeit vor den Morden. Sie betrachtete ihn genau und achtete auf jede Regung in seinem Gesicht.

»Sie hat mir aus der Scheiße geholfen, als es mir dreckig ging. Kurz nach dem Studium habe ich Geschäfte mit den falschen Leuten gemacht, war hoch verschuldet. Beate hat mir den Arsch gerettet, alles bezahlt, hat mich jahrelang durchgefüttert.«

»Tut man das nicht als Paar?«, wagte sie eine Zwischenfrage. Als er sie mit gerunzelter Stirn ansah, fuhr sie fort: »In guten wie in schlechten Zeiten – so sagt man doch immer. War es nicht so?«

»Der Preis für Beates Hilfe war hoch. Zu hoch.«

»Warum?«

»Ich sollte den Jachthandel ihres Vaters in Kappeln übernehmen.«

»Und?«

Er winkte ab und lehnte sich mit verschränkten Armen zurück. Der einfache Stuhl mit Stahlrohrgestänge knirschte metallisch unter ihm. »Keinen Bock auf einen Schreibtischjob.

Auf Verantwortung gegenüber den Kunden und den Angestellten. Das war nie meins, dafür bin ich zu chaotisch.«

»Und das hat Ihre Frau Ihnen verübelt?« Sie betrachtete ihn, das Kinn in die linke Hand gestützt.

Er nickte wieder, sein Blick glitt ins Leere. »Beate war eine Furie. Cholerisch, laut, rechthaberisch, ja, herrschsüchtig. Sie hat mein Leben gesteuert, hat über mich bestimmt. Kam ich mal zehn Minuten später aus der Uni, hat sie schon angerufen. ›Wo bleibst du denn?‹, hat sie gefragt und mir unterstellt, ich würde ihr fremdgehen. Bei jeder Gelegenheit hat sie das behauptet.«

»Und?«, fragte sie. »Haben Sie Ihre Frau betrogen?«

»Nein.« Energisches Kopfschütteln. »Niemals, obwohl ich genug Gründe für einen Seitensprung gehabt hätte. Aber ich habe sie geliebt und hätte sie niemals verletzen können.«

»Also waren Sie ihr immer treu?«

»Selbstverständlich.« Wieder nickte er.

»Und was war mit Marlene Claasen?«

Er errötete und senkte den Blick. »Ich habe ihr nie Anlass gegeben, an mir und an meiner Treue zu zweifeln. Trotzdem hat sie es mir unterstellt. Ich würde irgendwelche blutjungen Studentinnen ficken.«

»Sie haben der Verlockung aber widerstanden.«

»Sicher.« Jetzt lachte er trocken auf. »Mal im Ernst: Welche Studentin hat Bock auf so einen alten Mann wie mich?«

»So alt sind Sie noch gar nicht, und es hat immer wieder Affären zwischen Studentinnen und ihren Professoren gegeben.«

»Aber nicht bei mir. Nicht mit Studentinnen und nicht mit anderen Weibern.«

»Aber Beate war felsenfest überzeugt, dass Sie …«

»Ja, und wie. Sie verrannte sich regelrecht in dieser irren Idee. Und ihre Wut und Eifersucht ließ sie mich spüren.«

»Warum haben Sie nicht die Reißleine gezogen und haben sich von ihr getrennt?«

»Die Verpflichtungen.« Er rieb bezeichnend Daumen und Zeigefinger aneinander. »Meine Altlasten gehören längst der Vergangenheit an, aber wir haben uns gemeinsam etwas aufgebaut. Das bindet doch.«

Die typische männliche Bequemlichkeit, durchzuckte es sie. Männer merkten, wenn eine Beziehung vor dem Aus stand, doch ihnen fehlte der Mut, einen Schlussstrich zu ziehen. Obwohl die Liebe verblasst war, hielten Männer oft an Partnerschaften fest. Das Haus, ein geregeltes Leben, Rollenaufteilung, ja, selbst ein warmes Essen auf den Tisch zu bekommen, hielt Männer oft davon ab, sich von ihrer Frau zu trennen. Kurz dachte sie an ihre eigene Ehe, verwarf den Gedanken aber schnell wieder. Sie musste sich auf ihr Gegenüber konzentrieren.

»Aber Ihre Frau hat Sie betrogen.«

»Mehr als das.«

»Wie muss ich das verstehen?«

»Ich musste mitansehen, wie sie es mit dem Callboy getrieben hat, wie sie gestöhnt und geschrien hat vor Lust. Er würde es ihr ordentlich besorgen, so wie ich es ihr nie im Leben besorgen konnte.«

Sie griff wieder zum Stift und schrieb das Wort »Demütigung« neben »Erniedrigung« und »Hass«. Dann sah sie auf. »Und das haben Sie sich gefallen lassen?«

»Sie hat mich an den Stuhl gefesselt. Anfangs war es eine Spielerei, sie hat rumgeblödelt. Doch dann wurde es ernst. Ich sollte alles sehen, alles hören.« Er wirkte plötzlich hilflos wie ein kleiner Junge, den man bei einem Streich überführt hatte. »Sie wollte, dass ich das fühle, was sie jahrelang ertragen hat. Dabei habe ich sie niemals betrogen … ich …« Er brach mit tränenerstickter Stimme ab.

»Also hat Ihre Frau Sie bewusst verletzt.«

»Verletzt ist gut.« Er flüsterte und schniefte hörbar, bevor sein Kopf hochruckte. »Sie können sich nicht vorstellen, was bei dem Anblick in mir vorgegangen ist.«

»Erzählen Sie es mir.«

»Es war, als würde sich unser gemeinsames Leben in Rauch auflösen, während sie mit diesem Kerl schlief. Sie hat unsere gemeinsamen Jahre mit Füßen getreten, mich gedemütigt, wie es schlimmer nicht hätte sein können. Als ich geweint habe, hat sie mich ausgelacht.« Strohn ballte die Hände zu Fäusten. »Es war grausam, ich kann nicht beschreiben, was in mir vorging.«

»Versuchen Sie es.«

»Unmöglich.« Er schüttelte den Kopf. »Für mich muss das der Moment gewesen sein, in dem ich eine Metamorphose durchlebte. Ich wurde zum Mörder, zum Jäger von Frauen, die fremdgehen.«

»Sie haben Beate am Leben gelassen, während fremde Frauen sterben mussten.«

»Ja.« Er senkte den Blick und wirkte für den Moment schuldbewusst. »Obwohl ich sie am liebsten auch ermordet hätte – doch das wäre wohl aufgefallen.« Jetzt lachte er auf. »Und eigentlich bin ich ein harmoniesüchtiger Typ.«

»Sagt Ihnen der Begriff ›toxische Liebe‹ etwas?«

»Ist das, wenn man nicht mit- und nicht ohneeinander kann?«

Sie nickte. »Exakt.«

»Ihre Theorie könnte zutreffen.« Er seufzte und barg das Gesicht in den Händen. Sekundenlang herrschte Schweigen zwischen ihnen.

»Warum sind Sie dann zum Mörder geworden?«

Er sah sie an und ließ die Hände sinken. »Ich wollte ein Exempel statuieren.«

»Es waren drei, fast vier Exempel.«

»Weil ich die Bullen zum Denken animieren wollte. Vier Opfer, vier Elemente. Erde, Feuer, Wasser und Luft.« Jetzt grinste er überheblich. »Frühe Mathematik, mehr nicht.«

»Das ist Ihnen gelungen.« Sie hatte genug gehört. Martin Strohn hatte Frauen getötet, die ihren Männern fremdgegangen waren, so wie es seine Beate getan hatte, um ihn zu erniedrigen. Sein Hass musste kaum auszuhalten gewesen sein. Wenn sie ihm Glauben schenken konnte, waren seine Opfer Ventile für seine Wut gewesen. Nicht mehr und nicht weniger.

Weitere Titel finden Sie auf den folgenden Seiten und im Internet:

WWW.GMEINER-VERLAG.DE